Jutta Motz
Drei Frauen und die Kunst

SERIE PIPER

Zu diesem Buch

Die Kunsthistorikerin Lisa Wolf kehrt für einige Zeit von New York nach Berlin zurück. Ihre Versicherungsgesellschaft hat sie beauftragt, verdeckt gegen gefälschte Kunst und deren Händler zu ermitteln. Denn vom Postamt in Berlin werden gefälschte Grafiken verschickt, die fatal denen gleichen, die vor acht Jahren in New York beschlagnahmt wurden. Ein Test im Labor eines Papierspezialisten liefert einen wichtigen Hinweis: Das hochwertige Papier, das dem der originalen Grafiken so genau nachgebildet wurde, muß aus einer der renommierten Papiermühlen der ehemaligen DDR stammen. Zusammen mit Traute Werth, Kriminalhauptkommissarin des LKA Berlin, und ihrer hellwachen Tante Marlene macht sie sich auf die gefährliche Suche. Doch erst, als ihr Vorgesetzter angeschossen und einer ihrer Verehrer verprügelt wird, erkennt sie die wahren Zusammenhänge ... Frech, witzig und tatkräftig nimmt es Lisa Wolf mit den großen Köpfen der organisierten Kriminalität auf.

Jutta Motz, geboren 1943 in Halle an der Saale und in Frankfurt am Main aufgewachsen, studierte Kunstgeschichte und klassische Archäologie. Sie war in mehreren Verlagen tätig, zuletzt als Herausgeberin einer Krimi-Reihe. Heute arbeitet sie in leitender Funktion in einem kleinen Wirtschaftsunternehmen. Sie veröffentlichte bereits die Krimis »Drei Frauen und das Kapital« und »Drei Frauen auf der Jagd«.

Jutta Motz

Drei Frauen und die Kunst

Roman

Piper München Zürich

Von Jutta Motz liegen in der Serie Piper außerdem vor:
Drei Frauen und das Kapital (2577)
Drei Frauen auf der Jagd (2987)

Originalausgabe
Januar 2001

Umschlag: Büro Hamburg
Stefanie Oberbeck, Katrin Hoffmann
Foto Umschlagvorderseite: Michael Dannenmann
Foto Umschlagrückseite: black & white, Zürich
Gesamtherstellung: Clausen & Bosse, Leck
Printed in Germany ISBN 3-492-23153-5

Inhalt

PAUPERTAS – ARMUT

Vor zehn Minuten in Berlin-Tegel gelandet, war ich durch die Paßkontrolle gegangen und hatte somit gerade rechtlich deutschen Boden betreten, als mein Name ausgerufen wurde. »Elisabeth Gardener, bitte kommen Sie zum Informationsschalter.« Dann dasselbe noch einmal in Englisch.

Ich meldete mich bei der freundlichen Dame, über der das weiße »I« auf einem blauen Schild schwebte wie das Schwert des Damokles. Sie grüßte kurz und drückte mir einen Telefonhörer in die Hand, aus dem die meckernde Stimme meines Chefs kam: »Wo stecken Sie eigentlich?«

Ich holte tief Luft. Ich war gerade erst von New York gekommen: »Ich bin noch auf dem Flughafen.«

»Nun kommen Sie endlich, wir warten mit dem Briefing, bis Sie da sind.« Der Hörer wurde aufgeknallt. Ich war stocksteif vor Schreck – und vor Wut. Ich griff meinen Koffer und ging durch eine jener Türen, die versprachen, dahinter ein Taxi zu finden. Dem Fahrer, der mir beim Einsteigen die Tür aufhielt, nannte ich als Adresse das Europa Center.

Herb Angerich saß auf seinem braunen Ledersessel nach hinten gekippt, die Beine auf dem Schreibtisch. Als ich eintrat, hielt er es nicht für nötig, auch nur die Füße vom Tisch zu nehmen. Ich blieb an der Tür stehen, ohne zu grüßen. Es war ein schweigender Machtkampf, der eine Ewigkeit zu dauern schien. Herb war etwas dicker als ich, und wie ich ihn da so fleischig in seinen weiten, zerknitterten Hosen, dem verschwitzten Hemd und mit der schreiendbunten Krawatte hingefläzt sitzen sah, faßte ich den unumstößlichen Entschluß, meine Ernährung umzustellen. So wollte ich nicht aussehen, niemals! Egal, ob mit oder ohne Füße auf dem Tisch. Herb war für mich der Inbegriff des »ugly American«, wenn auch vor zwei Generationen die deutsche Abstammung der Familie Angerich noch unverfälschter zutage getreten sein mochte. Er trat nach unten und schleimte sich hoch, so hoch, daß ihm die Generalvertretung unserer amerikanischen Versicherungskette in Berlin angetragen worden war.

Er mußte vor einer Woche hier eingetroffen sein, hatte das Feld sondiert, sich seine Pfründe gesichert, und nun traf so nach und nach das Fußvolk ein, um sich von ihm einteilen zu lassen.

»Toby is here.« Herb beendete den Machtkampf, ohne einen Punkt zu vergeben. In solchen Dingen war er sehr geschickt. Er stand auf, ging an mir vorbei und verließ sein schönes Arbeitszimmer im zehnten Stock des Europa Centers mit Blick auf die Kaiser Wilhelm Gedächtniskirche. Ich folgte ihm. Wir gingen in das darunter liegende Konferenzzimmer mit Blick auf den Innenhof des Centers, wo Tobias Hardcastle, CEO, der Chief Executive Officer von Ars & Vita International, auf uns wartete.

Wir begrüßten uns und setzten uns an den großen Tisch, Herb nahm im höheren Sessel am Kopfende Platz, Toby und ich saßen uns gegenüber. »Wie geht es Ihnen? Sind Sie froh, wieder in Ihrer Heimatstadt leben zu dürfen?«

Ich starrte Toby mit offenem Mund an. »Sie sprechen akzentfrei Deutsch?«

Wir sahen uns an, Tobys Augen lächelten, sein Gesicht war ernst. Ich stehe auf Männer, die mit den Augen etwas aussagen können, und sei es nur ein Lächeln. Natürlich konnte Toby Deutsch. Vermutlich auch Französisch. Und Spanisch? Er war ein sehr gutaussehender Mann, zweifellos intelligent. Er war ein schwarzer Amerikaner. Wir musterten uns gegenseitig, vorsichtig, abwartend, aber nicht unfreundlich. Wir hatten beide unsere Handikaps mitgebracht, wir waren Angehörige einer Minoritätengruppe. Toby hatte eine schwarze Hautfarbe, ich war weiblichen Geschlechts. In der Hierarchie amerikanischer Weltkonzerne hieß das, wir mußten doppelt soviel können, und unsere Zeugnisse mußten um vieles besser sein als die der WASPs, der White Anglo Saxon Protestants. Exemplare wie Herb Angerich, deren Charakter weitgehend zu wünschen übrigließ, hatten es leichter als wir. Toby kam von Harvard, das wußte ich aus der New Yorker Gerüchteküche. Als er CEO vom International Department wurde, haben Lästermäuler behauptet, die Firma wolle in Afrika expandieren, deshalb sei er befördert worden. Nun saß er mir hier in Berlin gegenüber: »Ich freue mich ganz außerordentlich, Sie hier in der neuen Hauptstadt Deutschlands begrüßen zu dürfen. Ich möchte Ihnen sagen, wie sehr ich mich glücklich schätze, daß Sie für uns arbeiten wollen. Sie hier zu haben ist für das Team von Ars & Vita International ein großes Plus.«

Herb lächelte säuerlich. Jeder wußte, daß es mit seinen Deutschkenntnissen nicht weit her war, und Höflichkeitsformen, wie sie im diplomatischen Berlin mehr und mehr zum Alltag gehören, waren nicht seine Sache.

»Ich habe keine Ahnung, was Sie von mir erwarten.« Ich blickte nur auf Tobias Hardcastle.

»Niemand außer den oberen fünf, Mr. Angerich und mir weiß, was für eine Aufgabe hier auf Sie wartet. Offiziell sind Sie für sechs Monate beurlaubt, aus gesundheitlichen Gründen und bis Sie sich wieder in Berlin zurechtgefunden haben. Das steht so in Ihren Personalpapieren.«

»Und inoffiziell?«

»Sie arbeiten für Ars & Vita International, Sektion New York, und bekommen Ihr Gehalt auf ein D-Mark-Konto in New York überwiesen. Hier in Berlin werden Sie nicht als Angestellte geführt, und das wird so bleiben, jedenfalls die nächsten Monate.«

»Und was soll ich für die Firma tun?«

Tobias lächelte: »Sie haben Kunstgeschichte an der Columbia University studiert ...«

»... aber nur einen Master of Art gemacht, zur geplanten Promotion ist es nicht gekommen.«

»Ich weiß. Sie haben Computer Science und Economy an der New York University nach Ihrem MA studiert und mit Glanz abgeschlossen. Vermutlich, weil Sie erkannt haben, daß die Vereinigten Staaten von Amerika noch nicht so gebildet sind, um eine große Zahl von Kunsthistorikerinnen sinnvoll beschäftigten zu können.«

Tobias sagte das ohne Hohn, so ohne Ironie, daß ich ihm dafür am liebsten einen Kuß auf seine dunkelbraune Backe gedrückt hätte. Auch gefiel mir, daß er mich mit »Sie« anredete und so unglaublich distanziert über die Vereinigten Staaten von Amerika sprach! Wir beide kannten die negativen Seiten eines Systems, das Gleichheit für alle versprach und damit nicht mehr als zehn Prozent der Bevölkerung meinte. Wir durften so distanziert sein, obwohl oder weil wir beide einen amerikanischen Paß hatten. Und ich einen deutschen noch dazu!

Herb wurde unruhig. »Du sollst ermitteln!« fuhr er grob dazwischen.

Ich erwiderte nichts und sah mein Gegenüber geduldig an.

»Sie treten auf als eine nicht sehr begüterte freie Journalistin, die in Berlin in einem anonymen Hochhaus wohnt. Sie schreiben Artikel über Vernissagen, Eröffnungen von Ausstellungen, und Sie besuchen einen in Berlin lebenden Professor der Medizin, in dessen Sammlung von Grafik der Klassischen Moderne sich viele Fälschungen befinden. Sie wollen einen Artikel über Kunstfälschungen für eine bekannte New Yorker Zeitung schreiben. Hier haben Sie den Auftrag.« Er schob mir einen Brief mit dem Briefkopf einer bekannten Zeitschrift zu, auf dem Lisa Wolf aus Berlin den Auftrag erhielt, eine Hintergrundstory über Kunstfälschungen zu schreiben.

»Ich würde mir gerne selbst eine Wohnung suchen ...«

»Wir bitten Sie, zuerst dieses möblierte Appartement am Rathenauplatz zu beziehen, da Sie eine nicht allzu vermögende, verwitwete Deutschamerikanerin sind. Sie haben Ihren Mädchennamen wieder angenommen. Das Übliche, die Amerikaner zahlen keine anständigen Renten an die Witwen ihrer Mitarbeiter, Sie befinden sich in einer Notlage und sind verärgert.«

Das hatte ironisch geklungen und war doch nicht so unwahr. James' Hinterbliebenenrente, das heißt, die Versicherung, die ich nach seinem Unfalltod ausbezahlt bekommen hatte, wäre zum Leben zuwenig und zum Sterben zuviel gewesen.

»Ich könnte Leute treffen, die wissen, wer ich bin, wie ich in New York hieß, was ich gemacht habe ...«, gab ich zu bedenken.

»Deshalb sollen Sie keinen falschen Namen, sondern nur Ihren Mädchennamen verwenden. Wütend auf die Amerikaner, die Sie so unterversorgt lassen, eventuell nicht abgeneigt, sich hie und da etwas dazu zu verdienen ...«

»Ich mache nichts Strafbares!«

»Das sollen Sie auch nicht. Ich werde Ihnen die Hintergründe zu Ihrem Auftrag kurz darlegen.« Tobias lehnte sich zurück und sah an die Decke. Ich folgte seinem Beispiel, schon weil ich es so vermeiden konnte, den fetten Herb ansehen zu müssen.

»Anfang 1991 wurde an der Ostküste der USA die größte Druckerei für gefälschte Grafik mit eigenem Verteilernetz von der Polizei geschlossen. Damit erzähle ich Ihnen nichts Neues.«

Ich nickte. Abwarten und zuhören, das war meine Devise.

»Nach der Zerschlagung des Verteilernetzes, das von New Jersey aus aufgebaut worden war, bei dem Ihr verstorbener Mann James Gardener als Ermittler der Post so erfolgreich mitgewirkt hatte, muß sich eine neue Zentrale des Fälscherhandwerks gebildet haben.«

»Und wo?«

»Vermutlich da, wo eine Vielzahl an gut ausgebildeten Künstlern ohne Aufträge und ohne eine Chance, welche zu bekommen, auf relativ engem Raum zusammenkommen.« Tobias Hardcastle musterte mich neugierig, wollte er doch wissen, wie ich auf diese Nachricht reagierte.

»Sie meinen, in der ehemaligen DDR oder in einem der Ostblockländer könnte sich solch eine Zentrale befinden?«

»Wir haben keine Ahnung, wo! In den letzten Wochen sind allein in Deutschland drei, in Frankreich vier gefälschte Picasso-Grafiken aufgetaucht. Sie wurden alle per Post an Kunden direkt versandt. Natürlich gegen Vorauskasse. Ein Vergleich hat gezeigt, daß es sich um Blätter handelt, wie sie damals in New Jersey beschlagnahmt wurden.«

»Sie wissen, daß es mit den neuen Drucktechniken durchaus möglich ist, diese Blätter wieder und wieder zu fälschen!« wandte ich gegen die Verbindung mit dem so viele Jahre zurückliegenden Fall ein.

»Ja, das weiß ich. Aber eine Analyse des Papiers und der Vergleich mit dem Papier, das die Familie Schnyder damals verwandt hatte, zeigen ein verblüffendes Ergebnis. Das Papier ist identisch.«

»Einfach noch Restposten, die jetzt jemand verkauft«, warf Herb in die Erläuterungen ein, die ihm offensichtlich zu lange dauerten. »Was denn sonst?«

»Dieses äußerst qualitätsvolle Papier, das die Familie Schnyder benutzt hatte, um die Fälschungen herzustellen, ist wohl nicht in den USA hergestellt worden. Eventuell in einem Ostblockland, haben uns die Fachleute gesagt.«

»In Budapest war ich noch nicht, ich übernehme Ungarn!« Herb lachte meckernd los.

Wir ließen uns nicht von ihm ablenken. »Wieso vermuten Sie, daß hier irgendwo in Berlin oder Umgebung ein weiteres Lager mit falschen Grafiken aus der New Jersey-Produktion sein könnte?«

»Alle gerollten Blätter, die nach Frankreich gingen und die in Deutschland ausgeliefert wurden, tragen den Poststempel von der Post in der Budapester Straße, gleich hier, mitten in Berlin!«

»Könnte ich selbst aufgegeben haben«, Herb lachte laut auf. »Die Budapester ist direkt gegenüber dem Europa Center«, versuchte er mir, der Berlinerin, zu erklären. Ich schwieg.

»Natürlich kann sich kein Angestellter daran erinnern, wie die Person aussah, die die sieben Rollen aufgegeben hat.« Tobias lächelte mich an.

»Das wäre ein wenig zuviel verlangt«, mehr hatte ich dazu nicht zu sagen. »Wo soll ich mit meiner Arbeit ansetzen?«

»Hier in Berlin! Es fiel uns auf, daß einer unserer Kunden, ein Professor Severn, der in DDR-Zeiten mit seiner Kunstsammlertätigkeit begonnen hatte, einen überdurchschnittlich hohen Anteil an gefälschten Blättern hat. Als er seine Grafik bei uns schätzen ließ, weil wir sie versichern sollten – in früheren Zeiten hatte der alte Herr keine Angst vor Einbrechern und Kunstdieben –, stellten wir das fest. Für den Professor war das ein Schock. Er hat seine im Westen erhaltenen Tantiemen für wissenschaftliche Veröffentlichungen darauf verwandt, Grafiken von Picasso zu erwerben. Wie er das gemacht hat und wie er die Blätter in die DDR gebracht hat, das wird er Ihnen selbst erzählen. Er wohnt in der Nähe der Nikolaikirche.« Tobias schob mir einen Zettel mit der Adresse zu.

Wir sahen uns an, lächelten uns zu, dann erhob ich mich, denn mit dieser Anweisung und einem File, das er mir gab, war ich entlassen. Ich verabschiedete mich, Tobias brachte mich zur Tür des Konferenzzimmers und gab mir zum Abschied nach deutscher Sitte die Hand. Als sich die Tür hinter mir schloß, wußte ich, daß ich von nun an auf mich alleine gestellt sein würde.

»Sie werden das schon richtig machen!« hatte der CEO von Ars & Vita International zu mir gesagt. Wenn ich die Wahl hätte, in einem deutschen Unternehmen mit fünf Wochen bezahltem Urlaub und Krankenkasse und Rentenversicherung und genauen Anweisungen zu arbeiten oder in einem amerikanischen, ohne all diese Privilegien, aber mit der einzigen Anweisung: »Sie werden das schon richtig machen!«, dann würde ich immer wieder für eine amerikanische Firma arbeiten wollen.

Am Bahnhof Zoo kaufte ich eine Monatskarte für U- und S-Bahn und die Busse der Stadt Berlin. Meine neue Armut, die von oben verordnet war, verbot es, mit dem Taxi durch die Stadt zu sausen. Erleichternd für mich war, daß ich während meiner Schulzeit hier gelebt hatte und mich in dem westlichen Teil der Stadt gut auskannte.

Der Bus brachte mich zum Rathenauplatz. Ich stand nun mit meinem Gepäck vor dem einzigen Hochhaus, in dem ein eingerichtetes Einzimmerappartement auf mich warten sollte, und betrachtete meine neue Bleibe von unten. Manche Architekten sollte man mit Gefängnis nicht unter zwölf Monaten bestrafen, dachte ich, als ich die Haustüre aufschloß.

»Rudi Sperling, Hausmeister, was suchen Se hier?« tönte es plötzlich hinter mir. So aus meinen Gedanken über nicht-repräsentative und abstoßende Eingänge von Hochhäusern im allgemeinen und besonderen gerissen, drehte ich mich rasch um. Vor mir stand ein kleiner, etwas untersetzter Mann, der mich neugierig musterte. Seine Jeans endeten unter einem beachtlichen Biergrab, das ein kariertes, wollenes Hemd umspannte. Zwei vife Äuglein zwischen mühevoll angefutterten Fettfalten betrachteten mich neugierig.

»Lisa Wolf, eine neue Bewohnerin, mein Appartement soll im zwanzigsten Stock sein«, stellte ich mich vor.

»Was heißt hier *soll*? Das müssen Se doch wissen!«

»Jemand hat es für mich gemietet. Ich bin heute gerade erst angekommen ...«

»Sin Se die aus Amerika, aus New York?«

»Ja, und wissen Sie vielleicht welche ...?« Ich klapperte mit den Schlüsseln, die ich in der Hand hielt.

»Kommen Se, ich zeig's Ihnen.« Rudi der Hausmeister ging auf den Lift zu und trat zuerst ein, dann ließ er mich mit dem

Koffer und der Tasche folgen. »Wir zwei Schlanke passen da schon rein!« verkündete er mit einem spöttischen Blick auf meinen Umfang und seinen Bauch. Der Fahrstuhl setzte sich in Bewegung. Nach einer relativ langen Fahrt hielten wir an, und Rudi führte mich auf eine offene Galerie, von der die einzelnen Wohnungstüren abgingen. Unter mir donnerte der Verkehr über die Rathenaukreuzung.

»Schönen Blick ham Se«, stellte Rudi fest und sah in die Ferne. »Der Funkturm wird sicher abends angestrahlt werden.«

»Das dürfte den Lärm kaum mindern.«

Rudi nahm den Schlüssel und öffnete die Tür zur ersten eigenen Wohnung in meiner Vaterstadt. Zögernd trat ich ein.

Was immer ich mir vorgestellt hatte, eine solche Ansammlung von Scheußlichkeiten hatte ich nicht erwartet. Ein französisches Bett stand mitten im Raum. Der Bettüberwurf und die Übergardine schimmerten in einem alles beherrschenden roten Glitzerstoff. Der Teppichboden war beige, dafür war ich dem Vermieter dankbar. Es fehlte ein Schreibtisch. Ich trat auf einen kleinen Balkon, der eher ein Austritt war, und sah über Bäume und Schrebergärten in Richtung Wilmersdorf.

»War das hier ein Puff?« Ich deutete mit einer ausgreifenden Geste auf das Bett und die Möbel, die mit verschiedenen Stoffen in Rottönen verkleidet waren.

»Vermutlich«, meinte Rudi ungerührt. »In 'ner Großstadt weiß man nich, was die Leute so machen. Un Berlin is 'ne Weltstadt!« fügte er stolz hinzu.

Ich überlegte kurz, wie ich das Zimmer seiner denkwürdigen Ausstrahlung berauben konnte. Zuerst nahm ich den Bettüberwurf weg und rollte ihn zusammen. »Helfen Sie mir bitte!« Rudi sah mir hilflos zu, dann faßte er mit an. Wir drehten das Bett und schoben es so an die Wand, daß seine Bedeutung gemindert wurde. Unter einem rotlila changierenden Stoff verbarg sich ein kleines Bücherregal, auf dem zwei Väschen standen. Ich knüllte den billigen Stoff zusammen und schob das Regal ans Kopfende des Bettes. So hatte ich einen Platz gefunden, auf dem eine falsche Tiffanylampe stehen konnte. Zum Schluß schob ich den Ohrensessel in die Mitte des Raumes und stellte den kleinen Teetisch daneben, dahinter die Stehlampe.

»Un nu?« Rudi sah sich ratlos um. »En bißchen leer, da unterm Fenster.«

»Ich brauche einen Schreibtisch und einen Stuhl, das soll ans Fenster, damit ich möglichst viel bei Tageslicht arbeiten kann.«

»Für 'ne Studentin sehn Se aber 'n bißchen alt aus.« Rudi war offensichtlich kein Freund falscher Komplimente. Ich beschloß, ihn, meinem neuen Auftrag entsprechend, zu instruieren. »Ich arbeite für verschiedene Zeitungen. Schreibe über Ausstellungen, über Vernissagen, so Sachen, die mit Kunst zu tun haben«, erklärte ich ihm.

»Sie verstehen was von so 'nem Zeug?« Der Zweifel in seiner Stimme war nicht zu überhören. »Von dem Kram da, wo sie die Reste von Freßgelagen an die Wand nageln?«

»Das kommt heute eher selten vor«, wagte ich einzuwenden und tat dem Schweizer Spoerri innerlich Abbitte, weil ich seine Arbeiten nicht besser verteidigte.

»Na, nu hörn Se aber uff! Bin ich neulich am Ku'damm an 'ner Galerie vorbei, da warn lauter bunte Bilder von der Marilyn drin, der Monroe. In Rosa, in Hellrosa, in Hellila und so. Immer dasselbe. Also Marilyn in Rosa hätt ich mir übers Bett jehängt, war 'n dolles Mädel! Wissen Se, wat dat kostet?« Rudi sah mich so vorwurfsvoll an, als wäre ich für die Preisgestaltung von Andy Warhols Grafik verantwortlich.

»Na, bei denen piepst's doch! Ich hab das 'nem guten Freund erzählt, und der is mit mir hin, und dann hat er sich alles von außen angeguckt. Un wie wir da durchs Fenster glotzen, kommst die Schickse von Galeriemutter und vertreibt uns. Da sacht mein Freund zu mir, daß kann ich dir beschaffen. Zu 'nem viel besseren Preis.«

»So eine Grafik wie da in der Galerie?« fragte ich, hellhörig geworden.

»Na klar, der hat da 'ne Quelle, wo so Sachen billjer sind.«

Ich überlegte. Wie konnte ich herausfinden, um was für eine Quelle es sich da handelte, ohne zu neugierig zu erscheinen? »Rudi, könnten Sie mir auch so ein Blatt besorgen, ich meine nur, falls es wirklich ganz billig sein sollte – ich hab nicht viel, und ich verdien noch weniger.«

»Wolln Se och 'ne Marilyn? In Rosa?«

»Nein, lieber von demselben Künstler die Büchsen mit der Suppe, mit der Suppe von Campbells. Für meine Küche, das würde da ganz gut hinpassen.«

»Ach so eine sin Se! Essen nur Warmjemachtes aus der Büchse. Ich frach meinen Freund, ob er och Suppendosen hat. Kann er gleich mal beim Kollejen nachgucken, wenn er meine Marilyn holt«, sagte er und verschwand, bevor ich ihm ein Trinkgeld geben konnte oder weitere Hilfeleistungen beim Umstellen der Möbel von ihm fordern konnte.

Die Trostlosigkeit meiner neuen Bleibe schlug mir aufs Gemüt. Hatte ich wirklich die richtige Entscheidung getroffen, als ich Tobias Hardcastles Angebot, als verdeckte Ermittlerin für die Versicherung zu arbeiten, so ohne Protest angenommen hatte? Ich dachte an die Ängste, die ich während James' Tätigkeit für die Post ausgestanden hatte. Und trotzdem! In all den schlaflosen Nächten, in denen ich fürchtete, James könnte etwas zugestoßen sein, hatte ich nie damit gerechnet, meinen Mann durch einen simplen Verkehrsunfall zu verlieren. Ein Bus, der ins Depot fuhr, den James vermutlich sogar gesehen hatte, als er die Straße betrat. Was er nicht gewußt hatte, war, daß der Bus ausnahmsweise abbog. Ich dachte an die furchtbaren Monate danach, alleine in New York, umgeben vom Verständnis unserer Freunde, die nichts verstanden. Irgendwann faßte ich den Entschluß, wieder nach Berlin zu gehen. Ich kündigte meinen Halbtagsjob und erhielt vom obersten Chef derselben Versicherungsgesellschaft am gleichen Tag einen Ganztagsjob und die Zusicherung einer fürstlichen Entlohnung, wenn ich in Berlin für die Gesellschaft weiterarbeiten würde. Nach dem *Was* meiner Arbeit hatte ich vor lauter Aufregung nicht gefragt.

Als das Telefon klingelte, fürchtete ich schon, Herb Angerich würde mir in seiner flegelhaften Art erklären, was ich wie zu tun hätte. Doch vermutlich durfte er mit mir keinen Kontakt aufnehmen. Es war Marlene, meine Patentante Marlene. »Gott sei Dank, du bist es!« entfuhr es mir. »Woher hast du meine Telefonnummer?«

»Wen hast du erwartet? Du klingst ja, als hättest du den Leibhaftigen gesehen. Ich dachte, du bist nicht so ängstlich. Die

Telefonnummer habe ich von einem flegelhaften Amerikaner in deiner Versicherung bekommen, der sie erst rausrückte, als ich ihm drohte, meine Nichte durch die Polizei suchen zu lassen. Was ist eigentlich los?«

»Kannst du herkommen, ich muß mit dir reden. Ich, ich glaube, ich hab mich in eine ziemlich scheußliche Lage gebracht.« Ich nannte ihr die Adresse, verriet ihr, daß mein neuer Name wieder Wolf sei und legte schnell auf, um irgendwelchen Fragen von ihrer Seite zuvorzukommen. Langsam ging ich in die Küche, die meiner Meinung nur noch auf dem Sperrmüll eine Existenzberechtigung hatte. Nacheinander sah ich in den Regalen und Schubkästen nach, schrieb auf, was ich noch würde kaufen müssen.

Aus meinem fieberhaften Tätigkeitsdrang wurde ich durch die Klingel gerissen, und als ich aufmachte, stand Marlene vor mir. Wir starrten uns an. Marlene, nicht mehr Tante Marlene, entschied ich, denn in den letzten zwanzig Jahren war ich selbst ziemlich erwachsen geworden. Sie neigte zu Übergewicht, wie ich – ein Familienerbe, das sich nicht so leicht bekämpfen ließ. Aber Marlene sah gut aus. Sie war so groß wie ich, hatte eine aufrechte Haltung. Etwas älter war sie geworden, jedenfalls älter, als ich sie in Erinnerung hatte. Ihre Haare waren jetzt grau meliert, noch immer lang, aber hochgesteckt. Sie trug ein graues Kostüm und wirkte wie eine New Yorkerin, die gerade von einer wichtigen Besprechung kam.

»Willkommen in Berlin! Ich war gerade im Rundfunk, und von da ist es nicht so weit zu dir hierher. Schnell mal über'n Avus. Darf ich reinkommen?« Ich trat in meinen engen Hausflur zurück und ließ sie eintreten. Sie betrat die Wohnung, ließ ihren Blick durch die angesammelten Scheußlichkeiten schweifen und meinte mit einem Blick auf mich: »Das ist erklärungsbedürftig, Elisabeth!« Mit diesen Worten plumpste sie in den einzigen Sessel, der ein Quietschen von sich gab.

»Ich brauche deinen juristischen Rat«, begann ich etwas unbeholfen. »Ich arbeite nach wie vor für meine alte New Yorker Versicherung, wie du weißt. Ich habe erst heute morgen erfahren, um was für eine Art von Arbeit es sich handelt, die ich hier in Berlin machen soll.«

»Sollte es eine Zumutung für dich sein, dann werden wir etwas anderes finden. Deshalb mußt du nicht gleich in dieses Loch hier ziehen!« Marlene gehörte offenbar auch zu den Menschen in Berlin, die mit ihrer Meinung nicht gerne hinter dem Berg hielten.

»Das Loch hat die Versicherung als Tarnung angemietet.«

»Als was tarnst du dich? Als Klofrau?«

»Als arme, freie Schriftstellerin, die Artikel für verschiedene Kunstzeitungen produziert. Nebenbei soll ich eine große Recherche über Kunstfälschung machen, die ...«

»Daher weht also der Wind. Die wissen, daß du vom Fach bist, daß du durch James sehr viel Ahnung über die Arbeits- und Vertriebspolitik der größten bisher aufgeflogenen Fälscherorganisation hast, und nun wollen Sie dich genau dafür hier einsetzen!«

»Das siehst du vollkommen richtig.«

Marlene lehnte sich im Sessel zurück und betrachtete mich lange prüfend. »Was war das damals, das James aufgedeckt hat? Und wieso ist die Post darin verwickelt gewesen, das ist mir nie klargeworden. Ich kenne die ganze Geschichte nur aus einigen kurzen Meldungen in den Nachrichten und Zeitungen.«

»Die Nachforschungen der Postinspektion begannen Ende der achtziger Jahre. Ausgelöst wurden sie durch Kunden, die sich beklagten, daß sie von einem Kunstversand hereingelegt worden seien. Es ging darum, daß moderne Grafik per Post nach einer Katalogbestellung versandt wurde. James und drei seiner Kollegen wurden beauftragt, dem nachzugehen.«

»Aber was hat die Post mit Kunstfälschungen zu tun? Das hab ich schon vor einigen Jahren nicht begriffen, als ich darüber in der Zeitung las.«

»Die Fälscher benutzten das Telefon, um für ihre Produkte zu werben, und die Post, um die Bestellungen zu versenden. Zuerst einmal stellte sich die Frage: Hat jemand in der Post damit zu tun? Nachdem sich die Anzeigen häuften, wurde 1985 eine umfassende Untersuchung des Geschäftsgebarens mehrerer Kunsthändler und einiger Galerien veranlaßt. Natürlich inoffiziell! Gemeinsam war allen, daß sie ihre Ware bei einer Firma in New Jersey bestellten und von dort beliefert wurden.

»Wie konnte man dies geheimhalten?«

»Vielleicht ging es nur deshalb, weil es die Post selbst war, die ihre eigenen Kanäle durchforsten ließ. So blieb die Arbeit der Ermittler geheim. Hinter jener kleinen Gruppe von Galerien, Grossisten, Druckern und Verlegern, die auf dem Postweg ihre Angebote machten und die Bestellungen ebenso versandten, konnte nach mehreren Jahren der Ermittlung endlich der Kopf ausgemacht werden: Es handelte sich um einen Mann, Leo Schnyder, und seine ganze Familie und deren Unternehmungen. Doch bevor es zu Verhaftungen kommen konnte, starb das Familienoberhaupt, wurde aber sofort von seiner Witwe Henny ersetzt, die die verschiedenen Firmen weiterführte.«

»Es gab angeblich in Nordeuropa eine Filiale dieser Kunstfälscher?«

»Im Dezember 1990 erhielt das Betrugsdezernat in Göteborg zehn Anzeigen auf Verdacht des Handels mit gefälschten Mirós, über fünfundzwanzigtausend Mark dürfte ein echtes Blatt damals wert gewesen sein. Vier der Blätter ließen sich zu einem achtundsechzigjährigen Rentner in Göteborg zurückverfolgen, der sich bei einer ersten Vernehmung in Widersprüche verwikkelte. Als die Polizei ihn ein zweites Mal sprechen wollte, fand man ihn bewußtlos in seiner Wohnung. Er hatte einen Selbstmordversuch unternommen. Später machte er eine Aussage, und so kam heraus, daß der Rentner in nur zwei Jahren, 1989 und 1990, ungefähr einhundert Blätter des Spaniers Joan Miró von einem Dänen gekauft hat. Durch den Weiterverkauf dieser Grafik an Kunsthändler wie Privatpersonen hatte er über eine Million Kronen verdient.«

Marlene starrte mich völlig verblüfft an. »Ich verstehe die Versicherung schon, die dir für deine Arbeit an einem solchen Thema einen guten Lohn verspricht, du bist ja vollkommen in die Problematik eingearbeitet.«

»Das kam durch James. Ich wußte ziemlich viel über seine Arbeit, auch wenn er mir manches aus Sicherheitsgründen, also meiner Sicherheit natürlich, erst hinterher erzählen konnte.« Wehmütig dachte ich an eine Zeit intensiver Zusammenarbeit mit meinem Mann. An die Tage, die ich in der Bibliothek des Metropolitan Museum of Art verbrachte hatte, um herauszufinden, wie viele Radierungen oder Lithographien eines Themas von den verschiedenen Künstlern wann und wo in Auftrag gegeben worden waren.

»James ist noch keine zwei Jahre tot. Könnte es nicht sein, daß dich diese Aufgabe zu sehr belastet?«

Ich überlegte. Wenn ich das so genau wüßte! »Es geht nicht nur darum zu erforschen, auf welchen Wegen gefälschte Grafik in Umlauf gebracht wird. Ist dies einmal festgestellt und können Werke sichergestellt werden, kommt das viel größere Problem: Es muß bewiesen werden, daß es sich um Falsifikate handelt!«

»Sieht das ein Experte nicht sofort?« Marlene war vor Spannung auf den vorderen Rand des Sessels gerückt und sah mich fragend an.

»In dem Fall in Göteborg war genau dies die Crux. Einen Revisor, der ebenfalls in den Fall verstrickt war, hatte man glauben lassen, seine Blätter seien von Maeght in Paris geliefert worden. Mancher Sammler und Händler hat sich ohne eigenes Zutun den guten Ruf ruiniert. Was ist eine Fälschung? Wenn die Grafik vom Originaldruckstock oder Stein hergestellt wurde, dann wäre nur die Numerierung und die Signatur gefälscht. Im Mai 1990 kam es zu einem Gerichtsverfahren, das ein unerwartetes und enttäuschendes Ende nahm: Der Betrüger wurde laufengelassen, nachdem er die Numerierungen und Signaturen wegradiert hatte. Es konnte nicht bewiesen werden, daß die Blätter gefälscht waren.«

»Aber die Täuschung des Kunden, sei es nun eine Galerie oder ein privater Sammler, ist strafbar«, brauste Marlene auf. Sie war aufgesprungen und ging in meinem kleinen Appartement auf und ab. Da nicht soviel Platz war, daß wir aneinander vorbeikamen, setzte ich mich.

»Es ist sehr schwer, den Beweis der vorsätzlichen Täuschung zu erbringen«, versuchte ich sie zu besänftigen. »Das Problem ist nicht nur, die Fälschung zu erkennen.«

»Ich dachte, dafür gäbe es heute technische Möglichkeiten.« Marlenes Stimme klang empört, so als sei sie von soviel Unsicherheit in meinem Gewerbe enttäuscht.« Wie konnte dieser Händler durch die Maschen des Gesetzes schlüpfen?« So schnell war meine Tante nicht zu beruhigen.

»Das Problem ist, daß diese Grafiken vermutlich von echten Vorlagen abgezogen wurden. Andererseits kann man heute die Vorlagen so täuschend echt nacharbeiten, daß kein Unterschied zu erkennen ist. Ein Gericht muß sich erst einmal damit auseinandersetzen, ob eine Fälschung im juristischen Sinne vorliegt. Die Frage, ob eine Vorlage echt ist oder nicht, kann häufig nicht geklärt werden.«

»Ich fürchte, in einem solchen Fall ist fast jedes Gericht erst einmal vorsichtshalber überfordert!« stellte Marlene fest.

Ich mußte lachen. »Obwohl es keine erfundene Geschichte ist, ging sie letztendlich für die Polizei gut aus. Zunächst fiel das Gericht aber auf eine Expertise herein, die der Angeklagte vorlegte. Ein namhafter Wissenschaftler attestierte ihm, daß es sich um echte Blätter handelte.«

»Hatte er den Experten gekauft?« Marlene konnte ihre Empörung nicht verbergen. Sie zog ihre Kostümjacke gerade und stolzierte durch meine wenigen Quadratmeter, so als sei sie vor Gericht in Vertretung der Staatsanwaltschaft.

»Nein, nicht den Gutachter, wohl aber den Polizisten, der das Gutachten in Auftrag gab. Der arme Professor glaubte, im Auftrag der Polizei zu arbeiten und nicht im Auftrag eines Gauners. Das Gericht sah sich mit einem Fälscher konfrontiert, der vom Originalstein abgezogene Blätter verkaufte.«

»Aber mit gefälschter Signatur und falscher Numerierung ... Die Fälschungsabsicht ist klar und läßt sich nachweisen«, verkündete meine Tante.

»... Signaturen und Numerierungen, die der betreffende Händler wegradierte.«

»Unglaublich! Wie ging die Geschichte weiter?« Marlene blieb mir gegenüber stehen und sah mich neugierig an.

»Der Polizeibeamte aus dem Betrugsdezernat, der ein Beraterhonorar kassiert hatte, wurde verurteilt. Die Polizei in Göteborg und in Dänemark folgte von nun an den Transporten einer Kunstgalerie in Dänemark und stellte fest, daß es in der Galerie selbst echte Kunst gab, andere Blätter hingegen in einer leeren Fabrikhalle gelagert und dort versandfertig gemacht wurden. Bereits am nächsten Tag schlug die Polizei zu. Von einem Miró-Blatt, das nur eine Auflage von zweiundfünfzig numerierten und signierten Exemplaren im Original haben durfte, wurden allein zweihundertzehn Blätter in Dänemark beschlagnahmt. Außerdem, und da wurde es für uns wichtig, fand die dänische Polizei die gesamte Korrespondenz zwischen der Galerie und der im Staat New Jersey beheimateten Firma MoArt Work, die nun von Henny Schnyder, der Witwe, geleitet wurde.«

»Da begann James' unglaublich spannende Arbeit als Undercover, ungefähr zu dieser Zeit?«

»Ja, es ging darum, daß Beamte in das Unternehmen selbst eingeschleust wurden. Es gab so viele Fragen, so viele Verbindungswege, die nicht bekannt waren, so viele Opfer, die nicht ahnten, daß sie hereingelegt worden waren.«

»Ihr habt sie dann aber alle gekriegt?!« Marlene war keine sonderlich geduldige Zuhörerin.

»1991 wurde eine drei Tage dauernde Hausdurchsuchung bei allen Firmen gleichzeitig vorgenommen, in allen privaten Wohnungen und Häusern der Familie Schnyder.«

»Was hat die Postbehörde da gefunden?«

»Es war nicht nur die Postbehörde, die da in der Endphase involviert war. Die ganze Angelegenheit war zu groß geworden, um sie zu vertuschen. Es mußte schnell gehandelt werden. Es wurden 40000 signierte und unsignierte Dalí-Blätter, 20000 Miró, 15000 Chagall beschlagnahmt. Allein bei einer Miró-Litho, AIENLE DES 10000 AGES, Auflage von nur zweiundfünfzig Blättern, fand man 586 gefälschte Exemplare. 2000 Picasso-Blätter, Originalgrafik, mit Bleistift signiert.«

»Von was für einem Marktwert muß man ausgehen, wenn alle diese Tausende von Grafiken in den Handel gekommen wären?« Marlene war fassungslos, was sicher relativ selten vorkommen dürfte.

»Die Aufzählung ließe sich beliebig verlängern: 5000 Chagall-Bibeln, zusätzlich zu den 3000 originalen Verve-Ausgaben ...«

«... hör auf, das ist so unglaublich. Von was für einem möglichen Erlös auf dem Weltmarkt reden wir hier?« Marlene sah mich neugierig an.

»Bei den 75000 sichergestellten Blättern, reden wir über einen geschätzten Ertrag von circa 1,8 Milliarden US Dollar.«

»Das fasse ich ja nicht ...« Vor Staunen konnte Marlene

nicht weitersprechen. Nach einer Weile schien sie sich gefaßt zu haben. »Ein ungeheuerlicher Markt, dieser Kunstmarkt.«

»Der Markt mit falschen und gefälschten Kunstwerken ist ungeheuerlich«, verbesserte ich.

»Wenn ich dich richtig verstanden habe, dann geht es bei der modernen Grafik nicht in erster Linie um Blattfälschung, sondern um Signaturfälschung.« Marlene hatte ihre Wanderung durch meine kleine Behausung wieder aufgenommen. Jetzt, wo sie hier war, erschien mir meine Bude weniger trostlos. »Das heißt doch, die Fälscher im Staate New Jersey müssen die Originalvorlagen aus Paris gehabt haben.«

»Experten schließen nicht aus, daß die Originalplatten in Paris nicht nach dem Druck der vorgesehenen Auflage vernichtet wurden, sondern auf irgendwelchen krummen Wegen in die Vereinigten Staaten kamen.«

»Man vermutet, man weiß aber nicht ... Wurde bei den Hausdurchsuchungen nichts gefunden?«

»Nur das Lager mit über 75 000 Blättern ist entdeckt worden. In der Druckerei fanden sich keine weiteren Spuren mehr.«

Marlene blieb vor mir stehen und blickte auf mich herab. »Über 75 000 Blätter von Künstlern, die man gemeinhin zur Weltelite der Klassischen Moderne rechnet. Weißt du eigentlich, was das heißt? Weiß man, wie viele Blätter in all den Jahren davor den internationalen Kunstmarkt unbemerkt erreicht haben?«

Ich stand auf und lief, nun ebenfalls nervös, unruhig im Zimmer auf und ab. »Nein, vom Ausmaß des bereits entstandenen Schadens hat man keine Vorstellung. Das heißt, liebe Marlene, daß der gesamte ehrliche Grafikhandel erschüttert, verunsichert und zum Teil sogar zerstört wurde. Von Auflagen einzelner Motive so bekannter Künstler wie Picasso, Chagall oder Miró gab es mehr als hundertmal so viele Blätter, wie ursprünglich hergestellt wurden. Selbst die renommiertesten Händler mußten ihr Lager durchforsten, die Echtheit der Signaturen prüfen lassen und wegschmeißen, was vor den Augen der Prüfer nicht standhielt.«

»Welch ein Wahnsinn!« Marlene schüttelte den Kopf und ließ sich wieder auf meinen Sessel sinken, der vorwurfsvoll aufquietschte. »Du brauchst einen neuen Sessel«, stellte sie, in Gedanken versunken, fest.

»Die Kunden, die auf diese Händler reingefallen waren, hatten noch einen anderen Schaden, außer dem, ihr Geld verloren zu haben.« Ich ging an mein einziges, großes Fenster und blickte hinaus über die Schrebergärten in jene Wohngegend, in der ich einen Teil meiner Jugend verbracht hatte: Wilmersdorf.

»Der Spott vieler Neider dürfte ihnen gewiß gewesen sein«, Marlene sprach jetzt leiser, so als bedenke sie jedes Wort.

»Und die Untersuchung der Steuerbehörden, die die Kundenlisten einzogen, ebenfalls. Denn die Steuerbehörde ging davon aus, daß viele Gutverdienenden ihr Geld in Grafik der Klassischen Moderne angelegt hatten, um es am Ende des Jahres nicht mehr auf ihrem Bankkonto, sondern an der Wand hängen zu haben.«

»Also das ist ja ...« Selbst Marlene fehlten nun die Worte. »Daran habe ich überhaupt nicht gedacht. Kannst du mir mal sagen, wie man so ein Verteilernetz aufbauen kann? Man muß doch erst einmal wissen, wem man bei einer so großangelegten Schweinerei trauen darf!«

Ich drehte mich um: »Wenn es nicht so traurig wäre, könnte ich sogar darüber lachen!« Meine Stimme muß bitter geklungen haben, denn Marlene sah neugierig zu mir. »Zwei oder drei der Mitglieder der Bande, die in Nordeuropa die Verteilung übernommen hatten, gehörten derselben Mormonengemeinde an.«

Marlene lachte prustend los. Es dauerte einige Zeit, bis sie wieder ernst wurde, dann meinte sie: »Wenn du das jemandem erzählst ..., das ist so gut, das könnte erfunden sein!« Dann sah sie mich lange mit ernstem Gesicht an: »Fühlst du dich überhaupt im Stande, so einer Sache nachzugehen? Hast du die Nerven dazu?«

»Vielleicht! Ich habe noch nicht darüber nachgedacht. Mich beschäftigt die Frage, wie ich es hier in diesem Loch aushalten kann. Du hast unser Dreizimmerappartement in New York nicht gesehen. Es war wundervoll, mit Dachterrasse!«

»Kriegen wir schon hin.« Marlene stand auf, sah sich nach einem Maßband um, und als sie keines entdeckte, nahm sie einen Bindfaden, machte zwei Knoten, ungefähr im Abstand von zwei Metern, und begann durch das Zimmer zu wandern. Ich notierte auf den Rand ihrer Zeitung, wie viele Längen zwischen den Knoten die Gardinen hoch seien – eineinviertel –, wie groß die Bettdecke sein mußte – eineinhalb mal dreiviertel –, und so vermaßen wir das Zimmer, bis der Zeitungsrand vollgeschrieben war. »Lisa Wolf, du nimmst deinen Mädchennamen an! Also darfst du Kontakt zu deiner Familie haben. Komm mit zu uns nach Potsdam. Du ißt bei uns zu Abend, und dann sehen wir in unserer Garage nach, was von den Gardinen und Decken und Möbelstücken aus unserem Freiburger Haus hier noch Verwendung finden könnte.«

Die Möglichkeit, dieser Wohnung zu entfliehen, war zu verlockend. Da der Berufsverkehr schon eingesetzt hatte, fuhr Marlene ihren Polo auf meinen zur Wohnung gehörenden Garagenplatz, und gemeinsam machten wir uns zu Fuß auf zum S-Bahnhof Halensee.

Wie genoß ich den Abend bei Marlene! »Muß mich doch schließlich um mein ehemaliges Patenkind kümmern«, erklärte Marlene vergnügt, »und ihr helfen, hier wieder Fuß zu fassen!« Sollte es ihren Mann Andreas wundern, daß ich meinen Mädchennamen wieder angenommen hatte, stellte er keine dumme Frage. Wolfgang, einer ihrer Söhne, versprach seine Hilfe: »Du kannst von mir noch einen alten Laptop und einen Drucker haben.« Jonas, der Jüngste, von dessen Existenz ich bis heute keine Ahnung gehabt hatte, fragte mich über New York und Manhatten aus.

Nach dem Essen stöberten wir in der Garage des kleinen Häuschens herum.

Wir fanden einen Schreibtisch, zwei Stühle, einen Sessel, mehrere mögliche Vorhänge in eierschalener Farbe und eine Bettdecke, hell, Patchwork. Wolfgang versprach, einen Pick-up zu organisieren und alles zu mir in die neue Wohnung zu transportieren.

Da es schon spät geworden war, schlug Marlene vor, ich solle bei ihnen schlafen, Gerhard, der Älteste, studiere in Freiburg, und sie hätten genug Platz. Andreas bekräftigte die Einladung und meinte, er könne durch mich nun endlich etwas über Marlenes schlimme Vergangenheit erfahren.

»Ich fürchte, ich war damals zu klein«, bedauerte ich, »und als ich dann ins Gymnasium ging, war Marlene schon in Freiburg.« Ich durfte trotzdem bleiben, und wir saßen an diesem kalten, verschneiten Februarabend an einem Tisch neben dem Kachelofen und spielten *Mensch ärgere dich nicht!* Langsam löste sich meine innere Spannung. Marlenes Familie gab mir das Gefühl, weniger allein zu sein, als ich mich fühlte.

Erst sehr viel später erkundigte ich mich nach dem Wohlbefinden meines Vaters.

»Gestern abend hat ihn die Polizei in Gewahrsam genommen, da die Gefahr für ihn zu groß geworden war«, verkündete Jonas so vergnügt, als gehöre es zu den Privilegien einer guten Familie, daß mindestens ein Mitglied einsaß.

»Wieso Gefahr?« Mein Vater hatte eine alptraumhafte Art, mich innerlich in Beschlag zu nehmen. Ich hatte immer ein schlechtes Gewissen, weil ich mich nie sehr stark um ihn gekümmert hatte.

»Es hat geschneit, es ist unter Null, dein Vater mußte unbedingt eine Seitenstraße am Prenzlauer Berg bemalen. Dazu braucht er Wasser, wegen der Farben. Aus Sicherheitsgründen ist es im Februar nicht erlaubt, die Fahrbahn zu wässern!« Marlene hatte das alles so todernst vorgetragen, daß ich sie forschend ansah. Wie lebte sie als Schwester eines solchen Mannes?

»Hat dich die Polizei angerufen?«

»Ich hab einen guten Draht zu einigen Beamten von Friedrichs Revier. Sie haben mich angerufen, und wir waren uns einig, daß es reicht, wenn sie ihn nach Hause begleiten und seine Farben für ein paar Tage einbehalten. Ich möchte nicht, daß daraus eine große Sache wird, und ich möchte nicht, daß Friedrich zu einer psychiatrischen Untersuchung geschickt wird. Er ist zu Recht der Meinung, auf unseren katastrophalen Umgang mit der Natur aufmerksam machen zu müssen.«

»Seine Mittel und Wege mögen so manchen befremden«, meinte Andreas dazu. »Wir leben nicht mehr in einer Gesellschaft, die bereit ist, auf die verschiedenartigsten Mitmenschen Rücksicht zu nehmen.«

Sofort hatte ich wieder ein schlechtes Gewissen wegen meines Vaters und beschloß, ihn am nächsten Tag zu besuchen.

Es war kurz vor Mitternacht, als ich allein mit Marlene im Wohnzimmer saß und sie mich fragte: »Da war doch noch etwas, das dich beschäftigt hat, als ich dich anrief. Etwas, was du mich fragen wolltest.«

»Ja, du bist Juristin und kannst mir sicher ein paar Fragen beantworten. Zuerst einmal: wie stehen die deutschen Gesetze zu Undercoverarbeit? Mache ich mich strafbar, wenn herauskommt, daß ich Recherchen für eine Versicherung durchgeführt habe? Ab welcher Handlung oder Notlüge lande ich im Gefängnis?«

Marlene überlegte eine Weile, sah mich prüfend an, als frage sie sich, wieviel an Wahrheit ich wohl vertrüge. »Tatbestandsmerkmale einer strafbaren Handlung werden in jedem Fall geprüft. Mußt du im Laufe irgendwelcher Ermittlungen für deine Versicherung strafbare Handlungen begehen, wird zunächst die Schuldfrage geklärt. Dann erst wird die Frage berücksichtigt, ob Notwehr oder andere Gründe vorliegen, die für deine Handlung den Ausschlag gegeben haben könnten. Es wäre denkbar, daß du in einer Notsituation eine Urkundenfälschung begehen mußt, um nicht aufzufliegen, oder gestohlenes oder gefälschtes Gut erwirbst, um in deinen Ermittlungen weiterzukommen. Erst bei der Strafzumessung werden diese Gründe und die Frage deines sonstigen Verhaltens – zum Beispiel, ob du vorbestraft bist – eine Rolle spielen. Danach wird sich das Urteil richten. Deine Einwände würden wohl strafmildernd berücksichtigt und könnten sogar zur Straffreiheit führen.«

»Danke, Marlene, das klingt ja wahnsinnig kompliziert«, ich lehnte mich ermattet von soviel juristischem Fachwissen in den Sessel zurück. »Ich begebe mich also direkt in die Gefahr, mich strafbar zu machen!«

»Wir haben ein Schuldstrafrecht«, fuhr Marlene in ihren Erläuterungen fort. »Es ist sehr wahrscheinlich, daß du so hin und wieder in Situationen kommst, in denen dir nichts anderes übrigbleibt, als bei Dingen mitzumachen, die dich in eine juristisch heikle Situation bringen können. Du mußt von deinem Arbeitgeber vertraglich abgesichert sein, Rechtsanwaltskosten et cetera sollten dir ersetzt werden, falls du dich in eine verzwickte Situation manövriert hast.«

»Darf ich dich vorerst als juristische Beraterin engagieren?«

Ich hatte mit einer Ablehnung dieser wohlanständigen Ehefrau und Mutter vierer Söhne gerechnet, aber nicht mit einem begeisterten: »Aber selbstverständlich, liebe Elisabeth. Das ist doch keine Frage, bei so etwas helfe ich noch so gerne!«

Als ich sie etwas erstaunt ansah, lachte sie nur und meinte, von ihren Abenteuern erzähle sie mir später einmal. Ich atmete erleichtert auf, und zusammen verbrachten wir die nächste halbe Stunde mit Pläneschmieden, wie meine Behausung in ein bewohnbares Zimmer umgestaltet werden könnte und was ich noch zu kaufen hätte.

Ich machte es mir in Gerhards Zimmer bequem. In einem Nachthemd von Marlene, die Haare noch naß vom Duschen, lag ich auf seinem Bett und spielte mit der Fernbedienung seines Fernsehapparates. Die Familie Neugebauer hatte zwar keinen Fernsehapparat im Wohnzimmer, dafür aber in den »Kinderzimmern«. Kleine zwar, aber scheinbar durfte hier jeder nach seinem Geschmack sehen, was und wann er wollte, ohne das Familienleben nachhaltig zu beeinträchtigen.

Es gab drei Punkte, die gegen eine Undercovertätigkeit für meine Versicherung sprachen: Ich begab mich in Gefahr! Obwohl ich hier unter meinem Mädchennamen lebte, war es nicht zu vermeiden, daß Freunde, Bekannte von James oder mir aus New York mich bei irgendeiner Ausstellungseröffnung treffen würden. Sicher, ich konnte natürlich als Kunstkritikerin arbeiten, darüber würde sich niemand wundern. Daß ich meinen Mädchennamen annahm, mochte allenfalls befremden, schließlich war ich keine geschiedene Frau. Aber würde meine angebliche Armut überzeugen? Ich dachte an James' Eltern in Charlotteville, Virginia, die ohne mit der Wimper zu zucken alle Vermögenswerte, die sie auf ihren Sohn übertragen hatten, nach seinem Tod auf meinen Namen hatten schreiben lassen. Ich dachte an die ersten Wochen, die ich nach der Überführung von James' Leiche und der Beerdigung in Charlotteville bei ihnen im Haus verbracht hatte. Damals machte ich lange Spaziergänge mit meinem alten Hund und führte nächtelange Gespräche mit meiner Schwiegermutter.

Ich würde mich aller Voraussicht nach strafbar machen! Ich würde mit meinen Recherchen nicht weiterkommen, ohne irgendwann einmal etwas zu kaufen, von dem ich annehmen mußte, daß es gefälscht war. Ich würde von strafbaren Handlungen erfahren, ohne sie der Polizei melden zu können. An mehr konnte ich im Augenblick noch gar nicht denken, weil ich mir aus Mangel an Phantasie keine schlimmeren Straftaten vorstellen konnte.

Ich würde allein – ohne James – nicht in der Lage sein, diese Art von Tätigkeit konsequent durchzuhalten. Ich war es gewohnt, im Hintergrund zu arbeiten, hatte die ruhigen Stunden in den Bibliotheken mit Recherchen genossen. Ebenso die Vernissagen Downtown Manhatten, die Besuche in Ateliers von Künstlern. James hatte im Staate New Jersey, in einem Kaff von nur hunderttausend Einwohnern, im Vertrieb einer internationalen Kunstfälscherorganisation gesessen und in günstigen Augenblicken Kopien der beteiligten Händler und Kunden auf Diskette gezogen, während ich Jackson Pollack bei einem Frühstück im Atelier eines Freundes ein Gemälde abschwätzte, das damals unsere gesamten Ersparnisse kostete. Warum Andy Warhol mich gemocht hatte und mir zwei seiner Serigraphien geschenkt hatte, würde ich nie mehr erfahren. James hatte damals behauptet, es läge daran, daß ich nicht so eine New Yorker Art von aggressiver Erotikausstrahlung hätte, weshalb ich furchtbar beleidigt war. Heute wußte ich, was er damals gemeint hatte. Für New Yorker war ich mit meinem langen hellblonden Zopf der Inbegriff des deutschen Gretchens. Damals war ich so sauer gewesen, daß ich am nächsten Tag zum Friseur gegangen bin und mir die Haare habe schneiden lassen!

Es gab nur einen Grund, der dafür sprach, diese Aufgabe anzunehmen: Ich wollte es! Ich fühlte mich nicht hofiert, weil man es mir zutraute, ich war nicht stolz, daß ein solches Angebot ausgerechnet mir gemacht wurde, und ich war nicht hinter der Prämie her, die meine Versicherungsgesellschaft mir bot. Ich wußte, daß ich neben meinen anstudierten kunsthistorischen Kenntnissen viel vom Kunstbetrieb verstand. Ich kannte die Leute, die damit umgingen, ihre Macken, ihre Eitelkeiten, ihre Schwächen. Deshalb traute ich mir zu, mich hier in Berlin, in meiner Heimatstadt, wieder in das Thema einarbeiten zu können. Ich mußte es zumindest versuchen!

Meine Gedanken wurden jäh von Lustgestöhn unterbrochen, und ich sah einigermaßen verblüfft auf den Fernsehapparat. Was sich hier nachts gegen zwei Uhr auf dem Bildschirm abspielte, würde den Sender in mehr als der Hälfte der Bundesstaaten in Nordamerika die Sendelizenz kosten. Interessiert betrachtete ich die scheinbar lustvolle Kopulation. Ich hielt sie für vorgetäuscht. Als plötzlich der Mann sein Glied in die Kamera hielt und ejakulierte, stellte ich den Apparat ab. Ein bißchen Softporno – nachts, für die älteren Herrschaften als Aufmunterung –, das hätte mich nicht weiter gewundert. Was ich hier gesehen hatte, erfüllte – meinem puritanischen Gedankengut nach – mehrere Straftatbestände gleichzeitig.

Lebten wir wirklich in einer Gesellschaft, in der das Beobachten, die Schau durchs Schlüsselloch, an die Stelle des eigenen Erlebens getreten war? Ich war weder weltfremd noch moralhüterisch veranlagt, doch was ich eben im Fernsehen – nicht »pay TV« – gesehen hatte, hätte ich allenfalls in gewissen Meilen oder Stadtvierteln erwartet, die von dem lebten, was man zu Unrecht das leichte Gewerbe nannte.

Ich kroch unter die Decke. Wie sehr hatte sich diese Stadt verändert? Welchen anderen Zeichen geistiger Armut würde ich noch begegnen? Oder sah ich heute mehr, nahm ich mehr auf als damals, vor über zwanzig Jahren?

An der Kaiser Wilhelm Gedächtniskirche war ich in den Bus 100 Richtung Stadtmitte gestiegen und hatte, weil es Mittagszeit war, sogar einen Sitzplatz bekommen.

Am Alexanderplatz stieg ich aus und ging langsam Richtung Nikolaikirche. Wie sehr sich hier alles verändert hatte! Einmal war ich 1975 hier gewesen, mein Vater hatte mich eingeladen. Er führte mich in das damals äußerst noble Restaurant im Alexturm und spendierte mir ein großes Essen und ein Eis.

In dieser Zeit ging es ihm sehr schlecht. Er hatte sich als Künstler nicht regimekonform verhalten, seine Stelle als Zeichenlehrer an einem Gymnasium war verloren. Statt dessen mußte er irgendwo in einer Fabrik arbeiten. Als was, das hat er mir nie gesagt.

Ich muß für ihn der Ausbund eines sterbenden, kapitalistischen Systems gewesen sein. Amerikanische Schule am Teltower Damm in Zehlendorf. Eine Schule, die von vielen Diplomatenkindern und Kindern amerikanischer Staatsbürger besucht wurde. Dort war ich hineingekommen, weil meine Mutter mit mir schon ganz früh heimlich Englisch gelernt hatte. Doch es war nicht meine hervorragende Leistung in der englischen Sprache gewesen, sondern ein einfaches Lossystem, nach dem die verbleibenden Plätze ausgelost wurden und das mir die Schultür geöffnet hatte.

Dieser Schule und ihrem Kleidungsstil habe ich mich lange Zeit verpflichtet gefühlt. In Jeans kam ich zum Treffen mit meinem Vater und hatte an den Füßen neue hellbeige Wildlederclarks. Ein kariertes Oberhemd als Bluse und ein Sweatshirt mit der Aufschrift *New York City University* so über die Schulter gehängt, daß man die Aufschrift lesen konnte. Ich war so wahnsinnig stolz auf meine Bekleidung! Hatte mich extra für das Treffen mit meinem Vater fein gemacht. Das Sweatshirt hatte mir Ann, meine beste Freundin, zum Geburtstag geschenkt.

Mein Vater kam in einem der schlechtsitzenden grauen Present-20-Anzüge, einem Markenzeichen der DDR, und er hatte, bei ihm sonst eher unüblich, ein weißes Hemd und eine Krawatte an. Heute war mir klar, daß er über meinen Aufzug entsetzt, zumindest aber irritiert gewesen sein mußte. »Hast du keine weiße Bluse?« hatte er mich gleich gefragt. »Soll ich dir im Kaufhaus dort drüben eine kaufen gehen?«

Ich hatte entsetzt reagiert. Ich wollte keine weiße Bluse aus der DDR haben, nicht eine dieser unsäglichen Plastikfasern, die wir im Westen nur aus Erzählungen kannten. »Ich habe mehrere weiße Blusen, alle aus reiner Baumwolle«, habe ich damals unwirsch geantwortet. Er hat traurig genickt, und dann waren wir in das drehbare Restaurant gegangen und hatten uns »mal richtig satt gegessen«. Das, was mich interessierte, das hatte er mir nicht zeigen können. Weder kamen wir an diesen Tag in die Schinkels Friedrich-Werdersche Kirche noch in die Nikolaikirche. Beide waren geschlossen, als wir nach einem opulenten

Mahl endlich zur Besichtigung aufbrachen. Der Dom war mit einem Bretterzaun abgesperrt, und die Französische Kirche am Gendarmenmarkt verhieß auch nichts Besseres. Von weitem sah ich, daß wir uns nicht die Mühe machen mußten, näher zu kommen. Enttäuscht hatte ich mich damals umgedreht und war Richtung S-Bahnhof Friedrichstraße gegangen.

Mein Vater trottete neben mir her, hatte meine Hand gehalten und ganz traurig gesagt: »Ich wußte nicht, daß du so fromm bist!«

»Fromm? Ich bin doch nicht fromm!«

»Na, warum willste dann immer in die Kirche?«

Wir hatten uns angestarrt, verzweifelt bemüht, den anderen wenigstens einen Nachmittag lang zu verstehen, und dann hab ich losgeprustet vor Lachen. »Ich will Architektin werden oder Kunstgeschichte studieren. Mich interessieren Bauwerke, Kirchen oder Autobahnbrücken oder so ein tolles Hochhaus, wie der Funkturm am Alex heute mittag. Ich guck mir 'ne Synagoge an, wenn sie ein bekannter Architekt gebaut hat. Oder ein römisches Kellergewölbe, egal, was ...«

Mein Vater hatte gelacht und gelacht, bis er sich die Seite halten mußte. »Das mußte deinem alten Vater doch sagen!« rief er immer wieder. »Das kann mer nicht riechen!«, und unter viel Gelächter haben wir uns voneinander verabschiedet. Als ich erleichtert über das ausgeräumte Mißverständnis in seinen Armen lag, hat er mir schnell ins Ohr geflüstert: »Bin froh, daß du drüben bist! Deine Mutter hat das ganz richtig gemacht, damals, ihr seid gerade noch rechtzeitig über Ungarn weg.«

Zwei Wochen später hat er mir einen Bildband über die architektonischen Errungenschaften der DDR geschickt, für den ich mich in einem ganz langen und lieben Brief bedankt habe. Für mich war es ein Zeichen, daß mich mein Vater verstanden hatte. Ich habe ihm dafür immer wieder Zeitungsausschnitte und Berichte über »westliche« Kunst geschickt, aber es sind nur sehr wenige durch das engmaschige Netz der Kontrollen bis zu ihm gelangt. Meine Mutter hat es mir dann verboten, weil sie fürchtete, daß er »drüben« Schwierigkeiten wegen meiner Briefe bekommen könne.

Heute war die Nikolaikirche offen. Ich beschloß, an einem

Sonntagmorgen all die vielen Kirchen in Berlin Mitte in Ruhe anzusehen, und hastete weiter ins Nikolaiviertel, wo mich Professor Johann Jakob Severn nach dreizehn Uhr erwartete. Ich traf ihn in einem kleinen Café am Landwehrkanal. Als ich die wenigen Stufen hochgestiegen war, trat ich in eine andere Welt ein. In der klassizistischen Villa, eher eine Art Stadtpalais, war ein Kaffeehaus mit alten Möbeln eingerichtet. Die einzelnen Räume waren nicht sehr groß, so daß nicht mehr als drei oder vier Tische in einem Raum stehen konnten. Der Ort des Treffens war nicht nur mit Geschmack, sondern auch mit Bedacht gewählt. Da nur wenige Berliner und noch weniger Touristen dieses reizende Café zu kennen schienen, war es fast leer. Ein älterer, weißhaariger Herr in dunkelgrauem Flanellanzug mit Weste saß in einem der Räumchen an einem kleinen Tisch in einer Fensternische. Er war ganz allein dort, und die Serviererin wollte mir schon den Zutritt verwehren.

Der alte Herr hatte sich erhoben, wollte auf mich zugehen, blieb abwartend stehen. Als ich ihn mit den Worten: »Herr Professor Severn, vermute ich?« begrüßte, kam er mir entgegen. Die Bedienung verschwand ohne ein Wort. Wir reichten uns die Hände, und er führte mich an den kleinen Tisch. »Lisa Wolf, vermute ich?« Obwohl seine Augen alt und müde aussahen, lächelte er mich an. Ich war hingerissen von diesem alten Herrn, der altmodischen Geste, mit der er mir aus dem Lammfellmantel half, den er über einen Stuhl am Nachbartisch legte. Er blieb hinter meinem Stuhl stehen, bis ich Platz genommen hatte, dann setzte er sich mir gegenüber. Jetzt kam die Bedienung wieder in den kleinen Raum, und er fragte mich, was ich gerne hätte.

Eine emanzipierte amerikanische Frau aus New York, genauer: Manhattan, wurde von einem Mann gefragt, was sie trinken mochte, damit er es der neben dem Tisch stehenden Bedienung in Auftrag geben konnte! Kein anderer Mann als dieser reizende Professor hätte sich das mir gegenüber erlauben dürfen. Ich sah ihn an und antwortete nur an ihn gerichtet: »Ein Kännchen Kaffee mit warmer Milch, nicht mit Sahne, bitte!«

Der Professor wiederholte meine Bestellung, und die junge Frau mit dem kleinen Spitzenschürzchen verschwand. »In der Wildnis Berlins haben wir uns also getroffen. Sie erforschen einen gemeinen Betrug, und ich bin nur zu gern bereit, Ihnen dabei zu helfen. Doch erwarten Sie nicht zuviel von mir. Ich bin ein alter und in vielerlei Beziehungen sehr enttäuschter Mann.«

»Sie haben etwas getan, was in Ihrer Situation als Sammler Seltenheitswert hat. Sie haben die Tatsache, daß viele Ihrer grafischen Blätter falsch sind, bekanntgemacht. Sie haben nicht versucht, die Werke über kleinere Galerien und zwielichtige Händler einzeln weiterzuverkaufen.«

»Das wäre doch Betrug gewesen! Durch die Expertise Ihrer Versicherung wußte ich, daß es sich um Fälschungen handelt. Und unter diesen Umständen konnte ich nicht so tun, als ob ...« Er hatte vor Empörung die Stimme gehoben.

»Ich gebe Ihnen recht, Herr Professor. Nach meiner Erfahrung als Angestellte einer Versicherung hat Ihre Handlungsweise eher Seltenheitswert – Ihre Einstellung, meine ich!«

Er lachte mich an: »Was hätte mir ein weniger ehrlicher Mensch, als Sie es sind, denn geraten?« Das Gedankenspiel schien ihn zu amüsieren.

»Es gäbe da zwei sehr gern gewählte Möglichkeiten, wie Sie wenigstens an einen in etwa angemessenen Betrag als Entschädigung hätten kommen können.« Ich fand ebenfalls Gefallen an unserem Spiel, aber ich wartete mit meinen Ratschlägen aus dem traurigen Versicherungsalltag lieber, bis die Serviererin mein Kännchen Kaffee und die warme Milch abgestellt und mir eingeschenkt hatte. Es war nicht meine Aufgabe, öffentlichen Nachhilfeunterricht in Versicherungsbetrug zu erteilen.

»Also, lassen Sie es mich nun wissen?« fragte Professor Severn, als wir wieder alleine waren.

»Eine Möglichkeit habe ich angedeutet. Sie geben an die eine oder andere kleinere Galerie einzelne grafische Blätter und lassen Sie ›umständehalber‹ verkaufen. Gehen Sie nicht an zu große, zu bekannte Orte oder Auktionshäuser, denn dort würde man eine Expertise verlangen. So nach und nach würden Sie sicher alle Blätter los, wenn vielleicht auch nicht immer zu dem Preis, den Sie gezahlt haben.« Ich lehnte mich zurück und betrachtete das Mienenspiel meines Gegenübers.

»Ich bin kein Händler, der herumreist und Grafik feilbietet. Welches wäre die Alternative?« Professor Severn schien von dieser Möglichkeit, seine Sammlung selbst zu verhökern, nicht sehr angetan.

»Die andere Möglichkeit ist die einfachere und in letzter Zeit die häufiger angewandte Lösung: der Versicherungsbetrug!«

»Ich habe das nie gelernt, das Betrügen. Aber es interessiert mich trotzdem, rein akademisch. Wie macht man so etwas und, vor allem, wer macht so etwas?« Der alte Herr, dessen Liste an strafbaren Handlungen trotz seines hohen Alters nicht übermäßig lang sein durfte, hatte sich vorgebeugt, um mich besser verstehen zu können.

»Nachdem Sie von unserem Experten erfahren haben, daß es sich nicht lohnt, eine Versicherung für einen großen Teil Ihrer grafischen Sammlung abzuschließen, weil sehr viele Blätter falsch sind, hätten Sie sich nur erkundigen müssen, welche Versicherungen *nicht* mit uns zusammenarbeiten. Dann wären Sie zu einer dieser Versicherungen gegangen, hätten eine Liste der zu versichernden Werke und den Preis, den Sie dafür früher bezahlt haben, eingereicht und alle falschen Blätter versichert.«

»Damit hätte ich noch nicht mein Geld bekommen«, Professor Severn war sehr interessiert. »Müßte ich nicht erst meine eigenen Blätter klauen?«

»Klauen lassen, Herr Professor«, erklärte ich ihm vergnügt, »und dafür sorgen, daß sie in irgendeinem Schrebergarten in der Tonne für biologische Abfälle verbrannt werden.«

»Ich habe keinen Schrebergarten«, meinte der Professor amüsiert, »deshalb blieb mir nichts anderes übrig, als zur Polizei zu gehen.«

Wir lachten und sahen uns an, und ich wünschte, ich hätte irgendeine Chance gesehen, den finanziellen, wenn schon nicht ideellen Verlust dieses reizenden Herren zu verringern.

Die Sonne war schon hinter dicken Schneewolken untergegangen, als ich mit dem Bus 100 wieder Richtung Ku'damm fuhr. Den ganzen Nachmittag hatte Professor Severn mit mir in seiner wunderschönen Altbauwohnung im Nikolaiviertel am Grafikschrank gesessen und gearbeitet. Solche großen Metallschränke kannte ich nur aus Galerien und Museen, und ich stellte mir die Frage, wie wohl der Professor das Monstrum in seine Bibliothek hatte transportieren können.

»Ich möchte wissen, warum sich Ihre Versicherung mit den Fragen der Provenienz von gefälschter Grafik herumschlägt.« Der Professor sah mich wachsam von der Seite her an.

»Sie haben aus eigener Initiative heraus um eine Beurteilung und Bewertung Ihrer Sammlung gebeten. Das fürchterliche Ergebnis war, daß über sechzig Prozent der Sammlung gefälscht ist. Damit haben Sie nicht gerechnet, damit hat die Versicherung nicht gerechnet. Die Ars & Vita hätte Sie auch ohne eine Expertise versichert, denn von der Versicherungsseite bestand kein Anlaß, Ihren Antrag abzulehnen.« Ich holte tief Luft, weil es mir schwerfiel, dem alten Herren zu erklären, warum Versicherungen Geld ausgeben, um die sogenannten faulen Hunde der Branche ausfindig zu machen.

»Wenn ich also – angenommen, ich hätte nicht gewußt, daß so viele meiner Blätter gefälscht wurden –, wenn ich also die Versicherung abgeschlossen hätte, und danach wären mir einige Picasso-Grafiken gestohlen worden, dann hätte die Versicherung gezahlt?«

»Der Versicherung wäre kein echter Schaden entstanden. Sie hätte die falschen Grafiken zu hoch versichert, dafür ihre Prämien gezahlt und nur das erhalten, wofür Sie gezahlt haben!«

»Was also interessiert Sie dann an meinen Blättern? Ich habe sie markiert!« Er hielt mir eine Chagall-Bibel vor, in der groß mit blauer Farbe »Falsifikat« hineingestempelt worden war. Jedes der Blätter oder Bücher, die als gefälscht von Experten aussortiert worden waren, hatte der Professor mit diesem Stempel, den er eigens hatte anfertigen lassen, gekennzeichnet. Nein, dieser Mann wollte weder die Versicherung noch einen anderen Käufer betrügen. Er zeigte ein geradezu akademisches Interesse an meiner Arbeit, obwohl er nur zu gut wußte, daß ich für ihn keine Vorteile mehr herausschlagen konnte.

Ich erzählte ihm von den Fälschungen, die vor einigen Jahren in der Druckerei bei New York sichergestellt worden waren.

»Dieses Blatt ist also Ihrer Meinung nach von der Originalvorlage abgezogen worden?«

»Ja, es spricht manches dafür.«

Er legte das Blatt zurück in die Schublade des Grafikschrankes, schob sie zu, bis er den Sicherheitshaken einrasten hörte, und schloß ab. »Sie wollen den Verteiler finden, den, der hier in Deutschland noch einen ganzen Stoß von solchen Falsifikaten auf Lager hat und unter der Hand ganz langsam und vollkommen unauffällig ein Blatt nach dem anderen an Interessenten verkauft!« Das war keine Frage, sondern eine Feststellung, und ich nickte nur.

»Dazu arbeiten Sie als Kunstjournalistin. Ihrer Versicherung habe ich versprochen, daß niemand von mir erfährt, daß Sie etwas anderes als eine kleine Kunstjournalistin auf der Suche nach der großen Story sind. Ich will versuchen, Ihnen zu helfen.« Der Professor war aufgestanden und im Zimmer auf und ab gewandert. Ich hatte den Kopf zurückgelegt und betrachtete die wundervolle alte Stuckdecke. Ich mußte ihm Zeit lassen, alles genau zu überlegen. Professor Severn war kein Mensch, dem man mit Einschüchterungen kommen konnte. Einem Menschen, der zwei Weltkriege und das DDR-Regime überlebt hatte, konnten verbale Drohungen kaum zur Mitarbeit bei irgend etwas bewegen, er mußte von seiner Handlung selbst überzeugt sein.

Der Professor nahm seine ruhelose Wanderung durchs Zimmer wieder auf. »Als Arzt habe ich viele internationale Veröffentlichungen gemacht. Meine Bücher sind in westdeutschen Fachverlagen erschienen, meine Aufsätze sind in amerikanischen Fachzeitschriften publiziert worden. Ich reiste viel zu Kongressen, aber erst nach meinem sechzigsten Lebensjahr«, fügte er ironisch lächelnd hinzu. Ich verstand. Solange der Professor lehrte und an einer Klinik arbeitete, hatte man ihn nicht reisen lassen, aus Angst, er würde nicht zurückkommen. Erst als er emeritiert war und seine Praxistätigkeit reduziert hatte, durfte er die DDR an internationalen Kongressen vertreten.

»Vermutlich haben sie gehofft, ich würde nicht wiederkommen und sie könnten meine für unsere Verhältnisse hohe Rente sparen. Doch den Gefallen hab ich ihnen nicht getan!«

Es hat mich immer befremdet, daß die Bürger der ehemaligen DDR von ihrer Regierung als »sie« sprachen, keine Namen nannten, keine Ministerien, keine Verantwortlichen. Nur »sie«, als handele es sich um eine nicht näher zu bezeichnende außerirdische Macht, die man ihnen vor die Nase gesetzt hatte.

»Warum wollen Sie mir helfen?«

Er lächelte mich verschmitzt an. »Ich möchte helfen, das solche internationalen Schieber- und Gaunerorganisationen nicht noch mehr um sich greifen.«

Er blieb vor mir stehen. »Ich habe gut verdient, und ich wollte mir all die schönen Dinge kaufen, die ich in den Jahrzehnten des Eingeschlossenseins vermißt habe. Niemand kontrollierte mich, wenn ich in Schönefeld landete. Ich genoß die Narrenfreiheit des Alters. Ich hatte Ansehen im Westen und im Ausland. Ich durfte lesen, was ich wollte, und ich durfte mir für mein westliches Geld mitbringen, was ich wollte. Hier«, er zeigte auf die Bücher an drei Seiten des Zimmers, die bis unter die Decke reichten, »finden Sie alles, was mich interessierte. Mehr als fünfzig Prozent der belletristischen Literatur, die hier steht, war in der DDR verboten. Ich brachte sie im Koffer mit. Niemals mußte ich einen Koffer öffnen.«

Immer wieder war mir von Fällen der Bevorzugung durch die DDR-Regierung berichtet worden. »Mein eigener Vater hatte nie das Glück, zu den von der Regierung hofierten Künstlern zu gehören, die es ja damals auch gegeben haben soll.«

Professor Severn nahm den Rundgang durch seine Bibliothek wieder auf. »Ihr Vater lebt hier? Ist Künstler? Wie heißt er?«

»Mein Vater? Von dem haben Sie sicher nie etwas gehört«, meinte ich traurig, weil es mir leid tat, daß er nie irgendwelche Anerkennung erlangen konnte.

»Wie heißt er?« fragte der Professor ungeduldig.

»Friedrich Wolf. Er arbeitete als Zeichenlehrer am Gymnasium der ...«

»... bis er rausflog, weil seine Kunst nicht im entferntesten als sozialistischer Realismus durchgehen konnte. Die Gefahr, daß er die ihm unterstellten Schüler mit seinen dekadenten Amerikanismen verderben würde, erschien denen da oben zu groß!« Der Ton des Professors war hart, und sein Gesicht verschloß sich. Jede freundliche Verbindlichkeit war verflogen. Mir wurde klar, daß Professor Severn zu jenem kleinen Kreis von Menschen im Osten von Berlin gehört haben mußte, der mehr über all die Hintergründe und die Entscheidungen der greisen Politiker der DDR-Regierung wußte, als in den Zeitungen zu stehen pflegten.

Der Professor sah mich lange nachdenklich an. »So nannte man das damals. Ein solches Urteil war das gesellschaftliche Todesurteil für einen Künstler wie Ihren Vater. Er malte nur noch auf Schulzeichenblocks und mit Farben, die wir ihm besorgten. Einmal kam ich von einem Kongreß in Boston, Massachusetts, und brachte ihm in Seidenpapier eingerollte echte Leinwand und Farben aus den Staaten mit. Drei Wochen haben wir aus Sicherheitsgründen gewartet, bis wir uns trauten, das Material für Ihren Vater über einen befreundeten Künstler an ihn weiterzuleiten, einen, der noch nicht in Ungnade gefallen war.«

Ich wußte sehr wenig über meinen Vater, und ich schämte mich dafür. Ich saß mit gesenktem Kopf da. Lediglich ein kleines Eckchen des Leidensweges, den er in den über zwanzig Jahren gegangen sein mußte, habe ich in New York den Briefen meiner Mutter entnommen.

»Kommen Sie, er hat mir eines seiner Ölgemälde geschenkt!« Professor Severn hatte die Bibliothek verlassen, und ich folgte ihm in ein Eßzimmer, in dem mindestens zehn Ölgemälde hingen. Zwischen zwei Fenstern sah ich ein auf einen Holzrahmen aufgezogenes Gemälde, das ungefähr die Abmessungen vierzig mal fünfzig Zentimeter hatte.

»Er hat sich die Leinwand und die Farben sehr gut eingeteilt«, meinte der Professor.

Nie hatte ich ein richtiges Ölbild meines Vaters gesehen. Dies hier war irgendwo nach Klees Bauhausarbeiten entstanden und spiegelte eine Kenntnis der New Yorker Künstler der frühen fünfziger Jahre wider.

»Gegenstandslose Malerei war denen ein Dorn im Auge. Ihr Vater hat es erst nach dem Fall der Mauer signiert, sonst hätte ich nicht gewagt, es an so prominenter Stelle aufzuhängen.« Professor Severn lachte. »Ihr Vater ist sehr stolz auf Sie, daß Sie weggemacht haben, wie er es nannte, daß Sie rüber nach New York gegangen sind und vor allem daß Sie Kunstgeschichte studiert haben.«

»Ich hab nicht rübergemacht – ich bin von meiner Mutter mitgenommen worden«, versuchte ich das richtigzustellen.

»Ein ganz schönes Gemälde«, der Professor war offensichtlich stolz auf seinen Besitz. »Und garantiert echt!« fügte er ironisch hinzu. Wir plauderten noch ein wenig, dann machte ich mich auf den Heimweg.

Mein Bus hielt an der Budapester Straße und ich stieg am Europa Center in den Bus 119 um. Es schneite. Ich war körperlich müde von einer noch nicht ausgeschlafenen Nacht im Flugzeug und fühlte mich seelisch matt von dem, was ich über meinen Vater erfahren hatte. Ich hatte nur den Zeichenlehrer am Gymnasium gekannt. Zum erstenmal in meinem Leben hatte ich vor einem seiner Gemälde gestanden. Was mir Professor Severn über die zehn, zwölf Jahre im Leben meines Vaters berichtet hatte, bevor die Mauer endlich geöffnet wurde, war mir neu gewesen. Am Rathenauplatz stapfte ich über die Kreuzung. Schneepflüge fuhren und bauten Wälle an den Fußgängerüberwegen, die nur noch mit knöchelhohen Stiefeln zu passieren waren. Der Schnee wurde immer dichter, doch die Autos verwandelten die Fahrbahn in eine braun-graue Glibbermasse. Kinder versuchten, auf dem Trottoir eine Schleifspur zu legen. Ein alter Mann, der ihr Treiben beobachtete, rief vom ersten Stock in unverkennbarem Sächsisch herunter: »Nu macht doch eure Glander woanders. Da bricht mer sich ja de Gnochen!« Die Kinder lachten und kümmerten sich nicht weiter um den Meckerer.

Ich hatte Angst vor dem Nachhausekommen. Seit gestern war ich nicht mehr in meiner Behausung gewesen.

»Sie ham's aber schön!« Mit diesen Worten begrüßte mich ein verschwitzter Rudi Sperling, als ich das Haus betrat. »Den ganzen Nachmittag ham mer geschuftet!« Ich wußte nicht, um was es ging, grüßte freundlich und fuhr mit dem Lift in den zwanzigsten Stock. Als ich die Tür aufschließen wollte, hörte ich von innen Wolfgangs Stimme: »Kommen Sie nur herein, Rudi, es ist offen!«

Ich betrat mein Wohn- und Schlafzimmer, dessen Farbe von Rot- in Beigetöne mutiert war. Aus dem puffähnlichen Ambiente hatte Wolfgang eine helle und ansprechende Studierstube gemacht. Helle Übergardinen am Fenster, davor zwei Böcke mit einer weißen Platte als Schreibtisch, daneben ein alter Nachttisch, gefüllt mit Schreibpapier, Umschlägen und allem, was ein arbeitender Mensch benötigen könnte. Ein Laptop auf dem Schreibtisch, daneben am Boden ein kleiner Drucker. Ein nicht quietschender brauner Ledersessel, Marke Großvater, in der Mitte des Zimmers, dahinter eine alte Stehlampe mit Pergamentschirm. Daneben ein kleines Sesselchen in hellem Samt, Rokokoverschnitt, vermutete ich. An der langen Wand, der dem Bett gegenüberliegenden, hatte Wolfgang aus weißen Steinen und weißen mit Plastik furnierten Brettern, ein Regal gebaut, in dem ein paar Kunstbände herumstanden.

»Arm sieht es immer noch aus, so als hättest du deine Aussteuer vom Sperrmüll, aber es entspricht hoffentlich eher deinem Geschmack, so eine kleine Studierstube ...«

»Es ist unglaublich gemütlich. Ich finde, das hast du ganz toll gemacht. Was bekommst du denn alles an Geld von mir?«

»Für die Steine dreiundzwanzig Mark sechzig, als Trinkgeld für den fleißigen Rudi zwanzig Mark. Neues Schlüsselsystem hundertachtzig Mark. Den Rest der Einrichtung hab ich bei uns im Keller gefunden, die Überdecke und die Vorhänge habt ihr gestern in der Garage herausgesucht, die beiden Kissen da drüben gehören dazu. Außerdem hat meine Mutter gefunden, du brauchst eigene Bettsachen. Das, was zur Wohnung gehört hat, hat Rudi entsorgt, vermutlich schlafen jetzt seine drei Katzen drauf. Es ist alles schon bezogen, alles sauber!« Wolfgang war stolz auf seine Leistung und zu Recht. Ich bezahlte und gab ihm für den Tag, den er bei mir gearbeitet hatte, einen entsprechenden Lohn, den er erst nach längerer Debatte annahm.

Als Wolfgang seine Handwerkssachen eingepackt hatte und gegangen war, schloß ich mein neues Türschloß ab. Wolfgang hatte ein neues Schloßsystem eingebaut, weil er fand, daß der Schlüssel der Vorgängerin noch in wer weiß wie vielen Variationen bei wer weiß wem herumliegen könnte. Da jeder, der mich besuchen wollte, sofort bis zu meiner Wohnungstür durchdringen konnte, hatte er noch ein Riegelsystem installiert, das es unmöglich machte, mir den berühmten Fuß in die Tür zu schieben.

Für soviel Umsicht war ich ihm dankbar, und ich sah mich in meiner Bleibe mit wesentlich weniger Abscheu um als gestern. Hier würde ich es zur Not einige Monate aushalten können.

Ich ging in die Küche, die offensichtlich frisch geputzt war. Für heute abend hatte ich nur das Notwendigste eingekauft. Was das Notwendigste ist, das hatte mir Professor Severn erklärt.

Wir, der Professor und ich, hatten alles besprochen, was es für den ersten Tag zu besprechen gab. Es galt, ein Treffen mit jenem Mann zu vereinbaren, der einen Teil der Grafik für den Professor über die Genex eingekauft hatte, eine Handelsorganisation der DDR, die denjenigen Bürgern, die über konvertierbare Währungen verfügten, alle gewünschten Waren im westlichen Ausland beschaffte, ein Genex-Katalog erleichterte die Auswahl. In den Unterlagen des Professors hatten sich die Rechnungen der Genex befunden.

Weitere gefälschte Grafiken waren aufgetaucht. Jemand, der all seinen Enthusiasmus, seine Liebe zu bestimmten Künstlern und ihren Werken in einer kleinen Sammlung angelegt hatte, war arglistig betrogen worden. Ich hatte das bei meiner Tätigkeit für die Versicherung schon hin und wieder erleben müssen.

Anschließend hatte ich den Professor gefragt, was denn sein Spezialgebiet in der Medizin sei. Er hatte mich lange und nachdenklich angesehen, dann »Internist« gemurmelt. Ich fragte ihn, was man als Internist können müsse, um nach Boston ans MIT, das Massachusetts Institute of Technology, eingeladen zu werden, und nach einer längeren Pause antwortete er mir: »Ich habe mich auf die internistischen Probleme bei übergewichtigen Menschen spezialisiert.«

Zweifellos ein Problem, das in der ehemaligen DDR eine größere Anzahl von Menschen betraf als in den westlichen Bundesländern, und ganz zweifellos ein Problem, das in den Vereinigten Staaten von Amerika ein großer Teil der unterprivilegierten Bevölkerung hat. Wenn ich so an mir heruntersah, verstand ich das Zögern des Professors als eine Höflichkeitsgeste mir, seinem Gast, gegenüber. »Gibt es eine Möglichkeit, bleibend das Gewicht zu reduzieren?« Die Frage interessierte mich brennend, denn an Diäten, die nach anfänglichen Erfolgen zur Gewichtsvermehrung führten, war ich nicht mehr interessiert.

»Es wäre sehr einfach, wenn Sie Ihre Ernährung konsequent umstellen könnten, denn Sie scheinen mir gesund zu sein«, antwortete er.

»Ich habe alles in mich reingefuttert, was mir zwischen die Vorderpfoten kam, weil ich so alleine war, nachdem mein Mann James verunglückt war.« Das sollte keine Entschuldigung sein, wohl aber eine Erklärung.

Der Professor überlegte lange, dann erklärte er kurz: »Versuchen Sie es mit konsequentem Weglassen von Alkohol und Fett. Reduzieren Sie auf zwanzig Gramm Fett zum Frühstück. Essen Sie kein Weißbrot, kein Fettgebackenes, nur Vollkornbrot, Kartoffeln, Gemüse, Salat. Fisch und fettarmes Fleisch, aber nicht jeden Tag. Keine Säfte, außer frischen, keinen Zucker, keine versteckten Fette in Milch oder Quark. Hungern Sie nicht, essen Sie sich satt!« Zumindest der letzten Aufforderung würde ich nachkommen. Ich hatte über die erhaltenen Ratschläge nachgedacht. Sie erschienen mir gar nicht so schwer umzusetzen. Vor dem Rathenauplatz, Richtung Halensee, war ein Supermarkt von irgendeiner Kette, und ich hatte Gemüse gekauft, kaltgepreßtes Olivenöl und Balsamicoessig, Gewürze, Salate und Obst. Magerquark, Vollkornbrot und fünf abgepackte Stückchen Butter à zwanzig Gramm, damit ich nicht in Versuchung kam. Koffeinfreier Kaffee und Kräuterteebeutel vervollständigten meine Sammlung neben sehr viel Mineralwasser.

Ich wollte es wenigstens probieren, was mir der Professor da geraten hatte. Vielleicht ließ es sich vermeiden, später einmal wie Herb Angerich aussehen zu müssen. Ich kochte eine Kanne Pfefferminztee, um mich innerlich gegen den Schnee vor meinem Fenster zu wappnen, setzte das Gemüse in Wasser auf und bereitete alles für ein Abendessen vor. Als ich das Tablett mit Tee, Gemüse, lauwarm, mit Balsamicoessig abgeschmeckt, und einer Schnitte trockenen Vollkornbrots auf dem kleinen Tisch neben dem Sessel abgestellt hatte, entdeckte ich einen kleinen Fernsehapparat mit Fernbedienung in meinem neuen, aus aufgeschichteten Steinen gebauten Regal. Wolfgang hatte großzügigerweise den Fernsehapparat seines großen Bruders bei mir installiert.

Ich ließ mich in den Sessel fallen, der nur ganz leise

quietschte, nahm das Tablett auf den Schoß und griff zur Fernbedienung.

Ich mußte frühstücken, am liebsten so ausgiebig wie die Engländer. Da das tägliche Spiegelei wegen des Cholesterins ausfallen mußte, machte ich mir zwei Vollkornschnitten, eine mit Magerquark und eine mit Marmelade, und eine Kanne Kaffee und zog mich an meinen Schreibtisch zurück. Vor mir lag eine ganz neue Agenda, in der außer den Adressen der Familie Neugebauer, der meines Vaters und der von Professor Severn nichts stand. Ich hatte keine Notiz über meine Verbindung zur Ars & Vita und noch weniger eine Telefonnummer, die mich mit dieser Versicherung in Verbindung bringen konnte. Dafür enthielt die Agenda eine Reihe von Adressen von Kunstzeitschriften in Deutschland, England und den USA.

Es klingelte. Ich ging zu meinem Guckloch in der Tür und spähte hinaus. Ein konkav verzogener Rudi Sperling stand mit viel Papierkram vor meiner Tür. Ich öffnete, und er drückte mir nach einem kurzen »Morchen« den Papierwust in die Hand. »Was sinen Sie für 'ne Berühmtheit, bei soviel Post?« Ich war selbst verblüfft.

»Keine Ahnung, wer schickt mir denn den ganzen Kram?« Ich warf einen oberflächlichen Blick auf das Durcheinander.

Rudi schien meine Post schon in Augenschein genommen und vorsortiert zu haben, denn er berichtete mir: »Galerien und Museen und so Sachen, mit Einladungen, bei manchen gibt's sogar was zu essen.«

Ich bedankte mich für die Auskunft, und da ich keine Anstalten machte, ihn hereinzubitten, drückte er mir den Briefkastenschlüssel in die Hand. »Der gehört noch zur Wohnung.« Dann drehte er sich um und zog von dannen. Ich schloß die Türe und setzte mein unterbrochenes Frühstück fort. Dabei sah ich die Einladungen zu Ausstellungseröffnungen durch, sortierte die Vernissagen nach Datum.

Meine Agenda begann sich zu füllen, zumindest was die frühen Abendstunden anbetraf. Die Adressen und Telefonnummern der betreffenden Museen und Galerien trug ich ebenfalls ein. Morgen nachmittag war ein Presseempfang in der Gemäldegalerie. Eine Einführung, bevor die offizielle Eröffnung im Kulturforum stattfinden sollte. Von New York aus hatte ich überhaupt nicht mitbekommen, daß eine neue Gemäldegalerie in Berlin gebaut worden war. In der Vorankündigung für die Presse stand, daß die Dahlemer Werke erstmals am neuen Ort zu besichtigen seien. Den Platz um die Matthäuskirche, das Kulturforum mit seinen verschiedenen Museen kannte ich noch nicht, und ich freute mich auf eine Reihe von Museumsbesuchen. Die neue Kunstbibliothek, die von der Ibenstraße am Bahnhof Zoo ebenfalls ins Kulturforum umgezogen war, würde sicher ein ansprechenderes Ambiente und einen besser beleuchteten Lesesaal haben als vor über zwanzig Jahren.

Eine Extraankündigung beschäftigte sich mit Führungen von Einzelwerken in der Nationalgalerie, und da ich Fan dieser Mies van der Rohe-Architektur war, notierte ich mir eine Vortragsreihe jeweils sonntags um elf Uhr dreißig. Man konnte ein Singledasein durchaus mit Kunstausstellungen ausfüllen. Zumindest wußte ich, daß ich Spaß daran haben würde.

Das Telefon klingelte. Ich nahm ab und meldete mich pflichtbewußt mit »Wolf, guten Tag«, obwohl es mir nach beinahe zwanzig Ehejahren schwerfiel, wieder meinen Mädchennamen zu nennen.

»Wölfchen, du süßes, reißendes Wölfchen, kannst du mir nicht ein paar wunderschöne Schweinereien sagen, damit ich mir einen runterholen kann?«

Ich war verblüfft und muß den Hörer eine Sekunde zu lang in der Hand gehalten haben, denn die männliche Telefonstimme flüsterte gierig: »Wie ist es, mein reißender Wolf, wenn du dich auf mich stürzt und mir in die Eier beißt?«

»Es ist mir völlig piepe, wie das ist. Wenn Sie's wissen wollen, machen Sie das grad auch noch selber!« Wütend schmiß ich den Hörer auf die Gabel. Zwar war es mir äußerlich gelungen, die Wohnung von einem Puff in eine Studierstube, wie mein Cousin es genannt hatte, zu verwandeln. Doch per Telefonkommunikation war ich irgendwie noch mit der Zentrale für telefonische Selbstbefriedigung verbunden. Ich suchte die Nummer der Telefonberatungsstelle und rief an.

Eine freundliche Dame, berufsmäßig an viele Merkwürdigkeiten gewöhnt, begrüßte mich und fragte in einem Ton, als würde es sie tatsächlich interessieren, was ich denn zu bemängeln hätte. Ich erläuterte ihr mein Problem und ohne hörbar zu grinsen, ganz in berufsmäßig, unterkühlter Stimmlage, fragte sie mich nach meiner Telefonnummer, obwohl sie die auf ihrem Display ablesen konnte. Dann wiederholte sie, was ich gesagt hatte, so als wolle sie sich vergewissern, daß es so etwas gebe, bestätigte kurz die Beschwerde und versprach, zurückzurufen.

Ich wandte mich den Plänen für meine Ermittlung in Sachen Kunstfälschung zu. Als erstes galt es, den Mann zu treffen, der für die Genex die grafischen Blätter »im Westen« im Auftrag von Professor Severn erworben und über diese Handelsorganisation in die damalige DDR gebracht hatte. Ich hatte die Adresse und Telefonnummer eines Hans Sauer, dessen Künstlername Bodo Scheußlich war. Er war mir vollkommen unbekannt, doch der Professor hatte mir versichert, es handele sich um einen der ganz großen und von der DDR anerkannten Künstler. Der habe seine Berühmtheit zu nutzen gewußt und für die DDR und ihre Großkopferten »im Westen Kunst eingekauft«.

»Verachtete, westlich dekadente Kunst?« hatte ich gefragt.

»Denken Sie an Picassos Kunst, seine persönliche Biographie. Denken Sie an Guernica, das heute in Madrid ist, an die Friedenstaube. Picasso war für die DDR-Staatskunst und ihre Vertreter immer Persona grata.«

Ich hatte bei Picasso nie an sein Liebäugeln mit dem Kommunismus gedacht, als Kunsthistorikerin habe ich vieles – wahrscheinlich zu einseitig – eher unter stilistischen Gesichtspunkten gesehen. Ich mußte dem Professor recht geben.

»Wenn ich auf meine Begründung, warum ich dieses oder jenes Blatt von Picasso erwerben wolle, schrieb, daß der gequälte Minotaurus für mich das Leiden der spanischen Bevölkerung während des Bürgerkrieges symbolisiere, dann schmolz die betreffende Staatsstelle hin wie Butter in einer heißen Pfanne.« Wir hatten gelacht über die kleinen Tricks, die den Bürgern der DDR halfen, sich mit ihrer Regierung zu arrangieren.

»Dann erst ist die Anfrage über die Genex an Hans Sauer weitergeleitet worden, der bei einer seiner Reisen ins Ausland versuchte, das Gewünschte auf dem Kunstmarkt aufzutreiben.«

Da genau mußte ich ansetzen. Es war sehr wahrscheinlich, daß noch immer die eine oder andere Galerie oder Kunsthandlung gefälschte Grafiken der Klassischen Moderne in ihren Beständen hatte.

Ich wählte Hans Sauers Telefonnummer und lauschte nach zweimaligem Läuten einer tiefen, sehr interessanten Männerstimme, die verkündete: »Hier ist das Atelier von Bodo Scheußlich. Ich bin nicht zu Hause. Bitte hinterlassen Sie eine Nachricht oder rutschen Sie mir den Buckel runter.«

Ich beeilte mich, meinen Namen, die Zeitung, für die ich schrieb, und meine Telefonnummer auf Band zu reden, mehr nicht. Bemerkenswert fand ich, daß sich der Künstler nur mit seinem Künstlernamen meldete. Vielleicht, weil ich die Nummer des Ateliers gewählt hatte? Wohnte er irgendwo anders unter seinem bürgerlichen Namen?

Kaum hatte ich aufgelegt, klingelte das Telefon wieder, und die freundliche Dame von der Telefongesellschaft teilte mir mit, sie habe meinen Anschluß überprüfen lassen. Da sei keine 190er Nummer zugeschaltet. Es würde sich vermutlich um einen Einzelfall handeln, den sie persönlich außerordentlich bedauere. Das letzte glaubte ich ihr sogar. Ich bedankte mich und legte auf.

Wieder klingelte es. Ich griff zum Hörer und ein »Mein süßer, reißender Wolf, du weißt doch ganz genau, daß ich mir nicht selbst in die Eier beißen kann. Bitte erzähl mir eine wunderbar widerliche Geschichte. Alles, was du mit mir machen willst, ich bin schon ganz furchtbar geil ...« schallte es durch die Muschel. Ich knallte den Hörer auf, denn es stand zu befürchten, das mein Telefonerotomane irgendeine böse Bemerkung von mir zum Anlaß nahm, mich noch einmal anzurufen. Ein Einzelfall also! Wie wird man den Einzelfall los?

Als das Telefon wieder klingelte, konnte ich mir nicht verkneifen, doch einen weiteren Ratschlag ins Telefon zu brüllen: »Fick dich ins Knie!«

Bevor ich schnell den Hörer auflegen konnte, antwortete die sympathische, dunkle Stimme vom Telefonanrufbeantworter: »Das hab ich schon oft versucht, aber nie geschafft. Er ist zu kurz.« Bodo Scheußlich, der Künstler!

Mir blieb nicht anderes übrig, als mich ganz altmodisch, ganz umständlich zu entschuldigen. Der Künstler in meiner Leitung erwies sich als unkompliziert.

Da ich als Frau die letzten Jahrzehnte in einer Männergesellschaft gelebt hatte, waren mir Eingeständnisse sexueller Unvollkommenheit eher selten begegnet. Eine Kollegin hatte die Meinung vertreten, daß die eine Hälfte dieser gestreßten New Yorker Manager nicht weiß, wo sie für die Nacht schnell eine Frau auftreiben können, während die andere Hälfte nicht mehr weiß, was sie mit der, die sie haben, anfangen sollen.

»Ich war gerade einholen. Auch Maler essen, entgegen einer weit verbreiteten Meinung, hin und wieder etwas, besonders gerne zum Frühstück frische Brötchen«, berichtete Herr Scheußlich. »Was genau hat Professor Severn bewogen, Ihnen meine Ateliernummer zu geben?«

»Ich bin Journalistin, auf Kunstkritiken spezialisiert«, begann ich unsere Unterhaltung nun etwas vorsichtiger.

»Sie wollen mich im Atelier besuchen und die schweißige Luft der Kunst schnuppern?«

Verdammt, das genau wollte ich nicht. Ich mußte irgendwie den Bogen kriegen. »Da Künstler auch essen müssen, wie Sie so richtig sagten, dachte ich an eine Einladung zum Mittagessen in einem Restaurant Ihrer Wahl«, versuchte ich mich vom schlüpfrigen Boden einer Diskussion über die Kunst des Meisters wegzubewegen.

»Zum Mittagessen? Da beginnt meine beste Schaffenszeit, nach dem Frühstück, da gehe ich nicht aus dem Haus.« Wann immer Bodo Scheußlichs Frühstückszeit war, sie schien nach elf Uhr morgens zu liegen, denn ich hörte, wie er sich Kaffee eingoß und schlürfend trank.

»Wann gehen Sie denn aus dem Haus und denken wieder an so profane Dinge wie die Nahrungsaufnahme?« tastete ich mich vorsichtig vor.

»Gegen neunzehn Uhr, das wäre dann mein Mittagessen. Irgendwann gegen Mitternacht denke ich über eine Wurst- oder Fettbemme mit Harzer Käse nach.« Nun war mir die Tageseinteilung des Bodo Scheußlich klar, und ich wiederholte meine Einladung, ihn zu einem Mittagessen einzuladen, allerdings wäre ich dabei bereit, mich nach seinem Zeitplan zu richten. Er lachte auf, nannte mir ein Lokal am Prenzlauer Berg und versprach, heute nach neunzehn Uhr dort vorbeizuschauen. »Sagen Sie Frieder, er soll Sie an meinen Tisch setzen!« riet er mir noch. Das Lokal hieß *Der Igel*, und die Straße würde ich mir im Stadtplan heraussuchen müssen, da ich keinerlei Ahnung vom Ostteil meiner Heimatstadt hatte.

Obwohl es in New York erst kurz nach sieben Uhr früh war, entschloß ich mich, meine Freundin Greta Mitchener zu Hause anzurufen.

Sie war verblüfft, als ich ihr klarmachte, daß ich mich unter die frei arbeitende Bevölkerung einreihen wollte. »Ich denke, deine Versicherung, die ... wie heißt sie noch mal?«

»Das hat nicht geklappt, die sind nicht soweit, daß sie mich hier in Berlin schon brauchen. Ich habe vor, mir eine Existenz als freie Journalistin aufzubauen.«

»O Gott, Elisabeth, Kartoffeln ernten stelle ich mir einfacher vor.« Gretas Großvater war Farmer, und sie hatte vermutlich eine Ahnung, wovon sie redete.

»Deshalb rufe ich dich ja an. Ich möchte für eure Zeitung schreiben, ich hätte Lust, etwas zu machen, aber ich habe nicht die leiseste Ahnung, wie ich es anstellen soll.«

Greta versprach, in zehn Minuten zurückzurufen, und ich legte auf, nachdem ich ihr meine Telefonnummer gegeben hatte. Mir war eine Idee gekommen, wie ich meinen Telefonerotén auf Distanz halten konnte, und deshalb fragte ich Wolfgang, ob er mir nicht einen Telefonanrufbeantworter und ein Faxgerät beschaffen könne. Er versprach, ein besonders preiswertes Exemplar im Studenten-Shop gebraucht aufzutreiben und alles heute noch zu installieren. »Ich hab ja einen Schlüssel von deiner Bude, den anderen hab ich Mama gegeben!« teilte er mir mit.

Gerade, als ich meinen Vater anrufen wollte, klingelte das Telefon. Ich nahm es ganz vorsichtig ab und sagte nur meine Nummer, statt mich mit Namen zu melden.

»It's okay, ich bin's, Greta«, tönte es beruhigend weiblich aus der Leitung. »I have good news for you.« Ich war ganz Ohr. »Unsere Korrespondentin in Berlin bekommt ein Baby, sie sucht jemanden, der sie für drei bis vier Monate ablöst, ihr die größeren Sachen abnimmt. Ich sorge dafür, daß du einen New Yorker Presseausweis erhältst, sende dir den Vertrag über Honorare und Spesen, und du rufst Linda Mayers an.« Greta gab mir eine Berliner Telefon- und Faxnummer und wünschte mir dann »viel Glück«.

Der erste Sprung ins kalte Wasser war nicht so schlimm gewesen. Ich hatte mehr Glück als Verstand gehabt. Ich war im Busineß! Nun kam das für mich Schwierigste. Ich telefonierte mit meinem Vater, der, da es mittlerweile gegen Mittag war, aufgestanden sein durfte. Wir verloren beide kein Wort über sein kleines Zwischenspiel mit der Polizei. Er freute sich, von mir zu hören, bedauerte mit ganz lieben und einfühlsamen Worten, die ich von ihm nicht erwartet hatte, den Unfalltod von James und gab unverhohlen zu, daß er sich riesig freue, daß seine Einzige wieder in Berlin sei. Wir verabredeten uns am Alex, wie damals, vor bald fünfundzwanzig Jahren. »Um drei Uhr«, hatte er noch hinzugefügt.

Ich stand vor dem Spiegel, wühlte in meinem einzigen Koffer, der unausgepackt auf dem Boden lag, entschied plötzlich, mir noch die Haare zu waschen und die Fingernägel zu feilen. Dann zog ich ein Kleid an, eines, das ich sehr gerne mochte, mit Rollkragen und aus schwarzer dicker Wolle. Darüber meinen Lammfellmantel und Stiefel bis zum Knie, um durch die Schneepfützen waten zu können. Ich hatte die Bürgersteige im Osten der Stadt nicht in so wahnsinnig guter Erinnerung.

Trotzdem stand ich schon um fünf vor drei Uhr am Alex, am Fuße jenes Fernsehturmes, in dem einst eines der schönsten Restaurants der DDR gewesen war, und starrte auf einen Bretterzaun, der als Anschlagsäule für eine Reihe von Veranstaltungen in Berlin-Mitte warb.

»Gut siehst du aus«, sagte eine Stimme hinter mir. Ich drehte mich um und stand meinem Vater gegenüber, der frisch rasiert war, Jeans trug, mit kariertem Hemd und dicker Jacke darüber, die vorne offen war. Ein roter Kaschmirschal lag locker um seinen Hals, und als er meinen Blick bemerkte, antwortete er lächelnd: »Ist mein Momperschal.«

Ich mußte lachen und fiel ihm um den Hals, und er sagte mir

ins Ohr: »Ich war immer so wahnsinnig stolz auf meine Tochter. Eine Tochter zu haben, das ist so etwas Tolles. Und dann noch dazu eine, die die ganze Kunstwelt in New York kennt!« Er sah mich bewundernd an, und dann drückte er mich wieder an sich und meinte nur: »Bin froh, daß du wieder in Berlin lebst.«

Mein Vater war kleiner geworden. Jetzt, wo ich nach fünfundzwanzig Jahren wieder in seinen Armen lag, bemerkte ich das als erstes. Und er benutzte etwas ganz Exquisites als Aftershave. Ich schnupperte.

»Roma Uomo von Laura Biagiotti for Men«, meinte er stolz und fügte hinzu: »Scheinst noch gewachsen zu sein, mein Mädel!« In »mein Mädel« lag so viel Stolz und so viel Zärtlichkeit, daß ich es mir verkniff, darauf hinzuweisen, daß es sich bei mir um eine erwachsene Frau handelte.

»Wer schenkte dir das Eau de Toilette?« Ich war der Meinung, es müsse sich um eine Frau handeln, und wollte genau wissen, was mich an familiären Überraschungen noch erwartete. Er sah mich lange von der Seite an, dann sagte er leise: »Ich hab es von deiner lieben Mutter geschenkt bekommen. Es war sicher das Überflüssigste bei all den Dingen, die ich damals gebraucht hätte, aber es hat mich unheimlich stolz gemacht. Unser Treffen heute ist mir so wichtig, daß ich ausnahmsweise davon genommen habe.«

Ich schluckte. »Ich denke, ihr wart fürchterlich zerstritten.« Meine Stimme hörte sich ganz merkwürdig an.

»Alles nur Theater! Natürlich haben wir gestritten. Ich benahm mich nicht wie ein Zeichenlehrer am Gymnasium. Sie hatte Angst um deine Zukunft, mit Recht, wie ich zu spät gemerkt habe. Sie hat dich geschnappt und hat sich mit dir rübergemacht, und zwar auf ganz illegalen Wegen. Republikflucht, so hieß das. Sippenhaft kannte man damals. Ich mußte die Scheidung einreichen, sonst wäre ich als Lehrer nicht mehr tragbar gewesen.«

»Aber wir sind in Budapest ganz einfach in ein Flugzeug der Air France gestiegen und nach Paris geflogen. Daran war doch nichts Verbotenes. Wir sind nur nicht zurückgekommen.« Ich war damals zu klein gewesen, um mich noch an Details erinnern zu können. Ich weiß nur, daß uns meine Patentante Marlene in Orly erwartet hatte und daß die beiden Frauen sich begrüßt hatten, als hätten wir den Untergang der Titanic überlebt.

»Marlene hatte einer Stewardeß gefälschte Westpässe mitgegeben und die Flugtickets. Gegen entsprechendes Entgelt hat die einen Umschlag im Hotel für euch hinterlegt. Ihr wohntet in demselben Hotel wie die Crew von der Air France. Deine Mutter hat den Umschlag abgeholt, die Tickets – nur Rückflugtickets, wo die Hinflugcoupons bereits abgerissen und weggeworfen waren. Die Pässe hatte sie eingesteckt, eure Ostpapiere verbrannt, und dann seid ihr mit einer Reisegruppe zurückgeflogen. Es war eine Schlepperorganisation, die die Pässe besorgt hat, eure Unterschrift war gefälscht, sonst war alles echt daran, auch die Fotos.«

»Ich erinnere mich an das schöne Hotel, an Budapest, an Muttis schlechte Stimmung ...«

»Ihre Angst war das.« Ich war mit meinem Vater Richtung Nikolaikirche gegangen, und wir landeten in einem kleinen Restaurant und Café.

»Ihr wart nicht richtig verkracht?«

»Das Geschrei haben wir für die Nachbarn gemacht. Sie wollte mit dir weg, illegal. Ich mußte geschützt sein, sagte sie. Zerrüttung der Ehe, so hieß das. Damals hat dieser Trick deiner Mutter geholfen, doch als ihr dann weg wart und ich alleine immer wieder beim Regime aneckte, ist genau das eingetreten, wovor deine Mutter immer Angst gehabt hatte. Ich bin in Bautzen gelandet.«

»Du warst in Bautzen?« Ich war entsetzt. Davon hatte ich nichts gewußt.

»Nicht lange«, meinte mein Vater beschwichtigend.

»Und Mutter?«

»Die hat in Westgeld den besten Ostanwalt für mich bezahlt, den sie kriegen konnte. Hat schon ein bißchen was genutzt, damals. Hin und wieder 'ne Stange Amizigaretten für die Wärter, damit sie mich anständig behandelten ...«

»Und wer kümmert sich nun um dich, seit sie tot ist?« Meine Zunge war pelzig geworden.

»Deine Mutter, bis über ihren Tod hinaus!« Mein Vater lächelte vor sich hin und hing seinen Gedanken nach. Nach einer Weile fuhr er mit seiner Erzählung fort: »Wir haben ein Jahr vor ihrem Tod wieder geheiratet. Damals wußte sie, wie krank sie war. Wir haben eine Erklärung unterschrieben, daß es nur eine Scheinscheidung gewesen sei, wegen der Republikflucht und so. Wegen der politischen Lage. Deine Mutter hat beweisen können, daß sie all die Jahre für mich gesorgt hat, und ihre Pensionskasse mußte bei all den Unterlagen, die sie einreichte, kapieren, daß wir wirklich zusammengehörten. Dann wurde ich als rechtmäßiger Erbe ihrer hohen Pension anerkannt.« Er schwieg, und ich glaubte, es war echte Rührung, weil jemand so gut für ihn all die Jahre über gesorgt hatte. »Hab nie in meinem Leben soviel Geld gehabt wie jetzt«, fügte er mit tränenreicher Stimme hinzu.

Dazu konnte ich nichts sagen, weil ich von all dem nichts gewußt hatte. Meine Mutter und mein Vater waren verheiratet. Das was ja das Allerneuste! »Warum habt ihr mir nichts gesagt?«

»Erst sagte deine Mutter, du hättest ein bißchen wenig Verständnis für unser Verhältnis nach der Scheidung, denn du wärest glücklich verheiratet. Auch sei in Amerika alles ein bißchen engstirniger als bei uns in Berlin.«

Es war typisch für meinen Vater, daß er Berlin sagte und Deutschland meinte. Er war, wie viele hier, der Meinung, daß Berlin den Rest der Republik und all ihre Probleme widerspiegele.

»Dann kam James um, und ausgerechnet vier Wochen später haben wir geheiratet. Das war ihr wohl ein wenig zu unpassend, du in deiner Trauer und wir in den zweiten Flitterwochen in Paris.«

Ich schluckte. »Und als Mutti starb, war ich mit einer Freundin auf einer sechswöchigen Wanderung in Kanada. Wir hatten uns zwar ein Mobiltelefon geliehen, bevor wir losgingen, aber die Eltern von James hatten unsere Nummer nicht. Wir hatten das Telefon nur zu unserer eigenen Sicherheit, es war immer ausgeschaltet, außer wir mußten telefonieren. So kam ich nicht mal mehr zur Beerdigung meiner eigenen Mutter ...«

»Macht nichts, Kleines«, meinte mein um einige Zentimeter in die Erde gewachsener Vater zu mir, »ich hab sie in der schönen Familiengrabstätte meiner Eltern begraben lassen und furchtbar viele Leute eingeladen. Wir waren über einhundert Personen, und es war ein sehr schönes Fest.« Er sah mich stolz an, und als er meinem skeptischen Blick begegnete, beeilte er sich, »sogar mit Pfarrer« hinzuzufügen.

»Wegen mir?« Nun mußte ich lachen.

»Ja, stell dir vor, wir haben eine riesige Feier auf dem Friedhof, und plötzlich kommst du aus Amerika – wo du doch ausdrücklich kirchlich hast heiraten wollen –, also, dann kommst du in letzter Minute auf den Friedhof, und es ist kein Pfarrer da!« Mein Vater sah mich von der Seite her an. »Das hätte ich mich nicht getraut.«

»Ich hab nie gewußt, daß Eltern Angst vor ihren Kindern haben«, meine Stimme muß traurig geklungen haben, denn mein Vater wollte mich beruhigen, indem er mir versicherte: »Die meisten, mein Kind, die meisten Eltern haben Angst!«

So ist meine angeknackste Kinderwelt über zwanzig Jahre später zu einem guten Ende gekommen, und ich, da es mich als Tochter am meisten betroffen hätte, habe es nicht erfahren. Ich seufzte, und mein Vater streichelte meine Hand.

»Meine Mutter hat immer behauptet, du hättest dir ganz unbedingt ein Mädchen gewünscht. Warum?«

Mein Vater lachte verschmitzt vor sich hin. »Ein riesiges Fest habe ich zu deiner Geburt gegeben, der ganze Prenzlauer Berg muß drei Tage lang besoffen gewesen sein, so viel Wodka gab es zu trinken. Einige der Schnapsleichen wurden in Pankow aufgegriffen. Es war ein weitreichendes Fest«, er war mächtig stolz auf sich, und ich begann zu begreifen, daß außergewöhnliche Ereignisse für meinen Vater mit einem Fest verbunden waren, von dem die Mitwelt noch lange sprach.

»Warum?« versuchte ich auf den Kern meiner Frage zurück zu kommen.

»Weil Mädchen nicht zur Nationalen Volksarmee mußten!«

ARS – KUNST

Der Igel sah so aus, wie ich mir eine Kneipe in Ost-Berlin immer vorgestellt hatte. Die Wände waren dunkel getäfelt, eine Biertheke mit Zapfhähnen versprach, daß es Pilsener Urquell vom Faß gab, und dunkle Stühle standen an Holztischen, was dem Raum einen beinahe traurig, nostalgischen Anstrich gab. Von allen Versuchen, mit der Modernisierung Schritt zu halten, war diese Lokalität verschont geblieben, wenn man von einem großen Kühlschrank mit beleuchteter Scheibe absah, hinter der die herrlichsten Salate bereitstanden. Ich schlenderte an den Schüsseln vorbei und stellte im Geiste mein Menü zusammen: Karottensalat und Bohnen, dazu Rote Bete, etwas Tomaten und Chicorée. Überaus appetitlich! Ich würde es nicht selber schnetzeln und zubereiten müssen. Gerade, als ich mich nach einer Art Stammtisch umsah, kam der rundliche Wirt auf mich zu und meinte: »Sie müssen Bodos Dame aus dem Westen sein.«

»Sie haben vollkommen recht, guten Tag.«

»Na, dann kommen Sie mal, und nehmen Sie bitte hier Platz.« Er wies mir am Fenster hinter alten Jugendstilscheiben einen Tisch zu und fragte gleich: »Ein Bier?«

Ich nickte. Einem Pilsener Urquell vom Faß, so richtig mit Liebe fünf Minuten lang gezapft, dem konnte ich nicht widerstehen.

»Wir haben auch noch was Anständiges zu essen, nicht nur Salat«, meinte der Wirt freundlich, als er mir das Pils höchstpersönlich brachte. Ich sah ihn fragend an. Dann begriff ich. Ich sah nicht gerade wie ein Salatfreak aus, doch ich hatte beschlossen, mich an die Ratschläge des Professors zu halten. Jedenfalls soweit wie mir möglich und sinnvoll erschien. Ich bedankte mich für den Hinweis und begann, die Straßenzeitung, Ausgabe Februar 1999, Seite sechs, zu lesen. Sie lag auf jedem der Tische herum wie eine Menukarte.

»Selber Schuld? Obdachlos«, stand auf der Titelseite. Mir war die Zeitung aufgefallen, weil ein Selbstporträt van Goghs neben einer Hundertmarknote und einer Häuserfassade auf der Titelseite abgebildet war. Ich las die Titelstory. Die Autorin erzählte von dem graugetigerten Kater Napoleon, der vermißt wurde, als er sich verlief, und den man wieder heimgeholt hatte. Sein Geschick verglich sie mit dem all jener Menschen, die in unserer Gesellschaft niemand vermißte, die nicht heimgeholt wurden, um die sich niemand kümmerte. Sie haben sich »nicht aufgerafft«, sie hatten »den Anschluß verschlafen«, »die Chancen, die sich ihnen angeblich boten, nicht genutzt«. So urteilte die Gesellschaft über Obdachlose. Der zweite Artikel zu dem Thema war von einem Betroffenen geschrieben, der nur mit dem Vornamen zeichnete, und endete in einer Reihe von Fragen: »Selber dran schuld, wenn dem verzogenen Muttersöhnchen die Mutter wegstirbt und er orientierungslos auf der Straße landet? Selbst dran schuld, wenn die Familie einem bei einem Unfall einfach weggerissen wurde und man nie mehr auf die Füße kam? Selbst dran schuld, wenn die Sucht jeden Pfennig frißt und an Mietzahlungen gar nicht zu denken ist?«

Ich dachte daran, was aus meinem Vater geworden wäre, aus dem Schuldienst geflogen, aus Bautzen entlassen ... Wenn er nicht meine Mutter und jetzt Marlene und ihre Familie gehabt hätte, die für ihn da sind – wenn auch nur im Hintergrund. Unter welcher Brücke hätte ich in suchen müssen? In welchem Obdachlosenasyl hätte ich ihn gefunden? In meiner Vorstellung war für die Bürger der DDR immer gesorgt worden, doch ich hatte mir in New York verdammt wenig den Kopf darüber zerbrochen, was aus meinem Vater nach dem Fall der Mauer werden würde.

»Ich sehe, Sie lesen eine unserer wichtigsten Zeitungen«, sagte eine tiefe Stimme hinter mir. Ich fuhr herum. Bodo Scheußlich machte seinem Pseudonym alle Ehre. Er war der vielleicht häßlichste Mann, dem ich je begegnet war. Sein Gesicht war irgendwie schief, seine dunklen, großen Augen lächelten freundlich, seine Zähne standen alle krumm. Sein Kinn war unrasiert, zumindest in den letzten beiden Tagen hatte es keinen Rasierapparat gesehen. Die Haare, dunkel bis grau meliert, standen ungefähr gleich lang nach allen Seiten zehn Zentimeter vom Kopf ab. Es sah aus, als hätte ein Friseurlehrling einen Dauerwellenversuch mittendrin verzweifelt abgebrochen.

»Scheußlich«, sagte er und hielt mir die Hand hin, und ich

brauchte mehr als den Bruchteil einer Sekunde, bevor ich begriff, ihm meine Hand reichte und »Lisa Wolf« murmelte.

Er setzte sich mir gegenüber, griff die Zeitung, in der ich gelesen hatte, und las laut den Untertitel unter einem der abgebildeten Fotos vor: »Obdachlose gelten immer wieder und ausschließlich als ›selber schuld‹ an ihrer Lage. Dieses Urteil wird oft gefällt, ohne sich der Mühe zu verpflichten, wenigstens einem Obdachlosen Hilfe oder gar Verständnis zu gewähren.« Er klappte die Zeitung zu, legte sie neben sich auf die Bank und meinte: »Sie sind also die Tochter von Friedrich Wolf!«

Hätte es irgendwo im Fußboden eine Ritze gegeben und wäre ich in der Lage gewesen, darin zu verschwinden, ich hätte mich in des Wortes wahrster Bedeutung dünnegemacht. Ein unglaubliches Gefühl von Scham und Schmerz überkam mich. Ich, die ich in der internationalen Kunstwelt der New Yorker Galerien Bescheid wußte, saß hier in einer Kneipe am Prenzlauer Berg einem Künstler aus Berlin gegenüber, der meinen Vater in all den Jahren seines Elends und seiner Vereinsamung gekannt hatte. Warum hatte ich nie nachgefragt, wie und unter welchen Umständen wir in den Westen von Berlin gekommen waren? Keine der Fragen hatte ich meiner Mutter je gestellt, nie hatte ich ihr die Möglichkeit gegeben, etwas zu erklären. Ihre Versuche, mir manche politische Dinge begreiflich zu machen, hatte ich abgeblockt. Ich war überangepaßt gewesen, so würde man heute sagen. In der amerikanischen Schule von Zehlendorf wollte ich etwas zählen, im Sport, bei den Wettkämpfen, da wollte ich gut plaziert sein. Anerkannt sein bei den Mitschülern. Mir war wichtiger, daß mich meine Schwiegereltern in Virginia akzeptiert hatten als mein Vater im Osten dieser Stadt.

»Sie sitzen mir hier mit feuerrotem Kopf gegenüber, leiden Sie unter Bluthochdruck?« Mein Gegenüber musterte mich besorgt.

Ich lächelte ihn an. »Nein, mir ist nur etwas in den Sinn gekommen, was ich vergessen habe. Vielleicht läßt es sich noch in Ordnung bringen.« Ich versuchte, wenigstens etwas von meiner gewohnten Sicherheit wiederzugewinnen. Der Wirt trat an unseren Tisch, begrüßte seinen Gast, und ich hatte ein paar Sekunden Zeit, mich zu fassen. Es schien klar zu sein, was Bodo

Scheußlich aß und trank, nur auf meine Bestellung wartete Frieder, wie Bodo den Wirt nannte. Ich bestellte meinen Salatteller, und Frieder wiederholte sein Angebot, er habe auch etwas Anständiges zum Essen. »Sauerbraten und Klöße!« schlug er vor.

Ich verneinte ebenso standhaft wie bedauernd. »Endlich mal was dran an einer Frau, und dann will sie abnehmen. Warum denn nur?« Vermutlich kannte er keinen Herb Angerich, und somit fehlte ihm das geeignete Feindbild zum erfolgreichen Abnehmen. Ich lächelte matt, und er fügte nur ein »Na, Sie müssen's ja essen« hinzu.

Bodo Scheußlich war dem Intermezzo mit unverkennbarem Vergnügen gefolgt. »Sie haben die Wolfsche Figur, aus Ihnen wird nie 'ne Twiggy!«

Ich hatte bei all den Beteuerungen, wie »you look so nice today« und »you are extremely cute«, die ich in New York eingefangen hatte, völlig vergessen, wie ehrlich die Berliner mit den Menschen umgehen können, die sie mögen, und mit denen, die sie nicht mögen.

Mir war nach einem Rundumschlag zumute. Wenn so viele Menschen glaubten, mir ihre freie Meinung mitteilen zu dürfen, dann wollte ich es auch tun. »Stimmt es eigentlich, daß häßliche Männer die besseren Liebhaber sind?« fragte ich mein Gegenüber. Wenn ich erwartet hatte, er würde auch nur ein klein wenig zusammenzucken, wurde ich enttäuscht.

»Es stimmt nicht. Eitle Männer sind die schlechtesten Liebhaber, Männer, die von sich und ihrer Person so überzeugt sind, daß sie neben sich nichts gelten lassen, die sind hundslausig, die sollten Sie meiden.«

»Danke für den Tip!« Ich glaube, es gab keinen schlechteren Anfang für das, was ich von Bodo Scheußlich wissen wollte.

Mein Salat und der Sauerbraten mit Klößen kamen. Wir begannen zu essen, und es herrschte vorübergehend Stille. Ich betrachtete mein Gegenüber in seinen abgeschabten Manschetten und dem schlecht gestopften Pullover unter dem Wollmantel. »Ich habe daheim einen Smoking!« Bodo Scheußlich konnte Gedanken lesen. Ich blickte auf meinen Salatteller und war damit beschäftigt, nicht noch einmal rot zu werden.

»Noch irgendeine Frage zur männlichen Sexualität, oder

können wir auf das Thema zu sprechen kommen, weshalb Sie mich treffen wollten?« Bodo sah mich ganz freundlich an. Seine Augen waren hinreißend.

Ich fragte mich durch seine ganze Künstlerbiographie, notierte alles, was er mir über sein Leben erzählte, und hoffte, daß ich für die New Yorker Kunstzeitung ein Feature über nur *einen* Künstler der ehemaligen DDR aus der Sicht des Jahres 1999 würde schreiben können. Nach über einer halben Stunde und fünf vollgeschriebenen Seiten unterbrach mich Bodo Scheußlich: »Sie wollen in Wirklichkeit wissen, wo ich die Grafiken des Professors gekauft habe!«

Ich war wie vor den Kopf gestoßen.

»Sie schreiben nicht über mich, Sie wollen eine Artikelserie über Kunstfälschungen schreiben. Übrigens, für welche Zeitung?«

Ich atmete hörbar auf. Professor Severn war bei unserer verabredeten Geschichte geblieben. Also nannte ich ihm die Zeitung in New York, bei der Greta Mitchener Redakteurin war und für die ich eine mehrmonatige Vertretung in Berlin machen sollte. »Außerdem möchte ich über Sie schreiben, unabhängig davon, was bei der Fälschungsgeschichte herauskommt.«

»Eins nach dem anderen. Erst die Arbeit, dann das Vergnügen, so sagten doch unsere Eltern. Was wollen Sie wissen? Die Sache mit dem Professor ist wichtiger.«

Ich stopfte meine Notizen über Bodo Scheußlichs Biographie in die Handtasche und konnte mir doch eine Frage nicht verkneifen: »Wie sind Sie zu ihrem Pseudonym gekommen?«

Er lachte. »Kennen Sie die Nikolaikirche?«

»Nein, früher war sie immer geschlossen, jetzt, nach meiner Rückkehr aus New York, da habe ich noch keine Zeit gefunden ...« Ich glaube, es war die lahmste Ausrede, die eine Berlinerin einem Berliner geben kann.

»Sie haben vollkommen recht, wir Einheimischen haben anderes zu tun. Überlassen wir die Kirchen den Touristen und den Gläubigen. Nun, früher einmal, als ich in die Kirche hineingekommen bin, als junger Mann, da ist mir ein Epitaph in Erinnerung geblieben – also es hat ein paar schöne Epitaphe in der Kirche, müssen Sie wissen –.« Wo bitte ist das nächste Mauseloch? »Also eines der Epitaphe ist für Hans Schenk, genannt Scheußlich, aus Schneeberg in Sachsen um Ende des 16. Jahrhunderts errichtet worden. Ich bin aus Schneeberg, also ein Sachse. Kein Berliner. Ich hoffe doch, Sie haben's nicht gehört?«

Ich bestätigte, daß ich das Sächsische nicht gehört hatte.

»Wann immer jemand in den vergangenen Zeiten meine Bilder sah, vor allem die Honoratioren des staats- und machterhaltenden Apparates, dann sagten sie im Brustton der Überzeugung: das ist ja scheußlich!«

Ich mußte lachen. »Und welche Arbeiten von Ihnen haben der Staatsmacht gefallen?«

»Genau nur die, die ich für sie gemalt habe«, meinte er lachend.

»Damit hat sich das SED-Regime zufriedengegeben?« fragte ich zweifelnd.

»Solange ich nicht auf die Idee gekommen bin, meine anderen Pinseleien, wie man das nannte, öffentlich auszustellen.« Er wischte sich mit der Serviette den Mund ab und nahm einen Schluck Bier. »Doch davon später. Wie kann ich Ihnen helfen?«

»Haben Sie die Grafiken für Professor Severn bei ein und demselben Händler erworben?«

»Nein.« Er räusperte sich. »Bei Auktionen habe ich Aufträge erteilt – ich hatte das Geld auf einem Sperrkonto im Westen. Zwei der großen Auktionshäuser wußten das. Hatte ich den Zuschlag erhalten, wurde der Betrag von dem dafür zuständigen und weithin bekannten Mann für derartige Geschäfte freigegeben. Ich konnte immer sofort am nächsten Tag zahlen. So einfach ging das damals.«

Hörte ich da ein wenig Bedauern in der Stimme? »Wann, in welchen Jahren, meine ich, haben Sie die Blätter ersteigert?«

»Vor 1989 natürlich.«

Ich holte tief Luft. Damit war meine vermeintliche Spur im Sande verlaufen. Ich hatte gehofft, er würde mir eine Galerie, einen Kunsthändler nennen. Vor 1989 hatte noch niemand eine Ahnung von den Fälschungen der Grafiken gehabt, die später zu Tausenden in New Jersey beschlagnahmt wurden. Der Kunstmarkt war noch nicht erschüttert, und so lange die eingereichten Werke eine halbwegs annehmbare Provenienz hatten, gingen sie anstandslos durch eine Versteigerung. Erst nach Bekanntwerden der Verhaftungen in New Jersey und in Nordeuropa waren die Auktionshäuser und die renommierten Galerien dazu übergegangen, Schriftgutachten für die Signaturen der Künstler einzuholen.

»An eine kleine Galerie in Paris kann ich mich erinnern. Es war vom Louvre aus gesehen auf der anderen Seite der Seine. In den kleinen Straßen, wo sich heute feinste Restaurants, kleine Stundenhotels und Boutiquen mit alten Buchläden und Antiquariaten abwechseln, da hab ich auch eine ganze Reihe von Blättern der Klassischen Moderne entdeckt. Ich hielt es für Trouvaillen, erstaunlich preiswert.«

War dies der berühmte Balken im Ozean, an den ich mich klammern sollte? Spätestens als Bodo Scheußlich fortfuhr, kamen mir Zweifel: »Wir könnten zusammen nach Paris fahren, und ich zeige Ihnen, wo die kleine Galerie ist«, schlug er vor.

Ich schob ihm eine frische Papierserviette hin und meinte: »Sie zeichnen mir genau auf, wo sich die Galerie befindet, und ich recherchiere alleine.«

Er spielte mit meinem Kugelschreiber herum. Dann kritzelte er ein paar Striche aufs Papier. Ich erkannte die Seine, den Louvre auf der einen Seite, einen Bouqurainisten auf der anderen. Ein paar schmale Straßen wurden als Grundriß eingezeichnet. Aus den wenigen, schnell hingeworfenen Strichen konnte ich erahnen, was für ein guter Zeichner Bodo Scheußlich sein mußte. Mit welcher Sicherheit entstand auf einer Papierserviette ein kleiner Ausschnitt aus dem Stadtplan von Paris, und darin gingen einige elegante Damen, ein Buchverkäufer und ein Herr spazieren. »Hier ungefähr müßte es sein!« Vor meinem Auge entstand der Aufriß eines dreigeschossigen alten Hauses, in dessen Erdgeschoß eine Galerie hinter drei großen Scheiben beheimatet sein sollte. »Sie gehen die kleinen Stufen hoch«, sie wurden gerade gezeichnet, »dann durch eine damals grüngestrichene Holztür mit einer großen Milchglasscheibe – davor machte der Besitzer abends immer ein Gitter fest, das er außen einhakte und mit riesigen Vorhängeschlössern verschloß.« Sie wurden schnell skizziert, und ich war felsenfest davon überzeugt, daß sich diese Galerie ganz einfach finden lassen mußte.

Frieder, der Wirt, stand hinter mir und betrachtete das Kunstwerk kritisch: »Zu Paris gehören nur nackte Frauen, nicht so viele angezogene Leute.«

Bodo lachte. »Aber nicht in dieser Gegend. In den Häusern schon, aber was du meinst, das ist das Crazy Horse oder der Lido. Das ist ganz woanders.«

»Mal mir 'ne nackte Frau dazu, sonst sieht es ja aus, als wär's in irgendeiner Stadt«, beharrte Frieder, und Bodo tat ihm den Gefallen. Im ersten Stock, über der Galerie, räkelte sich ein hinreißender Akt auf einem breiten französischen Bett.

»Soll ich es noch signieren?« Bodo sah mich spöttisch an.

»Na klar, später rahmen mer's und häng's in deine Gedächtnisausstellung, gleich beim Eingang links.« Frieder und Bodo wechselten einen schnellen Blick, und ich hatte das Gefühl, mitten in ein Gespräch geplatzt zu sein, dessen Anfang mir entgangen war.

Bodo datierte und signierte die Papierserviette, schob sie mir zu und sagte ganz trocken: »Frieder ist Ihr Zeuge, daß dieser Fetzen Papier echt ist.«

Diese Wendung des Gespräches behagte mir noch weniger als der Beginn der Unterhaltung, als es um Obdachlose und meinen Vater ging. Ich verpackte die Serviette in ein Plastikmäppchen und steckte sie in meine große Umhängetasche, in der alle DIN A 4-Blöcke und Unterlagen gut Platz fanden. »Ich möchte zahlen, bitte!« wandte ich mich an den hinter mir stehenden Wirt.

Während der die Rechnung machte, dankte ich Bodo Scheußlich für seine Auskünfte. Irgendwie entschieden wir uns sehr unkompliziert, das steife »Sie« gegen das freundlichere »Du« zu tauschen. Schließlich fragte ich: »Kannst du mir die Adresse der Galerie in Paris heraussuchen?«

»Heraussuchen?« spöttisch betrachtete mich mein Gegenüber.

»Aus den Kaufunterlagen. Professor Severn hat keine Unterlagen über die Provenienz der Kunstwerke, das ist doch wohl etwas ungewöhnlich«, antwortete ich pikiert.

»Was glaubst du wohl, womit die Bürger der ehemaligen DDR im November 89 geheizt haben?« Bodo Scheußlich sah mich lauernd von unten her an.

Ich bekam wieder einen roten Kopf, weil ich das Gefühl hatte, er mache sich über mich lustig. »Keine Ahnung. Kohle oder Öl vermutlich«, antwortete ich trotzig.

Er lachte trocken und unlustig auf. »Mit alten Akten natürlich! So viele alte Akten, wie im Herbst 89 durch den Schornstein der sogenannten neuen Bundesländer gejagt wurden, um so viele Akten herzustellen, braucht ein normales Ministerium oder eine Behörde über hundert Jahre.«

Den Rest des Abends verbrachte ich im Bett. Mein Cousin Wolfgang hatte mir in der Zwischenzeit außer einem Faxgerät noch einen Telefonanrufbeantworter installiert, aber bei mehr als acht Anrufen pro Stunde war an Schlaf nicht zu denken. Ich las einen Kriminalroman, den ich am Abend vorher bei Wolfgang ausgeliehen hatte.

»Nimm ab, Elisabeth, verdammt, ich will dich sprechen«, tönte es aus meinem Anrufbeantworter. Ich sprang aus dem Bett, griff schnell nach dem Hörer und versuchte, den Anrufbeantworter abzustellen. Ich war zu langsam. Als ich es geschafft hatte, war nicht mehr Marlene in der Leitung. Dafür hatte ich einen weiteren verbal-erotischen Freier an der Strippe.

»Amphitrite, meine Süße, meine Holde! Was wollen wir uns denn heute an Zärtlichkeiten füreinander ausdenken?«

»Was Sie sich ausdenken, ist mir egal, ich lese gerade ein hinreißendes Buch, in dem eine kaltblütige Mörderin allen Männern, die ihr nachstellen, den Schwanz abschneidet!« erklärte ich meinem ungebeten Anrufer. Ruhe in der Leitung.

Nach einer kurzen Pause: »Amphitrite, warum bist du mir böse?«

»Die Dame heißt Aphrodite«, verkündete ich meinem halbgebildeten Anrufer und legte auf.

Ich wollte gerade ins Bett steigen, als das Telefon wieder klingelte.

»Kannst du mir die Telefonnummer von Aphrodite sagen?« tönte es ganz unterwürfig aus der Leitung.

»Sie steht vermutlich unter Olymp im Telefonbuch«, antwortete ich, bevor ich auflegte, um gleich selbst Marlenes Telefonnummer zu wählen.

Wir hatten ein langes Gespräch, denn ich hatte viele Fragen. Fragen, die ich bisher nie gestellt hatte. Die meinen Vater und meine Mutter und ihr Verhältnis zueinander betrafen, unsere Flucht, das Leben meines Vaters heute. Endlich kam Marlene zu Wort: »Du hast scheinbar das Bedürfnis, deine ganze Vergangenheit in einem Abend aufzuarbeiten. Mach dir keine Sorgen, deinem Vater geht es gut, besser, als du vielleicht meinst. Er arbeitet viel, er hat keine finanziellen Sorgen, damit hat er den Kopf frei, um zu malen. Und er freut sich über dein Zurückkommen wie blöd. Seit drei Wochen, seit du ihm geschrieben hast, daß du nach Berlin zurückkommen willst.«

Ich atmete hörbar aus. »Denkt er, daß ich wegen ihm ...?«

»Laß ihn denken, was ihn glücklich macht, und versuche nicht nachträglich alles zu dramatisieren. Er hat ein Recht darauf, sich sein Leben so zurechtzumachen, daß es für ihn lebbar ist!« Ich schwieg, denn darauf gab es nichts zu sagen. Marlene kannte ihren Bruder besser als ich meinen Vater.

Dann berichtete ich von meinem Treffen mit Bodo Scheußlich, der ihr als Künstler ein Begriff zu sein schien. Als ich auf die Zeichnung und den Wegweiser zu der Pariser Galerie zu sprechen kam, die Bodo gemacht hatte, meinte sie nur: »Moment mal bitte.« Sie besprach irgend etwas mit Jonas, dann wandte sie sich wieder mir zu. »Jonas hat eine Fotoausrüstung, mit der er sehr gut Sachen aus Büchern oder vom Papier abfotografieren kann. Laß das Blatt auf deinem Schreibtisch liegen, falls du nicht da bist. Wir kommen irgendwann vorbei, dann kann er es aufnehmen und einen Abzug machen. Ich kenne einen Kollegen in Paris, den kann ich darauf ansetzen, sich die Galerie erst einmal näher anzusehen.«

Ich überlegte einen Augenblick.

»Oder meinst du, daß du selbst nach Paris fahren willst und gleich ...?«

»Nein, du hast recht, dazu ist es jetzt noch zu früh. Ich weiß nicht einmal, ob es sich überhaupt lohnt, dazu müßte ich erst ein wenig mehr über die Galerie wissen.«

Nachdem wir alles besprochen hatten, was es für den kommenden Tag zu besprechen galt, riet mir Marlene, die von meinem Ärger mit dem Telefon wußte: »Zieh den Stecker raus.« Diesen gutgemeinten Rat wollte ich befolgen. Während ich auf allen vieren auf dem Boden nach der richtigen Strippe suchte, überlegte ich, um was für eine anstrengende Beschäftigung es sich bei diesem Telefonsexgeschäft handeln mußte. Ich war zwischen Bewunderung und Abscheu hin- und hergerissen.

Völlig zerschlagen kroch ich nach nur vier Stunden Schlaf aus dem Bett. Wer immer auch vor acht Uhr an meiner Haustür zu klingeln wagte, er war des Todes. Ich riß entnervt die Tür auf und rief: »Was wollen Sie?«

»Dich besuchen, Elisabeth!« sagte ein sehr wohlerzogener junger Mann von fünfzehn Jahren und ging an mir vorbei in meine Wohnung. Er trug eine Schultasche unter dem Arm. Jonas, der jüngste Sproß der Familie Neugebauer. Mein kleiner Cousin von einem Meter fünfundachtzig.

Ich schloß die Tür hinter ihm. »So früh?« fragte ich verschlafen und hatte nicht die leiseste Ahnung, welcher Tatsache ich den Besuch zum Frühstück zu verdanken hatte. Ich ging barfuß in meine Küche und setzte die Kaffeemaschine in Betrieb. »Was trinkst du?« fragte ich meinen ungebetenen Gast.

»Nur Milch, ich hab schon gefrühstückt.« Es rumpelte in meinem Wohnzimmer.

»Dein Glück, ich hab nur Vollkornbrot und Magerquark.« eröffnete ich meinem nicht hungrigen Besucher.

»Pfui Deibel!« Jonas schien falschen Schein zu hassen. »Du Ärmste«, fügte er noch mitleidig hinzu.

»Danke für die Anteilnahme.« Der Kaffee begann fauchend zu tröpfeln, und meine Laune hob sich. »Mußt du nicht in die Schule?«

»Hab heute zwei Stunden später. Der Lehrer hat die Grippe. Leider hat sich die Welle nicht mehr ausbreiten können, da der dumme Kerl gleich beim ersten Schniefer zu Hause geblieben ist.«

Ich sprach ihm mein Beileid aus, von so umsichtigen Lehrern unterrichtet zu werden. Mit einer Kaffeetasse in der Hand betrat ich mein Wohn-, Arbeits- und Schlafzimmer. Auf dem Fußboden stand ein sehr merkwürdiges Stativ, und darauf, in ungefähr sechzig Zentimetern Höhe, war eine Rolleiflex montiert, deren Linse auf meinen Fußboden zeigte. Langsam, ganz langsam begriff ich. »Du willst die Zeichnung …?«

Jonas, dieser Blondschopf in einer Familie von Schwarzhaarigen, musterte mich in meinem zerknitterten Nachthemd, mit meinen verstrubbelten Haaren und meinem vermutlich mit Eye-Make-up verschmierten Gesicht von unten nach oben. »Du hast es erfaßt, Cousinechen!«

»Rotzlöffel!« konnte ich mir nicht verkneifen. Er grinste mich an.

Ich suchte die Zeichnung aus meiner Handtasche und gab sie ihm. Er betrachtete sie lange. Dann pfiff er durch die Zähne. Ich vermute, daß es die nackte Dame im französischen Bett über der Galerie war, die seine Anerkennung fand. Vorsichtig nahm er die Serviette aus der schützenden Umhüllung und legte sie unter der Kamera auf meinen Teppich. Mindestens fünf Minuten lang prüfte und korrigierte er alle Einstellungen. Dann machte er kurz hintereinander sieben Aufnahmen, wobei er aber jeweils die Blende veränderte.

»Eine wird bestimmt gestochen scharf«, verkündete er mir. Ich zweifelte keine Minute daran. Als er sein komisches Stativ auseinandergeschraubt und in der Schultasche verstaut hatte, bückte er sich und steckte mein Telefonkabel in die Dose.

»Hättest du wohl vergessen?« fragte er stolz. Ich nickte. Das Telefon bimmelte sofort los. »Willst du nicht drangehen?« Er sah mich fragend an. Ich schüttelte den Kopf.

In dem Augenblick schnarrte der Telefonanrufbeantworter sein »Hier ist die Nummer …« herunter, und ehe ich hinspringen und den Ton leiser stellen konnte, tönte die Frage »Du geile Fotze, was hältst du von Sex am Morgen? Laß uns der Liebeskunst frönen!« durch den Raum.

Wütend riß ich die Schnur aus der Leitung. Jonas betrachtete mich jetzt von der Tür her mit sehr viel mehr Hochachtung. Als er sich verabschiedete, meinte er nur: »Du bist die zweifellos tollste Cousine, die ich mir vorstellen kann.« Dann ging er. Nachdem ich die Tür hinter ihm geschlossen hatte, lehnte ich erschöpft dagegen. Mein Blick fiel auf die Zeichnung auf dem Fußboden. Ich hob sie auf und legte sie auf meinen Schreibtisch.

An diesem Morgen hatte ich noch einmal ein langes Telefongespräch mit einer anderen freundlichen Dame der Telefongesellschaft. Sie versprach, meine Leitung überprüfen zu lassen. Würde meine nächste Nacht endlich frei von Störungen sein?

Ein Blick auf meine Armbanduhr machte mir klar, daß ich mich beeilen mußte. Duschen, anziehen, weg! Fünfzehn Minuten später trat ich aus dem Haus und marschierte Richtung Bushaltestelle los.

Der Himmel war grau, die Straßen und Trottoire hatten an den Seiten aufgeschaufelte Haufen von gefrorenem Schnee, den die Autoabgase schwarz gepudert hatten. Es war kalt und feucht. Offensichtlich liebten viele Berlinerinnen wilde Tiere und hatten sich gleichzeitig dem Artenschutz verschrieben. Synthetische Pelze wurden von fast jeder zweiten Frau spazierengeführt. Tiger und Panther aus Webpelz schienen der letzte Renner. Als ich auf meine Bushaltestelle zueilte, stieß ich mit einer Frau zusammen, die aus dem Supermarkt kam. Sie wäre mir nicht aufgefallen, hätte sie nicht einen Wildnerz getragen. Die kleinen Felle zeigten selbst in diesem trüben Licht ihren warmen Glanz. Wir entschuldigten uns, ich hastete weiter und sprang gerade noch in den Bus, bevor sich die Türen schlossen.

An der Gedächtniskirche stieg ich aus. Überall hingen lange Fahnen, die verkündeten, daß die Berliner Filmfestspiele stattfänden. Ich hatte vollkommen vergessen, daß ich nicht einfach in die Versicherung im zehnten Stock gehen und über den Computer die Galerie in Paris herausfinden konnte. Ich stand vor dem Europa Center und überlegte. Ich war alleine und auf mich gestellt.

Also kaufte ich mir am Kiosk eine Zeitung und fuhr mit der Rolltreppe in den ersten Stock des Europa Centers. Hier standen Hunderte von Menschen in Schlangen, saßen auf den Fußböden, lehnten sich irgendwo an. Sie warteten auf die Öffnung jener Schalter der Festspiele, die Eintrittskarten an das breite Publikum verkauften. Die meisten studierten die mehrseitigen Programmzeitschriften, kreuzten an oder lasen, welchen der Filme sie sich ansehen wollten.

Ich ging ins Mövenpick und las Zeitung.

»Elisabeth Gardener aus New York! Was machst du hier in Berlin?« Ich zuckte zusammen. Das war es, was ich die ganze

Zeit befürchtet hatte, aber ich hatte nicht so schnell damit gerechnet. Ich kannte die Stimme. Ein Studienkollege aus New York. Wir hatten beide in einem Kurs Journalistik zusammengearbeitet.

Ich stand auf und fiel ihm um den Hals. »Halt den Mund, ich erkläre dir alles später«, flüsterte ich ihm ins Ohr, und als ich mich von ihm gelöst hatte, begrüßte ich ihn: »Jim Berenger, welch eine Freude, dich hier in Berlin zu treffen, bitte setz dich!«

Jim folgte der Aufforderung, wenn auch sehr verblüfft, und reagierte äußerst ungewohnt: Er tat, worum ich ihn gebeten hatte, und schwieg. »Einen Kaffee?« fragte ich ihn, als der Kellner kam. Er nickte nur.

»Ich bin wieder in Berlin, arbeite hier als Journalistin für amerikanische Kunstzeitschriften«, verkündete ich. In meiner riesigen Handtasche kramte ich nach den Visitenkarten, die Wolfgang für mich auf seinem PC hergestellt hatte.

Wenn es Jim wunderte, daß ich einen anderen Namen benutzte, ließ er es sich nicht anmerken. »Immer schön, eine Kollegin zu treffen«, meinte er lahm. Ich lächelte ihn enthusiastisch an, und er fragte mich vorsichtig: »Die Filmfestspiele?«

»Warum nicht? Meine Pressekarte ist aber noch nicht da. Greta Mitchener will mir eine schicken, das dauert ein paar Tage.«

Nachdem Jim seinen Kaffee getrunken hatte, winkte er dem Kellner, zahlte und meinte versöhnlich: »Das kriegen wir hin, das mit den Filmfestspielen.« Er stand auf und meinte fürsorglich: »Komm nur mit, das Festspielbüro ist in der Budapester Straße, gleich auf der anderen Straßenseite.«

Jim Berenger war Pragmatiker. Zuverlässig, pünktlich in der Ablieferung seiner Texte, und er war etwas, was in dieser Branche Seltenheitswert hatte: hilfsbereit. »Ich muß dir was erklären«, begann ich. »Ich will hier ganz von vorne anfangen, selbst was auf die Beine stellen, verstehst du?«

»Nein«, lautete die lakonische Antwort.

»Ich habe meinen Mädchennamen angenommen, der ist hier einfacher für die Berliner zu merken. Niemand muß wissen, daß ich Amerikanerin bin – auch bin.« Schwächte ich ab.

»I understand«, Jim lächelte mich ganz lieb an. »Mit dem

deutschen Namen hast du hier bessere Chancen, weil man dich für eine Einheimische hält, und in New York, bei Gretas Magazin, weil man glaubt, daß eine original Berlinerin berichtet.« Jim hatte genau das verstanden, was er verstehen wollte, und ich bekräftigte ihn in seiner Meinung.

»Ganz schön raffiniert!« meinte er anerkennend. »Komm, wir gehen hoch in den ersten Stock, da ist das Büro, ich melde dich an«, er latschte mit seinem breiten Gang langsam los, um die Straße zu überqueren. Mich zog er an der Hand hinter sich her wie ein kleines Kind.«

Jim Berenger hatte mich unter seine Fittiche genommen, ich würde sicher davon profitieren. »Keiner darf wissen, daß du einen anderen Namen hast, right?« Ich nickte zustimmend, und er blinzelte mir verschwörerisch zu. Die Atmosphäre im Festspielbüro für die hier akkreditierte Presse zeugte von Geschäftigkeit gepaart mit einer Portion Wichtigtuerei. Wie Jim es schaffte, weiß ich nicht, jedenfalls verließen wir nach einer halben Stunde das Festspielbüro mit einer Reihe von Kinokarten. »Die Eröffnung war leider schon«, verkündete er mir. »Hättest deinen neuen Bundeskanzler erleben können, ohne Lesebrille, so eine Art ›Schröder pur‹.« Er lachte vergnügt vor sich hin. »Hat er selbst so formuliert, weil er doch seine mitgebrachte Rede nicht lesen konnte.«

»Ist viel los?« fragte ich blauäugig.

»Bin gleichentags noch weiter in das Konzerthaus am Gendarmenmarkt. Eine von Spielberg mitbegründete Shoah Stiftung gab eine Benefizveranstaltung. Hat mich tausend Mäuse gekostet, war es aber wert gewesen. Tolles Programm«, und nach einiger Zeit des Überlegens: »Tolle Idee!«

Wir standen vor dem Festspielbüro, und Jim lächelte: »Schade, daß du mir nicht schon ein paar Tage eher unter die Füße gekommen bis. Hätte dich gerne mitgenommen zu den beiden Veranstaltungen. Bin mit Ben Kingsley zusammen vom Zoopalast zum Gendarmenmarkt im Taxi gefahren.«

Unter diesen Umständen war ich bereit, unser so spätes Zusammentreffen tatsächlich zu bedauern. Zum Abschied gab ich dem großen Jim einen Kuß auf seine Denkerstirn, und er lächelte wieder verschwörerisch. Am Nachmittag wollten wir beide einen Film im Filmpalast in Berlin-Mitte sehen. Es war beschlossene Sache, danach in den Hackeschen Höfen zusammen zu Abend essen zu gehen.

Da ich etwas von einer Miró-Ausstellung gelesen hatte, machte ich mich zu Fuß auf die Socken. Gleich hinter dem Bahnhof Zoo, in einem Neubau, ein Hochhaus, wie mir ein Passant versicherte, würde ich die angegebene Adresse finden. Mit dem Rücken stand ich zu einem Erotikcenter, wo im Schaufenster eine Ausstellung erotischer Kunst angepriesen wurde, die vor den besten Namen der Kunstgeschichte nicht haltmachte. Ganz kurz dachte ich daran, hineinzugehen, aber war diese Art von Kunstausstellung nicht Bauernfängerei? Ich betrachtete die Leute, die ein- und ausgingen, und entschied mich, auf diesen Kunstgenuß zu verzichten.

Dann galt es, ein Hochhaus zu finden. Da ich aber keines sehen konnte, fragte ich eine Passantin. Ich zeigte auf das Plakat der Miró-Ausstellung, das an jedem Pfosten in der Umgebung des Bahnhofes klebte. Die etwas ältere Dame zückte eine Brille, las das ganze Plakat, als sei sie die Sekretärin des preußischen Zensors, dann sah sie mich fragend an: »Was wollen Sie nun wissen?«

»Wo dieses Hochhaus ist, von dem da geschrieben steht.« Ich sah mich suchend um.

»Na, da sehen Sie's doch. Sie gucken ja direkt drauf!« Einen kurzen Moment nur währte meine Begriffsstutzigkeit. Dann bedankte ich mich und ging auf das einzige Gebäude zu, das mehr als sechs Geschosse hatte.

Die Ausstellung der Grafik des spanischen Meisters war bereits geschlossen, die Blätter zurückgegeben. Ich erfuhr den Namen der Galerie, die die Ausstellung veranstaltet hatte. Das Kuriose war für mich, daß der Veranstalter eine Versicherung war.

Von einer Telefonzelle rief ich Herb Angerich von der Ars & Vita an und fragte ihn, ob er eine Einladung zu dieser Ausstellung – sozusagen unter Kollegen – erhalten habe. Er hatte. Und ob er einen Katalog habe. Er hatte auch diesen. Ich verkniff mir die Frage, warum das nicht bei meinen Unterlagen gewesen sei, und bat ganz freundlich darum, mir die Sachen ohne Absender so schnell wie möglich zu senden. Herb brummte etwas Unverständliches, ich legte wütend auf. Die Ausstellung war bis gestern am Abend geöffnet gewesen, und ich hätte das, verdammt noch mal, wissen müssen. Und er wußte, daß ich das hätte wissen müssen. Er war der Trottel!

Ich stieg am Bahnhof Zoo in den Bus zum Kulturforum. Ich würde gerade noch rechtzeitig zur Presseinformation der neuen Gemäldeausstellung kommen. Eine ganze Reihe von Presseleuten, teilweise mit Kameraausrüstung bewaffnet, ging die Steigung zum Eingang des Kulturforums hinauf. Es mag eine Menge einleuchtender Gründe geben, warum man die Besucher eines Musentempels erst eine schräge Ebene hochlaufen läßt, um sie dann zur Garderobe wieder die Treppe herunterzubitten, so daß sie sich auf der Höhe wiederfinden, wo sie waren, bevor sie den Eingang erklommen. Neben mir scherzte ein Fotograf: »Beim nächsten Glatteis setz ich mich mit der Kamera unten hin und fotografiere alle, die den Weg runterrutschen.«

Sein Kollege antwortete: »Wer Kunstwerke betrachten will oder in einer Bibliothek arbeiten möchte, sollte für eine gewisse Körperertüchtigung dankbar sein.«

Ein schon älterer Herr reklamierte: »Ich dachte, die Zeit der staatlich verordneten Körperertüchtigung hätten wir hinter uns.«

»So ein Eingang wäre denen nicht passiert, bei allem, was recht ist«, warf eine mittelalterliche Frau ein.

Nach einer Reihe von kurzen Einführungen sah ich die ehemals in Dahlem ausgestellten Werke zum ersten Mal nach über zwanzig Jahren wieder. Obwohl mir der Teil des Gebäudes, in dem das Kunstmuseum untergebracht war, sehr gut gefiel, die Räume waren klar gegliedert, große Ausstellungsflächen boten Platz für ansprechende Hängung der Werke, hatte ich mit den Bildern meine Mühe.

In meiner ganz persönlichen Jugenderinnerung war Dahlem ein Ort der kleinen Räume gewesen. Mein Wiedersehen mit bestimmten Lieblingen, die ich unter den Werken gehabt habe, war nicht mehr so intim und irgendwie gestört. Dieselben Gemälde jetzt hier in großen, hellen Räumen zu sehen war gewöhnungsbedürftig. Hatte meine Erinnerung mich betrogen?

In der Cafeteria schrieb ich schnell meinen englischen Kurzbericht für die amerikanischen Zeitungen. Dann warf ich noch einen Blick in die Kunstbibliothek und freute mich auf die Stunden, die ich in diesem Raum recherchierend verbringen würde.

Als ich auf meine Armbanduhr sah, stellte ich fest, daß ich mich beeilen mußte. Ich mußte irgendwie zum Alex kommen und von dort mit dem Bus eine Haltestelle und dann ... Wohin?

Ich blätterte im Programm der Festspiele. Studierte die Adressen der Filmtheater. Eine freundliche Stimme fragte mich: »Wo müssen Sie denn hin? Kann ich Ihnen helfen?« Es war der Herr, der gehofft hatte, die Zeiten einer staatlich verordneten Körperertüchtigung seien vorbei.

»Albert Feuerstein, Kunsthändler aus Berlin, mit Dependance in New York«, stellte er sich vor.

»Lisa Wolf, Kunstkritikerin aus New York, in Berlin geboren, blutige Anfängerin«, gab ich bereitwillig Auskunft.

»In Berlin geboren bin ich ebenfalls«, meinte Herr Feuerstein. »Auch wenn es Zeiten gab, wo die Stadt das nicht zu schätzen wußte, ich war immer stolz, ein Berliner zu sein.« Die letzten Worte hatte der alte Herr im gleichen amerikanischen Akzent gesprochen wie Kennedy in seiner berühmten Rede vor dem Schöneberger Rathaus. Wir lachten beide.

»Für wen schreiben Sie denn?«

»Ich bin frei ...«

»Ach, Sie Ärmste, ein hartes Brot.«

Ich bestätigte dies, und dann fragte ich ihn, wie ich am schnellsten zum Filmpalast käme. Wir stapften zusammen durch die Kälte, rüber zum Potsdamer Platz, da uns der Bus vor der Nase weggefahren war. Wir erzählten uns gegenseitig von New York und von Berlin und stellten fest, daß wir beide begeisterte New Yorker und Berliner waren.

»Wenn man die eine Stadt mit ihrem geordneten Chaos mag, dann wird man die andere Stadt mit ihren riesigen Baustellen auch lieben. So unähnlich sich die Städte auf den ersten Blick sind, so ähnlich sind die Charaktere, die sie hervorbringen – so will es mir scheinen.« Herr Feuerstein reichte mir zum Abschied sehr unamerikanisch die Hand, gab mir seine Visitenkarte mit der Aufforderung, mich an ihn zu wenden, wenn ich

Hilfe bräuchte, und dann verschwand er in dem Labyrinth der Bretterzäune. Ein blaues Schild mit weißer Schrift behauptete, dies sei der Eingang zur U-Bahn-Station Postdamer Platz.

Ich blieb an der Bushaltestelle stehen und konnte kurze Zeit darauf in die gewünschte Richtung abfahren. Vor dem Filmpalast sah ich mich um, betrachtete die Fassade genau. Zum allerersten Mal kamen Erinnerung aus meiner frühen Jugend im Ostteil der Stadt in mir hoch.

Sonntagvormittag, Elf-Uhr-Vorstellung. Mein Vater und ich in einer Schlange vor der Kinokasse. Es gab mehrere Charlie Chaplin-Filme. Mein Vater hielt mich an der Hand. Als wir aus dem Kino herauskamen, stand ich mit tränenüberströmtem Gesicht auf der Straße. Mein Vater hatte mich auf den Arm genommen und gefragt, warum ich weinen würde. Ich weiß nicht mehr genau, was ich geantwortet habe. Aber ich weiß, daß mich all das Mißgeschick, das Charlie immer wieder traf, seine Armut, seine unglücklichen Lieben, sein Weglaufenmüssen vor der Polizei, unendlich traurig gestimmt hatte. Mein Vater hat mich bis nach Hause getragen und den ganzen Weg über getröstet.

»Here you are!« Jim Berenger gab mir einen Kuß auf die Wange. Wir gingen in den riesigen Saal des Filmtheaters und machten es uns in den Sesseln bequem.

Als ich nach dem traurigen Film wieder auf der Straße stand, war ich bedrückt. Jim hatte seinen Arm um mich gelegt. »Wasn't funny«, meinte er tröstend.

Jim und ich gingen zu Fuß. Jemand, der so lange Beine hat wie Jim, geht gerne zu Fuß. Es schneite nicht, und es regnete nicht. Ich trippelte halb im Laufschritt neben ihm her. Wir gingen die Allee Unter den Linden entlang, vorbei an der Humboldt Universität bis zur Ecke Friedrichstraße.

»Willst du einen Kaffee, es ist kalt und windig geworden.«

Ich nickte dankbar. Jim trat ins Café Einstein und wurde wie ein alter Bekannter begrüßt. Ich bestellte einen Kaffee mit Cognac, denn so langsam wollte ich wieder warme Füße und Hände bekommen. Danach machten wir uns zu Fuß auf, durch die Friedrichstraße, in Richtung Hackescher Höfe.

Das Restaurant im französischen Bistrostil war gemütlich, und bei einer Flasche Rotwein hatten wir uns festgeschwatzt.

Andere Journalisten waren an unseren Tisch gekommen, außerdem zwei Mitglieder eines Kabaretts, das in den Hackeschen Höfen beheimatet war. Ihre Vorstellung sollte gleich beginnen. Ich, Lisa Wolf, die freie Journalistin, erhielt ungefragt eine Menge guter Ratschläge von meinen Kollegen, was ich zu tun und zu lassen hatte.

Ich fragte nach bildenden Künstlern, und ein Schwall von Adressen, Tips und Hinweisen brach über mich herein. Jeder schien einen oder mehrere Künstler persönlich zu kennen, und ich gewann den Eindruck, daß Berlin das Mekka der Kunst zu werden versprach. Eine Einladung zu einem Atelierfest bei Bodo Scheußlich am Prenzlauer Berg gab mir ein italienischer Kollege. »Da kann kommen, wer will«, und erklärend fügte er hinzu: »Die Feste bei ihm sind klasse!« Was er darunter verstand, konnte ich nicht mehr in Erfahrung bringen, denn der Mann, den sie Guido nannten, stand auf und verabschiedete sich.

Jim brachte mich noch bis zum Bahnhof Zoo und wartete mit mir auf meinen Bus, ehe er mit der S-Bahn weiterfuhr. Ich tukkerte gemächlich den nächtlichen Ku'damm hoch, der in dieser kalten Nacht fast leer war. Meine Schritte knirschten auf den festgefrorenen Schneeresten. Ich war froh, als ich den kalten Gang meines zwanzigsten Stockwerkes erreicht hatte, und suchte den Hausschlüssel in meiner Tasche, als mein Blick auf das schöne neue Schloß an meiner Wohnungstür fiel. Es war zweifellos aufgebrochen worden. Nicht von einem Fachmann, sondern mit roher Gewalt.

Ich war stocksteif vor Schreck. Ganz leise ging ich rückwärts, sorgte dafür, daß die Tür zum Treppenhaus nicht klappte, rannte einen Stock hoch und drückte dort auf den Liftknopf. Ewigkeiten später kam das Biest angeruckelt. Ich fuhr nach unten, sah mich nach einer Telefonzelle um und alarmierte die Polizei.

Drei Minuten später hielt ein Polizeiauto, ohne Sirene, und zwei Schupos sprangen heraus. »Wo?« fragte mich der ältere.

»Zwanzigstes Stockwerk, bei Wolf«, antwortete ich.

»Sie bleiben hier!« Das war ein Befehl, den ich schon deshalb gerne befolgte, weil beide ihre Pistole aus dem Halfter zogen und entsicherten, bevor sie in den Lift traten.

Kurze Zeit später kam der jüngere, der sich als Wachtmeister Ebel vorstellte, zurück und berichtete: »Sie können kommen, niemand mehr da!« Ich fuhr hoch und betrachtete mir meine Wohnung. Außer der Tür, die ich nicht mehr gebrauchen konnte, war es relativ ordentlich. Nur mein Schreibtisch, der war durchsucht worden. Alle Papiere durcheinander, meine Agenda lag geöffnet am Boden. Das Bändchen aus meinem Telefonanrufbeantworter war verschwunden, die Klappe stand offen.

»Wertsachen?« Wachtmeister Ebel sah sich suchend um.

»Seh ich aus, als hätte ich welche?« fragte ich zurück.

Er lächelte nur. »Nichts anfassen!« lautete sein Befehl, den ich ungern befolgte, denn mein Koffer war umgestülpt, und meine wenigen guten Kleider, die, die man bügeln mußte, lagen zerknittert am Boden. Ich hab kein Bügeleisen, fiel mir in dem Augenblick ein. Der ältere Wachtmeister hatte telefoniert und verabschiedete sich von mir, er wollte unten warten. Herr Ebel paßte auf mich auf, damit ich nichts verändern konnte.

Eine gute halbe Stunde später, ich kochte derweil mit Gummihandschuhen, von der Polizei geliehen, eine Kanne Kaffee, rückte endlich ein Trupp Beamte mit Koffern an. Zu meinem größten Entsetzen verteilten sie schwarzes Puder auf meinem weißen Schreibtisch, machten mit Plastikklebestreifen von jedem Fingerabdruck eine Kopie und richteten eine so schweinemäßige Sauerei an, daß ich ihnen versprach, nie wieder bei einem einfachen Fall von Diebstahl die Polizei zu holen.

»Es tut uns leid«, versicherte mir eine Frau, die in meinem Alter sein mußte.

Die dünne Frau, die von einem wollenen Trenchcoat und mit Lammfell gefütterten Stiefeln zusammengehalten wurde, fragte meine Personalien ab, notierte sie, und wollte wissen, was ich hier mache.

Ich antwortete meiner Rolle gemäß. Aus den USA zurück nach Berlin gekommen, war ich gerade damit beschäftigt, mir eine neue Existenz aufzubauen. Unter meinem Mädchennamen. Sie sah sich interessiert um. Als sie hörte, daß ich als freie Journalistin für eine amerikanische Kunstzeitschrift arbeiten wolle, fragte sie mich nach dem Presseausweis. Ich verneinte und wies darauf hin, daß der in den nächsten Tagen kommen müsse. Dem schenkte sie ungefähr soviel Glauben wie ein Temperenzler dem Säufer, der verspricht, nie wieder ein Gläschen zu trinken.

»Wer sind Sie eigentlich?« fragte ich sie, schließlich hatte sie sich nicht vorgestellt.

»Traute Werth, Kriminalhauptkommissarin.«

»Angenehm«, log ich.

Die Dünne stakste durch mein kleines Appartement, als sei es eine Absteige. Der Blick, mit dem sie alles betrachtete, sprach Bände. Bände von Vorurteilen, mit denen Polizisten auf der ganzen Welt für ihren Beruf fit gemacht werden.

»Wollen Sie nicht wissen, was auf dem gestohlenen Band aus dem Anrufbeantworter drauf ist«, half ich ihr weiter.

»Haben Sie denn eine Ahnung, was drauf sein könnte?« Der Zweifel in ihrer Stimme machte mich wütend.

»Es sind Anrufe von Herren, die telefonisch befriedigt werden wollen«, teilte ich ihr vergnügt mit.

Der Beamte, der auf den Knien gerade mit einem kleinen Handstaubsauger meinen Teppich reinigte, drehte sich um, betrachtete mich von unten aus der Froschperspektive und schüttelte dann angewidert den Kopf.

»Brauchen gar nicht so blöd zu tun«, fuhr ich ihn an, »ich quatsche doch den Senf nicht drauf!«

»Unterhalten Sie hier eine Art Telefonsexdienst?« Die Frage kam kühl und professionell aus dem Mund der Kommissarin.

»Nein, Frau Werth, das tue ich nicht. Aber meine Wohnungsvorgängerin hat das offensichtlich getan, und die Post findet den Anschluß nicht, um es abzustellen.«

Wir sahen uns an, die Dünne und ich. Ganz langsam breitete sich ein Lächeln von den Mundwinkeln über ihr ganzes Gesicht aus. Erst lächelte sie nur, dann lachte sie und lachte. »Sie Ärmste«, meinte sie zwischen zwei Heiterkeitsausbrüchen. »Und wie lange geht das hier schon?«

»Ich hab erst eine Nacht hier geschlafen, das heißt, ich hab es versucht«, stellte ich richtig und mußte nun ebenfalls lachen. »Jetzt sitzen irgendwo die Einbrecher und hören sich meine Kassette aus dem Telefonanrufbeantworter an und haben weiter nichts drauf, als greinende und sabbernde Männer, die es sich besorgen lassen wollen.«

Wir lachten nun beide. Der Herr mit dem Pinsel unter meinem Schreibtisch brach augenblicklich seine Arbeit ab, packte seine Koffer und murrte wütend: »Hier ist nichts zu holen! Wir gehen!« Der andere Herr, der mit dem Staubsauger, erhob sich ebenfalls und packte zusammen. Grußlos verließen sie meine Wohnung. Wir hielten den Atem an, denn wir rechneten damit, daß sie die Türe knallen würden, aber das taten sie dann doch nicht.

»Wir waren nicht sehr nett«, stellte Frau Werth fest.

»Die Situation ist nicht nett«, stellte ich richtig.

»Was ist an Ihrem Anrufbeantworter sonst noch von Interesse?«

Ich zuckte mit den Schultern. »Keine Ahnung.«

»Können Sie heute nacht woanders schlafen?« Frau Werth sah mich an, als sei sie um meine Sicherheit besorgt.

»Ich könnte, aber ich will nicht. Ich räume jetzt auf, dann rufe ich einen Sicherheitsdienst, der mir eine neue Tür und ein haltbareres Schloßsystem einbauen kann, und dann gehe ich wieder ganz normal meiner Arbeit nach.«

»Möglicherweise galt das Interesse der Einbrecher gar nicht Ihnen, sondern Ihrer Vorgängerin«, die Kommissarin dachte laut.

»Ich weiß nicht, wer das war. Doch Rudi Sperling, unser Hausmeister, der wird das sicher wissen. Er wohnt ganz unten.« Ich zeigte mit dem Zeigefinger irgendwohin auf den Teppich.

»Passen Sie gut auf sich auf!« Die Wärme in ihrer Stimme tat mir gut. Ich lächelte und versprach, mein möglichstes zu tun.

»Sollten Sie noch irgendeine Idee haben, warum man bei Ihnen eingebrochen haben könnte, dann rufen Sie mich bitte an.« Sie drückte mir eine Visitenkarte in die Hand, die ich auf den Tisch legte, denn erst einmal würde ich meine Fingerspitzen scheuern müssen, damit ich nicht noch den Rest meiner Bleibe mit schwarzer Stempelfarbe versaute.

Ganz vollendete Gastgeberin, brachte ich die Kommissarin zur Tür. Von oben sah ich, wie der Streifenwagen abfuhr. »Soll ich Ihnen eine Taxe rufen?« Es war nicht die richtige Temperatur für einen Nachtspaziergang.

»Danke, mein Wagen steht da unten, mitten auf dem Fußgängerüberweg.«

Ich betrachtete mir den dunklen Wagen von oben. »Einen BMW als Dienstwagen?« Ich war voller Anerkennung.

»Wir haben manchmal sehr schnelle Kunden, Frau Wolf. Sollten Sie aus irgendwelchen Gründen Berlin verlassen müssen, dann informieren Sie mich bitte vorher. Gute Nacht.« Die Frau Kommissarin verschwand im Fahrstuhl, und wenige Minuten später sah ich sie auf ihren vorschriftswidrig geparkten BMW zugehen. Mit einem Kavalierstart preschte sie davon. Hat ja ein ganz schönes Gewicht auf dem Gasfuß, dachte ich und begab mich zurück in meine Wohnung.

Nachdem ich einen kleinen Küchenschrank vor die lädierte Wohnungstür geschoben hatte, begann ich mit einer ausgedehnten Säuberungsaktion. Zuerst meine Finger, dann rückte ich mit Sand dem schwarzen Puder auf meinen wenigen Möbeln zu Leibe. Ich schrubbte bald zwei Stunden, dann sank ich in meinen Sessel und schlief vor dem laufenden Fernseher ein.

»Als erstes mußt du genau analysieren, um was es hier gehen könnte.« Marlenes Stimme tönte durch meine unsagbare Müdigkeit mit einer schrillen Deutlichkeit. »Wieso kommt zu dir eine Kriminalhauptkommissarin des LKA, des Landeskriminalamts?«

»Weil sie gerade Dienst hatte«, vermutete ich aus der Küche heraus, wo ich wieder einmal eine Kanne Kaffee kochte. Es war noch keine sieben Uhr. Um sechs Uhr war der Nachtdienst einer Sicherheitsfirma bei mir angetanzt und hatte die Tür vermessen. Jetzt waren zwei Herren dabei, die neue Wohnungstür – garantiert einbruchsicher – zu montieren. Da man direkt von dem offenen Gang ins Wohnzimmer kam, war es kalt in meiner Bude. Es schneite. Es schneite seit Stunden, und die Schneepflüge am Rathenauplatz hatten mich kurz nach vier Uhr geweckt.

Da ich nicht zu übermäßig viel Freundlichkeit aufgelegt war, hatte ich erst die Sicherheitsfirma mit den einbruchsicheren Türen telefonisch aus dem Bett geschmissen (24-Stunden-Service versprach die Werbeanzeige im Telefonbuch) und dann Marlene, die wegen des Schnees mit der ersten S-Bahn von Potsdam übers Westkreuz nach Halensee gefahren kam.

»Du mußt doch nur logisch denken!« verlangte sie von mir.

»Ich muß unter die heiße Dusche, damit ich mal wieder warm werde, und dann ins Bett, um zu schlafen«, ließ ich sie wissen.

»Das LKA, verstehst du denn nicht, das LKA! Nicht das Dezernat für Einbruch und Eigentumsdelikte oder wie das heißt«, Marlene konnte sich gar nicht beruhigen. Ich drückte ihr einen Pott heißen Kaffee in die Hand und setzte mich in den Ohrensessel.

»Und was meinst du damit? Was bedeutet das deiner Meinung nach?« Ich ließ den heißen Kaffee ganz langsam durch meine Kehle rinnen und den Magen erwärmen.

»Das LKA beschäftigt sich mit Bandenkriminalität.« Marlene sah mich bedeutungsvoll an. »Drogen, kriminelle Vereinigungen, so was eben. Sie kommen bei Attentaten, das weiß ich aus eigener Erfahrung.«

»Ich handele nicht mit Drogen, ich gehöre keiner kriminellen Vereinigung an und bin nicht Mitglied einer Bande, also, was soll's?« Um sieben Uhr morgens ist es einfach zuviel verlangt, die volle Tragweite all der Dinge zu erkennen, mit denen man im Laufe eines Tages konfrontiert wird. Ich hatte keine zwei Stunden geschlafen.

»Vielleicht handelt es sich nicht um dich, sondern um deine Vormieterin?« Marlene ging mit ihrem Kaffeepott auf und ab. Ich döste im Sessel vor mich hin. Plötzlich begann ich zu kichern. Sie blieb vor meinem Sessel stehen und sah mich fragend an.

»Vielleicht hat irgendein Minister hier auf meine Kassette gelabert, und als er das dann realisiert hat, das mit der Kassette, da kriegte er Muffensausen«, schlug ich vor. »Dann hat er ein paar Bodyguards losgeschickt, um die Kassette zu stehlen, damit man seine Stimme nicht erkennen kann.«

»Du hast wirklich eine blühende Phantasie«, bescheinigte mir Marlene. »Dann hättest du jetzt den Staatsschutz auf dem Hals, nicht das Landeskriminalamt.«

»Prostitution ist doch bandenmäßig organisiert«, schlug ich als weitere Möglichkeit vor.

»Frauenhandel mit den Ostblockstaaten ebenfalls, vielleicht hast du ja recht. Möglicherweise hatte das LKA diese Adresse irgendwie vermerkt, und als du bei der Polizei den Einbruch gemeldet hast, wurde eine Querverbindung vom Polizeipräsidium zum LKA aktiviert, und die Kommissarin kam«, Marlene schien diese Version wohl am einleuchtendsten. Und mir am liebsten.

Die Sicherheitsfirma, vertreten durch zwei ihrer Frühaufsteher, versicherte mir, ich sei absolut geschützt hinter der neuen Tür, und dann mußte ich eine Reihe von Unterschriften leisten. Erst danach wurden mir vier Schlüssel ausgehändigt. Zwei davon gab ich Marlene. Die Herren verabschiedeten sich und gingen mit einem der frühen Morgenstunde entsprechenden Trinkgeld sehr freundlich gestimmt von dannen.

»In einer halben Stunde ist es warm hier im Raum. Jetzt dusch erst einmal heiß, und dann schlaf dich aus!« Marlene verabschiedete sich ebenfalls und ging, um ihr Tagewerk beim Deutschland Radio Berlin heute etwas früher zu beginnen.

Meine neue Tür war schweinemäßig teuer. Dafür sah sie furchtbar häßlich aus. Innen hatte sie Metallverschalungen mit Querverstrebungen. Ich öffnete die Tür und betrachtete sie mir von außen. Von außen sah man die verstärkte Sicherheit kaum. Der Türrahmen war innen an mehreren Stellen aus Metall. Angesichts so teurer Häßlichkeit schloß ich beruhigt von innen ab.

Ich zog den Stecker des Telefons heraus, stellte mich fünf Minuten unter die heiße Dusche und verkroch mich in mein Bett.

Ein Blick auf die Uhr verriet mir, daß es kurz vor zehn Uhr war. Ich duschte, machte mein Bett, warf einen letzten prüfenden Blick auf mein sauberes, aufgeräumtes Domizil und ging Mittag essen. Mit dem Bus fuhr ich den Ku'damm runter, als mir ein weiteres Café aus meiner Jugendzeit einfiel. Wenn es etwas Besonderes gab, ein Eis wegen einer guten Schulnote, dann habe ich meine Mutter nach der Schule im Café Möhring getroffen. Das Café war voll. Ich fand mit viel Mühe einen Tisch ganz in der Nähe der Theke und bestellte ein Frühstück. Von meinem Platz aus hatte ich den völligen Überblick über die Bestellungen. Der

Hang der Berliner zum Konditoren schien ungebrochen. Egal, wie dick, es war immer noch Platz für eine Cremeschnitte und ein Stück Schokoladentorte. Etwas figurbewußtere Damen aßen Joghurtkuchen. Nicht selten gingen zwei Stück Kuchen auf einem Teller über die Glastheke. Es machte mir Spaß zuzusehen, wohin die Bedienung die Teller brachte und wer sich mit der Kuchengabel an den großen Stücken zu schaffen machte.

Als ich mich meinem eher mageren Frühstück – zwanzig Gramm Butter – zuwandte und ganz langsam zu essen begann, wanderten die Gedanken zu meinen jüngsten Schwierigkeiten. Was hatte es mit dem Einbruch in meine Wohnung auf sich? War etwa mein Anrufbeantworter von Interesse? Eher unwahrscheinlich, entschied ich. Daß jemand sich für meine Unterlagen interessierte, dürfte hingegen noch unwahrscheinlicher sein. Es war nichts gestohlen worden.

Heute morgen hatte ich noch ein langes Telefongespräch mit einer anderen freundlichen Dame der Telefongesellschaft geführt, die mir versprach, meine Leitung noch einmal überprüfen zu lassen. Sah ich einer Nacht ohne Störungen durch Telefonate und Einbrüche entgegen? Ich zahlte, trat auf den Ku'damm und ging Richtung Kaiser Wilhelm Gedächtniskirche. Hohler Zahn hieß die Ruine im Volksmund, die neben dem achteckigen Bau des Architekten Eiermann stand.

Eine Straße weiter war das Kino, wo die Preminger Retrospektive lief. Dort wollte ich einen der alten Schwarzweißfilme in der Mittagsvorstellung sehen. Eine Literaturverfilmung, *Lady Wintermere's Fan*, mit George Sanders. Jim saß schon im ziemlich vollen Saal, direkt am Mittelgang, und streckte seine langen Beine aus, den Platz neben sich hatte er für mich reserviert.

Da der Film gerade anfing, ließ ich mich schnell in den Sitz sinken und landete völlig überrascht in einem vom Krieg zerstörten London. Mir gefiel die aktualisierte Rahmenerzählung in dieser Literaturverfilmung. Ich verließ an Jims Arm – den er mir mit übertrieben altmodischer Höflichkeit angeboten hatte – den halbdunklen Kinosaal.

Wir gingen ins Literaturcafé, und nachdem ich etwas bestellt hatte, erzählte ich Jim von den telefonischen Belästigungen und dem Einbruch in der letzten Nacht.

Jim Berenger, der große Jim, war furchtbar aufgeregt. Je mehr Sorgen er sich um mich machte, um so spaßiger fand ich alles. »Das geht so nicht weiter!« Jim ließ sich ein Berliner Telefonbuch geben und suchte die Adresse der Telefongesellschaft heraus. »Da gehen wir jetzt hin!« verkündete er, und wir machten uns auf den Weg. Es hatte wieder zu schneien begonnen, und der nachmittägliche Verkehr versprach ein Chaos zu werden. Wir fuhren mit der U-Bahn Richtung Tegel, an der Holzheimer Straße stiegen wir aus und gingen in das Gebäude der Niederlassung zwei der Telefongesellschaft.

Jims Deutsch war zwar nicht das beste, aber es reichte aus, uns innerhalb von nur fünf Minuten zu einer Stelle im ersten Stock zu bringen, wo Beschwerden, die als besonders schwierig eingestuft wurden, angenommen wurden. Oder sandte man zu diesem Zimmer die besonders schwierigen Leute?

Jim war polternd und vor sich hin schimpfend mir immer einen halben Meter oder zwei Stufen vorausgeeilt, ich hinterher, ganz der Typ der eingeschüchterten Ehefrau. Ich hielt eine Visitenkarte in der Hand, auf der stand, daß ein Herr Heitmeyer im ersten Stock für unsere Beschwerde zuständig war. »Es ist Zimmer hundertsiebzehn«, rief ich dem vorauseilenden Jim nach.

Als wir auf zwei Stühlen vor einer Tür saßen, durch die man erst eintreten durfte, wenn ein grünes Lämpchen aufleuchtete, wandte er sich mir ganz siegessicher zu: »Siehst du, mit ein bißchen Geschrei erreicht man in diesen Behörden am meisten.« Jim war mächtig stolz auf sich und darauf, als US-Amerikaner das preußische Beamtentum so gut durchschaut zu haben.

Plötzlich wurde die Tür aufgerissen, und eine sehr elegante Frau in einem wunderschönen Nerzmantel kam heraus. Sie war ein wenig stark geschminkt. Wütend blieb sie in der Türe stehen. »Glauben Sie wirklich, ich mache eine Anzeigenkampagne in drei einschlägigen Zeitungen und lasse mir dann von Ihnen das Geschäft versauen. Kein einziger Anruf, seit drei Tagen! Und Sie behaupten, da kann die Post nichts machen!?«

Die Antwort aus dem Inneren des Raumes fiel wohl sehr unfreundlich aus, denn die Dame schrie jetzt ganz undamenhaft: »Was heißt hier: Schweinekram?! Die Post verdient doch kräftig mit, und zwar so kräftig, daß Sie die Höflichkeit haben dürften, von einem anerkannten Gewerbe zu reden, Sie, Sie ...«, offensichtlich fiel ihr keine geeignete Beschimpfung ein, so daß sie nur ein leises »Sexmuffel« anhängte.

Das Licht über der Tür leuchtete grün, und Jim stand auf, um sich an der Dame vorbei ins Zimmer zu schieben. Ich blieb vor ihr stehen und betrachtete sie neugierig. Kein Zweifel! Die Dame, mit der ich an der Bushaltestelle zusammengestoßen war. Die Dame, deren Wildnerz diesen schönen honigfarbenen Ton hatte. Sofort grüßte ich freundlich und fragte: »Wohnen Sie nicht in der Nähe des Rathenauplatzes? Hab ich Sie nicht schon nach dem Einkaufen aus dem Supermarkt gehen sehen?«

Sie blickte mich völlig gleichgültig an. »Möglich«, knurrte sie ungehalten. »Warum?« fragte sie plötzlich neugierig geworden.

»Was haben Sie denn für eine Telefonnummer?« Ich betrachtete sie mir genauer.

»Weiß nicht, was Sie das angeht«, murrte sie. »Kümmern Sie sich um Ihren Kram ...«

»Genau das mache ich. Nur hab ich das Problem, keine Nacht schlafen zu können, weil bei mir dauernd das Telefon klingelt ...«

Dieser Teil meiner Geschichte schien sie sehr zu interessieren, denn bereitwillig kam sie nun wieder mit in das Zimmer, in dem ein etwas gestreßter Beamter hinter einem Schreibtisch saß, der die äußerst dankenswerte Aufgabe hatte, besonders schwierige Reklamationen bearbeiten zu dürfen. Im Augenblick verbreitete er völlig überzeugend den Eindruck, der Lage nicht mehr gewachsen zu sein. Aber er erbot uns seine Ehrbezeigung, indem er kurz sein Gesäß lüftete und sich vorstellte: »Heitmeyer mit y«, und mit einer weitausholenden Geste über das ganze Zimmer fügte er ein »Bitte nehmen Sie Platz« hinzu.

Um im Gespräch mit der Dame ohne Telefonanrufe etwas weiterzukommen, nannte ich ihr meine Telefonnummer.

»Verdammt noch mal, die blöden Kerle haben beim Anschluß des Computers eine drei mit 'ner neun verwechselt!« Und nun stürzte sie auf den ausgelaugten Typen, schmiß sich über den Schreibtisch und zerrte ihn an der Krawatte aus seinem Stuhl: »Können Sie nicht mal eine 190er Nummer anständig mit meinem Telefon verknüpfen? Müssen Sie das arme

Frauchen da«, sie zeigte auf mich, »Nacht für Nacht belästigen lassen? Sie Trottel, Sie!«

Jim sah nur, daß irgendein Mann in Bedrängnis war, und ergriff die Dame von hinten, hob sie an der Taille leicht an und stellte sie in der Mitte des Raumes wieder ab. Der malträtierte Herr richtete seine Krawatte gerade und nahm hinter seinem Schreibtisch Platz. Er machte sich in des Wortes wahrstem Sinne klein.

»Sie kommen wegen ...?« fragte er leise.

»Zu viele Telefonanrufe von Herren, die von mir schöne Geschichten hören wollen«, teilte ich ihm mit.

»Ihre Telefonnummer und Ihren Namen bitte«, das Geschäftsmäßige in seinem Ton verriet wiederkehrende Sicherheit. Er befand sich auf bekanntem Terrain.

Ich gab bereitwillig Auskunft. Er notierte sich alles, dann entschuldigte er sich für das Versehen der Telefongesellschaft, und wir verabschiedeten uns. Nachdem wir wieder alle drei im Flur standen, sagte die Dame neben mir nur: »Darf ich mich vorstellen, Marina Kunz, wohne in dem alten Wohnhaus, wo gerade die Gerüste stehen, direkt Ihnen gegenüber, also gleich am Ende vom Ku'damm. Wenn Sie mal was brauchen, lassen Sie es mich wissen. Meine richtige Telefonnummer kennen Sie ja nun.« Sie gab mir die Hand, nickte Jim aus der Entfernung respektvoll zu, und dann stöckelte sie durch den Gang zur Treppe, daß es nur so hallte.

»Eine Liebeskünstlerin«, meinte Jim, ihr nachdenklich nachblickend.

»Oder eine Lebenskünstlerin?«

»Vermutlich beides!« Er lachte amüsiert.

An meiner neuen und so unglaublich sicheren Wohnungstür klebte ein Zettel von der Post, auf dem mir mitgeteilt wurde, daß im Briefkasten – zwanzig Stockwerke unter mir – ein Expreßbrief auf mich wartete.

Ich zuckelte mit dem Lift runter, holte den Brief und zuckelte wieder hoch. Demnächst würde ich nicht nur morgens, sondern jedesmal, wenn ich nach Hause käme, einen kontrollierenden Blick in den Briefkasten werfen, beschloß ich.

Der Brief trug keinen Absender, doch ich wußte, daß er von Tobias Hardcastle sein mußte. Er enthielt nur eine Zeitungsseite mit kulturellen Veranstaltungen, und angekreuzt war ein Vortrag, der heute am späten Nachmittag in einem Raum der Kunstbibliothek stattfinden sollte.

»Fälschungen großer Meister«, las ich. Die Vortragenden kannte ich nicht, was auch nicht weiter verwunderte, hatte ich doch in New York studiert und kannte deutsche Kunsthistoriker nur aus der Literatur. Ganz egal, wer da was sagte, da mußte ich hin. Ein Blick auf meine Uhr zeigte mir, daß ich nicht mehr als fünfzehn Minuten hatte, um mich fertig zu machen. Ich steckte mein Telefon ein, da ich als technikgläubiger Mensch davon ausging, der Defekt dürfte bereits behoben sein, und bestellte mir eine Taxe. Dann zog ich mich wärmer an, denn es war mehrere Grade unter Null.

Am Kulturforum angekommen, sah ich mich mit einer physikalischen Frage konfrontiert: Wie kommt man eine schräge Ebene hoch, die vereist ist. Ich dachte an die Bemerkung des Fotografen zur Presseeinführung gestern. Da ich nicht wußte, wie die Berliner Verkehrsbetriebe mit dem angekündigten Schnee und Eis fertigwerden würden, hatte ich dicke Stiefel mit einer geriffelten Haftsohle an.

Zwei Arbeiter mit Schneeschaufeln und einem Sack Asche, deren Aufgabe vermutlich sein sollte, Kunstliebhaber einen Weg zu bahnen, standen an der Seite und sahen zu. Ganz langsam und vorsichtig, einen Fuß nach dem anderen nach vorne rutschend, überwand ich den Höhenunterschied.

Mit fünf Minuten Verspätung saß ich – nachdem ich Mantel und Tasche in der Garderobe abgegeben hatte – im Vortragsraum und erfuhr, daß wegen der schlechten Witterungsverhältnisse eine Verschiebung der Anfangszeit beschlossen worden sei. Erleichtert ging ich einen Kaffee trinken und aß ein Quarksandwich.

Zweifellos hatte ich etwas zu schnell gegessen, schließlich war ich ja halb verhungert, trotzdem schrak ich zusammen, als hinter mir eine tiefe Stimme sagte: »Nun essen Sie nicht so schnell. Einige der Zuhörer zu diesem Vortrag sitzen noch immer auf dem Hintern vor der Tür.«

Bodo Scheußlich war die letzte Person, mit der ich hier gerechnet hatte. Ich verschluckte mich und mußte husten. »Kommen Sie nur. Sehen Sie sich dieses herrliche Schauspiel an.« Er trat an ein schmales, längliches Fenster, das den Blick auf die Fläche vor dem Eingang freigab. »Welch ein herrlicher Berufsstand der des Straßenarbeiters doch ist«, meinte er süffisant. »Endlich einmal die Macht haben, es denen – den Bourgeois – heimzahlen zu können. Sehen Sie nur die Gesichter der beiden. Scheinbar ernst und interessiert, aber mit kaum unterdrücktem Grinsen gucken sie zu, wie die, die es besonders eilig haben, ins Museum zu kommen, auf die Schnauze fliegen.«

Obwohl ich gelernt hatte, man dürfe nicht über das Mißgeschick anderer Menschen lachen, konnte ich kaum ernst bleiben. Die beiden Straßenkehrer standen auf ihre Schneeschaufeln gestützt und betrachteten ein Schauspiel, das zu verhindern sie angestellt waren.

»Nein, das darf man nicht zulassen!« rief ich, als ich am Fuße des Gebäudes einen alten Herrn im Gehpelz mit tief ins Gesicht gezogener Fellmütze sah. Einer der Arbeiter hatte ihn ebenfalls entdeckt. Er ging ihm entgegen, seinen Sack mit Asche schleppend, und mit einer Schaufel streute er einen schmalen Pfad über den vereisten Zugang, dem der alte Herr sehr vorsichtig folgte.

»Albert Feuerstein zieht in den Musentempel ein wie weiland Jesus in Jerusalem«, bemerkte hinter mir Bodo Scheußlich. Mir war der ikonografische Vergleich ebenfalls in den Sinn gekommen. Die Kenntnis der christlichen Ikonographie verblüffte mich bei einem in der DDR aufgewachsenen Künstler.

Ich hatte den alten Herrn in der Zwischenzeit auch erkannt. Wohlbehalten vor der Tür angekommen, wechselte ein Zehnmarkschein den Besitzer. »Sehen Sie nur, wie herrlich diese beiden Arbeiter das spätkapitalistische System durchschauen. Schon ist der zweite dabei, einer vornehmen alten Dame behilflich zu sein!« Bodo Scheußlich fand das Ganze sehr lustig. »Die Berliner sind nicht wirklich grausam, sie sind nur geschäftstüchtig«, stellte er befriedigt fest.

In der folgenden Stunde erfuhren wir etwas über die Problematik der Fälschungserkennung bei alten Meistern. Ohne

Zweifel bedurfte es da der kenntnisreichen Arbeit guter Restauratoren, die mit Hilfe von Farb- oder Materialanalysen genau bestimmen konnten, aus welcher Zeit welches Holz, welche Leinwand stammte oder welcher Farbtupfer wann aufgetragen wurde. Mal zeigte das Mikroskop das Fehlen eines Alterskrakelees, enthüllte das Röntgenbild ein altes Tafelwerk, das mit Farben des 20. Jahrhunderts übermalt als alter Renaissancemeister daherkommen sollte.

Mir völlig neu war, was mit einem Stereomikroskop alles zutage gefördert werden konnte. Freßgänge von Würmern waren zwar in Altären und Tafelbildern eher selten, doch in diesen Fällen half die Farbanalyse der Chemiker.

Unglaubliche Zeugnisse menschlicher Niedertracht und Gewinnsucht wurden vorgeführt. Die Zahl der Fälschungen bei den alten Meistern erschreckte mich. Von über vierhundert Blättern von Rembrandts Apokryphen waren ganze achtzehn echt. Diese Aussage bezog sich auf eine Sammlung, die Carl Theodor für München im 19. Jahrhundert zusammengekauft hatte.

Kaum zeigte sich das unverhohlene Interesse eines Fürsten an der Kunst, schon rief dies die Fälscher auf den Plan. Dagegen erschien es mir im nachhinein harmlos, daß die Downtown Galeristen in Manhattan, wenn ein bestimmter deutscher Interessent in der ersten Galerie auftauchte, rumtelefonierten und den Kollegen Bescheid gaben. Sofort wurden alle kleinformatigen Werke abgehängt. Die großen, drei mal vier Meter messenden und schwer verkäuflichen Gemälde amerikanischer Zeitgenossen holte man hervor, und sie hingen an den Wänden, bevor der Sammler die nächste Galerie betreten hatte.

Den Abschluß des Vortrages bildete die Analyse eines frühen Kandinsky-Gemäldes, das auf 1905 datiert und signiert war. Mit seinen Aufklebern auf der Rückseite, einer davon stammte vom Oktober 1906, war das Gemälde den Weg durch den renommierten Kunsthandel mit einer Echtheitserklärung der Witwe Kandinsky gegangen.

Völlig fasziniert lauschte ich den Ausführungen der Restauratoren. Die Leinwand erwies sich als proteinhaltig, besonders die schwarzen und roten Farbpartikel des Firnisses. Daraus sei zu schließen, daß eine Patina künstlich erzeugt wurde. Bei der Pigmentuntersuchung des Karminrots wurden zwei rote Farbträger festgestellt. Einer davon war silenhaltig, eine Farbzusammenstellung, die erst nach 1908 hergestellt wurde. Die Untersuchung der Etiketten auf der Rückseite ergab nach ihrer Ablösung, daß diese an der Rückseite Schabspuren aufwiesen. Daraus mußte geschlossen werden, daß man sie woanders abgelöst hatte. Ein weiteres Etikett erwies sich als Teil einer Anzeige einer alten Zeitung.

Die Analyse der Bildelemente bei Kandinsky lieferte den unwiderlegbaren Beweis: Der Fälscher stellte ein Pasticcio aus mehreren ihm bekannten Werken des Künstlers her. Die willkürlich übernommenen Teile wurden zu einem neuen Bild zusammengefügt. In diesem Fall handelte es sich vermutlich um eine sehr frühe Täuschung, doch da Kandinsky erst 1908 in Murnau weilte, wo das vorgestellte Werk geschaffen sein sollte, er das Motiv mit dem darauf dargestellten Baum erstmals 1909 bearbeitete, ergab auch die stilistische Analyse, daß das Werk nicht echt sein konnte. Die falsche Signatur mußte später zugefügt worden sein, übermalte sie doch frühe Rißspuren der Leinwand.

Ging man nun der Frage der Provenienz nach, ergab die kriminologisch exakt nachvollzogene Herkunftsforschung nur, daß ein gewisser Thompson in Pittsburgh es in den Kunsthandel gebracht hatte. Der Vortrag, der von mehreren Referenten gehalten wurde, endete mit dem Satz: »Die mißverständliche Zuordnung von Bildelementen ist der typische Fehler eines Kopisten.«

Das Licht im Raum ging langsam wieder an. Ich war erschlagen von der Fülle an Material. Ich erinnerte mich eines Skandals um Nina Kandinsky, der nach ihrem Tod durch die Presse ging. Sie, die Kandinsky erst 1917 geheiratet hatte, pflegte Echtheitserklärungen über Frühwerke des Meisters noch 1955 abzugeben, also elf Jahre nach seinem Tod. Einige Journalisten vertraten damals die Hypothese, sie habe bewußt mit Fälschungen gehandelt, doch die Diskussion verschwand sehr schnell aus der internationalen Presse. Ob sich die Unhaltbarkeit dieser These herausgestellt hatte oder ob ein guter Anwalt für das Ende der Diskussion sorgte, wußte ich nicht mehr.

»Gab es Neues für die Journalistin, die über Fälschungen schreiben will?« fragte mich Bodo.

Ich nickte. »Es ist eine ganze Menge, was ich hier gelernt habe. Ich fühle mich ein bißchen erschlagen von der Kenntnis der Referenten.« Wir waren aufgestanden und strebten dem Ausgang zu.

Herr Feuerstein stand an der Garderobe direkt vor mir, und als er seinen Mantel erhalten hatte und sich umdrehte, begrüßte er mich. »Haben Sie es auch so spannend gefunden?« fragte er, gleich nachdem ich ihm in den Mantel geholfen hatte.

Während Bodo an der Garderobe um unsere Mäntel kämpfte, traten wir ein paar Schritte zurück. »Es ist so schwierig für mich, den verschachtelten Satzgefügen zu folgen. Ich hatte vollkommen vergessen, wie umständlich die deutsche Wissenschaftssprache ist«, gestand ich ein.

Herr Feuerstein lächelte. »In meinem Metier reicht die bloße Kennerschaft nicht mehr aus. Ich sollte wohl ein Labor anheuern, regelmäßig für mich zu arbeiten. Es ist erschreckend.« Traurig schüttelte er den Kopf. Dann wandte er sich wieder meinem Problem zu: »Wenn Sie erst ein paar Wochen hier sind und eine Reihe von Vorträgen gehört haben oder wissenschaftliche Erörterungen in Zeitungen gelesen haben, dann macht es Ihnen keine Mühe mehr, solchen Vorträgen zu folgen.«

Ich lächelte ein wenig unsicher. »Außer von Krautheimer und Panofsky habe ich in den Staaten nie so komplizierte Sätze gehört oder gelesen.«

Er lachte gutmütig: »Und die beiden waren Deutsche, die ihre eigene komplizierte Sprache ins Amerikanische transferiert haben.«

»Haben Sie noch etwas dazugelernt, Herr Feuerstein?« Bodo stand mit unseren Mänteln hinter mir.

»Man sollte immer bereit sein zu lernen«, antwortete der alte Mann, »sonst ist man geistig schneller gealtert, als der Körper folgen kann!« Mit diesen Worten drehte sich der Kunsthändler um und verschwand grußlos durch die Tür.

»Mußte das sein?« wandte ich mich wütend an meinen Begleiter.

Bodo hatte etwas gut zu machen bei mir und wollte mich zum Essen ausführen, doch ich schlug die Einladung aus und ging zu den Filmfestspielen.

Vom europäischen Filmschaffen der letzten Jahrzehnte war mir wenig bekannt. Mal ein paar Filme im Goethe Institut in New York, mal eine Retrospektive eines italienischen Regisseurs im Village, das war mein mickriger Kenntnisstand. Von der neuen dänischen Gruppierung *Dogma* hatte ich noch nie gehört, ihr Credo las ich vor Filmbeginn im Flyer. Es verblüffte mich, warum das Festspielpublikum die schlechten Lichtverhältnisse, die Schwenks mit der Handkamera, die dauernd aus dem Set liefen, überhaupt tolerierte und nicht nach Hause ging.

Die meiste Zeit lag mein Kopf an Jims Schulter, und ich döste vor mich hin. Die Story fand ich gut. Eine Familie im Streit, Inzest als Auslöser für einen Krach bei der Ehrung des Familienoberhauptes, ein guter Plot. Wenn nur mal jemand die Handkamera festhielte, die dauernd so scheinbar unmotiviert über die Festgesellschaft schwenkte! Ich schlief ein.

»Hat dieser Dreck endlich ein Ende?« tönte es am frühen Morgen aus meinem Telefonhörer.

Ich war ja einige telefonische Merkwürdigkeiten gewöhnt, doch das ging mir zu weit. »Wenn Sie der Dreck stört, wenden Sie sich bitte an den Hausmeister«, antwortete ich.

Bevor ich den Hörer auflegen konnte, erkannte ich Marlenes Stimme. »Steh auf und koch dir einen starken Kaffee. Ich ruf in zehn Minuten noch mal an.«

Ich wollte gerade etwas wie eine Entschuldigung in den Hörer reinrufen, aber sie hatte aufgelegt. Ich quälte mich aus dem Bett und unter die Dusche. Dann griff ich in meinen Vorrat an Farben und Puder. Ich versuchte, mein etwas übermüdetes Gesicht vor dem Spiegel mit Make-up herzurichten. Mein Gesicht war rund geworden, irgendwie hatte sich etwas von den zehn Kilos zuviel auch da abgelagert. Die Sommersprossen, für mich als Kind ein stetes Ärgernis wegen der blöden Vergleiche mit Pippi Langstrumpf, schienen sich vergrößert zu haben. Meine relativ kurze Nase war, entgegen übler Nachrede von Verwandten, keine Stupsnase. Meine Augen waren nicht hexengrün, ich nannte diese Farbe hellbraun. In meinem Paß stand »grau«, was ich für eine Verleumdung hielt.

Wer keine Sommersprossen hat, weiß nicht, wie viele Cremes und Puderarten ich in meinem Beauty-case herumschleppte, nur um jemals auch nur annähernd jene glatte, makellose, leicht hellbraun getönte Haut zu haben, die mich von einem gesunden Bauerntrampel unterschieden hätte. Mit Fergie waren Sommersprossen hoffähig geworden. Aber nach James' Tod waren mir die braunen Flecken doppelt verhaßt. Ein trauriges, ein trauerndes Gesicht und Sommersprossen? Das ist wie Eis lecken in der Kirche während des Gottesdienstes!

Nachdem ich Make-up aufgetragen hatte, griff ich zu Lidstrich und Wimperntusche. Geschützt von dieser Maske würde ich mich den Anforderungen des Alltages stellen können. Während meine Kaffeemaschine brodelte, nahm ich mir eine Menge Veränderungen für meine Zukunft vor, die ich alle in den nächsten Tagen wieder verwerfen würde. Außer der einen: Ich würde nicht mehr als ein Vollkornbrot und koffeinfreien Kaffee zum Frühstück nehmen, denn es ließen sich erste Erfolge in der Gegend meiner Taille erkennen.

Gestärkt von guten Vorsätzen und einer Tasse Kaffee setzte ich mich ans Telefon und wartete auf Marlenes Anruf. Als ich den Telefonhörer gleich nach dem ersten Klingeln abnahm, tönte mir eine Männerstimme entgegen: »Wölfchen, mein liebes Wölfchen, konntest du meinen Anruf nicht mehr erwarten?«

Ich begann mich zu fragen, wieviel Blödheit beim männlichen Geschlecht straffrei durchging. Bildete sich so ein Anrufer tatsächlich ein, die von ihm telefonisch Erwählte könne sich kaum bremsen vor Sehnsucht?

»Dein Tigerbärchen möchte nicht, daß du wieder so schnell auflegst. Ich rufe extra früh an, damit du Zeit für mich hast.«

In dem Augenblick schnarrte meine Telefonfaxgerät und produzierte eine Seite lang diejenigen Telefonnummern, die mich in der letzten Zeit angefaxt oder angerufen hatten. Die letzte Nummer mußte die von Tigerbärchen sein.

»Wölfchen, laß uns zusammen in dem Garten der Lüste wildern gehen!« Der Kerl schien nicht ganz ungebildet.

»Tigerbärchen, oder wie immer Sie heißen mögen, mein Faxgerät hat gerade Ihre Telefonnummer ausgespuckt, und wenn Sie nicht augenblicklich aus meiner Leitung verschwinden, rufe ich Ihre Frau oder Ihren Chef an und rede mal ein Wort mit denen über Ihre Vorlieben.«

»Das gibt es nicht!« Die Stimme meines Gesprächspartners hatte nichts einschmeichelnd Kindliches mehr.

Ich nannte ihm seine Telefonnummer und hörte eine Weile nichts mehr in der Leitung. Dann, als ich schon auflegen wollte: »Wollen Sie mich erpressen?«

»Lassen Sie mich endlich in Ruhe! Haben Sie wirklich nicht gemerkt, daß es sich hier um einen Privatanschluß handelt? Beim Anschließen der Nummern wurde etwas verwechselt, das ist alles.«

»Entschuldigen Sie bitte die Störung, das wird nie wieder vorkommen.« Mein Tigerbärchen war der Stimme nach ein ganz passabler Mann, vermutlich in mittleren Jahren. Jetzt, wo er normal mit mir redete, war ein gepflegtes und gut akzentuiertes Hochdeutsch herauszuhören. Wir verabschiedeten uns und legten auf. Dem Mann für die schwierigen Reklamationen bei der Telefongesellschaft, dem Herren mit dem »y« im Namen, dem würde ich gleich die Hölle heiß machen!

Marlene rief zurück und erkundigte sich als erstes nach meinem geistigen Zustand. »Müde, aber okay«, berichtete ich.

»Ein Kollege von einer Pariser Zeitung ist mir eingefallen, der lange Zeit auch als Gerichtsreporter gearbeitet hat. Jonas hat das Foto von dem Lageplan mit der Galerie gescannt und per E-Mail an Pierre Bontemps gesandt. Pierre wußte sofort, um welche Galerie es sich handelt, da ist sogar schon einmal eine Razzia gelaufen. Doch es wurde nichts gefunden. Dann ist Pierre hin, als Interessent. Er nannte ein bestimmtes Blatt von Dalí, von dem er wußte, daß es eines der gefälschten Motive ist, den Titel hab ich vergessen.«

»Und?« mir blieb die Spucke weg.

»Die Galerie meint, sie könnten es beschaffen. Ist das so einfach?« Marlenes Stimme ließ Zweifel erkennen.

»Nein, das ist es nicht. Ich glaube, dein Kollege Pierre ist fündig geworden. Es gibt nicht so viele echte Blätter von diesem Sujet. Galerien führen über die Verkäufe Buch. Die, die solche

Grafiken verkaufen dürfen, vom Künstler dazu autorisiert sind, nur die. Die wissen dann, welcher Kunde welches Blatt mit welcher Numerierung erworben hat. Natürlich läßt sich der Weg eines Blattes trotz solch exakter Buchführung nicht sehr lange durch den Handel verfolgen. Sollte diese Galerie aber ein echtes Blatt von Dalí auftreiben, sozusagen auf Bestellung, dann wäre das ein wahnsinniger Zufall!«

»Also soll Pierre dranbleiben?«

»Er soll Zeit schinden, wie es die Galerie auch getan hat. Sie werden ihn überprüfen. Sie sind heute vorsichtiger geworden. Vielleicht wäre es gefahrloser, jemanden vorzuschicken, der keinen so eindeutigen Beruf hat wie Reporter. Es ist nicht ungefährlich. Noch besser wäre es, die Polizei einzuspannen. Die machen so was ebenfalls, aber undercover.« Ich war ein bißchen beunruhigt, weil es mir zu einfach schien und ich eine Gefahr für den unbekannten Pierre sah, wenn er die Sache alleine weiterverfolgen sollte.

»Ich werde mit ihm reden. Du hast recht, es sieht so aus, als hätten wir einen der Verteiler gefunden, aber das heißt auch, daß die heiße Ware nicht in der Galerie selbst ist.« Marlene versprach, ihren Kollegen in Paris zu warnen.

Wir beendeten das Gespräch sehr schnell, und ich machte mich auf den Weg, meinen Briefkasten zu leeren. Außer Einladungen zu Vernissagen enthielt er ein Schreiben, in dem mich Traute Werth, Kriminalhauptkommissarin beim LKA, aufforderte, wegen der Unterschrift eines Protokolls bei ihr vorzusprechen. Die Dünne! Telefonische Anmeldung erwünscht. Ich meldete mich für den Vormittag an, schon weil ich neugierig war, was sie in Wirklichkeit von mir wollte. Die Sache mit dem Protokoll, das ich unterschreiben sollte, erschien mir zu fadenscheinig.

Mit dem Bus zuckelte ich über den Wittenbergplatz bis zur Philharmonie. Plötzlich wurde meine Aufmerksamkeit auf die Neue Nationalgalerie gelenkt. Ein hinter mir sitzender Amerikaner erklärte begeistert: »Look at your right, dear, there is the gallery built by the famous architect Gropius, the guy from Chicago. He also made the Pan Am Building in New York.« A guy from Chicago? Alles eine Frage der Betrachtungsweise, dachte ich amüsiert und stieg aus, denn ein anderer Bus würde mich zum Platz der Luftbrücke bringen, wo das Polizeipräsidium und, gleich gegenüber am Tempelhofer Damm, das Landeskriminalamt zu finden waren.

Im Entree des LKA wurde ich zuerst nach dem Paß gefragt und beging den Fehler zu antworten: »Welchen?«

Der gute Mann war etwas verdattert. Für ihn antwortete ein hinter mir stehender junger Beamter: »Geben Sie uns den echten, ausnahmsweise.«

Nun mußte ich lachen und kramte erst meinen amerikanischen, dann meinen deutschen Paß heraus. Der beamtete Pförtner betrachtete beide eingehend, einer wurde ihm von dem hinter ihn getretenen jungen Beamten abgenommen. Er betrachtete ihn prüfend, bevor er mir den amerikanischen Paß mit den Worten: »Hervorragend. Wo bitte lassen Sie arbeiten?« zurückgab. Dem Pförtner hatte ich mein Schreiben gegeben, und nach einem kurzen Telefonat ließ er mich passieren. Ich hatte ein Badge am Revers meines Mantels festgemacht, aus dem hervorging, daß ich ein Besucher – ein behördlich genehmigter – sei. Wie in amerikanischen Krimiserien im Fernsehen.

Der jüngere Beamte begleitete mich. Gleich hinter dem Eingang stand eine Schleuse, damit die Besucher keine Schußwaffen unbemerkt mit ins Gebäude nehmen konnten. »Muß ich da durch?« fragte ich erschrocken.

Mein Begleiter blieb stehen und sah mich fragend an.

»Ich hab ein Schweizer Taschenmesser in der Handtasche«, gestand ich ihm.

Ich mußte weder durch die Schleuse noch mußte ich mein Taschenmesser abgeben. Ich ging hinter dem Beamten her durch die Gänge, die so phantasielos wie alle Gänge der Welt waren, in denen Bürokraten für Bürokraten eine möglichst platzsparende Verbindung zwischen den verschiedenen Büros geplant hatten. Ich wurde direkt ins Büro der Dünnen gebracht. Wir begrüßten uns, und ich nahm Platz. Frau Werth ließ mich nicht lange warten und offerierte mir gleich nach der Begrüßung einen Kaffee. Dann reichte sie mir eine knappe Seite des Protokolls, das über den Einbruch in meiner Wohnung angefertigt war. Die gestohlene Kassette aus meinem Telefonanrufbeantworter wurde für meinen Geschmack ein bißchen sehr hervorgehoben, aber das war schließlich ihre Sache.

»Haben Sie dem noch etwas hinzuzufügen?« fragte sie mich freundlich. Ich schüttelte den Kopf. »Ist sonst noch irgend etwas gestohlen worden, außer dem Band im Anrufbeantworter?«

»Soweit ich das weiß, nein.«

»Was soll das heißen, soweit Sie das wissen?«

Hatte ein gutes Gehör für Zwischentöne! »Ich habe die Wohnung möbliert gemietet. Was genau in den Küchenschränken war, weiß ich nicht. Jedenfalls nichts von Bedeutung, vermute ich mal.«

Wenn die Dünne lachte, dann hatte sie ein unglaublich sympathisches Gesicht, vor allem aber viele kleine lustige Falten an den Augen, die sie plötzlich fast zehn Jahre älter erscheinen ließen. Sollte sie schon über vierzig sein? Hatte ich mich verschätzt? Traute Werth, groß, schlank, elegant gekleidet, war von jener Vornehmheit, die auf ein Polopferd auf der Bluse verzichtete und auch sonst keine Markennamen spazierentrug. Der auf einem Stuhl neben mir liegende Wollmantel verriet seine Herkunft innen im Kragen: *Jil Sander.* Hatte ich vom Einkommen deutscher Kriminalbeamtinnen falsche Vorstellungen? Wurden das Einkommen und das Äußere eines Polizisten jemals miteinander verglichen? Sie hatte schulterlange Haare, die beim Lesen nach vorne fielen und von ihr mit einer fahrigen Bewegung wieder hinters Ohr geschubst wurden. War das ein Tick oder gar ein Trick? Sie vermittelte so den Eindruck von Unkonzentriertheit. Aus eigener Erfahrung wußte ich, daß sie eine glänzende Zuhörerin war, der kein Detail, kein Zögern, keine Veränderung der Stimme entging.

»Wegen eines Pürierstabes für dreißig Mark wird sich kaum jemand die Mühe gemacht haben, eine Tür aufzubrechen«, sie betrachtete mich amüsiert.

»Dann weiß ich's auch nicht«, gestand ich ihr.

»Das glaube ich aber doch, Frau Gardener!« Ihre Stimme war freundlich, aber von einer Bestimmtheit, die ich so einer klapprigen Person nicht zugetraut hätte.

Ich ruckelte meine hundertfünfundsiebzig Pfund auf dem

Sessel zurecht und überlegte. Was hatte es zu bedeuten, daß sie mich mit meines Mannes Namen ansprach?

»James Gardener war der wohl erfolgreichste Ermittler, den die Kriminalgeschichte auf dem Gebiet der Fälschung von Kunstwerken gekannt hat. Er ist mit seiner Undercovertätigkeit, der Vorbereitung für die Festnahme an so vielen Orten gleichzeitig und vor allem mit der beispielhaften Geheimhaltung der ganzen Aktion in die Kriminalgeschichte eingegangen. Die Fachliteratur hat über Ihren Mann berichtet, wußten Sie das nicht?«

Ich war baff. Davon hatte ich keine Ahnung gehabt. »Ich dachte, es geht hier um Frauenschmuggel und Sexgeschäfte«, antwortete ich ihr verblüfft.

»Sieht das hier aus wie ein Büro, in dem es sich um Sex dreht?« Sie konnte ganz schön ironisch sein. Sie in ihrem grauen Hosenanzug mit dem mausgrauen Rolli sah eher wie eine Bankmanagerin aus oder wie jemand, der an der New Yorker Börse arbeitet, wie ein halbverhungerter, etwas in die Jahre gekommener Juppy. Ich sah mir ihr Büro genauer an und entdeckte an der Tür ein Plakat: »Rentnergang erbeutet eine Million mit gefälschten Geldscheinen«. Der Untertitel lautete: »Sie arbeiteten mit dem Farbkopierer«.

»Fälschungen?«

»Ja, ich beschäftige mich mit Fälschungen, mit gefälschtem Geld, mit gefälschter Kunst.« Sie sah mich abwartend an.

»Haben Sie das alles gewußt, bevor der Pförtner meinen amerikanischen Paß gesehen hat, das mit James …«

»Ja. Ich habe Ihre Daten durch den Computer geschickt, eine Anfrage nach New York. Eine, die ausnahmsweise sehr schnell beantwortet wurde.«

»Und warum überhaupt? Ich habe mich ganz manierlich benommen, habe eine Wohnung gemietet, werde mich noch innerhalb der ersten Woche hier polizeilich anmelden, ich habe einen gültigen amerikanischen und einen gültigen deutschen Paß? Wie kommen Sie dazu?«

»Sie haben zweifellos Kontakte zu einem wichtigen Fall von Kunstfälschung.«

Jetzt war ich wirklich verdutzt. Professor Severn hatte Anzeige erstattet, nachdem ihm klargeworden war, wie er betrogen worden war. Aber er war sicher nicht auf die Idee gekommen, daß er überwacht wurde. Daß seine Kontakte überprüft werden. Ich beschloß, ihm dies nicht zu sagen, denn ich wollte den reizenden alten Herrn nicht unnötig beunruhigen.

»Ist der Kontakt mit Opfern von Kunstfälschungen strafbar?« fragte ich aggressiv.

Frau Werth sah mich verblüfft an. »Nein.« Sie zögerte, aber ich wußte nicht, warum. »Ich frage mich nur, ob wir nicht in den Fragen, die uns beide interessieren, ein sehr gutes Team wären. Sie recherchieren da, wo mir das Gesetz eine Schranke setzt. Ich kann über den Computer eine Menge Detailinformationen bekommen, die auch Ihnen nützlich sein könnten.« Sie sah mich abwartend an.

Ich überlegte. Ich überlegte nicht allzu lange. Wenn ich nicht einverstanden sein sollte, konnte sie mir eine Menge Steine in den Weg legen. Mich im falschen Augenblick vorläufig festnehmen, mich so bespitzeln lassen, daß man es merkte. Es gab der Schikanen genug, und Frau Werth mit »th« sah nicht aus, als würde es ihr an Phantasie mangeln. »Bin einverstanden«, verkündete ich nicht gerade übermäßig freiwillig. Es würde sich erst erweisen, ob diese Zusammenarbeit nicht nur einseitig gedacht war.

Sie atmete erleichtert auf, erhob sich und ging in ihrem kleinen Büro auf und ab. »Sie kennen sich ja aus«, behauptete sie. »Wir beim LKA haben es einmal mit Diebstahl zu tun. Diebstahl von Kunstgegenständen, Einbrüche in Museen – heute eher selten –, mit Vorliebe werden die Bilder am hellichten Tage einfach abgehängt oder aus dem Rahmen getrennt und gerollt rausgeschmuggelt. Diebstähle in Kirchen, steigende Tendenz. Da gibt es eine Kartei, in der die Diebe erfaßt sind und die einschlägigen Hehler. Alles hatte seine Ordnung, man wußte, wo nachsehen.« Sie machte eine Pause, so als müsse sie sich ihre nächsten Worte erst noch überlegen.

Ich konnte darauf nichts antworten. Mit der Arbeit der Polizei war ich nicht vertraut.

»Dann fiel die Mauer, und unser Arbeitsfeld hat sich komplett verändert. Diebesbanden aus Jugoslawien, dem ehemaligen, na gut, nichts Besonderes. Spezialisierte Banden zum Beispiel aus Tschetschenien, die artistisch vorgebildete Kinder mitbringen, die sich durch jedes Klofenster schlängeln, nachdem sie die Hauswand hochgeklettert sind, na, das ist doch wenigstens mal was Neues. In Deutschland zählten wir um die tausendfünfhundert Einbrüche dieser Art, bei denen es um Kunstgegenstände ging. Die Banden verschwinden nach zwei, drei Coups wieder in ihre Herkunftsländer. Keine Spuren, keine Fingerabdrücke, nie in irgendeiner Kartei verzeichnet, einfach nicht existent, weil sie illegal ein- und ausgereist sind.«

Dieser Aspekt der Wiedervereinigung war mir vollkommen neu. Aber einleuchtend. Die Reisefreiheit gibt es nicht nur für liebe Menschen, auch böse können sich eine Fahrkarte kaufen.

»Aber die gestohlenen Werke tauchen wieder auf, im Handel?« Irgend einen Hoffnungsschimmer mußte es doch geben.

»Ja, aber so, daß sie fast nicht mehr zu erkennen sind. Köpfe der Heiligen werden ausgetauscht, Attribute werden beseitigt. Körperglieder, die häufig extra aus anderem Material gefertigt wurden, lassen sich demontieren und werden einer anderen Figur angepaßt. In der Regel erkennt nicht einmal ein versierter Händler eine so veränderte Skulptur wieder.«

Ich holte tief Luft. »Gibt es Ausnahmen unter den Händlern?«

»Ja, es gibt sie.« Frau Werth sah mich an, als ob sie überlege, wie weit sie mich einweihen dürfe. »Eine der ganz großen Ausnahmen kennen Sie. Mit ihm habe ich über Sie gesprochen.« Sie erwartete offensichtlich eine Reaktion von meiner Seite. Vergeblich!

»Es ist der Kunsthändler Feuerstein. Er hat Sie im Vortrag über die Fälschungen getroffen.«

Ich war verblüfft. »Waren Sie auch da?«

»Ja, aber ich bin erst gekommen, als das Licht aus war. Ich hab Sie gesehen.«

»Und Herr Feuerstein kann solche zusammengestoppelten Skulpturen erkennen?« fragte ich überrascht.

»Er hat ein anderes Gedächtnis als wir. Er merkt sich eine Figur, wie der Kopf gedreht, wie die Finger gespreizt, wie die Schrittstellung und der Faltenwurf sind. Er erkennt sie auch wieder, wenn er nur Teile davon vor sich hat.«

Ich war maßlos beeindruckt von dem alten Herren. Was hatte ich für Mühe gehabt, vor meiner mündlichen Prüfung, wenigstens die Inkunabeln der neueren Kunstgeschichte in meinen Kopf hineinzulernen.

»Uns beide interessieren die Fälschungen, nicht der Diebstahl, wenn ich das richtig sehe?«

Ich bestätigte es. Und ich erzählte ihr von meinem Auftrag. Und daß es hier niemand wisse, außer Professor Severn, der kein Interesse daran habe, mich zu enttarnen. Und meiner Tante Marlene natürlich, die beim Radio …

»O Gott, o Gott!« Frau Werth schien überhaupt nicht begeistert. Rundfunk, Fernsehen und Journalisten, sie hatte da ihre Zweifel. Die konnte ich zerstreuen, und dann erzählte ich weiter. Die Dünne war eine verdammt gute Zuhörerin. Als ich geendet hatte, meinte sie nachdenklich: »Nicht ungefährlich, nicht ungefährlich!«

»Wie sind Sie überhaupt auf das Thema gefälschte Grafik gestoßen?« wollte ich wissen. »Der Laie lebt schließlich mit all seinen falschen, ach so günstig erworbenen Grafiken deshalb so gut, weil er nicht ahnt, was an seiner Wand hängt. Daß etwas nicht in Ordnung ist, merkt man erst, wenn man ein Blatt von Miró zum Beispiel über den Kunsthandel offiziell verkaufen will.«

»Wir haben da eine sehr merkwürdige Quelle aufgetan. Was ich Ihnen jetzt sage, das vergessen Sie bitte sofort wieder. Es hat mit einem ganz aktuellen Mord zu tun. Die Leiche wurde vor einigen Tagen gefunden. In einem der Kanäle. Sie ist offensichtlich zu früh wieder aufgetaucht.«

Ich sicherte ihr ein extrem kurzes Gedächtnis zu.

»Nach der Wende gingen bei uns eine Reihe von Anzeigen ein, einen bestimmten ehemaligen Stasi-Beamten betreffend. Es handelte sich um Kunstbeschaffung der ganz anderen Art. Der Mann, ein gewisser Ludwig Koschinski, war ein hoher Funktionär in derjenigen Behörde, die über Ausreisen und Auslandsreisen zu entscheiden hatte. Er *half* Ausreisewilligen, wenn diese ihm ihre Gemälde oder wertvolle Möbel überließen.«

»Dann ist er ja ein reicher Mann geworden«, vermutete ich.

»Beinahe wäre er das. Aber Eigentum bindet!« Die Ironie in

der Stimme der Frau Werth war unüberhörbar. »Als wir nach allerlei Recherchen schließlich in der Wohnung des bei uns mehrfach Angezeigten zu einer Hausdurchsuchung auftauchten, traf uns der Schlag. Da brauchten wir nichts zu suchen. Es stand alles rum! Wir brauchten mehrere Umzugsleute und einen Möbelwagen, um das Zeug abzutransportieren, und mußten es bei einem Transporteur zwischenlagern. Wir stellten vier Barocksekretäre sicher, über zweihundert Gemälde – von den meisten wissen wir heute noch nicht, wem sie gehören.«

»Das war ein wirklich guter Fang«, kommentierte ich die Geschichte, die nur ein ganz kleines Schlaglicht auf eine Zeit warf, als Menschen alles taten, um wegzumachen, wie die staatlich verbotene Republikflucht in der Umgangssprache geheißen hatte.

»Damit ist die Geschichte noch nicht zu Ende. Koschinski hatte selbst gegen DDR-Recht verstoßen. Er war wegen Erpressung und einer ganzen Reihe von anderen Delikten dran. Doch er versuchte zu handeln, wollte die Zeit im Gefängnis verkürzen.«

»Er hat andere Spezis verpfiffen«, vermutete ich. An dem Kopfnicken der Frau Werth erkannte ich, daß ich richtig geraten hatte.

»In einem Rundumschlag, der die gesamte DDR-Spitze an Stasi-Funktionären betraf, hat er versucht, sein eigenes Handeln als sozusagen *üblich* darzustellen. Zumindest sollten wir den Eindruck erhalten, er sei nur der ganz kleine Fisch unter den Haien. Solche Geschichten haben wir zu Hunderten zu hören bekommen und ihnen nicht unbedingt viel Glauben geschenkt. Bis jetzt!« Frau Werth hatte sich wieder hinter ihren Schreibtisch gesetzt und begann, an einem Zwieback zu nagen.

Sicher das einzige, was sie zu Mittag aß. »Bis Sie seine Leiche fanden?«

»Genau! Vor vierzehn Tagen wurde Koschinski aus der Haft entlassen, einige Zeit später taucht er tot im Landwehrkanal auf. Nicht gerade ganz frisch.«

»Das gibt Ihnen zu denken. Ein bißchen tragisch, wenn man jemandem erst dann glaubt, wenn er ermordet wurde. Er wurde doch ermordet?« Ich sah die Kommissarin an, die ganz ruhig und in sich versunken hinter ihrem Schreibtisch saß.

»Er hat eine Geschichte erzählt, so hanebüchen, daß sie nicht mehr glaubhaft schien. Wir hatten keine Möglichkeit, etwas von dem, was er erzählt hat, zu überprüfen. Mein Kollege damals – er ist in der Zwischenzeit pensioniert –, der hat Koschinski nicht geglaubt. Er ist davon ausgegangen, daß es sich um eine Story handelte, die der Angeklagte zu seiner Entlastung erfunden hatte.« Sie legte eine Haarsträhne nach hinten. »Jetzt sieht alles anders aus.«

Unsere Rollen schienen vertauscht. Ich bekam ungefragt Auskünfte von einer Kommissarin, hörte eine Geschichte, die mich nichts anging, und saß wie festgeleimt auf einem bequemen Stuhl in einem Büro, das aussah wie tausend andere Büros. Warum? »Weshalb erzählen Sie mir die Geschichte?« Nun wollte ich es endlich wissen.

»Wollen Sie noch einen Kaffee?« fragte sie freundlich. Ich verneinte. Es war Mittagszeit, und ich hatte Hunger. Ich wollte hier raus und einen üppigen Salat haben. Vielleicht dazu eine gegrillte Hühnerbrust?

»Ich erzähle Ihnen die Geschichte, weil Sie die einzige sind, die dieser Geschichte wahrscheinlich Glauben schenkt.«

»Lassen Sie sie hören«, schlug ich ungeduldig vor.

»Soviel ich aus den Berichten über die spektakulären Verhaftungen im Staate New Jersey entnommen habe, gab es bei den unsignierten Blättern moderner Grafik keinen einzigen Hinweis auf eine Fälschung.«

»Das stimmt! Die Behörden sind davon ausgegangen, daß es sich um Blätter handeln kann, die von den originalen Druckvorlagen hergestellt wurden.«

»Haben Sie sich nie gefragt, wo das Papier dazu herkam?« Sie musterte mich neugierig. »Es müssen Tonnen über Tonnen vom hochwertigsten Papier gewesen sein.«

»Man hat die Firma, die das Papier geliefert hat, nie gefunden, alles, was festgestellt wurde, war, daß es per Schiff aus Europa kam.« Nun war ich meinerseits gespannt, wie die Geschichte weiterging.

»Ausgelöst durch die Ermordung Koschinskis, habe ich mir die alte Akte vom Polizeipräsidium rüberbringen lassen. Etwas in Koschinskis Vita war mir in Erinnerung, was das LKA interessieren könnte. Ich stieß auf die von ihm vorgebrachte These, das Papier zu einer der weltweit größten Fälscheraktionen moderner Kunst stamme von einer speziellen Papiermühle aus der ehemaligen DDR. Dann habe ich mir den Fälschungsfall aus einigen der Zeitungsarchive über Internet beschafft und noch einmal alles gelesen, was ich darüber auftreiben konnte. Es war wenig genug.«

Frau Werth machte ohne Zweifel ihre Schulaufgaben besonders gründlich. »Sie verstehen mich jetzt wohl. Es sind ein bißchen zu viele Zufälle in so kurzer Zeit«, fuhr sie fort.

Ich war von der Fülle der vorgetragenen Punkte erschlagen. Ich wähnte mich inkognito, die trauernde Witwe, die in Berlin, der Stadt ihrer Jugend, einen Neuanfang versuchte. Ich glaubte mich in Sicherheit, weil außer Tobias Hardcastle und Herb Angerich und den fünf Weisen an der Spitze der Ars & Vita in New York niemand etwas von meiner Tätigkeit hier wußte. Dachte ich. Bis jetzt! »Sie haben verdammt schnell und verdammt richtig geschaltet«, meinte ich anerkennend.

»Es ist eher ein Zufall, für den wir beide nichts können. Mein Vorgänger hier auf diesem Posten hatte Koschinski nach seiner Verhaftung keinen Glauben geschenkt, obwohl der ziemlich detaillierte Angaben gemacht hatte. Doch diese Aussage konnte er nicht überprüfen. Sein Problem war, daß er erfahren hatte, wo das Papier hergestellt wurde und wie es verschifft wurde, als Ihre Crew in New Jersey mitten in der Ermittlung war. Mein Kollege hat ganz ordnungsgemäß gehandelt und über Interpol beim FBI angefragt, aber er hat eine abschlägige Nachricht erhalten. Denen war von einer Kunstfälscherriege nichts bekannt. Damit war die Sache für das LKA erst einmal gestorben. Koschinskis Geschichte schien erdacht ...«

»1989 und 1990 wußte das FBI noch gar nichts von den Untersuchungen der Securitygruppe der Post, nichts von dem Verdacht gegen bestimmte Kunsthändler und Grafikläden, der sich ja erst ein Jahr später in seinem vollen Umfang den Ermittlern erschloß.« Ich verstand jetzt, warum Koschinski damals kein Glaube geschenkt worden war.

»Ich habe zwar von dem großen Erfolg in New Jersey gelesen, aber da ich den Verhören meines Kollegen mit Koschinski nicht assistierte, habe ich die Verbindung zu dem damals schon inhaftierten Betrüger und Erpresser nicht hergestellt. Erst als es für Koschinski zu spät war ...« Es tat ihr aufrichtig leid, das hörte man ihrer Stimme an.

Die Qualität der Fälschungen, beziehungsweise Fortdrucke, muß man vermutlich hier sagen, machte für die Verifizierung des strafbaren Tatbestandes alles doppelt schwer. Einer der Punkte war, daß das Papier genau in der gleichen Zusammensetzung nachgemacht worden war, wie das jeweilige Originalpapier, das die Druckerei bei Paris verwandt hatte. Es mußte irgendwo eine Papiermühle geben, die über ein hervorragendes Labor und gute Forscher verfügte. Doch in welchem Land war so eine Transaktion wegen ein paar tausend Blättern pro Sujet bezahlbar? Im nachhinein schien es mir unklar, warum ich nicht gleich auf ein Ostblockland gekommen war. Die DDR hatte mit Pössneck als renommierte Ausbildungsstätte und neben den Druckereien um Leipzig ohne Zweifel eine Reihe hochqualifizierter Papiermühlen, die für diese Druckereien arbeiteten. Traute Werth schien sich selbst böse zu sein, weil sie die Zusammenhänge nicht eher erkannt hatte.

»Die Verbindung DDR – USA konnte damals niemand herstellen«, versuchte ich, sie zu trösten.

»Bleibt trotzdem die Frage, warum wird Koschinski, fast zehn Jahre nach dem Fall der Mauer ermordet?« Frau Werth grübelte noch immer über den Tod eines möglichen Zeugen nach, von dem sie glaubte, daß sie es hätte verhindern müssen.

»Vielleicht, weil er genau das wieder gemacht hat, was er schon vor dem Fall der Mauer gemacht hat: Er hat erpreßt!«

Sie sah mich lange und nachdenklich an. »Dann würde ja meine Vermutung zutreffen, daß sich noch der eine oder andere der Bande in unserem Zuständigkeitsbereich aufhält.«

»Domina, du wunderschöne Lederfrau, schon seit Tagen versuche ich dich zu erreichen! Sag mir, welche Strafen du mir heute auferlegst?« Die Männerstimme in meinem Telefon hatte einen nicht zu überhörenden fordernden und gleichzeitig unterwürfigen Klang. »Hast du dein schönes, schwarzes Ledermieder an? Das mit den Strapsen? Nimmst du die lange Lederpeitsche mit den Knoten am Ende der Riemen!«

Zuerst war ich stocksteif vor Entsetzen, denn ich hatte überhaupt nicht mehr damit gerechnet, daß mein Anschluß noch immer mit der Sextelefonnummer verbunden war. Außerdem erschien mir die Tageszeit, nämlich beinahe Mittag, für derartige Gespräche nicht gerade stimulierend. »Nimm einen Bindfaden, bind ihn um deinen Schwanz und zieh ganz fest zu. Nach drei Stunden spätestens solltest du einen guten Urologen aufsuchen«, riet ich meinem Anrufer mit falscher, einschmeichelnder Stimme.

Es war so lange Ruhe am anderen Ende der Leitung, daß ich schon dachte, es sei aufgelegt worden. Dann hörte ich ein Schnaufen, kein lustvolles, ein empörtes eher. Ich bekam Mitleid mit dem armen Kerl. »Machen Sie das lieber nicht«, sagte ich mit ganz normaler Stimme, »sonst könnten Sie sich ernsthaft verletzen. Nehmen Sie das Geld, das Sie hier am Telefon verplempern, und gehen Sie zu einem guten Psychologen. Lassen Sie sich helfen!« Mehr hatte ich dazu nicht zu sagen. Ich war weder im Telefonsex geübt noch im Gute-Ratschläge-Geben.

»Sie sind eine verdammt blöde Kuh! Glauben Sie, ich rufe an, um ihren Psychologenquark zu hören? Ich will meinen Spaß haben!« Der Hörer wurde aufgeknallt. Frau Marina Kunz hatte Dank meiner unprofessionellen Hilfe einen weiteren Kunden verloren.

Nun beschloß ich, dem Treiben ein für allemal ein Ende zu setzen. Ich ließ mich mit der technischen Störungsstelle der Telefongesellschaft verbinden. In der Zwischenzeit suchte ich die Visitenkarte jenes Herren heraus, der für die schwierigen Reklamationen zuständig war. Die Störungsstelle hatte in der

Zwischenzeit ihr Musikstück auf meine Telefonkosten beendet, und eine männliche Stimme meldete sich. Ich hatte sofort den Eindruck, daß ich einen ausgewiesenen Techniker vor mir beziehungsweise an der Strippe hatte. »Können Sie bitte einen Telefonanschluß umleiten. Es handelt sich um eine private Nummer. Eine Dienstleistungsnummer, die auf meinen Apparat geschaltet ist, die aber ab heute von einem Herrn in der Telefongesellschaft selbst beantwortet werden soll, muß umgeleitet werden.« Schweigen in der Leitung, ein nachdenkliches, vermutlich. »Eine Anweisung von allerhöchster Stelle«, versuchte ich mein Glück noch einmal.

»Wie heißt denn der Kollege, auf den die Dienstleistungsnummer geschaltet werden muß?« Noch hörte ich ein nachdenkliches Zögern in der Stimme des Beamten.

»Hans Heitmeyer mit ›y‹!« Mehr sagte ich nicht, sondern wartete auf die Reaktion.

»Ach der ...« Offensichtlich war ich auf einen technischen Mitarbeiter des Hauses getroffen, der ebenfalls nicht zum Fanclub des Herrn Heitmeyer gehörte. »Welche Nummer ist das denn, die ich auf seinen Apparat schalten soll?« Die Stimme klang so, als ob sie sich die ganze Angelegenheit mit der Umschalterei nun doch überlegen würde.

Ich hatte die Visitenkarte von Marina Kunz mit der 190er Nummer ausgekramt und gab sie dem Störungsfachmann durch. Schweigen in der Leitung. Dann, nach einer sehr langen Zeit hörte ich ein unterdrücktes, glucksendes Lachen: »Aber das ist doch eine ...« Ein hörbares Räuspern. Mein Gesprächspartner war zu einem Entschluß gekommen. »Ist diese Nummer fälschlich auf Ihren Apparat geschaltet worden?« fragte er jetzt sehr viel freundlicher.

Es hatte keinen Zweck, mein kleiner Trick hatte nicht geklappt, der Fachmann von der Telefongesellschaft hatte die Nummer erkannt. Er wußte, daß es zwar eine Servicenummer war, aber keine kostenlose für Telefon-Neukunden, sondern eine sehr kostenintensive. »Versuchen Sie mal, mich zu verstehen. Das geht schon seit Tagen so bei mir. Keine Hilfe in Sicht!« Meine Stimme muß sehr flehend geklungen haben, und er hatte wohl Mitleid.

»Sie sagten, der Befehl, diese Nummer auf Herrn Heitmeyer mit ›y‹ umzuschalten, sei von ganz oben ...?«

Ich verstand sofort. Er war nicht mehr allein, irgend jemand, vermutlich ein Vorgesetzter, war relativ nahe an seinen Arbeitsplatz gekommen und konnte mithören. »Ja, und es hat absolute Priorität!« Ich konnte durchaus im Befehlston reden, wenn es sein mußte. »Und zwar in der nächsten halben Stunde!«

»Selbstverständlich, gnädige Frau, wird sofort erledigt. Sie werden mit unserem Service zufrieden sein«, behauptete der Störungsmann der Telefongesellschaft, und ich legte beruhigt auf. Wie schade, daß ich nie erfahren würde, ob es mir gelungen war, dem Herrn Hans Heitmeyer ein paar fröhliche Minuten mit aufgebrachten Männern zu verschaffen.

Als nächstes galt es, Marlene aufzutreiben und zu einem verspäteten Mittagessen in das Hinterzimmer einer Kneipe beim Checkpoint Charlie zu bestellen. Als Marlene hörte, daß ich tatsächlich die Dünne vom LKA aufgetrieben hatte und wir uns treffen wollten, um einiges genauer zu besprechen, war sie sofort Feuer und Flamme und versprach, mit ihrem Polo in zehn Minuten vor meiner Tür zu stehen. Ich legte erleichtert auf.

Als das Telefon wieder klingelte, zuckte ich zusammen und nahm den Hörer ganz vorsichtig auf. »Jaa?« meldete ich mich leise.

»Hier ist Bodo, ich wollte nur wissen, ob du wie vereinbart heute abend kommen wirst?«

Ich war erleichtert. »Natürlich, zum Mittagessen im *Igel*, gegen zwanzig Uhr.«

Bodo lachte. »Freut mich, daß du das nicht vergessen hast, danach gehen wir, wie versprochen, ins Atelier, und ich zeig dir ein paar Bilder, einverstanden?«

»So war's abgemacht«, stimmte ich zu, und nach einem kurzen »Tschüß« legten wir auf.

Ich war bester Laune! Die Sache mit Frau Werth würde klappen, da war ich sicher. Ich verstand, daß sie Marlene persönlich kennenlernen wollte. Polizei und Journalisten stehen nicht unbedingt auf gutem Fuß. Was das betraf, hatte ich keine Zweifel an Marlenes Auftreten. Sie war vertrauenerweckend.

Ein bißchen brachte ich mich vor dem Spiegel in Ordnung,

zog etwas Wärmeres an, denn es hatte begonnen, wieder zu schneien. Dann ging ich runter und wartete an der Fußgängerampel auf Marlene. Sie kam mit quietschenden Reifen auf das Trottoir gefahren. Ich stieg ein und sagte ihr die Adresse. Das Radio plärrte laut, und ein Sprecher der Polizei gab Umleitungen bekannt. »Weißt du, wie du fahren kannst?« fragte ich und wollte schon nach dem Stadtplan greifen.

»Tag, Nichtchen, den Plan kannst du steckenlassen, wir werden hinfinden.« Ich mischte mich nicht mehr in die Wegstrecke ein, denn Marlene fuhr so viele Ecken und Nebensträßchen und Alleen durcheinander, daß ich manchmal nicht mehr wußte, wo wir uns befanden. Als wir beim Museum am Checkpoint Charlie ausgestiegen waren, zog mich Marlene am Ärmel hinter sich her. »Ich weiß, wo es ist. Die Kneipe kennt man hier.«

Überflüssig zu erwähnen, daß wir pünktlich waren. Ich sagte dem Wirt, wie vereinbart, Edeltraut erwartete uns, und wir wurden in ein Hinterzimmer geführt. Der Raum war leer, aber dafür gab es neben sehr viel leeren Tischen einen mit einem weißen Tischtuch gedeckten, auf dem drei Gedecke standen. Der Wirt öffnete einen sehr guten französischen Rotwein, dekantierte ihn und goß sich selbst den ersten Schluck zur Probe ein. Er bewegte das große Glas mit einer leichten Kreisbewegung und betrachtete die tiefrote Flüssigkeit sehr kritisch. Dann roch er an der Öffnung des Glases, trank aber keinen Tropfen. Er stellte das Glas ab, nahm die Karaffe und schenkte uns ein. Die große Wasserflasche, die schon auf dem Tisch stand, hatte er ebenfalls geöffnet und unsere Wassergläser gefüllt. Noch nie war ich in so einer Kaschemme einem Wirt begegnet, der einen so gepflegten Wein servierte.

»Hervorragend!« meinte Marlene.

»Ganz ausgezeichnet«, stimmte ich ihr zu.

Der Wirt verneigte sich leicht, lächelte freundlich und versprach, die Karte bringen zu lassen. Dann verschwand er. Noch viel verblüffter waren wir, als ein junger Kellner, der über seinen dunklen Hosen eine lange weiße Schürze gebunden trug, uns die Karte reichte. Es gab nur zehn Gerichte, aber diese zehn waren vom Feinsten. Und das Allermerkwürdigste: es gab keine Preise.

Als wir wieder alleine waren, sagte Marlene: »Ist ja wirklich nett, daß er uns die Damenkarten gibt, aber da wir keine Herren haben, die für uns bezahlen, hätte ich gerne gewußt, was es hier kostet.«

»Ist doch egal, ich habe meine Kreditkarte dabei, ich lade dich ein«, versuchte ich sie zu beschwichtigen.

»Ist zumindest außergewöhnlich. So ein Schuppen im Mauerwerk eines Kellergewölbes direkt an der ehemaligen Mauer, dann ein Service wie in einem französischen Spitzenrestaurant. Irgendwie sehr merkwürdig.«

»Hätte mir diesen Treffpunkt keine Kriminalhauptkommissarin des LKA vorgeschlagen, ich hätte nicht so ruhig dagesessen, sondern vermutlich fluchtartig das Weite gesucht.«

»Ganz hier in der Nähe müssen diese unterirdischen Tunnelgräben gewesen sein«, mutmaßte Marlene. »Die unter der Mauer durch, erinnerst du dich? Wo genau, das hab ich nicht mehr im Kopf.«

»Einer der Ausgänge war hier in diesem Raum und ist aus Sicherheitsgründen später zugemauert worden. Nachdem der Tunneleingang auf der anderen Seite entdeckt wurde.« Die Stimme hinter uns gehörte Frau Werth.

Ich stellte Marlene vor, und wir setzten uns. »Hier sind wir ungestört!« Dieser Behauptung der Kommissarin schenkte ich uneingeschränkt Glauben.

»Frau Neugebauer, ich habe mich bei meinem Kollegen in München über Sie erkundigt. Leon Hasberg meint, Sie seien absolut vertrauenswürdig. Also legen wir die Karten auf den Tisch, und versuchen wir, unsere Kenntnisse zu nutzen und unsere sehr unterschiedlichen Möglichkeiten auszureizen.«

Ob Marlene wegen der Nachfrage in München schockiert war oder nicht, sie ließ es sich nicht anmerken. Schon auf der Fahrt zum Checkpoint Charlie hatte ich Marlene von der Unterhaltung im LKA mit Frau Werth berichtet und von dem Mord an dem ehemaligen Stasi-Beamten Koschinski nach dessen verbüßter Strafe.

»Die Frage ist«, wandte sich Marlene an mich, »ob du dich bei so einer vielleicht gefährlichen Sache überhaupt exponieren willst. Du mußt dir das sehr genau überlegen.«

»Und du? Wie sieht es mit dir aus?« wollte ich wissen.

»Bei der Gelegenheit werde ich eher eine Randerscheinung sein, deshalb spielt das keine große Rolle«, hatte sie gelassen erwidert.

Frau Werth eröffnete uns, daß wir ihre Gäste seien. Dann kam der Wirt, der erste Gang wurde von dem jungen Mann aufgetragen, während der Chef in der Türe stand und jeden Handgriff genau beobachtete. Er wünschte uns einen guten Appetit, und wir stürzten uns auf einen gemischten Salat vom Feinsten, den einige Scheiben Entenbrust zierten.

»Mein richtiger Name ist Edeltraut von Werther«, begann unsere Gastgeberin, »doch das ist kein Name, mit dem man bei der Polizei arbeiten kann. Das Haus hier gehört meinem Vater, der damals an der Grabungsaktion beteiligt war.«

»Der Herr, der uns hereingeführt hat, ist das Ihr Vater?« ergriff Marlene das Wort.

»Ja, mein Vater beherbergt hier sonst Pokerrunden oder da, hinter dem Vorhang«, sie zeigte nach links, »da stehen Billardtische. Er ist ein hervorragender Hobbykoch, und ich bin sein liebstes Opfer.«

»Verständlich«, entfuhr es mir, wenn auch den Kochkünsten des Herrn Papa bei seiner Tochter keine sichtbaren Erfolge beschieden waren. Vielleicht hätte er sich auf einheimische Kost mit dicken Suppen und Saucen spezialisieren sollen statt seine französische Küche, damit die Tochter nicht wie eine Hungerleiderin herumrennen mußte.

»Wir müssen diese Pariser Galerie im Auge behalten, die ihr Kollege Pierre Bontemps besucht hat«, unterbrach Frau von Werther meine Gedanken zu den Folgen übermäßigen Genusses von dicken Suppen – die ich über alles liebe.

»Machen Sie eine Anfrage über Interpol?« wollte Marlene wissen.

»O Gott, nein, das ginge zu lange. Zuerst renne ich dem Staatsanwalt nach, dann mache ich ihm klar, weshalb ich eine Mitarbeit von Interpol brauche. Interpol ist eine Art Datenbank für Verbrechen und Verbrecher. Keine Polizei, die selbständig tätig wird. Das erstellte Papier – die Anfrage – geht nach Wiesbaden zum BKA, zum Bundeskriminalamt, und von dort über Interpol nach Paris. Die längste Anfrage, die ich in so einem Zusammenhang einmal hatte, dauerte sieben Monate. Bis dahin hatte ein vermutlich gesuchter Täter die Stadt Berlin ungehindert auf dem Luftweg verlassen. Nein, so geht fast gar nichts. Ich habe seit der letzten internationalen Tagung zu dem Thema Fälschungen eine Reihe von guten Adressen. Freunde in den Dezernaten in London und Paris und Amsterdam und wo auch immer, die ich sehr pflege. Die kriegen eine Ansichtskarte aus dem Urlaub und zu Weihnachten liebe Grüße. Da rufe ich direkt an, dann geht alles viel schneller.«

»Die internationale Zusammenarbeit, klappt die nicht so gut, wie in den Zeitungen behauptet wird?« Marlene war sehr interessiert.

»Europol und Interpol, all das meinen Sie?« fragte Frau Werth spöttisch. »Sehen Sie die Probleme einmal von der juristischen Seite her, Frau Neugebauer. Etwas, was bei uns strafbar ist, ist es in den Niederlanden nicht, dafür suchen die Franzosen jemanden, der hier mit einem Bußgeldbescheid davonkäme, für den mir kein Staatsanwalt einen Haftbefehl ausstellt. Organisatorisch ist da eine Menge passiert, aber wir sind nicht die freie Wirtschaft. Die Wirtschaft der zur EU gehörenden Länder ist eng verknüpft, arbeitet zusammen, ist kompatibel. Die Gesetze der einzelnen Länder, nehmen Sie nur das Ausländerrecht, sind von Land zu Land verschieden. Ganz langsam fangen Sie erst einmal an, bestimmte Verbrechen gemeinsam anzugehen, weil die Banden überstaatlich organisiert sind. Das betrifft die Drogen an erster Stelle, dazu kommt die illegale Einwanderung mit ihrem menschenunwürdigen Hin- und Hergeschiebe zwischen den Ländern. Und dann gibt es ein paar andere Delikte, für die sich kein Mensch interessiert. Wie zum Beispiel für Kunstfälschungen.«

»Also, bei all den Hindernissen hört es sich nicht so an, als ob Sie international agieren könnten.« Marlene wirkte etwas demoralisiert.

»Doch, das tun wir trotzdem, aber eben anders. Wir haben vom Dezernat für Fälschungen unsere eigenen Netzwerke gebaut. Wenn ich nach London zu einer Festnahme eines Deutschen muß, dann kriege ich innerhalb kürzester Zeit die Reisegenehmigung und fliege los, und mein Kollege erwartet mich am Flughafen, und die Engländer nehmen den Gesuchten für mich fest. Das Auslieferungsgesuch hab ich schon in der Tasche, und das geht rasch, ehe der Gauner sich's versieht, sitzen wir im Flugzeug Richtung Berlin. In Paris habe ich ebenfalls Kollegen, die ich persönlich kenne, da muß ich nur anrufen.«

Frau Werth machte mir ganz den Eindruck, effizient und mit Verve arbeiten zu können. »Ist das nicht sehr schwierig, so arbeiten zu müssen, wie Sie es schildern?« fragte ich.

»Das schlimmste ist der Zeitverlust, den wir bei solchen internationalen Aktionen immer einkalkulieren müssen. Manchmal haben wir diese Zeit einfach nicht. Dann kommen wir zu spät, der Vogel ist ausgeflogen. In einem Fall hat der Täter unsere langweilige Bürokratie nicht überlebt. Er ist an Altersschwäche gestorben.«

»Wieso interessiert sich die Polizei kaum für Kunstfälschungen?« fragte ich.

»Die Kunst und die Kunstfälschung sind etwas Elitäres. Die Geldfälschung betrifft jeden. Wenn jemand so dämlich ist und für einen Rauschenberg einen sechsstelligen Betrag hinlegt, und der ist dann gefälscht, dann hat der Betreffende den Spott der Freunde und Nachbarn zu fürchten. In den meisten Fällen bemerkt er es erst, wenn er verkaufen will. Dann zieht er ihn vom Auktionshaus zurück, und anstatt eine Anzeige zu erstatten, verhält er sich ruhig und hängt das Bild wieder an die Wand. Den Freunden erklärt er, er habe sich nicht trennen können von dem schönen Stück. Was bitte soll ich in einem solchen Fall ermitteln? Ich bin schon rausgeflogen bei einem kleineren Sammler, der in der Kartei eines berühmten Fälschers als Kunde verzeichnet war, weil ich ihm mitgeteilt habe, sein Renoir sei das Werk eines gewissen Herrn X, zweifellos eine gute Arbeit, aber eben falsch.«

Wir lachten. »Aber bei einem Prozeß gegen einen Fälscher, da wird dann alles aufgedeckt«, vermutete ich.

»Zu dem Prozeß ist es in dem Fall gar nicht gekommen, denn es gab keine Kläger. Der Renoir-Besitzer hat sich geweigert. Der Fälscher fälscht weiter.«

Die Tür wurde geöffnet, und Herr von Werther erschien, gefolgt von zwei jungen Herren in langen weißen Schürzen über den schwarzen Jeans, die drei mit einem silbernen Deckel gedeckte Teller hereintrugen. Es gab Kapaun auf Gemüsebeet. Mit einer Sauce aus frischen, asiatischen Früchten. Verdammt noch mal, so machte Abnehmen Spaß. Und zwar jeden Tag. Hier konnte ich Stammkundin werden.

Während wir aßen, überdachte ich das Gehörte. Eine Reihe von Fragen drängten sich mir auf, wurden verworfen und fielen dem Kapaun zum Opfer, dem meine ganze Aufmerksamkeit galt.

»Wenn der Fälscher klug ist, sagt er seinen Kunden, daß die Werke gefälscht sind. Sie zahlen dann zwar nicht ganz soviel, haben aber das Vergnügen, den Freunden gegenüber einen vermeintlich echten Renoir an der Wand zu haben.« Marlene sah das Problem juristisch praktisch.

»Wenn das Gemälde als echter Renoir versichert wird, dann wäre wieder der Tatbestand des Betruges erfüllt. Für seinen Besitzer eine wundersame Geldvermehrung«, gab ich mit vollem Mund zu bedenken.

Traute Werth hatte amüsierte Blicke abwechselnd Marlene und mir zugeworfen. Nun schüttelte sie verwundert den Kopf. »Sie sind wirklich toll, Sie alle beide! Nun haben Sie mich darauf gebracht, worum es bei der ganzen Geschichte mit den angeblich echten Fälschungen gehen könnte. Versicherungsbetrug!« Sie lehnte sich zurück und lachte laut auf.

Wir erhoben unser Glas und wollten uns gerade zutrinken, als sie uns unterbrach. »Da wir zusammenarbeiten wollen, wäre es nicht besser, wir würden uns duzen? Sonst erhält unser Auftreten so etwas Hölzernes, Unechtes. Wir sollten so tun, als ob wir uns schon lange kennen.« Wir stimmten ihr zu und sagten uns gegenseitig unsere Vornamen, dann tranken wir diesen hervorragenden Burgunder.

»Ich hab noch eine Liste mit den Werken, den gefälschten, die wir sichergestellt haben und dann dem Fälscher wieder aushändigen mußten. Er nennt sich ›Kopist alter Meister‹. Manchmal sieht man ihn tatsächlich in einer der Galerien sitzen und einen alten Meister regelrecht kopieren. Ich halte das für seine Tarnung.«

Ich versprach, dafür zu sorgen, daß die Versicherungen untereinander ein Rundschreiben erhielten, auf dem die Künstler und die Titel der gefälschten Werke genannt wurden, damit jede Versicherung abchecken konnte, ob sie so ein Werk versichert hatten oder ob schon ein Versicherungsfall eingetreten war.

Das Dessert war übrigens ein Sorbet von grünen Limetten mit Champagner. Und ein Mokka natürlich. Ich fieberte unserer nächsten Besprechung entgegen, denn Traute meinte, die Kneipe ihres Vaters sei für uns das Sicherste. Im Hinterzimmer. Und für meine Figur das Beste.

Wir bedankten uns beim Rausgehen, und vor der Tür verabschiedeten wir uns voneinander. Ich hatte noch einen Familienbesuch vor, bevor ich mich auf den Weg machen wollte, um Bodo im *Igel* zu treffen.

Marlene nahm mich im Auto mit. Sie wollte mich zu der neuen Wohnung meines Vaters bringen, um dann wieder zum DLRB zu fahren, da sie am späten Nachmittag noch eine Sendung zu moderieren hatte.

»Traute scheint die Sache in Paris richtig anzupacken«, sagte Marlene.

»Hm, kannst recht haben«, erklärte ich.

»Die Sache der Polizei in Paris zu übergeben ist zweifellos die beste Lösung. Ich werde Pierre anrufen und ihm sagen, daß eine französische Kommissarin sich mit ihm in Verbindung setzen wird. Er soll auf keinen Fall etwas alleine unternehmen.« Marlene redete vor sich hin, so als wolle sie ihre eigene Agenda repetieren, damit sie nichts vergaß. Gleichzeitig kurvte sie uns mit viel Geschick durch den relativ dichten Verkehr. »Sicher hat sie recht, daß die Überwachung der Galerie durch Profis vorgenommen werden muß. Vielleicht finden sie etwas raus, ein irgendwo verstecktes Lager aus der Produktion der amerikanischen Firma, von damals, wer weiß?«

Und ob ich wußte, was Marlene meinte. Wenn ich daran dachte, was in New Jersey beschlagnahmt worden war, dann ließ sich hochrechnen, wie viele Blätter schon vorher in den Handel gebracht worden waren, von den Tausenden von Wänden, die solche Falsifikate heute noch zierten, einmal abgesehen.

»Wie geht es dir eigentlich?« fragte sie plötzlich unvermittelt.

»Danke der Nachfrage.«

»Bist ganz schön auf Achse, man erreicht dich nie am Telefon«, meinte meine rastlose Tante, und es klang kein bißchen Kritik durch.

Die Straßen wurden breiter, Häuser, die schon renoviert waren, standen zwischen Häusern, deren Fassaden mit Erfolg seit mehr als fünf Jahrzehnten abblätterten. Einige der alten Fenster waren noch im unteren Teil mit Wolldecken gegen die Kälte verhängt. Einschußlöcher vom Straßenkampf um Berlin waren zu sehen. Vor einem der renovierten Häuser, dessen Fassade gelb und hell strahlte, was wegen der weißen Umrahmung der Fenster und Türen besonders auffällig war, hielt Marlene an.

»Hier, im zweiten Stock, es gibt einen Lift.«

Ich stieg aus, bedankte mich und stand vor dem Wohnhaus meines Vaters. Es war nicht mehr die Wohnung, in der wir alle zusammengelebt hatten, aber es war nur ein paar Straßen von der alten entfernt. Das war eine neue und sicher nicht ganz billige Wohnung. Schöner gelegen als unsere alte. Die Straße war breiter, Bäume säumten den Fahrweg, die Fassaden waren verziert. Über den Fenstern waren kleine Giebel. Die Haustür betonte zwei Halbsäulen, ebenfalls weiß gestrichen. In jedem Stockwerk ab dem ersten gab es einen Balkon mit Steineinfassung, dessen Ecken krönte ein irgendwie geartetes Schmuckgebilde.

Mein Vater, einmal überzeugter Sozialist, wohnte nun hinter so einer ausgesprochen spätbürgerlichen Fassade! Ich klingelte. Der Summer ertönte, und ein modernes Tor öffnete sich auf meinen Druck hin. Der Eingang war großzügig, wie es früher in Bürgerhäusern üblich war. Schließlich wollte man mit der Kutsche hineinfahren, um trockenen Fußes aussteigen zu können. Eine wunderschöne Malerei an der Wand zierte den Eingang, dessen große Fläche sonst vielleicht langweilig gewesen wäre. Unten, bis etwa auf eineinhalb Meter Höhe, war auf beiden Seiten getäfelt. Eine neue Briefkastenanlage, mit Ablage für die Päckchen, ließ die überlegte Planung des Restaurators erkennen.

Am Ende des Ganges ragte ein Rechteck in den klar gegliederten Eingang hinein: der nachträglich eingebaute Lift. Ich fuhr bis zum zweiten Stock, und als ich vor der schönen Holztür stand, an der ein Namensschild verriet, daß Friedrich Wolf hier wohnte, klingelte ich noch einmal. Die alten Jugendstilscheiben im oberen Teil der Tür wurden von einer glatten weißen Gardine hinterfangen, so daß ich nicht hineinsehen konnte. Als sich die Tür öffnete, erwartete ich meinen Vater, nicht eine ältere Dame, die eine Schürze trug, einen Besen hielt und mich genauso verblüfft ansah wie ich sie.

»Ich dachte, Herr Wolf sei noch mal zurückgekommen, weil er wieder was vergessen hat«, teilte sie mir statt einer Begrüßung mit.

»Ich bin seine Tochter, ich wollte ihn besuchen.« Auch ich vergaß den Gruß und starrte nur die Frau mit dem Besen an und fragte mich, warum es mir einen Stich gab, daß mein Vater und diese Frau ...?

»Kommen Sie nur herein«, sie trat zur Seite, und ich stand in einer wunderschönen Diele, in der alle Wände, selbst die über den Türen zu den Zimmern, vollgehängt waren mit größeren und kleineren Ölgemälden. Langsam ging ich von Wand zu Wand, jedes Bild betrachtend.

»Sie sind die Tochter aus Amerika!« stellte die Frau fest und fügte hinzu: »Ich koche Ihnen einen Kaffee.« Dann verschwand sie nach links, wo vermutlich die Küche lag. Mitten in der großen, rechteckigen Diele stand ein Putzeimer. War sie die Putzfrau oder die Geliebte meines Vaters, oder war sie beides, was am wahrscheinlichsten war, denn mein Vater hatte ein Faible für praktische Lösungen.

»Die anderen Bilder sind hier im Wohnzimmer und in seinem Arbeitszimmer«, sie öffnete mir zwei Türen und führte mich voller Stolz durch die Räume, die außer Büchern in Regalen nur Gemälde meines Vaters an den Wänden hatten. Der Rest der Einrichtung war dem untergeordnet. Couch und Sessel standen am Fenster, ein Eßtisch in der Mitte des Raumes war übersät mit Zeichnungen. Im Arbeitszimmer stand eine Staffelei, daneben zwei Böcke und eine große Platte darüber, darauf eine in einen Holzrahmen eingespannte Leinwand, die grundiert war und trocknen sollte.

Bodo hatte recht gehabt, als er über die Arbeiten meines Vaters sagte, sie seien ohne Francis Bacon nicht denkbar. Mit einer unglaublich kraftvollen Pinselführung, die ich dem scheinbar schüchternen Mann nie zugetraut hätte, war die Leinwand mit abgetrennten Gliedmaßen, neben denen Marterwerkzeuge lagen, gefüllt. Rot war die vorherrschende Farbe und Braungrautöne im Hintergrund.

»Er spricht nie über das, was er im Gefängnis erlebt hat, aber seit er malen darf, was er will, malt er oft solche Sachen«, die Frau mit der Schürze stand hinter mir und hielt mir eine Tasse Kaffee im Geschirr meiner Mutter entgegen. Für einen Augenblick zögerte ich, zuzugreifen. Natürlich, mein Vater hat nach dem Tod meiner Mutter die Dinge aus ihrer Wohnung übernommen, für die er noch Verwendung hatte. Das war ja nur selbstverständlich.

»Ich bin Frau Markowitz«, stellte sie sich vor.

Ich sagte darauf nur: »Angenehm, ich bin Lisa Wolf« und nahm ihr die Kaffeetasse ab.

»Ich wohne hier im Haus, mein Sohn ist ein Freund Ihres Vaters, ihm gehört das Haus, er hat es renoviert. Ihr Herr Vater«, offenbar besann sie sich und stellte fest, daß sie zu den besseren Leuten hier in der Gegend gehörte, »also Ihr Herr Vater ist ein klein wenig unpraktisch mit den Dingen des Alltages. Da helfe ich ihm manchmal.« Sie ging voraus ins Eßzimmer und zeigte auf zwei Zeichnungen, farbige Kreide, die ich vorhin übersehen hatte. Sie waren in der Tradition jenes Gemäldes, das bei Professor Severn hing. Ihre Farbigkeit und ihr Sujet ließen trotz der gewollten Abstraktion am ehesten eine Landschaft wie die Mark Brandenburg erahnen.

»Seit ein paar Tagen malt er auch mal so was!«

Es war klar, daß sie nicht viel Ahnung hatte von dem, was mein Vater malte, aber sie war vermutlich eine geduldige Zuhörerin und eine praktisch veranlagte Person, die meinem Vater die Alltagsprobleme vom Hals hielt.

»Gestern waren wir auf der Bank, und ich hab ihm gezeigt, wie man mit der neuen Karte, dieser ec-Karte, Geld aus dem Automaten kriegt. Ihr Herr Vater hat nur gemeint, daß es doch ein Blödsinn ist, einem Automaten zu sagen, wieviel Geld man haben möchte, wenn drin in der Bank ein Mensch an der Kasse sitzt und sich langweilt. Es ist doch viel netter, mit dem ein paar Worte zu reden.«

Ich mußte lachen. Genau so kannte ich meinen Vater. Er suchte den Kontakt zu den Menschen, wie er ihn als Zeichenlehrer zu seinen Schülern gesucht hatte, nicht zu irgendwelchen Maschinen.

»Wissen Sie, wann er wiederkommt?« fragte ich Frau Markowitz.

»Erst am Abend, meine Liebe. Er unterrichtet am Nachmittag zweimal in der Woche, ehrenamtlich. Kinder können bei ihm Zeichnen lernen. Im Haus am Mariannenplatz. Das ist drüben, müssen Sie wissen.« In ihrem Sprachvokabular gab es das noch, drüben – der Westen.

Ich wußte, wo der Mariannenplatz ist, ich wußte, daß dort ein sehr aktives Gemeinschaftszentrum war, das vorwiegend von türkischen Bewohnern Berlins benutzt wurde. Jedenfalls war das damals so, als ich dort als Schülerin einmal eine Fotoausstellung über Anatolien gesehen hatte.

»Er macht das, weil es ihm Spaß macht und weil er so den Kontakt zu den ganz Jungen wieder hat. Die machen tolle Sachen, sehen Sie hier, das soll auf eine Ausstellung gehen, nach Hamburg.« Frau Markowitz drehte ein Holzbrett um, das etwa die Maße von einem Meter auf fünfzig Zentimeter hatte. Es lehnte an der Wand, nur ein Packpapier über die obere Kante gelegt, damit man es anfassen konnte, ohne Fingerspuren zu hinterlassen, und war eine hervorragende Collage.

Schließlich gab ich ihr meine leere Kaffeetasse zurück und sagte: »Richten Sie ihm einen schönen Gruß aus, das nächste Mal rufe ich vorher an, versprochen!«

»Ich muß mich beeilen, damit ich fertig werde, heute abend habe ich eine Karte für die Oper.«

Wir lächelten uns zum Abschied unverbindlich an, dann stieg ich die Treppen zu Fuß herunter. Tatsächlich, im ersten Stock stand auf einem Wohnungsschild »Juliana Markowitz«. Wer hier wohnte, hatte es doch nicht nötig zu putzen.

Ich ging die fünf Minuten bis zur nächsten Bushaltestelle und stellte fest, daß mir der Bus gerade vor der Nase weggefahren sein mußte. Keine Taxe weit und breit. Es würde mir nicht anderes übrigbleiben, als eine ganze Weile zu warten.

Es gab Tage, da möchte man schnell nach Hause, um sich die nassen Sachen auszuziehen und ein wenig auszuruhen. An solchen Tagen begegnete man dauernd Leuten, denen man nicht über den Weg laufen mochte. Ich war gerade in Halensee aus dem Bus ausgestiegen, hatte einen Fuß auf das Trottoir gesetzt, da hörte ich die Stimme von Frau Kunz rufen: »Nun warten Sie doch, nicht so eilig, junge Frau, ich wollt mit Ihnen reden, Frau Wolf.«

Ich blieb stehen. Frau Kunz kam mit zwei schweren Tüten voll Getränke und Popcorn und Pommes Chips. »Für meine Mädchen!« verkündete sie stolz, so als hätte sie für einen Mittagstisch derjenigen Schulkinder eingekauft, deren Mütter berufstätig sind. »Sie werden es nicht glauben, erst haben die das mit den Anschlüssen nicht ganz richtig hingekriegt, die bei der Telefongesellschaft. Sie haben behauptet, es läge an meinem Computer. Also hab ich den Computerfritzen angerufen, der kam gleich. An meinem Computer ist alles in Ordnung, das können Sie mir glauben.«

So adrett, wie Frau Kunz daherkam, glaubte ich ihr gerne, daß sie ihre Sachen in Ordnung hielt, egal, ob Kleidung oder Wohnung oder Computer. »Wieso Computer?« Ich hatte von diesem Gewerbezweig absolut keine Ahnung.

»Na, das läuft doch über mehrere 190er Nummern. Von dort wird es über einen Computer auf verschiedene Telefone in meiner Wohnung umgeschaltet. Eine für die eher lasziven Typen, eine für die mit der Peitsche und so, es gibt da ganz verschiedene Geschmäcker.« Frau Kunz redete so, als spreche sie von verschiedenen Geschmacksrichtungen beim Speiseeis. »Da muß man doch auswählen können, verstehen Sie?«

Ich verstand. »Und wenn man diese Nummer gewählt hat, die für laszive Typen ...« Ich wollte es ja nur mal wissen.

»Dann ist das eine andere 190er Nummer als die, die der Mann wählt, der sich eine Domina wünscht, klar?« Ich nickte, denn so weit konnte ich gerade noch folgen.

»Heutzutage muß man auf die verschiedenen Wünsche der

Kunden eingehen, Frau Wolf. Sonst ist man aus dem Geschäft. Und ich muß rationalisieren und investieren. Das liest man jeden Tag in der Zeitung. Jeder Mann hat andere Wünsche, andere Bedürfnisse ...«

Soviel Einblick in die männliche Psyche war selbst mir nicht verwehrt geblieben. Wer uns belauscht hätte, wie wir im Schneematsch den oberen Ku'damm entlangstapften, hätte gemeint, wir redeten über die Telefonseelsorge.

»Mein Computer, der stellt so ein paar Standardfragen, und dann schaltet eines von den Mädchen weiter, je nach Antwort. Auf die Domina oder auf die Laszive oder den Schmusetyp oder je nachdem, was so gefragt ist. Ich hab nur drei Anschlüsse auf meiner ISDN-Nummer, wie das heißt. Eine Hauptnummer, zwei Unteranschlüsse, das ist das Preiswerteste. Man muß ja so rechnen heutzutage. Die Werbekosten fressen den ganzen Gewinn weg.«

Wir waren an dem alten Haus mit dem Gerüst angekommen. »Wie viele Angestellte haben Sie denn?« fragte ich, weil es mich interessierte, wie viele Damen da im ersten Stock herumhockten und auf telefonische Freier warteten.

»Ach, im Moment sind wir voll besetzt, alle drei sind da. Drum hab ich was geholt, seit einer halben Stunde fängt bei uns das Geschäft wieder an. Ich kann Ihnen gar nicht sagen, was das für einen Verlust bedeutet für uns, da rumzuhocken und kein Telefon klingelt! Ich hab die Mädchen heimgeschickt, damit sie nicht einen Streit anfangen vor Langeweile, und hab mich selbst ans Telefon gesetzt, für den Fall, daß ...« Sie lachte.

Ich betrachtete die vermutlich hoch in den Fünfzigern rangierende Frau Kunz mit unverhohlener Hochachtung. »Sie allein, all die verschiedenen Typen, die da anrufen ...«

Frau Kunz mußte die Verwunderung, die in meiner Stimme mitschwang, mißverstanden haben. Sie begann, mir zu erklären, warum sie für diesen Beruf geradezu geschaffen sei: »Ich hab von der Pieke auf gelernt!« verkündete sie stolz, »erst Straße, dann Bordell, dann erste Dame im Hause. Wenn man so in die Jahre kommt und nicht genug geklebt hat, weil man als junger Mensch noch nicht so weit denkt, dann bleibt einem nichts anderes übrig, als im Alter noch Unternehmerin zu werden.«

Himmel, die Rentenversicherung! Daran hatte ich bei meinen Verhandlungen mit meiner Versicherungsgesellschaft nicht gedacht. Ich mußte etwas unternehmen, um so schnell wie möglich in die staatliche Rentenversicherung in Deutschland hereinzukommen, nachzahlen oder irgend so was, sonst würde ich in zwanzig Jahren genauso weit sein wie meine Gesprächspartnerin.

»Nun ist bald wieder alles in Ordnung, hat mir der Herr Heitmeyer von der Störungsstelle versprochen«, fuhr sie in ihrer Erzählung fort.

Jetzt wurde ich hellhörig. »Hat der Sie persönlich angerufen?«

»So ungefähr vor einer Stunde, ich war ganz von den Socken. Total nervös war der arme Mensch. Der sollte mal was für sich tun.« Sie lachte plötzlich laut auf: »Hat doch tatsächlich behauptet, er ahne, was das für ein aufreibender Job sei. Köstlich, nicht wahr? Ein Mann! Und behauptet so was!« Frau Kunz konnte nicht weiterreden vor Lachen. »Er sei höchstpersönlich darum besorgt, daß der Anschluß in der nächsten Stunde in Ordnung käme, hat er mir versichert.«

Sie beruhigte sich, schluckte den letzten Lacher hinunter und meinte mit geschäftsmäßiger Stimme: »Da hab ich gleich meine Mädchen angerufen und instruiert, daß sie sich bei den Herren entschuldigen wegen der falschen Behandlung in den letzten Tagen ...« Sie warf mir einen prüfenden Blick zu, wohl weil sie nicht wußte, ob ich beleidigt sei. »Nichts für ungut, junge Frau«, fügte sie besänftigend hinzu.

»Hat Herr Heitmeyer sonst noch irgend etwas gesagt?« Das Thema interessierte mich mehr, als Frau Kunz ahnen konnte.

»Das mit dem anstrengenden Job, das hat er mehrmals betont. Möchte nur wissen, wie er darauf kommt!«

»Haben Sie viele Stammkunden?« Ich bekam ein schlechtes Gewissen, fürchtete ich doch, mindestens zwei der Herren das telefonische Vergnügen für immer verdorben zu haben.

»Ja, wir bieten einen wirklich guten Service fürs Geld, deshalb.«

»Wie alt sind Ihre Mädchen denn?« fragte ich, weil ich plötzlich fürchtete, es könne sich um ein Geschäft mit Minderjährigen handeln.

»Die Älteste und meine Versierteste ist gerade erst fünfundfünfzig geworden. Seit fünf Monaten arbeitslos und hat einen kranken Mann im Pflegeheim. Wo sonst kann man ohne Steuerkarte schaffen? Die anderen sind jünger, um die vierzig. Gestandene Frauen, die früh, wenn die Kinder in der Schule sind, kommen. Eine von denen, die nachts da ist, die ist auf Methadon. Hab lange gezögert, ob ich das wagen soll, aber sie ist einfach der tolle Nachttyp. Immer munter, immer zu Späßen aufgelegt. So was haben die älteren Herren, die nachts nicht schlafen können, sehr gerne!«

Ich verabschiedete mich und drückte Frau Kunz die eine Einkaufstüte, die ich ihr an der Busstation abgenommen hatte, wieder in die Hand.

»Wer arbeitet sonst noch nachts bei Ihnen, die Hausfrauen dürften da ja ausfallen.« Diese Frage konnte ich mir nicht verkneifen.

Frau Kunz hatte die zweite Einkaufstüte abgestellt und suchte den Hausschlüssel in der Handtasche. »Studentinnen, die machen das ganz gerne, weil sie in den flauen Zeiten, dann, wenn im Fernsehen noch die Spätfilme laufen, ihre Bücher lesen können.«

In meinem ersten Semester in New York hatte ich abends für einen Hungerlohn bei Kentucky Fried Chicken hinter der Theke gearbeitet und mir dabei eine lebenslange Abneigung gegen Hähnchen geholt. Aber vielleicht war es besser, denn mit einer Abneigung gegen die Flattermänner büßte ich nicht übermäßig viel an Lebensqualität ein.

»Wenn Sie mal in Schwierigkeiten sind, dann rufen Sie mich an, oder kommen Sie schnell auf eine Tasse Kaffee rüber«, riß mich Frau Kunz aus meinen Gedanken, bevor sie in ihrer Haustüre verschwand. Ich versprach, das auf keinen Fall zu vergessen.

Da stand ich nun im Schnee. Frau Kunz verstand ihr Handwerk, daran war kein Zweifel.

Zwei Vernissagen in der Nähe des Ku'dammes galt es zu besuchen, wie ich meinem Terminkalender entnahm. Nachdem ich mich aufgewärmt und umgezogen hatte, die Post flüchtig durchgesehen hatte, ging ich wieder los. In den Galerien war nichts Weltbewegendes ausgestellt. In einem Fall war ich erstaunt über die Mittelmäßigkeit des Dargebotenen.

Die Besitzerin der Galerie stürzte auf mich zu: »Paschke, mein Name, ich glaube, ich hab Sie noch nicht bei mir begrüßen dürfen?«

Die Frau mußte bei dem Betrieb, der hier herrschte, ein phänomenales Gedächtnis haben. Oder sie hatte einen Blick für den Preis meines Lammfellmantels. Den hatten James' Eltern letztes Jahr zu Weihnachten für mich anfertigen lassen, und er war sicher das wertvollste Kleidungsstück, das ich je besessen hatte. »Ich interessiere mich mehr für moderne Grafik, und da ich nicht wußte, was Sie haben, bin ich vorbeigekommen.« Ich fand die Exponate sterbenslangweilig. Genausogut konnte ich mir Blümchentapete rahmen lassen, dachte ich verdrießlich.

»Es gibt nichts, was sich nicht besorgen läßt, dazu müßte ich nur wissen, wofür Sie sich interessieren.« Alle Achtung, diese Frau Paschke war geschäftstüchtig. »Was genau suchen Sie denn?«

Jetzt war ich baff. Damit hatte ich in dieser Galerie der Gärten und Häuseransichten, die nicht weit von gemalten Ferienkarten entfernt waren, nun wirklich nicht gerechnet. Meine Adresse konnte ich nicht nennen. Die war nicht dafür geeignet, mir die Glaubwürdigkeit einer möglichen Käuferin zu verleihen. Marlene mußte dafür herhalten. »Ich habe eine Interessentin, für die suche ich eine bestimmte Grafik von Picasso. Signiert und numeriert, selbstverständlich.«

»Selbstverständlich!« Frau Paschke warf mir einen kritisch neugierigen Blick zu. »Und welche?«

»Ein Blatt aus der Tauromachie«, ich sagte es so nebenbei, wie andere Leute eine Karte für eine bestimmte Oper bestellen.

»Das ist äußerst schwer zu haben«, Frau Paschke war entweder wachsam oder Kennerin. »Vielleicht haben Sie Glück und finden etwas in den internationalen Auktionskatalogen.«

Ich lächelte wissend. »Darauf achte ich sowieso.« Ich wollte weg von hier und wußte nicht, wie.

»Wenn Sie wollen, dann halte ich für Sie die Augen offen ...« Frau Paschke war nicht so leicht aus dem Geschäft zu schubsen.

Die kleine, dralle Person im schwarzen Schneiderkostüm mit den blondgefärbten Haaren hatte den Geschäftssinn mit der Muttermilch aufgesogen.

Ich lächelte sie an. »Wenn Sie etwas finden sollten, dann rufen Sie bitte diese Nummer hier an, eine Frau Neugebauer. Fragen Sie nach Frau Gardener, ich rufe dann zurück.« Ich schrieb Marlenes Telefonnummer auf und drückte Frau Paschke den Zettel in die Hand. Endlich konnte ich weitergehen. War Frau Paschke so dumm und glaubte tatsächlich, diese Grafik würde irgendwo im Kunsthandel auftauchen …?

Die zweite Galerie war weniger repräsentativ hergerichtet. Dafür gab es immerhin einen besseren Rotwein. Schließlich machte ich mich auf zum *Igel*.

Im *Igel* war dicke Luft. In des Wortes wahrster Bedeutung. Es war bis auf den letzten Stuhl besetzt. Aus den Staaten war ich solche verräucherten Buden nicht mehr gewöhnt. Im Zuge der Anti-Raucher-Kampagnen gab es überwiegend zigarettenrauchfreie Restaurants oder zumindest rauchfreie Zonen in jedem Restaurant. Hier schien Einnebeln eine Art Volkssport zu sein, denn jeder zweite Gast hielt einen Glimmstengel in der Hand.

Der Wirt kam auf mich zu und begrüßte mich überschwenglich. Ich wollte kein Aufsehen erregen, doch durch diese Begrüßung und sein »Darf ich Ihnen den Tisch zeigen, Frau Wolf?« erreichte er, daß die meisten Gespräche verstummten und viele mich anstarrten. Er führte mich an Bodos Tisch, der sich erhoben hatte und mich begrüßte. Die Herren, die mit ihm am Stammtisch saßen, rückten zusammen und zauberten von irgendwoher einen Stuhl für mich herbei.

Ich trank nur einen Tee, denn Rotwein hatte ich schon auf Kosten der Galerien genossen. Wir brachen bald darauf auf und machten uns zu Fuß auf den Weg zu Bodos Atelierwohnung, wie er es nannte. Erst ging es durch bewohnte Straßen, dann kam ein industrieähnliches Areal. Als wir in einen alten Fabrikhof einbogen, der nur mit einer Glühbirne beleuchtet war, wurde mir mulmig. Ich klammerte mich an Bodos Ärmel, was dieser mit einem gutmütigen »Keine Angst« quittierte.

Plötzlich trat ein junger Mann mit kahlgeschorenem Schädel und in schwarzer Motorradfahrermontur aus einem der Eingänge. Er trug schwarze Springerstiefel. Ich ging vollkommen hinter Bodo in Deckung, soweit das möglich war, denn Bodo war weder größer noch breiter als ich. Außerdem erwies sich dies als vollkommen überflüssige Maßnahme, denn in der Zwischenzeit umringten uns weitere vier Gestalten in derselben abschreckenden Bekleidung.

»Jürgen, ihr jagt der Dame hier einen Schreck ein«, meinte Bodo sehr freundlich.

Der Anführer grinste und meinte: »Tretet mal einen Schritt zurück!«

»Laß dich nicht von dem entarteten Farbenkleckser beeinflussen«, tönte es hinter mir.

Wenn ich etwas nicht verknusen konnte, dann war es der Begriff »entartet« in Verbindung mit Kunst. »Meinen Sie etwa, dieser Künstler hier male etwas, was den Begriff entartet verdiente?« fuhr ich den hinter mir Stehenden an. Vielleicht hätte ich ihn mir vorher ansehen sollen, denn er war weit über einen Meter achtzig groß und schwang in seiner linken Hand eine Fahrradkette.

»Der kann nicht mal richtig malen. Macht lauter so Zeug, wo keiner versteht, was es sein soll.«

»Adalbert, laß es gut sein. Es hat keinen Zweck, über Kunst zu streiten, da haben wir schon oft drüber geredet.« Bodo versuchte einzulenken.

Der Große zuckte gleichgültig mit den Schultern: »Ich finde das Porträt, das du von uns machst, ganz große Scheiße.«

»Wenn ihr fotografiert sein wollt, dann geht zum Fotografen«, antwortete Bodo nur.

Der andere, den Bodo Jürgen nannte, schaltete sich ein, wohl weil er um sein Ansehen fürchtete, wenn jener Adalbert die Diskussion noch länger an sich riß: »Wann ist unser Porträt fertig?«

»Laßt mir noch diese Woche Zeit. Ich rufe euch zusammen, dann können wir es in Ruhe ansehen und besprechen«, schlug Bodo vor. Die Spannung hatte sich gelöst, einige der Skins trotteten von dannen, und nur der Anführer Jürgen und jener Adalbert blieben stehen. Ich begann zu begreifen, daß es sich um einen Machtkampf der beiden handelte, der auf Bodos und meinem Rücken ausgetragen werden sollte.

Adalbert kam näher und schleuderte seine Fahrradkette scheinbar unabsichtlich in meine Richtung: »Hast du was übrig für entartete Kunst?«

Da er sich an mich gewandt hatte, antwortete ich: »Es gibt keine entartete Kunst, nur entartete Gehirne, die an der Kunst herummeckern!«

Bodo riß mich zurück, da Adalbert plötzlich die Fahrradkette in meine Richtung schleuderte. Der Anführer trat vor und fuhr Adalbert an: »Laß das, die Dame ist ein Gast von Bodo.«

»Das mit dem entarteten Gehirn nimmt sie zurück, die Ziege!« Adalbert war nicht so leicht zu besänftigen, und da ich nicht wußte, zu wessen Gunsten der Führungskampf der beiden ausgehen würde, lenkte ich ein: »Es gibt keine entarteten Gehirne, dafür entschuldige ich mich.«

»Ist okay«, meinte der Anführer, und Adalbert fügte hinzu: »Verpiß dich, du blöde Gans!«

Die letzten zwanzig Meter stolperte ich an Bodos Arm über den fast dunklen Hof, der voller Unrat war und in dem zwei Schrotthaufen standen. Endlich erreichten wir eine dicke Eisentür, die Bodo aufschloß, durch die er mich schob und die er hinter uns abschloß. Ich zitterte wie Espenlaub und klapperte mit den Zähnen. Irgendwie war ich in den alten Lift und damit in Bodos Atelier im ersten Obergeschoß gekommen. Als die zweite Eisentür von innen verschlossen war und ich mich sicher fühlte, sackte ich auf der Couch, die mitten in dem riesigen Raum stand, zusammen und heulte. Bodo setzte sich neben mich und nahm mich in den Arm.

Als ich erwachte, war die Sonne bereits aufgegangen. Eisblumen am Fenster hatte ich schon lange nicht mehr gesehen. Da sie eine Aussage über die Temperaturen im Inneren des Hauses machten, blieb ich noch eine Weile unter dem warmen, dicken Federbett liegen

Nur mit einem wollenen, karierten Hemd von Bodo bekleidet, ging ich barfuß ins Bad und nahm eine wärmende Dusche. Dann zog ich mich so leise wie möglich an, nahm meinen Mantel und die Handtasche und ging. Als die Eisentür hinter mir ins Schloß fiel, wurde mir klar, was für eine Dummheit es sein konnte, die schützende Umgebung verlassen zu haben. Ich ging nach draußen, in den verschneiten, sonnigen Fabrikhof. Als ich schnellen Schrittes hinter dem Tor um die Ecke bog, raste ich in den Einkaufswagen eines Lumpensammlers.

»Nicht so stürmisch, junge Frau, nicht so stürmisch!« riet er mir. »Sie kommen wohl von Bodo? War er so schrecklich, daß sie mit einem solchen Zahn um die Ecke düsen?«

Ich wurde knallrot.

»Ich versteh nicht, was die Leute gegen seine Bilder haben, ich finde sie gut. Das Porträt von den Skins zum Beispiel, wo er einen der Angeber als feiges Würstchen entlarvt, ha, ha, ha, das ist doch ganz großartig!« Der Alte rieb sich die Hände, da seine wollenen schwarzen Handschuhe die Kälte nicht ausreichend abhielten. »Haben Sie das gesehen?«

»Ich finde es ein sehr gutes Porträt«, bestätigte ich wahrheitsgemäß, denn gestern abend hatte ich mir Bodos Arbeiten angesehen. Ich gab dem alten Mann genug Geld, damit er sich etwas Warmes zu essen holen konnte, und verabschiedete mich von ihm. Er verriet mir den kürzesten Weg zur nächsten Straßenbahnhaltestelle.

Der Lumpensammler hatte recht gehabt. Bodo Scheußlich war ein guter Maler. Seine Porträts in der Nachfolge von Otto Dix spiegelten eine sozialkritische Haltung wider. Sein Pinselstrich dagegen war freier, und er malte farbiger. Auch seine abstrakten Gemälde hatten mir sehr gut gefallen. Bodo hatte sie alle mit der bemalten Seite zur Wand gelehnt, da die Skins am Nachmittag zu einer Sitzung gekommen waren. Hatte er Adalberts einseitigen Kunstsachverstand gefürchtet, wollte er seiner Kritik entgehen?

Nachdem ich gestern abend meine Heulerei überwunden hatte und mich beruhigt hatte, weil ich mich hinter Bodos Eisentüren sicher fühlte, hatten wir eine lange Diskussion über die Situation des Künstlers in der Nach-DDR-Zeit gehabt. Bodo war unsicher, weil drei seiner Gemälde für eine Ausstellung in Weimar ausgewählt worden waren. Er fürchtete herabsetzende Kritik wegen seiner politischen Vergangenheit.

»Will man nur beweisen, wie schlecht wir sind? Will man uns allen vor Augen führen, wie wir einer irgendwie gearteten Moderne hinterherhinken? Gibt es eine Chance für uns, uns dem Betrachter verständlich zu machen?« Seine Fragen beschäftigten mich noch immer, während ich durch die menschenleeren Straßen ging.

Weimar 1999, die Kulturhauptstadt Europas, die Stadt Goethes und Schillers und die Stadt, in deren unmittelbarer Nähe das KZ Buchenwald lag. Diese Gedenkstätte war nach 1989 ihrer ideologischen Verbrämung als Opferstätte vorwiegend sozialistischer und marxistischer Andersdenkender entkleidet worden. »Es ist richtig, daß diese Gedenkstätte endlich von ihrer falschen Ideologie befreit wurde«, hatte Bodo gesagt.

»Kann man das je trennen, Kultur und Vernichtung, so nah beieinander?« Die Idee, Goethes Zeichnungen in Buchenwald auszustellen, hatte er sehr überzeugend gefunden. Weimar, die Stadt Lucas Cranachs und Franz Liszts, des Bauhauses und des Antisemiten Adolf Barthels. »Was«, so hatte er mich gefragt, »haben die Arbeiten deines Vaters da zu suchen?«

»Es ist richtig, daß gezeigt wird, daß zu dieser Kulturhauptstadt ein KZ gehörte. Es ist vielleicht auch richtig, die Kunst der DDR-Zeit im gleichen Rahmen auszustellen. Vermutlich haben wir das verdient, ich jedenfalls. Dein Vater nicht. Halte ihn davon ab, er war nie ein staatstragender Künstler, nicht im Kulturapparat eingebunden, so wie ich.« Bodo war auf mich zugekommen und hatte meine Schultern ergriffen: »Du mußt ihn davon abhalten. Er ist zu naiv, er merkt nicht, daß hier Kunst mißbraucht werden soll.«

Ich hatte Bodo in die Augen gesehen und sah seine Angst. Ich hatte ihn in den Arm genommen und geraten, seine Arbeiten zurückzuziehen, wenn er sie so nicht ausgestellt sehen wollte.

»Und mit welcher Begründung vor mir selbst soll ich das tun? Ich gehöre doch dazu, zu dem ganzen großen Kulturkuchen der ehemaligen DDR!«

Es war keine wilde Leidenschaft, die uns miteinander im Bett hatte enden lassen, es war vielleicht Zuneigung, auf jeden Fall aber Suche nach Verständnis bei Bodo und nach menschlicher

Nähe und Wärme bei mir. Ich hatte das Vergnügen mit einem einfühlsamen und zärtlichen Liebhaber gehabt.

Endlich erreichte ich die Haltestelle der Straßenbahn, denn an eine Taxe war in dieser Gegend nicht zu denken. Ich fuhr ein paar Stationen, um dann in die S-Bahn umsteigen zu können. Als ich in Halensee ausstieg und die Treppen hoch in Richtung Ku'damm kletterte, wurde mir der krasse Unterschied zwischen Ost- und Westteil der Stadt bewußt.

Ich ging in meine Wohnung, setzte mich an den Schreibtisch und nahm mir meine Post vor. Dann schrieb ich kleinere Artikel und Notizen, die ich in die USA faxte. Im letzten Brief lag ein Vertrag von Greta Mitchener und mein Presseausweis. Ich unterschrieb den Vertrag, faxte ihn zurück und steckte den Presseausweis ein. Mein erster Besuch solle jener Frau gelten, die ich in den kommenden Monaten vertreten durfte.

Linda Mayers wohnte in einem jener gesichtslosen Wohnblocks, die die Stadt Berlin in allen vier Himmelsrichtungen aufzuweisen hat. Obwohl ich mich telefonisch angemeldet hatte, schien sie gerade gelegen zu haben, denn als ich vor ihrer Wohnungstür stand, nestelte sie noch an den Knöpfen ihrer Bluse.

Vermutlich hatte ihre Mutter ihr gesagt, sie müsse ordentlich essen, damit das Baby nicht verhungere. Der einzige Mensch, der nicht verhungern konnte, war Linda Mayers, die sich kugelrund gefressen hatte. Ob das Baby da noch Platz zu eigener Entwicklung hatte, wagte ich zu bezweifeln. Mehreren Tage nach meiner eigenen Essensumstellung hatte ich schon einiges an Umfang verloren und eine Menge an Beweglichkeit gewonnen. Deshalb war ich vielleicht jetzt ungerecht bei der Beurteilung der allzu Dicken.

»Hey, Lisa, come in!« Der Aufforderung hätte ich gerne Folge geleistet, aber ich sah keine Chance, an Linda vorbeizukommen. So bat ich sie, vorauszugehen. Linda watschelte in ihre Küche, wo Kuchen und Plätzchen bereitlagen und der Kaffee fauchend in die Kanne tropfte. Ich beeilte mich, darauf hinzuweisen, daß ich gerne einen Kaffee, aber weder Kuchen noch Plätzchen wolle.

Linda sah mich erschrocken an: »Really?« fragte sie so entsetzt, als hätte ich etwas schrecklich Unanständiges gesagt. Um allen Diskussionen vorzubeugen, behauptete ich schnell, ich hätte einen verdorbenen Magen.

»Tea?«

Ich nickte erleichtert. Wir packten alles auf ein Tablett und wanderten ins Wohnzimmer.

Die Frage, wie sie für Greta Mitchener arbeiten konnte, hatte ich mir, bis ich ins Wohnzimmer kam, mindestens dreimal gestellt. Doch ich sollte eines Besseren belehrt werden.

Das Wohnzimmer der Mayers' bestand aus zwei riesigen Schreibtischen, die Kopf an Kopfseite vor einem großen Fenster zueinander standen. Alle Wände waren mit Regalen bis unter die Decke gefüllt. Die Regale an der Lang- und einer Schmalseite waren mit kunsthistorischen Büchern in Englisch, Deutsch und Italienisch vollgestopft, das Regal an der anderen Schmalseite mit technischen Sachen, wovon ich nichts verstand.

»Ich bin froh, daß John nicht so viele Bücher zu Hause braucht«, meinte die werdende Mutter und stellte das Tablett auf ihrem Schreibtisch ab, »so kann ich mehr Raum für mich beanspruchen.«

Innerhalb kurzer Zeit waren wir in ein Gespräch über Berlin, seine Ausstellungen, seine Galerien und seine Kunstpolitik vertieft. Ich hatte längst zu meinem Block gegriffen und notierte und notierte. Linda war eine ausgezeichnete Kennerin der Berliner Szene und hatte ein sehr ausgewogenes Urteil, das ihre innere Distanz verriet. Sie kam aus den USA, aber sie mochte Berlin. Vor allem, weil die Technische Universität in Berlin ihrem Mann John eine tolle Stelle angeboten hatte. Sie konnte sich ganz köstlich über die Probleme der Wiedervereinigung auslassen. »Sie haben das Land, das sie angeblich seit Jahrzehnten haben wollten, ohne einen Tropfen Blut zu vergießen, bekommen. Heute stellen sich die im Westen an, als hätte man ihnen alten Fisch angedreht, und die im Osten tun, als hätten sie eine Luxusreise gebucht und säßen in einer drittklassigen Hinterhofpension.« Sie lachte meckernd los, und ich verstand, daß ihr, der Berichterstatterin der kulturellen Szenen Berlins und Mitteldeutschlands, manches sehr merkwürdig erscheinen mußte. Ich fühlte mich mit meiner eigenen Ost-West-Vergangenheit befangener und konnte es nicht so recht komisch finden.

»Hier hast du all die Adressen, denen du mitteilen mußt, daß du mich vertrittst. Hier der Name und die Adresse eines Mannes in Leipzig, über den ich schreiben wollte. Eine Art Umweltguru, aber der besonderen Art. Der Kerl hat Industrie und Gewerkschaft und Medien und Gewerbe und die Bürger von Leipzig dazu gebracht, über die Zukunft ihrer Stadt nachzudenken. Hab mit ihm nächste Woche einen Termin, aber mir graut es davor, so weit zu fahren.«

Ich hatte alles notiert, nahm die Adresse und die Diskette, auf der die praktische Linda alles abgespeichert hatte, und packte es ein. Bestimmt hatte ich für mehr als drei Wochen Arbeit gefaßt.

»Anstrengender Job«, meinte sie spöttisch.

Ich mußte lachen. »Scheint so«, pflichtete ich ihr bei.

»Etwas mußt du wissen, es braut sich da eine interessante Sache zusammen.« Lindas gute Ratschläge waren so umfangreich wie ihr Bauch.

»Was meinst du?« wollte ich wissen.

»Die US-Botschaft soll an ihrer alten Stelle, am Pariser Platz, direkt neben dem Brandenburger Tor wiedererstehen. Soweit so gut. Dort war sie von 1939 bis 1941«, Linda ruckelte sich in ihrem Sessel zurecht.

»Hab ich gehört!« Bestätigte ich. »War ja nicht gerade übermäßig lang da.«

»Nun haben wir Bin Ladin, den Terroristen, und die Sicherheitshysterie unserer Leute kennst du auch. Also die wollen – das hab ich aus den Kreisen der Botschaft selbst – einen riesigen Sicherheitsstreifen um die Botschaft. Damit ist die historische Tiergartenanlage von Lenné kaputt und der Pariser Platz totgemacht.«

»Warum bauen sie die Botschaft nicht an einem anderen Ort?« fragte ich.

»Es ist eine Kinderei, alle Interessen würden verletzt. Das Holocaust-Mahnmal müßte beschnitten werden – Protest. Sicherheitsmauern am Brandenburger Tor, das gerade mal zehn Jahre offen ist – Protest. Straßenverlegung aus der Achse heraus – Protest. Es verspricht ein guter, warmer Sommer zu werden, in Berlin. Niemand macht konstruktive Vorschläge, alle mäkeln nur herum und sind beleidigt. Man weiß nicht, wie es endet, aber es ist allemal eine gute Story.« Linda suchte mir die Adresse ihres Informanten bei der American Embassy heraus, und ich notierte sie. »Melde dich da beim Presseattaché an, dann erhältst du alle Einladungen. Du bist sozusagen bei den USA akkreditiert, kriegst den Newsletter und ähnliches.«

Wenn es etwas gab, wovon ich genug hatte, dann waren es Einladungen, aber ich versprach, mich dort zu melden. Ich versprach auch, nach Leipzig zu fahren und das Interview zu machen, und die Sache mit der neuen US-Botschaft würde ich weiterverfolgen.

»Was, wenn die Hysterie mit Bin Ladin ungerechtfertigt wäre«, Linda amüsierte sich köstlich. »Wir brauchen nun mal einen Feind, einen großen, ausländischen für den CIA und einen großen Verbrecher, am liebsten einen Massenmörder im Inland für das FBI.«

Ich bedankte mich bei der immer noch vor sich hin giggelnden Linda und verabschiedete mich. Zumindest eine außergewöhnliche Meinung für eine US-Amerikanerin, dachte ich, als der Fahrstuhl mich wieder auf die Erde brachte. Der Hauseingang war mit Kinderwagen vollgestellt, und Mütter standen dick vermummt vor der Türe und sahen ihren Kindern dabei zu, wie sie auf Plastikschlitten von einem kleinen Hügel herunterrutschten. Die Sonne war hervorgekommen, und für vielleicht eine halbe Stunde verwandelte sie eine stupide Hochhaussiedlung in eine herrliche Winterlandschaft. Ich beschleunigte meinen Schritt, denn es war kalt, und ich sah eine schwarze Front neuen Schnees von Osten her heranziehen. Ich wollte wenigstens im Trockenen sitzen, wenn sich die Wolke über uns öffnete. Ich nahm den Bus zum Kulturforum und setzte mich in den Lesesaal der Kunstbibliothek.

Alles, was es über Fälschungen gab, hatte ich mir aufnotiert und begann, mich einzulesen. Doch je mehr ich über die Methoden und Tricks der Fälscher lernte, um so mutloser wurde ich. Es war ein hoffnungsloses Unternehmen, ich konnte allein nicht das mindeste bewirken, es würde mir nie gelingen, auch nur eine Spur der Falsifikate zu finden. Ich klappte die beiden Bücher, die ich mir hatte geben lassen, zu und gab sie an der Ausleihe zurück. Die anderen für mich reservierten Aufsätze und Zeitschriften würde ich ein anderes Mal lesen.

Auf dem Heimweg beschäftigte ich mich in Gedanken mit den Ereignissen der letzten Tage. Was ging mich die Ermordung des Herrn Koschinski an? Manche Morde entbehrten wirklich nicht der Überflüssigkeit! Wäre Koschinski nicht ermordet worden, würde sich im LKA niemand mit seiner Aussage von damals beschäftigen. War ich so mutlos, weil ich alleine war? Ging mir die Trostlosigkeit der Jahreszeit auf den Keks? Ich wußte beim besten Willen nicht, wo ich weitermachen sollte. Koschinski, seine Ermordung und seine Aussage war Sache des LKA. Ich hatte keinerlei Beziehungen zu Künstlern in der ehemaligen DDR, jedenfalls nicht zu Grafikern und ihren Werkstätten. Meinen Vater würde ich dafür nicht einspannen, er hatte genug durchgemacht.

Als ich vor dem alten Café Kranzler umstieg und auf meinen Bus 119 wartete, war ich fest entschlossen, morgen den Bericht an meine Versicherung zu senden und mich aus dem inoffiziellen Dienst für die Ars & Vita selbst zu entlassen.

Ich mußte sehen, daß ich Tobias Hardcastle erreichen konnte. Wenn der überhaupt noch in Deutschland war. Ich ging zu einer Telefonzelle und wählte die Geheimnummer der Versicherung. Herb meldete sich in einem so unnachahmlich affektierten Ton einfach nur mit »Hallo«.

»Ich muß Toby sprechen, wann ist er wieder in Berlin?« sagte ich statt einer Begrüßung.

»Ich find's für dich raus. Ruf morgen gegen Mittag diese Nummer an, bis dahin weiß ich es.« Kein Name, kein weiterer Hinweis, keine Freundlichkeit. Entweder litt Herb unter galoppierender Paranoia und glaubte, sein Telefon mit der Geheimnummer würde abgehört, oder er hielt sich für sehr cool. Vermutlich beides!

Ich war müde, verfroren und deprimert, als ich zu Hause ankam. Vor dem Lift fing mich Rudi Sperling ab. »Hab was für Sie!« Er hielt mir ein gerolltes Etwas hin und verlangte zwanzig Mark. Ohne zu diskutieren, zahlte ich den geforderten Betrag und fuhr mit dem Lift hoch. Als ich den Mantel ausgezogen hatte, die Stiefel im Badezimmer zum Abtauen in der Dusche standen und ich mir die Finger an der Heizung gewärmt hatte, fiel mir die Rolle für zwanzig Mark wieder ein. Was mochte es damit auf sich haben? Ich löste die durchsichtige Plastikfolie ab und rollte das Glanzpapier auf. Auf der Innenseite waren Andy Warhols Konservendosen! Ein Plakat! Ich mußte lachen, holte Tesafilm und ging in die Küche, um die Campbell's Suppen des Herrn Warhol bei mir an die Tür des Besenschrankes zu kleben. Damit war meine heißeste Spur auf der Suche nach Fälschern moderner Kunst im Schneematsch verlaufen. Meine Recherchen hatten mich zum Postershop am Ku'damm geführt, und da genau endete meine erste und einzige verdächtige Spur.

Ich quatschte noch etwas auf Bodos Anrufbeantworter, was Freundliches für den Abend. Dann aß ich ein bißchen – nicht mehr, als der Professor mir geraten hatte – und verzog mich mit einem Kamillentee ins Bett.

Das Telefon riß mich gegen zwei Uhr morgens aus meinen tiefsten Träumen. Wütend krabbelte ich zum Fußende, von wo ich den Hörer erreichen konnte – einer der Vorteile einer zu kleinen Wohnung. Gerade als ich unflätige Bemerkungen ins Telefon sagen wollte, hörte ich Trautes bestimmten Befehlston: »Zieh dich an, möglichst warm, und komm mit der Taxe zu Bodo Scheußlichs Atelier!« Sie hatte aufgelegt, bevor ich nachfragen konnte, warum das mitten in der Nacht von Wichtigkeit sein sollte. Ich pellte mich aus meiner Daunendecke, nahm eine heiße Dusche und zog drei Schichten übereinander. Die Temperaturen in Bodos Atelier durften kaum wesentlich über null Grad liegen. Wußte ich aus Erfahrung.

Als die telefonisch bestellte Taxe da war, nahm ich Wollmütze, Handschuhe und zog den Mantel an. Die Taxe war gut vorgewärmt. Ich sagte dem Fahrer, wo ich hinwollte. Obwohl es eine relativ lange Fahrt war, löste die Nennung dieses Stadtbezirkes keine große Begeisterung bei dem Taxifahrer aus. »Warum gehen Sie nicht in einer etwas einträglicheren Gegend auf den Strich?« Gute Frage!

»Ich habe nicht vor, auf den Strich zu gehen. Ich habe gerade einen Anruf erhalten von einer Freundin und muß da sofort hin!« Mehr an Erklärung war der vorurteilsbeladene Taxifahrer nicht wert. »Außerdem haben Strichbienen nicht lange Unterhosen und Jeans und drei Pullover übereinander an«, verteidigte ich mich überflüssigerweise.

»Kann ich doch nicht sehen, was Sie unterm Mantel haben.« Vermutlich sollte das eine Entschuldigung sein. »Ihre Freundin, die die Sie angerufen hat«, fuhr der phantasiebegabte Taxifahrer fort, »die ist sicher von ihrem Mann zusammengeschlagen worden. Der ist jetzt weggemacht und trinkt sich einen zusätzlich an.« Er lächelte neugierig in den Rückspiegel. Keine Zuckung meines Gesichtes sollte verraten, ob er mit seiner Vermutung recht hatte. Bei dem Gedanken, daß Edeltraut von Werther in einer von Berlins ärmsten Gegenden mit einem Mann hauste, der sie zusammenschlug, mußte ich grinsen. Dieses halbverhungerte Persönchen machte mir nicht den Eindruck, als ob sie so leicht Opfer männlicher Gewaltakte würde.

»Stimmt also nicht«, interpretierte der Taxifahrer meine Mimik.

»Nein, stimmt nicht«, bestätigte ich.

Als wir uns dem alten Fabrikgebäude näherten, zerrissen blaue Lichtkegel die dunkle Nacht. Der Neuschnee auf den Dächern und dem Trottoir reflektierte den Schein des Blaulichts, lange bevor wir in die Straße einbogen, die zu der Hinterhoffabrik und Bodos Atelier führte.

»Da muß was passiert sein!« kommentierte mein Taxifahrer.

Ich bekam Angst. Die Skins? Hatte es Schlägereien gegeben? Was wollten zwei Polizeiautos und drei zivile Fahrzeuge vor dem Eingang zu Bodos Atelier? Ein Polizist hatte uns am Eingangstor zum Gelände aufgehalten. »Hier dürfen Sie nicht durch«, erklärte er freundlich dem Taxifahrer.

»Meine Fresse, ihr habt ja die ganze Belegschaft angekarrt«, bemerkte dieser mit Achtung in der Stimme. »Tolle Sache, wa?« Der Polizist gab keine Auskunft.

»Frau Werth hat mich angerufen, ich soll hierher kommen«, rief ich durchs halb geöffnete Autofenster.

»Die Chefin ist oben im ersten Stock, aber lassen Sie sich vorher anmelden«, rief er mir nach, bevor wir durchfahren konnten.

»Können Se mir nicht sagen, wer da wohnt, ich geb's dann an die Presse, da mach ich en paar Mark extra.«

Ich gab ihm ein paar Mark extra und meinte nur: »Die Presse, das bin ich. Wegen eines erfrorenen Stadtstreichers wird keine Presse angerollt kommen, nicht mal das Sozialamt holen Sie damit hinter dem Ofen hervor.« Ich stieg aus, knallte die Tür zu und ging auf das Eisentor zu.

»So 'n Jammer, 'ne berühmte Leich hätt mir 'nen Hunderter gebracht.« Die Taxe fuhr endlich ab.

»Sind Sie Frau Wolf?«

»Ja, Frau Werth erwartet mich«, ich gab dem jungen Mann meinen Presseausweis, der auf Lisa Wolf ausgestellt war.

»Na ja, die Chefin wird wissen, was sie tut. Die Presse im Haus, schon jetzt ...« Der junge Beamte schüttelte zweifelnd den Kopf. Dann ging er die Eisentreppe hoch und meldete mich an. Kurze Zeit später rief er runter: »Kommen Sie, aber hier die Treppe hoch, im Aufzug arbeitet noch die Spurensicherung.«

Verwirrt und beunruhigt ging ich hoch. Als ich durch die zweite Eisentür, die im ersten Stock, ins Atelier eintrat, sah ich einen großen, geschlossenen, grauen Plastiksack auf der Erde liegen. Ich stand vollkommen starr. Ein Mensch war gestorben und von der Polizei, nachdem er fotografiert und ärztlich untersucht worden war, zum Abtransport verpackt worden. Zwei Männer in Uniform und mit Wollhandschuhen ohne Fingerspitzen hoben den Sack an und legten ihn in einen Metallsarg. Sie schlossen den Deckel. Ich konnte mich noch immer nicht rühren, ja, trat nicht einmal zur Seite, als sie den Sarg an mir vorbeitrugen und auf den Lift zugingen. Die Arbeit der Spurensicherung wurde kurz unterbrochen, der Lift fuhr nach unten.

Ich starrte noch immer Richtung Lift, als dieser schon wieder hochgekommen war und die Männer in den weißen Schutzanzügen und mit den Handschuhen ihre Arbeit fortsetzten. Jemand war neben mich getreten. Ich ahnte, daß es Traute war. »Bodo?« fragte ich leise.

»Ja, es ist Bodo«, bestätigte Traute ebenso leise. Ganz langsam begann der Boden unter mir zu schwanken, und mir wurde schwindelig. Die gußeisernen Träger des hallenartigen Raumes, diese filigrane Struktur der Fabrikarchitektur im 19. Jahrhundert, schienen sich zu verbiegen und verschwammen vor meinen Augen. Ich kippte um.

»Ist das hier eine Morduntersuchung oder eine Pressekonferenz«, fauchte eine männliche Stimme durch den Raum.

Plötzlich hörte ich eine mir sehr bekannte Stimme: »Ich bin die Tante dieser jungen Dame, die da bewußtlos auf dem Bett liegt«, sagte Marlene sehr bestimmt. Ich atmete erleichtert auf, ließ aber die Augen vorsichtshalber geschlossen.

»Und ich bin der ermittelnde Kriminalkommissar der Mordkommission, angenehm. Wie kann ich hier in dem Durcheinander arbeiten?« Diese Frage richtete sich sicher nicht an meine Tante Marlene.

Traute antwortete aus einer der hinteren Ecken des großen Raumes: »Herr Schwertfeger, seien Sie nicht so pingelig. Frau Neugebauer hat nichts angerührt. Sie wird nur ihre Nichte abholen und nach Hause bringen.«

»Wieso haben Sie die Wolf überhaupt hergeholt?«

»Sie war die letzte Stimme auf dem Anrufbeantworter«, Traute hatte einen leicht genervten Unterton in der Stimme.

»Und woher wußten Sie das? Die Frau auf dem Anrufbeantworter hat keinen Namen gesagt. Nur ›liebe Grüße und schlaf schön, Lisa‹! Kommen noch mehr Lisas hier angesockt?« Herr Schwertfeger von der Mordkommission war nicht so leicht zu beruhigen.

»Ich habe Lisas Stimme erkannt, weil ich mit ihr befreundet bin«, Traute schien die Diskussion damit beenden zu wollen.

»Und der Lumpensammler hier, der stinkt«, Herr Schwertfeger hatte nicht seinen besten Tag beziehungsweise nicht seine beste Nacht.

»Sie würden auch stinken, wenn Sie wegen der Kälte kein Bad nehmen könnten«, beschwerte sich der so Getadelte. Mein Lumpensammler von heute morgen! Ich öffnete die Augen und sah mich suchend nach ihm um. Er saß in einem der drei großen Sessel und versuchte sich so klein wie möglich zu machen. Stinken tat er trotzdem.

»Hallo«, sagte ich leise zu ihm.

»Na schönes Froillein, war wohl ein ziemlicher Schock, den Bodo so in der Plastikplane verpackt zu sehen?«

Ich nickte. Marlene und Traute warfen sich erleichterte Blicke zu und lächelten mir zu. Ich sah mich im Atelier um. Es war seit heute morgen nicht viel verändert. Die Staffeleien, das Porträt der Skins auf der einen, eine abstrakte Arbeit auf der anderen. Vier Heizöfen, die auf Hochtouren liefen, aber bei der geöffneten Eingangstür, durch die ein Kommen und Gehen war, kaum etwas gegen die frisch zuströmende Kaltluft ausrichten konnten.

Marlene setzte sich neben mich. »Schön, daß du so schnell zu dir gekommen bist. Wir wollten schon den Notarzt verständigen.«

»Bei der Kälte hier macht nicht einmal das Ohnmächtigwerden Spaß!« Ich zitterte ein ganz klein wenig.

»Ich nehm dich mit zu uns.« Marlene war aufgestanden und an den Herd in der eingebauten Küche getreten, wo ein findiger Polizist eine Kanne heißen Tees gekocht hatte. Sie brachte mir eine Tasse mit Zucker, was ich haßte – den Zucker. »Ist gut bei Schock, hilft den Engländern schon seit ein paar hundert Jahren bei allen Schwierigkeiten«, verkündete sie.

Ich nahm die Tasse und trank ein paar Schlucke. Der Landstreicher hatte ebenfalls Tee von ihr erhalten und bedankte sich überschwenglich.

»Hab ihn gefunden«, stellte er in einem Ton fest, als müsse er sich für seine Anwesenheit entschuldigen.

»Wann?« fragte Marlene sofort, »wann genau haben Sie ihn gefunden?«

Traute war ebenfalls zu uns getreten und hatte sich eine Tasse heißen Tee – ohne Zucker natürlich – geholt.

»Es wurde so fürchterlich kalt. Herr Sauer hat mir gesagt, wenn ich merke, daß es zu kalt wird, zum im Nebenhaus zu schlafen, soll ich klingeln, damit ich nicht erfriere. Er läßt mich jederzeit hier rein, wo er doch Heizungen hat. Ich hab mich nicht getraut, ich dachte, Sie wärn vielleicht da und ich störe.« Er lächelte mich ganz verständnisvoll an, und wenn Traute und Marlene sich wunderten, dann taten sie dies von mir unbemerkt.

»Aber nach zwölf Uhr, da wurde es gefährlich kalt, ich kenn die Symptome, war in Rußland. Da bin ich rüber. Unten nicht verschlossen, ich rauf mit dem Lift, oben nicht verschlossen, ich gerufen und geklopft. Dann hab ich gedacht, er bringt einen

Gast zur letzten Straßenbahn, deshalb ist alles offen, und da bin ich rein, rein in die Wärme. Da hab ich ihn gesehen.«

»Sauer, wieso Sauer, ich denke, der Tote heißt Scheußlich.« Kriminalkommissar Schwertfeger hatte der Schilderung des alten Mannes ebenfalls zugehört. Er war ein Enddreißiger von vierschrötiger Gestalt mit einem preußischen Quadratschädel. Unter einer Fellmütze quoll dichtes Haar hervor, nicht allzu lang. In einen dicken Anorak gehüllt und mit fellgefütterten Stiefeln bis zum Knie sieht wahrscheinlich niemand sehr elegant und schmal aus. Schwertfeger hätte in einer etwas kleineren Umgebung absolut raumfüllend gewirkt.

»Bodo Scheußlich war sein Künstlername, Hans Sauer aus Schneeberg in Sachsen, wohnhaft seit gut zehn Jahren in diesem abbruchreifen Fabrikgelände.« Traute gab Auskunft. Wo hatte Bodo gewohnt, als die DDR-Regierung noch für das Wohlbefinden ihrer Künstler sorgte, fragte ich mich.

»Sie kennen sich unter den Berliner Künstlern gut aus«, meinte Herr Schwertfeger und sagte dies in einem Ton, der besagte, daß er für derartige Spielereien keine Zeit habe.

»Ist mein Beruf«, meinte Traute lächelnd, und Schwertfeger sah ihr nachdenklich nach. »Bin wohl in der falschen Abteilung«, meinte er dann versöhnlich, »wir sind nicht so gebildet.«

»Nun zeigen Sie mir mal Ihren Ausweis«, Schwertfeger wartete geduldig, bis der Alte seine Papiere unter zwei Wintermänteln hervorgekramt hatte und sie ihm mit zittrigen Fingern ausgehändigt hatte. Mit einer Handbewegung befahl er einen jungen Mann herbei: »Alle Personalien aufnehmen, dann weg mit den Leuten, wir müssen hier in Ruhe arbeiten können.« Wir suchten unsere Papiere, und ein junger Kriminalbeamte notierte alles Wissenswerte.

»Ludwig Koschinski«, murmelte Schwertfeger vor sich hin, »ohne festen Wohnsitz?«

»Genau das isses, damit hab ich Probleme, deshalb krieg ich keine Unterstützung, keine Rente. Wie soll ich die beantragen, wenn ich keine Adresse habe?« Der Lumpensammler schaute Schwertfeger listig von unten aus seinem Sessel heraus an. »Und weil ich keine Rente kriege, bin ich aus meiner Wohnung rausgeflogen …«

Traute, Marlene und ich warfen uns Blicke zu. Traute wandte sich ab. Der alte Mann zog bei dem auch in literarischen Fragen nicht sehr gebildeten Schwertfeger eine Köpenickiade ab. Und er hatte Erfolg damit – zumindest bei Schwertfeger. »Ich kann Sie nur dann laufen lassen, wenn Sie eine Adresse haben«, überlegte der Kommissar. Genau das wollte Herr Koschinski wohl erreichen, einen festen, warmen Wohnsitz für die Nacht. Egal, wo, und wenn es eine Ausnüchterungszelle war.

Marlene schaltete schneller. »Koschinski, Koschinki«, murmelte sie leise vor sich hin, dann stand sie vom Bett neben mir auf und meinte: »Herr Schwertfeger, irgendwie muß der Teufelskreis, in dem der Herr sich hier befindet, durchbrochen werden. Ich nehme Herrn Koschinski mit, und Sie können meine Adresse notieren, er wird bei mir wohnen können, bis seine Angelegenheiten geregelt sind.«

»Haben Sie genug Platz?« fragte einer der jungen Beamten erfreut, denn es muß ihm geschwant haben, daß er den Transport des Herrn Koschinski in die nächste Ausnüchterungszelle hätte machen dürfen.

»Ja, das ist kein Problem. Ich muß nur meinen Mann anrufen, damit er kommt und uns abholt, eine Taxe wird Herrn Koschinski kaum mitnehmen.« Marlene ging zum Telefon, stutzte kurz, fragte: »Darf ich?«, und als Schwertfeger nickte und meinte, »mit dem Telefon sind wir fertig«, wählte sie ihre Telefonnummer zu Hause und sprach mit ihrem Andreas.

Eine junge Dame kam und bat um unsere Fingerabdrücke. »Dann müssen Sie nicht extra ins Präsidium«, meinte sie entschuldigend. Ich stand auf und ließ die Prozedur über mich ergehen. »Ich war gestern abend hier, von mir werden Sie überall Abdrücke finden«, fühlte ich mich verpflichtet zu erklären.

Weder Traute noch Marlene äußerten sich dazu. Nur Schwertfeger meinte: »Darüber werden wir uns morgen in Ruhe zu unterhalten haben.« Es klang wie eine Drohung.

Nachdem auch die Fingerabdrücke des Ludwig Koschinski genommen worden waren, durften wir gehen. Als wir unten ankamen, bog der Neugebauersche Polo gerade in den Hof ein. Andreas stieg aus und kam auf uns zu, Besorgnis und Erleichterung in seiner Miene, als er uns beide sah. »Was ist dir denn Schreckliches passiert?« fragte er mich ganz lieb, weil ich so blaß und verschreckt aussah. Ich ging auf ihn zu, legte meine Arme um seinen Hals, drückte mein Gesicht an seinen warmen Schal und heulte endlich richtig los.

Unsere Fahrt durchs nächtliche Berlin mit Herrn Koschinski war nicht frei von Merkwürdigkeiten. Alle vier Fenster hatten wir heruntergelassen. Andreas fuhr entsprechend langsam. Reden konnten wir bei dem schneidend kalten Wind, der uns entgegenwehte, nicht. Es gibt Ehemänner, die man bewundert, weil man selbst gerne so einen hätte. James war ein wundervoller Mann gewesen, mit dem ich jahrelang an einem Schreibtisch zusammen hatte arbeiten können. Andreas hatte Qualitäten, die ich in den verbleibenden Stunden dieser Nacht mehr und mehr zu schätzen lernte. Er fragte nicht! Er machte nicht eine blöde Bemerkung über die Geruchsemissionen, in die wir gehüllt waren. Er fuhr langsam, sorgsam, vorsichtig und tat, als sei es selbstverständlich, bei minus fünf Grad Celsius alle Fenster offen zu haben und die Autoheizung auf höchsten Touren laufen zu lassen.

In Potsdam angekommen, fuhr er in die Neugebauersche Garage. »Geht ihr nur ins Haus. Herr Koschinski und ich haben noch zu tun«, meinte er liebenswürdig, und Marlene und ich verschwanden so schnell wie möglich.

Eine Dreiviertelstunde später, oder nach zwei Glas heißer Milch mit Honig, betraten Andreas und ein fremder Herr das Wohnzimmer.

»Möchten Sie jetzt einen Cognac nach der Strapaze?« fragte Andreas seinen Begleiter freundlich.

Der fremde Mann im braunen Anzug mit hellbeigem Rollkragenpullover antwortete: »Gerne, den hab ich mir wohl verdient!« Koschinski gewaschen und rasiert und nicht mehr stinkend. Fast nicht mehr! Er war etwas großzügig mit der Aftershave-Lotion gewesen, aber vermutlich aus der begreiflichen Angst, den Gestank nicht wegzubekommen.

Marlene war aufgestanden und lief unruhig im Zimmer auf und ab. »Nehmen Sie bitte hier Platz«, sie wies auf ihren besten Sessel. Andreas brachte den Cognac im Schwenker, und Herr

Koschinski schwenkte. Das war nicht sein erstes Glas, an dem er nach mehreren Umkreisungen des köstlichen Nasses schnupperte und ein »hervorragender Franzose« gut gelaunt von sich gab.

Marlene kam gleich auf den Punkt: »Ich habe ein paar sehr persönliche Fragen an Sie. Warum sind Sie Lumpensammler geworden, Herr Koschinski?«

Nach drei weiteren Schwenks mit dem Glas nahm Herr Koschinski einen Schluck und sagte: »Mein Sohn Ludwig ist vor zwei Wochen verschwunden. Ich habe seine politische Meinung nicht geteilt, sein Verhalten früher nicht gebilligt, aber er ist mein Sohn. Er weiß nicht übermäßig viel, obwohl er bei der Stasi Offizier war, aber die Kerle wurden nach dem alten römischen Prinzip ›Teile ... die Information ... und herrsche‹ gehalten. Doch wovon er eine Ahnung hat, das sind die Kunstgeschäfte der ehemaligen DDR. Als er darüber in seinem Prozeß aussagte, hat ihm keiner geglaubt. Kaum war er aus dem Gefängnis heraus, verschwand er spurlos!«

Wir schwiegen betroffen. In meiner eigenen Trauer um Bodos plötzlichen, gewaltsamen Tod war mir die Namensgleichheit nicht aufgefallen. Ich hatte einfach nicht so schnell geschaltet wie Marlene.

»Er wollte eine Gruppe von ehemaligen Kollegen anzeigen, aber keiner hat ihm seine unglaubliche Geschichte geglaubt, damals, 1990, während seines Prozesses.«

»Heute glaubt man ihm, aber es ist für Ihren Sohn zu spät«, Marlene sprach leise und bedächtig. Andreas stocherte in dem Kachelofen herum und versuchte, ein Feuer zu entfachen. Marlene ging weiter im Zimmer auf und ab. Ich hockte zusammengekuschelt im Sessel und war zu meiner eigenen Verwunderung hellwach.

»Ich hoffe nicht mehr, ihn lebend zu finden. Die, die er hat verpfeifen wollen, haben ihn unauffindbar verschwinden lassen«, meinte Vater Koschinski leise.

»Warum wurden Sie Lumpensammler?« wiederholte Marlene ihre Frage.

»Weil ich nur so in Bodo Scheußlichs Nähe sein konnte«, antwortete der alte Mann.

»Und warum wollten Sie in seiner Nähe sein?« fragte Marlene.

»Mein Sohn hat bei der Polizei ausgesagt, daß er wisse, daß noch ein Lager mit gefälschter Kunst in der ehemaligen DDR existieren müsse. Gefälschter, verstehen Sie! Der Handel ginge munter weiter, und ein hoher ehemaliger Stasi-Offizier und ein Künstler, der für die Genex gearbeitet hat, seien darin verwikkelt. Namen wollte er damals noch keine nennen. Der Stasi-Offizier, wer das sein könnte, das hab ich nicht raus gekriegt. Der Künstler, der dazugehörte oder zumindest davon gewußt hat – das ist Bodo Scheußlich gewesen.«

Andreas hatte ein paar Schnitten gemacht und Kaffee gekocht, und nun verabschiedete er sich von uns und ging Richtung Bett.

Ich saß stocksteif und verkrampft in meinem Sessel. Wie blöd war ich eigentlich gewesen? Wieso hatte ich das nicht gesehen? Professor Severn selbst hatte mir den Namen genannt. Die Wahrscheinlichkeit, daß das Geschäft nach dem Fall der Mauer weitergegangen war, die Versuchung, in die eigene Tasche zu wirtschaften, war groß. Alles war so logisch. Hatte mich die Zeichnung von der Lage, wo die Galerie in Paris sich befinden mußte, nicht vielleicht zu früh von Bodos Unschuld überzeugt? Lag es daran, daß ich als Tochter eines Künstlers der Meinung war, daß Künstler so etwas einfach nicht machten? Oder war es nur, weil Bodo mir so sympathisch gewesen war?

Ludwig Koschinski kaute bereits am dritten Brot, als er erklärend hinzufügte: »Ich habe nie gebilligt, was mein Sohn gemacht hat, weder den Stasi-Kram noch die Art, wie er Leute ausgenommen hat. Er war immer faul und bequem und ein Angeber obendrein. Aber er hat ein Recht, frei zu leben, nachdem er seine gerechte Strafe abgesessen hat. Und außerdem ist er mein Sohn!« wiederholte er.

Marlene sah mich nicht an. »Ich glaube ich habe eine sehr schlechte Nachricht für Sie, Herr Koschinski. Die Polizei hat im Landwehrkanal die Leiche Ihres Sohnes gefunden. Das hat man mir und meiner Nichte erzählt. Frau Werth, die Kommissarin vom LKA, hat sich seine Unterlagen kommen lassen, hat alles noch einmal nachgelesen. Heute würde er bei der Polizei Gehör finden – leider zu spät!«

Der alte Herr saß vornübergebeugt im Sessel und rührte sich nicht. »Ich hab es gewußt. Sie haben ihn umgebracht. Die ganze Zeit hab ich es gewußt.« Seine Stimme war tonlos.

Marlene fragte: »Was hat Ihnen die Nähe zu Herrn Scheußlich eingetragen?«

»Eine Freundschaft von einem sehr anständigen Menschen. Hans Sauer war zu DDR-Zeiten anders. Vielleicht stand er unter Druck, vielleicht glaubte er das nur. Vielleicht wollte er einfach seine Privilegien nicht verlieren, diese Reisen ins westliche Ausland. Dafür haben 'ne Menge Leute viel Blödsinn gemacht, für ihre Privilegien. Vielleicht gefiel ihm seine Villa in Pankow und daß seine Bilder immer ausgestellt wurden, jedenfalls die, die die Herren da oben sehen wollten.« Herr Koschinski trank einen Schluck Cognac, bevor er fortfuhr: »Mit der Wende war es für ihn aus. Der sozialistische Realismus und seine Porträts wurden lächerlich gemacht. Der ehemalige Besitzer seiner Villa in Pankow meldete sich, und da er sie mietfrei vom DDR-Staat zur Verfügung hatte, blieb ihm nichts anderes übrig als zu gehen. Wo er gelandet ist, haben Sie gesehen. Sein Einkommen muß minimal gewesen sein, aber er hatte sicher nach dem Umtausch noch ein paar Groschen.«

»War es nötig, sich als Lumpensammler zu verkleiden?« wollte Marlene wissen.

»Sollte ich als keineswegs schlechtgestellter, pensionierter Mathematiklehrer in einer Fabrikhalle wohnen und so Bodos Interesse erregen? Er hätte mich nicht angesehen. Erst als ich durchblicken ließ, daß ich schon bessere Zeiten gesehen habe, da wurde er hellhörig. Dann haben wir geredet, und ich hab ein klitzekleines Eckchen seines Vertrauens genossen. Nicht genug, um den Stasi-Mann zu finden, den ich für den Mord an meinem Sohn verantwortlich mache. Ich weiß, daß es ihn gibt, Bodos Tod ist ein deutliches Zeichen dafür.«

»Warum glauben Sie, daß der Stasi-Mann Bodo ermordet haben soll?« Marlene gab nicht so schnell auf, während mir plötzlich ganz unheimlich klar wurde, warum Bodo ermordet worden war.

»Ich glaube, Bodo hat etwas gesagt oder getan, das dem ehemaligen Partner zu heiß war. Der muß um seine Sicherheit gefürchtet haben. Genauso wie vor zwei Wochen, als mein Sohn aus dem Gefängnis kam und er an ihn ran konnte.« Herr Koschinski griff zu einem sauberen Taschentuch und schneuzte sich lange.

Marlene strich mir über den Kopf. »Willst du dich nicht hinlegen? Geh wieder in Gerhards Zimmer, es ist immer für dich bereit.«

Ich schüttelte den Kopf. »Könnten nicht die Skins …? Wir hatten gestern nacht eine sehr unschöne Begegnung mit ihnen …«

»Ich kenn mich ein bißchen mit jungen Menschen aus. Diese Skins tun fürchterlich martialisch und sind ohne Zweifel gefährlich. Aber ich habe den Eindruck gewonnen, daß sie ferngelenkt sind. Irgendwo steht da noch jemand dahinter. Ein Neonazi? Keine Ahnung! Sie sind verhältnismäßig leicht zu beeinflussen. Bodo hatte das sehr gut durchschaut. Sie kennen ja das Porträt der fünf?«

Ich nickte.

»Außer«, meinte er nachdenklich und schwenkte wieder das große Cognacglas, »außer, sie hätten den Auftrag erhalten, Bodo zu töten. Dann ja, das könnte ich mir vorstellen. Wenn jemand ihnen erklärt hätte, daß Bodo ihr Feind ist und warum, dann ja.«

Es klingelte an der Haustür. Ich sah auf meine Uhr. »Es ist schon fünf Uhr, aber sei trotzdem vorsichtig, bevor du aufmachst«, riet ich Marlene, die schon aufgestanden und durch die Wohnzimmertür in die Diele getreten war.

Traute Werth trat ins Wohnzimmer und ließ sich aufs Sofa fallen. »Kaffee oder Cognac?« Marlene war ganz Gastgeberin.

»Beides bitte.« Traute sah erschöpft aus.

Marlene griff nach der Thermoskanne, die Andreas auf den Tisch gestellt hatte, und ich nach der Cognacflasche. Wir gossen uns alle davon etwas ein, da die Mischung Kaffee-Cognac uns etwa ein bis zwei Stunden überspannte Munterkeit bescheren würde.

»Herr Koschinski, ich habe Ihnen eine traurige Nachricht zu übermitteln«, nahm Traute die Unterhaltung auf.

Koschinski nickte und sagte nur: »Ich habe es soeben erfahren. Mein Sohn ist gefunden worden, tot!«

»Ja, aber er ist schon viele Tage tot.« Traute ließ den alten Herren nicht aus den Augen.

»Das hab ich innerlich irgendwie schon gewußt.«

»Was war für Sie am schwersten, ich meine, in Ihrem Leben als Lumpensammler?« fragte ich Herrn Koschinski.

»Die Kälte, die letzten Tage, das war es vielleicht sogar, was Bodo und mich mehr zusammenbrachte. Wir sahen uns, auf dem Hof, auf der Straße, sprachen ein paar Worte. Er lud mich zum warmen Essen ein. Ich dachte, es könne sich nur noch um wenige Tage handeln, dann hätte ich das Vertrauen des Mannes erlangt. Vielleicht hätte ich erfahren, wer sein Partner war, damals ...« Der alte Mann sackte immer mehr in sich zusammen.

»Ein lebensgefährliches Spiel, Herr Koschinski, Sie hätten erfrieren können!« Traute sah ihn nachdenklich an.

»Heute nacht hoffte ich, ihn alleine anzutreffen. Die Kälte war ein willkommener Grund. Wir sind innerhalb einiger Tage in ein ganz gutes Redeverhältnis gekommen. Er hatte gemerkt, daß ich irgend etwas Mathematisch-Naturwissenschaftliches studiert hatte. Bodo dachte, ich hätte in einer der DDR-Waffenentwicklungszentren, oder wie das Zeug hieß, gesessen. Ich hab es wahrheitsgemäß abgestritten. Nein, keine Waffen, aber Versuche, die hab ich gemacht, eher chemischer Art. Da hat er geglaubt, ich hätte was mit chemischen Waffen zu tun gehabt.« Ludwig Koschinski sprach immer leiser. Er räusperte sich und fragte ganz höflich, ob er noch etwas Heißes haben dürfe.

»Natürlich!« Marlene stand auf und gab ihm noch einmal einen großen Kaffeebecher voll von unserer Halt-Wach-Mischung. Dann ließ sie sich wieder in ihren Sessel plumpsen.

Traute setzte ihre Befragung fort. »Sie wollten die nächtliche Stunde ausnützen und glaubten, mit Herrn Scheußlich ins Gespräch zu kommen?«

»Na ja, irgend so was eben. Bodo ging nie vor zwei, drei Uhr ins Bett. Ich dachte, wenn er alleine wäre, dann könnten wir noch ein Bier zusammen trinken und ein bißchen quatschen. Bodo sah in mir zwar kein unschuldiges, aber ein Opfer des Regimewechsels. Das hatten wir gemeinsam.«

»Ich soll Ihnen also glauben, daß Sie nur die Kontakte des Herrn Scheußlich erforschen wollten und ihn nicht umgebracht haben, obwohl Sie uns selbst das Motiv genannt haben?« Traute sah den alten Mann nachdenklich an.

»Jetzt, wo er anfing, mich zu akzeptieren, wo er mich sogar in den *Igel* mitgenommen hat und dem Wirt, dem Frieder, vorgestellt hat, da war ich viel zu nahe dran, an meinem Ziel, um ihn umzubringen. Wie hätte ich alter Mann Bodo so zurichten können? Da hat einer seine Wut ausgelassen, das wissen Sie doch ganz genau. Einer mit mehr Kraft als ich.« Herr Koschinski saß noch immer vorgebeugt, wie zusammengesunken da.

»Sie müssen damit rechnen, daß Kollege Schwertfeger das so sehen könnte, Herr Koschinksi.«

»Vielleicht bin ich für seinen Mord verantwortlich, aber anders, als Sie oder Ihr Herr Kollege meinen. Vielleicht hat jemand herausbekommen, wie ich richtig heiße. Nicht Ludwig, der Lumpensammler, sondern Ludwig Koschinski, der alte Vater vom jungen Koschinski. Dann hat dieser Jemand mitgekriegt, daß Bodo und ich uns öfter unterhielten. Und hat es mit der Angst zu tun bekommen. Nur der, der ihn ermordet hat oder ermorden ließ, der ist von dem Triumvirat der Brigade ›Kunst und Devisen‹ heute noch übrig!« Herr Koschinski hatte sich in Rage geredet.

Drei Männer, Ludwig Koschinski junior, Hans Sauer, genannt Bodo Scheußlich, und Mister X hatten zu DDR-Zeiten ein einträgliches Geschäft aufgezogen. Brigade »Kunst und Devisen«, so hatte der alte Herr das genannt, vermutlich ein Spitzname. Wenn ich Bodos Lebensumstände in Betracht zog, konnte er in den letzten Jahren kein Spitzenverdiener mehr gewesen sein. Hatten sie den Handel eingestellt? Gab es nichts mehr zu verkaufen? War ihnen diese Art von Geschäft zu riskant gewesen? Ich teilte meine Gedanken den anderen mit.

Herr Koschinski beantwortete meine Fragen. »Von Ludwig weiß ich, daß es zum Ende der DDR irgendwo noch ein Lager gegeben hat. Wie viele und was für Sachen da gelagert waren, das weiß ich nicht. Jedenfalls glaubte Ludwig, daß da auch seine Sachen lagerten, die der Stasi-Mann ihm gestohlen hatte. Ludwig hatte noch mehr Möbel, als die Polizei damals bei ihm hat sicherstellen können. Irgendwo in einem Lager. Dieses Lager, eine Art angemietete Garage, war plötzlich, zwei Tage nach seiner Verhaftung, leer. Das hat ihm ein Freund gesteckt. Ludwig schloß daraus, daß seine alten Weggefährten beziehungsweise einer von ihnen ihn beklaut hatte. Deshalb hat er aussagen wollen, damals.«

»Warum hat er nicht den Namen wenigstens des einen Mannes genannt, den er offensichtlich für den Anführer hielt und dem er den Diebstahl seiner Kunstgegenstände zugetraut hatte?« Traute beugte sich interessiert vor und sah Herrn Koschinski direkt an.

»Wenn Sie die Akten genau lesen, werden Sie den Grund finden. Mein Sohn hat über seinen Rechtsanwalt, einen Herrn aus West-Berlin, fordern lassen, in ein Westgefängnis gelegt zu werden, gleich nach seiner Verurteilung.«

»Wieso wurde Ihr Sohn dann nicht im Gefängnis beseitigt, sondern erst nach seiner Entlassung?« Traute notierte sich irgend etwas.

»Vielleicht sollten Sie nicht allzu idealistisch von Ludwig denken. Er wollte sicher nicht der Gerechtigkeit dienen. Die war ihm vermutlich ziemlich schnuppe. Ich kann nur vermuten, daß er zu seinem ehemaligen Kumpel oder Vorgesetzten oder was auch immer der Unbekannte war, gegangen ist und zumindest die verschwundenen Möbel seiner Garage und vielleicht auch ein bißchen Schweigegeld zum Verschwinden gefordert hat.

»Bodo Scheußlich haben Sie immer als Mörder an Ihrem Sohn ausgeschlossen?« wollte Marlene wissen.

»Als ich ihn kennenlernte, wir miteinander seine Gemälde diskutierten, da wurde mit klar, daß Bodo kein Mörder sein konnte.«

Ich atmete hörbar aus. War ich nicht die dämlichste aller Ermittlerinnen, die je diesen Beruf ausgeübt hatten? Erhielt von einem als absolut ehrlich einzustufenden Geschädigten wie Professor Severn einen Tip, ging dem nach, und weil der Genannte mir selbst einen Hinweis gab, wo ich weiter zu suchen hatte – natürlich ganz weit weg von Berlin –, ließ ich jeden Verdacht gegen ihn fallen. Dafür ging ich noch mit ihm ins Bett. Ob Bodo die ganze Geschichte so geplant hatte?

SPES – HOFFNUNG

Die nächsten Tage verbrachte ich in einer Art hohlem Raum, umsorgt von Marlene und ihrer Familie. Sie begleitete mich am Morgen zu Kommissar Schwertfeger, damit ich meine Aussage machen konnte. Eigentlich wollte sie mich bei sich und ihrer Familie in Potsdam behalten. Es war wegen des alten Koschinski, den Marlene nach einer Art verspätetem Nervenzusammenbruch ebenfalls beherbergte, so daß ich meine Wohnung am Rathenauplatz vorzog. Ich hatte nichts gegen Koschinski, und ich konnte verstehen, daß er jetzt in Berlin bleiben wollte, falls sich etwas Neues bei den Ermittlungen im Mordfall seines Sohnes ergeben sollte. Demnächst, so meinte Marlene, würde er nach Hause fahren, zurück nach Leipzig.

Am dritten Tag kam mein Vater. Ich verfolgte die polizeiliche Ermittlung im Mordfall des Künstlers Bodo Scheußlich anhand von Zeitungsausschnitten, mit denen mich Rudi, der Hausmeister, versorgte. In meiner Neugier, möglichst viel zu erfahren, schreckte ich nicht einmal vor *Bild Berlin* zurück. Ich arbeitete mich gerade durch eine der Zeitungen, als es klingelte und mein Vater mit Blumen vor der Tür stand.

»Ich dachte ...«, war alles, was er herausbrachte, dann fiel ich ihm um den Hals und heulte los.

»Mein armes Kind, mein armes Kind ...«, mein Vater schubste mich in meine Wohnung und schloß die Tür hinter uns. Dann saßen wir auf meinem Bett, und er hielt mich im Arm. Und ich heulte und heulte.

»Mein Kind, mein armes Kind ...«, mein Vater machte sich nach mehr als zehn Minuten frei, »hier bleibst du mir nicht.« Er stand auf und ging an mein Telefon, nahm es ab und sprach mit Frau Markowitz. Seine Tochter käme, und es müsse unbedingt das Gästezimmer hergerichtet werden, und sie müsse einkaufen und kochen.

Eine Stunde später fuhren wir in seinem Kleinwagen mit meiner gepackten Reisetasche ab. Ich hielt einen Stoß Papiertaschentücher in der Hand und schniefte die ganze Zeit vor Wiedersehensfreude.

Für meinen Vater war es der Tag der unvollendeten Sätze. Traurig murmelte er vor sich hin: »Kind, wenn ich das alles geahnt hätte …« Ich habe nie erfahren, was dann gewesen wäre, denn wir waren vor seinem Haus angekommen. Durch Zufall fand er einen Parkplatz direkt vor der Haustüre. Vater trug mir die Tasche in den Lift, hielt mich an der Hand und behandelte mich wie ein Kind, wie sein Kind.

Frau Markowitz erwartete uns, die Wohnung war tipptopp in Ordnung, das Gästebett bezogen, frische Handtücher herausgelegt, und aus der Küche kam ein Duft, den ich bestens kannte: ein Sauerbraten schmorte auf dem Ofen vor sich hin.

»Gibt es Klöße von gekochten Kartoffeln?« fragte ich statt einer Begrüßung. Es war überhaupt das erste, was ich sagte, seit mein Vater bei mir geläutet hatte. Frau Markowitz und mein Vater wechselten Blicke, verzweifelte Blicke.

»Das war als Kind immer Elisabeths Lieblingsessen«, versuchte er die Situation zu erklären.

»Natürlich mache ich Klöße von gekochten Kartoffeln, ist gar keine Sache.« Frau Markowitz schritt zur Tat, und ich legte mich in das für mich bestimmte Bett und schlief mehrere Stunden, zum ersten Mal ohne Alpträume.

Als ich erwachte, war es dunkel. Ich sah auf meine Armbanduhr. Sieben Uhr durch. Ich fühlte mich nach meiner Heulerei besser. Als James gestorben war, hatte ich seine Eltern angerufen. Sie waren sofort gekommen, und ich war die starke Frau, die ihnen beistand. Irgendwie hatte ich alles erledigt, damals, die Überführung der Leiche nach Virginia, die Rechnungen des Krankenhauses. Hatte die Versicherungen abgewimmelt, die mir alle möglichen Erklärungen in meiner Verwirrtheit unterschoben, die ich unterschreiben sollte. Tage- und nächtelang hatte ich gearbeitet, bis wir endlich in einem Wagen mit Chauffeur hinter dem Leichenwagen her in seine Heimat zurückfuhren. Als der Leichenwagen ins elterliche Grundstück einbog, hatte James' Mutter nur gesagt: »Es ist furchtbar, daß mein Sohn so wieder nach Hause kommen muß.«

Irgendwann, lange nach der Beerdigung, löste sich meine innere Starre, und ich fand Zeit zu weinen. Bei Bodo war alles viel schneller gegangen. Auch das Weinen.

Der Tisch war gedeckt, ich setzte mich. Mein Vater holte aus der Küche eine Schüssel mit Sauerbraten und eine mit Klößen. Dazu hatte Frau Markowitz Salat gemacht, der auf dem Tisch stand und verlockend gut aussah. Es war alles da, Salatteller, zwei verschieden große Gabeln, Dessertschalen und Löffel. Frische weiße Servietten aus Stoff und der silberne Kerzenleuchter meiner Mutter stand auf dem Tisch. Frau Markowitz hatte sich zurückgezogen, sie wollte nicht stören.

»Du bist besser eingerichtet als ich«, durchbrach ich das Schweigen.

»Das Geschirr, die Decke, der Leuchter, das Besteck, alles gehörte deiner Mutter.« »Es ist so schade, daß wir nicht mehr Zeit zusammen hatten, nach dem Fall der Mauer ...«

Die Menschen, die in der ehemaligen DDR leben, haben zwei Leben. Eines vor dem Fall der Mauer, eines nach dem Fall der Mauer. Jeder einzelne Lebenslauf ist individuell mehr oder weniger gut oder schlecht von diesem Ereignis betroffen. Die kommunistischen Länder haben nie die Zeitrechnung mit »vor Christi Geburt« oder »nach Christi Geburt« gekannt wie die christlichen Länder. Es hat immer geheißen »vor unserer Zeitrechnung«, »nach unserer Zeitrechnung«. Das war eine geschickte Umgehung der Nennung Christi, die ich mittlerweile sowieso für veraltet hielt. In Deutschland gab es jetzt eine weitere Zeitrechnung: die Zeit »vor dem Fall der Mauer« und die »nach dem Fall der Mauer«.

Wir redeten fast gar nicht, von gelegentlichen Bemerkungen über die Qualität des Essens einmal abgesehen. Wir waren befangen. Zum Nachtisch – mein Vater hatte den Tisch alleine abgeräumt – gab es rote Grütze, selbstgemacht, mit Vanilleeis. Mein Lieblingsdessert. Wie hatte Frau Markowitz das alles so schnell hergezaubert?

Langsam wurde mir klar, daß mein Vater, von Marlene mobilisiert, diesen Umzug zu sich, zumindest aber das Abendessen, lange geplant hatte. Frau Markowitz hatte Sauerbraten aufgetrieben, hatte rote Grütze gemacht, aus Tiefkühlbeeren und Schattenmorellen aus dem Glas hergestellt, und hatte Vanilleeis besorgt. Je mehr ich den Speiseplan durchschaute, den mein Vater mit Frau Markowitz abgesprochen haben mußte, je beruhigender fand ich die Tatsache, daß es jemanden gab, der sich so um mich sorgte.

»Geht's dir ein bißchen ...?« fragte mein Vater hoffnungsvoll.

Ich stand auf, ging um den Tisch herum, setzte mich auf den Stuhl neben ihn und legte beide Arme um seinen Hals. Meinen Kopf legte ich auf seine Schulter. So saßen wir ganz lange ganz ruhig, bis es klingelte. Ich löste mich von ihm, und er stand auf, um zu öffnen. »Im Zweifelsfall Marlene.«

Es war Traute. Sie fragte ganz höflich, ob sie hereinkommen dürfe, nachdem sie sich mit ihrem Namen und ihrem Rang beim LKA vorgestellt hatte. Also ein offizieller Besuch! Da ihr klargeworden sein muß, daß ich mit dem Hauptverdächtigen in ihrem Ermittlungsfall geschlafen hatte, konnte ich nur noch mit offiziellen Besuchen von ihrer Seite rechnen. Mein Vater bat sie ins Wohnzimmer, nachdem er ihr, ganz Kavalier, den Mantel abgenommen hatte.

Ich war in die Küche gegangen, um die Kaffeemaschine anzuwerfen. Mit Tassen in der Hand betrat ich gleichzeitig mit Traute das Wohnzimmer. Nur durch die gegenüberliegende Tür. Wir schauten uns an.

»Entschuldige bitte«, sagte sie ganz leise.

»Wofür? Du störst nicht«, antwortete ich und versuchte, meine Stimme ganz ruhig erscheinen zu lassen.

»Dafür, daß ich dir nicht von Anfang gesagt habe, wer die Person ist, die ich in diesem Fälscherklüngel verdächtige. Du hast bei unserem Gespräch angenommen, ich habe durch Professor Severn, der Anzeige erstattet hatte, davon erfahren, daß ein Bodo Scheußlich die Blätter besorgt hatte. Ich bin vor allem durch seine Tätigkeit für die Genex auf ihn aufmerksam geworden. Und durch ein langes Studium all der Unterlagen, an dic ich noch herankommen konnte.«

Ich war wie vor den Kopf gestoßen. Traute hatte die ganze Zeit vermutet, daß Bodo Scheußlich alias Hans Sauer einer ihrer Hauptverdächtigen sein könnte. Nein, sie war sich dessen sogar sicher. »Und ich hab geglaubt, ich hätte dir einen heißen Tip gegeben, mit der Galerie in Paris.« Ich war nicht nur verwirrt, sondern auch gekränkt.

»Nehmen Sie doch bitte Platz, sonst ...«, die Hände meines Vaters zitterten, und das machte mich plötzlich wütend. Traute jagte ihm Angst ein, weil sie von der Polizei war und sich so hoch offiziell vorgestellt hatte. Fünfzig Jahre DDR und davon über zwei Jahre in Bautzen, das legt man nicht wie dreckige Wäsche ab.

»Warum hast du nicht mit offenen Karten gespielt?«

»Weil ich selbst nicht sicher war. Der Hinweis von Bodo auf die Pariser Galerie ist ein ganz heißer Tip. Die Kollegin aus Paris hat mich sofort angerufen. Die Observation der Galerie hat Interessantes ergeben. So hat die Galerie im Banlieue von Paris eine Dependance, und dort scheint eine Art Versand stattzufinden. Genaueres ist noch nicht bekannt. Zur Zeit werden beide Orte rund um die Uhr überwacht. Dadurch, daß sich dieser Tip als wertvoll erwiesen hat, war ich unsicher geworden. Wenn Bodo seine Quellen so ohne weiteres preisgab und sich mit dir, obwohl er dich für eine Fahnderin hielt, in Verbindung gesetzt hat, dann, so dachte ich, hat er vielleicht doch nichts mit dieser Fälschergeschichte zu tun.«

»Ich, eine Fahnderin ...? Was meinst du damit?«

Traute legte ihre Hände auf den Tisch und betrachtete die Tischdecke so intensiv, als wolle sie aus den Flecken auf unser Menü schließen.

»Als er gefunden wurde, war sein Computer an. Ein Fachmann der Polizei hat alle E-Mails der letzten vier Wochen geladen und ausgedruckt. Hat alle Programme durchgesehen und gelesen. Besonders interessant waren zwei E-Mails, deren Absender ›Friends of MoArt‹ lautet. Eine Organisation, die in New York beheimatet sein muß. Sie haben Zeitungsartikel und ein Foto von dir gemailt. Bodo muß schon vor eurem ersten Treffen gewußt haben, weshalb du ihn sprechen willst. Er hat nicht gewußt, daß du von einer Versicherung kommst, sondern hat dich – dem Zeitungsartikel über James und deine Mithilfe zufolge – vermutlich für eine Art Fahnderin aus den USA gehalten. Er hat an die ›Friends of MoArt‹ eine Anfrage gesandt, in der er wissen wollte, von welcher Behörde du nach Berlin geschickt worden seist. Aus dem Antwortmail ging hervor, daß die Friends diese Frage nicht beantworten konnten.«

»Genau das hab ich befürchtet. Meine Story mit der Recherche über die Kunstfälscherei war unglaubwürdig.« Ich setzte mich und legte den Kopf in die aufgestützten Hände.

»Es tut mir so leid, Lisa, ich hab das nicht gewollt. Irgend jemand hinter Bodo, der echt viel zu verlieren hat, ist unruhig geworden. Vermutlich hat es mit dem Mord an Koschinski begonnen. Durch das Auftauchen seiner Leiche hat sich die Lage verschärft.«

»Warum bist du gekommen?« meine Stimme hatte einen aggressiven Unterton.

»Ich bin gekommen, weil ich deinen Vater fragen wollte, ob er uns weiterhelfen kann.«

Mein Vater stand noch immer neben der Tür, so als ob er nicht wisse, ob er gehen oder bleiben wolle. Jetzt sah er erschrocken von mir zu Traute und wieder zu mir. »Da muß ich erst meine Schwester fragen, weil ...«, sagte er und ging zum Telefon. Als er die Nummer wählen wollte, sah ich, daß seine Hände noch stärker zitterten.

Wütend sprang ich auf und fauchte: »Laß ihn in Ruhe!« Ich legte meinen Arm um ihn, und er sah mich dankbar an und meinte leise: »Bitte, ruf du Marlene an.« Ich tat es, und sie versprach, sofort zu kommen.

Traute saß ganz ruhig, mein Vater setzte sich ihr gegenüber, ich stellte mich hinter ihn. »Es war nicht meine Absicht, Sie in Angst und Schrecken zu versetzen, Herr Wolf. Ich weiß, daß für Sie jeder Kontakt mit der Polizei ein Trauma sein muß.«

»Ich will, daß Bodos Mörder gefaßt wird, aber ... Wer es sein könnte, keine Ahnung.« Mehr sagte er nicht, er schwieg, bis Marlene klingelte. »Marlene«, sagte er sichtlich erleichtert und ging hinaus, um zu öffnen.

Traute erklärte Marlene alles noch einmal. Marlene hörte sich die ganze Geschichte an. »Zunächst einmal: warum hat Bodo Elisabeth einen deiner Meinung nach wichtigen Hinweis auf diese Pariser Galerie gegeben? Er muß gewußt haben, daß ihr davon ausgeht, daß er selbst in dem Handel seine schmutzigen Hände drin hatte.« Marlene sah Traute neugierig an. Ich holte eine neue Tasse und schenkte allen Kaffee nach.

»Weil es ihm egal sein konnte, wenn ein französischer Lieferant über die Klinge springen muß. Weil er damit seine Glaubwürdigkeit wiederherstellen konnte. Weil die Ermittlungen sich dadurch von Berlin wegbewegen würden. Eine Fahnderin in Berlin, das war für ihn das Problem, denn er hielt Lisa dafür!« setzte Traute erklärend hinzu.

»Welcher von den drei Punkten ist der wahrscheinlichste?« Marlene blieb, wie bei ihr üblich, hart beim Thema.

»Vermutlich war es von allen ein bißchen, genauer kann ich es nicht sagen.« Traute wirkte sehr nachdenklich.

»Es ist auszuschließen, daß du dich täuschst, was Bodo betrifft?« Marlene wollte es genau wissen.

»Sie hat recht, ich weiß es …«, unterbrach sie mein Vater.

Wir starrten ihn an. »Woher weißt du das, Friedrich?« fragte ihn seine Schwester mit besorgtem Unterton.

»Bodo durfte immer reisen. Er war einer der wenigen bildenden Künstler, die einen Paß hatten und raus konnten. Seine Arbeiten mochte die Regierung nicht so sehr, aber er tat ihnen alle möglichen Gefallen. Besorgte dieses und jenes, handelte da was aus. Er war immer unterwegs. Wohnte, wenn er hier war, in irgendeiner Villa in Pankow, und bei jeder größeren Ausstellung waren zwei, drei Sachen von ihm mit dabei. Er verdiente sich auch Geld durch Botengänge, wie Grüße ausrichten, Medikamente für jemanden beschaffen, der im Gefängnis saß.«

So langsam begann ich zu begreifen: »Meine Mutter hat Bodo Sachen für dich mitgegeben?«

»Ohne ihn wäre ich im Gefängnis verreckt. Er hat mir, als ich eine Virusinfektion der Leber, eine schwere Gelbsucht, bekam, die Medikamente bei seinen Besuchen mitgebracht. Er hat eine Besuchserlaubnis bekommen, wie, weiß ich nicht. Die Wärter hat er geschmiert, damit sie mir die Medikamente wirklich gaben. Bodo kam monatelang jede Woche, so hat er kontrolliert, ob die vorgeschriebene Ration an Medikamenten in meine Hände gelangte und wie es mir ging.«

Wir waren alle ganz lange sehr ruhig. Es war eine nachdenkliche Stille. Meine Mutter hatte Bodo bestochen, ihn bezahlt. Mit den wöchentlichen Besuchen, die Bodo im Gefängnis machte, hatte sie eine Art Kontrolle über den Gesundheitszustand meines Vaters.

»Es gibt nicht nur gut und böse! Sie denken da viel zu einfach, Frau Kommissarin. Es gab und gibt Hunderte, Tausende solcher Gestalten, die scheinbar dem Regime ergeben, nicht nur für sich, sondern auch für andere versucht haben, herauszuholen, was herauszuholen war. Es gab die, die Nachbarn verrieten, die sich nur bereichern wollten. Aber es gab Menschen, die versucht haben, da ein wenig zu helfen, wo sie konnten.« Er hielt erschöpft inne. »Ihr Rechtssystem kann mit einem so breiten Spektrum an menschlichen Schwächen und Fehlern nicht umgehen. Das haben die Prozesse gezeigt, die nach dem Fall der Mauer gelaufen sind. Was ist dabei herausgekommen? Die Großen erhalten eine Pension, die Kleinen werden verurteilt. Zu mehr Differenzierung war Ihr freiheitlich, demokratisches Rechtssystem nicht fähig.« Mein Vater hatte die Stimme erhoben, als er den letzten Satz sprach.

Traute schwieg. Sie schwieg dazu, daß mein Vater von »Ihrem« Rechtssystem gesprochen hatte, so als lebe er in einem anderen Staat. Und ich begriff, daß er das vermutlich innerlich sogar tat. Innerlich war er nicht in der Bundesrepublik Deutschland zu Hause, zehn Jahre waren eine zu kurze Zeitspanne.

»Glaubst du, daß Bodo Scheußlich oder Hans Sauer, wie er richtig hieß, etwas mit diesem Handel mit gefälschter Kunst zu tun hatte?« Marlene sah ihren Bruder interessiert an.

»Natürlich! Warum auch nicht? Es ist ein sehr einseitiges Wertesystem, nach dem ihr da verfahrt. Künstlich werden die Preise im Handel hochgetrieben, indem von einer hervorragenden Grafik Picassos weniger als hundert oder weiß ich wie viele Abzüge hergestellt werden dürfen. Dann soll die Platte für eine Radierung, der Stein für eine Lithographie vernichtet werden. Mit welchem Recht eigentlich, das frage ich da als Künstler. Warum darf Dalí nur bei den paar Leuten an der Wand hängen, die in der Lage sind, einen fünfstelligen Preis zu zahlen? So etwas kann man nur zulassen, wenn man total von dem kapitalistischen Denken der westlichen Welt zugekleistert ist. Warum nicht so viele Abzüge wie möglich machen? Warum so herrliche Sachen nicht so weit wie möglich streuen, wenn ein Interesse vorhanden ist? Worin liegt denn der Betrug überhaupt? Ist das Blatt falsch gewesen? Nein! Eine Numerierung wurde mit Bleistift nachträglich am unteren Rand angefügt. Ein anderer fälschte die Unterschrift des Künstlers, mehr nicht.«

»Und genau darin liegt der Betrug, lieber Friedrich. Die Unterschrift und die falsche Numerierung. Warum macht sich jemand die Mühe, ganze Legenden über die Provenienz der Blätter zu erfinden, wenn nicht in betrügerischer Absicht?« Marlene schien von dem Rechtssystem, das sie zu vertreten gelernt hatte, mehr zu halten als ihr Bruder. »Du vertrittst eine sehr persönliche, eine aus deiner Sicht als Künstler gefärbte Ansicht. Wir leben in einem Rechtsstaat, in dem geistiges Eigentum einen gewissen Schutz genießt. Ein Sänger bekommt Tantiemen, wenn seine Musik im Radio gespielt wird, Schriftsteller erhalten einen Betrag, wenn aus ihren Büchern im Radio gelesen wird, es gibt Abdruckgebühren, wenn eine Zeitung etwas aus einem Buch publiziert, und all diesen Schutz soll ein bildender Künstler nicht genießen?«

»Für dich ist es ein Schutz des geistigen Eigentums, für mich ist es Geschäftemacherei, und nicht jeder Künstler will das so!« Mein Vater sah nur seine Schwester, wir waren abgemeldet, und mir wurde klar, daß sie dieses Thema heute abend nicht zum ersten Mal diskutierten.

»Kannst du dir nicht vorstellen, daß es Spaß macht, mit der Borniertheit der Leute zu spielen? Daß es vielleicht gar nicht so einfach ist, ein Unrechtsbewußtsein bei einem Mann wie Bodo zu mobilisieren? Es wurden ja keine Originale gefälscht, keine Radierungen, keine Lithos. Man hat nur für die Leute mit zuviel Geld eine Numerierung und einen Namenszug drunter gesetzt. Na und?«

Traute hatte sich als erste von uns drei von dem Schreck erholt, den mein Vater mit seinen Bemerkungen bei uns ausgelöst hatte. »Ich verstehe Sie, Herr Wolf. Für Sie als Künstler zählen nicht diese Fragen der Geschäftemacherei, sondern das originale Kunstwerk ...«

»... das Bodo nie gefälscht hätte. Ein Original? Niemals!« fiel ihr mein Vater eifrig ins Wort.

»Das glaube ich Ihnen, Herr Wolf.« Traute besänftigte meinen Vater. »Wenn ich Sie richtig verstehe, ging Bodo Scheußlich jedes Unrechtsbewußtsein bei diesem Handel mit Grafiken, deren Unterschriften gefälscht waren, ab?«

»Das könnte ich mir gut vorstellen. Irgendwie ist das alles gar nicht nachvollziehbar. Wenn Kunst ein Gemeingut sein soll – also heute redet man ja da nicht so drüber, das ist ja nach der Wende alles elitär verbrämt worden. Wenn ein Künstler möchte, daß seine Werke zu vielen Leuten gelangen, dann müßte er doch eigentlich froh sein, wenn mehr Drucke gemacht werden als …«

»Friedrich, es gibt so etwas wie Verträge!« Marlene mochte nicht länger zuhören. »Der Künstler, das heißt der Lithograph, oder der, der eine Radierung gemacht hat, erhält für eine bestimmte Anzahl von hergestellten Grafiken einen festgesetzten Betrag. Wenn jemand hergeht und tausend statt hundert Blätter abzieht, dann bricht er den Vertrag mit dem Künstler. Aber auch den Vertrag, den der Händler mit dem Käufer schließt, der glaubt, er habe Blatt neunzehn von vielleicht neunundachtzig insgesamt erworben, ist bindend. Kannst du das verstehen?« Bei dem letzten Satz hatte ihre Stimme etwas Flehendes bekommen, so als wolle sie ihren Bruder beschwatzen, diese Tatsachen anzuerkennen.

»Natürlich verstehe ich das, Marlene. Versuche, einmal mich zu begreifen. Ich bin ein Künstler, der nicht ausgestellt werden durfte, der keinerlei Öffentlichkeit hatte. Immer habe ich versteckt arbeiten müssen. Vielleicht halte ich es einfach für sinnvoll, daß ein Kunstwerk eine große Verbreitung erfährt, einen hohen Aufmerksamkeitsgrad hat. Mehr nicht …«

Marlene starrte ihren Bruder ganz lange an, Traute inspizierte wieder die Flecken von der Sauerbratensoße auf unserer Tischdecke, und ich sah zur Decke. »Friedrich, hast du irgend etwas mit dieser Geschichte zu tun?« Ihre Stimme klang ganz freundlich, ganz ruhig, und ich bewunderte sie, daß sie nicht den nöligen Unterton in der Stimme hatte, der besagen sollte: »Bitte das nicht auch noch.«

»Nein, damit habe ich nichts zu tun. Bodo wollte mich da raushalten.« Das Bedauern meines Vaters war deutlich zu erkennen.

»Gott sei Dank!« Marlene lehnte sich erleichtert zurück.

»Ich hätte dich nicht gerne im Gefängnis besucht«, setzte sie freundlich hinzu. »Aber warum machst du immer Sachen, die dich mit der Obrigkeit in Konflikt bringen?«

»Irgend jemand muß es doch machen. Da wollen sie jetzt eine Straße, in der viele Kinder spielen, zur Durchgangsstraße machen. Ein Kindergartenweg kreuzt. Ohne Zebrastreifen müssen die Kinder die Fahrbahn überqueren. Wenn ich da an einem Ende der Straße auf dem Pflaster rummale, dann fahren die Autos langsamer, um mich herum ...«

»Du meinst, du bist eine Art lebender Pfosten, der zur Langsamfahrt zwingt?« Marlenes Stimme klang alarmiert.

»Das ist viel zu gefährlich«, rief ich entsetzt.

Selbst Traute hob ihren Blick von unserer Tischdecke und sah meinen Vater forschend an.

»Mir passiert schon nichts. Regt euch nicht auf! Ich möchte wissen, was ich tun soll, damit Bodos Mörder gefaßt wird. Bin ich ihm schuldig ...« Er blickte jetzt auf Traute, und von seiner anfänglichen Angst war nicht mehr soviel zu spüren. Marlenes Anwesenheit gab ihm die nötige Sicherheit.

»Kennen Sie jemanden, der früher für diese Organisation gearbeitet hat, die alles für DDR-Bürger mit Westgeld beschaffte? Ich meine, jemand, der mit Kunst gehandelt hat?«

»Die Frage hätte Ihnen natürlich Bodo beantworten können. Solche Leute haben nicht mit ihrer Tätigkeit geprahlt, nicht vor so einem kleinen Würstchen wie mir. Ich habe von meiner Frau viele Sachen aus dem Westen bekommen. Winterstiefel mit Lammfell gefüttert, Medikamente über Bodo, immer wieder, wenn ich etwas brauchte. Aber was da sonst noch so an Geschäften lief, da hab ich keine Ahnung.« Mein Vater schüttelte den Kopf, wohl weil er selbst nicht verstand, sich damals so wenig um all das gekümmert zu haben. »Ich kann mich nur in den *Igel* setzen und mich umhören. Dort, am Stammtisch, da würde ich wohl sitzen dürfen, als Bodos alter Freund. Da schnappe ich vielleicht was auf. Das kann ich für Sie tun. Fällt Ihnen sonst noch etwas ein, wofür ich gut sein könnte?«

Traute überlegte. »Ich danke Ihnen für Ihr Angebot. Niemand außer Ihnen hätte eine Chance, im *Igel* etwas in Erfahrung zu bringen. Aber nehmen Sie nie Kontakt zu mir auf. Besuchen Sie Ihre Schwester, ihr können Sie alles erzählen. Oder wenn Sie ihre Tochter treffen, dann sagen Sie ihr, was Sie gehört haben. Das Telefon zählt nicht in jedem Fall zu den sichersten Übermittlungsgeräten.« Traute war aufgestanden, verabschiedete sich und ging zur Wohnungstür, Marlene folgte ihr.

»Willst du das wirklich machen, Vater?« Ich war verblüfft, weil ich nie mit diesem Angebot gerechnet hatte.

»Ja, Elisabeth! Sieh mal, Bodo hat mich nie einen Tag auf meine Medikamente warten lassen. Ich kann gar nicht anders. Ich muß irgend etwas tun. Wenn es einen Ort gibt, wo die nächsten Tage über ihn geredet wird, dann ist es der *Igel*, da hat er jeden Tag gegessen. Mit dem Frieder ist er befreundet gewesen. Da muß ich eh hin, ich wollt den Frieder fragen, ob ich ihm bei der Organisation für die Beerdigung helfen kann.«

Vor meinem geistigen Auge sah ich, wie mein Vater alle Freunde, alle Feinde, alle Künstler, einfach jeden zu Bodos Beerdigung einlud und die ganze Trauergemeinde mit Wodka abfüllte. »Findest du, das ist eine gute Idee?« fragte ich vorsichtig an.

»Keine Angst, mein Kind, das gibt kein großes Sauffest. Es gibt nur Kräutertee und Mineralwasser. Bodo war doch Abstinenzler.«

»Abstinenzler?« echote ich fassungslos.

»Quartalsabstinenzler«, schränkte mein Vater ein. »In vier Tagen hätten die vier Wochen begonnen, in denen er keinen Tropfen anzurühren pflegte. Da kann ich unter keinen Umständen zulassen, daß bei seiner Beerdigung gesoffen wird.«

Mit Herb Angerich traf ich mich im Pergamon Museum. Gleich im Raum mit dem großen Altar. Er hatte diesen Treffpunkt vorgeschlagen. Ich fühlte mich müde, schwach und schwindelig. Deshalb folgte ich ihm nicht die Altarstufen hinauf, sondern setzte mich in der Mitte hin und betrachtete den Fries der Rückseite des Altars, wie er sich vor mir an der gegenüberliegenden Seite des großen Raumes entwickelte. Ich fühlte mich wie eine dieser geschundenen Gestalten, weder göttlich noch gigantenhaft.

Herb kam von oben die Treppe hinunter und setzte sich ohne

Gruß neben mich, in der Hand das Buch mit der Beschreibung des hier dargestellten Kampfes. »Warum wollen Sie mich sprechen?« Seine Stimme war aggressiv.

»Warum haben Sie sich eine so lausige Geschichte ausgedacht? Sie wußten, daß jeder sehr einfach dahinterkommen konnte, wer ich bin, wer ich war, was die Tätigkeit meines Mannes gewesen war. Sie haben das absichtlich getan. Sie wußten, daß ich mit meiner Story von der Kunstkritikerin relativ schnell verbrannt sein würde.« Meine Formulierung war scharf, aber jeder Beobachter im Museum mußte uns für interessierte Besucher halten, die sich über den Führer gebeugt mit dem Fries beschäftigen.

»Ich habe nicht damit gerechnet, daß es sich um eine so gut funktionierende Organisation handeln würde. Ich habe nicht damit gerechnet, daß es zwei Morde geben würde. Es ist viel zu gefährlich geworden für Sie. Sie sind draußen! Sie müssen aufhören, mit der Geschichte von der Kunstkritikerin, die über Fälschungen arbeitet, weiterzumachen.« Herb sah eine der Figuren an und sprach dabei mit einer solchen Eindringlichkeit, daß es mir kalt den Rücken herunterlief.

»Ich bin draußen, was soll das heißen?« Ich blätterte in dem Buch eine Seite um und betrachtete nun die Nordseite des Frieses genauer.

»Sie gehen in die Ferien, es wird sich bald alles beruhigt haben, dann kommen Sie wieder, ziehen in eine neue Wohnung ein und fangen an, für die Versicherung zu arbeiten, wie besprochen.«

»Bei Ihnen piepst's wohl? Sie sagen mir jetzt, was Sie wissen, was Sie bezweckt haben, und überlassen mir die Entscheidung, ob und wie ich weiterarbeite!« Mein Ton muß so scharf, so sicher geklungen haben, daß Herb mich erstaunt musterte.

»Es gibt in New York, im Staat New York, eine Vereinigung, ›Freunde der MoArt‹, die übers Internet einzelne Blätter moderner Grafik anbieten. Die Motive muß ich Ihnen nicht nennen, die Künstler, um die es sich handelt, ebensowenig. Sie sind Ihnen alle bekannt.«

»Sie können über die Telefonnummer des Internetbetreibers im Staate New York weiterkommen, das ›Wie‹ wissen Sie besser als ich.« Ich war böse, weil ich immer noch nicht davon überzeugt war, daß Herb die volle Wahrheit sagte. Wollte er mich mit irgendeiner Story abspeisen?

»Der Internetanbieter hat seinen PC an ein Handy angeschlossen, das auf die Organisation der ›Friends of MoArt‹ läuft. Dahinter verbirgt sich ein Konto bei der First National City Bank of New York. Die angegebene Adresse der ›Friends‹ ist ein Briefkasten bei einer der größeren Anwaltskanzleien. Die behaupten, sie hätten von Tuten und Blasen keine Ahnung, und berufen sich auf ihre Schweigepflicht. Sie verwalten ein Konto, von dem sie ihre eigenen Rechnungen einbehalten. Außerdem bezahlen sie die Telefonrechnung und die Internetgebühr. Sonst gar nichts.«

»Da das nicht strafbar ist, kommen Sie mit den Anwälten nicht weiter. Die können nichts und müssen nichts über ihre Klienten sagen.« Mir war klar, daß es mit dem Datenschutz in den USA nicht so ohne weiteres möglich war, an die Männer oder Frauen heranzukommen, die sich hinter der Bezeichnung der ›Friends of MoArt‹ versteckten. Wenn es sich nicht um eine Handelsorganisation, sondern um eine lockere Interessenverbindung handelte, blieben viele Türen verschlossen. Was ich Herb nicht sagte, war, daß Traute mir verraten hatte, daß sie Bodo Scheußlichs E-Mails der ›Friends of MoArt‹ gefunden hatte. Durch diese E-Mails mußte er erfahren haben, daß sich hinter mir alles andere als eine Kunstkritikerin verbarg. Wenn ich nur daran dachte, wurde mir schlecht.

»Einer von Tobias Hardcastles Strohmännern hat eine der Grafiken Chagalls bestellt. Es ist ein sehr aufwendiges Prozedere, ein Abtasten, ob der Kunde zuverlässig ist. Ein Aufwand, der sich eigentlich nicht lohnen würde. Schließlich erhielt der Strohmann eine Mitteilung, daß er das gewünschte Blatt erhalte, wenn er damit einverstanden sei, als Member den ›Friends of MoArt‹ beizutreten. Schon relativ kurze Zeit später, man muß in der Zwischenzeit die Bankauskunft des Strohmannes erhalten haben, den unsere Versicherung selbstverständlich finanziell bestens ausstaffiert hatte, wurde ihm das gewünschte Blatt zugestellt. Der Preis war happig, aber wäre vertretbar gewesen, wenn sich das Blatt als echt erwiesen hätte. Natürlich Vorauskasse, nicht auf ein Konto in den Staaten, sondern der Scheck wurde in Liechtenstein eingelöst. Die Rolle war in Berlin aufgegeben worden. In West-Berlin, Bahnhof Zoo, Postamt Budapester Straße gegenüber dem Europa Center, wo wir unseren Sitz haben.«

Ich ließ das Gehörte durch meine Gehirnwindungen laufen, ganz langsam. Die »Friends of MoArt« residierten irgendwo und gingen über ein Handy, das mit einem PC verbunden war, ins Internet. Dort fanden sie andere Freunde moderner klassischer Kunst. Eine Kunstrichtung, die heute sehr viel Geld kostete. Man checkte die Kaufkraft des Interessenten, danach wurden einzelne, gezielte Angebote gemacht. »Der Strohmann kam nicht aus New York?«

»Nein, der wurde vorsichtshalber in Montana angesiedelt. Auf einer riesigen Farm. Also nicht gerade jemand, der sofort einen Fachmann bei der Hand hat, der die Echtheit prüfen könnte.« Herb war bereits so tief in den Katalog versunken, blätterte um, sah sich den Fries lange an, so daß er als ein archäologisch interessierter Mensch gelten konnte.

»Die ganzen Nachforschungen wären auf die Umgebung von New York konzentriert geblieben, wäre nicht die Rolle mit dem Chagall per Post aus Berlin gekommen?«

»Genau! Dann kam die Sache mit dem Professor dazu. Wir nahmen das als Ausgangspunkt für Ermittlungen hier in Berlin ...«

»... für die ihr mich eingespannt habt.« Ich war sauer, denn die Versicherung hätte mir reinen Wein einschenken dürfen. »Komm, laß uns zum Stadttor von Milet gehen, wir sitzen hier schon zu lange.«

»Wo ist das, ich kann nicht so weit laufen. Meine Schuhe drücken so.« Sollte Herb bis jetzt in der Lage gewesen sein, einen Beobachter glauben zu lassen, er interessiere sich für Archäologie, so hatte er mit dieser Frage alles zunichte gemacht.

»Es ist hier im Museum«, meinte ich tröstend und half ihm auf seine großen Füße. Ganz vorsichtig stieg er die Treppen des Pergamonaltars herunter und folgte mir. »Was habt ihr euch dabei gedacht, mich mit einer so blöden Legende auszustatten?«

»Wir dachten, wenn wir ein bißchen Unordnung in die Szene bringen, alles ein bißchen aufmischen ...« Herb zog die Schultern hoch, aber sein dicker Kopf verschwand trotzdem noch nicht.

»Ihr hättet mit dem LKA Kontakt aufnehmen müssen. Dort gibt es seit ein paar Jahren eine Abteilung für Fälschungen.«

Herb zog seinen Kopf noch mehr ein.

»Ihr seid ein Haufen Dilettanten, Versicherungsdilettanten. Wie könnt ihr glauben, daß ihr Schreibtischhengste mit alten Stasi-Seilschaften fertig werdet?« Ich war wütend, unglaublich wütend, weil diese Schnüffelei, in die sie mich eingespannt hatten, zum Tod von Bodo geführt haben durfte.

»Du übergibst die Sache mir, und dann ziehst du dich daraus zurück und machst Ferien in Virginia.« Das sollte ein Friedensangebot sein.

»Den Teufel werd ich tun. Ein guter Freund wurde ermordet. Ich mache genauso weiter wie bisher!« Ich strebte dem Ausgang zu, weil ich von Herb die Nase voll hatte.

Herb hastete hinter mir her. »Laß die Finger davon, Lisa! Die Kerle sind gefährlich.«

Ich war seine jammernde Stimme leid. »Schönen Dank für die Einladung ins Museum«, rief ich ihm zu, dann wand ich mich geschickt durch die Menschen, die auf das Bode Museum zustrebten, und verschwand Richtung Unter den Linden. Ich war stocksauer. Anfänger, Dilettanten waren das. Wieso hatte ich keine Verbindung zu Tobias Hardcastle bekommen, wieso war Herb zu der Verabredung gekommen? Weil er's vermasselt hatte. Weil er Tobias gar nicht gesagt hatte, daß ich ihn sprechen wollte. Sein Abschlußbericht sollte lauten: Lisa Wolf wurde aus Sicherheitsgründen abgezogen. Fertig! Der besonnene Herb Angerich hatte die kleine Lisa aus Sicherheitsgründen zurückgepfiffen? Von wegen!

Ich sprang vor der Humboldt Universität in den Bus Richtung Zoo und war abgefahren, bevor der keuchende Herb mich erreichen konnte. Erstaunlich, wie agil ich in der letzten Woche geworden war, nur ein bißchen koffeinfreier Kaffee, Vollkornbrot, Salat, Gemüse und mageres Fleisch. Mit Dankbarkeit dachte ich an den Professor. Doch meine Gedanken hielten sich nicht sonderlich lange beim Essen auf. Sofort kamen mir wieder all die gefälschten Blätter in den Sinn. Irgendwo könnten theoretisch noch Stapel davon herumliegen. Schließlich handelte es sich um ein ruhiges, sauberes und einträgliches Geschäft. Vermutlich war der Handel in kleinem Umfang nach einer längeren Unterbrechung wiederaufgenommen worden.

Welche Rolle hatte Bodo nach dem Fall der Mauer in diesem Spiel gespielt? Ich blickte in Gedanken aus dem Fenster heraus, als der Bus an der Haltestelle beim Europa Center anhielt. Vorne stieg Tobias Hardcastle ein und setzte sich vor mich in die Reihe. »Wir beide sind direkt pünktlich zu unserem Meeting im Literaturcafé«, sagte er freundlich. Ich begriff. Er hatte auf mich gewartet. In der Nähe der Fasanenstraße stiegen wir aus dem Bus und gingen gemeinsam ein paar Schritte.

»Haben Sie mich erwartet? Abgepaßt?«

Er nickte. »Herb hat mich nicht davon in Kenntnis gesetzt, daß Sie mich sprechen wollen. Seine Sekretärin fand den Zettel auf seinem Schreibtisch.« Tobias sah mich von der Seite her an.

Ich schwieg eine Weile. »Eigentlich hatte ich Sie im Bode Museum erwartet. Sie hätten nie zulassen dürfen, daß ich in Berlin anfange, etwas über Kunstfälschungen zu recherchieren.«

Dann berichtete ich ihm, was sich in den letzten Tagen ereignet hatte und warum ich ihn sprechen wollte. Tobias überlegte eine Weile. »Vielleicht ist es alles komplizierter. Ich habe Ihnen gesagt, daß außer Herb und mir niemand in Europa etwas von Ihrer wahren Aufgabe weiß. Ich glaube kaum, daß einer der fünf großen Alten der Versicherung in den Staaten einen heißen Tip über Ihre Tätigkeit an die ›Friends of MoArt‹ in New York gegeben hat.«

Bei der Vorstellung, seine Erlaucht Mr. Grouche, wie unser geiziger Boß von uns genannt wurde, würde einen PC anrühren, mußte ich grinsen. Seine Erlaucht Mr. Grouche las nur Bilanzen. Tobias hatte recht mit seiner Vermutung, daß von den fünf Weisen keine Gefahr für mich ausgehen durfte.

»Wenn ich nicht gegen mich selbst ermitteln will, dann bleibt da nur Herb als mögliche undichte Stelle. Jemand hat es für nötig gehalten, die ›Friends of MoArt‹ zu informieren.«

»Jemand hat einen Hinweis an diese Organisation geschrieben, daß ich ...?«

»Ja, genau so ist es geschehen. Der New Yorker Internet-Anschluß ist seit Wochen kurzgeschlossen, so daß wir jede Mail, jede Bestellung, jedes günstige Angebot abfangen. So habe ich gemerkt, daß Sie mit ihrer Legende verbrannt sind. Deshalb bin ich nach Berlin zurückgeflogen, um Sie zu holen. Im Büro erfahre ich, daß Herb nicht da ist. Er trifft sich mit Ihnen im Pergamon Museum, sagte mir seine Sekretärin. Ich also ins Museum. Herb konnten Sie abhängen, aber mich nicht«, schloß er stolz seinen Bericht. Plötzlich lachte er mich von der Seite ganz lausbübisch an: »Können Sie sich vorstellen, wie schwierig es für einen Schwarzen ist, eine weiße Frau in Berlin zu verfolgen, ohne Aufsehen zu erregen?« Wir mußten beide lachen.

Ich nickte. »Und ob ich das weiß. Ich weiß auch, daß Sie niemals von der Versicherung sein können, obwohl Sie schon zwei Jahre für die Ars & Vita arbeiten.« Ich sah ihm direkt in die Augen, und er sah mich lange und ernst an.

»Das haben bisher nur Sie gemerkt, Lisa. Es wundert mich nicht, wahrscheinlich riechen Sie Stalluft.« Er lächelte jetzt. »Ich bin in derselben Position in der Sicherheitsabteilung bei derselben Postgesellschaft, in der James gearbeitet hat. Ich hab bei ihm gelernt.«

Wie lange wir so standen, auf der schneebedeckten Straße, uns angesehen haben, das wußte ich nicht. Ich begriff, auf was ich mich einlassen würde, wenn ich jetzt weitermachen sollte.

»Die Post ist involviert, weil alles über das Internet abgewikkelt wird und die Post dafür die Leitungen zur Verfügung stellt?« fragte ich.

»Ja, außerdem konnten wir herausfinden, daß diese ›Friends of MoArt‹ über ein Mobiltelefon irgendwo im Vorwahlbereich 0212, also New York, verfügen.«

»Konnten Sie den Partner in Berlin lokalisieren?« Mir rutschte das Herz in die Hose.

»Nein, leider nicht. Er benutzt ein neues Model, das wir nicht so leicht verfolgen können. Er hält sich im Telefonvorwahlbereich 030 auf, also in der Stadt Berlin.« Tobias klatschte seine eiskalten Hände gegeneinander. »Wollen wir hineingehen?«

Ich nickte, denn auch meine Nasenspitze mußte in der Zwischenzeit blaugefroren sein. Wir gingen ins Café, fanden um diese frühe Nachmittagszeit eine relativ leere Ecke, in der wir uns niederließen. »Ich kann Ihnen vielleicht einen Hinweis auf den Berliner Teilnehmer geben«, begann ich unser Gespräch, als wir beide einen Tee bestellt hatten. Tobias sah mich neugierig an.

»Ich werde jetzt nicht aufhören. Dazu bin ich viel zu sehr hineingezogen worden, nicht nur ich, auch meine Familie. Aber ich begebe mich aus der Schußlinie. Ich fahre morgen nach Leipzig, nehme meine normale Journalistentätigkeit wahr. Wenn Sie mehr über diesen Berliner Anschluß wissen wollen, dann müßten Sie sich mit Frau Werth vom LKA in Verbindung setzen.«

»Frau Werth würde mir vielleicht etwas sagen, was Sie jetzt schon wissen! Warum also der Umweg?« Er war von der gleichen Firma, für die James auch gearbeitet hatte. Ob Traute ihm überhaupt etwas sagen würde und ob Tobias ihr gegenüber seine wahren Interessen kundtun wollte, war eine ganz andere Frage. Schließlich ermittelte der Sicherheitsdienst der Post in den USA deshalb so erfolgreich, weil bis zum letztmöglichen Zeitpunkt keine Polizei eingeschaltet werden mußte.

Ich sagte: »Im PC des ermordeten Künstlers Hans Sauer, genannt Bodo Scheußlich, waren Briefe an die ›Friends of MoArt‹ und deren Antworten. Sie wissen, wer James war, und glauben, daß ich als Fahnderin nach Berlin gesandt wurde. Jedenfalls geht das aus der Post, die bei Bodo von der Polizei über seinen Internetprovider heruntergeladen wurde, hervor.«

»Verdammter Mist, da hat jemand ganze Arbeit geleistet!« Tobias lehnte sich zurück und musterte mich von der Seite. »Beschaffen Sie mir Paßwort und Provider des Bodo Scheußlich, bitte.«

»Warum? Was haben Sie vor, Tobias?«

»Ich will seine Mails herunterladen und anhand der Daten etwas überprüfen.«

Ich versprach, es zu versuchen. Mein Vater hatte seine Gründe, Bodos Mörder finden zu wollen. Er wollte keine Rache, er wollte ihn der Polizei ausliefern. Ich hatte meine eigenen Gründe, Bodos Mörder zu suchen. Ich war nicht verblendet genug, mir einzureden, ich hätte Bodo geliebt. Aber ich hatte ihn sehr gemocht.

INTELLECTUS – KLUGHEIT

Seit dem Bekanntwerden von Bodos Ermordung fand im *Igel* jede Nacht ein riesiges Besäufnis statt. Ein Gedächtnisbesäufnis. Zumindest bis zu dem Tag, ab dem Bodo vorgehabt hatte, seine »Trockenperiode« zu beginnen. Jeden Morgen kam mein Vater schwankend nach Hause. Jetzt, da ich bei ihm schlief, wurde ich Ohrenzeuge dieser Heimkehr. Nachdem er lange mit dem Schlüssel auf der Suche nach dem Schlüsselloch an der Tür herumgeschabt hatte, schlich er sich vermeintlich leise durch den Flur in Richtung seines Schlafzimmers. Nicht, ohne mit der Sicherheit eines Sturzbetrunkenen alle Gegenstände an-, um- oder weggestoßen zu haben, die sich als bewegliche Elemente im Flur befanden.

Obwohl ich ein leichtes Schlafmittel eingenommen hatte, wurde ich wach. Ich knipste meine Nachttischlampe gerade in dem Augenblick an, indem mein Vater die Kupferkanne, in der Spazierstöcke und Regenschirme standen, scheppernd umstieß.

Da ich fürchtete, er könne fallen, stand ich auf, ging zur Flurtür und suchte den Lichtschalter. Mein mühsam um seine Haltung kämpfender Vater stand im gleißenden Licht. Erschöpft lehnte er sich an seine Tür. »Ach, du bist's ...!« Er kniff die Augen zusammen und machte eine abweisende Handbewegung, als wolle er das gnadenlos helle Licht verscheuchen und seine Ruhe haben.

»Wen hast du denn erwartet?« giftete ich ihn an.

»Weiß nicht ...«

»Geh ins Bett!« Seine Hilflosigkeit machte mich traurig. Ich schloß die Türe hinter mir und überließ ihn sich selbst. Es rumpelte noch ein paarmal im Badezimmer, aber es war kein beängstigendes Geräusch. Beim gleichmäßigen Ton des rauschenden Wassers im Badezimmer schlief ich wieder tief und fest ein.

Ein Schneepflug fuhr in meinen Träumen spazieren, und ich brauchte ein paar Sekunden, bis ich begriff, daß der unter meinem geöffneten Schlafzimmerfenster entlangfuhr. Es war eiskalt. Ich schloß das Fenster, nicht ohne einen Blick auf die

Straße geworfen zu haben. Neuschnee! Ich kroch unter mein dickes Federbett und beschloß, den Tag zu verschlafen. Fünfzehn Zentimeter Neuschnee, in einer Stadt wie Berlin! Das programmierte Verkehrschaos! Ich hatte keine Stiefel dabei, um durch Tiefschnee zu waten. Ich mußte im Bett bleiben.

»Wo ist sie?« Marlenes Stimme drang durch meinen schönen Traum von Sonne, Wärme und dem Lärm des Schneeräumfahrzeuges. Gelbe Lichtkegel wanderten die Wand entlang, ganz gleichmäßig im Takt, kamen, blieben kurz, verschwanden, kamen ...

Es war acht Uhr früh und noch immer dunkel. Schwarze Schneewolken verhinderten, daß das Tageslicht durchbrach. Nicht zu früh, um aufzustehen, aber zu kalt, um irgend etwas zu unternehmen. Was auch? Bodo war ermordet worden, was gab es für mich zu tun? Plötzlich war ich hellwach. Im Nachthemd trottete ich in die Küche, wo mein Vater gerade Marlene eine Tasse Kaffee einschenkte.

»Ich habe recherchiert«, Marlene knallte mir einen Stoß Fotokopien und Ausdrucke in DIN A 4-Format auf den Tisch. »Es gibt kein Jahr, in dem nicht große Kunstskandale den Zeitungswald erzittern lassen. Kannst du mir sagen, warum niemand so recht davon Kenntnis nimmt? Die meisten Polizisten verstehen unter Fälschung nur Falschgeld. Falsche Kunst, das ist eine ›Quantité négliable‹.« Marlene tönte empört, aufgebracht und gleichzeitig müde.

»Wo hast du recherchiert?« fragte ich belustigt. »Im Archiv des Rundfunks?«

»Pah! Denkst du, ich habe verlernt, die Staatsbibliothek zu benutzen? Hier«, sie zeigte auf den Papierwust auf den Tisch, »alles Ausdrucke von Zeitungsartikeln, die sich in den letzten Jahren mit Kunstfälschungen befaßten. Wieso kümmert sich keiner um so was?«

»Du sagtest es selbst, es kümmert keinen!«

»Du meinst ...«

»Ich meine, daß hier eine Reihe von lächerlichen Vorurteilen zusammenkommen. Erstens: Kunst ist etwas für Reiche! Wer Kunst kauft, der muß Geld haben. Das ist nicht das Problem eines Durchschnittzeitungslesers. Zweitens: Die Händler, die

Auktionshäuser und die Besitzer von falscher Kunst sind nicht an Publizität interessiert. Jede plakative Veröffentlichung, vor allem dann, wenn ein Falsifikat abgebildet wird, nimmt dem Besitzer die Möglichkeit, sein falsches Kunstwerk als angeblich echtes weiterzuverkaufen. Damit ließe sich der Schaden für den einzelnen begrenzen …«

»Aber das ist strafbar!« Marlene wandte sich zu mir, und ihre Augen funkelten wütend.

»Drittens«, fuhr ich ungerührt fort, »besteht überhaupt kein Verständnis für das wirkliche Problem.«

»Das wirkliche Problem?« echote Marlene. »Die Times in London berichtete am 1. Juni – alles im Jahr 1990 –, daß bis zu dreißig van Gogh-Gemälde, die im Werkverzeichnis von 1970 dem Maler offiziell zugeschrieben sind, von einem führenden Fachmann als Fälschung benannt wurden.«

»Der ist leider beim Sterben ums Leben gekommen!«

Marlene schnaubte empört durch die Nase. »Laß den Unfug! Mir ist es ernst.«

»Unerklärliche Unfälle gehören ebenso zu dem Ambiente, wie das regelmäßige Entdecken von angeblich verschwundenen Meisterwerken auf dem Dachboden«, konnte ich mir nicht verkneifen hinzuzufügen.

»Am 25. Januar 1990 wird ein Niederländer mit einhundertsechsundsechzig gefälschten Picasso-Blättern an der spanischen Grenze gefaßt. Im gleichen Jahr stellte die Polizei in Barcelona etwa eintausend Blätter sicher, die als Werke des Surrealisten Dalí ausgegeben wurden …«

»Marlene, damit sagst du mir nichts Neues«, ich schob den Wust fotokopierter Seiten so zusammen, daß sich daraus ein wesentlich kleinerer übersichtlicher Haufen bildete. Die Anzahl der Zeitungsartikel, die sich in den letzten Jahren mit diesem Thema befaßt hatten, schrumpften damit ein wenig zusammen.

»Nur wenige Wochen später konfisziert die Polizei in einem Altersheim für ehemalige Künstler bei Ancona gefälschte Picasso und Dalí. So geht das laufend weiter …«

»Die Altersversorgung für Künstler ist sicher aufbesserungsbedürftig …«

»1991«, fuhr Marlene in ihren Ausführungen fort und zog

einen weiteren Zeitungsartikel aus dem Häufchen hervor, »1991 im Herbst lud Interpol in Lyon zu einem Treffen ein, um die Problematik der Dalí-Werke vor einem Gremium von hohen Polizeibeamten zu erörtern. Dabei kam zur Sprache, daß bis 1983 mit Duldung der Künstlerwitwe Dalí-Werke gefälscht wurden, daß es fotomechanisch reproduzierte Grafikeditionen mit falscher Unterschrift gibt und darüber hinaus Werke im Handel sind, die nicht von Dalí stammen können, dafür aber eine echte Unterschrift tragen.«

Ich mußte lachen. Marlenes Ernsthaftigkeit, ihre dozierende Art und die Empörung in ihrer Stimme reizten mich. »Warum gehst du nicht noch weiter zurück? Juli 1984: Der hundertste Geburtstag von Amadeo Modigliani soll in Livorno zelebriert werden. Gerade rechtzeitig tauchte das Gerücht auf, Reste von Skulpturen des Meisters lägen im Fosco Reale – dem königlichen Kanal der Stadt. Modigliani habe sie selbst hineingeschmissen. Eine Baggergrabung förderte drei Köpfe zutage. Sofort wurde eine Ausstellung organisiert, die Köpfe gelten als geniales Frühwerk. Einen Monat später meldete sich ein Fälscher, ein neunundzwanzigjähriger Anarchist, und bereitete dem Kult um die drei Köpfe ein Ende.«

Marlene starrte mich fassungslos an. Dann begannen sich ihre Mundwinkel ganz langsam zu heben, und schließlich lachte sie richtig laut los.

»Der Handel mit gefälschter Kunst kann nach dem Drogenhandel vermutlich auf Platz zwei kommen, wenn man den Umsatz in Milliardenhöhe weltweit zusammenrechnet.« So betrachtet war meine Tätigkeit ohne Zweifel entmutigend. »In einer der Dalí-Biographien wird behauptet: Der Künstler hat leere Bilder signiert, vierzig Mark das Stück«, versuchte ich den Sachverhalt mit den echten Unterschriften unter den falschen Bildern zu erklären.

»Ja, Helfer legten ihm die leeren Blätter hin, und er signierte Hunderte und Hunderte von ihnen. Er soll so schnell signiert haben, daß er auf einen Stundenlohn von 72000 Dollar kam, wird berichtet.« Marlene hatte also auch darüber gelesen. »So gesehen kann ich die Einwände meines Bruders verstehen, der im Verbreiten von Picasso-Grafik mit gefälschter Unterschrift und Numerierung allenfalls eine läßliche Sünde sieht.« Sie lehnte sich zurück und sah an die Decke.

»Dalí dürfte sich bei der Vorstellung, daß jemand für seine Unterschrift so viel Geld zahlt, köstlich amüsiert haben«, wagte mein Vater einzuwenden.

»Sicher! Für soviel tausend Dollar würde ich mich ebenfalls gut amüsieren«, Marlene sprang auf. »Hast du eine Ahnung, warum man so selten etwas über solche Machenschaften in der Zeitung liest?«

Ich betrachtete den etwa sieben Zentimeter dicken Stoß von Fotokopien auf meinem Schreibtisch. »Selten?« wagte ich einzuwerfen.

»Dies«, Marlenes Zeigefinger zeigt auf den von mir ordentlich zusammengeschobenen Papierhaufen, »dies da ist alles, was ich beim Recherchieren im Blätterwald fand, wenn wir mal die lokale Presse ausnehmen. Das ist auf zehn Jahre umgerechnet nicht mal ein Zentimeter bedrucktes Papier.« So gesehen hatte Marlene recht.

Es klingelte an der Haustüre. »Sei vorsichtig!« Marlene hatte nach so viel Beschäftigung mit den Verbrechern dieser Welt offensichtlich Muffensausen. Ich warf einen forschenden Blick durch das Guckloch an der Tür. Traute!

Nachdem wir uns begrüßt hatten, setzten wir uns, und ich bot Kaffee und Gebäck an. Marlene fuhr mit ihrem Vortrag fort, nicht ohne vorher Traute über das Ergebnis ihrer Recherchen unterrichtet zu haben.

Mein Vater holte Geschirr und Bestecke aus dem Schrank und stellte alles vor uns hin. Mit einer Geste über den gedeckten Kaffeetisch deutete er an, wir sollten uns bedienen. Wie ich erwartet hatte, lehnte Traute dankend ab, während Marlene und ich zugriffen.

»Also«, Marlene stolzierte in der Küche auf und ab, »nach deutschem Recht dürfen die Falsifikate, die von der Polizei sichergestellt wurden, nicht einmal aus dem Verkehr gezogen werden. Stimmt's?« Sie blickte Zustimmung heischend auf Traute, die gedankenverloren einen Keks betrachtete. Wollte sie einen?

»Ohne Zweifel«, Marlene hob ihre Stimme, »sind eine nicht

zu unterschätzende Anzahl von Sammlern nicht nur Kunstliebhaber, sondern auch Steuerhinterzieher, Waffenschieber und Drogenbosse. Selbstverständlich gehören zweifelhafte Politiker aus zweifelhafteren Staaten, die einen Teil der internationalen Wirtschaftshilfe anlegen und so außer Landes schaffen wollen, ebenfalls dazu. Sie kaufen zusammen, was sie kriegen können. Man dürfte sie bei allen internationalen Auktionen antreffen!« Mit diesem triumphierenden Satz schloß sie ihre Ausführungen und ließ sich wieder auf den Küchenstuhl fallen.

Traute erhob sich aus ihrer bequemen Lage. »Wenn ich deinen Ausführungen folge, dann muß ich nur alle hochkarätigen Auktionen besuchen und kann dort die Leute finden, die ich an anderen Orten vergeblich suche.« Ihre Stimme hatte einen spöttischen Unterton, den ich vorher noch nicht bei ihr bemerkt hatte.

»Man läßt ersteigern ...«, warf Marlene sofort ein. »Sicher! Weder der Auktionator muß mir sagen, wer sich hinter einer bestimmten Nummer, die ein Kunstwerk ersteigert hat, verbirgt, noch haftet er für die Echtheit des versteigerten Gegenstandes. Das ist Sache des Einlieferers. Große Häuser wenden heute viel Geld auf, um nicht auf Fälschungen hereinzufallen. Sachverständige Prüfung und vieles mehr.«

Traute wanderte jetzt auf und ab, und ich fragte mich, ob gerade die drangvolle Enge der Küche die beiden inspirierte, sich auszulaufen.

»... Und trotzdem: Selbst wenn wir wissen, daß ein Händler mit gestohlener oder gefälschter Ware handelt, wenn wir ihm keinen Vorsatz nachweisen können, geht er straffrei aus.« Traute setzte sich wieder.

Mein Vater, der sich ängstlich neben die Spüle an die Wand gedrückt hatte, atmete erleichtert auf, so als hätten die beiden herumlaufenden und dozierenden Frauen ihm die Luft zum Atmen geraubt.

»Von manchen Sachverständigen erzählt man sich die reinsten Schauermärchen!« wagte ich einzuwerfen.

»Mit Recht!« Traute hieb mit der Hand auf den Tisch.

»Es sind noch Kekse da«, ermutigte ich sie und schob ihr den Teller hin.

»Nein lieber nicht, mein Vater hat mich zum Essen eingeladen.« Sie drehte sich zu Marlene um. »Wir kennen die Namen der Gutachter, die man für ein paar hundert Mark kaufen kann. Die Händler kennen sie auch. Welcher Kunde schenkt einem professoralen Gutachten nicht gerne Glauben?«

Nun hielt es Marlene nicht länger auf dem Stuhl. Sie sprang wieder auf und wedelte Traute mit einem Zettel vor der Nase herum. »Zollfahnder aus den USA listeten in den sechziger Jahren die Fälschungen, die sie an den Grenzen abgefangen hatten, auf. Sie beschlagnahmten 9428 falsche Rembrandts, 103 227 Corots, 113 254 Watteaus und 140 000 Utrillos, um nur die Prominentesten zu nennen.«

»Wir können präventiv aufklärend nichts tun. Jeder private Besitzer eines Kunstwerkes hält seines für echt, egal, wie merkwürdig der Weg des Erwerbes war. Viele, die erfahren haben, daß sie reingelegt wurden, halten den Mund. Anzeigen werden selten erstattet.« Traute setzte sich, ließ den Kopf nach vorne auf die Knie fallen und verharrte ganz ruhig in dieser Haltung.

»Es kotzt dich an?« fragte ich ganz vorsichtig.

»Ich kann den paar wenigen Hinweisen nachgehen, die ich erhalte. Wir haben einen Fall zu klären, du und ich. Den Fall der falschen Picasso-Radierungen, denn an denen kleben bereits zwei Morde. Der des Herrn Koschinski junior und der des Malers Bodo Scheußlich alias Hans Sauer.«

»Konzentrieren wir uns auf den vorliegenden Fall«, stimmte Marlene versöhnlich zu. »Aus dem Material hier«, sie sammelte ihre Fotokopien ein und steckte sie in ihre Aktentasche, »aus dem ganzen Material mache ich eine wunderschöne Story fürs Fernsehen!«

»Bitte jetzt noch nicht«, bat Traute. »Ich versuche gerade, an Unterlagen der Kunst und Antiquitäten GmbH, kurz: KuA von Herrn Schalck-Golodkowski, heranzukommen.

»Was ist das für eine Firma?« Ich hatte noch nie davon gehört.

»Eine Art Devisenschleuder. Mit Hilfe dieser Firma wurde der Kulturbesitz der DDR versilbert.«

»Hast du was gefunden?«

»Nein! Bisher war es eine Fehlanzeige. Nach wie vor halte ich es nicht für ausgeschlossen, daß die ehemalige DDR involviert ist, aber ob über die ›Kunst und Antiquitäten GmbH‹, das ist fraglich.«

»Hast du keine Schwierigkeiten, in der politischen Vergangenheit herumzustochern und den Dreck dabei wieder aufzurühren?« Ich wußte wenig, zu wenig über die ehemalige DDR, doch ich konnte mir vorstellen, daß niemand glücklich war, im Schlamm der allerjüngsten Vergangenheit herumzuwühlen.

»Dürfte kaum dein Problem sein«, meinte Traute abweisend zu mir gewandt. Ich schwieg.

»Steuerhinterziehung ist heute eine Art Hobby in besseren Kreisen«, fuhr Marlene mit ihren Ausführungen fort, »aber gerade diese Steuerhinterzieher rufen besonders laut nach der Polizei, wenn bei ihnen eingebrochen wird!« Marlene hatte ihre Aktentasche genommen, packte ihre Kopien ein: »Wenn so ein Typ einen gefälschten Picasso oder Corot oder Utrillo kauft, wo soll er sich beschweren?« Mit dieser rhetorischen Frage verschwand Marlene nach einem kurzen Gruß und den Hinweis auf ihre berufliche Tätigkeit. Ein eisiger Luftzug war ins Zimmer gekommen, dann fiel die Wohnungstür ins Schloß.

»Wir sprachen soeben mit der einzigen aufrichtigen Steuerzahlerin in meinem Bekanntenkreis«, verkündete Traute.

»Ich zahle auch immer pünktlich und unterschlage nichts«, sagte mein Vater.

»Liegt bei uns in der Familie«, behauptete ich. »Ist erblich.«

»Diejenigen, die nach uns schreien, werden mehr und mehr, aber nicht diejenigen, die uns bezahlen möchten. Wir sollten – ähnlich wie Versicherungen – den Zehnten aller wiederbeschafften Gegenstände und sichergestellten Beutestücke bekommen. Dann wären wir finanziell besser dran«, ging Traute auf meinen Ton ein. »Kannst du mir noch einen Tee machen?« fragte sie ernst.

»Natürlich, wir haben auch noch Kekse.« Ich wollte gerade aufstehen, aber mein Vater winkte ab. Er löste sich von der Wand, an der er ängstlich gelehnt hatte, ging zum Herd und setzte Wasser auf. Ich stand auf und dirigierte ihn zu einem der Küchenstühle, wo er widerwillig Platz nahm. Er starrte Traute an, als sei sie die Überbringerin aller schlechten Nachrichten auf dieser Welt. »Kannst du mir erklären, was das für eine Kunst-GmbH war, von der du gesprochen hast?«

»Die DDR-Regierung hat bei Ausreisewilligen, auch bei Steuer- und Strafvergehen ihrer Bürger, Kunst- und Wertgegenstände requiriert. Diese Gegenstände erhielt die ›Kunst- und Antiquitäten GmbH‹, und alles, was halbwegs wertvoll war, wurde gegen Devisen ins westliche Ausland verkauft.«

»Eine Geldbeschaffungsfirma für D-Mark und Dollar«, stellte ich fest.

»Ja, der DDR-Staatskunsthandel war ein Monopolbetrieb. Nur diese Firma durfte Waren im Wert von über fünfhundert Mark exportieren.« Traute nahm mir den Tee ab.

»Jeder, der zum ersten Mal mit der Problematik des Kunsthandels konfrontiert wird, reagiert ähnlich aggressiv wie Marlene. Laienhafte Sammler und Beobachter verwechseln fälschlicherweise Preis mit Qualität«, fuhr sie fort.

»Es gibt so viele Fälle, in denen Sammler sich nicht klargemacht haben, daß der Wert eines Kunstwerkes von der Gesellschaft bestimmt wird. Der Name des Künstlers, die Frage, ob seine Werke in Museen hängen, die soziale Akzeptanz, all das spielt eine Rolle. Die Nachfrage kann darüber hinaus den Preis in die Höhe treiben. So spiegelt der Preis nicht nur die Nachfrage nach einem bestimmten Sujet, auch der Name des Künstlers spielt eine maßgebliche Rolle.«

»Nur ganz wenige Menschen kaufen ein Werk, weil es ihnen gefällt, weil sie eine wirkliche Beziehung zu dem Sujet oder dem Künstler haben. Niemand kauft ein Gemälde, das Aspekte unserer Wirklichkeit wiedergibt.« Mein Vater brach sein Schweigen, endlich.

»In vielen Fällen ist es nicht die Frage, ob das Werk gefällt, ob es sich um eine gute Arbeit handelt, die zum Kaufentscheid führt«, erklärte Traute.

»Viele Klienten meiner Versicherung sammeln als Investition. Nicht Kunst, sondern ihr Geldwert ist ausschlaggebend«, ich lehnte mich mit dem Rücken gegen den Herd. »Letztlich ist der Profit der Anreiz.«

Traute richtete sich auf, streckte sich, ging auf und ab und setzte sich wieder. Sie lächelte, während sie ihren Tee pustete.

»An was denkst du?« wollte ich wissen.

»Walter Benjamin stellte fest, daß Kunst schon immer nachgearbeitet wurde. Die Römer kopierten die Griechen. Im Zeitalter der technischen Reproduzierbarkeit hat das Problem ganz andere Dimensionen bekommen.«

»Wir können diese Problematik gerne in Ruhe abends bei einem guten Glas Wein diskutieren, aber jetzt sollten wir uns davonmachen, den Mord an meinem Freund Bodo aufzuklären«, warf mein Vater ein, stand auf, räumte das Geschirr in die Spülmaschine und scheuchte mich mit einer Handbewegung ins Bad. Traute verabschiedete sich von meinem Vater mit Handschlag, mir rief sie ein »Bis bald« zu, dann fiel die Korridortür hinter ihr ins Schloß.

»Gott sei Dank, wieder allein«, war der Kommentar meines Vaters. Ich sah ihn forschend an. Hatte er immer noch vor Traute Angst, weil sie Polizistin war?

»Ich ertrage es nicht gut, wenn so viele Leute in meiner Küche herumsitzen, wenn so viele Menschen auf engem Raum ...«, er machte eine fahrige Handbewegung. »Es ist dann wie im Gefängnis«, fügte er leise hinzu.

Ich schwieg betroffen. Wie wenig ich von den Ängsten meines Vaters wußte! Spontan ging ich auf ihn zu, umarmte ihn und spürte durch sein Hemd hindurch, wie wenig Muskeln er hatte, wie knochig und alt sein Körper geworden war.

Vom Ostbahnhof fuhr ich gleich am nächsten Morgen los. Zuerst mußte ich das von einer Umweltzeitschrift geforderte Interview mit einem grünen Politiker machen, der mich im Leipziger Hauptbahnhof, Eiscafé, *zweites Untergeschoß*, wie er am Telefon betont hatte, treffen wollte. Dann galt es die Organisatoren eines neuen historischen Museums zu befragen, das im Herbst eröffnet werden sollte. Dort wollte man die DDR-Jahre in Erinnerung halten und für die Generation bereits nachwachsender Jugendlicher aufbereiten, die diese Zeit nicht mehr aus eigener Anschauung kannte. Dieser Artikel war für eine Kunstzeitschrift an der Westküste bestimmt.

Die Fahrt im Interregio zweiter Klasse von Berlin nach Leipzig war ein Erlebnis. Neben mir saß ein Ehepaar am Fenster, zwischen sich auf dem Tisch die Stullen und zwei Thermoskannen, sie trank Kaffee, er Tee. Sie waren, wie ich, am Ostbahnhof in Berlin eingestiegen und hatten, sofort nach Inbesitznahme ihrer reservierten Plätze, ihre Eßwaren ausgebreitet.

Noch vor Eberswalde wurde mir eine Leberwurstbemme angeboten, und als ich dankend ablehnte, meinte er: »Wollen Se lieber 'ne Fettglander?« So weich, so weit hinten in der Kehle konnten nur gebürtige Sachsen ein »g« aussprechen. Ich verneinte dankend. »Das Froilleischen will wohl nicht dick werden?« fragte sie.

Das Gespräch trug offensichtlich zur Gaudi zweier Bundeswehrsoldaten bei, die grinsend zuhörten. Der jüngere nahm sogar den Knopf seines CD-Players aus dem Ohr, um der Unterhaltung besser folgen zu können.

»Ich fahre nur bis Leipzig«, entschuldigte ich mich.

»Wir ouch nur«, meinte die nette ältere Dame und biß in ein Schinkenbrot.

»Wenn Se zuviel ham ...? Wir ham noch nicht ...«, der jüngere Soldat brach seinen Satz unter dem strengen Blick des älteren ab.

»Aber jerne, junger Mann«, die mütterliche, ältere Dame reichte Wurstbemme und vollen Kaffeebecher weiter.

»Ich hatte Wachdienst und wollte den früheren Zug nach Hause kriechen ...«, entschuldigte sich der junge Mann. Fünfzig Kilometer später war der Reiseproviant des älteren Ehepaares erfolgreich vernichtet.

In Leipzig angekommen, ging ich im Strom der Reisenden am Zug entlang und kam am Ende des Kopfbahnhofes in einen dreigeschossigen Trakt.

Mein Interviewpartner hatte am Telefon betont: Treffen im Eiscafé, *zweites Untergeschoß*. Jetzt verstand ich ihn. Es gab in diesem Bahnhof tatsächlich zwei Eiscafé übereinander. Bei der Kälte, die draußen herrschte, eine schwer nachzuvollziehende Notwendigkeit.

Am Tresen des Eiscafés stand ein junger Mann, mein Interviewpartner.

Je länger wir miteinander sprachen, um so mehr faszinierte mich der Enthusiasmus, die Einsatzbereitschaft meines Gegenübers und vor allem sein Ideenreichtum. Aus der kulturell ausgelaugten oder überfütterten und hybriden New Yorker Gesellschaft kommend, gewann das auf Überzeugung beruhende Engagement immer mehr an Attraktivität für mich.

Mit der Straßenbahn begleitete er mich zu meinem zweiten Interviewpartner in Leipzig. Erst am späteren Nachmittag fuhr ich mit dem Stadtexpreß nach Halle weiter. Ich war aufgewühlt, unruhig und unsicher. Mit meiner Vergangenheit konfrontiert, waren Erinnerungen hervorgebrochen. Meine Mutter und ich, wir hatten dieses Land damals fluchtartig verlassen. Hier war ich Menschen begegnet, die nie aufgegeben hatten, die jetzt aufbauen wollten, was ihnen jahrzehntelang verwehrt war aufzubauen. Die heute Gegenstände für ein Museum über die jüngste Vergangenheit ihres Landes zusammentrugen, dem entronnen zu sein sie froh waren.

Das neue Museum sollte am 9. Oktober eröffnet werden. Ich hatte die Vorbereitungsarbeiten bewundern können. Versatzstücke meiner Kindheit waren akribisch zusammengetragen und archiviert und auf die Frage hin untersucht worden, ob sie ausstellungswürdig seien. Ich hatte meine DDR-Kinderzeit im Eifer meiner Überanpassung an westliche, amerikanische Ideale verdrängt. In dem Gefühl, noch viel lernen zu müssen, verließ ich Leipzig.

Anton Schlemihl, mein kleiner Schulfreund, wollte mich in Halle vom Bahnhof abholen. Mein Vater hatte mir Antons Adresse und Telefonnummer gegeben. Die Gegend kurz vor Halle erschien mir grau, Wasser und Schneematsch auf den Äkkern. Der Zug fuhr durch trostlose Winterödnis im Halbdunkel der früh hereinbrechenden Nacht. Vor über fünfundzwanzig Jahren war ich hier zum letzten Mal gewesen. Tante Elfriede hatte achtzigsten Geburtstag. Das hieß, sich einen Tag lang anständig benehmen. Sie war eine Tante meiner Mutter, an die wir später, vom Westen aus, monatliche Päckchen mit Bohnenkaffee und Schokolade geschickt hatten. Tante Elfriede hatte uns nie besucht, weder im Osten noch im Westen. Sie reiste nicht gerne. »So umschreibt sie die Tatsache, daß sie zu dick ist, durch eine Zugtüre zu passen«, pflegte mein Vater zu sagen. »Friedel ißt sich so viel Speck an, weil sie nach dem Krieg auf der Flucht fast verhungert wäre«, hatte meine Mutter ihn dann tadelnd korrigiert. Flucht? Ich wußte schon heute nicht mehr, wo meine Großtante Friedel damals hergekommen war.

Wieso war Anton Schlemihl in Halle gelandet? Der Zug fuhr in den Bahnhof ein und hielt mit einem Ruck an. Ich wurde gegen einen neben mir stehenden jungen Mann geschubst, der mich hielt und meinte: »Halten Se sich mal schön fest, junge Frau, sonst sind Se ganz schnell 'n jefallenes Mädchen.« Lachend stiegen wir aus.

Anton erkannte ich sofort, als ich die Treppe vom Bahnsteig herunterkam. Sein Kopf war noch immer zu groß im Verhältnis zu seinem schmächtigen Körper. Er wirkte vielleicht nur so spillerig, weil er eine viel zu groß scheinende Kordhose anhatte, deren Seitentaschen mit Taschenbüchern gefüllt waren, wodurch die Hosenbeine noch mehr am Boden schleiften. Darüber trug er eine Art Bundeswehrparka mit abgetrennten Emblemen, dessen Größe ihn kleiner erscheinen ließ, als er mit seinen ein Meter fünfundsechzig war.

Sein Gesicht war gerötet von der Kälte, und die dicken Brillengläser waren so beschlagen, daß er nichts sehen konnte. Mit seinen mageren Fingern fummelte er den Reißverschluß auf und holte ein riesiges Herrentaschentuch hervor. Ich blieb ganz ruhig vor ihm stehen und sah zu, wie er seine Brille abnahm und putzte. An dieser Handbewegung, wie er die Brille am Bügel faßte und mit dem Taschentuch die Gläser ganz eifrig rieb, also daran hätte ich meinen Schulfreund überall auf dieser Welt wiedererkannt.

»Anton!«

Überrascht blickte er auf, kniff seine kurzsichtigen Augen zusammen und blinzelte in meine Richtung. Ohne Brille schien er blind wie ein Maulwurf zu sein, schoß es mir durch den Kopf, und ich bedauerte, ihn so unvorbereitet angesprochen zu haben. Schnell setzte er die Brille auf, starrte durch seine dicken Gläser, die die Augen unnatürlich vergrößerten, auf mich und meinte bewundernd: »Mädchen, Mädchen, was biste gewachsen!« Dann lagen wir uns in den Armen, und ich mußte mir Mühe gegen, nicht loszuheulen. Welche Freundschaft hatte ich damals, als wir vom Osten Berlins weggingen, verloren!

Anton kämpfte mit den Tränen, aber als wir uns losließen, flossen sie auch bei mir. »Ach, Anton ...«, sagte ich mit bedauerndem Unterton.

»Ich weiß, ich weiß, es war damals ein Fehler, nicht die Revolution mit dir probiert zu haben!«

Wir lachten beide, trockneten unsere Tränen und zogen untergehakt wie ein altes Ehepaar durch den Fußgängertunnel zur Straßenbahnhaltestelle.

»Wir nehmen die Linie 9, ich wohne draußen in der Neustadt«, erklärte mir Anton. Mit einem eleganten Unterflurwagen ging's in jene Siedlung, die früher einmal der ganze Stolz der DDR-Wohnungsplanung gewesen sein mußte. Obwohl die Anlagen unter der Schneedecke sauber und gepflegt aussahen, wirkten die Fassaden trist. Der Beton und die darüber gestrichene Farbe bröckelten, die Nässe hielt sich in den Außenwänden und färbte diese an der Wetterseite dunkler. Wir blieben vor einem der Hochhäuser stehen, und als ich hinaufsah, um die Stockwerke zu zählen, tröstete mich Anton: »Es gibt einen Lift.« Er hält alle drei Stockwerke«, fügte er hinzu und erläuterte gleich: »Ich wohne ganz oben!«

In der kleinen Zweizimmerwohnung trug er meine Reisetasche in sein Schlafzimmer und stellte sie neben das Bett. »Ich schlafe auf der Couch«, erklärte er und ging zurück in sein Wohnzimmer, wo zwei Sessel an einem kleinen Tisch in der Mitte des Raumes standen, der an allen drei Seiten mit schwarzbraunen Büchergestellen vollgestellt war.

»Willste dich frisch machen?«

Ich nickte. Er drückte mir ein Handtuch in die Hand und zeigte mir umständlich den Weg, obwohl es nicht viele Möglichkeiten gab, sich zu verlaufen. Als ich aus dem Bad herauskam, stand Anton mit zwei Gläsern Sekt in der Mitte seines Wohnzimmers, und wir tranken auf unser Wiedersehen. Ich bewunderte völlig unbefangen die schöne Aussicht, und erst als ich sein merkwürdiges Lächeln bemerkte, wurde mir klar, daß er davon vermutlich nicht mehr allzuviel hatte.

»Wo schläfst du?« fragte ich.

»Das sind Spezialsessel, aus jedem kann ich ein Bett machen«, erklärte er mir. »Zwei sogar, wenn meine Eltern aus Berlin zu Besuch kommen.« Er sah sich in seinem Wohnzimmer kurz um. »Geht ganz prima«, beteuerte er, »laß uns losgehen, ich habe im *Mohren* einen Tisch für uns reserviert.«

Wir zogen los. Zuerst mit der Straßenbahn zum Markt, wo Anton mit seiner Stadtführung begann. Er zeigte mir den roten Turm und das Händeldenkmal. Mit der interessanten Baugeschichte der Marktkirche Unseren lieben Frauen hielten wir uns länger auf. Eine der Seitentüren war geöffnet, weil ein Organist übte. Wir nutzten die Gelegenheit zu einer ausgedehnten Besichtigung.

Mit einer anderen Straßenbahn fuhren wir Richtung Kröllwitz und stiegen an der Burg Giebichstein aus, um den *Mohren* anzusteuern.

»Hier ist eine Kunstschule untergebracht, in der Burg«, erklärte mir Anton, »Steinmetze und Bildhauer, Maler ...«

Ich blickte in der Dunkelheit an der trotzigen Mauer entlang. »Hoffentlich ist das Gemäuer gut geheizt«, wagte ich bei minus fünf Grad einzuwenden.

Anton zog mich an der Hand ins Restaurant, wo uns ein gedämpftes Licht und wohlige Wärme empfing. Wir hatten einen Tisch am Fenster, sahen uns über den flackernden Schein einer Kerze an und erzählten uns abwechselnd aus unserem Leben. Anton konnte wegen seiner »Hellsichtigkeit«, wie er seine starke Kurzsichtigkeit umschrieb, nicht zur Volksarmee, was seine Berufswahl erschwerte. Dazu kam, daß er sich nicht für die Jugendweihe, sondern die Konfirmation entschieden hatte. Wissenschaftlicher Bibliothekar – sein geliebtes Berufsziel – blieb ihm verwehrt. Er durfte nicht studieren, aber er bekam eine Lehrstelle in einer Buchhandlung in Berlin, durchlief danach eine Bibliothekarschule und war so kurz vor der Wende in die Franckeschen Stiftungen gekommen.

Dann begann er die merkwürdige Wahl seiner Wohnung zu erklären. Er habe sofort zugegriffen, als er eine Neubauwohnung bekommen konnte. Zuerst lebte er bei einer Witwe in Untermiete, die ihn umsorgte. Doch die Witwe wurde von einem Lastwagen der Vopos überfahren. Als er zur Unfallstelle kam, lag da zugedeckt die tote Witwe, der Lastwagenfahrer war verschwunden. »Es war die Zeit der Montagsdemonstrationen, die nicht nur in Leipzig stattfanden. Die Obrigkeit konnte keine rasenden oder betrunkenen Vopos brauchen.« Er lehnte sich vor und flüsterte mir zu, als höre die Stasi immer noch mit: »Besoffen sollen sie gewesen sein, hat jemand in der aufgebrachten Menge geraunt.«

»Hast du ihre Wohnung dann übernehmen können?« fragte ich.

»Nein, zu viele Zimmer, viel zu groß für mich. Ich bin in die Neubauwohnung gezogen!« Stolz klang in seiner Stimme mit. »Und mitten in den Umzugswirren haben wir unsere Obrigkeit zum Teufel gejagt!«

»Also hast du doch eine Revolution gemacht?« fragend sah ich ihn an.

»Na klar, jeden Montag ab nach Leipzig, wenn in Halle nichts lief!« Er lehnte sich zurück, saß ganz gerade und strahlte mich an: »Einmal hab ich das Angebot, eine Revolution zu machen abgelehnt. Beim zweiten Mal wollte ich nicht fehlen!«

Wir lachten beide. »War das nicht gefährlich?« wollte ich wissen.

»Ich bin immer eine Haltestelle vor dem Leipziger Hauptbahnhof ausgestiegen und dann mit der Straßenbahn in die Innenstadt, weil die einlaufenden Züge kontrolliert wurden.«

Unser Essen wurde gebracht, und voll Appetit stürzten wir uns auf die riesigen Portionen. Ich trank ein Pils dazu und kümmerte mich einen Dreck um meine Taille. Anton würden die deutlichsten Zeichen meines Übergewichtes verborgen bleiben.

Es wahr sehr spät, als wir am Marktplatz in einer unglaublichen Kälte standen und auf eine der Nachtbahnen Richtung Neustadt warteten. Eine Gruppe Jugendlicher kündigte sich durch lautes Grölen an. »Besoffene oder Randalierer«, sagte Anton und zog mich in eine Nische unterhalb der Stadtinformation, wo wir – unbeleuchtet von den grellen Lampen – uns besser verbergen konnten. Es war erst kurz nach zehn Uhr, doch weit und breit war in der Eiseskälte kein Mensch in Sicht.

Die Jugendlichen kamen näher, bemerkten uns aber nicht. Sie trugen hohe Springerstiefel, dicke Lederjacken mit Aufschriften und hatten Fliegermützen aus Leder auf. »O Gott, Skins«, stöhnte Anton neben mir.

»Ich werd verrückt«, murmelte ich vor mich hin, »einige von denen kenn ich!«

Wann immer Anton den Verdacht gehabt haben mochte, daß ich in den falschen Kreisen verkehrte, jetzt entlud er sich in einer einzigen Frage: »Du? Die?«

»Der Anführer heißt Jürgen, der da, der mit der Fahrradkette schleudert, ist sein Adlatus.«

»Wer schleudert womit?« fragte Anton leise und blinzelte in die rabenschwarze Nacht. Das spärliche Licht erleuchtete den hellen Schnee, von dem sich die dunkelgekleideten Gestalten deutlich abhoben. Grölend zogen sie Richtung Leipziger Straße. Einer der kleineren Jungen hatte eine Aufschrift am Ärmel, die ich im Vorbeigehen hatte lesen können: »Ich bin stolz, ein Weißer zu sein.« Ich schämte mich.

»Da müssen wir hinterher«, verkündigte ich dem verdutzten Anton. »Einer von denen könnte ein Mörder sein«, setzte ich hinzu, um die Dringlichkeit meines Anliegens zu unterstreichen.

»Von der Polizei hältst du wohl nichts«, wagte Anton einzuwenden.

»Siehst du einen Schupo?«

»Nein, aber ein Telefon müßte es irgendwo am Markt geben.«

»Mir fehlen die Beweise!« versuchte ich Anton meine merkwürdige Situation zu erklären.

»Wenn das so ist …« Dann müssen wir eben hinterher …«

Ich mußte unbedingt hinterher! Ich mußte herausfinden, was die Kerle hier machten. Der kurzsichtige Anton würde keine große Hilfe sein. »Die sind alle aus Berlin, Berlin-Prenzlauer Berg«, fügte ich hinzu, als sei das eine ausreichende Erklärung dafür, daß ich in der Eiseskälte einer Gruppe besoffener, randalierender Männer hinterherstiefeln wollte. Um die Dringlichkeit zu unterstreichen, erläuterte ich: »Der Künstler Bodo Scheußlich hatte mit ihnen zu tun, er ist ermordet worden, vor ein paar Tagen, in seinem Atelier …«

»Na, dann socken wir mal los«, machte Anton sich selber Mut. »Wenn du den Beweis dafür findest, daß einer von ihnen ein Mörder ist, dann nehmen wir ihn, so wie ich dich kenne, gleich selber fest.« Es sollte ironisch klingen, aber ich konnte seine Angst heraushören.

»Das muß ich alleine machen, dich will ich da nicht hineinziehen!«

»Na, soweit kommt's noch. Kaum bist du da, und es passiert was, willst du mich abhängen. Du brauchst mich doch, du kennst dich überhaupt nicht aus in Halle.«

Damit hatte Anton so recht wie in früheren Zeiten, wenn er immer schlagende Argumente dafür gefunden hatte, trotz seiner dicken Brillengläser mitmachen zu dürfen. Es konnte gefährlich werden. Als ich Anton von der Seite betrachtete, die Anspannung in seinem Gesicht sah, wußte ich, daß er sich über die Gefahr, in die wir uns begeben würden, im klaren war. »Bestenfalls werden wir in dieser Nacht erfrieren!« verkündete er mit falscher Munterkeit.

Ich war in meinem Leben noch nie jemandem heimlich gefolgt. Ging man dem Betreffenden einfach nach? Jemandem nachzufahren wäre bei dieser Kälte dem Laufen vorzuziehen gewesen. Erstens hatten wir kein Auto, zweitens bogen die Jugendlichen in die Leipziger Straße ein, eine Fußgängerzone, wie mir Anton erklärte.

Wie verfolgte man jemanden nachts, wenn die Straßen menschenleer waren? Wie bewegte man sich bei eisiger Kälte, wenn jeder Schritt auf dem Schnee knirschte? Wie hatte Anton das Nachtleben von Halle so treffend umschrieben? Da würden die Bürgersteige um zehn Uhr hochgeklappt!

»Ich darf sie nicht aus den Augen verlieren«, meine Stimme muß ausreichend verzweifelt geklungen haben, denn Anton meinte beruhigend: »Uns wird schon was einfallen.«

»Und was? Mir fällt gar nichts ein!«

»Ein mobiles Telefon, haste so was?«

Ich nickte und wühlte in der Handtasche.

»Gib mal her.« Ich legte es in Antons kalte, klamme Finger. Er wählte, nachdem er seine Brille vorher auf die Wollmütze geschoben hatte. Bei der dritten Nummer, die er anwählte, nahm endlich jemand ab. »Gertrud? Ja, du? Haste wohl schon geschlafen? Wir brauchen deine Hilfe. Erkläre ich dir alles später. Kannste mit deinem Wagen gleich mal zum Waisenhausring kommen? Nähe Leipziger Turm. Parke unter der Hochstraße und schalte das Licht aus! Wenn Randalierer die Leipziger hochkommen, mach dich im Auto unsichtbar. Haste noch dein Telefon, von dem aus man die Notrufnummer anrufen kann? Aha, du hast gerade eine neue Karte für fünfzig Mark gekauft, prima, nimm's mit, bis gleich.« Anton lauschte der Stimme der soeben erweckten Gertrud und meinte dann nur: »Nichts Politisches. Zieh dich trotzdem warm an.«

»Du hast die Sache fest im Griff?« höhnte ich.

»Na klar, meinste, wir warn nicht organisiert, damals?«

»Wie meinst du das? Organisiert?«

»Die Demonstrationen, an den Montagen! Was glaubst du, wie viele Telefonnummern ich heute noch auswendig weiß?«

Ich starrte Anton ungläubig an. Der liebe, unscheinbare Anton mit den dicken Brillengläsern und organisiert?

»Aus Sicherheitsgründen durfte nichts aufgeschrieben werden. Keiner wußte, wann er von der Stasi geholt oder bei einer der Demonstrationen verhaftet wird. Einmal war es nah dran, hier in Halle, da wäre es uns beinahe an den Kragen gegangen. Bauarbeiter haben uns geholfen. Ich weiß heute noch fünf Telefonnummern von den furchtlosesten der Gruppe auswendig, wenn wir in Schwierigkeiten kommen sollten ...«

»Wenn du diesen merkwürdigen Staat von damals das Fürchten gelehrt hast, werden wir die Frage, wie wir hinter denen da herkommen, ohne gesehen zu werden, auch noch lösen.« Mein Vertrauen in Antons Fähigkeiten war wiederhergestellt.

»Eine der einfacheren Übungen aus unseren Kindertagen. Wir gehen parallel.« Er nahm mich fest an der Hand, legte seinen Arm um mich, als seien wir ein Liebespaar, und dann stiefelten wir los, ganz offen, quer über den Markt, erst Richtung Leipziger Straße, dann bogen wir an einer Parfümerie rechts in die Kleine Brauhausstraße ab. Sobald wir außer Sichweite der anderen waren, ließ Anton mich los, und wir rannten die Straße hinauf. Immer wieder blieben wir stehen, einmal, um Luft zu schöpfen, zum anderen, um in die klare kalte Nacht hineinzulauschen. Ohne Zweifel, sie randalierten die Leipziger Straße hinauf. Hinter einer Konzerthalle, die früher mal eine Kirche gewesen sein mußte, verbargen wir uns. Anton, im Unsichtbarmachen in gefährlichen Situationen zweifellos geübter als ich, riß mich rechtzeitig zurück, als die Gruppe auf gleicher Höhe mit uns angelangt war.

»Wir müssen einen Umweg machen, sonst sehen sie uns. Da müssen wir aber ganz schnell rennen!« Anton sah mich fragend an, so als ob er mir das nicht mehr zutraute.

»Kann ich!« versicherte ich wider besseres Wissen und verfluchte die hervorragenden Bratkartoffeln, denen ich heute abend ganz besonders ausgiebig zugesprochen hatte.

»Jetzt!« Anton warf noch einen letzten, sichernden Blick hinter der Konzerthalle hervor Richtung Leipziger Straße. Wir rannten los. Anton vorneweg, da er den Weg kannte, ich hinterher. Wir gelangten zu einer alleeähnlichen Straße, die von Betonpfeilern zerteilt wurde. Anton zeigte nach links: »Dahin müssen wir jetzt!«

»Rennen?« fragte ich außer Atem. Mindestens zehn Kilo wollte ich abnehmen, demnächst.

»Nein, anschleichen«, tröstete er mich. »Komm!« Er zerrte mich über die menschen- und autofreie Straße, bis wir hinter einem der Pfeiler Deckung hatten. Über uns fuhren einige wenige Autos Richtung Stadtrandsiedlungen. »Hier ist der Waisenhausring, hier ganz in der Nähe sind die Franckeschen Stiftungen, da arbeite ich«, erklärte mir Anton. Im Schatten der Pfeiler gingen wir uns vorsichtig umsehend weiter.

Plötzlich blieb er ganz ruhig stehen und führte seinen Zeigefinger warnend an den Mund. Wir lauschten in die Nacht hinein. »Sie kommen«, triumphierte Anton, weil sich seine Überlegungen als richtig erwiesen hatten. Irgendwo ging eine Scheibe zu Bruch. Gegröle.

»Verdammt, jetzt werden se schnell verschwinden müssen. Hoffentlich ist Gertrud schon da.« Mal verbargen wir uns hinter einem geparkten Lieferwagen, mal duckten wir uns hinter geparkten Pkws. Die Gruppe war aus der Leipziger Straße herausgetreten und ging auf mehrere Motorräder zu.

»Also, das war's dann wohl«, verkündete ich traurig, als die ersten Maschinen mit ohrenbetäubendem Lärm ansprangen.

»Nur nicht die Flinte ins Korn werfen, vielleicht springen bei der Kälte nicht gleich alle an.«

Von allen möglichen Zufällen erschien mir dieser einer der

unwahrscheinlichsten. »Woher nimmst du deine defätistische Einstellung bei so viel Lebensmut?«

»Lebenserfahrung«, teilte mir Anton mit. »Bei uns hat immer irgend etwas nicht funktioniert, früher«, ließ er mich wissen.

Tatsächlich sprang eine Maschine nicht an. Es dauerte mehrere Minuten, bis die Gruppe auf ihren Motorrädern saß, diese gewendet hatte und abfahren konnte. Die Nummernschilder konnte ich nicht lesen. »Verdammt noch mal!« entfuhr es mir.

Neben uns hielt ein Trabi in Hellgrün, zweifellos ein Liebhaberstück. Das Fenster wurde heruntergekurbelt. »Einsteigen, sonst kriegen wir die nie mehr.« Anton stieg nach hinten ein, ich durfte vorne sitzen. Die Tür fiel mit einem merkwürdigen Geräusch zu, als der Wagen auch schon anfuhr. Und wie der anfuhr. Die Rennpappe machte ihrem Namen alle Ehre.

»Ich bin Gertrud«, stellte sich die rasante Fahrerin dieser Sperrholzkiste auf Rädern vor. »Er ist frisiert und schafft spielend über hundert Sachen.«

»Toll«, antwortete ich, weil es von mir erwartet wurde, »ich bin Lisa.«

»Aber die Motorräder schaffen zweihundert Sachen«, ertönte Antons trostreiche Stimme von hinten.

»Nicht bei Schnee und Eis. Wenn sie das versuchen, haben wir sie ganz schnell und müssen Erste Hilfe leisten.«

Gertrud gehörte zu den bewundernswerten Frauen, die Probleme erst dann lösten, wenn sie auftraten, nicht schon vorher sich und die ganze Welt verrückt machten. Sie war zweifellos die richtige Frau in dieser schwierigen Angelegenheit, denn ohne auch nur einen Blick von der glitschigen Straße zu nehmen, kurvte sie ruhig und konzentriert um alle Stellen, die ihr zu glänzend erschienen, herum. In einer scharfen Rechtskurve bogen wir auf eine Straße mit Straßenbahnschienen, denen sie sofort auswich.

»Hier ist die Hauptpost«, erläuterte Anton, so als befänden wir uns auf einer nächtlichen Stadtrundfahrt. »Wir kommen jetzt gleich zum Steintor.«

Am Steintor war weit und breit kein Motorrad zu sehen. Gertrud hielt an, stellte den Motor ab und kurbelte das Fenster herunter. Das Dröhnen der schweren Maschinen war in weiter

Ferne. Sie ließ den Motor wieder an und bog nach rechts ab. Nun ging es einen Berg hoch. »Rechts sind die alten Unikliniken«, erläuterte Anton unsere Route.

»Wenn sie Richtung Leipzig fahren, hängen sie uns ab, da kann ich nicht mithalten«, bedauerte Gertrud, »zumindest hab ich mir ihre Kennzeichen notiert, als ich an ihnen vorbeigefahren bin, vorhin, bevor sie starteten.«

Mit offenen Seitenfenstern fuhren wir weiter. Ein dumpfes Brummen war zu hören, aber wir hatten keine Sicht auf die Motorradgruppe, bis wir den Berg hochgetaktet waren. »Ich weiß, daß Fridolin wie eine elektrische Nähmaschine klingt, aber ich habe mich daran gewöhnt.« Mir war längst klargeworden, das keine Kritik an diesem Auto erwünscht war.

»Da sind sie«, der Triumph in Gertruds Stimme war nicht zu überhören. Die Gruppe kurvte in Schräglage um einen Kreisverkehr, der sich unter irgendwelchen Betonverbauungen befand. Sie veranstalteten zweifellos ein Rennen.

»Wenn einer auf was Glattes kommt, gibt's eine Massenkarambolage von Motorrädern.« Anton hatte noch immer die Gabe, nur das Schlimmste zu sehen und das Beste zu hoffen.

»Ich denke, wir sind gerade an der Uniklinik vorbeigekommen«, versuchte ich ihn zu trösten.

»Unfälle kommen ins Klinikum nach Kröllwitz«, stellte Gertrud richtig, und ich fragte nicht, wo das sei. Sehr weit, so viel hatte ich ihrem Tonfall entnehmen können.

Plötzlich verließ das erste Motorrad den Kreisverkehr und fuhr unter einer Eisenbahnbrücke weg, die anderen folgten.

»Den Bahnhof erkennst du sicher wieder«, erläuterte Anton.

»Sie fahren Richtung Delitzsch.« Gertruds Auskunft war sachlich, doch ich wußte nicht, was dieser Hinweis bedeuten konnte.

Mittlerweile war es elf Uhr abends, vor dem Bahnhof standen drei Taxen, es war kein Mensch auf der Straße. Gertrud lenkte ihren Fridolin zwischen den Straßenbahnschienen mit siebzig Stundenkilometern durch die leere Straße. Der Bodenbelag mit all seinen Löchern, Dellen und Huckeln übertrug sich beinahe ungefedert auf meine Wirbelsäule. Wir sahen gerade nur noch das Rücklicht des letzten Motorrades. Die Häuser rechts und links verschwanden, die Straße war plötzlich frisch geteert, und Fridolin kämpfte sich zu über einhundert Stundenkilometern hoch.

»Ras nicht so, die können wir eh nicht einholen«, ließ sich Anton auf der Rückbank vernehmen. Kurz vor einem Ortsschild, auf dem Reideburg stand, bremste Gertrud ab, öffnete ihr Fenster und hielt den Kopf in den Wind.

»Sie sind hier, irgendwo da vorne«, teilte sie uns mit und fuhr so langsam, daß das Auto keinen Grund fand, übermäßig laute Geräusche von sich zu geben. Wir fuhren die kurvenreiche Hauptstraße durch den Ort. Plötzlich entdeckten wir die Motorräder in einer der rechten Nebenstraßen. Vier von ihnen standen zusammen, die Fahrer saßen darauf, die Motoren brummten. Zweifellos wollten sie gleich weiterfahren. Gertrud fuhr geistesgegenwärtig geradeaus und drehte am Ortsausgang. Langsam und mit Abblendlicht fuhren wir zurück. Sie hielt rechts an und schaltete das Licht aus. »Wenn sie in unsere Richtung fahren, dann mußt du dich ducken, Anton. Lisa und ich spielen ein Liebespaar«, schlug sie vor. Bei ihrem kurzen Stoppelkopf und dem dicken Pullover und der dicken Jacke, die sie anhatte, durfte die Frage der Geschlechtsbestimmung in der Tat bei Nacht schwierig sein. Ich fand den Vorschlag gut.

»Der einzige plausible Grund, um bei dieser eisigen Kälte in einem Auto zu sitzen, statt im warmen Bett zu liegen«, brummelte Anton vor sich hin.

»Kann mir mal jemand erklären, warum wir uns hier alle wertvollen Körperteile erfrieren lassen?« wollte Gertrud wissen.

Anton schwieg, und ich begann von Bodos Ermordung in Berlin zu berichten, erzählte, wie ich ihn anläßlich eines Interviews kennengelernt hatte und damals diesen Jugendlichen in der Nähe seines Ateliers begegnet war. Nach dem Mord seien sie spurlos verschwunden, und so wollte ich die Gelegenheit ergreifen, um Einzelheiten über die Mitglieder dieser Gang zu erfahren.

»Die Straße da drüben erkenne ich, da wohnt 'ne Tante von mir, ganz am Ende. Hat so ein kleines Backsteinarbeiterhäuschen. Sie ist Witwe«, fügte sie noch erläuternd für mich hinzu.

»Und was jetzt?« wollte Anton wissen.

»Heute hat sie 'nen großen Hund und fürchtet sich zu Tode. Keine Frage, daß sie bei dem nächtlichen Lärm hinter dem Vorhang im Dunklen steht und bibbert. Trotz Hund. Vielleicht kennt sie ein paar von den Typen, nämlich die, die da wohnen.« Gertrud sprach voll Zuversicht.

»Es sind nur noch vier Motorräder auf der Straße, drei fehlen. Vermutlich sind drei der Jugendlichen jetzt zu Hause angekommen, die anderen beratschlagen, wo sie hinfahren wollen und was sie noch anstellen könnten«, mutmaßte Gertrud.

Die Scheinwerfer, die sich von der Nebenstraße Richtung der Hauptstraße näherten, ließen ahnen, daß die jungen Leute zu einem Entschluß gefunden hatten und die Reise fortsetzen wollten. Wir waren in die vorher besprochenen Posen gesunken. Ich sah über Gertruds Schulter hinweg, wie sie wieder in die Richtung fuhren, aus der wir gekommen waren. Wir folgten ihnen, wenn auch unfreiwillig, in gebührendem Abstand.

»Die nehmen die Äußere Leipziger, wenn die nach Leipzig wollen, dann verlieren wir sie.« Antons entmutigende Worte spornten Gertrud an. Nicht nur ihr fahrerisches Können, auch ihre Improvisationsfähigkeit war gefordert. »Dann telefonieren wir ein paar Leipziger Kollegen zusammen. Rudi hat sogar einen BMW, der kann ihnen auf der B neun entgegenfahren. So erfahren wir, wohin die Mischpoke will.«

Ich begann zu begreifen, daß Honneckers Leute bei so viel Unternehmungsgeist, so guten Beziehungen und so viel persönlichem Einsatz hatten weichen müssen. Ich dankte dem Zufall, der Gertrud heute abend hatte zu Hause sein lassen, so daß Anton sie heraustelefonieren konnte.

»Zurück nach Halle?« Gertrud folgte der Gruppe, indem sie ebenfalls von der Hauptstraße abbog.

»Die fahren ins Kompottviertel!« Der Jubel in Antons Stimme ließ erahnen, daß er sich dort gut auskannte.

»Wohin?« fragte ich verblüfft.

»Pflaumenstraße, Birnenweg, Nußweg ...« Gertruds Stimme jubilierte ebenfalls. Sie schien ein Ende der Verfolgungsjagd vorauszusehen. Der Trabi fuhr ganz langsam, wir hatten die Fenster wieder offen, der eisige Wind fegte Geräuschfetzen herüber. Die Fahrer hatten wir längst aus den Augen verloren. »Sie müssen irgendwo links abgebogen sein, auf meiner Seite ist der Ton sehr viel lauter«, Gertrud hing ihr Ohr in den eisigen Fahrwind. Würden wir sie jetzt nicht nur aus den Augen, sondern auch noch aus den Ohren verlieren? Plötzlich erstarb der Brummton. Das Tuckern unseres Trabis war weit und breit das einzige Geräusch.

»Wenn sie ihre Maschinen nicht irgendwo hineinfahren, Garage oder so, dann werden wir sie finden«, Gertrud bog nach links ab und fuhr mit Abblendlicht durch die menschenleeren, dunklen Straßen. Schon in der dritten Querstraße hatten wir Glück. »Apfelweg zwölf oder vierzehn, davor sind sie geparkt, die Typen leeren bestimmt gerade der Mutter den Kühlschrank.« Mich verblüffte, wie ordentlich die Motorräder zugedeckt waren.

»Hier können wir mit deiner elektrischen Nähmaschine nur unangenehm auffallen, nichts wie weg«, meldete sich Anton von hinten. Gertrud drehte um und fuhr die gleiche Straße zurück.

»Wo willsten hin?«

»Nach Reideburg zurück.« Ich begann die unbeugsame Gertrud zu bewundern.

»Was willsten in Reideburg?« Antons müde Stimme schlug ins Schrille um.

»Meine Tante Hildegunde fragen, wer die Typen mit den Motorrädern sind, die in ihrer Nachbarschaft wohnen«, verkündete Gertrud.

»Nachts um zwölfe?«

»Tagsüber is meine Tante schwer zu erreichen, wenn sie nicht in ihrem Garten ist, dann ist sie unterwegs, bei Freundinnen, zum Kränzchen oder so.«

Anton gab's auf. Er kuschelte sich auf der Rückbank zusammen und versuchte zu schlafen. Ich schwieg, weil es nicht meine Tante war, die es aus dem Bett zu schmeißen galt. Warum haben die alten Tanten auf dieser Welt immer so komische Namen?

Hildegunde Meuselwitz war alles andere als komisch. Nachdem ihr Hund uns beschnuppert und für würdig befunden hatte, das Haus zu betreten, saßen wir, Gertrud und ich, Anton schlief noch immer auf der Rückbank, in der Küche der alten Dame bei heißem Cappuccino, den sie mit einem Beutelchen pro Tasse und heißem Wasser in weniger als zwei Minuten herbeigezaubert hatte.

Erst beantwortete Gertrud die Fragen ihrer Tante, was wir wollten und warum.

Dann erzählte die alte Dame von den Eltern der Motorradfahrer: »Die Geberts sind anständige Leute. Vater Drucker oder so was, Mutter irgendwo in der Buchhaltung. Hat irgendwelche Weiterbildungsmaßnahmen gemacht, nach der Wende. War so üblich hier, wegen unserer falschen Ausbildungen ...« Sie schüttelte den Kopf und wunderte sich, weshalb bei der doppelten Buchführung irgend etwas anders geworden sein sollte, nur weil die Regierung gewechselt hatte.

»Vielleicht einen Computerkurs?« versuchte Gertrud weiterzuhelfen.

»Möglich.« Die Tante interessierte das neumodische Zeug offensichtlich nicht, und sie schien das Interesse an dem Thema zu verlieren.

»Und die Söhne?« Gertrud ließ nicht locker.

»Rabenschwarze Seelen, die beiden!« Tante Hildegunde lächelte, als sähe sie die Jungen schon in der Hölle schmoren.

»Zwei nur?« fragte ich verblüfft dazwischen.

»Nur zwei! Der dritte, der da rumhängt, der hat ein Berliner Nummernschild am Motorrad, der ist ihr Freund. Ein widerlicher Großkotz. Schmeißt mit dem Geld um sich, gibt dauernd Runden im Gasthaus, vorne an der Hauptstraße, aus. Wenn der da ist, geht so mancher aus der Straße ganz klammheimlich wie zufällig ins Wirtshaus und läßt sich von dem Knallkopp aushalten. Der vergibt nicht nur Freibier, sondern verkündet auch rassistische Parolen. Deutschland den Deutschen, Indien den Indern, das war sein letzter Slogan.

»Das hat er mit manchen CDU-Politikern gemein, leider«, versuchte Gertrud zu relativieren.

»Die Leute haben kein Gedächtnis. Glaube mir, mein Kind, Marx' große Zeit, die kommt erst noch. Dann, wenn die Menschen hier vergessen haben, was es hieß, in der DDR leben zu müssen.«

Ich fürchtete ein Abdriften in eine politische Debatte und schaltete mich ein: »Was ist mit den Söhnen der Geberts?«

»Konrad, der achtzehnjährige, der macht eine KFZ-Lehre, letztes Lehrjahr. Der ältere, Georg, der ist arbeitslos. Macht auf Stütze.«

»Aber die Motorräder, die sind teuer«, wandte Gertrud ein.

»Was willste denn, mein Kind, die Eltern haben beide noch ihre Stelle.« Aus Tante Hildegundes Betonung war deutlich herauszuhören, was sie von erwachsenen Kindern hielt, die auf Kosten ihrer Eltern lebten.

»Gehören die Jungen irgendeiner Gruppierung, einer politischen Partei an?« wollte Gertrud wissen.

»Sie gehören zur Partei der Faulenzer und Tagediebe«, verkündete die Tante.

Wir bedankten uns, und dann verabschiedeten wir uns im Flur, damit wir beim Hinausgehen nicht reden mußten. Wir wollten die Anwohner nicht wecken. Trotzdem stellte ich noch eine Frage an Frau Meuselwitz: »Der Jugendliche aus Berlin, wissen Sie zufällig, wie der heißt?«

»Adalbert von Ehrenfried«, antwortete die Tante leise und sprach den Namen aus, als handele es sich um ein extrem unanständiges Wort.

»O Gott, o Gott«, murmelte Gertrud, »der niedrige Adel hat schon 1917/18 eine unrühmliche Rolle beim Aufbau der SA gespielt.«

Verblüfft folgte ich Gertrud in der festen Überzeugung zum Auto, selbst ein extrem unpolitischer Mensch zu sein.

Als ich erwachte, war es hell. Sehr hell, schneehell. Ich stand auf und trat ans Fenster des Hochhauses. In den frühen Morgenstunden mußte es wieder geschneit haben. Meine Uhr zeigte nach neun, von Anton war in der hellhörigen Platte nichts zu hören. Ich machte es mir wieder im Bett bequem. Es war zwei Uhr durch gewesen, als Gertrud uns vor Antons Hochhaus abgeliefert hatte. Der in der Zwischenzeit ausgeschlafene Anton hatte sich in der Nacht als sehr munter erwiesen – in seinem eigenen, warmen Bett. Und viel amüsanter, als ich ihm zugetraut hätte.

Adalbert von Ehrenfried war ein überzeugter Rechtsradikaler, der Geld hatte, um Runden in der Kneipe zu schmeißen, und der politische Reden führte. »Die braune Kacke wird wieder aufgequirlt«, pflegte mein Vater so etwas zu nennen. Hatte dieser von Ehrenfried etwas mit Bodos Ermordung zu tun?

Ein merkwürdiges Knacken im Wohnzimmer. Ich stand auf und lauschte. Kosmische Töne in Antons Wohnzimmer? Der pfeifende Kessel, der sich jetzt dazugesellte, klang vergleichsweise irdisch.

Ich öffnete die Tür. Anton saß an seinem Computer, der im Augenblick ein schweres Problem wälzte, wobei er sphärische Klänge ertönen ließ. »Geht's ihm gut?« fragte ich und zeigte auf den Bildschirm, der rasend schnell neue Daten produzierte und wieder verschwinden ließ.

Anton war aufgesprungen und in die Küche gestürzt, von wo er nur »Kaffee oder Tee?« rief.

»Kaffee!«

»Der Computer sucht was.«

»Was?«

»Guten Morgen, meine Liebe, bist du ausgeschlafen?« Anton steckte seinen Kopf durch eine Glasscheibe, die man wohl als Durchreiche bezeichnete.

»Leidest du unter seniler Bettflucht, oder warum bist du schon aus dem Bett, als es noch dunkel war?« wollte ich wissen.

»Ich stehe immer um sechs Uhr auf, da ich kurz nach sieben Uhr aus dem Haus gehe. Ich werde auch sonntags so früh wach«, erklärte Anton sein merkwürdiges Verhalten.

»Aber heute ist nicht Sonntag«, stellte ich fest.

»Ich hab mir freigenommen, als du dein Kommen ankündigtest. Hab mir gleich gedacht, daß ein Abend zum Erzählen zuwenig sein dürfte. Ich möchte dir noch ein bißchen von unserer Stadt zeigen, mit dir in die Stiftungen gehen …« Anton sah mich fragend an.

Mein Bedarf an Besichtigungen war gestern nacht gedeckt worden. »Ich geh mich erst einmal anziehen«, stellte ich fest, »bevor ich so schwerwiegende Entscheidungen treffe.«

Beim Kaffeetrinken, es gab frische warme Brötchen und Zuckerrübensaft darauf, erläuterte mir Anton, womit er die drei

Stunden zugebracht habe, die ich länger im Bett gewesen war. »Hab 'nen Freund angerufen, der hat einen Computer und so ein Programm, da sind alle Telefonnummern und Adressen von ganz Deutschland drauf. Der ist vorbeigekommen und hat mir das hier installiert.« Er zeigte auf den Computer, der endlich zur Ruhe gekommen war. »Was du hier auf dem Bildschirm siehst und was ich hab ausdrucken lassen, das sind die bayrischen Ehrenfrieds, zu denen der Adalbert gehört.«

Ich war beeindruckt. Anton war am Ball geblieben. Er hatte recherchiert, während ich geschlafen hatte. »Adalbert wohnt in München, feinste Gegend.«

»Woher weißt du das?«

»Hab 'nen Kumpel in München angerufen, wissenschaftlicher Bibliothekar, der nach der Wende gleich fortgemacht hat. Er hat ein bißchen bei den Kollegen rumgefragt. Die Ehrenfrieds haben eine solide braune Vergangenheit und bemühen sich um eine ebensolche Zukunft.«

»Was heißt das? Zukunft?« Ich war beeindruckt.

»Du hast sicher schon gehört, daß die ganze braune Soße in den neuen Bundesländern von einem superreichen Bayern finanziert wird?«

Ich nickte. So weit hatte ich mich in die allerneueste deutsche Geschichte eingelesen.

»Diese von Ehrenfried-Familie mauschelt da mit rum. Der Sprößling ist sozusagen in den Untergrund gegangen, er hat sich auf zweiten Wohnsitz in Berlin als Untermieter bei einem Jürgen Wohlrabe im Osten der Stadt angemeldet. Dort ist sein Motorrad zugelassen.« Anton reichte mir den Computerausdruck, aus dem hervorging, wo genau in Berlin dieser Jürgen Wohlrabe wohnte. »Kannst du dir vorstellen, daß dieser Mord an dem Künstler Scheußlich was mit der rechtsextremen Szene zu tun haben könnte?«

Ich zuckte hilflos die Achseln. Ich hatte nicht die leiseste Ahnung, was hinter dem Mord für ein Motiv stecken könnte. »Möglich …«, antwortete ich vage.

Anton erlaubte mir, meine E-Mails auf seinen Computer zu laden und in Ruhe meine Post zu lesen. Der Bericht des Papierlabors aus München war für mich von größtem Interesse. So erfuhr ich, daß sich die Technologie der Papierherstellung in den fünfziger Jahren gewandelt hatte. Die chemischen Zusammensetzungen waren damals geändert worden. Die Analyse der Probe von Professor Severns falschen Blättern, die ich eingesandt hatte, zeigte chemische Zutaten, die vor den fünfziger Jahren noch nicht verwandt worden waren. Es folgte eine genaue Beschreibung sämtlicher verwandter Chemikalien und die Begründung, warum das Stückchen Papier sogar erst in oder nach den siebziger Jahren hergestellt sein konnte. Ein unwiderlegbarer Beweis für die Fälschung war erbracht!

Anton kochte gerade eine zweite Kanne Kaffee, und ich versuchte, meine unordentlichen Gedanken zu ordnen, als es klingelte.

»Frag bitte, wer draußen ist!« Mitten aus meinen Gedanken über unsere nächtliche Verfolgungsfahrt gerissen, war ich ängstlich.

»Das mach ich immer«, beruhigte mich Anton.

Nach ein paar Minuten kam er mit Gertrud zurück. Wir begrüßten uns, und sie setzte sich zu uns. »Mußt du nicht arbeiten?« fragte ich neugierig.

»Nein«, war die kurze Antwort. »Ich bin Kindergärtnerin, und wer kriegt in solch unsicheren Zeiten, wo man nicht weiß, wie lange man seine Stelle noch behält, schon Kinder?«

Ich schluckte. Was sollte ich dazu sagen?

»Gertrud macht eine Weiterbildungsmaßnahme«, half mir Anton, »doch die Schulung ist nur am frühen Abend.«

»Weiterbildung zu was?«

»Ich lerne technisches Zeichnen auf dem Computer.«

»O Gott, von so was hab ich keine Ahnung«, gestand ich.

»Ich auch nicht«, bemerkte Gertrud ruhig, »ich fange gerade erst damit an.« Wir mußten beide lachen.

Dann berichtete Gertrud, daß ihre Tante Hildegunde heute morgen zur Post gegangen sei, um sie von dort aus anzurufen. Sie habe sich ein bißchen umgehört und mit den Nachbarn geschwätzt und so einiges herausgefunden, falls uns das interessieren sollte. Es war gerade nach zehn Uhr, und ich hatte den Eindruck, alle außer mir müßten um sechs Uhr aufgestanden sein.

»Möchtest du, daß wir noch mal zu meiner Tante fahren?« Gertrud sah mich fragend an.

»Unbedingt, die alte Dame scheint ganz toll auf dem Quivive zu sein. Ich möchte ihr mit irgend etwas eine Freude bereiten. Was können wir ihr mitbringen?«

»Sahnetorte vom Café Fritze«, kam die Antwort prompt.

Nachdem Anton abgewaschen hatte und Gertrud mit der Bemerkung »Es passen keine zwei Personen in die Kochnische« herausgeschmissen hatte, fuhren wir los. Gertrud parkte hinter der Konzerthalle, die uns als Versteck gedient hatte. Anton und ich gingen zur Leipziger Straße und kauften Sahne- und Cremetorte ein. So eine Auswahl an Torten hatte ich noch nie gesehen: Nußsahne, Erdbeercreme, Schokoladensahne, Schwarzwälder Kirsch, Windbeutel. Anton wählte aus, von jedem zwei Stück, bis der Kalorienbedarf einer Kompanie für einen ganzen Tag gedeckt war.

»Ich esse nichts davon!« verkündete ich standhaft.

»Macht nichts«, Anton ließ sich beim Auswählen nicht stören. »Es muß doch ein guter Rest bleiben«, erklärte er mir.

»Rest? Warum?«

»Damit Tante Hildegunde die Freundinnen und Nachbarinnen zum Kaffee einladen kann, mit der Begründung, sie hätte zuviel Kuchen. Allein das Vergnügen, Sahnetorte satt auf dem Tisch stehen zu haben, ist nicht zu unterschätzen – bei älteren Damen.«

»Die Krankenkassen sollten diese Sahnetorten konfiszieren«, schlug ich vor.

Anton lachte, bestand darauf, das riesige Kuchenpaket zu zahlen, denn ich sei schließlich sein Gast in Halle, und erklärte mir im Hinausgehen: »Eher zahlt die Rentenversicherungsanstalt den Cafés in den neuen Bundesländern die Sahne, damit die Rentner hier nicht *zu* alt werden.«

Antons Einschätzung des Eßverhaltens von Frau Meuselwitz erwies sich als richtig. Die alte Dame freute sich und behauptete, es würde kein Stück umkommen. »Um an so feine Torte heranzukommen, muß sich erst jemand mit Auto finden, hier bin ich sehr abgeschlossen, hier draußen. Mehr als zweimal im Jahr komme ich nicht in die Leipziger Straße. Die Busfahrt ist mir zu anstrengend geworden in den letzten Jahren. Gehe nur noch Freundinnen besuchen und in meinen Garten.«

Nachdem die große Kaffeekanne auf dem Tisch stand und Anton und Gertrud sich tapfer ein Stück Schwarzwälder Kirsch teilten, begann die Tante zu erzählen: »War gleich heute morgen bei der Nachbarin, sie ist eine Schwägerin von den Geberts. Der hab ich mit Absicht mein Leid geklagt, daß ich nicht hätte schlafen können, weil die Motorräder gestern abend und so. Sagt diese freche Person zu mir: ›Aber Sie haben doch selber Besuch gehabt gestern in der Nacht.‹ Sofort ist sie zu ihrer Schwägerin und hat gepetzt und die is, noch bevor se auf Arbeit is, zu mir gekommen und hat sich entschuldigt wegen des Lärms. Und weil die Frau Gebert eine ganz eitle Person ist, hat sie mir erzählt, daß sie demnächst wegziehen, sich ein Reihenhaus kaufen wollen mit allem Pipapo. Der Georg hätte eine ganz tolle Stelle in Berlin, und der Konrad stünde kurz vor der Gesellenprüfung. Die Buben würden gleich vorne an der Bundesstraße nach Leipzig, auf so totem Gelände, wo mal ein Supermarkt hinkommen sollte, eine eigene Motorradwerkstatt eröffnen. Wenn die im Lotto gewonnen hätten, dann könnte es ihnen nicht bessergehen, hab ich mir gedacht und erst einmal ganz ungläubig getan. Da hat die Gebert losgelegt mit Angeben: Einen Schuppen hätten sie schon auf ihrem Grundstück, und der junge Herr *von* Ehrenfried habe dort wertvolle Waren eingelagert. Dann hat sie mir beschrieben, wo sich das wertvolle Stück Land befände, auf dem in naher Zukunft eine Motorradwerkstatt entstehen sollte.« Frau Meuselwitz schob uns einen Zettel zu. Ich hab es gleich, als die Gebert gegangen ist, aufgezeichnet, weil ich so vergeßlich bin.«

Auf mich machte die alte Dame einen sehr hellen Eindruck. Vielleicht war es ihrem Gehirn zugute gekommen, daß sie nur zweimal im Jahr in die Reichweite von Sahnetorten kam. Wir beugten uns über den Zettel, und Gertrud, die sich als Autofahrerin hier in der Gegend bestens auskannte, sagte plötzlich: »Ich weiß, wo es ist.«

Wir steckten den Zettel ein, verabschiedeten uns von Frau Meuselwitz und fuhren nach Halle zurück. Gertrud brachte mich zum Marktplatz, wo ich in der Mittagspause im Restaurant *Mönchshof* den Sohn von Professor Severn treffen wollte,

Thomas Traugott mit Vornamen. Es war schon halb zwölf Uhr, als ich in der Nähe des Marktes aus dem Auto stieg, mich von Gertrud verabschiedete und mit Anton Richtung Hallmarkt loszog. Er zeigte mir, wo ich den *Mönchshof* finden konnte. Er wollte in die Franckeschen Stiftungen fahren, um seine Post durchzusehen.

Da der Tisch wie verabredet auf den Namen Severn reserviert war, setze ich mich schon und bestellte eine Flasche Mineralwasser. Endlich hatte ich Zeit, all die neuen Informationen zu verarbeiten und zu überdenken. Doch sosehr ich mich auch in geistige Unkosten stürzte, es machte keinen Sinn, diese merkwürdigen Verknüpfungen von Berlin zu dem Hinterhof, in dem Bodos Atelierwohnung gelegen war. Was verband die Skins dort, die zufällig hier in Halle abends spät über den Marktplatz grölten, mit Bodo? Hatten sie was mit Bodos Tod zu tun? Wie paßte Bodos Tod mit der Ermordung von Ludwig Koschinski junior zusammen?

Ich saß am Fenster, starrte durch die Butzenscheiben wie durch einen farbigen Filter auf den vorbeifließenden Verkehr, die Busse und die Straßenbahnen. Ich kam zu keinem Entschluß, konnte die Fäden, die ich lose in der Hand hielt, überhaupt nicht miteinander verknüpfen. Jagte ich einem Phantom nach, hatten die Jugendlichen um Jürgen und seinen kettenschwingenden Freund Adalbert irgend etwas mit dem Mord an Bodo zu tun?

»Guten Tag, Sie sind sicher die Dame aus Berlin, mit der ich zum Mittagessen verabredet bin?« Dr. Severn war an den Tisch getreten. Ich stellte mich vor und entschuldigte mich, weil ich schon am Tisch Platz genommen hatte. »Ich war zu früh und wollte irgendwo in Ruhe nachdenken.«

»Sind Sie zu einem positiven Ergebnis gekommen?« Dr. Severn war etwas jünger als ich, hochgewachsen, wie sein Vater, und ein eher jungenhafter Typ.

Ich verneinte. Der Sohn hatte ein sehr viel ungebrocheneres Verhältnis zur ehemaligen DDR, konnte über die Geldbeschaffensmaschinerie berichten, soweit sie ihm, dem Außenstehenden, durch Artikel in Zeitungen nach der Wende bekannt geworden war. »Mein Vater ist systematisch um alle seine Ersparnisse gebracht worden, indem jemand ihm fast ausschließlich gefälschte Picasso-Grafiken angedreht hat, ist das so richtig?«

»Das ist richtig«, antwortete ich klar und deutlich.

»Warum sind Sie aber dann erst heute gekommen und gehen diesen Fragen nach, wo doch alles lange vor der Wende passierte?«

Der Kellner brachte meinen Salatteller und für Dr. Severn eine Kohlroulade. Der bestellte Weißwein war ausgezeichnet, und ich wartete mit der Beantwortung seiner Frage, bis wir wieder ungestört waren. »Ihr Vater, der so ziemlich als einziger weiß, warum ich wirklich in Berlin bin, hat Ihnen von meinem Auftrag berichtet?« vergewisserte ich mich.

Dr. Severn nickte. »Als ich ihn in Berlin besucht habe, machten wir einen langen Spaziergang an der Spree entlang, und da hat er mir davon erzählt. Mein Vater ist geschlossenen Räumen sehr mißtrauisch gegenüber. Sein Arbeitszimmer in der Klinik war verwanzt, er hat es nur durch Zufall bemerkt.«

Der Doktor widmete sich seiner Kohlroulade. Früher war es scheinbar etwas Alltägliches, ein verwanztes Arbeitszimmer vorzufinden. Ich schluckte trocken. Von den alltäglichen kleinen und großen Schikanen, denen viele Menschen in der DDR ausgesetzt waren, hatte ich keine Ahnung. Dr. Severn klagte nicht, er hatte dies als Begründung dafür angeführt, warum sein Vater die freie Natur zum Besprechen von persönlichen Dingen vorzog.

»Der Gutachter meiner Versicherung in New York hat in den letzten Monaten wieder Falsifikate von Picasso und Miró-Grafiken bei neu zu versichernden Kunden gefunden. Diese Blätter gehören zu einer Serie, die 1991 im Staate New Jersey beschlagnahmt und nach der Gerichtsverhandlung dort vernichtet wurden. Damals waren Hunderte von Blättern der verschiedensten Künstler der Klassischen Moderne sichergestellt worden.«

»Was hat dieser Fall von 1991 mit den Blättern meines Vaters zu tun?« Die Kohlroulade enthüllte ihr Inneres, einen veritablen Fleischklops, und ich bedauerte, mich wegen der schlanken Linie für einen Salatteller entschieden zu haben.

Ich riß mich von den Fragen meiner Ernährung los und wandte mich wieder unserem Thema zu. »Bei meinem Besuch hat mir Ihr Herr Vater erlaubt, eine winzige Probe des Papiers zu nehmen, auf das seine Grafiken gedruckt sind. Es ist nicht ganz einfach, so qualitätsvolles Papier zu bekommen, es muß angefertigt werden. Wasserzeichen, falls welche bei den zu kopierenden Originalen vorhanden waren, mußten gefälscht beziehungsweise nachgemacht werden«, erklärte ich.

Dr. Severn ließ die Gabel sinken, sah mich neugierig an und fragte: »Und?«

»Ich habe die Papierprobe der Einfachheit halber an ein Forschungsinstitut in München zur Analyse gesandt statt in die USA. Das Ergebnis kam heute morgen per E-Mail. Das Papier, auf das die Picassos Ihres Vaters gedruckt sind, und das, was wir in New Jersey in einer Druckerei sichergestellt haben, ist identisch.«

Dr. Severn vertraute vollkommen auf die Ergebnisse einer naturwissenschaftlichen Untersuchung wie eine Papieranalyse. »Haben Sie eine Erklärung dafür, wie mein Vater über die Genex an die in New York gefälschten Blätter gekommen ist?«

»Ich ahne Zusammenhänge, doch es paßt alles noch nicht zusammen. Diese Papieranalyse hat noch ein weiteres Resultat gezeitigt. Die Münchner Wissenschaftler haben in einer Anmerkung mitgeteilt, daß das Alter des Papiers fünfzehn bis zwanzig Jahre sein dürfte und der Fachmann, der eine solche Qualität herbringen könne schon aus wirtschaftlichen Erwägungen heraus, in der ehemaligen DDR zu suchen sei.«

»Sie haben den Münchnern nicht gesagt, wo sie den Papierfetzen her hatten? Also eine Blindanalyse!«

»Ja, denn ich wollte dem Ergebnis nicht vorgreifen. Diese ganz aufwendige und sehr gründliche Arbeit hat eine Frage beantwortet, die wir in den USA nie haben klären können: Wo haben die Fälscher ein so qualitätsvolles Papier her? Keine wirklich gute Papiermühle ruiniert sich ihren Namen, indem sie eine andere fälscht. In Frankreich haben Fachleute des FBI jede Papierfabrik unter irgendeinem Vorwand heimgesucht und, indem sie sich als Kunden ausgaben, Papierproben erhalten. Nichts!«

»Indem die DDR das Papier lieferte, hatten sie Zugriff zu gefälschter Picasso-Grafik gehabt, wurde vielleicht sogar teilweise in Naturalien entlohnt, die sie über den normalen, westlichen Kunsthandel wieder in Devisen verwandelten.« Dr. Severn schob seinen Teller weg und bestellte Kaffee für uns. »Dann macht das, was ich für Sie mitgebracht habe, vielleicht doch einen Sinn.« Er suchte in seiner Jackentasche und förderte ein Stück Papier zutage, die Fotokopie eines Poststempels, auf dem die Postleitzahl der Poststelle deutlich zu erkennen war. »Mein Vater hat mir zum bestandenen Examen ein Blatt aus der Tauromachie geschenkt, das ich sehr mochte. Er muß es lange vorher bestellt haben, hat aber darum gebeten, daß es erst an einem bestimmten Tag versandt werden darf, als Einschreiben.«

Als er meinen erstaunten Blick sah, lächelte er. »Damals kam bei der Post innerhalb der DDR nichts weg, nur die Päckchen von drüben wurden kontrolliert und konfisziert. Ich habe den Stempel deshalb fotokopiert, weil mir diese Postleitzahl hier und die Poststelle bekannt sind. Die Rolle ist nämlich in der heute längst geschlossenen Poststelle in Reideburg bei Halle aufgegeben worden.«

Ich starrte fassungslos auf das Stück Papier. Reideburg, was hatten diese damals vier oder fünf Jahre alten Kinder mit dem Versand einer Rolle zu tun, in der sich eine Picasso-Grafik befand? Das war abwegig.

»Sie müssen wissen, daß es mir deshalb auffiel, weil meinem Vater jede seiner Bestellung durch Boten ins Haus gebracht wurde. Wenn man eine solche Sendung losschickt, weil kein persönlicher Kurier da ist, dann erwartet man einen Absender in Ost-Berlin. Aber Reideburg?«

»Ich habe nicht die leiseste Ahnung, wie da alles zusammenpassen kann. Darf ich die Fotokopie behalten?« wollte ich wissen, bevor ich sie einsteckte. Dr. Severn nickte nur, dann winkte der dem Kellner. Ums Bezahlen gab es eine kleine Rangelei, weil ich die Rechnung übernehmen wollte, da er mir mit seiner Auskunft einen Dienst erwiesen hatte.

»Sie haben jetzt wieder Falsifikate des gleichen Ursprunges im Umlauf?« fragte er mich zum Abschluß.

»Ja, aber es ist uns unerklärlich, wieso diese nach einer beinahe zehnjährigen Pause wieder auftauchen.«

»Das ist für mich sehr verständlich«, verkündete er vollkommen sicher. »Irgend so ein Stasi-Hengst hat sich in dem Durcheinander im Oktober 1989 die Blätter, die in der DDR lagerten, gesichert und erst einmal ein paar Jahre Gras drüber wachsen lassen. Vielleicht ist auch der Vorgesetzte oder Kollege, dem er das Zeug unter den Händen weggestohlen hat, in der Zwischenzeit gestorben, und nun glaubt er, er kann die restlichen Blätter in Ruhe und auf seine Rechnung alleine absetzen. Der Kunstmarkt saugt's auf wie ein trockener Schwamm.«

Ich verabschiedete mich auf dem Hallmarkt, bedankte mich bei ihm für seine Hilfe und bat ihn um Verschwiegenheit. Der Doktor stieg in die Straßenbahn ein, drehte sich noch einmal um und lächelte mir zu. »Verschwiegenheit gehört zu meinem Beruf!« sagte er ganz trocken, dann schloß sich die automatische Tür der Straßenbahn hinter ihm. Ich sah ihm nach, bis die Bahn um die Ecke bog.

So abwegig fand ich die von Dr. Severn eilig hingeworfene These keineswegs.

Ich traf Anton im Café Fritze. Er hatte es deshalb vorgeschlagen, weil ich den Weg dahin kannte. Anton saß vor einem Stadtplan von Halle und einer Tasse heißer Schokolade mit ganz viel Sahne. Ich bestellte einen Espresso.

»Wir wissen, wo dieses Stück Land ist, laß uns da mal eben hinfahren.«

»Hinfahren?«

»Gertrud wartet in einer Viertelstunde am Waisenhausring.« Er zahlte, dann gingen wir los. Die Straße war nur in der Mitte vom Schnee befreit, und so drängelten sich alle auf dem schmalen, geschippten Weg. Es war ein Rutschen und Fluchen und Schubsen. Die liebe Gertrud wartete in ihrem etwas vorgeheizten Wagen an derselben Stelle wie letzte Nacht. Ich hatte den Stadtplan auf den Knien und gab Anweisungen, bis sie sagte: »Jetzt weiß ich, an welcher Stelle der Bundesstraße wir abbiegen müssen, danke.«

Wenige Minuten später zeigte sie mit ausgestreckter Hand auf ein Häuschen mit vergitterten kleinen Fenstern, vor dem Motorräder geparkt waren.

»Verdammt, sie sind da, fahr weiter«, riet Anton, und Gertrud ließ den Trabi weiterrollen.

»Duckt euch so weit wie möglich runter!« befahl sie, und wir rutschten zusammen, soweit es der nicht übermäßig große Fußraum zuließ. Anton machte sich auf der Rückbank unsichtbar, aber bei mir war das schwieriger.

Die Farbe und die Automarke erregten nicht nur die Aufmerksamkeit, sondern auch die Heiterkeit der Motorradfahrer, die an ihren Maschinen herumbastelten. »Gib Gas!« Antons Stimme zitterte.

»Dann fallen wir erst recht auf. Ganz ruhig und ohne nach links zu sehen, fuhr sie die Straße geradeaus weiter.

»Gut gemacht!« lobte ich sie.

»Nicht gut genug! Zwei steigen auf ihre Motorräder und folgen uns, einer zeigt mit der Hand auf uns, verdammt, mein Wagen ist für eine verdeckte Ermittlung viel zu auffällig.« Sie gab Gas und bog in einen Feldweg ein, der veritable Eisflächen in den eingefrorenen Spurrillen aufwies.

»Nimm den Schlüsselbund aus dem Handschuhkasten. Wenn ich anhalte, sprintet ihr los zu unserer Kleingartenanlage, der lange Schlüssel ist für das äußere Tor. Ich bleib beim Wagen. Du hängst deine Jacke über den Sitz, nimm alle persönlichen Sachen aus den Taschen.« Während Gertrud den Wagen halbwegs auf dem Weg zu halten suchte, zog ich meine Arme aus den Ärmeln meines Mantels, leerte die Taschen, gab Anton die Schlüssel für die Gartenanlage und machte mich sprungbereit.

»Ihr habt drei Minuten, gleich hinter der Unterführung halte ich an.« Der Wagen schleuderte unter der Unterführung durch, danach in einer starken Rechtskurve auf einen Nebenweg und kam zum Stehen.

Ich sprang aus dem Auto, half Anton und legte meinen Mantel wieder über die Lehne des Beifahrersitzes. Wir rannten auf das Tor los, über dem in schmiedeeisernen Lettern »Frohsinn« stand. Ich nahm Anton den Schlüsselbund ab, suchte im Rennen den größten, schloß auf und hinter uns wieder ab und rannte Anton nach, der sich hier auszukennen schien. Das Brummen und Röhren der Motorräder war erschreckend nah zu hören. »Die Räder drehen auf den Eisflächen durch«, ließ Anton mich mit kaum verhohlener Schadenfreude wissen. »Hier rein, nimm den kleinen Schlüssel mit dem Bart, der Sicherheitsschlüssel ist für die Laube.«

Ich öffnete und schloß wieder hinter mir ab, wir rannten zur

Laube des Kleingartens. In der Vorlaube waren wir vor irgendwelchen Blicken von der Straße her sicher. Der Sicherheitsschlüssel ließ sich nur schwer drehen, und während ich mich abmühte, sagte Anton nur: »Drum heißt er Sicherheitsschlüssel.« Endlich standen wir im Inneren der Laube, ein gepflegtes Chaos vor uns. Anton schloß von innen ab. »So, hier werden wir erst einmal Platz schaffen müssen.«

Ich starrte fassungslos auf das Durcheinander. »Wohl seit Jahren nicht benutzt?«

»Im Gegenteil. Das Chaos hier machen die Besitzer der Parzelle absichtlich, wenn sie im Herbst alle Wertsachen wie Radio und Fernseher nach Hause nehmen. Dann werden die Sachen aus dem Garten und der Vorlaube reingeräumt, damit niemand auf die Idee kommt, hier zu wohnen.«

»Auf die Idee käme ich bestimmt nicht«, verkündete ich.

Anton lachte. »Zuerst einmal muß ich eine Wolldecke für dich finden, sonst erfrierst du.« Er kramte, und es rumpelte, so daß ich ängstlich aus dem kleinen, vor Dreck blinden Fenster guckte, ob jemand in der Nähe sei. Die Kleingartenanlage war verlassen, Blumen und Sträucher waren zum Teil in Zeitungspapier verpackt, und darüber hatte man Plastik getan, damit die Pflanzen vor der extremen Witterung geschützt waren. Aber ein paar Fußspuren, frische, gab es, und das waren nicht nur unsere. »Wer kommt im Winter regelmäßig bei der Kälte in seinen Garten?« wollte ich wissen.

»Die wechseln sich mit Kontrollgängen ab, einige haben Tiere hier, die gefüttert werden müssen, Fische, Vögel oder so, da kommt jeden Tag einer raus.« Anton schob irgendeine Matratze auf den Schrank.

»Unsere Fußspuren …«

»Hab ich mit meiner Jacke kurz vor dem Gartentor verwischt und bin Richtung Anlage von gegenüber gegangen, hier siehst du nichts, oder?«

Anton war umsichtig genug gewesen, unsere Spuren mit der Außenseite seines Anoraks zu verwischen. Bei den vielen Spuren auf dem Hauptweg fielen unsere nicht auf. Ich war immer in die großen Tritte gegangen, die jemand vor uns schon gemacht haben mußte.

Wir saßen in einem Raum, der einige Grade unter Null haben durfte, ich nur mit einem dicken Pullover und einer Wolldecke bekleidet, bibbernd.

»Zucker hab ich leider nicht, aber hier wäre Kondensmilch, wenn du die in deinen Tee haben möchtest.«

Ich verneinte. »Hast du die Teebeutel schon gefunden?«

Anton öffnete einen Küchenschrank und entnahm ihm eine Blechdose, eine schöne bunte für Kekse, in die er hineinblickte. »Kannst auch Nescafé haben«, gab er nicht ohne Stolz bekannt.

»Im besten Café hat man auch keine größere Auswahl. Ich bleibe beim Tee«, entschied ich. Der Schnee schmolz auf der Herdplatte. Ich bildete mir ein, es würde wärmer im Raum.

»Gertrud ist schon zu lange weg, wir müssen telefonieren.« Anton war zu Recht beunruhigt. Ich gab ihm mein Mobiltelefon, er wählte eine Nummer, dann erklärte er, daß in der Kleingartensparte Frohsinn Einbrecher zu Werke seien. Nach einer langen Pause rief er wütend: »Aber das können Sie doch nicht …« Er unterbrach das Gespräch, überlegte kurz und wählte eine andere Nummer.

»Wo issen der Ottfried, hier is der Anton?« Er lauschte. »Auf Arbeit? Is jut und danke!« Er wählte eine neue Nummer und erklärte einem Ottfried, in welch peinlicher Lage wir uns und in welch gefährlicher Lage Gertrud sich befand. »Findeste janz einfach, gleich hinter der Eisenbahnunterführung, wo der Eingang zur Kleingartenanlage Frohsinn ist, da steht se mit ihrem Trabi.« Er gab mir mein Telefon zurück. »Soll ich nicht mal lieber rausgehen?«

»Anton, du weißt nicht, was Gertrud den Skins für eine Geschichte erzählt hat. Wann kommt denn die Polizei?«

»Na überhaupt nicht. Sie haben zuviel zu tun, um Kleingartenanlagen im Winter zu kontrollieren, wenn sowieso nichts Wertvolles drin ist.«

»Wen hast du danach angerufen?«

»Na Ottfried eben, er und seine Kumpel kommen gleich. Er ist einer von den Bauarbeitern«, erläuterte mir Anton, »denen, die uns damals geholfen haben, als es brenzlig wurde, an der Marienkirche …«

»Stell bitte noch mal Wasser auf, vielleicht ist bald jemand für was Heißes froh«, schlug ich vor, um ihn abzulenken. Er hatte Angst um Gertrud. »Ist Gertrud deine Freundin?«

»Gertrud ist eine Freundin, leider nicht meine Freundin.« Er sah mich an und sagte leise: »Entschuldige bitte, du wirst mich als Freund ja kaum haben wollen, ich meine für immer.« Das war keine Frage, es war eine Feststellung. Ich ging zu ihm hin, streichelte sein kaltes, verfrorenes Gesicht und küßte ihn auf die Wange.

»Du würdest es nicht schön finden mit mir, auf Dauer.«

»Zu hektisch?« fragte er grinsend.

»Viel zu hektisch!« teilte ich ihm mit.

Es klang wie ein Bulldozer, das, was da draußen irgendwo zu hören war und mit quietschenden Bremsen anhielt und hupte. Dann wurden zwei Motorräder gestartet, die sich entfernten. »Ottfried«, war alles, was Anton sagte, und Erleichterung spiegelte sich in seinem Gesicht. Wir hörten Stimmen. Gelächter. Ein Tor wurde geöffnet. »Das Außentor«, erklärte Anton, der angestrengt am angelehnten Fenster lauschte. »Sie kommen, hoffentlich ist Gertrud nichts passiert ...«

Anton schloß die Laube auf und rannte raus, den langen Weg zum Gartentor. Dann sah ich von drinnen, wie ein Zweimetermann, der vermutlich auch zwei Zentner wog, und zwei kleinere männliche Gestalten, die immer noch einen Kopf größer als Anton waren, Gertrud in ihren eigenen Garten eskortierten. Sie trug meinen Mantel, ihren alten Anorak hatte sie über dem Arm. Sie sah erleichtert aus.

Nachdem die drei Männer die Laube aufgeräumt hatten, saßen wir in alten Sesseln und auf einer Couch, Ottfried der Große hatte eine Flasche Schnaps gegen die Kälte dabei. Gertrud wußte, wo Rum und Zucker versteckt waren, und wir tranken Grog vom Rum und Tee mit Schnaps extra. Meine Zehenspitzen wurden langsam wieder warm. »Richtig gemütlich hastes hier, Mädchen«, der große Ottfried sah sich um, »da komm ich im Sommer mal und grill dir was.«

Dann berichtete Gertrud, wie sie von den beiden Motorradfahrern erst angepöbelt worden war, bis sie selber in die Offensive gegangen sei. »Bist du nicht der große Gebert, der bei meiner Tante Hildegunde in der Straße wohnt«, hatte sie den einen der beiden gefragt.

»Na, woher kennste mich?« wollte Konrad Gebert wissen.

»Aus Reideburg.«

»Was machsten da?« Der Motorradfahrer in seiner dunklen Montur hatte sich vor sie aufgepflanzt und eine drohende Haltung eingenommen.

»Meiner Tante ging es nicht so gut, ich mußte ihr nachts Medikamente bringen«, damit war der Aufenthalt des laubfroschgrünen Trabis in der letzten Nacht und heute morgen in Reideburg erklärt.

»Und deine Kumpels?«

»Jetzt, hier, da war ich alleine«, log sie.

»Und der teure Mantel da?«

»Den hab ich mir ausgeliehen von 'ner Freundin, weil ich heute abend weggehen will.«

»Biste uns nachgemacht, du mit deinem grünen Frosch?«

»Nö, ihr seid hinter mir hergefahren!«

Die Situation drohte außer Kontrolle zu geraten, der Jüngere war um den Trabi herumgegangen und hatte dagegengetreten.

Gebert war die Sache peinlich. »Laß sie doch, sie ist bei ihrer alten Tante gewesen, ich kenn die alte Schachtel, die Meuselwitz, die wohnt bei uns in der Straße.«

Doch als der dicke Brummi mit Ottfried am Steuer auf die Nebenstraße bog und er aus dem Fenster rausgerufen hatte: »Froilleinchen, ham Se Schwierigkeiten?«

»Die beiden Knalltüten auf die Motorräder und haste was kannste sind se fortjemacht.« Ottfried freute sich, und Gertrud sah erleichtert aus.

Es dauerte einige Zeit, bis wir die Laube wieder winterfest gemacht hatten, nachdem Ottfried und seine Kumpel aufgebrochen waren. Dann fuhr Gertrud alleine mit dem Wagen und in meinem Mantel einkaufen, um das Eingekaufte ihrer Tante Hildegunde, der angeblich kranken, zu bringen. Wir fuhren mit der Straßenbahn zu Anton, wo wir sie treffen wollten.

»Ganz schön clever, die Gertrud«, freute sich Anton.

PERSEVERANTIA – BEHARRLICHKEIT

Der Abschied auf dem Bahnhof in Halle war herzzerreißend. Ein junges Liebespaar, das sich zum ersten Mal trennt, hätte nicht mehr Aufhebens gemacht als wir beide. Anton, weil er – so vermutete ich – einem nie gelebten Kindertraum nachweinte. Ich, weil ich um etwas trauerte, was ich verloren hatte, als ich meine angestammte Umgebung mit meiner Mutter verlassen hatte: die Geborgenheit eines Familienlebens, den Kreis der Freunde in der Schule. Es ließ sich jetzt, mehr als dreißig Jahre später, nicht mehr nachholen, sosehr ich das Zusammensein mit meinem Freund Anton genossen hatte.

Anton hatte vor über zehn Jahren etwas geleistet, was ich nie gekonnt hatte. Er hatte für etwas gekämpft, mit sanftem Widerstand, mit Beharrlichkeit und sehr viel Mut, wozu ich mich nicht aufgerafft hätte. Wofür ich ihn bewunderte. Anton hatte *seine* Revolution gehabt, bevor er selbst, Anhänger der Bürgerrechtsbewegung, zusehen mußte, wie die demokratischste aller deutschen Bewegungen dieses Jahrhunderts parlamentarisch kaltgestellt wurde. Weinte Anton hier im Bahnhof von Halle an meiner Schulter über seine begrabenen Träume?

»Anton, es sind nur zwei Stunden mit dem Zug!«

»Welten trennen uns, Elisabeth, obwohl wir uns jetzt endlich besuchen können.«

Der Interregio nach Berlin fuhr ein. Wir versprachen uns nichts. Kein Wiedersehen war ausgemacht. Wir würden uns wiedersehen, aber es würde spontan sein, es würde nichts Institutionelles sein. Keine »Ich komm dich besuchen«-Floskel. Die Notwendigkeit würde sich ergeben. Irgendwann.

»Gertrud bleibt an der Sache dran, sie ist zäh«, beteuerte Anton, als ich schon in der Zugtür stand.

»Gertrud ist eine tolle Frau, sie gefällt mir. Danke für alles, ich bin sehr viel weitergekommen, danke ihr für die Hilfe, für die Namen, die sie herausgefunden hat, für alles ...« Die Türen schlossen automatisch, der Zug fuhr an, Anton blieb auf dem Bahnsteig zurück. Wäre es noch einer dieser altmodischen Züge aus meiner Kinderzeit, ich hätte die Türe geöffnet und wäre vom Trittbrett des anfahrenden Zug abgesprungen.

Bis Berlin hatte ich Zeit, meine Gefühle und Gedanken zu ordnen, mein emotionales Durcheinander zu schubladisieren und mir Notizen zu dem zu machen, was ich in Halle erfahren hatte. War ich weitergekommen? Was brachte all das in den Ermittlungen im Mordfall Bodo Scheußlich?

Vor dem Bahnhof Zoo erwartete mich Traute am BVG-Häuschen. Wir fuhren mit ihrem Wagen zum Mehringdamm, wo sie mich in die Kantine des Bildungs- und Technologiezentrums der Handwerkskammer lotste.

»Was haben wir an diesem illustren Platz zu suchen?« wollte ich wissen.

»Wir treffen hier jemanden«, war die lapidare Antwort. Wir hatten gerade an einem der Tische Platz genommen, als sie fortfuhr: »Du weißt, daß du uns einen großen Schritt weitergebracht hast?«

»Inwiefern?« Ich war verblüfft.

»Danke für deine E-Mail heute morgen. Ich hab die Namen durchgecheckt. Der Bericht von dem Papierlabor aus München, den du mir als Attachment gesandt hast, der ist wirklich sehr aufschlußreich. Nachdem ich von deinen Erlebnissen in Halle gelesen hatte, hab ich mir einen Spezialisten für rechtsradikale Bandenkriminalität, Skins et cetera kommen lassen.«

»So was habt ihr?«

»Man sagt uns nach, es wird zuwenig getan gegen die rechte Szene. Hier in Berlin halten wir die Augen offen, hier sammeln sich die Früchtchen alle. Der Unterschied zwischen politischer und krimineller Vereinigung kann durchaus fließend sein. Vieles von dem, was sich in der Provinz abspielt, wird von hier gesteuert.«

»Haben die Skins was mit Bodos Tod zu tun?« wollte ich wissen.

»Die Skins sind zum einen unter dem Einfluß von Adalbert von Ehrenfried eine rechtsradikale Störtruppe, die bei Versammlungen demokratischer Parteien Strunk macht. Nicht in den großen Städten. Wenn aber in einer Kreisstadt in den neuen Bundesländern eine demokratische Partei ein Treffen abhält, kommt es schon mal vor, daß der Eingang von diesen herumlümmelnden Skins belagert wird. Diese kleine Gruppe um Jürgen Wohlrabe, die müssen sich mit dem Gesetzbuch bestens auskennen, denn ihre Belästigungen hören immer da auf, wo ein Straftatbestand beginnen könnte. Zwar ist ein älteres SPD-Mitglied schon mal über einen Springerstiefel gestolpert und hat sich einen Beckenbruch zugezogen. Aber es war das einzige Mal, daß sie vor den Kadi zitiert werden konnten. Damals handelte es sich um den älteren der Gebert-Söhne.«

»Um Georg Gebert, den, der arbeitslos ist?«

»Ja! Er mußte freigesprochen werden, weil nicht einmal fahrlässige Körperverletzung nachgewiesen werden konnte. Die Krankenhauskosten übernahm die Versicherung des Rentners. Georg Gebert verließ ohne den leisesten Makel das Gericht.« Traute blätterte in ihren Unterlagen.

Ich stocherte in meinen Broccoliröschen, schließlich hatte ich außer Frühstück noch nichts gehabt. »Sauerei«, mümmelte ich mit vollem Mund.

»Mein Kollege Hoffmeister von den Politischen, der ist ein ganz gründlicher. Er hat den Fall Gebert studiert. An Zufälle glaubt er nicht, weder bei der Polizei noch im täglichen Leben. Hoffmeister beschäftigte sich nach diesem Vorfall in Weißenfels mit den Skins um Jürgen Wohlrabe und vor allem mit Georg Gebert. Dabei stieß er auf eine Merkwürdigkeit. Georg Gebert aus Reideburg war ein hohes Tier in der SED und hat Sonderaufträge für die DDR sehr zu deren Zufriedenheit erfüllt. Er war Aktivist, hat sogar Orden erhalten.«

»Aber nicht dieser zwanzigjährige Schnösel!« entfuhr es mir.

»Nein, sein Vater, der auch Georg Gebert heißt. Natürlich ist Hoffmeister der Sache nachgegangen, denn Reideburg ist ein kleines Kaff. Wenn da zweimal derselbe Name vorkommt ...«

»In Reideburg kennt jeder jeden. Jedenfalls habe ich das Gefühl. Da ich nur in Großstädten gelebt habe, ist es für mich verblüffend, wieviel in wie kurzer Zeit in einer Kleinststadt über die Nachbarn herumgeschwätzt wird.« Ich lehnte mich zurück und versuchte, mich zu entspannen. Hier in dieser wohlbeheizten, angenehm temperierten Kantine fiel es mir schwer, mich an jene kalte Nacht auf der Hauptdurchgangsstraße von Reideburg zu erinnern, als wir im eisigen Wagen gewartet hatten.

»Deine Idee, die Papierproben zu diesem Spezialinstitut in München zur Analyse zu schicken, erbrachte einen weiteren Mosaikstein auf dem Weg, ein fertiges Bild zu erarbeiten.« Traute bemerkte selbst ihre doppelte Metapher und lachte: »Bildlich gesprochen!«

Ich war verwirrt. Traute sprang von einem Thema zum anderen. »Was hat das Ergebnis der Papieranalyse mit Georg Gebert senior und junior zu tun?«

»Hoffmeister hatte gestern in unserer Unterhaltung eine Bemerkung fallenlassen, die mir wieder in den Sinn kam, als du mir heute morgen den Analysebericht aus München per E-Mail geschickt hast. Er hat gesagt, daß es schon merkwürdig sei, daß dieser alte Gebert einen so hohen Orden erhalten habe, und dabei sei er weiter nichts als ein besserer Papierhersteller.«

»Drucker!« warf ich ein.

»Nein, er arbeitet erst seit der Wende in einer Druckerei in Leipzig. Irgend etwas Gehobenes. Seit er Mitglied der CDU geworden ist, ist er zum Geschäftsführer von zwei oder drei kleineren Druckereien, die irgendeinem Wessi gehören, avanciert.« Traute sah mich triumphierend lächelnd an, und ich verstand nicht, was an dieser Neuigkeit Besonderes sein sollte. »Du fragst gar nicht, wer der Wessi ist«, klagte sie.

»Wer ist der Wessi?«

»Heinrich von Ehrenfried aus München!«

»So ein Zufall!« Nun war ich wirklich verblüfft.

Hinter einem Tablett mit gebratenem Seelachsfilet und Mineralwasser tauchte Marlene auf, die an unserem Tisch Platz nahm. »Du hast den Durchbruch geschafft, hab ich von Traute am Telefon gehört, deshalb bin ich, ganz neugierige Tante, jetzt hier!« stellte sie, statt einer Begrüßung, fest.

»Ich habe heute morgen nur eine Reihe von Namen einer bestimmten Gruppe von Skins per E-Mail an Traute durchgegeben und den Bericht über die Papierproben aus München.« So recht verstand ich die Aufregung nicht. Dann mußte ich Marlene und Traute von meinen nächtlichen Abenteuern in und um

Halle erzählen, wobei ich die mangelhafte Qualität der Trabi-Heizung nicht zu erwähnen vergaß.

Beide staunten nicht schlecht. Einmal, weil nicht jede auf einen Schulfreund in einer Stadt der ehemaligen DDR zurückgreifen kann, zum anderen waren sie voll des Lobes für dieses Netz an Hilfskräften, das Anton in unserer Not mobilisiert hatte.

»Wir leben hier viel anonymer«, meinte Traute. Nach einiger Überlegung fügte sie erläuternd hinzu: »Ich jedenfalls. Ich gehe früh aus dem Haus und komme abends wieder, bepackt mit Einkaufstüten. Dann koche ich, wenn ich nicht zu meinem Vater essen gehe, und mache meine Wäsche oder lese Zeitung.«

Bisher war ich so sehr mit dem Kennenlernen meiner neuen, alten Umgebung beschäftigt gewesen, mit Kino und Theater gehen, daß ich mir sehr wenig den Kopf darüber zerbrochen hatte, wie das Leben einer alleinstehenden, berufstätigen Frau aussehen konnte. Mein zukünftiges Leben. Denn alleinstehend war ich nun, berufstätig ebenfalls. Noch war der Reiz der für mich neuen Stadt Berlin. Die laufenden Ermittlungen für die Versicherung sorgten zur Zeit zusätzlich für ausreichend Spannung. All das hatte wenig mit dem Alltag, der irgendwann einmal auf mich zukommen würde, gemein.

»Manchmal versacke ich mit ein paar Kollegen bei einem Bier in Kreuzberg, um mal vernünftig reden zu können, nicht nur dienstlich. Am liebsten mit Hoffmeister, er ist der geistreichste meiner Kollegen. Und der gebildetste«, fügte sie nach kurzer Überlegung hinzu. »Wahrscheinlich muß man das sein, wenn man sich mit den politischen Gruppierungen beschäftigt und dabei mit den überregional zum Teil kriminell agierenden organisierten Randgruppen rechts und links.«

Marlene probierte Trautes Kaiserschmarren mit Preiselbeeren und Vanillesoße und meinte nur: »Schaff dir 'nen Hund an, dann lernst du in vier Wochen die gesamte Nachbarschaft kennen. Die, die Hunde mögen oder welche haben, triffst du an den Bäumen der Allee oder im Wald zu kurzen Gesprächen. Die anderen meckern hinter dir her, wenn du die Haufen nicht wegnimmst.«

Wir lachten, und Trautes melancholische Stimmung war verflogen. »Warum hast du noch keinen Hund?« wollte ich wissen.

»Haben wir doch! Seit gestern. Andreas und Jonas haben gestern im Tierheim eingekauft. Einen dreißig Zentimeter hohen braunschwarzen Struppi und einen kastrierten Kater, weißgrau, für mich.«

»Warum einen kastrierten Kater für dich?« fragte Traute.

»Ich hab mir immer ein Katzenvieh gewünscht, weil wir früher zu Hause Katzen gehabt hatten. Andreas und Jonas wollten einen Hund. So haben sie zwei Tiere ausgesucht, die angeblich zusammen gut auskommen. Den Struppi haben sie Goethe getauft und den Kater Schiller. Schiller geht Goethe aus dem Weg, indem er sich in Höhen bewegt, die Goethe nicht erklimmen kann. Schiller hat die erste Nacht bei uns auf dem Schrank im Wohnzimmer geschlafen. Goethe dagegen hat Andreas' Lieblingssessel mit Beschlag belegt, den er nur für seinen Herrn räumt. Setze ich mich auf die Couch, kommt Schiller von oben herunter und legt sich zu mir.«

»Und wie geht es mit dem Fressen? Fauchen und knurren sie dann?« Der Neugebauersche Haushalt war zweifellos um eine Attraktion reicher geworden.

»Sie sind edle, wohlerzogene Tiere, die mit Hochmut aneinander vorbeisehen. Goethe frißt in der Waschküche und Schiller im Vorraum des Gästeklos. Keiner würdigt den Napf des anderen nur eines Blickes. Und das alles, weil Jonas verliebt ist ...« Marlene schüttelte nachdenklich schmunzelnd ihren Kopf.

»Was haben Hund und Katze mit dem Liebesleben deines Jüngsten zu tun?« Ich sah keinen kausal zwingenden Zusammenhang.

»Jonas hat Andreas überredet, mit ihm in das große Tierasyl am Rande Berlins zu fahren. Als sie all die vielen Hunde dort sahen, war Andreas' Widerstand gebrochen. Jonas braucht einen Hund zum Gassigehen, denn seine Angebetete von gegenüber hat eine kleine Terrierhündin und ganz feste Zeiten, an denen sie rausgeht. Da sie ein anderes Gymnasium besucht als Jonas, hat er sonst kaum eine Möglichkeit, an sie heranzukommen ...«

»... also ... ein Hund mußte her!« Traute lachte.

»Kaum hatten sie einige Tiere in die engere Auswahl genommen, nicht zu groß, Rüde, wegen der Hündin von gegenüber, damit es keine Beißereien gibt, da fiel ihnen ein, sie könnten mir zum Geburtstag einen Kater schenken, kastriert, damit er nicht wegläuft und schön häuslich wird.«

»Dafür hast du jetzt zur Belohnung die ganze Arbeit«, mutmaßte Traute.

»Noch nicht! Goethe kommt viermal täglich zu ganz langen Spaziergängen, das Katzenklo von Schiller wird von Jonas geputzt – noch«, gab sie einschränkend zu.

»Ich werde heute einen ausgedehnten Abendspaziergang machen und mir die Hundebesitzer im Grunewald ansehen. Vielleicht mache ich es dann so wie dein Sohn. Jedenfalls werde ich mir den Tip merken.« Traute amüsierte der Gedanke, im Halbdunkel durch den Grunewald zu stromern, mich würden Kälte und die frühe Dunkelheit eher abschrecken. Mein Bedarf an Abenteuern war, zumindest kurzfristig, gedeckt.

»Hunde sind legitime Partnerschaftsvermittler«, bekräftigte Marlene.

Bei einer großen Flasche Mineralwasser kamen wir zum eigentlichen Punkt unseres Treffens zurück.

»Du warst gerade bei Gebert senior«, versuchte ich den Faden wieder aufzunehmen.

Traute berichtete Marlene kurz von dem ehemaligen SED-Parteibonzen Gebert, der mit hohen Auszeichnungen dekoriert worden war. Und der heute in Druckereien, die dem Heinrich von Ehrenfried aus Bayern gehörten, wieder das Sagen hatte. »Da wird unter anderem viel braune Soße gedruckt«, schloß sie ihre Ausführungen.

»Was ist an einem Drucker so Besonderes?« Wollte Marlene wissen. »Warum wurde der in der DDR für welche besonderen Leistungen mit Lametta verziert?«

»Er ist nicht Drucker in seinem erlernten Beruf, der alte Gebert ist Papierhersteller!« Traute blickte von einer zu anderen, als erwarte sie, daß der Groschen endlich falle.

»Du vermutest, das Papier, das wir suchen, hätte damals, vor über zehn, fünfzehn Jahren …«, langsam kam ich dahinter, was Traute meinte.

»Ja, gehen wir einmal davon aus, Gebert, Leiter einer hochwertigen Papiermühle, hätte mit dem von ihm hergestellten, handgeschöpften Papier der DDR zu unglaublich vielen Devisen verholfen. Dollars in diesem Fall. Das wäre doch einen Orden wert, oder?«

Marlene überlegte eine Weile, dann nickte sie. »Devisen, konvertierbare Währung ..., das waren die Zauberworte der Zeit. Wenn der alte Gebert in der Lage gewesen wäre, in der von ihm geleiteten Papiermühle diese Massen an hochwertigem Papier herzustellen, dann ...«

»Hoffmeister von der politischen Abteilung hat mich angerufen, kurz bevor ich Lisa am Bahnhof Zoo traf. Er hat einen Mitarbeiter, einen ehemaligen von der Papiermühle, die Gebert geleitet hat, aufgetan. Einen, den er gefeuert hat, vor der Wende, weil er ihn auf einem Zeitungsfoto bei einer der Montagsdemonstrationen in Leipzig entdeckt hatte. Dieser Mitarbeiter war mit der Begründung entlassen und in einer anderen, niedrigeren Stelle untergebracht worden, daß er ein Sicherheitsrisiko sei.«

»Ein Sicherheitsrisiko? Beim Schöpfen von Papier, unbedrucktem Papier?« Marlene lachte. »Eine merkwürdige Papierfabrik muß das gewesen sein.«

»Offensichtlich war sie das. Hoffmeister rief diesen Herrn heute morgen zu Hause an. Er scheint ganz zuverlässig, ein ehemaliger Bürgerrechtler, heute arbeitslos. Er fragte ihn nach dem alten Gebert und der Papierfabrik.«

»Dieser Hoffmeister, der ist wohl in deiner Abteilung, oder arbeitet er mit dir zusammen?« wollte Marlene wissen.

»Er war heute morgen bei mir, als die E-Mail mit den Namen der Skins und die Papieranalyse aus München kam, die Lisa an mich gesendet hatte«, erklärte Traute.

Was Traute nicht erwähnte, war, daß ich ihr die E-Mail an ihre private Adresse und nicht ins LKA gesandt hatte und daß der gute Herr Hoffmeister dann wohl bei ihr gefrühstückt haben mußte, wenn er die E-Mail gleich gelesen hatte. Ganz so langweilig schien Trautes Privatleben doch nicht zu sein.

»Hoffmeister ist bei dem Namen Gebert aus Reideburg stutzig geworden, den kannte er, aber in einem anderen Zusammenhang. Gebert senior, über den hatte er Erkundigungen eingezogen, weil dieser Leiter der Druckereien des Herrn von Ehrenfried ist. Dann hat Hoffmeister noch ein bißchen in Geberts ruhmreicher Vergangenheit nachgeforscht und ist so auf eben diesen ehemaligen Mitarbeiter gestoßen. Der hat ihm telefonisch bestätigt, daß die Papiermühle Freiheit in DDR-Zeiten vorwiegend Sonderaufträge für devisenbringende Länder gemacht hat. Sehr viel handgeschöpftes Papier sei dabeigewesen. Wasserzeichen wurden nach Wunsch mit eingearbeitet, das heißt, man hat nicht immer das der Papiermühle eigene Wasserzeichen verwendet.« Traute sah uns triumphierend an.

So ganz langsam sah ich die Zusammenhänge. »Du glaubst also, daß du damit endlich den Papierhersteller gefunden hast, der als Lieferant in Frage käme ...?« Marlene war angespannt wie ein Flitzebogen.

»Wir werden es gleich erfahren, denn ich erwarte Herrn Maruschke jeden Augenblick hier. Er hat versprochen, zu einem Gespräch zu kommen.«

»Findest du das den geeigneten Ort?« wagte Marlene zu fragen und sah sich in der Kantine um.

»Herr Maruschke hat einen Computerlehrgang gemacht und ist zur Zeit hier in einer Arbeitsbeschaffungsmaßnahme beschäftigt. Er selbst hat diesen Treffpunkt vorgeschlagen. Er geht immer in diese Kantine hier essen.«

Weil ich immer noch Hunger hatte, stand ich auf und holte mir noch einen Salat extra. Geschmacklich war es ein bißchen einseitig, aber ich widerstand dem Kasseler Rippchen mit Setzei, wenn auch nicht ohne Bedauern.

Wir aßen eine Weile schweigend, tief in Gedanken versunken, als ein Herr um die fünfzig Jahre an unseren Tisch trat: »Frau von Werth? Mein Name ist Maruschke.« Er blieb abwartend stehen, da er nicht wußte, wer von uns die Angesprochene sei. Traute erhob sich und wollte Herrn Maruschke mit Handschlag begrüßen, aber dies setzte voraus, daß sich Herr Maruschke des Tabletts entledigte. Sie bat ihn, Platz zu nehmen.

Traute bedankte sich für sein Kommen und dafür, daß er uns hier, an seiner Arbeitsstelle, treffen wollte, und vor allem bedankte sie sich dafür, daß er uns bei einigen Fragen der Papierherstellung, seinem erlernten Beruf, helfen wolle. Herr Maruschke lächelte noch immer freundlich, und ich gewann den Eindruck, es würde nicht ganz einfach sein mit diesem zurückhaltenden Herrn. Traute fragte ihn nach seinem vollen Namen und seiner Adresse und all den anderen Angaben zur Person, was sie gewissenhaft notierte.

Henner Maruschke war neunundvierzig Jahre alt, wohnte in jener Platte in der Nähe des Michelangeloplatzes. Zur Zeit fuhr er jeden Morgen mit öffentlichen Verkehrsmitteln zur Arbeit und war hier nach dem vierten Computerkurs und der fünften Arbeitsbeschaffungsmaßnahme für sechs Monate angestellt, weil hier jemand in der Buchhaltung ausgefallen war. »Schwangerschaftsurlaub«, sagte er nur, und ich hoffte für ihn, daß die junge Frau bei ihrem Baby bleiben würde, denn dann, so ließ uns Herr Maruschke wissen, hätte er eine gute Chance, eine erste feste Stelle nach der Wende zu bekommen.

Traute fragte Herrn Maruschke, ob er irgendwelche Probleme darin sehe, über unser Gespräch Stillschweigen zu bewahren. Herr Maruschke lächelte und antwortete nur: »Zur Zeit arbeite ich in der Buchhaltung. Verschwiegenheit ist kein Problem für mich.«

Traute schien die Antwort zu genügen. Als nächstes wollte sie wissen, ob er irgendwie mit der Familie Gebert aus Reideburg verwandt sei.

»Nein!«

»Uns geht es um Ihre Tätigkeit in einer Papiermühle bei Leipzig, die früher Freiheit hieß«, begann Traute ganz allgemein.

»Kombinat Papier und Druck VEB Freiheit«, lautete die lakonische Antwort.

»Damals haben Sie hochwertiges Papier, das von Hand geschöpft werden mußte, hergestellt.« Traute versuchte, sich heranzutasten.

»Wir haben alles hergestellt, Packpapier, Klopapier, Papier für den Druck und auch handgeschöpftes Papier.«

»Uns interessiert das Papier, das in Ihrer Firma für den Export ins westliche Ausland hergestellt wurde.«

»Wo das hinging, das weiß ich nicht. Die Exportpapiere gaben den Namen einer Frachtfirma in Rotterdam an.« Herr Maruschke saß jetzt auf dem vorderen Rand seines Stuhles, so als wolle er gleich wegrennen. Die ganze Unterhaltung verlief nicht so, wie sie laufen sollte. Der Zeuge, der gekommen war, um uns zu helfen, fühlte sich in die Enge getrieben. Merkte Traute denn nicht, daß er Angst hatte?

»Herr Maruschke«, Traute lehnte sich ganz lässig in ihrem Stuhl zurück, »wir benötigen Ihre Hilfe bei der Aufklärung eines Mordes.«

Das stimmte so nicht ganz, denn Traute war vom Dezernat für Fälschungen des LKA und nicht von der Mordkommission der Berliner Polizei. Herr Maruschke öffnete seinen Knopf am Jackett, setzte sich kerzengerade in seinem Stuhl zurück. Er schwieg. Die Gabel lag unbenutzt neben seinem Teller.

»Der Künstler Bodo Scheußlich ist ermordet worden, davon haben Sie sicher gehört.«

Herr Maruschke nickte.

»Wir sind in diesem Zusammenhang auf etwas gestoßen, es besteht möglicherweise ein Zusammenhang zwischen der Herstellung und dem Vertrieb von gefälschter Grafik der Klassischen Moderne, Picasso und so, und diesem Mord.«

Herr Maruschke schwieg weiter.

Dies stimmte wieder nicht so ganz, denn erstens waren die Nachforschungen wegen der wieder aufgetauchten Fälschungen im Kunsthandel angelaufen, danach war Bodo ermordet worden. Und nicht nur Bodo. Zirka zehn Tage vorher war Koschinski junior im Landwehrkanal, für seinen Mörder vermutlich zu früh, wieder aufgetaucht.

Traute trank einen Schluck Mineralwasser, bevor sie fortfuhr: »Papieranalysen haben ergeben, daß die Papiermühle, in der Sie früher beschäftigt waren, das Papier für diese Falsifikate hergestellt hat. Damals, vor vielen Jahren.«

Das war nun aber eine ganz kräftige Lüge! Die Papieranalysen hatten nur ergeben, daß so hochqualifizierte Papiermühlen, wie sie in der ehemaligen DDR existierten, dieses Papier hätten herstellen können. Dazu gehörte sicher auch das Papierkombinat Freiheit, oder wie das damals hieß. Ich wollte protestieren, aber ein warnender Blick von Traute ließ mich verstummen.

Herr Maruschke holte tief Luft und sagte nur ein Wort: »Endlich!«

Traute war ebenso verwirrt wie ich. Wir starrten den einzigen Mann an unserem Tisch neugierig an. »Wie meinen Sie bitte?« fragte sie nach.

»Endlich interessiert sich mal jemand für den ganzen Schlamassel.« Herr Maruschke lächelte zufrieden. »Über zehn Jahre hat es gedauert, nun endlich kommen Sie und fragen mich danach!« Tiefe Befriedigung war in den Gesichtszügen des Herrn Maruschke zu lesen. Doch plötzlich wurde er wieder ängstlich und zurückhaltend: »Sie geben aber nichts an die Presse?«

»Im Gegenteil!« versicherte Traute, »wir möchten nicht, daß bei dem Stand unserer Ermittlungen etwas durchsickert. Deshalb sind wir auf Ihre Verschwiegenheit angewiesen. Eine Zeugenaussage, wenn es denn dazu kommen sollte, die wird nicht der Presse mitgeteilt.«

Herr Maruschke setzte sich in seinem Stuhl zurück. Er griff seine Tasse Kaffee, nahm einen kleinen Schluck, dann begann er zu erzählen: »Die Sache mit dem geheimen Auftrag für handgeschöpftes Papier machte mich stutzig. Schon von Anfang an. Es wurde vorwiegend in der Nachtschicht hergestellt und nur von bestimmten Mitarbeitern. Ich hab zuerst vermutet, daß sie Papier für den Druck von Falschgeld herstellten wollen, Devisen … Wir haben sehr wertvolles Papier, das handgeschöpft war, hergestellt«, fügte Herr Maruschke an, weil er unsere ungläubigen Gesichter sah. »Dieses sehr hochwertige Papier wurde jeweils einzeln à hundert Stück verpackt und dann eingeschweißt in riesige Kisten gelegt, die auf Palette nach Rotterdam verschifft wurden. Jedesmal, bevor wieder eine Lieferung fertiggemacht werden mußte, herrschte große Aufregung, Sicherheitsstufe eins für die Nachtschicht, nur die besten Leute durften daran arbeiten. Das Geheimnis hieß Devisen, Devisen, Devisen! Dafür tat die ehemalige DDR alles.«

Jetzt schwiegen wir, denn wir mußten das Gehörte verarbeiten.

Unser Schweigen wurde von Herrn Maruschke falsch interpretiert. »Ich kann alles beweisen. Ich habe Papierproben genommen und mir die Adresse der Rotterdamer Frachtfirma aufnotiert!«

»Wo haben Sie das?« wollte Traute wissen.

»Versteckt, in meiner Wohnung«, Herr Maruschke war stolz auf so viel planerische Weitsicht. »Ich wußte, irgendwann einmal, da würde sich irgend jemand für dieses von mir gesammelte Material interessieren.«

»Sie waren sich klar, daß dieses Papier für Fälschungen von irgend etwas benutzt wurde?« Traute sah ihren Gesprächspartner neugierig an.

»Was ich wußte und was ich vermutete, das sind zweierlei Dinge. Ich hab während meiner Ausbildung gut aufgepaßt, und ein paar Dinge hatte ich ganz anders gelernt, als sie da liefen. So ganz bin ich nie dahintergestiegen, was da eigentlich veranstaltet wurde, also habe ich die Merkwürdigkeiten für mich gesammelt. Immer in der Hoffnung, man möge kommen und ich könnt es dann verwenden. So wie jetzt!«

Herr Maruschke machte sich über sein Seelachsfilet her, und wir warteten, bis er seinen ersten Hunger gestillt hatte. »Papier für Falschgeld haben die sicher auch hergestellt, aber da durfte ich nicht mitmachen. Da gab es außer dem alten Gebert nur noch zwei Angestellte, die daran beteiligt waren.«

»Warum sind Sie mit ihren Merkwürdigkeiten, wie Sie es nennen, nicht gleich zur Polizei gegangen, nach der Wende?« wollte Marlene wissen.

»Gnädige Frau, die Polizei hat damals andere Sorgen gehabt, nach der Wende. Vergessen Sie nicht, daß mein ehemaliger Chef wieder voll auf die Füße gefallen ist. Druckereileiter, diesmal auf der rechten politischen Seite. Der hat das kommunistische, das blaue Oberhemd abgestreift und ein weißes, kapitalistisches angezogen, so schnell konnten Sie gar nicht gucken.«

Ich verstand die Zurückhaltung des Herrn Maruschke. »Da Herr Maruschke nicht genau wußte, was mit dem Papier geschah, er keine Beweise dafür hatte, ob wirklich Papier für Falschgeld hergestellt wurde, konnte er nicht zur Polizei gehen. Vielmehr mußte er davon ausgehen, daß er sich in Gefahr befände, wenn bekannt würde, was für belastendes Material bei ihm zu holen sei.«

»Da hast du vollkommen recht«, stimmte mir Traute zu. »Vermutlich hat diese Papierfabrik außerdem Spezialbestellungen für Geldnoten ganz offiziell ausgeführt, zum Beispiel für andere Ostblockländer. Um das alles kontrollieren zu können, dürfen wir Sie bitten, uns ihr Material zu übergeben. Gleich!« setzte sie noch mit einem drängenden Unterton in der Stimme hinzu.

»Ich habe jetzt keinen Dienstschluß!«

Kurze Zeit später war ein Herr der Personalabteilung an unserem Tisch, der sich erst nach mehrmaliger Aufforderung setzte. Traute erklärte ihm, daß sein Mitarbeiter der Polizei bei einer wichtigen Sache behilflich sein könne. Dann bat sie darum, sofort ein Protokoll mit Herrn Maruschke anfertigen zu dürfen, und ob ...

Nachdem sie noch hinzugefügt hatte, daß es mit der Handwerkskammer nichts, aber auch gar nichts zu tun habe, zogen wir, Herrn Maruschke im Schlepptau, ab.

»Lange nicht mehr so preiswert gegessen«, kommentierte Marlene diesen außergewöhnlichen Ort des Treffens.

Die Fahrt zum Michelangeloplatz ging in zwei Autos schnell, und Herr Maruschke wies uns den Weg zu einer Nebenstraße, in der sich seine Wohnung befand. Sie wies nur eine Besonderheit im Vergleich zu zirka tausend Wohnungen der gleichen Bauart auf: Die Tür war aufgebrochen!

»Zurück!« befahl Traute. »Geht runter, ruft die Polizeinotrufnummer an und sagt, daß ich hier bin und warte!« Wir verzogen uns rückwärts Richtung Treppenhaus, und dann liefen wir die Treppe hinunter. Ich hatte ein Déjà-vu-Erlebnis. Unten, vor der Haustür, blieben wir stehen, Marlene kümmerte sich um Herrn Maruschke, der wie Espenlaub zitterte und ganz bleich geworden war. Ich telefonierte mit der Polizei. Keine zehn Minuten brauchte der erste Polizeiwagen, die Beamten stürmten an uns vorbei die Treppe hinauf.

Kurze Zeit später durften wir folgen, der Einbrecher war nicht mehr da. Traute hatte sich ausgewiesen und darum gebeten, nichts anzurühren. Herr Maruschke erhielt ein paar Gummihandschuhe, damit er seine Akten und Unterlagen ordnen konnte, die verstreut auf dem Boden lagen. »Hier fehlt nichts«, stellte er fest. Ihm erging es genau so wie mir, damals. Nichts fehlte, aber alles war durchkramt.

»Der Anrufbeantworter«, schlug ich aus Erfahrung vor.

Herr Maruschke besaß kein Telefon, also konnte ihm auch kein Band fehlen.

»Die Unterlagen haben sie wohl nicht gefunden«, verkündete er, nachdem er alles durchgesehen hatte.

»Wo sind die denn?« wollte Traute wissen.

»Ich habe unten noch ein Kabäuschen«, Herr Maruschke klimperte mit seinem Schlüsselbund, das er aus der Hosentasche zog. An dem hing ein Schlüssel für ein Vorhängeschloß. Wir folgten ihm in den Keller. Als das Licht angeknipst wurde, sahen wir, daß eines der Kellerabteile aufgebrochen war. Kinderski und Roller lagen im Gang.

»Zu spät«, bedauerte Traute.

»Nein, nein«, Herr Maruschke lächelte, »das ist nicht mein Abteil, ich habe mit der Nachbarin getauscht, denn so ein großes Kellerabteil hätte ich nicht gebraucht.«

Er schloß ein kleines, einem Verlies ähnliches Kämmerchen auf, in dem peinliche Ordnung herrschte, und öffnete eine Kommode, aus der er eine jener vielbenutzten Plastikaktentaschen nahm, in die man früher seine Brotzeit und die Zeitung eingepackt hatte. Er überreichte sie Traute. »Da finden Sie alles drin!« Stolz schwang in seiner Stimme mit.

Dann lief alles ganz schnell, ganz routiniert ab. Die Spurensicherung verteilte zu Herrn Maruschkes Entsetzen schwarzes Pulver. Marlene und ich halfen ein wenig aufräumen, bis es wieder halbwegs wohnlich war in der kleinen Zweizimmerwohnung. Marlene bat Herrn Maruschke, einige Sachen zusammenzupacken, denn er sollte aus Sicherheitsgründen für ein paar Tage zu seiner alleinstehenden Schwester in den Westen der Stadt ziehen. Ich besorgte den 24-Stunden-Schlüssel-Service, der meine Tür hergerichtet hatte. Als die Polizei endlich ging, kamen die Männer vom Schlüsseldienst und versprachen, eine einbruchsichere Tür zu installieren. Die neuen Schlüssel würden sie bei der Arbeitsstelle von Herrn Maruschke deponieren, und somit schien alles geregelt.

Traute hatte mehrmals in die schwarze Bakelitaktentasche

gesehen und vor Begeisterung einige Laute ausgestoßen, die wie »unglaublich, einfach unglaublich« klangen. Dann fuhr sie mit Herrn Maruschke und seiner Reisetasche los, Marlene und ich stiegen in den Polo. Ich fragte sie: »Was hältst du von der ganzen Sache?«

Marlene betrachtete das zirka sechs Geschosse hohe Haus. Die Spurensicherung räumte die Koffer und die Proben in den Kofferraum ihres Fahrzeuges und fuhr ab, nur das Auto des Schlüsseldienstes versprach noch immer, sichere Türen für jeden und überall bei Tag und Nacht zu montieren.

»Wer hat davon gewußt, daß Traute Herrn Maruschke als Zeugen hören möchte? Hoffmeister, ihr Kollege, Sie und sonst niemand!« Marlene schlug ein Stakkato mit ihrer Hand auf das Steuerrad ihres Autos.

»Doch, noch jemand, der geheimnisvolle dritte Mann!«

»Wie kann er davon erfahren haben? Nicht einmal wir wußten es.«

»Gäbe es nicht noch eine andere Möglichkeit? Gebert in Reideburg hat einen Verdacht gegen seinen ehemaligen Angestellten Maruschke, weil er den rausgeschmissen hat? Er kann unsere dilettantische Verfolgung nicht als gegen seine Söhne, sondern als gegen sich gerichtet empfunden haben.« Eine andere Erklärung fiel mir nicht ein.

»Gebert ist nicht der Kopf, der heute wieder anfängt, nach altem Muster Grafik zu verkaufen. Möglicherweise ist bei ihm was gelagert, möglicherweise hatte er wegen der Papierherstellung damit zu tun gehabt, aber wenn Koschinski und Scheußlich zwei von dreien sind, wer ist der geheimnisvolle Dritte? Der Chef?«

In meiner Einzimmerwohnung packte ich meine Reisetasche aus, versuchte, einiges im Waschbecken von Hand zu waschen, und als ich die Schweinerei sah, die ich in meiner Minidusche angerichtete hatte, beschloß ich, mit meiner dreckigen Wäsche zu meinem Vater zu fahren, und mich über dessen supermoderne Waschmaschine mit Tumbler herzumachen. Mit der S-Bahn machte ich mich auf den Weg, und, wie versprochen, wartete mein Vater am Bahnhof Friedrichstraße auf mich. Wir luden seine Waschmaschine, und dann machten wir, um dem Lärm der diversen Wasch- und Schleudergänge zu entfliehen, eine Kneipentour durch den ehemaligen Ostteil der Stadt, heute Berlin-Mitte genannt. Am späteren Abend landeten wir wieder in der Nähe der Friedrichstraße, in der *Ständigen Vertretung*, jener Kneipe, die als einzige in Berlin rheinisches Kölsch für die armen, dislozierten Parlamentarier ausschenkt.

»Und die besten Buletten der Stadt sollen sie haben, wenn man mal von meinen eigenen absieht«, mein Vater schien den Abendrundgang ebenso genossen zu haben wie ich. Obwohl hier lange Holztische waren, hatten wir ein Ende erwischt, wo wir ungestört waren. »Die Kinos und die Theater sind noch nicht aus, gegen zehn kriegst du keinen Fuß mehr durch die Tür.«

Ich betrachtete die Fotos mit Parlamentariern und Ministern, die an den Wänden hingen. »Der Bundespräsident hat hier seinen letzten Geburtstag gefeiert.« Mein Vater rieb seine Hände und betrachtete sie unschlüssig, als wisse er nicht, wo er bei seiner Erzählung anfangen solle.

»Was ist los? Dich beschäftigt was!«

»Kind, wie soll ich das nur sagen, ich bin so unschlüssig.«

Ich beugte mich vor und sah ihn über den Tisch hinweg an. »Also?«

»Im *Igel*, da redet man über nichts anderes als den Mord. Aber nichts Gescheites. Es werden die wildesten Gerüchte ausgestreut. Allen am liebsten wäre, wenn die Skins damit zu tun hätten. Von früher, von den DDR-Zeiten, da wird nicht mehr geredet, nicht laut. Hinter vorgehaltener Hand hat einer der ganz Alten, so ein ehemaliger Kulturbonze vom DDR-Erziehungsministerium, als einziger mal 'ne Bemerkung über Bodos Vergangenheit gemacht. Daß alles irgendwie zusammenhängen könne. Man habe den Koschinski im Landwehrkanal gefunden, und wer da dahinterstecke, der habe den Bodo auch ... Da ist der Frieder dazwischen, er solle den Mund halten. Bodo sei sein Freund gewesen, und nun sei er noch nicht beerdigt, und schon wage einer, über ihn schlecht zu reden. Dann war eine Zeitlang Ruhe. Plötzlich sagte einer am Stammtisch: ›Das waren die Skins, der Bodo hat seine Mörder noch porträtiert‹, und alle wollten sich sofort darüber einig sein und hackten auf den Jungen rum.«

Es war deutlich, daß mein Vater traurig war, nicht mehr erreicht zu haben, keine nachprüfbaren Resultate vorweisen zu können. Er hatte nur läppische Verdächtigungen aufgeschnappt. Dann sprachen wir noch Details der geplanten Beerdigung durch, die vermutlich in zwei Tagen stattfinden konnte, wenn alles so lief wie geplant. Voraussetzung war, daß die Leiche morgen freigegeben würde. Auf dem Heimweg kamen wir am Kabarett *Distel* vorbei, und mein Vater kaufte zwei Eintrittskarten für uns, für eine Vorstellung in zwei Wochen. »Die sind immer noch ausverkauft!« meinte er stolz.

»Der Frieder, der ist nicht so gegen die Jugend eingestellt wie die anderen im *Igel*«, fuhr mein Vater in seinen Überlegungen fort. »Als ich ging, da hab ich ein paar Motorräder gesehen, die hinten vor dem Küchenfenster standen. Da hab ich mal einen Blick in die Küche geworfen, und da warn einige Skins, die zu essen bekamen.« Mein Vater schüttelte nachdenklich den Kopf. »Man kann doch die eigenen jungen Leute nicht verkommen lassen. Sie hatten nie eine Chance. Keiner hat ihnen beigebracht, wie sie für sich sorgen müssen. Früher hat alles der Staat entschieden. Heute werden sie mit zum Teil schlechten Ausbildungen auf die Straße entlassen, keine Chance auf Arbeit.«

Wir stiefelten durch die Kälte auf seine Wohnung zu. Mein Vater sprach wie zu sich selbst. »Was kann ich von der Zukunft eines Staates erwarten, der sich so wenig um seinen Nachwuchs kümmert?«

Er erwartete von mir keine Antwort, dies war eine rhetorische Frage. Er hatte jahrelang als Lehrer an einem Gymnasium gearbeitet, und von seiner Haushälterin wußte ich, daß er wieder mit jungen Menschen im Haus am Mariannenplatz arbeitete. Er wollte sie von der Straße holen. Vielleicht war er sogar einmal ein sehr guter Lehrer gewesen!

Meine Wäsche war zwar trocken, aber ich fand es spät und zu kalt, um nach Hause zu fahren. Vater freute sich sichtlich, als ich ohne große Umstände wieder in sein Gästezimmer zog.

»Mein Kinderzimmer werde ich es jetzt nennen«, verkündete er voll Stolz. Ich dachte mit Wehmut an meine Mutter und daran, wie wenig Zeit ihnen beiden nach der Wende geblieben war.

Ich schlug mich mit ganz alltäglichen, langweiligen Büroarbeiten herum, als Traute anrief und mich zu einem Treffen gegen zwei Uhr bei ihrem Vater im Hinterzimmer des Restaurants einlud. Ich trug weiter meine Termine für Ausstellungseröffnungen ein, machte kurze Notizen und Berichte, die ich gleich an die verschiedenen Zeitungen faxte. Für Greta in New York schrieb ich ein längeres Feature über meinen Interviewpartner in Leipzig. Dann war es an der Zeit, hinunterzugehen, um auf Marlene mit ihrem Polo zu warten.

Als wir das Hinterzimmer im Lokal von Trautes Vater betraten, erwartete uns nicht ein illustrer Lunch, sondern eine Reihe von Zeichnungen, die auf dem Tisch ausgebreitet lagen. Mehrere Flaschen Mineralwasser und Gläser standen auf einem zweiten Tisch.

Die Begrüßung war kurz, Traute kam sofort zum Thema. »Dies sind die Zeichnungen der Wasserzeichen, die Herr Maruschke aus dem Gedächtnis aufgezeichnet hat. Es scheint sicher, daß wir die Papiermühle haben, die das handgeschöpfte Papier für einen großen Teil der Fälschungen hergestellt hat, die 1991 in New Jersey sichergestellt wurden.«

Wir starrten gebannt auf die Zeichnungen. »Und was ist mit Herrn Maruschke?« fragte Marlene.

»Er wohnt bis auf weiteres bei seiner Schwester in Neukölln. Ich habe ihm geraten, dort zu bleiben. Das Wissen um diese Art von Geschäften scheint nicht ungefährlich zu sein. Ich will Herrn Maruschke kein Angst machen, aber wir haben zwei Tote, Koschinski junior und Bodo Scheußlich. Wir wissen jetzt mit Sicherheit, daß der alte Gebert in der Frage der Papierherstellung der führende Kopf ist. Aber wir wissen nicht, wer von den drei Personen, von denen Koschinski in seinem Verhör gesprochen hat – wovon er eine war, die angeblich unwichtigste, wie er sagte, also wer heute der Kopf hinter den Verkäufen ist.«

»Warum nicht Gebert senior?« fragte Marlene.

»Gebert und Koschinski und Scheußlich, das Triumvirat der Fälscher, die mit den Amerikanern arbeiteten und ihnen zuarbeiteten, indem sie für das richtige Papier sorgten und einen Teil des Vertriebes in Deutschland leiteten?«

»Nicht auszuschließen«, Marlene setzte sich auf einen der Stühle und streckte ihre Beine von sich.

Ich schwieg dazu.

»Gebert: ja! Nun besteht kaum eine Frage an seiner aktiven Beteiligung. Für die hervorragende Papierqualität, für den aus dem Export erzielten Devisengewinn bekam er seinen Orden, keine Frage. Koschinski hat bei seiner Verhaftung zugegeben, daß er etwas über eine Dreiergruppe berichten wolle, die auf Kunstfälschung spezialisiert gewesen sei. Seine Bedingung war, in ein Gefängnis in den alten Bundesländern verlegt zu werden. Ich habe heute morgen noch einmal alle Protokolle der alten Vernehmungen durchgelesen. Koschinski hat sich als einen der Beamten beschrieben, der im Wirtschaftsministerium für die Ausfuhrpapiere besorgt war. Außerdem war er ein bestechlicher Beamter. Er erhielt bei einer Ausreisegenehmigung, wie sie für Rentner und Freigekaufte schon vor der Wende möglich war, ein paar alte ›Andenken‹, Möbel oder Bilder oder wertvolle Bücher. Koschinski war vermutlich wirklich das kleinste Licht. Er sprach von einem Mann, damals ganz oben und gefährlich, der noch nie vor irgend etwas zurückgeschreckt sei.«

»Bodo?« fragte ich besorgt.

»Nein, das ist einer der Gründe, die gegen Bodo als direkt Beteiligten sprechen. Bodo Scheußlich war nicht einmal in der SED. Er genoß gewisse Freiheiten, hatte einen Reisepaß mit Visum für die BRD und die USA, aber er war kein Parteibonze. Er war nicht ›ganz oben‹, und vor ihm mußte sich niemand fürchten. Bodo kann der dritte Mann nicht gewesen sein. Und Gebert ist ein guter Handwerker, ein Meister in seinem Fach, aber kein Macher, kein Cheftyp. Im Grunde nur einer der vielen Kriecher, die ihr Fähnchen nach dem Winde hängen.«

»Also ein Wendehals«, meinte Marlene enttäuscht.

»Vermutlich nicht viel mehr. Aber von den Kollegen in Leipzig, da gibt es einen jungen Kommissar, der mit der alten Garde nichts zu tun hat, der sorgt dafür, daß Gebert ein wenig überwacht wird. Daß die Polizei weiß, wo er hingeht, daß er nicht aus Versehen wegfährt. Sie behalten im Auge, ob er regelmäßig zur Arbeit erscheint. In Reideburg, diesem Nest, da wird es schwieriger. Da fällt ein Fremder auf. Da können wir gar nichts machen.« Traute zuckte bedauernd die Schultern.

»Für Reideburg, also da wüßte ich eine Lösung. Wenn du vielleicht Geld für die Telefonkosten für ein Handy lockermachen könntest ...«, ich holte tief Luft.

»Die Kosten werde ich schon irgendwie unterbringen können, daran sollte es nicht scheitern ...« Traute grinste.

»Darf ich mal ...?« Ich deutete auf das Telefon auf dem Nebentisch.

»Bitte, bedien dich!«

Ich wählte Antons Nummer in den Franckeschen Stiftungen, fragte, wie lange Gertrud tagsüber Zeit hätte und wann ihr Fortbildungskurs beginne.

»Gertrud fängt ihren Kurs erst in zehn Tagen an.« Anton wagte nicht zu fragen, warum ich das alles wissen wollte.

»Anton, kannst du Gertrud bitten, zu Tante Hildegunde nach Reideburg zu ziehen? Da Tantchen krank ist, es ihr nicht so gut ginge ... so was in der Art soll sie sagen.«

»Total null problemo«, verkündete Anton im neudeutschen Slang.

»Gib mir bitte ihre Telefonnummer, ich erkläre ihr dann alles«, bat ich.

Obwohl Anton vor Neugier zu platzen schien, fragte er nicht lange, sondern rückte die Telefonnummer der über alle Maßen patenten Gertrud heraus.

»Willst du?« fragte ich Traute.

»Wenn du schon so inoffizielle Dinge in die Wege leitest, dann laß sie inoffiziell sein und bleiben. Wenn deine Gertrud es einrichten kann, daß sie in derselben Straße in Reideburg wohnen kann wie Geberts, dann wäre es für uns, beziehungsweise für dich, ganz wichtig zu wissen, wann Gebert senior morgens wegfährt, wann er heimkommt, ob er mit Koffern abfährt oder sonst merkwürdige Gegenstände bei sich hat.«

»Merkwürdige Gegenstände, damit meinst du unter anderem Papprollen, in denen Grafiken versandt werden könnten«, mutmaßte ich.

»Richtig! Sie soll mit deinem Handy oder mit Marlenes Kontakt aufnehmen und die Zeiten, wenn nicht per Telefon, so per SMS durchgeben. Wenn alles schiefgeht, dann muß sie behaupten, daß sie eine Journalistin beim Berliner Rundfunk bei einer Recherche über neue Führungskräfte und deren Tagesablauf unterstütze. Marlene als möglicher Auftraggeber ist für sie und ihre Tante ungefährlicher als eine Zusammenarbeit mit jemandem vom LKA. Und überhaupt ...« Trautes Stimme schwoll an, und sie rief in einer Mischung von Verzweiflung und Wut, in der ihre Hilflosigkeit zum Ausdruck kam: »Wißt ihr eigentlich, daß es so ungefähr nichts Illegaleres gibt, als so eine Aktion, wie du sie dir da ausdenkst, zu unterstützen?« Sagte es und legte hundert Mark aus ihrem Portemonnaie auf den Tisch. »Für die Telefonkarte.«

»Mit einer wird sie nicht weit kommen«, meinte Marlene trocken und legte einen zweiten Hunderter auf den Tisch.

Nachdem ich aus meiner Tasche einen dritten beigesteuert hatte, steckte ich das Geld wieder ein und versprach, es an die richtige Adresse zu überweisen. »Gib her«, Marlene hielt die Hand auf. »Ich überweise es vom Sender aus, das ist für uns alle drei und für Gertrud ein neutralerer Absender.« Wir nickten, und die dreihundert Mark wechselten noch einmal das Portemonnaie.

Gertrud war auch diesmal nicht schwer von Begriff. Ich erklärte, und sie hörte zu. Ich bat um ihre Kontonummer und versprach, dreihundert Mark zu überweisen, wegen der Telefonkarte, und sie begriff. »Für Reideburg brauche ich die Karte eines anderen Anbieters. Es muß einer sein, der eher die ländlichen Gegenden abdeckt, aber ich weiß, wer dafür in Frage kommt.«

Ich wollte ihr erklären, wie eine SMS per Handy verfaßt und abgesandt werden kann, doch sie lachte nur und meinte, mit dieser preiswertesten Form der Datenübermittlung stünde sie auf sehr gutem Fuß. Ich hätte mir am liebsten selbst einen Tritt in den Hintern gegeben. Warum war ich nur immer der Meinung, ich müsse »denen im Osten« irgend etwas beibringen? Menschen, die ein vom Westen und Osten hofiertes Regime in die Wüste geschickt hatten, ohne einen Tropfen Blut zu vergießen, die hatten mehr auf dem Kasten, als wir Wessis ihnen zutrauten. Ich hätte wissen müssen, daß Gertrud meiner Nachhilfeangebote nicht bedurfte.

»Ich habe verstanden, und ich melde mich bei dir, sobald ich meine neue Telefonkarte habe und die Nummer weiß.« Gertrud hatte aufgelegt, und wie ich sie einschätzte, packte sie ein paar Sachen zusammen, holte in der Nähe des Alten Marktes die neue Telefonkarte und machte sich auf den Weg nach Reideburg. Ich atmete erleichtert auf. Die Überwachung des Herrn Gebert senior lief, soweit dies ohne großes Aufheben zu bewerkstelligen war. Es sollte nur verhindert werden, daß sich diese für uns so wichtige Person über Leipzig oder Berlin in den Rest der Welt verkrümelte.

»Mir geht es gegen den Strich«, verkündete Traute, »aber ich sehe ein, daß es keine andere Möglichkeit gibt, um über die Dinge in der direkten Umgebung des Wohnortes Gebert orientiert zu sein. Hoffentlich geht alles gut!« fügte sie noch wie ein Stoßgebet hinzu, und ich schloß mich dem innerlich an.

»Bleibt nur noch die Frage zu klären, wer hat die Information aus deinem Haus an wen weitergegeben, daß du Herrn Maruschkes Einvernehmen willst«, Marlenes Stimme klang aggressiv anklagend.

Traute sammelte die auf der grünen Tischdecke ausgelegten Papiere ein und steckte sie wieder in die Bakelitaktentasche. »Nur Hoffmeister wußte davon, er hat Maruschke für mich gefunden. Hoffmeister kann es nicht gewesen sein, denn er hat mir davon erzählt und ist dann die ganze Nacht geblieben. Meine Wohnung ist so klein, er hätte nicht mal vom Klo aus mit irgend jemandem telefonieren können, ohne daß ich es höre.«

Wir müssen Traute ziemlich blöde angestarrt haben, denn sie lächelte unsicher zurück. »Auch Kriminalhauptkommissarinnen sind Frauen und haben interessante Kollegen, wie überall auf der Welt, wo Männer und Frauen zusammenarbeiten«, verkündete sie mit einem leichten Achselzucken.

»Hat Hoffmeister einen Vornamen?« wollte Marlene wissen, die sich als erste gefaßt hatte und wieder zur Tagesordnung überging.

»Nein! So intim sind wir noch nicht.« Traute wollte das Thema beenden, das merkte ich ihrem Ton an.

»Und wer von seinen Kollegen wußte, daß sich Hoffmeister für Henner Maruschke interessierte?« wollte ich wissen.

Traute schoß herum und starrte mich an. »Du meinst ...?«

»Wir können's nicht gewesen sein, wir haben's nicht gewußt. Der Einbruch bei Maruschke muß in der Mittagspause stattgefunden haben, während wir mit ihm in der Kantine der Handwerkskammer saßen«, beharrte Marlene.

Traute hielt einen Zettel in der Hand, mit dem sie herumwedelte, als wolle sie etwas Wichtiges sagen und habe es plötzlich vergessen. »Du meinst also ...«, wiederholte sie und schlug sich mit der flachen Hand an die Stirn. »Natürlich, nur so kann es möglich sein.«

Ihr Vater, Herr von Werther, kam herein, fragte, ob er endlich ... Traute nickte, dann wurde jeder von uns eine Salatplatte mit warmer Entenbrust und Vollkornbrot dazu gebracht. All dies ließ sich vorzüglich in meinen neuen Eßplan einfügen. Wir setzten uns endlich. Ich hatte schon Angst gehabt, wir würden diesmal nicht in den Genuß der hervorragenden Küche von Trautes Vater kommen und vollkommen in der Arbeit aufgehen.

»Bei Hoffmeister in der Abteilung ... Natürlich! Das macht endlich Sinn. Wenn ich etwas wissen will, dann setze ich einen Spitzel auf die Politischen an.« Sie nickte zufrieden vor sich hin, war offensichtlich erleichtert, eine mögliche Lösung gefunden zu haben, und begann, in ihrem Salat herumzustochern. Für jemanden, der so lustlos aß, würde ich mich weigern zu kochen. Da waren Marlene und ich doch von ganz anderem Kaliber, wir stürzten uns freudig auf unseren Salat.

»Ich werde mich um die Sache mit der undichten Stelle kümmern, Hoffmeister wird nicht erfreut sein, wenn er realisiert, daß es nur bei ihm passiert sein kann, aber es ist nicht zu ändern. Er muß der Sache auf den Grund gehen.« Damit war für Traute dieses Problem abgeschlossen, und sie wandte sich ganz der Köstlichkeit zu, die uns ihr Vater hingestellt hatte.

»Was ist das mit dem Zettel, mit dem du vorhin rumgewedelt hast«, wollte Marlene nach dem ersten Gang wissen.

»Die Adresse der Rotterdamer Transportfirma, die ich aus der Aktentasche des Herrn Maruschke habe. Es gibt sie nicht mehr. Sie ist vor genau zehn Jahren geschlossen worden. Eine Transportfirma, die auf Transporte aus dem damaligen Ostblock spezialisiert war. Die Mitarbeiter konnten sogar Russisch!«

»Wir haben verstanden«, lachte Marlene. »Zumindest haben wir nun eine weitere heiße Spur, die im Sande verlief.«

Kaum waren unsere Teller abgeräumt, der zweite Gang, selbstgemachte Lachsravioli aufgetragen, klingelte mein Mobiltelefon. Es war Gertrud, die in der Zwischenzeit bei Tante Hildegunde eingetroffen war. Sie gab mir ihre Telefonnummer und berichtete, daß Gebert senior am Morgen wie üblich das Haus verlassen hatte und vermutlich Richtung Druckereien in Leipzig gefahren war. Das wußte sie von Tante Hildegunde. Überhaupt war Tante Hildegunde begeistert davon, daß sie bei dem Spiel beteiligt war, hatte sie doch noch nie soviel Besuch von ihrer Nichte gehabt wie in den letzten Tagen.

»Spiel?« echote ich fassungslos.

»Ein Spiel ist es für sie«, meinte Gertrud beschwichtigend, »doch sie nimmt es sehr ernst. Sie hat sich für einen Kreislaufkollaps mit gelegentlichen Schwindelanfällen als mögliche Krankheit entschieden und findet es herrlich, mich hier zu haben. Selbstverständlich paßt sie mit auf, was sich tut, wenn ich einmal einkaufen bin. Ich wollte dir nur schnell Bescheid geben, wie du mich erreichen kannst, jetzt werde ich mich erst einmal bei meiner Tante installieren.«

Ich bedankte mich und legte auf. Es gab zum Dessert ein Zwetschgensorbet und selbstverständlich einen Cappuccino.

»Das ist kein Spiel«, Traute war beunruhigt.

»Wie alt ist Tante Hildegunde?« wollte Marlene wissen. »Ungefähr?«

»Weit über achtzig«, mutmaßte ich.

»Dann mußt du dir nicht den Kopf zerbrechen. Die Frau hat die Weimarer Republik, das Dritte Reich, den Zweiten Weltkrieg und die DDR überlebt, die wird auch mit der Überwachung der Geberts nicht überfordert sein.«

»Mögest du recht haben«, Traute stöhnte innerlich, weil ihr

vermutlich alles viel zu dilettantisch vorkam. Doch es bot sich keine bessere Lösung als eine wachsame Gertrud für die private Überwachung der Geberts an.

Marlene und Traute notierten Gertruds Telefonnummer, und nachdem wir uns bei Herrn von Werther für die ausgezeichnete Bewirtung bedankt hatten, verabschiedeten wir uns voneinander. Es gab für jede von uns genug zu tun.

Spät am Abend klingelte mein Telefon. Ich saß am Schreibtisch und arbeitete. Innerlich zuckte ich immer noch zusammen, wenn dieses Telefon-Faxmonstrum anschlug. Noch immer fürchtete ich, einen von Frau Kunzes Kunden an der Strippe zu haben. Doch es meldete sich nur mein Freund Anton, und ich atmete erleichtert auf. »Wen hast du denn erwartet?« fragte er mich, weil er meine Anspannung bemerkte.

»Mit meinem Telefon ist jetzt alles in Ordnung, die Geschichte erzähle ich dir ein anderes Mal«, versprach ich ihm. Es war schön, Antons Stimme zu hören.

»Gertrud hat mir berichtet, was sie zu tun hat. Ich ziehe ebenfalls für einige Nächte zu Tante Hildegunde, denn dann kann nachts jeder eine paar Stunden schlafen. Ich gebe mich als Gertruds Freund aus, da fällt es nicht auf, wenn ich unter diesen Umständen ebenfalls dort nächtige.« Es klang, als ob Anton meine Erlaubnis haben wollte.

Zwei Dinge hatte ich nicht bedacht: Es muß eine Überwachung des Haushaltes rund um die Uhr sein! Wenn wir verhindern wollten, daß der alte Gebert sich im Dunkeln dünne machte, dann mußten alle Vorgänge um das Haus Gebert beachtet werden. Dazu gehörte zum Beispiel, ob seine Frau Koffer ins Auto trug, besondere Einkäufe tätigte oder besonders wertvolle Gegenstände aus dem Haus wegschleppte. All diese Dinge konnten ein möglicher Hinweis auf eine geplante Flucht ins Ausland sein.

Eine Person konnte eine solche Überwachung gar nicht alleine durchführen, weil kein Mensch den ganzen Tag lang konzentriert auf irgendwelche Vorkommnisse achten kann. Gertrud konnte das Treiben um das Gebertsche Haus nicht vierundzwanzig Stunden im Auge behalten, irgendwann einmal mußte sie schlafen. Anton hatte vollkommen recht, wenn er unter diesem Umständen ebenfalls bei Tante Hildegunde als Untermieter einziehen wollte. Ich sagte ihm, daß ich dies für eine sehr gute Idee hielt, und beglückwünschte ihn zu seinem Einfall.

»Morgen kommt die Telefongesellschaft und installiert ein Telefon bei Tante Hildegunde. Ein Telefon mit Fax, wie findest du das?« erzählte Anton weiter.

»Um des Himmels willen, das ist sicher sehr teuer!« rief ich entsetzt.

»Tante Hildegunde findet, daß sie in einem Alter ist, in dem man ein Telefon am Bett haben sollte, wenn man alleine lebt.« Anton lachte vor sich hin. »Zwei ihrer Freundinnen haben so ein Telefon-Fax, und sie schreiben sich Briefe oder kurze Nachrichten, und Tante Hildegunde hat das enorm imponiert, und nun möchte sie auch so ein Gerät haben.«

In den neuen Bundesländern ging man zweifellos mit der Zeit. Kaffeekränzchen ließen sich per Fax organisieren. Ich mußte lachen. »Hat sie denn so viel Geld?« fragte ich besorgt.

»Weißt du, sie gibt nie etwas aus, lebt ganz sparsam und meint, das dürfe sie sich leisten.« Eine Weile quatschten wir noch, und es war so beruhigend, seine Stimme zu hören. Ich fühlte mich weniger allein gelassen, weil Anton noch immer diese herrliche Eigenschaft hatte zu erzählen. So wie früher! Wir fanden zu unserem alten Ton zurück, manchmal genügten Andeutungen, hingeworfene Bemerkungen.

Irgendwann, nach zehn Uhr, ging ich zu Bett, weil ich am nächsten Morgen zu einer Auktion gehen wollte, die zwar erst um elf Uhr beginnen sollte, die Vorbesichtigung war aber auf neun Uhr des gleichen Tages angekündigt worden. Diese Auktion war in einem großen Hotel in einem der Konferenzräume angesetzt und versprach Skulpturen und Gemälde von Barock und Rokoko. Einen Katalog gab es nicht, also konnte ich mich nicht in Ruhe auf die Auktion vorbereiten, wie dies bei renommierten Häusern der Fall war, die Wochen vorher ihre Kataloge an die Kunden versandten.

Am nächsten Morgen erhielt ich gegen acht Uhr Bericht aus Reideburg. Herr Gebert war nur mit einer Aktentasche in seinem Opel abgefahren, wahrscheinlich zur Arbeit, stand zu vermuten. Ich bedankte mich, gab die Neuigkeit an Traute weiter, die nun ihren Kollegen in Leipzig Bescheid sagen konnte.

Ich machte mich fertig, nicht ohne vor dem Anziehen auf eine neue Waage gestiegen zu sein. Drei Kilo weniger! Danach kaute ich jetzt sehr viel überzeugter an meinem Vollkornbrot herum.

Große Plakate wiesen schon am Eingang den Weg. Ich ging durch die Halle und fuhr mit dem Lift in den vierten Stock. Schon an der Lifttüre standen zwei Sicherheitsbeamten. Ich zeigte meine Einladung und durfte passieren. Mantel und Tasche mußte ich an einer improvisierten Garderobe abgeben, lediglich meine kleine Handtasche war erlaubt. Dann durfte ich eintreten. Auf langen Tischen waren Barockfiguren, Madonnen, Putten, kleine Gemälde auf Holz, die aus großen Altarwerken stammen konnten, ausgelegt. Auf grünem Samt wurden Kostbarkeiten wie gepunzte Kelche, Kerzenständer und sogar ein kleines Tabernakel ausgestellt. Kleinere Gegenstände waren unter einer Haube aus Glas. Ich verstand, warum ich meine etwas größere Tasche hatte abgeben müssen. Zu viele der Exponaten hätten da hineingepaßt. Sicherheitsbeamte standen an den Türen des großen Raumes, lehnten zwischen den Fenstern und schlenderten scheinbar uninteressiert durch den Raum. Ich zählte sieben Beamte.

Immer mehr beschäftigte mich die Frage, wieso Herr Feuerstein mir eine Einladung zu dieser Auktion zugesandt hatte. Nur mit sakraler Kunst hatte ich nicht gerechnet. Das war nicht mein Metier. Gerade als ich mich umdrehen wollte, um zu gehen, sah ich ihn. Albert Feuerstein war in eine Madonna versunken, deren strahlende Farben eine Restaurierung in jüngster Zeit erahnen ließen. Langsam schlenderte ich auf ihn zu. Herr Feuerstein sah auf, als ich gerade nahe neben ihm stehengeblieben war. Er war gerade in den Anblick zweier Putten versunken gewesen.

»Schön, Sie wiederzusehen!« Er kam auf mich zu und schüttelte mir die Hand. »Also sind Sie der Einladung, die ich Ihnen zugesandt habe, doch gefolgt. Es freut mich für Sie.« Er lächelte mich freundlich an, und so fiel es mir schwer, ihn darauf hinzuweisen, daß sakrale Kunstwerke, auch wenn sie hier in der säkularen Umgebung eines Luxushotels ausgestellt seien, nicht ganz mein Metier waren.

»Sie sind Journalistin, und als Journalistin wird Sie interessieren, was hier so passiert«, verkündete er und führte mich in den Nebenraum. Hier sollte ganz offensichtlich die Auktion stattfinden. Gedämpftes Licht, geschlossene Vorhänge, ein Pult an der Schmalseite des Raumes, erhöht auf einem Podest, zeigte an, wo der Auktionator stehen würde. Ungefähr zwanzig Stuhlreihen füllten den Raum.

Herr Feuerstein wies mir einen Platz an, und während ich mich ganz verblüfft auf einen der roten Samtstühle fallen ließ, meinte er freundlich: »Bis jetzt sind Sie die einzige Journalistin hier.« Dies schien ihn zu freuen, während ich mir sagte, daß die Kollegen sicher wußten, warum sie nicht zu dieser Auktion gekommen waren. Hier war vielleicht für gewiefte Antiquitätenhändler ein Schnäppchen drin, sicher aber nicht für die Presse.

In der Zwischenzeit kamen weitere Interessenten aus dem Schauraum, und der Auktionsraum füllte sich. Wir saßen, wie ich gerne im Kino saß, weit hinten, und es wurde voller und voller. Herr Feuerstein studierte einen maschinengeschriebenen Katalog, in dem er eine Reihe von Exponaten angestrichen hatte. Die entsprechenden Lot-Nummern hatte er auf einen Zettel geschrieben. Es versprach ein herrlich langweiliger Vormittag zu werden. Wenn wenigstens mein Handy gepiepst hätte, so daß ich hätte vortäuschen können, ganz dringend weg zu müssen. In meiner Handtasche blieb es ruhig, und die Auktion nahm ihren Gang.

Ich betrachtete mir die Leute genauer, weil es mir vollkommen egal war, wer wieviel für welche Madonna zahlte und ob die Fassung alt oder restauriert war. Vier Sicherheitsbeamte in Uniform sicherten den Auktionsraum. Warum sicherten sie nicht die Objekte im Schauraum, oder waren da noch mal so viele Männer? Befand sich eine Berühmtheit unter den Bietern? Ähnlich wie beim Pferderennen waren die Besucher einer Auktion in der Regel gut gekleidet. Frau trug sogar Hut, ein Kleidungsstück, das die Berlinerin schon immer schätzte. In echte Pelze oder edle Kaschmirmäntel gehüllt, teilweise mit Schmuck behängt, saß man mit möglichst gelangweiltem Gesichtsausdruck da und tat, als ob man sich für keinen der zur Versteigerung ausgerufenen Artikel interessiere. Ein gelegentliches schnelles Hochheben der Hand oder einer Nummer, falls der Bieter dem Auktionator nicht schon persönlich bekannt war, signalisierten den Kaufwunsch. Zumindest den gelangweilten Gesichtsausdruck, den kriegte ich prima hin.

Als einer der Lots zur Versteigerung ausgerufen wurde, die Albert Feuerstein auf seinem Zettel notiert hatte, bot er mit. Er bot mit Feuereifer, bis er die meisten Interessenten abgeschlagen hatte. Dann trieb er den Preis, angestachelt von einer älteren Dame mit schwarzem Filzhut, dessen Größe den Durchmesser eines Wagenrades haben durfte, in die Höhe. Was faszinierte Herrn Feuerstein an zwei kleinen Putten?

Längst hatten die anderen Bieter jedes Interesse verloren und beobachteten den Kampf der älteren Dame mit Herrn Feuerstein, der ebenso abrupt endete, als Feuerstein dem Auktionator ein Zeichen gab und damit sein Desinteresse für die Putten signalisierte. Wütend funkelte ihn die Dame an, anstatt, wie ich vermutet hätte, sich zufrieden zurückzulehnen. Was auch immer da vorgehen mochte, ich verstand es nicht, obwohl ich in New York schon an vielen Auktionen teilgenommen hatte.

Dasselbe Spielchen wiederholte sich noch viermal. Nur einmal war Herr Feuerstein in seinem Rückzug nicht schnell genug und ersteigerte eine Barockmadonna aus dem süddeutschen Raum. Langsam hatte ich den Verdacht, die hier angebotenen Werke, um die Herr Feuerstein scheinbar so erbittert stritt, seien vom ihm höchstpersönlich eingeliefert worden und er habe nur den Preis hochtreiben wollen. Ich war nicht die einzige, die mehr und mehr von dem Prozedere der Auktion gefesselt war. Ein etwa mittelalterlicher Herr in dunkelgrauem Tuch und mit auffallend rotem Taschentuch in der Brusttasche saß am linken Ende derselben Reihe, in der wir saßen. Er sah sich öfter nervös um. Zwei der Sicherheitsbeamten hatten sich wie zufällig Richtung Ausgangstüre bewegt.

Nicht nur das Verhalten von Herrn Feuerstein und seine Methode, die Preise hochzutreiben, berührte mich merkwürdig. Als der nervöse Herr in Grau sein rotes Kavalierstaschentuch gegen ein weißes eintauschte, überlegte ich krampfhaft, wem dieses Zeichen wohl gelten mochte. Die ältere Dame mit schwarzem Hut, die sich mit Herrn Feuerstein viermal einen Wettkampf im Überbieten geliefert hatte und diesen dreimal für sich entscheiden konnte, drehte sich um, warf einen Blick auf den Herrn in Grau, stutzte, versuchte aufzustehen und sich in der besetzten Reihe durchzudrängen. Plötzlich hielt sie inne und ließ sich auf einen freien Stuhl am Ende der Reihe fallen und stöhnte leicht auf. Der Auktionator unterbrach kurz, aber als er sah, daß wieder Ruhe eingetreten war und die Interessenten ihm ihre ungeteilte Aufmerksamkeit zuteil werden ließen, bot er das nun folgende Lot zur Versteigerung an.

Da die einzelnen Lots im Nebenraum vorher besichtigt worden waren, wurde bei den größeren Gegenständen, wie Truhen oder Kommoden, darauf verzichtet, sie in den Auktionsraum zu schleppen. Lediglich ein Diaapparat projizierte ein Farbdia an eine weiße Leinwand hinter dem Auktionator. Dafür wurde der Raum kurz etwas mehr abgedunkelt. Genau diesen Augenblick benutzte die ältere Dame mit dem schwarzen Hut, sich zu erheben und dem Ausgang zuzustreben. Zwei Sicherheitsbeamte begleiteten sie, einer faßte sie am Arm.

»Sagte ich nicht, daß das hier etwas für eine aufgeweckte Journalistin ist?« schmunzelte Herr Feuerstein.

Der Herr im grauen Tuch mit den wechselnden Taschentüchern in der Brusttasche sah sich um, bemerkte, was vorging, und blieb ruhig sitzen. Einer der Sicherheitsbeamten ging auf ihn zu und zeigte eine Metallmarke. Der Herr erhob sich und folgte dem Beamten ohne Widerspruch zum Ausgang.

Von wegen Sicherheitsdienst! Kriminalpolizei der Stadt Berlin in Uniformen eines Sicherheitsdienstes! Deshalb waren hier so viele Beamte. Ich drängelte mich ebenfalls zum Ausgang und erreichte die Tür, bevor das Licht im Raum nach der Diaprojektion wieder heller gestellt wurde. Kaum jemand im Saal hatte bemerkt, daß zwei Personen festgenommen worden waren. Ich, ganz neugierige Journalistin, mußte sofort hinterherstiefeln. Ich warf einen schnellen Blick auf Herrn Feuerstein, der sich diebisch freute über das, was sich da in aller Ruhe und vornehmer Heimlichkeit des Halbdunkels abgespielt hatte.

Ein Herr mit zweifelsfrei bayrischem Idiom begrüßte gerade

die beiden Festgenommenen wie alte Bekannte und freute sich sichtlich, sie zu sehen. Die Herren von der Berliner Polizei, insgesamt vier Beamte, brachten das Pärchen weg, und ich stürzte mich auf den Herren aus Bayern. Was ich von ihm erfuhr, ließ mich innerlich jubilieren. Nur zu bereit, der Presse von seinem Erfolg zu berichten, erzählte er mir ausführlich von jahrelangen Fahndungsmißerfolgen, Rückschlägen und intensiver Kleinarbeit, bis er dank des Hinweises eines nicht genannt sein wollenden Kenners endlich ans Ziel gelangt ist. Besagter Kenner habe ihm mitgeteilt, daß der nur an wenige Händler versandte Katalog vermutlich deshalb ohne Abbildungen sei, weil die Werke, die zur Auktion gelangen sollten, dem Fachmann von den Fahndungslisten der Polizei bekannt sein dürften. Es stünden eine Reihe von Madonnen zur Versteigerung, deren Provenienz wohltönend adlig sei. Bei genauerer Nachforschung handelte es sich immer um Häuser, die schon seit einigen Jahren oder Jahrzehnten ausgestorben seien. Somit könne niemand die Herkunft der eingelieferten Ware überprüfen.

Ich war hell begeistert. Ich, die einzige anwesende Journalistin, erhielt zum ersten Mal die Gelegenheit, über einen so interessanten Kriminalfall zu berichten. Einzelheiten, wie die Fahndung verlaufen war und wie es zu einer Festnahme gekommen war, erfuhr ich im Detail. Ich wollte dem eingeflogenen Kriminalhauptkommissar aus München, der auf die Kirchendiebstähle in Bayern spezialisiert war, weitere Einzelheiten entlocken.

Er verriet mir, daß diejenigen Madonnen und Heiligen, deren Kopf und Arme separat gearbeitet worden waren, von den Dieben demontiert und an andere Figuren angesetzt worden seien. Hatte man die gestohlenen Skulpturen dann noch mit neuer Bemalung versehen, war eine Identifikation trotz europaweit versandter Fahndungsblätter, die der Fachhandel erhalten hatte, unglaublich schwer bis unmöglich.

»Anders zusammengesetzt? Neu bemalt?« fragte ich verblüfft.

Der Herr vom LKA in München war bestens ausgerüstet, er überließ mir zwei reproduktionsfähige Schwarzweißaufnahmen einer gestohlenen Madonna und eines heiligen Michaels.

Dann nannte er mir die Namen der Kirchen in Bayern und gab mir die Daten, wann sie entwendet worden waren. Dazu erhielt ich von ihm zwei neue Schwarzweißfotografien derselben Madonna und des desselben heiligen Michaels, nur daß die Arme der beiden miteinander vertauscht worden waren. Das führte dazu, daß der heilige Michael seine Lanze nicht richtig hielt und die Madonna eine Handbewegung machte, als wollte sie das liebe Jesulein verhauen.

Nun verstand ich, warum Herr Feuerstein die Preise hochgetrieben hatte, und die Wut der Dame, die auf den Madonnen und Putten sitzengeblieben war. Der Kunsthändler würde kaum den überhöhten Preis für die von ihm ersteigerte Madonna entrichten müssen. Das Landeskriminalamt in München, Abteilung Kunstdiebstahl, würde ihn von dieser Verpflichtung erlösen. Ein Scheinkauf also. Ich erkundigte mich noch, ob der Auktionator mitgespielt habe oder … Doch darüber mochte sich der bayrische Kommissar nicht äußern. Der Name Feuerstein war nicht einmal während unserer ganzen Unterhaltung gefallen. Das Auktionshaus sei ebenfalls von der Polizeiaktion überrascht worden, und selbstverständlich hatte das Hotel keine Ahnung, was sich in ihren Mauern abspielte.

Mit ausreichendem Material für einen Sonderbericht verabschiedete ich mich von dem pressefreundlichen Bayern und begab mich nach Hause, um mich gleich an den Schreibtisch zu setzen. Zwei Stunden später gingen unterschiedliche Artikel mit den gescannten Bildern als E-Mails an drei verschiedenen Zeitungen in den Staaten. Greta Mitchener, der ich einen Presseausweis sowie meine erste halboffizielle Anstellung in diesem Metier verdankte, erhielt die ausführliche Story, ausgeschmückt und mit so viel Lokalkolorit versehen, daß jedem Sammler von barocken Skulpturen Angstschauer über den Rücken rieseln mußten.

Nachdem ich Herrn Feuerstein in seiner Galerie endlich erreicht hatte und ihm die von ihm verlangte Anonymität zugesichert war, entlockte ich ihm weitere Einzelheiten. Dann bedankte ich mich bei ihm noch einmal, weil er mich zu dieser Auktion eingeladen hatte und mir damit die Story exklusiv verschafft hatte.

»Wenn nichts passiert wäre, dann hätten Sie mir diese Einladung zu so einer langweiligen Auktion ganz schön übelgenommen«, antwortete er amüsiert.

Zum Glück konnte Herr Feuerstein am Telefon nicht sehen, wie rot ich wurde.

Ich hatte es geschafft! Es war unglaublich, aber wahr! Nicht, daß ich schon wieder abgenommen hätte, nicht, daß mein Hosenbund noch mehr wohlige Weite signalisiert hätte, nicht, daß ich mich deshalb besser und schneller bewegen konnte und sehr viel fitter fühlte. Das sowieso!

Nein! Viel, viel toller! UPI, United Press International, hatte meinen Artikel über die Festnahme einer Bande von Kirchenräubern, von Greta Mitchener in New York gefaxt, durch einen Telefonanruf bei der Berliner Polizei verifizieren lassen und ihn als Agenturmeldung weitergegeben. Eine Kunsthistorikerin in Berlin fabrizierte eine Meldung, die es wert war, von UPI übernommen und weltweit als Pressemeldung an alle Agenturen gesandt zu werden. Wahrscheinlich kriegte ich für die paar Zeilen, die aus meiner Meldung gemacht wurden, nur einige wenige Dollar, aber das war mir egal. Ich war unsagbar stolz auf mich und dankbar, daß Albert Feuerstein mir diese Chance gegeben hatte. Ihn, den Kenner, den Fachmann, der sofort die Zusammenstückelei, wie er es nannte, der Skulpturen erkannt hatte, der gesehen hatte, wo Arme und Köpfe ausgetauscht worden waren, ihn hatte ich auf seinen eigenen Wunsch hin selbstverständlich nicht erwähnt.

»Sonst bin ich verbrannt, meine Liebe«, hatte er mir gestern noch am Telefon gesagt. »Welches Auktionshaus schickt dann noch Auktionskataloge an mich?«

Wir hatten am Telefon beide darüber gelacht. Obwohl die Vorbereitung der Auktion, die kurze Besichtigungszeit, die für die Interessenten gerade eine gute Stunde davor angesetzt war, und ein Katalog, der ohne Bebilderung versandt worden war, den Kunsthändler Feuerstein sehr gewundert hatte, wäre die so gut vorbereitete Polizeiaktion nicht möglich gewesen, wenn Herr Feuerstein nicht um zwei oder drei Fotografien vorab gebeten hätte, um sich ein Urteil bilden zu können, wie er dem

Veranstalter erklärt hatte. Der Veranstalter hatte die Schwarzweißfotos nur über das Faxgerät gesandt, doch trotz der schlechten Qualität der Abbildungen hatte Herr Feuerstein erkannt, um welche gestohlenen Skulpturen und Altartafeln es sich bei den Werken handelte.

In der Zwischenzeit hatten die aus Bayern eingeflogenen Fachleute und Herr Feuerstein alle angebotenen Werke untersucht und den einzelnen Diebstählen in bayrischen und süddeutschen Kirchen zuordnen können. Ein kleines Altarwerk war zwar in einem Rahmen aus der Zeit angeboten worden, doch dieser schön vergoldete Holzrahmen gehörte zu einer Altartafel, die in einer anderen Kirche gestohlen worden war. Die Diebe haben den originalen Rahmen kurzerhand zersägt und für andere Altarwerke passend gemacht. Die Spuren dieses Vandalenaktes waren schlecht mit Goldfarbe kaschiert worden.

Bei mir klingelte das Telefon den ganzen Vormittag. Ja, es sei richtig, ich sei eher zufällig bei der Auktion gewesen. Wie hätte ich auch ahnen können ... Bereitwillig gab ich Auskunft und erzählte den Anrufern, die aufgrund der UPI-Meldung Kontakt zu mir suchten, was sich vor meinen Augen abgespielt hatte.

Als Greta mich endlich telefonisch erreichte, fragte sie nur: »Wie lebt es sich mit all dem Ruhm?«, und ich bedankte mich ganz herzlich bei ihr. Jim Berenger schickte mir ein Fax aus New York, auf dem nur das Wort stand »Congratulation« und sein Name.

Als ich meinen Vater gegen Mittag noch einmal anrufen wollte, erfuhr ich von seinem guten Geist, Frau Markowitz, daß er sich vermutlich im *Igel* befand. Ich mußte mit jemandem, vielleicht am besten mit meinem Vater, reden; also machte ich mich auf den Weg.

Seit Bodos Tod war ich nicht mehr im *Igel* gewesen. Beklommenheit und Trauer befielen mich, als ich die Kneipe betrat. Mein Vater saß am Stammtisch und hatte eine Liste vor sich, auf der er viele Namen aufgeschrieben hatte. Eine Zeitungsanzeige lag daneben und wartete auf ein »Gut zum Druck«. Frieder, der Wirt, stand hinter ihm und sah ihm über die Schulter. Als ich eintrat, blickte er auf, erkannte mich, seine Augen verengten sich, und er begrüßte mich mit den Worten: »Nanu! Die große Jägerin in der Kunstfälscherszene gibt uns die Ehre!«

»Ich habe niemanden gejagt, ich habe nur berichtet, was sich zugetragen hat, als ich zufällig bei einer Auktion anwesend war«, stellte ich richtig.

»Ich glaube nicht an Zufälle! Ich glaube überhaupt an nichts!« Frieder stieß ein unfreundliches Lachen aus. »Was darf's denn heute sein? Grünen Salat mit Tomaten oder Tomaten mit grünem Salat?«

Ich war wütend. Woher wußte Frieder von meinem Bericht und davon, daß UPI die Pressemeldung über die Festnahmen einer Kirchenräuberbande in alle Welt verbreitet hatte? Als sich mein Blick mit dem meines Vaters kreuzte, wußte ich, woher. Natürlich hatte ich es ihm heute morgen gleich am Telefon erzählt, weil ich so stolz war, und natürlich hatte er ... Als ich sein schuldbewußtes Lächeln und diese um Verzeihung bittenden Augen sah, mußte ich lachen. Eltern sind nun mal stolz auf ihre Kinder, egal, wie alt die mittlerweile geworden sind.

»Heute nehme ich Steak mit Salat, bitte, und ein Pils.«

»Wir trinken alle Tee, weil doch jetzt die abstinente Zeit für Bodo gekommen wäre«, ließ mich mein Vater wissen. Jetzt fiel mir auf, was mir so merkwürdig vorgekommen war, als ich diese herrliche alte Bierkneipe betreten hatte. Nicht die Papiere, die auf dem Holztisch herumlagen, waren es. Es war der erste Stammtisch meines Lebens, auf dem nur Teetassen standen. Um die Leber meines Vaters brauchte ich mich die nächsten Wochen nicht zu sorgen. Er schien wild entschlossen, seine Trauer um den ermordeten Freund durch die Abstinenztage ausdrükken zu wollen.

Ich bestellte Pfefferminztee und setze mich auf einen Stuhl, der mir freigemacht worden war. Ich las die Anzeige, die schon in der Nachmittagsausgabe einer Zeitung erscheinen sollte. Die Anzeige war nur unterschrieben mit »Deine Freunde«, was mir sehr gut gefiel. Zu den Einzelheiten der Feierlichkeiten äußerte ich mich nicht. Ich kannte Bodo zuwenig, um mich einmischen zu können. Fragen wie: Pfarrer ja oder nein? konnte ich nicht beantworten. Frieder lehnte es vehement ab, eine Rede zu halten, was einige der hier versammelten Freunde merkwürdig fanden.

Nachdem alles besprochen und geregelt war, begann Frieder herumzugehen und von Freunden und Bekannten Geld für die Trauerfeierlichkeiten einzusammeln. Dann legte er die Scheine vor meinem Vater hin und fragte: »Reicht das ungefähr für die Anzeigen in den Zeitungen und die anderen Auslagen, die du hattest, Friedrich?« Mein Vater nickte und steckte das Geld in die Manteltasche, dann erhob er sich und bedankte sich. Mein Vater zahlte seine Tees und mein Essen, dann machten wir uns auf den Heimweg.

Es hatte wieder zu schneien begonnen. Wir stapften gegen den eisigen Wind an und hielten uns an den Händen, denn es war stellenweise vereist. Als wir endlich in der warmen Wohnung meines Vaters angekommen waren, fragte er, ob ich einen Grog von Rum oder lieber einen Glühwein wolle. Ich entschied mich für den Glühwein.

Wir verbrachten den Nachmittag bei Glühwein vor einem warmen Kachelofen, den mein Vater trotz der Zentralheizung restaurieren und wieder neu hatte setzen lassen. »Ich bin gerne autark«, verkündete er mir stolz. »Wenn der Strom ausfällt und damit die Ölheizung nicht mehr arbeitet, kann ich immer noch mit Kohle heizen.«

Wir erzählten und erzählten. Jahre um Jahre in unserer nicht gemeinsamen Vergangenheit galt es nachzuholen.

Es war schon dunkel, als uns das Telefon aus unseren beschaulichen Betrachtungen, aus den Erzählungen und den gegenseitigen Berichten unserer Vergangenheit riß. Es war Marlene. Das sah ich daran, wie sich mein Vater entkrampfte und wie sich seine Haltung lockerte, als er mit ihr sprach. Ich begann zu verstehen, daß er nach der Wende meine Mutter gebraucht hatte, um sich in dieser für ihn fremden Welt nach den Jahren im Gefängnis wiederzufinden. Ihr Tod mußte ihn furchtbar getroffen haben. Dann war Marlene mit ihrer Familie nach Potsdam gezogen, ein Halt, der sicher manchmal darin ausgeartet war, daß er sich angeklammert hatte. Marlene gehörte zu den Frauen, die sich und anderen zu helfen wußte, und so eine Schwester mußte für meinen Vater eine gute Fügung gewesen sein. Langsam begann ich zu verstehen, was er empfunden haben mußte, als er hörte, daß ich aus New York zurückkäme, zurück in sein Berlin. Sein Berlin? Es hatte für ihn immer aus zwei Teilen bestanden, wenn man von Krieg und Viermächtestatus einmal absah. Sein Berlin war nicht mehr das Berlin, das ich heute neu kennenlernen mußte.

»Marlene und diese Frau kommen her«, er hatte den Hörer aufgelegt und kam in das Wohnzimmer. Diese Frau, damit war Traute gemeint. Er hatte diesen tiefverwurzelten Argwohn gegen alles, was im entferntesten nach Polizei roch.

»Warum erzählst du nie etwas über deine Zeit im Gefängnis?«

»Weil ich über Demütigungen, die ich ertragen mußte, nicht reden kann. Sie kommen her«, erklärte er mir und ging in sein Schlafzimmer, um sich eine Krawatte umzubinden. Dann verschwand er in der Küche und stellte seine Kaffeemaschine an. Ich half ihm schweigend.

Als es klingelte, ging ich zur Tür und öffnete, um Marlene und Traute einzulassen. »Wir haben dich gesucht«, verkündete Traute gut gelaunt. Ich nahm die Mäntel ab und bat sie ins Wohnzimmer. Noch immer war mein Verhältnis zu Traute dadurch getrübt, daß sie nicht zu wissen schien, was sie von mir und meiner näheren Bekanntschaft zu dem ermordeten Künstler Bodo Scheußlich zu halten hatte. Dachte ich jedenfalls.

»Hier!« Marlene wedelte mit einem Fax vor meiner Nase herum, »der von dir organisierte Überwachungsdienst in Reideburg funktioniert ganz ausgezeichnet. Bin auf dem Weg vom Rundfunk bei deiner Wohnung vorbei, weil ich dich gesucht habe. Von da hab ich mit Friedrich telefoniert, und so habe ich das Fax entdeckt.«

Ich griff das Blatt und las. Traute sah mir über die Schulter.

»Seit wann bekommst du denn ein Fax mit den genauen Daten der Familie Gebert«, wollte Traute wissen, »ich denke, ihr verkehrt per Handy?«

Ich berichtete von Tante Hildegundes neuem Telefon- und Faxgerät und daß das Handy nur für Notfälle gebraucht würde. Das Fax war offensichtlich auf einer sehr alten Schreibmaschine getippt. Sorgsam aufgelistet stand zu lesen, wann wer mit was gekommen und gegangen war und wer welche Tasche oder Tüte bei sich gehabt hatte.

»Ich wünschte, ich bekäme solche Berichte, so klar formuliert und so übersichtlich abgefaßt«, meinte Traute bewundernd. »Wie schafft das diese Gertrud, die Straße und das Haus der Geberts vierundzwanzig Stunden am Tag im Auge zu behalten?«

Ich berichtete, daß mein Schulfreund Anton als Hausfreund der Nichte ebenfalls in Frau Meuselwitz' Haus eingezogen sei. Mit drei Personen ließe sich eine solche Überwachung ganz gut organisieren, vor allem, da die Tante unter seniler Bettflucht leide und freiwillig die Stunden von zwei Uhr morgens bis zum Frühstück übernehme. Das hatte mir Gertrud am Telefon heute mittag erzählt.

»Wollen Sie sich nicht setzen?« Mein Vater stand mit einem Tablett, mit Kaffeetassen, Milch und Zucker in der Tür.

»Herrlich, ich bin ganz durchgefroren.« Traute setzte sich, neben ihr nahm Marlene Platz, und ganz langsam kam mein Vater innerlich zur Ruhe. Er setzte sich neben mich, seiner Schwester gegenüber.

»Eigentlich ganz gut, daß wir uns hier bei Ihnen treffen, Herr Wolf, denn was ich zu berichten habe, dürfte Sie ebenfalls interessieren.«

Mein Vater zog den Kopf ein und rührte in seinem Kaffee, obwohl er weder Zucker noch Milch nahm. Wir schwiegen.

»Als der Künstler Bodo Scheußlich aufgefunden wurde, war sein PC eingeschaltet. Auf dem PC, so schien es, hatte er gerade einen Brief beantwortet, den er von einer Vereinigung in New York, den Freunden der Modernen Kunst, wie sie sich nennen, per E-Mail erhalten hatte. Gemäß der Aussage des jungen Herrn Koschinski haben zwei ehemalige Stasi-Leute den modernen Kunsthandel mit Fälschungen, die im Ausland gedruckt worden waren, unterwandert.«

»Im Zweiten Weltkrieg wollten die Deutschen dem englischen Wirtschaftssystem schaden, indem sie falsche Pfundnoten in den Umlauf brachten. So war es geplant. Irgendwie kann ich mir vorstellen, daß der Gedanke, mit den zum Teil abstrusen Auswirkungen des spätkapitalistischen Systems Schindluder zu treiben, den Leuten bei der Stasi Spaß gemacht hat.« Meine Tante Marlene, so wurde mir berichtet, sollte schon als ganz junges Mädchen aufmüpfige Gedanken geäußert haben.

»Bodo war nicht bei der Stasi, er war nicht einmal ein informeller Mitarbeiter«, sagte mein Vater ganz ruhig, ohne von seiner Kaffeetasse aufzusehen.

»Woher wissen Sie das?« Traute sah meinen Vater neugierig an.

»Als man nach der Wende die Akten einsehen konnte, da hab ich alles über meinen Fall bei der Gauck-Behörde raussuchen lassen. Ich mußte wissen, wer meine Freunde sind, wer meine Feinde sind und wer die falschen Hunde waren, die mich mit Dreck beworfen haben. Dann bin ich zu Bodo in sein neues Atelier, das da in der Abbruchbude, und hab ihm die Hand geschüttelt und gesagt: ›Du bist ein Freund.‹ Danach bin ich zu Professor Severn und hab ihn gefragt, ob ich mein Bild signieren und datieren darf, jetzt, wo er doch keine Schwierigkeiten mehr hat, wenn er von einem Mann wie mir ein Bild an der Wand zu hängen hat. Der Professor hat sich sehr gefreut und bedankt, weil ich daran gedacht habe.«

»Und was haben Sie mir Ihren Feinden gemacht?« wollte Traute wissen.

»Meine Feinde achte ich und grüße sie. Aber es gibt eine Menge Leute, mit denen ich seit dieser Zeit nur noch ein Wort wechsle, wenn es sein muß. Wenn ich sie auf der Straße von weitem sehe, dann wechsle ich lieber die Straßenseite, um ihnen nicht mehr begegnen zu müssen.«

Wir schwiegen nachdenklich.

»Was Sie da gesagt haben, Herr Wolf, das über den Herrn Scheußlich, das deckt sich mit unseren neuesten Erkenntnissen«, begann Traute ihren Bericht. »Einer unserer PC-Fachleute hatte seinen Computer mitgenommen und später im LKA genauer untersucht, was gespeichert ist, was gelöscht wurde und eventuell zurückgeholt werden kann. Was wann überschrieben wurde und so weiter. Natürlich hat er sich auch die E-Mails des Bodo Scheußlich geladen und dabei folgendes festgestellt: Die E-Mail, die beim Eintreffen der Polizei über den Bildschirm flimmerte, die ist nachträglich geladen worden, und damit müssen wir davon ausgehen, daß das Antwortschreiben fingiert war, an dem Bodo kurz vor seiner Ermordung angeblich saß.«

»Das ist erklärungsbedürftig!« Marlene lehnte sich zurück und sah Traute fragend an.

»Na, das ist doch ganz klar«, mein Vater musterte seine Schwester überrascht, weil sie sich da offenbar nicht so gut auskannte wie er. »Der Fachmann wird festgestellt haben, daß die Mails manipuliert worden sind. Jemand hat von Hand die E-Mail aus New York zugefügt und anschließend die fingierte Antwort dazu formuliert und das Ganze dann von der Diskette auf Bodos PC übertragen.«

Wir starrten ihn an, wir drei Frauen. Ich war sprachlos. Marlene erholte sich zuerst von ihrer Verblüffung. »Woher weißt *du* das denn?«

»Die Kinder, denen ich nachmittags Unterricht in Malen und Zeichnen gebe, die ich immer am Mariannenplatz treffe, da sind ein paar PC-Genies drunter. Die können die meisten Erwachsenen in die Tasche stecken. Einer programmiert sogar. Er hat für seine Schule ein Programm geschrieben, wie der Hausmeister die Schulzimmerverteilung besser überwachen und bei Änderungen in der Klassenstärke schneller reagieren kann. Chemieraum, Labors und Geographiesaal, all das ist dabei berücksichtigt. Von ihm hab ich viel gelernt. Ich will auch E-Mails an meine Tochter schreiben können!« Den letzten Satz hatte er fast trotzig gesagt.

Frau Meuselwitz hatte sich ein Telefon-Faxgerät zugelegt, weil man so wunderschön schnell einen Brief versenden konnte – und erhalten. Mein Vater trug sich offenbar mit der Absicht, sich einen Computer zuzulegen. Ich mußte von alten Leuten und ihrem Leben eine falsche Vorstellung haben, die es schleunigst zu revidieren galt.

»Da haben Sie vollkommen recht, das wäre eine Möglichkeit, um jemandem eine angeblich an ihn adressierte E-Mail unterzuschieben. Das wäre nicht zu beweisen gewesen, wenn der Mörder – gehen wir mal davon aus, daß der Mörder ein Interesse hat, uns in bezug auf Bodo Scheußlich irrezuführen –, wenn also der Mörder nicht einen Fehler gemacht hätte.«

»Und welchen?« Mein Vater hatte sich vorgelehnt und sah Traute ins Gesicht.

»Bodo Scheußlich hatte scheinbar die Angewohnheit, seine

E-Mails nur einmal in der Woche herunterzuladen. Der Provider behält alle Post, wenn ich das mal so nennen darf, so lange in seinen Back-ups, bis die Post von dem dafür Berechtigten abgerufen wird. Damit wird sie dann allerdings unwiederbringlich gelöscht. Und dies war seit vier Tagen vor seinem gewaltsamen Tod nicht mehr erfolgt.«

»Das ist es«, jubilierte mein Vater, »das ist natürlich der Fehler, der ihm nicht hätte passieren dürfen, dem Mörder.«

Marlene sah ihren Bruder gleichzeitig verblüfft und verständnislos an. Ich hatte den Vorteil, wenigstens zu ahnen, worum es sich handeln könnte. Traute und mein Vater hatten dagegen Spaß, denn sie schienen zu wissen, wovon sie redeten.

»Als unser Fachmann die E-Mails beim Provider abrief, nachdem er den Code geknackt hatte und dann alles hatte ausdrucken lassen, da stellte sich nämlich heraus, daß eine Nachricht drei Tage vor dem Tode, eine zwei Tage, drei Nachrichten am Tag des Todes und eine Nachricht einen Tag nach dem Tod von Bodo Scheußlich beim Provider eingetroffen sind.«

»Damit ist der Beweis erbracht, daß Bodo mit der großen Fälschungsaktion nichts zu tun haben kann!« Mein Vater lehnte sich befriedigt zurück. »Das ist ihm untergeschoben worden.«

»Kann mir das mal jemand genauer erklären?« Marlene war ungehalten, weil sie den Clou der Geschichte nicht verstand.

»Der Mörder kannte Bodos Code nicht, den er hätte wissen müssen, um bei dem Provider die ›Post abzuholen‹. Also konnte er nur hoffen, daß niemand so gründlich ist und das nachkontrolliert. Hätte Bodo an seinem Todestag eine Nachricht per E-Mail aus New York erhalten und diese gerade beantwortet, dann wären zumindest bis zum Tag seines Todes alle Nachrichten bei seinem Provider gelöscht worden!« Mein Vater sah seine Schwester an. Da diese keinerlei Zeichen eines Verständnisses zeigte, fuhr er fort: »Man kann nicht nur eine Nachricht abholen, wenn man sich eindockt, es kommen automatisch alle Nachrichten bei dem Abrufvorgang auf den eigenen PC marschiert.«

»Genau!« Traute war mit meinem Vater vollkommen einer Meinung.

»Ihr müßt's ja wissen«, Marlene hatte kapituliert.

»Mir ist das alles so ungefähr bis dahin klar«, die Erleichterung war meiner Stimme anzumerken, »doch es kann sicher nicht zurückverfolgt werden, an wen die Nachricht aus New York ursprünglich adressiert war.« Ich sah schon einen enormen Fortschritt darin, daß Bodo nicht mehr posthum unter Verdacht stand, mit irgend so einer Organisation für Kunstfälschung zu tun zu haben.

»Nein, das geht nicht, so dumm war sein Mörder nicht«, Traute grübelte vor sich hin.

»Die eigene Adresse ist selbstverständlich gelöscht und durch Bodos E-Mail-Adresse ersetzt worden.«

»Wenn bewiesen wäre, daß Bodo nicht zu den drei großen Gaunern gehört, wer kann denn dann deiner Meinung nach zu dieser illustren Gruppe gezählt werden?« Marlene wollte weg von fachlichen PC-Erläuterungen.

»Wir haben zwei Figuren, den jungen Koschinski und den alten Gebert. Der könnte durchaus zu dieser Gruppe gerechnet werden. Hoffmeister von der Politischen hat versprochen, sich über den Lebenslauf des Seniors herzumachen. Vielleicht hatte Gebert früher Kontakte, die uns auf der Suche nach dem dritten Mann weiterhelfen.« Trautes Stimme klang resigniert, hatten wir doch bei all der Arbeit, all den Nachforschungen, die wir betrieben hatten, kein nennenswertes Ergebnis vorzuweisen.

Mein Vater und ich, wir waren aus unterschiedlichen Gründen erleichtert über dieses Zwischenergebnis. Und das war uns anzusehen. Mein Vater, weil sein Freund Bodo von dem schrecklichen Verdacht reingewaschen war. Ich war erleichtert, weil die Vorstellung, Bodo habe sich nur an mich rangemacht, um mich auszuhorchen oder mir bei meinen Recherchen Steine in den Weg zu legen, für mich persönlich unerfreulich gewesen wäre.

»Wie geht es jetzt weiter?« Marlene sah Traute fragend an.

»Zunächst einmal möchte ich alle hier Versammelten bitten, über dieses Gespräch Stillschweigen zu bewahren. Es wäre nicht gut, wenn der Mörder, der sich sicher glaubt, jetzt schon erführe, daß wir seinen E-Mail-Trick durchschaut haben.«

Mein Vater nickte zustimmend. Bei Marlene schien wenig

Gefahr zu herrschen, daß sie von einer Sache berichten würde, die sie nicht so verstanden hatte. Ich konnte kein Interesse haben, den Mörder zu früh aufzuscheuchen.

»Was ist mit der Jungengang, diesen Skins? Hast du Näheres in Erfahrung bringen können?« wollte Marlene von Traute eine möglichst umfassende Unterrichtung.

»Die politische Abteilung bei der Berliner Polizei kennt diese Gruppe, sie wird der rechten Szene zugerechnet. Hätten sie nicht einmal einem chinesischen Restaurant die Scheiben eingeschmissen, wären sie nie in den Unterlagen der Polizei aufgetaucht. Doch weiter passiert da nichts.« Der resignierte Unterton war deutlich.

»Die Jungen haben damit vermutlich nichts zu tun«, schaltete sich mein Vater ein, der Jugendliche, egal, welcher Couleur, grundsätzlich verteidigte, bis das Gegenteil bewiesen war.

Ich dachte an meine Begegnung an einem dunklen, kalten Abend vor Bodos Atelier am Prenzlauer Berg und fröstelte. »Hoffen wir es!«

Große Ereignisse kündigten sich hin und wieder durch Nebensächlichkeiten an. Anton rief mich an und berichtete mir ausführlich von den Ereignissen in Halle, über die die Mitteldeutsche Zeitung und das mdr-Fernsehen im Regionalprogramm berichtet hatten. Ich lebte momentan vergleichsweise ruhig in Berlin, während sich der Ort des Geschehens, in dessen Mittelpunkt ich mich bis dahin wähnte, nach Sachsen-Anhalt verlagert hatte.

Der Anlaß war, wie gesagt, nichtig. Die Wirkung überraschte alle, am meisten wohl den, der den Stein ins Rollen gebracht hatte. Töff Töff Reichert, mit Taufnamen Erwin, ein Mitglied der Skins um Jürgen Wohlrabe, der hin und wieder in einer Motorradwerkstatt in Berlin ohne Steuerkarte jobbte und ansonsten Stütze kassierte, war straffällig geworden. Zumindest nach Meinung der Polizei. Töff Töff sah das ganz anders.

Obwohl er bei seinen Eltern im Kompottviertel in Halle polizeilich gemeldet war, um dort sein Geld abzuholen, lebte er häufig bei irgendwelchen Freunden in Berlin. Wo, das wußten nicht einmal seine Eltern.

Töff Töff hatte nie begriffen, was er angestellt haben sollte. Noch weniger durchschaute er, was er ausgelöst hatte und worum sich die ganze Aufregung überhaupt drehte. Für ihn stellte sich der Rechtsfall, in den er sich verstrickt hatte, ganz anders dar als für die Polizei: Er hatte sich sein Eigentum zurückgeholt! Die Polizei nannte es Diebstahl.

Sein Motorrad, eine 125er Yamaha, war ihm vor drei Tagen gestohlen worden. Ohne sein Motorrad war er so hilflos wie ein Cowboy ohne Pferd. In seiner Verzweiflung irrte er von einem Gebrauchtwagenhändler, wo man auch Motorräder kaufen konnte, zum anderen und graste mit dem Fahrrad seiner kleinen Schwester – was weit unter seiner Würde war – die Umgebung von Halle ab. Irgendwo, an der Ausfallstraße Richtung Eisleben, wurde er fündig. Sein Motorrad, heißgeliebt, stand dort zum Verkauf. Der Händler, der die Maschine ordnungsgemäß mit Papieren von einem jungen Mann gekauft hatte, dessen Unterschrift nicht gut zu lesen war und dessen Adresse sich als falsch erwies, wähnte sich im Recht und schickte Töff Töff mit der Ermahnung fort, in Zukunft nicht mehr die Fahrzeugpapiere in der Tasche unter dem Motorradsattel aufzubewahren.

Töff Töff gehörte zu der Generation junger Menschen, die mit den staatlichen Organen der ehemaligen DDR keine schlechten Erfahrungen gemacht haben konnten. Doch sein Glaube an die neue Polizei war erschüttert worden, als ein Freund von ihm in Handschellen abgeführt worden war, nur weil er so einem Chinesen die Scheiben eingeschmissen hatte. Daß ein Gast in dem Spezialitätenrestaurant mit blutendem Schwartenriß über seiner Peking Ente saß – ein Deutscher, sonst wär's sowieso egal gewesen –, das war schließlich nicht beabsichtigt.

Wenn also dieser gute Freund wegen ein paar Fensterscheiben in Handschellen mit dem Polizeiauto weggebracht worden war, dann würde die Polizei ihn, Töff Töff, vermutlich einlochen, weil er sich sein Motorrad hatte klauen lassen. Wie hatte der Händler das doch genannt? Mitverschulden? Weil die Papiere in der Tasche unter dem Sattel lagen!

Töff Töff war aufgrund dieser Erfahrungen felsenfest davon überzeugt, daß von staatlicher Seite keine Hilfe zu erwarten sei.

Als es dunkel geworden war und der Händler seinen Verkaufsplatz mit einem schweren Vorhängeschloß gesichert hatte und weggefahren war, kam Töff Töff mit einer großen Zange und seinen Ersatzschlüsseln fürs Motorrad wieder und holte sich sein Eigentum zurück. Zulassungsschilder ließ er gleich beim Händler mitgehen, wozu er dummerweise eine Scheibe des Büros einschlagen mußte. Schließlich war der blöde Händler selbst dran schuld, er hätte ihm ja sein Eigentum ohne große Diskussion aushändigen können.

Keine Zeitung hätte diese Geschichte eines Berichtes gewürdigt, und das mdr-Fernsehen hatte anderes zu tun, als über irregeleitete Jugendliche zu berichten, die ihr Vertrauen in die staatlichen Organe verloren hatten.

Töff Töff erzählte seinen Freunden nichts von dieser Wiederbeschaffungsaktion. Er war froh, mit seinem Motorrad wieder an den Aktivitäten der Skins teilnehmen zu können. So tauchte er ohne jedes schlechte Gewissen beim nächsten Motorradmeeting auf, wo beschlossen wurde, wieder einmal ein bißchen Randale zu machen, damit die Obrigkeit wußte, wer das Sagen in Sachsen-Anhalt habe. Als Anlaß wurde ein Treffen der SPD, eine Jahresversammlung oder so was Überflüssiges, ausgewählt. Die Gruppe wollte auf ihren Motorrädern ein bißchen vor dem Eingang der Turnhalle rumkurven, die Genossen sollten beim Betreten der Halle belästigt und verunsichert werden. Ein Sozitreffen aufzumischen, das versprach, eine Gaudi zu werden.

Eigentlich lief alles ab wie üblich. Irgendein Spielverderber hatte die Polizei gerufen, der nichts anderes übrigblieb, als einen Streifenwagen vorbeizuschicken. Die Polizei kam nicht mit Martinshorn, sondern eher langsam und gemächlich, als führen sie nur durch Zufall an der Turnhalle vorbei. Die Skins grölten vor Begeisterung, ließen die Motoren aufheulen und hängten das Polizeiauto ab. Die Polizisten ließen sich gerne abhängen, hatten sie doch die Nummernschilder der beteiligten Motorräder notiert. Dann kehrten sie in ihre Dienststelle zurück und schrieben einen Bericht.

Als der Bericht abgelegt werden sollte, fiel einem jungen, noch in Ausbildung befindlichen Polizisten auf, daß eine der

Motorradnummern zu einem Einbruch bei einem Gebrauchtwagenhändler außerhalb Halles paßte.

Der Polizeianwärter sah bei den als gestohlen gemeldeten Motorrädern nach und fand jenen jungen Mann, dem eine 125er Yamaha abhanden gekommen war. Schon einen Tag später fuhren zwei Beamte, vorausschauend muß man wohl sagen, diesmal mit Motorrädern ausgerüstet, ins Kompottviertel, um bei den Eltern von Töff Töff nachzufragen.

Anton unterbrach seine trockene Erzählung immer wieder, weil er lachen mußte. Mich machte es verrückt, weil ich Angst hatte, er käme nicht mehr zum wirklich Wichtigsten an der Geschichte.

Gerade als die Polizisten bei Reicherts in der Birnenstraße unverrichteter Dinge abfahren wollten, bog Töff Töff in seine Straße ein. Polizei?!

Seine schlimmsten Vermutungen über das, was von manchen Menschen fälschlicherweise ein Rechtsstaat genannt wurde, sah er mit dem Auftauchen dieser Beamten vor seinem Elternhaus bestätigt. Er drehte um und sauste los. Die Polizisten mit Blaulicht und 500er BMWs hinterher. Töff Töff realisierte schnell, daß er diese Schlacht nur verlieren konnte. Wohin sich retten? Von seinen Freunden, die ihm in dieser brenzligen Situation nur zu gerne geholfen hätten, war der größte Teil am Tag bei der Arbeit.

Er hatte die Schlüssel zur zukünftigen Motorradwerkstatt seines Freundes Konrad Gebert in der Hosentasche, weil der harte Kern der Gruppe sich dort häufiger traf. Zu dem durfte sich Töff Töff nämlich zählen. Worauf er mächtig stolz war.

Da es bis dahin nicht allzu weit war und er sich in dem Gebiet bestens auskannte, rechnete er sich eine gute Chance aus, die Motorradbullen irrezuführen. Auf einem Feldweg war seine Maschine denen der Verfolger eher überlegen. Die verfolgenden Beamten fürchteten zu Recht, wieder einmal abgehängt zu werden.

Der Schuppen stand zwar an der Bundesstraße, die nach Leipzig führte, aber Töff Töff kannte die Schleichwege über die Äcker und durchs Gebüsch. Was er nicht wußte, war, daß der eine Polizist per Sprechfunk einen Streifenwagen auf die Bundesstraße beordert hatte, weil er Angst hatte, von dem »Würstchen«, wie er sich später im Fernsehen ausdrückte, abgehängt zu werden.

Trotz aller weitblickenden Vorsichtsmaßnahmen der Polizei: Töff Töff verschwand spurlos von der Bildfläche. Die beiden Beamten im Streifenwagen beteuerten, daß kein Motorrad von einem der Feldwege kommend auf die Bundesstraße eingebogen sei. Da ergriff einer der vier Polizeibeamten, der jüngste, die Initiative. Er dachte nach. »Wenn der hier hinter einem Busch hockt, dann finden wir den nur mit Hund!« soll er laut *Mitteldeutsche Zeitung* gesagt haben. Ein Hundeführer, der gerade Feierabend hatte, wurde um einen Gefallen gebeten und kam natürlich den Kollegen inoffiziell, versteht sich, sofort zu Hilfe.

Der Hund zog seinen Herren nicht zu irgendeinem Busch, er ging ganz einfach auf den Schuppen zu und bellte vor der Tür an der Rückfront.

»Hier hat's frische Reifenspuren«, stellte einer der Beamten fest. Und dann erfüllte sich Töff Töffs ureigenste Horrorvision auf das schrecklichste. Er, der ehrliche, der brave, der anständige Deutsche, der in Deutschland geboren war und noch nie seinen Fuß auf ausländisches Territorium gesetzt hatte, er wurde in Handschellen abgeführt. Und warum? Es war sein Motorrad, und es würde sein Motorrad bleiben! Von wegen Diebstahl, die hatten keine Ahnung, diese Bullen!

Nachdem er all seinen kleineren Gesetzesübertretungen noch die der massiven Beamtenbeleidigung hinzugefügt hatte, fuhr das Polizeiauto mit ihm in Richtung Halle ab.

Da hatte der jüngere der beiden Motorradfahrer noch eine zweite gute Idee: »Vielleicht hat er die Schlüssel zu dem Schuppen auch geklaut. Sehn wir mal nach, was drin ist«, soll er gesagt haben.

»Vielleicht hat's Diebesgut drin«, orakelte der dienstälteste Polizist. Jedenfalls war mit dieser Vermutung eine Rechtsgrundlage zur weiteren Überprüfung des Schuppens geschaffen, von dem keiner der Beamten wußte, wem er überhaupt gehörte.

»Da ist 'ne Menge bedrucktes Papier!« stellte ein Polizist fest. Der Dienstälteste wußte noch aus seiner Tätigkeit in vergangenen Zeiten, daß Bedrucktes auch subversives Material wie

Flugblätter enthalten konnte, und befahl: »Finger weg, da holen wir die Politischen!«

Nach einer halben Stunde kam ein Auto mit drei Beamten in Zivil aus Halle, die sich die ganze Geschichte von der Festnahme eines jungen Mannes, der sein eigenes Motorrad geklaut hatte, in Ruhe anhörten. »Klingt nach Michael Kohlhaas«, soll einer der Politischen gesagt haben, aber die anderen kannten den Fall nicht näher und zuckten nur bedauernd mit den Achseln.

»Reichert heißt er, Erwin«, beeilte sich einer richtigzustellen.

»Ich glaub, ich spinne«, hat darauf der Aufgeweckteste der Politischen aus dem Inneren des Schuppens behauptet, »hier liegen lauter Picassos.«

»Wer liegt da?« fragte ein Streifenpolizist, und alle rannten in den Schuppen. Mehrere Paletten mit in Wachspapier verpackten großen Bögen Papier standen in einer Ecke des Raumes. »Die da, die bunten Bilder, die kenn ich nicht, aber die Papiere da drüben, die sind mit Picasso unterschrieben«, teilte er den umstehenden Kollegen mit.

»Diebstahl oder Fälschung?« schlug der Chef vor und entschied sofort: »Dafür sind wir nicht zuständig.« Damit fuhren sie wieder ab.

Die vier Polizisten, die zwei aus dem Streifenwagen und die zwei mit ihren Motorrädern, wußten zunächst nicht, was sie nun machen sollten. »Einfach liegenlassen, das Gelumpe, können wir auch nicht. Wenn's doch gestohlen sein kann«, entschied der Dienstälteste und rief seinen Chef über Funk an. Die Abteilung Diebstahl und Einbruch lehnte jede Beteiligung an einer Untersuchung ab, denn im Raum Halle waren keine Picassos gestohlen worden. Nicht in den letzten zehn Jahren, soll der Chef der Abteilung gesagt haben.

»Und davor sowieso nicht«, soll der Dienstälteste der uniformierten Beamten geantwortet haben. Wütend wandte er sich jetzt an seinen Chef, der die übergeordnete Abteilung des Landes Sachsen-Anhalt in Magdeburg mobilisierte. Deren Chef jedoch, überlastet und mit einer unterbesetzten Abteilung, klagte erst einmal drei Minuten wegen der verheerenden Personallage. Dann empfahl er, das Landeskriminalamt in Berlin anzurufen.

Dort gäbe es seit ein, zwei Jahren eine Abteilung für Fälschungen, die machten auch Kunstfälschungen. Das habe er auf einem Lehrgang gehört. Die seien sicher für Kunstraub zuständig. Mit Picasso und so neumodischem Zeug wollte man in Magdeburg wirklich nichts zu tun haben.

Als Traute das Telefonat des in der Zwischenzeit beträchtlich desillusionierten diensthabenden Beamten der uniformierten Polizei aus Halle erreichte, dessen Kollegen immer noch neben dem Schuppen an der Bundesstraße Halle-Leipzig standen, verschaffte sie ihm für diesen Tag – und für die drei folgenden soll es auch noch gereicht haben – ein enormes Glücksgefühl:

»Hervorragend, daß Sie mich gleich benachrichtigt haben. Ich werde Ihre Initiative höheren Ortes vermelden. So viel Weitsicht ist ausgesprochen selten. Sichern Sie die ganze Umgebung des Lagerhauses ab, keine Presse. Nichts anfassen! Spurensicherung hin und alles gründlich untersuchen. Finden Sie heraus, wem das Grundstück gehört oder wer es gemietet hat. Ich bin schon unterwegs!« Dann gab sie ihm die Telefonnummer ihres Handys und stürzte mit Hoffmeister zu ihrem BMW und raste mit Blaulicht aus Berlin heraus. Richtung Halle.

Ich hatte von all den Ereignissen, die sich da um und in Halle abspielten, überhaupt keine Ahnung. Aufgeschreckt wurde ich durch ein Fax, das mich gerade überraschte, als ich an diesem Vormittag meinen Schreibtisch aufräumen wollte. Es war kurz und inhaltsschwer: »Sie hauen ab. Koffer schon im Auto. Der alte Gebert sieht sich suchend um. Er hat Angst.«

Gleichzeitig klingelte mein Handy, und Gertruds aufgeregte Stimme bestätigte in allen Einzelheiten, was ihr Fax so überdeutlich aussagte. Ich rief sofort im LKA an. Traute war nicht zu erreichen. Ihr Adlatus half mir nicht weiter. Ihr Handy?

Sie fuhr gerade einhundertachtzig Sachen, deshalb meldete sich Hoffmeister. Ich erzählte ihm schnell von meinem Fax.

Während ich lustlos und demotiviert auf meinem Schreibtisch rumräumte, weil ich nicht wußte, was passierte und was diese Meldung zu bedeuten hatte, handelte Traute. Sie beglückte den Diensthabenden mit einer weiteren Aufgabe, die diesem klarmachte, an der Sache seines Lebens mitzuarbeiten. Sie bat ihn, eine Familie Gebert, Konrad und seine Ehefrau, schon an die sechzig Jahre alt, in Reideburg wohnhaft, vorläufig festzunehmen. Und sei es unter dem Vorwand, sie seien zu schnell gefahren, denn die wären gerade dabei, sich dünnezumachen.

»Gebert? Gebert in Reideburg?« Bei dem Diensthabenden klingelten sämtliche Glöckchen, die eine Beförderung in naher Zukunft in Aussicht stellten. »Die Geberts, denen gehört der Schuppen an der B neun. Das haben wir gerade rausgefunden. Dahin ist schon ein Wagen unterwegs. Ich wollte sie zur Vernehmung für Sie herholen. Jetzt jage ich die Kollegen gleich mit Blaulicht hin, damit sich die feinen Leute nicht mehr verkrümeln können.«

So viel Intelligenz und Initiative, so erzählte Traute mir später, begegne ihr nicht jeden Tag. Und während ich in meiner kleinen Wohnung am Schreibtisch saß und kleine Häufchen mit wegzuwerfenden Einladungen zerriß, klingelte das Telefon, und ein vollkommen aufgeregter Anton rief: »Jetzt kommt die Polizei mit Blaulicht und Tatütata und stellt sich vor den Opel von Geberts quer. Mensch, Elisabeth, das ist ja alles ganz furchtbar aufregend!«

Frau Meuselwitz nahm Anton den Hörer ab und teilte mir begeistert mit, bei ihnen in der Straße, da ginge es spannender zu als im Fernsehen. »Ich gehe nur nicht raus, falls geschossen wird.« Sie fragte mich, ob sie alle wegen der zu erwartenden Querschläger in den Keller gehen müßten, weil das damals, als die Russen kamen, die größte Gefahr gewesen sei, die Querschläger. Ich konnte sie beruhigen, indem ich ihr wider besseres Wissen versicherte, so schlimm werde es bestimmt nicht kommen.

Wer die ganze Sache an die Presse und das Fernsehen gegeben hatte, ließ sich nie mehr zweifelsfrei feststellen. Es waren zu viele Beamte involviert. Spurensicherung an der B neun, da bedurfte es vielleicht nicht einmal einer gezielten Indiskretion.

Als Traute ankam, per Telefon von dem Diensthabenden höchstpersönlich aus Halle an den Ort gelenkt, konnte sie vor lauter Presse und mdr-Fernsehkameras kaum den Schuppen sehen. Behauptete sie später.

Der Diensthabende, ein sympathischer Mittfünfziger, war

am nächsten Tag auf einer Reihe von Fotos in den Tageszeitungen abgebildet. Traute bat darum, im Hintergrund bleiben zu dürfen, und beauftragte ihn, die Presse über die Vorkommnisse mit der Motorradverfolgungsjagd zu informieren. Damit legte sie den Grundstein für eine segensreiche Zusammenarbeit der Polizei in Halle mit dem LKA in Berlin, Abteilung Fälschungen.

Mich mitzunehmen, daran hatte offensichtlich niemand gedacht! Ich war ganz schön sauer.

Erst am nächsten Tag traf ich Traute im Restaurant ihres Vaters, wohin sie Marlene und mich bestellt hatte. Ich wußte von der Auffindung des Grafiklagers nur, was Anton, Gertrud und Frau Meuselwitz mir am Telefon berichtet und was ich in den Zeitungen gelesen hatte. Anton, mein Freund und Informant in Halle, hatte die Verhaftung der beiden älteren Geberts ebenso genossen wie deren Überwachung vorher.

»Ich bin vermutlich der einzige stark kurzsichtige Überwacher überhaupt«, verkündete er stolz.

Neugierig und erwartungsvoll betrat ich das Hinterzimmer, jenen Treffpunkt, der mir wegen seiner kalorienarmen, hervorragenden Küche so sehr sympathisch war. Gestern hatte ich wegen der ganzen Aufregung vergessen einzukaufen und den Abend vor dem Fernseher bei Tomatensuppe aus der Tüte und Pfefferminztee verbracht. Ich bewegte mich heute morgen Richtung viertes Kilo minus.

Traute kam gleich zum Thema: »Wir haben sicher das Hauptlager entdeckt, vermutlich sogar alle gefälschten Grafiken, die damals an die Druckerei in der DDR geliefert wurden.«

»Ist Konrad Gebert die Nummer zwei im Triumvirat der Bande?« wollte ich wissen.

»Davon können wir ausgehen. Gebert gibt nur zu Protokoll, daß er in seinem Schuppen wertvolles Papier gelagert habe. Von dem, was da draufgedruckt war, will er nichts gewußt haben.«

»Hat er eine Chance, damit durchzukommen?« Marlene blätterte in ihren Aufzeichnungen, die sie über die Interviews gemacht hatte, denn sie wollte mit Traute vorher absprechen, was am Nachmittag in einer aktuellen Sendung gebracht werden durfte und womit man besser noch hinter dem Berg halten sollte.

»Bei einer Hausdurchsuchung bei Geberts wurden Einschreibbestätigungen gefunden, da stehen die Adressen der Empfänger darauf. Zwei der auf Palette gelagerten Papierpakete waren geöffnet, einmal der mit den Radierungen von Picasso aus der Tauromachie und dann einer mit Lithographien von Chagall.«

»Du meinst, Pakete, die gefälschte Grafiken der genannten Künstler beinhalten«, stellte Marlene richtig, die in solchen Sachen, wie alle Juristen, unheimlich pingelig sein konnte.

»Natürlich!« bestätigte Traute. »Die Polizei in Halle suchte die Empfänger auf, stellte fest, daß diese in zwei Fällen eine *falsche* Chagall-Litho und in einem Fall einen *falschen* Picasso erhalten hatten. Somit kann Herr Gebert kaum noch behaupten, daß er nicht gewußt hat, was sich in den Paketen befand. Trotzdem, wir sind nicht in einer sonderlich glücklichen Lage, denn uns fehlt noch immer der dritte Mann, der Kopf hinter dem Ganzen. Gebert hat einen hervorragenden Rechtsanwalt hervorgezaubert, einen, der schon so hin und wieder Fälle von Banden- und Schwerkriminellen sehr erfolgreich durchgefochten hat. Es wird heute entschieden werden, ob Gebert auf Kaution freigelassen wird oder nicht.«

»Dann haut er ab«, entfuhr es mir.

»Genau das wird er tun. Die Staatsanwältin wird die Frau gegen eine geringe Kaution freilassen, aber beantragen, daß Herr Gebert wegen Fluchtgefahr bis auf weiteres in Haft bleibt.«

»Schwierig, schwierig«, gab Marlene zu bedenken.

»Vielleicht doch nicht. Schließlich wurden sie auf der Flucht verhaftet. Sie hatten ein Ticket nach Südafrika in der Tasche und wollten von dort aus angeblich eine Safari in andere afrikanische Staaten starten. Das dürfte dem Richter zu denken geben.«

»Und wie geht's nun weiter?« Für mich war der Fall keineswegs erledigt.

»Die Politischen nehmen die Gruppe um Jürgen Wohlrabe und Adalbert von Ehrenfried etwas genauer ins Visier. Denn verblüffenderweise tauchte auch bei diesem Reichert, der uns in seiner Dämlichkeit erst auf das Lager aufmerksam gemacht hat, ein sehr guter und teurer Anwalt auf. Wer den finanziert, das weiß ich nicht. Ich vermute einmal, da könnte das Geld der Familie von Ehrenfried eine Rolle bei spielen.«

»Könnten die etwas mit der anderen Sache zu tun haben?« wollte Marlene wissen.

»Unwahrscheinlich. Wir brauchen für die falsche Grafik jemanden, der eine Stasi-Vergangenheit hat, jemand, der früher einmal Einfluß hatte. Die von Ehrenfrieds sind am Wiederherstellen einer rechten Ordnung interessiert. Dafür geben die ihr Geld aus, finanzieren Wahlkämpfe und dabei einzelne Abgeordnete in den Länderparlamenten. Die Skins, mehrere Gruppen, die der junge Adalbert von Ehrenfried in den neuen Bundesländern betreut, die sind da, um Randale zu machen. Sie sollen die Bürger verunsichern, damit sie geneigter sind, rechts außen zu wählen.«

»Und was passiert mit diesem Reichert, wenn er entlassen ist? Wird die Gruppe nicht über ihn herfallen, weil er das Desaster ausgelöst hat?« Die Situation von Töff Töff Reichert erschien mir nicht sehr rosig, weder in Freiheit noch in Haft.

»Da ist Hoffmeister dran. Er geht davon aus, daß die ›Freunde‹ ihn in die Mangel nehmen, und zwar ziemlich heftig. Die Polizei in Halle verdankt uns eine unglaublich gute Presse und eine prima Medienpräsenz. Mit deren Unterstützung können wir rechnen. Hoffmeister hat einen jungen Auszubildenden gefunden, der im selben Viertel wie die Reicherts wohnt, hervorragender Motorradfahrer. Der wird sich um Töff Töff kümmern, nicht als Polizist, sondern privat. Er kennt ihn von der Schule her.«

»Wie gehen wir hier in Berlin vor?« Die Situation in Halle und Umgebung schien bestens unter Kontrolle. Wer aber war der Kopf hinter der Geschichte, und wo saß er? Vermutlich in Berlin.

»Da es uns zur Zeit an Ideen mangelt, bleibt uns nur der pragmatische Weg. Wir werden die Unterlagen über Gebert, über Koschinski und über Scheußlich, alles, was wir noch in der Gauck-Behörde von früher über die drei finden können, heraussuchen lassen und uns drüber hermachen.« Traute sah aus, als hätte man ihr bei strömendem Regen eine Wanderung in Stöckelschuhen durch den Wald empfohlen.

»Du Ärmste!« entfuhr es mir prompt.

»Vielversprechender Denkansatz«, kommentierte Marlene, »irgendwelche gemeinsamen Berührungspunkte müssen die drei haben.«

»Zwei von ihnen sind ermordet worden! Das ist zumindest ein Berührungspunkt.«

»Und Gebert?« Ich starrte Traute verblüfft an.

»Wenn dem sein Leben lieb ist, dann bleibt er im Knast. Ich habe mit der Staatsanwältin gesprochen. Er wird, falls der Richter dem Antrag der Staatsanwaltschaft folgt, unter falschem Namen in ein Gefängnis außerhalb der neuen Bundesländer verlegt.«

»Macht sein Anwalt denn da mit?« fragte Marlene.

»Das frag ich mich selbst die ganze Zeit! Welche Rolle spielt er in dem, was er die Wahrung der Rechte seines Mandanten nennt? Wer zahlt diesen Anwalt?« Traute schüttelte nachdenklich den Kopf.

»Unser dritter Mann!« Marlene räumte ihre Unterlagen zusammen, damit Platz geschaffen wurde für das Menü. Es war ein schweigendes, ein nachdenkliches Essen.

Wir waren die nächsten Tage alle drei mit pragmatischer Schreibtischarbeit beschäftigt. Traute war unerreichbar in den Kellern der Gauck-Behörde verschwunden, wohin sie ihren jungen Adlatus mitgeschleppt hatte. Sie durchforsteten Unterlagen und schrieben Namen und mögliche Verbindungen von früher auf. Einmal rief sie mich kurz an, um zu berichten, was sie herausgefunden habe.

»Es ist ein Sumpf, Lisa, aber es führt mich noch nicht zu einer möglichen Lösung«, sagte sie mir abends spät am Telefon.

Marlene hatte ihre Sendung über die Wiederauffindung der gefälschten Grafiken in einer Sendung des Radio Berlin gebracht. Sie hatte in ihrer Sendung darauf hingewiesen, daß die Rechtslage in Deutschland nicht erlaube, die eindeutig zum Zwecke der Fälschung hergestellten Blätter einzuziehen und zu vernichten. Damit sei die Frage offen, was mit diesen Hunderten von grafischen Blättern nach einer möglichen Gerichtsverhandlung geschehe und ob sie nicht letztendlich wieder im Handel auftauchen könnten. Die Folge war, daß der Sender von Auktionshäusern und anderen Interessenverbänden beschimpft wurde. Man machte darauf aufmerksam, daß damit der Tatbestand der Rufschädigung erfüllt sei, und drohte mit rechtlichen Schritten. Deshalb sah man zu diesem Zeitpunkt davon ab, die Sendung im Abendprogramm zu wiederholen.

Marlene war zu Recht wütend. Sie beklagte, daß keiner der Meckerer Bereitschaft gezeigt hätte, sich dafür einzusetzen, daß Fälschungen – wie in den Vereinigten Staaten üblich – vom Staat vernichtet werden konnten. Dies wäre nur mit einer Gesetzesänderung möglich.

Doch es war diese Restriktion des Senders, die das Interesse der großen Magazine weckte, und zu unser aller Freude begannen diese nun, selbst zu recherchieren. Marlene grummelte wütend über diese Gängelei vor ich hin und begann klammheimlich an einem viel ausführlicheren Bericht zu arbeiten. Hatten erst die Magazine dieses Thema aufgegriffen, durfte sie sicher auch wieder ... Hoffte sie.

Ich saß an meinem Schreibtisch und verfaßte einen ausführlichen Bericht, den ich direkt an die fünf Weisen, meine Chefs in New York, faxte. Selbstverständlich nach telefonischer Vorankündigung, damit der Bericht nicht in die falschen Hände geriet.

Vier Stunden später erhielt ich auf demselben Weg eine Antwort. »Hervorragende Arbeit!« stand in dem Fax. »Sie können Ihre Aufgabe als beendet betrachten.«

Von wegen! Damit war ich keineswegs einverstanden. Zwar waren die Grafiken gefunden, dies war sicher eine Schadensbegrenzung. Mir ging es privat um den Mörder Bodos und beruflich um die Eliminierung dieser Falsifikate. Ich wollte und konnte nicht mittendrin aufhören. Nachdem ich mir alles gründlich überlegt und darüber geschlafen hatte, stand mein Entschluß fest.

Also faxte ich zurück, daß ich nicht daran dachte, jetzt schon mit den Recherchen aufzuhören. Entweder würde man mich stillschweigend weiterarbeiten lassen, oder ich würde unbezahlten Urlaub nehmen. Die fünf Weisen tagten ganze zwanzig Minuten, dann tuckerte folgende Antwort durch mein altes Faxgerät: »Machen Sie weiter wie bisher. Zu keinem Menschen in Berlin ein Wort. Offiziell sind Sie ausgestiegen! Mit den besten Wünschen, Ross Macmillan. Ich bin um Ihre Sicherheit besorgt, bitte seien Sie sehr vorsichtig.« Geschrieben war der Zettel mit der Hand. Und zwar vom obersten Boß der Ars & Vita Insurance Company, Hauptsitz New York. Von Hand? Wieso schrieb Ross Macmillan mit der Hand? Sicher, er gehörte zu jenen letzten Figuren in amerikanischen Chefetagen, die keinen Computer bewegen konnten. Dafür hatte er vier Sekretärinnen, heute Sachbearbeiterinnen genannt, zwei mit Studium. Warum schrieb Big Ross seine Zettel selber? Daraus durfte ich folgern, daß er ihn eigenhändig durch seinen Faxapparat gejagt hatte. Ich sah auf die Uhrzeit, die oben an der Seite eingedruckt war. Es war sieben Uhr zehn New Yorker Zeit, nicht gerade die Zeit, zu der seine vornehm gestylten Damen ihren Dienst antraten.

Wenn das keine merkwürdige Antwort war! In zwanzig Minuten hatten die Herren bestimmt nicht getagt, und wenn, dann nicht früh um sieben. Diese Entscheidung war in einem einzigen Kopf spontan gefaßt worden. Von dem alles entscheidenden Kopf in der Firma allein, vom Big Boß.

Ich lehnte mich in meinem Schreibtischsessel zurück und überlegte. Ich bin und war nie ein Einzelkämpfer, ich mußte mit irgend jemandem darüber reden.

Zum Lunch hatte ich eine große Schüssel Salat, geräucherten Lachs, mariniert in Zitrone, schwarzen Pfeffer darüber, und Vollkornbrot anzubieten, dazu Mineralwasser und hinterher nur koffeinfreien Filterkaffee oder Teebeutel, das ganze Sortiment durch. Aber sie kamen, Traute und Marlene, pünktlich zwölf Uhr dreißig klingelten sie bei mir.

Ich hatte beim Einkaufen Frau Kunz im Supermarkt getroffen, die mir zusah, wie ich Kanadischen Wildlachs in den Korb packte, und begeistert ausrief: »Das werd ich auch für meine Mädels holen, die haben so viel zu tun und verdienen eine kleine Aufmunterung.«

Wir begrüßten uns freudig. Ich war enorm erleichtert, daß ich ihr Lustgewerbe nicht mit meinen zum Teil unflätigen Bemerkungen ruiniert hatte, und so zottelten wir zusammen durch die Reihen im Supermarkt, und unsere Körbe füllten sich. Als ich nach einem Beutel Tomatencremesuppe griff, hielt sie mich davon ab und riet mir, lieber eine Dose geschälter Tomaten zu nehmen und mit den entsprechenden Gewürzen warm zu machen. »Dann riecht Ihre Küche italienisch«, verkündete sie begeistert und fragte gleich, ob ich Rosmarin und Oregano hätte.

Ich hatte natürlich noch keine guten Gewürze, und sie gab mir die Gläschen. Die Kassiererin hatte mich abschätzend gemustert, fiel ich doch in Jeans und dickem Pullover, ungeschminkt und mit hängenden Haaren weit hinter Frau Kunz im Wildnerz mit toupierter Frisur und sorgfältigem Make-up zurück. Mein Geld nahm sie trotzdem.

Vor dem Supermarkt hatten wir uns verabschiedet, und Frau Kunz betonte noch einmal, jederzeit zur Nachbarschaftshilfe bereit zu sein, was immer ich brauchen könne. Gut gelaunt war ich zu Hause angekommen, bereitete das Lunch vor und malte mir aus, welche Nachbarschaftshilfe Frau Kunz wohl einfordern würde.

Marlene trudelte zuerst bei mir ein. Verblüfft über meine gute Laune, wollte sie wissen, warum ich sie mit einem so alarmierenden Unterton in der Stimme um ihr Erscheinen gebeten hatte.

Lustig und gelockert wie seit langem nicht, so konnte man die Atmosphäre bezeichnen, die während des ganzen Lunchs herrschte, nachdem ich von meinem Intermezzo mit Frau Kunz berichtet hatte. Doch dann wandten wir uns ganz ernsthaft jener Frage zu, die mich seit dem Fax meines allerhöchsten Chefs in New York beschäftigte.

»Laß uns eine Liste mit Möglichkeiten aufstellen«, schlug Marlene vor.

»Erstens. Der oberste Chef in New York befürchtet eine undichte Stelle bei einem seiner vier Kollegen, mit denen er das Versicherungsimperium regiert, oder in seinem Vorzimmer.« Traute lieferte das erste Stichwort. Ich schüttelte nachdenklich den Kopf. Das konnte und mochte ich mir nicht vorstellen.

»Es gibt nichts, was es nicht gibt«, kommentierte Marlene meine Zweifel. »Zweitens. Einer der Männer, die den fünf

Chefs in New York bekannt sind, muß irgendwie in etwas involviert sein. Wie heißen die beiden, die von der Versicherung, die du hier in Berlin gesprochen hast?«

»Tobias Hardcastle, CEO bei Ars & Vita International, und Herb Angerich, Chef von Ars & Vita Deutschland, Sitz in Berlin im Europa Center«, sagte ich. Dann erzählte ich, was ich nicht vorgehabt hatte zu erzählen. Von meinem merkwürdigen Treffen im Pergamon Museum mit Herb, der mich von dem Fall abziehen wollte. Von meiner Flucht aus dem Museum in den 100er Bus und wie ich Tobias getroffen hatte. Und von Tobias' Behauptung, er sei zusammen beziehungsweise unter meinem verstorbenen Mann bei dem Sicherheitsdienst der Post ausgebildet worden.

»Läßt sich diese Behauptung von Tobias Hardcastle irgendwie überprüfen?« Marlene sah mich fragend an.

Ich schüttelte den Kopf. Keiner der ehemaligen Kollegen von James würde mir eine solche Auskunft geben, weder eine Bestätigung noch eine Absage. Alles was ich zu hören bekäme, wäre ein »Das weiß ich nicht«.

»Wir hätten hier zwei Verdächtige, deren Story sich für uns nicht ohne weiteres überprüfen läßt. Das ist ein Problem, das ich vielleicht noch lösen könnte. Ich habe ganz gute Verbündete in New York. Aber wie stelle ich zwischen einem der beiden, der vielleicht eine zweifelhafte Vita hat, eine Verbindung zu den Leuten her, die wir in Halle festgenommen haben?« Traute sah uns fragend an.

»Das ist in der Tat höchst unwahrscheinlich.« Marlene teilte Trautes Befürchtungen. »Wenn dein Tobias nicht ein verkappter Kommunist ist oder dein Herb nicht hohe Spielschulden hier in der Szene hat, dann kommen wir damit vermutlich nicht weiter. Es ist einfach nur ein weiterer Unsicherheitsfaktor für dich persönlich.«

»Bleib offiziell dabei, daß du aus der Sache raus bist, und mache das, was dir von deinem obersten Chef geraten wurde: Bleib an der Sache dran, aber halte dich bedeckt!« Traute sah auf ihre Armbanduhr. Die Mittagszeit war vorbei, und sie packte ihre Unterlagen in die Aktentasche. »Mach mir eine Kopie von dem Wisch da«, sie zeigte auf Marlenes Zettel. Ich nahm ihn und ließ ihn durch mein Faxgerät laufen. Eine Kopie für Traute, eine für Marlene.

»Ich stürze mich wieder auf meine verstaubten Akten«, verkündete sie, bevor sie ging.

»Was willst du anfangen?« fragte Marlene, als wir alleine waren und in der Küche das Geschirr abspülten.

»Ich rufe Herb an und gebe ihm meine Demission bekannt. Ich werde ihm sagen, daß ich vorhätte, die Wohnung hier zu räumen und zu meinem Vater zu ziehen, aber zunächst einmal wolle ich ein paar Tage Ruhe haben.«

An der Tür klingelte es. Nicht einmal, nicht zweimal. Da hatte jemand den Daumen auf meiner Klingel. »Sei vorsichtig!« riet mir Marlene.

Ich spähte durch den Sucher und erkannte Traute. »Was ist?« fragte ich gleich, als ich die Türe aufgerissen hatte. Traute stürmte an mir vorbei, knallte meine schwere, angeblich einbruchssichere Tür hinter sich zu und blieb in der Mitte des Zimmers stehen.

»Hab gerade einen Anruf aus Paris erhalten. Die Polizei hat dort nach tage- und nächtelanger Observation der Galerie, die Bodo dir genannt hat, deren Außenstelle entdeckt, und letzte Nacht sind sie mit Hausdurchsuchungsbefehl hinein. Sie haben ebenfalls ein Lager entdeckt, gefälschte Grafik, die gleichen Motive, aber nur etwa einhundertfünfzig Blatt.«

»Nur?« Marlene zuckte mit den Schultern. »Immer noch mal ein ganz schöner Marktwert.«

»Die Kollegen aus Paris haben sich bei mir für den Tip bedankt. Sie sind bereit, mir Einblick in die Protokolle zu gewähren, denn vielleicht gibt es eine Querverbindung, eine, die wir nicht sehen.«

»Und wie lange kann das dauern?« wollte Marlene wissen.

»Sobald ich weiß, daß sie mit den Verhören durch sind und die Viten der Beteiligten gecheckt haben, fliege ich hin. Dann kann ich mir für den Fall, daß es etwas für uns Wichtiges enthält, Fotokopien machen. Der Staatsanwalt muß dann später die Unterlagen auf offiziellem Weg anfordern, aber so was dauert zu lange, und dann würden zu viele Leute von meinem speziellen Interesse erfahren. Es sollen schon Unterlagen auf dem Transport verschwunden sein …« Traute lächelte siegessicher.

Bodo hatte mir den Tip gegeben. Bodo war kein Verdächtiger mehr, er war Opfer. Warum, das galt es jetzt herauszufinden. Endlich hatte sich eine neue Spur aufgetan!

Während ich gute Freunde von James und Bekannte in meiner Versicherungsgesellschaft in New York anrief, um mit ihnen zu plaudern, erhielt die Staatsanwältin in Halle Unterstützung von unerwarteter Seite.

Von James' alten Freunden und Arbeitskollegen erfuhr ich nichts von Interesse. Sie wünschten mir gute Erholung, verstanden mehr oder weniger, daß ich nach Berlin gezogen war, um nach dem Tode meines Mannes etwas anderes zu sehen, und fragten, wann ich nach New York zurückkäme. Ein in Manhattan wohnender Mensch konnte sich nicht vorstellen, daß sich Menschen außerhalb dieser Halbinsel überhaupt wohl fühlen konnten.

Über Tobias Hardcastle, den ich angeblich in Berlin per Zufall getroffen haben wollte, dem neuen Chef der Versicherungsgesellschaft in Europa, von dem hatte niemand etwas gehört. Keine Reaktion! Das hatte ich erwartet. Wenn Tobias' Geschichte stimmte, daß er mit James zusammengearbeitet hatte, unter ihm gelernt hatte, dann würde sicher keiner aus dem Sicherheitsdienst der Post dazu Stellung nehmen. Womit hatte ich also gerechnet? Mit einem interessierten »Den kenn ich noch von früher …«?

Anders sah es bei den Telefonaten in der Ars & Vita aus. Kolleginnen berichteten mir von der Traumkarriere, die Tobias gemacht hatte, und alles, was sich als Anrüchiges heraushören ließ, waren Vorurteile, die sich hinter Vermutungen verbargen, die sich gegen ihn als schwarzen Emporkömmling richteten. Er kam von nirgendswoher, und seine Personalakte, die so mancher Gesprächspartner gerne einmal eingesehen hätte, die war unter Verschluß. Sprach ich meinen Gesprächspartner auf Herb Angerich an, so wurde vor mir ein farbenfrohes Bild ausgebreitet, das über Verführung einer verheirateten Kollegin, zu spätes Ins-Büro-Kommen, Dumme-Witze-Reißen und Good-guy-Gehabe bis zum Ausrichten einer Betriebsfete ging. Herb hatte eine Vergangenheit, er kam aus der Branche, wie mir eine der Sachbearbeiterinnen von Ross Macmillan berichtete. Ich ließ sie wissen, daß ich ihn auch einen Good guy fände, und versprach ihn zu grüßen, falls ich ihm wieder begegnen sollte.

Ich war genauso weit wie vorher. Stimmte Tobias' Geschichte, dann war es nicht verwunderlich, wenn ihm eine Vorgeschichte fehlte, wenn seine Personalakte unter Verschluß war. Stimmte seine Geschichte, dann hieß das auch, daß irgend jemand, vermutlich der Big Boß persönlich, ihn angestellt hatte, um irgendeine Schweinerei in der eigenen Firma aufzudecken. Und warum wurde Tobias dann von New York weggelobt und nach Europa gesandt? Eines hatte ich erfahren: Tobias saß in Brüssel in der europäischen Zentrale, weil er eine hervorragende juristische Ausbildung haben sollte. Dort, wo die europäischen Versicherungsgesetze abgecheckt und vereinheitlicht werden sollten, wo neue Gesetze entstanden, dort saß er, um die Entwicklung und ihre Auswirkungen für den US-Markt im Auge zu behalten.

Gegen Mittag traf ich Herb Angerich, um mich von ihm zu verabschieden. Er bewegte seinen dicken Hintern nur bis in den ersten Stock des Europa Centers zum Mövenpick, wo wir mit einigen hundert Touristen um die Plätze kämpften. Ich trank meinen Tee, er aß einen Eisbecher für zwei Personen. »Sie sind stur drangeblieben. Aber den Erfolg hat die Polizei eingeheimst.« Er lachte schadenfroh. Der gute Herb, der so gerne etwas mit verheirateten Frauen anfing, weil man mit denen den wenigsten Ärger hatte, der würde es noch mit mir zu tun bekommen.

»Aber Sie haben alles gefunden, in Halle, das Lager«, es tönte, als sei ich selbst dabeigewesen.

»War nur Zufall«, er lachte wiehernd und meinte dann: »Ihre Tätigkeit ist jetzt erledigt. Sie gehen in die Ferien. Und wie weiter?«

»Ich weiß es noch nicht«, meine Auskunft sollte so vage wie möglich sein. Und ich wußte es tatsächlich noch nicht.

»Die Wohnung ist für insgesamt drei Monate gemietet. Da können Sie noch drin bleiben.«

Ich bedankte mich für das großzügige Angebot, dann ließ ich ihn mit der Rechnung für meine Tasse Tee sitzen.

Wieder war es Töff Töff Reichert, der den Behörden, diesmal der Staatsanwältin, weiterhalf. Kaum war er auf freien Fuß, in des Wortes wahrster Bedeutung, denn sein Motorrad war bis zur Klärung der Eigentumsverhältnisse einbehalten worden, als er von seinen »Freunden« abgepaßt und verprügelt wurde. Man gab ihm den Rat, sich in der Gang nicht mehr sehen zu lassen.

Erst als ein junger Mann mit Motorrad plötzlich um die Ecke bog und auf die drei Prügelknaben zufuhr, hauten sie ab. Er war gerade rechtzeitig gekommen, um schwere Mißhandlungen zu verhindern. Er fuhr Töff Töff zu einem Arzt und tröstete das Häufchen Elend. Töff Töff hatte sein Motorrad verloren und aus Gründen, die er überhaupt nicht verstand, seine Freunde, seine Gruppe, seine zweite Heimat.

Die Staatsanwältin schaltete schnell, ließ den jungen Mann zu sich kommen und erklärte ihm, daß der ganze Ärger was mit der Verhaftung der Familie Gebert, Vater noch in Haft, und den Stößen von Papier zu tun habe, die im Schuppen gefunden worden seien.

»Ach, der perverse Kram, wo das Brautpaar durch die Luft fliegt und kleine Mädchen vor einem Stier stehen?« Töff Töff hatte die Grafiken offensichtlich gesehen, und da er viel Aufmerksamkeit und noch mehr Cola erhielt, erzählte er. Da war nicht nur eine richtige Staatsanwältin, die ihm zuhörte, da war einer, der ein Protokoll schrieb. Seine Worte waren so wertvoll, daß sogar ein Tonband mitlief. Als er mit seiner Erzählung fertig war, hatte er die Zusicherung, daß man sich seiner Sache vor Gericht ganz sorgfältig und wohlwollend annehmen wolle.

»Dann komm ich jetzt ins Zeugenschutzprogramm?« wollte er stolz wissen. Die Staatsanwältin hatte zu Traute gesagt, für solche armen Typen brauche man das tatsächlich, und weil sie ein schlechtes Gewissen hatte, ihn auf die Straße zu entlassen, hatte sie ihm empfohlen, zu verschwinden.

»Und wohin?« hatte Töff Töff fassungslos gefragt.

Man hatte einen Weg gefunden. Es gab da einen entfernten Onkel in Hamburg, Adresse und Telefonnummer hinterlegt bei der Staatsanwaltschaft in Halle. Als der gehört hatte, sein Neffe sei ein wichtiger Zeuge für die Polizei, da war er so stolz, daß er gleich verkündet hatte, ihn an einem Rasthaus auf halber Strecke zu treffen. Der junge Polizist hatte seinen Schutzbefohlenen im dezent dunklen Dienstwagen an der verabredeten Stelle dem Onkel übergeben.

Der Fall der Geberts war verhandlungsreif vorbereitet. Die Unterlagen lagen bei Gericht. Da wagte die Staatsanwältin einen zweiten Vorstoß bei Herrn Gebert, indem sie ihn darauf aufmerksam machte, zwei Morde gingen schon auf das Konto des Mannes, den sie jetzt noch suchten.

»Eben drum!« war die einzige Antwort, die sie zu hören kriegte.

Alle Versprechungen, ihn in ein anderes Gefängnis zu verlegen, halfen nicht. Herr Gebert schwieg und hatte Angst vor seinem Anwalt.

Es war der Gefängnisgeistliche, der ihn endlich umstimmen konnte. Gebert senior entschied sich für ein Weiterleben nach Beendigung seiner Karriere als Straftäter und war bereit, dafür ein paar Jahre hinter Gefängnismauern in Kauf zu nehmen. Er sah wohl ein, daß ihm dieses nur beschert sein dürfte, wenn der eigentliche Drahtzieher aus dem Verkehr gezogen werden könne. Sozusagen zu seiner eigenen Sicherheit.

Ein Jubelschrei ertönte abends um zehn Uhr aus meinem Telefon, das schon ganz andere Geräusche zu hören bekommen hatte.

»Wir haben ihn!« Trautes Stimme war ganz hell vor Aufregung.

»Wen, wann wo?«

»Der Kopf der Organisation ›Kunst‹! Unser dritter Mann heißt Ferdinand Hartmann. Er lebt in Berlin. Er war einer der ganz Großen in der Abteilung Wertsachen und Kunsthandel, irgendwo da, wo man sich früher um die Devisenbeschaffung kümmerte. Weiß nicht, wie das hieß. Ein Stasi-Parteibonze und so weiter.«

»Hast du ihn schon verhaftet?«

»Keine falsche Eile, wir haben ja noch die ganze Nacht vor uns! Gerade suchen wir die Adresse heraus.«

»Wie seid ihr an den Namen gekommen?«

»Der alte Gebert ist in ein anderes, in den alten Bundesländern gelegenes Gefängnis verlegt worden. Er bekam auf eigenen Wunsch einen anderen Rechtsanwalt und hat sich der Unterstützung der Staatsanwältin für seinen Prozeß vergewissert. Dann hat er ausgepackt. Damit ist unsere Suche beendet!«

Ich ging zwar ins Bett, aber schlafen konnte ich nicht. So ganz einfach sollte das Ende sein? War das Bodos Mörder?

Erst gegen Morgen schlief ich fest ein. Es muß nach sechs Uhr gewesen sein, als für alle Ferdinand Hartmanns in und um Berlin herum die Nacht zu Ende war. Es begann eine Überprüfungsaktion der Polizei, für die nicht jeder Ferdinand Hartmann Verständnis hatte.

Einer der Ferdinand Hartmanns reklamierte: »Is ja wie bei den Russen!«, worauf ein schon nicht mehr ganz junger, aus dem Osten der Stadt stammender Polizeibeamter geantwortet haben soll: »Nu rejen Se sich ma nich uff, die Russen sind immer zwischen drei und vier Uhr jekommen.«

Diese Antwort, so berichtete uns Hoffmeister sehr viel später, sollte ein Nachspiel haben. Die Umerziehung schien bei der Polizei selbst zehn Jahre nach der Wende noch nicht ganz abgeschlossen.

Die meisten Ferdinand Hartmanns hatten Verständnis für das sehr höflich vorgebrachte Anliegen der Polizei, doch bitte bei einer Personenüberprüfung behilflich zu sein. Sie waren hilfreich, gaben Auskunft und schlossen nach der Befragung, je nach Gemütsverfassung, ihre Türe eher beruhigt oder verängstigt vor den Beamten ab. Diejenigen, die seit über zwanzig Jahren im Westen der Stadt wohnten, oder die – wie das früher hieß – aus dem westlichen Ausland zugezogenen Hartmänner, durften sofort wieder ins Bett gehen und weiterschlafen.

Etwas schwieriger hatten es die Hartmänner, die im Osten der Stadt wohnten oder gewohnt hatten, damals, vor der Wende. Sie wurden nach ihren Berufen, nach ihren Hobbys gefragt, und so manch einer soll das Fotoalbum vorgekramt haben, als Beweismittel seiner eigenen Mittelmäßigkeit.

Ganz besonders schwierig hatte es jener Ferdinand Hartmann, der gegen sieben Uhr auf dem Flughafen Tegel aufkreuzte und geschäftlich nach Düsseldorf fliegen wollte. Er landete vorübergehend im Gewahrsam des Bundesgrenzschutzes.

Die ganze Aktion der Polizei war gegen acht Uhr früh beendet, als Hoffmeister mit noch zwei Hartmännern in seiner Dienststelle saß und von einem Büro zum anderen ging, um die Verhöre zu überwachen.

»Früher redeten alle von der Stasi, fürchteten sich vor den vielen Spitzeln überall«, soll er zu Traute gesagt haben, »und heute findest du bei so einer aufwendigen Polizeiaktion nicht mal einen, der bei der Stasi gewesen sein will!«

Einer der zum Verhör ins LKA verbrachten Ferdinand Hartmanns hatte eine Militärkarriere bei der Volksarmee hinter sich, über die er heute nicht mehr gerne redete. Mit Kunst und Kommerz hatte der nie etwas zu schaffen. Als man ihm sagte, er könne sich das Geld für die Heimfahrt mit der Taxe von der Staatskasse holen, meinte er nur verdrießlich: »Von denen hab ich für heute die Schnauze voll!« und verschwand.

Der andere Ferdinand Hartmann, über siebzig und mit deutlichen Zeichen von Senilität behaftet, war stolz, endlich die ihm gebührende Aufmerksamkeit zu erhalten, und legte in aufklärerischer Weise so richtig los, um den grünen Jungs, wie er die Beamten nannte, mal zu sagen, was Sache war. Erstens gab es früher keine Arbeitslosen, zweitens keine Obdachlosen und drittens keine randalierenden Jugendlichen. Ob er mit der Stasi …? Na klar! Und ob! Einer mußte doch für Ordnung sorgen! Wer, wenn nicht er? Dieser neue Staat, der könne nicht mal dafür sorgen, daß die Autos richtig geparkt würden. Nun, so fragte der aufgebrachte alte Herr, was solle man von einem Staat halten, in dem jeder Fatzke sein Auto auf dem Trottoir abstellen könne?

Die Geschichte mit den falsch geparkten Autos schien diesen Herrn Hartmann so sehr zu beschäftigen, daß Hoffmeister einen Beamten zur Tochter dieses Herrn Hartmann sandte, die bestätigte, ihr Vater habe früher in einem der Ministerien, sie glaube

Innenministerium, die Parkplatzaufsicht gehabt. Er sei immer sehr stolz darauf gewesen, weil es eine Vertrauensstelle gewesen sei. Er habe die Nummern der nicht zum Ministerium gehörende Autos aufnotieren müssen. Später habe er sogar einen kleinen Computer in seinem Kabäuschen gehabt und die Parkplatznummern und die KFZ-Nummern direkt eingeben können.

Einer der grünen Jungs brachte den alten Herrn nach Hause. Damit war die Aktion Ferdinand Hartmann beendet und gescheitert.

Dies alles berichtete mir Traute um neun Uhr am darauffolgenden Morgen beim gemeinsamen Frühstück im Café Möhring am Ku'damm. Ich löffelte einen Magerjoghurt und trank Pfefferminztee.

Traute war gerade beim zweiten Brötchen, als sie mich plötzlich irritiert betrachtete: »Die ganze Zeit frage ich mich, wie du bei dem bißchen, was du futterst, zu so einer guten Figur kommst?«

Ich schwieg verblüfft. Was hieß hier: so eine gute Figur? Ich fühlte mich zu dick. »Ich will abnehmen«, gestand ich. »Schon über vier Kilo geschafft!« Ich war stolz auf meinen Erfolg.

»Irgendwann einmal solltest du damit aufhören, sonst ruinierst du dir deine Figur. Ich fresse und fresse und kriege bei dem Streßjob nicht mal ein Kilo drauf, und du ...« Sie schüttelte verständnislos den Kopf, und ich nahm mir vor, mich zu Hause mal vor den Spiegel zu stellen und mich in aller Ruhe unter diesem Gesichtspunkt zu betrachten.

Obwohl Traute nach der Nacht der Hartmänner todmüde war, fuhr sie zum LKA und ich mit dem Bus wieder zu meiner Bleibe am Ende des Ku'dammes.

Es war weder Trautes noch Hoffmeisters Idee gewesen, die Hartmänner Berlins aus dem Bett zu schmeißen. Durch die Verhaftungsaktion in Halle und den darauf einsetzenden Presserummel hatte jemand im Polizeipräsidium, der nun nicht mehr genannt sein wollte, die glorreiche Idee gehabt, sich aus demselben Topfe des Ruhmes zu bedienen. Wäre es nicht wunderbar, wenn die Berliner Polizei den Kopf der Bande zu fassen bekäme? So mußte der Betreffende gedacht haben. Der Name, den der alte Gebert genannt hatte, war über die Staatsanwaltschaft in

Halle auf dem Amtsweg nach Berlin gegangen, aber leider nicht direkt zum LKA, sondern zuerst zum Polizeipräsidium.

Statt Ruhm erntete diese Aktion Häme von der Presse. »Wer ist Ferdinand Hartmann?« titelte die Bild-Zeitung Berlin.

Marlene meinte gegen Mittag am Telefon ganz trocken: »Wenn es in und um Berlin irgendeinen Ferdinand Hartmann gibt, der etwas ausgefressen hat, dann hat der jetzt sein Bündel geschnürt und sich auf die Socken gemacht.«

Nach dieser Pleite trat keineswegs Ratlosigkeit ein. Die Aktivitäten, den richtigen Hartmann zu finden, wurden verstärkt. In den Kellern der Gauck-Behörde war das Personal aufgestockt worden. Jetzt ging es darum, möglichst schnell fündig zu werden. Doch des Rätsels Lösung kam nicht aus verstaubten Akten oder hirnlosem Aktivismus. Des Rätsels Lösung lieferte, so ganz beiläufig, mein Vater.

Bodos Beerdigung war spektakulär. Über einhundert Gäste waren geladen, um die dreihundert kamen. Die Abdankungshalle bot nicht genug Platz. Mein Vater geleitete mich durch das Gewühl, denn er hatte für die direkten Freunde die ersten Sitzreihen reservieren lassen. Als wir endlich saßen und den schwarzen Sarg mit den vielen Blumen anstarrten, fragte ich mich, wie wohl Atheisten beerdigt werden würden? Wer würde reden? Mein Vater begann, mir die ehemaligen Honoratioren aus der Zeit der ehemaligen DDR vorzustellen. »Der da drüben, in der dritten Reihe, der mit dem grauen Anzug, das war früher mal …«, und dann folgte eine Berufsbezeichnung, die die meisten Westler nur vom Hörensagen kannten und worunter sie sich bestenfalls gar nichts vorstellen konnten.

Nachdem ich so mehrere Minuten lang etwas über höchst ehrenwerte Herren aus der ostdeutschen Vergangenheit erfahren hatte, setzte sich Professor Severn neben uns, von meinem Vater freudig begrüßt. Der Professor war so freundlich, mich nun mit den aktuellen Honoratioren bekannt zu machen. »Da drüben, der mit dem Rollkragenpullover und dem schwarzen Mantel, dieser Stoppelkopf, das ist einer der offiziellen Vertreter des Kultursenators. Der sieht aus, als ob er noch nicht weiß, ob er bleiben möchte oder nicht.«

Marlene werkelte, begleitet von einem Toningenieur, am Eingang herum, und es sah aus, als ob sie bestimmte Leute, die die Halle betreten wollten, ansprach und von ihnen Statements aufzeichnen ließ.

Es war mein Vater, der die Reihe der Redner eröffnete. Was er zu sagen hatte, ging mir unter die Haut und wohl nicht nur mir. Er schilderte das nicht ganz so sorgenfreie Leben vor der Wende, all die kleinen Tricks, mit denen man als bildender Künstler versucht hatte, sich Vorteile zu verschaffen. Dazu zählte unter anderem der Bezug bestimmter Farben aus dem Westen. Dann kam er auf etwas zu sprechen, wovon ich keine Ahnung gehabt hatte und die anderen Gäste, die aus dem Westen der Stadt zur Beerdigung gekommen waren, sicher auch nicht. Er sprach von der Sprache als Möglichkeit zur geheimen Verständigung in einem von der Polizei total überwachten Staat. Er brachte Beispiele von Sätzen, Satzfetzen oder Ausdrücken, die man ohne Gefahr im Kaffeehaus oder in der Kneipe am Stammtisch hatte sagen können, ohne daß eventuell anwesende informelle Mitarbeiter der Stasi gewußt hätten, was wirklich gemeint war. Eine solche Sprache hatte eine Gruppe von Künstlern um Bodo Scheußlich herum entwickelt. Man benutzte sie, diese scheinbar harmlosen Bemerkungen, um sich gefahrlos in der Öffentlichkeit über bestimmte Sachverhalte zu verständigen.

»Mit den veränderten politischen Gegebenheiten verlor diese Sprache ihre Bedeutung. Mit uns wird das Wissen um sie aussterben!« Damit schloß mein Vater und überließ das Rednerpult einem offizielleren Menschen.

Professor Severn flüsterte mir zu, wer der ehrenwerte Herr in gestreiften Hosen und schwarzer Jacke sei. »Wo sieht man sonst noch einen Stresemann?« sagte er bedauernd. Der Stresemannträger war der Bezirksbürgermeister, der auf die skandalösen Bedingungen, unter denen der Verstorbene in den letzten Jahren hatte leben müssen, nur ganz nebenbei zu sprechen kam.

Zwar drückte sich Frieder davor, dem Freund eine Totenrede zu halten, aber er machte es wett, indem er Bodos engste Freunde nach der Trauerfeier freihielt. Im *Igel* gab's Pfefferminztee und Leberwurstschnitten und Fettbemmen. Keinen Alkohol, denn schließlich wäre es die Zeit von Bodos Abstinenz gewesen. Nur wenige gute Freunde blieben bei Pfefferminztee und Leberwurstbrot, so daß sich die Trauergemeinde bald auflöste. Marlene machte immer noch einige Interviews, als mein Vater und ich schon den Heimweg antraten.

»Komme nach«, rief sie uns zu, »meine Familie ist heute abend im Theater, sonst muß ich zu Hause selber kochen.«

»Hab schon verstanden«, antwortete ihr Bruder, und auf dem Nachhauseweg kauften wir Kalbskoteletts, verschiedene Gemüse und Salat als Vorspeise.

Es war früh dunkel geworden, die Autos krochen wegen des Schneematsches, Berufsverkehr, Chaos, Gehupe, Blechschäden. Die Verkehrspolizei hielt sich zurück. Hauptsache, der Verkehr bewegte sich noch ein klein bißchen vorwärts, egal, nach welchen Regeln.

Wir fuhren einige Stationen mit der Straßenbahn. Endlich waren wir zu Hause. Zu Hause, das hieß in diesen Tagen für mich, in der Wohnung meines Vaters. Der Geruch von Küche und der Geruch von Farben erinnerte mich an meine Kindheit, wie Fettbemme, Zichorienkaffee und Zuckerrübensaft.

Ich legte mich in meinem Zimmer aufs Bett, während mein Vater in der Küche werkelte. Als ich wieder ins Eßzimmer kam, war der Tisch gedeckt, Kerzen standen bereit, und an der Wand hing ein Bild, ein neues Bild. Nicht eines, das mein Vater gemalt hatte. Es war eines der Bilder, die Bodo mir gezeigt und erklärt hatte, an jenem Abend, als ich bei ihm geblieben war.

»Wo hast du das Bild her?« Meine Zunge war belegt und fühlte sich pelzig an.

»Nicht geklaut«, mein Vater schien den Gedanken, er könne etwas klauen, komisch zu finden. »Es gibt einen von der Stadt eingesetzten Verwalter für die Vermögensfragen, weil Bodo keine Verwandten mehr hatte. Ich habe ihm gesagt, daß ich dieses Gemälde als Andenken erwerben möchte, und heute morgen hat er mich angerufen und mich gebeten, es zu holen. Das Atelier wird geräumt, deshalb. Was ich der Staatskasse dafür zahlen muß, weiß ich noch nicht. Wird hoffentlich nicht so schlimm werden.«

»Egal, was es kostet, ich möchte, daß du es auf jeden Fall kaufst. Ich hab noch was gespart ...«

»Du?« Da mein Vater mein Einzimmerappartement kannte, schien ihm der Gedanke, ich könne was auf der Seite haben, noch nie gekommen zu sein.

»Gib's nicht wieder her, bitte!« Meine Stimme mußte flehend geklungen haben. Mein Vater versprach, daß ein Bild, das einmal bei ihm an der Wand hinge, nicht mehr wegkäme.

Den Abend verbrachten wir in nachdenklichen Reflexionen über die Trauerfeier und ihre Gäste. Mein Vater kannte einen großen Teil der Anwesenden und kommentierte, aus welchem Lebensabschnitt Bodos die eine oder andere Bekanntschaft herrührte.

Marlene berichtete, was ihre Tonaufzeichnungen der Interviews erbracht hatten. »Es hört sich wie ein Sittengemälde der Wendehälse an. Alle waren sie vor der Wende ein Niemand im Berlin der DDR, erst jetzt, nachdem sie die Chance in der freiheitlich demokratischen Grundordnung der Bundesrepublik erhalten haben ..., also, diesen Blödsinn hat tatsächlich einer gesagt«, Marlene schüttelte den Kopf, während sie genußvoll den Knochen abknabberte. »Die meisten der Aussagen hätte ich als Vorlage für Kabarettexte verwenden können.«

»Wenn Bodo so viele Verehrer seiner Kunst gehabt hätte, wie sich da heute an seinem Sarg versammelt haben, dann hätte es ihm nicht so schlechtgehen dürfen, finanziell.«

»Da hast du recht, Fritz«, wenn Marlene gut gelaunt war, nannte sie ihren Bruder Fritz, das war mir früher schon aufgefallen.

»Du hast also eine gute Reportage zusammengebracht?« wollte ich wissen.

»Durchaus, durchaus! Eine Reportage mit vielen außergewöhnlichen Meinungen wird es wohl werden. Es beleuchtet ganz stark das schwierige Verhältnis der ehemaligen DDR-Künstler heute. Egal, ob sie damals anerkannt gewesen waren oder im geheimen hatten arbeiten müssen.«

Wir widmeten uns eine ganze Weile der offiziellen Kunstgeschichte der DDR, und Marlene erzählte, was sie über die einzelnen Künstler wußte und wie diese heute lebten. Einige hatten es geschafft, wie es in der Redewendung hieß. Damit war wohl gemeint, daß sich jemand mit dem heute bestehenden Kunstbetrieb arrangiert hatte. Bodo hatte nicht dazugehört, zu denen, die es geschafft hatten, ebensowenig wie mein Vater dazugehörte.

»Warum hat eigentlich sein Freund, dieser Frieder vom *Igel*, nicht geredet? Er schien doch der beste Freund gewesen zu sein, den Bodo zuletzt noch gehabt hatte. Von dem hab ich nicht einmal ein Interview oder nur ein Statement auf mein Band gekriegt.«

»Der kann nicht. Der war früher mal ein hohes Tier!« Mein Vater stand auf und räumte die dreckigen Teller und Schüsseln ab. Marlene und ich blieben beim gedämpften Kerzenschein sitzen. Draußen stürmte es, und es hatte wieder zu schneien begonnen.

»Gott sei Dank war bei der Beerdigung nicht so ein Sauwetter. Ich hätte mir die Zehen und die Fingerspitzen bei der Steherei an der Tür der Abdankungshalle abgefroren.« Marlene saß auf ihrem Stuhl und massierte ihre kalten Zehen.

Ich war irgendwie fertig, deprimiert und lustlos. Meine Knochen fühlten sich schwer an, meine Muskeln waren lahm. Und ich war froh, hier in der Wärme des Kachelofens, in den Möbeln des ehemaligen Eßzimmers meiner Mutter sitzen zu dürfen und nicht alleine sein zu müssen.

Als mein Vater mit roter Grütze und Vanilleeis ins Zimmer kam, mußte ich lächeln. »Du denkst immer daran, wie gern ich das hab.«

»Früher hast du es immer bekommen, wenn du krank oder traurig warst. Heute, wo du traurig bist, habe ich Frau Markowitz gebeten, die letzten Beeren, die ich vom Garten hatte, aufzutauen und Grütze zu kochen.« Er verteilte die Kristallschälchen meiner Mutter.

»Der Frieder, dieser Freund, selbst wenn der früher ein großes Tier gewesen war, das kratzt doch heute keinen mehr«, Marlene war noch immer bei dem alten Thema, den Rednern an Bodos Beerdigung, beziehungsweise dem, der nicht geredet hatte.

»Der scheint anderer Meinung zu sein. Ich hab ihn ein paarmal gefragt. Er will nicht, daß man auf ihn aufmerksam wird. Er will nur der Frieder vom *Igel* sein.«

»Und was wäre er, wenn er nicht der Frieder vom *Igel* ist? Was hat er früher gemacht?«

»So genau weiß ich das nicht. Er gehörte zu denen, die damals die Stasi-Zentrale gestürmt haben, erinnerst du dich?« Mein Vater sprach mit seiner Schwester, nicht mit mir, denn er wußte, daß ich von diesen Vorkommnissen in New York zuwenig mitgekriegt hatte.

»Was ist daran Besonderes, daß er dabeigewesen ist, als die Stasi-Zentrale gestürmt wurde?« Ich begriff es wirklich nicht. »Das kann doch nichts Negatives sein, oder wird er deshalb heute noch polizeilich gesucht?«

»Die Stasi-Zentrale war damals der Hauptangriffspunkt. Als es absehbar war, daß die aufgebrachte Meute auf die Stasi-Zentrale zuging, mischten sich immer mehr ehemalige Stasi-Leute darunter.«

»Und warum?«

»Weil es ihnen darum ging, daß das ganze Haus möglichst schnell in Flammen aufging. Es lagen zu viele Akten von und über sie darin. Es hätte ihnen schädlich werden können. Den aufgebrachten Leuten sollte sowenig wie möglich in die Finger fallen. Die Stasi fürchtete Lynchjustiz.« Mein Vater lehnte sich zurück. »Da die Zeit vorbei war, einfach ins Gebäude reinzumarschieren und die Akten, die die einzelnen Leute belasteten, verschwinden zu lassen, weil überall schon große Gruppen von Demonstranten waren, blieb ihnen nichts weiter übrig, als mitzumachen. Nun ging es nur noch darum, möglichst schnell hineinzukommen. Man mußte also zu den ersten gehören. Je früher der einzelne drin war, um so größer die Chance, die belastenden Unterlagen über sich selbst zu vernichten.«

»Und woher weißt du das, Vater?«

»Ich war doch dabei. Nicht beim Stürmen, dafür bin ich zu alt, aber bei den Demonstrationen. Dabei hab ich ein paar von den Halunken wiedererkannt. Politische Beamte, die mich damals verhört hatten. Am nächsten Tag waren die Zeitungen voll von Bildern. Einer von denen, die der *Spiegel* als angeblich aufgebrachten Bürger auf dem Titelbild hatte, war ein hoher Stasi-Offizier.«

»Hat das denn niemand gemerkt?«

»Kind, dazu sind die von drüben viel zu blöde. So wie sie die alten Nazis nach dem Zweiten Weltkrieg im Bundestag gelassen hatten, die in der Regierung Adenauer sogar zu Ministerwürden kamen, so ist jetzt wieder das große Vergessen angezeigt. Die wollen sich nicht in geistige Unkosten stürzen.«

»Mich als Juristin hat der Nazi-Richter Kiesinger im Amt des Bundeskanzlers grauenhaft gefuchst. Weil ein ganzes Volk vergessen will, macht es denselben Fehler immer wieder.«

»Was hiermit geschehen wäre!«

Die Unterhaltung zwischen Marlene und ihrem Bruder fand so nicht zum erstenmal statt, das war mir klar. Sie war der Ausdruck ihrer Enttäuschung, daß die Deutschen aus ihrer Vergangenheit nichts hatten lernen wollen.

»Wenn das so ist, wie ihr sagt, wovor sollte der Frieder dann Angst haben?« wollte ich wissen.

»Da muß was Kriminelles mitspielen. Denn er hat seinen Namen geändert, wenigstens ein bißchen, damit man ihm nicht gleich drauf kommt.«

»Woher weißt du das?« Marlene beugte sich vor.

»Als er mir mal wo vorgestellt wurde, da dachte ich nur, du hast früher ein ganz klein wenig anders geheißen, aber ich bin nicht mehr auf seinen richtigen Namen gekommen.«

»Wie heißt er jetzt?«

»Frieder Hausmann, aber alle rufen ihn nur den Frieder.«

»Und wie mag Frieder Hausmann vorher geheißen haben? Etwa Ferdinand Hartmann, der Oberst bei der Stasi gewesen war?« Marlene fixierte ihren Bruder.

»Hartmann? Hartmann ... Hausmann – Hartmann! Ja, so kann er geheißen haben. Als ich seinen Namen nach der Wende hörte, dachte ich, daß es sehr geschickt gewesen war, keine zu große Namensänderung vorgenommen zu haben. Keine Ahnung, was der früher gemacht hat. Die Leute sind nicht rumgerast und haben mit den Schweinereien, die sie angezettelt hatten, geprahlt.«

»Konnten Bodo und Frieder beziehungsweise Ferdinand sich von früher her kennen?«

»Keine Frage, Marlene. Natürlich haben die sich gekannt.

Der Bodo hätte bestimmt auch den richtigen Namen vom Frieder gewußt, sofort!«

»Wir wissen jetzt, wer der Mann ist, den die Polizei sucht, und wir haben ein Motiv.« Marlene stand auf und ging ans Telefon. Sie rief Traute auf ihrem Handy an. Traute war noch im LKA und sichtete ihre Stöße an Aufzeichnungen.

Marlene berichtete, was sie gerade von ihrem Bruder erfahren hatte. Sie hatte das Telefon auf Lautsprecher gestellt. Ich war aufgestanden und ihr in den Flur gefolgt.

So konnte ich hören, wie Traute sagte: »Aus Ferdinand Hartmann einen Friedrich oder Frieder Hausmann zu machen, das ist so schwer nicht. Wenn jemand nicht unweit der Paßabteilung eingesetzt gewesen ist ... Irgendwie hatte eine Reihe von hohen Tieren Zugang zu echten – falschen Pässen.«

»Was meinst du damit?«

»Ich habe einiges über den hohen Stasi-Offizier Ferdinand Hartmann in den Kellern der Gauck-Behörde gefunden. Er ist dafür zuständig gewesen, wer wann wo und überhaupt einen Reisepaß ausgestellt bekommen hat. Daraus kann ich schließen, daß sich der Künstler Bodo Scheußlich, der immer in den Westen reisen durfte, und der für die Genehmigung und Erteilung eines Passes zuständige Oberst Ferdinand Hartmann sich schon vor der Wende gekannt haben müssen. Waren vermutlich sogar gut befreundet, sonst wäre das nicht immer so reibungslos gegangen, das mit dem Verlängern des Reisepasses.«

Frieder sollte Bodos Mörder sein? Ich lehnte mich an die Wand des Flurs. Wie ganz anders hatte ich mir Bodos Mörder vorgestellt. Szenen im *Igel*, Szenen mit Frieder ließ ich vor meinem Auge vorbeigleiten. Der erste Abend am Tisch, als Bodo die Skizze der französischen Galerie zeichnete, wo er einzukaufen pflegte, unter anderem für Professor Severn, dessen Sammlung vorwiegend aus gefälschter Grafik bestand. »Ich hab's!« rief ich plötzlich, nahm Marlene den Hörer aus der Hand und sagte: »Ich bin sicher, daß der Frieder Bodos Mörder war!«

»Wieso?«

»Der Einbruch bei mir, erinnerst du dich, Traute?«

»Ja, da wurde nichts gestohlen, außer deinem Band im Anrufbeantworter.«

»Es wurde etwas gestohlen. Das fiel mir nicht auf, weil wir vorher schon Fotos davon angefertigt hatten. Die Skizze der Galerie in Paris, die Bodo auf eine Serviette mit Kugelschreiber gemacht hatte, die später Jonas fotografiert hatte, die ist seitdem verschwunden.«

»Wußte Frieder von der Zeichnung?«

»Er stand hinter mir. Sah mir über die Schulter und reagierte merkwürdig ungehalten, als Bodo zeichnete.«

»Danke.« Trautes Stimme straften ihre Worte Lügen. »Ich wußte doch, daß Berlin noch etwas anderes zu bieten hat als ein paar Stunden Schlaf in der Nacht. Nun werd ich mal Hoffmeister aus dem Bett holen. Die politische Vergangenheit ist sein Ressort, dann machen wir uns auf die Socken. Es soll ja draußen eine herrliche, schneidend kalte Luft sein.«

»Es hat aufgehört zu schneien«, tröstete sie mein Vater, der am Fenster stand und in die dunkle Nacht blickte.

Gegen Mitternacht stand ich auf. Ich konnte nicht mehr einschlafen. Mit wem konnte ich über alles reden? Ich hörte ein Geräusch im Wohnzimmer und spähte vorsichtig durch meine Tür. Mein Vater konnte auch nicht schlafen.

»Zwei Stunden und mehr ist es her, seit Marlene deine Traute angerufen hat. Ich bin so unruhig! Man hört nichts.« Er ging im Wohnzimmer auf und ab.

»Und wenn wir beim *Igel* vorbeigehen?« schlug ich vor, weil ich die Ungewißheit nicht länger aushielt.

»Gute Idee!« Mein Vater verschwand in seinem Schlafzimmer, um sich was Warmes anzuziehen.

Eingemummelt in mehrere Schichten Wollsachen und drüber Wintermantel und Schal, zogen wir kurz nach Mitternacht los. Es war Glatteisgefahr, die wenigen Autos, die unterwegs waren, fuhren fast im Schrittempo. Wir gingen die leeren Straßen entlang, über Plätze, die es häufig an den Stellen gab, wo zwei größere Straßen sich kreuzten.

»Weißt du eigentlich, warum Berlin in diesem Stadtteil so viele schöne Plätze hat?« Wir waren gerade an der Wohnung vorbeigekommen, in der ein hoher ostdeutscher Politiker lieber wohnte als in der ihm gebührenden Villa.

»Nein, keine Ahnung.«

»Dieses ganze Viertel ist im Zuge der Stadterweiterung vor ungefähr hundert Jahren erbaut worden. Man hat das benötigte Baumaterial auf diesen Plätzen gelagert, bis die Häuser fertig gewesen sind. Danach hatte man die Bäume in den Straßen gepflanzt. Damit es nicht so zieht, weil ja alle Straßen in rechten Winkeln zueinander angelegt worden waren. Auf den Plätzen, die ursprünglich als Lagerplatz gedient hatten, also da hat man höhere Bäume angepflanzt. Der Wind sollte sich da fangen. So entstanden in Berlin in vielen Stadtteilen, die zu Beginn des 20. Jahrhunderts gebaut wurden, diese Plätze, für die wir heute so dankbar sind.«

Wir zogen weiter, liefen und liefen. Hätten wir nicht besser das Auto nehmen sollen? Dann bogen wir plötzlich in eine Straße ein, die von der Polizei abgesperrt war. »Hier kommen wir nicht durch, laß uns woanders langgehen«, schlug mein Vater vor.

Außer den Blaulichtkegeln der Polizeiautos, die lautlos in der Nacht kreisten, hatte ich einen Übertragungswagen des Deutschland Radio Berlin entdeckt. Es gab also noch ein Mitglied unserer Familie, das heute nacht nicht im Bette lag.

»Und wo willst du durchkommen?«

Mein Vater nahm meine Hand. »Komm!« Wir gingen durch ein Haus, das mehr als drei Hinterhöfe hatte. Je weiter wir gingen, um so armseliger waren die Häuser, um so dreckiger die Höfe. Alte Autos, zerlegte Motorräder, vermutlich geklaute und auseinandergenommene Fahrräder lagen herum. Eine kaputte Waschmaschine stand in einem verlotterten Hauseingang. Ratten huschten über den Platz.

»Ich geh nicht weiter!« verkündete ich.

»Wo's Ratten hat, da gibt's keine Schlangen!« Mein Vater wußte, daß ich vor Schlangen die meiste Angst gehabt hatte. Er zog mich mit. Wir gingen durch einen der alten Hauseingänge, stiegen in den ersten Stock hoch und dann über eine Art Vordach, dann gelangten wir auf einen anderen Hinterhof. Von dem Vordach führte eine verrostete eiserne Treppe hinab.

»Stehenbleiben, Polizei! Nehmen Sie die Hände hoch!« Scheinwerfer wurden angestellt und beleuchteten uns grell. Wir standen blinzelnd auf der Leiter und blickten in den grell erleuchteten Hinterhof, den selbst die Ratten schon verlassen hatten, weil ihnen hier zuviel Betrieb herrschte.

»Ich hab gar nicht gewußt, daß in Berlin nachts so viele Polizisten arbeiten«, konnte ich mir nicht verkneifen.

»O Gott, o Gott!« Trautes Stimme mit Verzweiflung im Timbre. »Schalten Sie die Scheinwerfer aus, das sind die Falschen.«

Plötzlich standen wir im Dunkeln. Dann wurde einer der Scheinwerfer angeschaltet und auf eine Ecke gerichtet, so daß wir nicht geblendet wurden, aber genug sehen konnten, um die letzten Sprossen herabzuklettern.

»Wo kommt ihr denn her?« Traute konnte ich noch nicht sehen, weil meine Augen sich erst an die Dunkelheit gewöhnen mußten. Ihre Stimme verriet Anspannung. Irgend etwas war schiefgelaufen.

»Wir sind von der Parallelstraße durch die Hinterhöfe, dann ins letzte Haus, in den ersten Stock und durchs Treppenfenster über das Vordach hierher. Nun wollten wir von hinten an den *Igel* heran. Aber da haben Sie uns ja festgenommen.« Mein Vater versuchte erst gar nicht, die Merkwürdigkeit zu erklären, warum wir über Dächer und durch Fenster gestiegen waren.

»Dieser Weg war den meisten Gästen des *Igel* bekannt? Selbstverständlich auch dem Wirt?«

»Natürlich! Das wissen alle Stammgäste. Schon wegen der häufigen Alkoholkontrollen verschwinden die Autofahrer lieber nach hinten hinaus.« Mein Vater zog die Achseln bedauernd hoch und fragte: »Ist Ihnen wohl durch die Lappen ...?«

»Allerdings! Wir suchen jetzt hier Haus für Haus in der ganzen Umgebung ab.«

»Das können Sie sich sparen! Der Frieder hat ganz andere Fluchtwege.« Mein Vater nahm wieder meine Hand und zog mich hinter sich her.

»Wo wollen Sie denn hin, Herr Wolf?« Einer der Polizisten baute sich drohend vor ihm auf.

»Junger Mann, bei dem Glatteis rennt Ihnen so ein Alter wie ich nicht davon«, mein Vater schob ihn zur Seite, ging in einen der anderen Innenhöfe weiter und blieb an einem Kanaldeckel stehen. »Machen Sie bitte mal Licht!« rief er dem Beamten am

Scheinwerfer zu. Ein Scheinwerfer wurde geschwenkt, und der Lichtkegel kam über dem Kanaldeckel zur Ruhe. »Hier!« Mein Vater zeigte auf den Deckel. »Da würde ich mal genauer überprüfen, wann der das letzte Mal geöffnet wurde.«

»Sie meinen der Frieder Hausmann ist unterirdisch ...?« Traute betrachtete den Deckel genauer. »Der Deckel hier sitzt fest, der ist seit Jahren nicht mehr geöffnet worden.« Zwei Polizisten hatten vergeblich versucht, ihn anzuheben.

»Dann gehen wir weiter, vermutlich ist hier noch einer in einem der anderen Höfe.« Zwei Höfe weiter, direkt neben dem Hinterausgang des *Igel*, wurden wir fündig. Der Deckel ließ sich ganz leicht abheben. Seine saubere Öffnung und die in das Mauerwerk der Röhre eingelassenen eisernen Tritte waren ganz blank, so häufig waren sie in letzter Zeit benutzt worden. Der Deckel mußte erst kürzlich abgehoben worden sein.

Ein Polizist kletterte hinein. Nach ein paar Minuten kam er wieder hoch. »Da unten ist ein ganz sauber gemauertes Kanalisationssystem. Da ist eine Kammer auf halber Höhe, die ist jetzt leer, da hätte ein großer Koffer hineingepaßt.«

»Frau Kommissarin, hier liegt eine schwere Kette mit einem Schloß!« Ein Polizist hatte diese in einem Abfallhaufen hinter der Restaurantküche gefunden. An der Kette war ein kompliziertes Vorhängeschloß befestigt, das jetzt offen war. Der Schlüssel steckte noch.

»Hier ist er also tatsächlich in großer Eile abgestiegen. Eiserne Leiter runter und weg durchs Kanalsystem. Und wir fragen uns mühsam hier oben von Haustür zu Haustür erfolglos durch. Verständigen Sie den zuständigen Herrn. Zwei Beamte bleiben hier an der Ausstiegsstelle, wechseln Sie sich halbstündlich ab, sonst erfrieren Sie. Die anderen kommen mit hinein in die Kneipe, damit wir uns aufwärmen können.«

Noch zu gerne bevölkerten wir die geheizte Schankstube. Einer der jungen Kellner, der in einem der Nachbarhäuser ein Zimmer gemietet hatte, war gekommen, um nachzusehen, ob eingebrochen worden sei. Er wurde verdonnert, Kaffee und Tee zu kochen und für alles eine Rechnung zu machen. Die Polizisten wechselten sich ab, einige wenige blieben jeweils auf der Straße bei den Autos, die anderen kamen in den Schankraum und wärmten sich auf. Heißen Kaffee oder Tee, so viel Komfort hatten sie nicht erwartet. »Toller Service bei der Polizei, seit wir mehr Frauen in den besseren Positionen haben«, witzelte einer.

»Wieso wußten Sie von diesem Abgang in Berlins Unterwelt?« Traute bemühte sich freundlich zu klingen, aber ihre Enttäuschung war unüberhörbar. So nah an einem gesuchten Mörder zu sein und ihn dann spurlos verschwinden zu sehen, das mußte deprimieren.

»Frieder und ein paar seiner Leute, so alte Parteibonzen, die haben sich mal über die neuen Zeiten unterhalten, als ich hier saß und das Geld, das wir für Bodos Beerdigung gesammelt hatten, zählte. Es waren noch ein paar Bordsteinschwalben dabei, und die Alten wollten angeben, was sie für tolle Kerle waren, früher ...«

»Waren hier öfter alte Parteibonzen und Stasi-Leute?«

»Mir haben sie sich nicht vorgestellt. Aber vermutlich waren sie hier wie in allen anderen Lokalen auch. Oder glauben Sie, die haben sich das Biertrinken mit der Wende abgewöhnt? Manchmal merkt man's an den Gesprächen, an den Ausdrükken. Sie haben so schaurig angegeben und erzählt, wie gut alles gewesen ist, früher. Da hat eine der Nutten gesagt, paßt nur auf, euch erwischen sie auch noch, und dann wandert ihr in den Bau. Da haben sie alle gelacht und geprahlt, was für eine dicke Rente sie heute bekämen wegen ihrer hohen Gehälter früher. Dann ist der Frieder an den Tisch gekommen und hat zu dem Mädel gesagt: ›Bei mir im *Igel*, da kann noch jeder unterirdisch spurlos verschwinden, wenn die Kacke am Dampfen ist. Das ist ein Service des Hauses‹, oder so ähnlich.« Mein Vater war geknickt, weil er sich schuldig fühlte: »An das hab ich nicht gedacht, als Marlene Sie anrief ...«

»Eigentlich hätten wir mit so was rechnen müssen. Ich habe zwar fast ausschließlich Beamte aus der Stadtmitte und dem Osten angefordert, weil die sich hier besser auskennen als ich. Aber an den Untergrund der Stadt und seine Fluchtmöglichkeiten, daran hat niemand gedacht.«

Wir wärmten uns die Finger an den Teetassen. Die Polizisten, die an der Theke standen, betrachteten uns nicht mehr ganz so feindlich wie zu Anfang. Mein Vater zahlte den Tee und bedankte sich bei dem jungen Kellner.

Schließlich kam das lang ersehnte Telefongespräch von einem Herrn, der beim Innensenator beschäftigt war. Traute erklärte die Lage und kam dann wieder an unseren Tisch. »Das kann dauern.« Ihre Stimme klang noch verdrießlicher.

»Wann haben Sie das letztemal gegessen? Hier gibt es die beste Bock- und Currywurst, je nachdem, was Ihnen lieber ist.« Mein Vater wollte sie über den Zeitverlust hinwegtrösten.

Traute sah meinen Vater verblüfft an. »Sie haben recht, das ist schon ewig her.« Sie stand auf, wandte sich an die herumstehenden Beamten und fragte, wann deren Dienst begonnen hätte und wann sie zum letztenmal was zu essen bekommen hätten. Die meisten schoben jetzt schon zwei Stunden zu lange Dienst.

»Essen? Was ist das?« rief einer, und alle lachten. Der kleine Kellner nahm Bestellungen für Bock- und Currywürste auf und bedauerte, so schnell nur mit Graubrot dienen zu können. Wurde von allen akzeptiert.

»Für mich eine Currywurst«, rief eine uns bekannte Stimme ihre Bestellung von der Türe her. Marlene mit zwei etwas übermüdeten Männern! Deutschland Radio Berlin in nächtlicher Aktion.

»Wieso geht das nicht weiter? Wieso seid ihr nicht mit Suchtrupps unter der Erde?« wollte sie von Traute wissen.

»Weil der Herr beim Innensenator, der dafür zuständig ist, erst den Herrn von den Berliner Verkehrsbetrieben mobilisieren muß. Aus Sicherheitsgründen kann ich keine Polizisten einfach in die Unterwelt senden. Meine Polizisten haben keine Ahnung, wann und wo die letzte oder erste U-Bahn fährt. Sie wissen nicht, welche Reparaturwagen nachts wann auf den Geleisen da unten rumkurven. Wenn der Hartmann mit 'ner U-Bahn kollidiert, ist mir das egal, aber nicht bei meinen Leuten ...«

Wir hatten genug Zeit, unsere Würste in aller Ruhe zu essen, bevor ein zweiter Anruf anzeigte, daß der zuständige Mann bei der BVG aus dem Bett geworfen war.

»Es kann losgehen! Sind Sie gestärkt, meine Herren?« Die Beamten nickten. Zwei etwas ältere Beamte, deren Körperumfang nicht mehr für enge Röhren und schnelles Rennen geeignet war, sollten im Lokal bleiben. Der Deckel im Hof war geschlossen und wieder mit der Kette verschlossen worden, so daß dort niemand herauskommen konnte. Einer der Beamten bat Traute beiseite.

»Der Junge da vorne, der ist vor vier Wochen in einem Keller angeschossen worden. Den sollten Sie nicht mitnehmen. Der könnte ein Risiko sein, der hat das noch nicht verarbeitet.« Traute bedankte sich für den Hinweis und meinte laut: »Sie da, junger Mann, einen etwas Flinkeren brauchen ihre korpulenten Kollegen zur Unterstützung hier oben. Sie bleiben im Lokal!«

Der Angesprochene drehte sich um und meinte sichtlich erleichtert: »Gerne, Frau Kommissar.«

Dann stiegen sie alle in ihre schnellen, dezenten Ermittlungskarossen und fuhren ab. Die Techniker von Radio Berlin befanden sich schon auf dem Heimweg.

Nach einigen Minuten war die Straße wieder dunkel, die Blaulichtkegel hatten sich entfernt. Nur wenige Straßenlaternen beleuchteten die vielen Reifenspuren im Schneematsch.

Wir saßen mit drei Beamten, die sich pflichtbewußt erst einmal genau mit der Lokalität, ihren Türen und Hintertüren und Fenstern vertraut machten, im Lokal. Die Türen wurden von innen verschlossen, an den Fenstern wurden die Läden heruntergelassen, von außen sah der *Igel* aus wie jedes in der Nacht geschlossene Lokal.

Der Kellner brachte den Beamten, die nun mit ihrer Sicherheitsrunde fertig waren, noch mehr Kaffee und meinte freundlich: »Damit Sie nicht einschlafen, geht aufs Haus.«

»Is aber ihr Chef, hinter dem wir her sind!«

»Dann wird er wohl was ausgefressen haben.«

»Soll jemanden ermordet haben, einen Künstler.«

»Den Bodo? Bei dem Streit, den die immer hatten ...«

»Aber ich dachte immer, die beiden sind dicke Freunde?« mischte sich mein Vater ein.

»Nach außen hin, wenn Kundschaft da war, schon eher. Aber wenn sie allein waren, dann haben sie gestritten.«

»Und über was haben sie gestritten?« Marlene war ganz Ohr.

»So 'n Kram von früher, da ging's immer drum. Frieder schimpfte immer, Bodo habe schließlich auch vom System profitiert, er solle nicht so stur sein, und so ein Kram. All das schmiß der Chef ihm an den Kopp.«

»Konkreter?« fragte der ältere Polizist mit dem weißen Haar nach, der sich die ganze Zeit Notizen machte.

»Es ging immer über Kunst, davon versteh ich nichts.«

Bei dem Wort »Kunst« verlor der Polizist das Interesse und klappte seinen Block zu und steckte ihn weg.

»Was für eine Kunst?« Marlene fand es jetzt erst recht spannend.

»So Blätter, die sollten vernichtet werden, das wollte der Bodo. ›Du bringst dich noch in des Teufels Küche‹, hat Bodo erst kurz vor seinem Tod den Chef angeschrien, abends, nachdem schon geschlossen gewesen ist.«

»Mehr können Sie uns nicht darüber sagen?«

»Wer findet den Kunstkram schon spannend?« Er zuckte bedauernd mit den Schultern.

Die Polizisten berieten sich an einem Tisch, von uns weit genug entfernt, so daß wir sie nicht hören konnten.

Der Kellner kam mit belegten Broten aus der Küche. »Eine Gabe des Hauses!« rief er in den Raum. »Heute haben wir hier im wahrsten Sinne des Wortes Polizeistunde!«

Die Post in meinem Briefkasten quoll über. »Wohnen Se überhaupt noch hier?« Mit diesen Worten empfing mich Rudi, unser Hausmeister. Ich sammelte meine Briefe und Einladungen ein, stopfte alles in die Reisetasche, in der die von Frau Markowitz gebügelte Wäsche lag, verzog mich in den lahmen Lift und fuhr nach oben.

Seitdem ich so viele Male bei meinem Vater genächtigt hatte, kam mir mein Appartement noch trostloser vor. Ich stellte meine Tasche ab und fragte mich, ob ich sie überhaupt auspakken sollte. Es gab viel für mich zu tun. Berichte mußten geschrieben werden, Telefonate waren zu erledigen. Dafür brauchte ich meine Ruhe und meinen Schreibtisch. Es war besser, wenn ich hier in meiner Wohnung blieb, so doof sie auch sein mochte.

Außerdem, ich wollte nicht wieder das Kind meines Vaters werden, sosehr ich es in der letzten Zeit genossen hatte. Also packte ich die Tasche aus und verstaute die sauberen Sachen im Kleiderschrank. Ich wollte mich gerade an den Schreibtisch setzen, als mein Faxgerät lostuckerte. Interessiert sah ich auf das weiße Papier, auf dem eine eilig hingeschriebene Nachricht in Handschrift erschien. »Please come to the bureau immediately, Hardcastle.«

Warum bestellte mich Tobias Hardcastle ins Büro? Sollte ich zur Ars & Vita ins Europa Center kommen, weil meine Mission beendet war? War sie das überhaupt? Galt für mich nicht, was Ross der Boß mir persönlich gefaxt hatte? Und wieso mußte das Treffen sofort stattfinden? Ich kannte Tobias Hardcastles Handschrift nicht. War wirklich er es, der diese Notiz geschrieben hatte? Zweifellos war es die Handschrift eines Mannes, der in den USA in die Schule gegangen war. Ich beschloß, das Risiko einzugehen, und rief von meinem Handy aus im Büro an, nachdem ich die Erkennung meiner eigenen Rufnummer unterdrückt hatte. Es war eine überflüssige Vorsichtsmaßnahme, denn im Konferenzzimmer, von dem aus das Fax an mich gesandt worden war, nahm niemand das Telefon ab.

Sollte ich gehen, oder war es eine Falle? Und wenn, von wem? Ich versuchte, Traute zu erreichen, aber sie war noch in Berlins Unterwelt zugange. Ihr Handy funktionierte nicht. Marlene war irgendwo im Funkhaus unterwegs. Ihr hinterließ ich eine Nachricht, dann ging ich los.

Etwa eine halbe Stunde später fuhr ich mit dem Lift im Europa Center hoch in die Büroetage. Es war ganz ruhig, zwei Büroangestellte saßen an ihrem PC und arbeiteten, von denen ich eine von früher her kannte. Sie hatten weder Herb noch Tobias gesehen. »Wenn, dann sind die Herren direkt ins Konferenzzimmer nach oben gefahren«, meinte die eine. Am liebsten hätte ich sie gebeten, mit mir zu kommen. Unschlüssig stand ich herum.

»Ich zeige Ihnen den Weg.« Die eine Dame, die in New York den Spitznamen Miß Moneypenny hatte, besann sich auf ihre Pflichten und stand auf. Sie muß mich wiedererkannt haben, denn sie wußte, daß ich in New York für die Firma gearbeitet hatte. Wir fuhren mit dem Lift hinauf. Sie öffnete mit Schwung jene Tür zu jenem Konferenzzimmer, das ich schon von meinem ersten Morgen in Berlin her kannte. Beide blieben wir in der Türe stehen und starrten sprachlos auf einen der Sessel, der mitten im Raum stand und in dem Tobias Hardcastle saß – erschossen!

Vor meinem inneren Auge lief der Film unserer letzten Begegnung in der Fasanenstraße ab. Ich hatte Tobias vertraut. Warum war er erschossen worden?

Miß Moneypenny ging auf den Sessel zu, legte ihre Hand an die Halsschlagader, beugte sich dann über den Körper und befahl scharf: »Rufen Sie den Notarzt, Miß Wolf oder Mrs. Gardener oder wie immer Sie sich nennen mögen!« In ihrer Stimme war die Abneigung, die eine unverheiratete Frau einer verheirateten Frau entgegenbrachte, die sich solche Kapriolen leistete, wie den Namen ihres verdienten Mannes abzulegen.

Ich ging zu dem Telefon am Konferenztisch, nahm ein Taschentuch und wählte die Notrufnummer.

»Der ›Erste Hilfe‹-Kasten ist in der Toilette, hinter dem Spiegel«, Miß Moneypenny gab klare Anweisungen.

Ich holte ihn, öffnete die Klappe und fragte: »Was brauchen Sie?«

»Druckverband, Mullbinden, alles was man dafür verwenden kann.« Miß Moneypenny hatte sich über den Schwerverletzten gebeugt, das Jackett zur Seite geschoben, und nun konnte ich die Einschußwunde sehen. Sie mußte sich in unmittelbarer Nähe des Herzens befinden. Sie versuchte mit leichtem Druck die Blutung zu stillen.

»Drei Etagen unten drunter ist ein Herzspezialist, holen Sie den!«

Ich sauste los und stürmte in das Sprechzimmer. Der Arzt und der Patient waren irritiert, mich so unangemeldet im Zimmer stehen zu sehen.

»Herr Doktor, ein Notfall, kommen Sie sofort!« Ich muß so eindringlich oder so furchterregend geklungen haben, daß sich der verblüffte Arzt von mir bis zum Lift schleppen ließ. Einer Krankenschwester in seiner Praxis hatte ich nur zugerufen, daß wir ihre Hilfe ebenfalls brauchten, und zwar sofort.

Als der Arzt den schwerverletzten Patienten sah, gab er sofort klare und ruhige Anweisungen, die sich entweder an seine Krankensschwester oder an Miß Moneypenny richteten. Als der Notarzt mit den Sanitätern eintraf, wurde entschieden, eine Notoperation vor Ort durchzuführen, da ein Transport gar keine Aussicht auf Erfolg haben dürfte. Miß Moneypenny und ich mußten das Konferenzzimmer verlassen. Wir standen zitternd vor der Tür, wo ein Nachbar uns zwei Stühle hinstellte. Die Krankenschwester rannte mit einer Blutprobe in die Praxis.

Irgend jemand brachte heißen Tee. Auf dem Flur war ein Hin- und Hergerenne. Ein Sanitäter schleppte Infusionsflaschen, die Krankenschwester kam aus der Praxis und rief die Blutwerte und die Blutgruppe durch die geschlossene Tür. Eine Viertelstunde später kam der *eilige Bluttransport* und lieferte der Krankenschwester eine verschlossene Box, die diese genau kontrollierte, bevor sie mit ihr hinter der Tür zum Konferenzzimmer verschwand.

Ich hatte Traute informiert, die die dafür zuständige Dienststelle, die Abteilung *Delikte am Menschen*, verständigt hatte. Gerade als wir uns aus unserer Verkrampfung zu lösen begannen und Miß Moneypenny aufstand, um sich zu waschen und etwas Sauberes anzuziehen, kam die Kriminalpolizei. Kommissar Schwertfeger begrüßte mich mit den Worten: »Sie schon wieder!«

Ich zitterte vor Anspannung und Aufregung, hoffte ich doch, daß Tobias durchkommen möge. Miß Moneypenny kam viel weniger blutverschmiert aus dem Waschraum und fuhr Schwertfeger an: »Nun lassen Sie mal die junge Dame in Ruhe, die hat genug mitgemacht.« Sie setzte sich neben mich und ergriff meine Hand. Von dieser Phalanx abgeschreckt, schlug Kommissar Schwertfeger einen höflicheren Ton an und fragte nach den Einzelheiten.

Ich berichtete von dem Fax und daß ich deshalb hierher gekommen war und wie wir ihn gefunden hatten.

»Woher kennen Sie den Verletzten?« Ich schluckte, denn nun saß ich in einer Zwickmühle. Mein Zögern deutete Miß Moneypenny falsch. Sie hielt mich für zu mitgenommen, um zu antworten, und sprang deshalb ein: »Mrs. Gardener, geborene Wolf, war früher für unsere Versicherungsgesellschaft tätig. Vermutlich wollte ihr Mr. Hardcastle, der Verletzte, erneut ein Angebot machen, für uns hier in Berlin zu arbeiten.«

»Stimmt das?«

»Weiß ich nicht! Ich hab nicht mehr mit ihm gesprochen.«

»Das Fax, das haben Sie nicht mehr?«

»Doch! Ich hab es aufgehoben, weil ich es merkwürdig fand, daß Mr. Hardcastle ein Fax von Hand schreibt.« Ich kramte in meiner Handtasche und gab das Fax Miß Moneypenny. »Ist das Tobias' Handschrift?«

Sie betrachtete den zerknitterten Zettel genau, dann nickte sie und sagte: »Das hat Mr. Hardcastle persönlich geschrieben.«

Kommissar Schwertfeger legte mein Fax in seine Mappe, dann fragte er Miß Moneypenny weiter aus.

Im Hintergrund sperrte die Polizei das Stockwerk ab, drängte Neugierige zurück und versuchte, die Presse abzuhalten. Die Tür zum Konferenzzimmer öffnete sich. Ich stand auf, in dem Moment blitzte ein Fotograf den Flur hinunter, ich schrak zusammen. Eine Trage mit Tobias Hardcastle wurde herausgefahren, die Krankenschwester hielt eine Infusion, der Notarzt eine Blutkonserve hoch, die Sanitäter schoben die Trage zum Fahrstuhl. Die Polizei machte den Weg frei.

»Ich fahre mit!« Miß Moneypenny stand auf und folgte dem Krankentransport in den Lift. Ich stand wie gelähmt und starrte auf die sich schließende Lifttüre. Hinter mir ertönte die Stimme von Kommissar Schwertfeger in dem mäkeligen Tonfall, der mir schon bei unserer ersten Begegnung aufgefallen war. »Und wie heißt die Dame, die mir eben so bereitwillig Auskunft erteilte?«

»Ich weiß es nicht. Ich kenne sie seit Jahren, sie hatte schon in New York den Spitznamen Miß Moneypenny. Ihren richtigen Namen habe ich vergessen.«

Schwertfeger lächelte. Es war das erste Mal, daß ich so etwas wie eine freundliche Regung seiner Gesichtsmuskeln sah. »Wo kann ich denn weitere Auskünfte über den Verletzten und seine Tätigkeit hier erhalten?«

»Kommen Sie!«

Das Konferenzzimmer war fest in der Hand der Spurensicherung, die wohl kaum noch verwertbare Spuren finden würden, denn schließlich war hier eine Notoperation durchgeführt worden, und eine Reihe von Menschen waren rein- und rausgehastet.

Ich ging zum Lift, Kommissar Schwertfeger folgte mir. Wir fuhren in die Büroetage darunter. Ich bat darum, nach Hause gehen zu dürfen.

»Wer ist hier der Chef?« wollte Schwertfeger zum Abschluß wissen.

»Herb Angerich, ein Amerikaner, sein Büro ist gegenüber«, ich zeigte auf die entsprechende Tür, denn hier hatte Herb Angerich sein nobles Büro mit Blick auf die Gedächtniskirche. Schwertfeger drückte die Klinke herunter. Überraschenderweise ließ sie sich öffnen. Schwertfeger betrat den Raum, sah sich suchend um und fragte dann: »Ist es hier immer so unordentlich?«

»Unordentlich?«

»Sehen Sie selbst«, er öffnete die Tür ganz und gab den Blick frei auf ein Tohuwabohu, das jedem Teenagerzimmer zur Ehre gereicht hätte.

»Da stimmt was nicht! Da hat jemand was gesucht!«

»Eine äußerst merkwürdige Versicherung, in der Sie einmal beschäftigt waren.«

»Die Ereignisse sind merkwürdig, nicht die Versicherung«, stellte ich richtig.

»Lassen Sie die Spurensicherung runterkommen, hier scheint es sehr viel spannender zu sein«, befahl er mit barscher Stimme einem jungen Kollegen, der in seinem Schlepptau hinterdreinschlurfte.

Mein Bedarf an Neuigkeiten war gedeckt. Ich war besorgt um Tobias Hardcastle und fragte deshalb, in welches Krankenhaus er gebracht worden war. Dann verabschiedete ich mich, nahm mir eine Taxe und fuhr Richtung Rathenauplatz. Während ich den Ku'damm im Berufsverkehr entlangzuckelte, erreichte ich endlich Traute mit meinem Handy. Sie hatte die Suche nach dem im Untergrund verschwundenen Hartmann gegen Mittag erfolglos abgebrochen. Ich berichtete ihr kurz das Neueste.

Wir diskutierten kurz am Telefon darüber, wie die Ars & Vita in die ganze Fälschergeschichte verstrickt sein könnte. Dann erzählte ich Traute von dem handgeschriebenen Fax, das Tobias mir gesandt hatte.

»Es muß eine Verstrickung eines Angestellten in die Angelegenheit geben, sonst hätte dein hoher Chef nicht mit einem handgeschriebenen Fax auf deine Anfrage reagiert«, meinte Traute.

»Und Tobias Hardcastle ebenfalls. Normalerweise schreibt ein US-Amerikaner schnell eine E-Mail oder sendet das Fax direkt vom PC an den gewünschten Empfänger – jedenfalls die, die ich kenne und mit denen ich zusammenarbeite.«

»Das ist genau das Indiz dafür, daß beide Herren vermuten, es muß jemanden in der eigenen Firma geben, der darin verstrickt ist. Der PC speichert, und zwar für einen Fachmann besser, als der Laie ahnt. Diese vom PC per Fax oder E-Mail versandten Daten lassen sich oft wieder sichtbar machen, selbst wenn sie gelöscht wurden. Also, in diesem Falle scheint mir die handschriftliche Notiz eine Art Vorsichtsmaßnahme.«

»Dann meinst du, daß Tobias Hardcastle nichts mit der Sache zu tun haben kann?« Traute muß die Hoffnung in meiner Stimme gehört haben.

»Kaum! Warum sollte er sonst angeschossen worden sein? Eher deshalb, weil er etwas wußte, das er dir mitteilen wollte. Er scheint gewußt zu haben, daß du zuverlässig bist. Der oberste Chef in New York, Tobias Hardcastle und du, eine Troika, die sich verschworen hat, eine größere Schweinerei aufzudecken, so könnte man die Geschehnisse interpretieren.«

Ich schluckte. Wenn dies so zuträfe, dann würde ich wenigstens ein paar der Zusammenhänge einordnen können. In der Zwischenzeit war ich bei meiner Bleibe angekommen. Ich zahlte, holte meine Post aus dem Kasten und zog mich in meine unwirtlichen vier Wände zurück.

Am Ende unseres Gespräches hatte mir Traute versichert: »Ich hänge mich jetzt an meine E-Mail und unterhalte mich mal mit ein paar Freunden bei der Polizei in New York! Danach werde ich auch ein bißchen mehr wissen.« Sie war so voll Tatendrang, während ich ernüchtert und müde war und mir Sorgen um Tobias machte.

Kollege Schwertfeger hatte Traute versprochen, ihr genauestens Bericht zu erstatten, wenn sie ihn zum Essen einlade. Offenbar war das väterliche Hinterzimmer in Polizeikreisen, in gewissen zumindest, bestens bekannt und heiß begehrt.

Beunruhigt wegen Tobias, gleichzeitig erleichtert, wenigstens ein klein bißchen von dem Durcheinander zu durchschauen, saß ich an meinem Schreibtisch und überlegte. Nebenbei legte ich Papiere ab, schmiß alte Berichte über die Fälschungsgeschichte fort. Dann erkundigte ich mich bei Wolfgang telefonisch, was ich alles tun müsse, damit nicht irgend jemand meine Datei wieder hervorkramen könne. Jugendliche, die mit PCs aufgewachsen sind, wie Marlenes Wolfgang, kannten alle Tricks, und er beriet mich bestens. Einen Teil meiner handschriftlichen Notizen verbrannte ich im Spülstein meiner Küche, unter anderem das handschriftliche Fax von Big Boß Ross. Welche belastenden Unterlagen gab es sonst noch in meiner Wohnung? Nur für den Fall, daß die Werbung mit der absolut einbruchsicheren Türe, die so vertrauenserweckend an dem Auto des Schlüsseldienstes gestanden hatte, doch nicht so ganz zutreffen sollte?

Meine innere Unruhe ließ mich in meinem kleinen Zimmer auf und ab laufen. Ich durchdachte die Ereignisse der letzten Stunden. Unruhe ergriff mich. Ich setzte mich an meinen PC, startete meine E-Mail, sandte Anton Schlemihl alle meine Aufzeichnungen als Attachment und löschte alle meine zum Thema Fälschungen verfaßten Berichte in E-Mail und meine Bemerkungen und Notizen auf meiner Festplatte, nachdem ich eine Kopie auf Diskette gezogen hatte. Diese packte ich in einen Briefumschlag und adressierte ihn an das Deutschland Radio Berlin zu Händen von Marlene.

Auf meinem Weg zum S-Bahnhof Halensee warf ich den Brief in den Briefkasten. In meiner Wohnung sollte es nichts Belastendes mehr geben. In der Meinung, an alles gedacht zu haben, machte ich mich auf den Weg zur Charité. Mit meinem Vater hatte ich telefoniert, denn man konnte nie wissen, was die Zeitungen oder die regionale Abendschau des Fernsehens zu berichten hatten. Ich wollte nicht, daß er sich unnütz aufregen mußte.

Als ich endlich vor dem Haupteingang der Charité stand, kam mir zu meiner größten Verwunderung mein Vater entgegen. Er nahm mich in den Arm und sagte nur: »Ich dachte mir, nach all der Aufregung könntest du Unterstützung gebrauchen.«

Wir gingen hinein, und wie ich befürchtet hatte, erhielten wir keine Auskunft.

Doch eine der Schwestern bat uns, Platz zu nehmen, und so saßen wir eine ganze Weile in einem der Flure. Plötzlich wurde eine Tür geöffnet, und Traute kam herein. Sie zog einen grünen Kittel aus und nahm den Mundschutz ab. »Ihr seid also die ominösen Leute, die sich nach dem Gesundheitszustand des Angeschossenen erkundigt haben!« Sie lächelte.

Wir waren verwirrt.

»Die Schwester kam zu mir in die Intensivstation und sagte, da sei ein merkwürdiges Pärchen, das wissen wolle, wie es dem Verletzten gehe. Deshalb bin ich schnell vorgekommen, um euch etwas genauer unter die Lupe zu nehmen.«

»Wie geht es ihm?« Meine Stimme war belegt.

»Stabil. Ohne die Notoperation wäre er nicht mehr lebend in der Charité angekommen. Er wurde hier von einem entsprechenden Spezialistenteam erwartet. Hardcastle schwebt nicht mehr in akuter Lebensgefahr. Aber er ist noch nicht vernehmungsfähig.«

Ich atmete erleichtert auf.

»Wer kann das gewesen sein?« Mein Vater sah sehr beunruhigt aus.

»Kommt mit!« Traute lotste uns in eine Cafeteria des Krankenhauses, in der vorwiegend das Personal essen und trinken durfte. Wir saßen vor dampfenden Kaffeetassen und sahen Traute erwartungsvoll an.

»Wir haben uns entschlossen, Herb Angerich zur Fahndung auszuschreiben. Noch suchen wir ihn nur als Zeugen.«

»Und warum? Was haben Sie an belastendem Material bei ihm gefunden?«

»Gar nichts! Merkwürdig ist sein durchwühltes Büro, und noch merkwürdiger ist, daß ein Experte der Polizei festgestellt hat, daß die Tür nicht aufgebrochen, sondern zweifelsfrei aufgeschlossen worden ist. Wir dürfen davon ausgehen, daß Angerich mit seinem Schlüssel oder diese Mitarbeiterin, die den Spitznamen Miss Moneypenny hat, mit ihrem Schlüssel hineingegangen ist, um etwas zu suchen. Gegen Miss Moneypenny spricht, daß sie eine der pingeligsten Sekretärinnen sein muß, die ich bisher kennengelernt habe. Wenn diese Frau etwas gesucht hätte, dann würde sie beim Durchwühlen von Schränken keine solche Unordnung hinterlassen. Außerdem ist sie mit dem Notarztwagen mitgefahren, vorne neben dem Fahrer. Sie hätte nirgendwo etwas verstecken oder verschwinden lassen können. Jetzt sitzt sie noch immer mit ihrer kleinen Handtasche im Vorraum der Intensivstation. Wenn nicht sie, wer dann? Daraus folgt, daß nur Angerich mit seinem Schlüssel aufgeschlossen und sein eigenes Büro durchsucht oder ausgeräumt haben kann.«

»Oder jemand, der ihm den Schlüssel abgenommen hat«, konstatierte mein Vater.

»Oder jemand, der ihm den Schlüssel abgenommen hat«, echote Traute. Ihr Telefon klingelte in der Handtasche. Sie nahm es und hörte eine Weile zu, ohne etwas zu sagen. »Sie haben recht. Machen Sie einen Haftbefehl daraus.« Dann verstaute sie ihr Telefon wieder in der Handtasche, und ich fragte mich, wo sie ihre Pistole trug: unter dem Arm oder in der kleinen Handtasche, oder hatte sie gar keine bei sich?

»Ein Kollege von mir ist zur Wohnung von Angerich gefahren. Die Nachbarin hat den Schlüssel, und als bei all der Klingelei keine Antwort kam, hat die Nachbarin der Polizei den Schlüssel gegeben. Angerich hat sich dünnegemacht.«

»Wie kann man das an einer Wohnung erkennen? Vielleicht ist er nur einkaufen«, sagte mein Vater.

»Es sieht ähnlich aus wie in seinem Büro. Schränke offen, Kleidung herausgerissen, und zwei Koffer fehlen. Sagte die Nachbarin. Sie hat auch bei ihm geputzt und kennt den Haushalt bestens.«

»Wieso Herb Angerich? Was hat der mit der Sache zu tun? Ein fauler Hund, Füße auf dem Tisch, ein bißchen leuteschinderisch veranlagt, aber auch wieder gönnerhaft, wenn er will. Wie kommt der in so eine fein eingefädelte, von langer Hand vorbereitete Sache hinein, und wie kommt er zu Stasi-Verbindungen?« Die Mittagspause war zu Ende, oder es war Schichtwechsel. Viele Weißkittel verschwanden, die Cafeteria leerte sich.

»Telefonische Nachforschungen von mir bei deinem obersten Chef in New York und ein Telefongespräch mit einem Kollegen bei der New Yorker Polizei haben mir Aufschluß gebracht. Dieser Mr. Macmillan hat Angerich in dem Verdacht, sich durch getürkte Versicherungsberichte in Absprache mit Kunden bereichert zu haben. Deshalb wollte Macmillan dich, Lisa, hier in Berlin haben, um wegen dieser Fälle zu ermitteln. Das Gespräch mit der Polizei in New York hatte folgendes ergeben: Angerich ist einer von drei Männern, die verdächtigt werden, an einer Bestechungsaffäre beteiligt zu sein. Um das herauszufinden, hat man die Herren von Ars & Vita isoliert, wie Ross Macmillan mir erklärte. Darunter verstand er, daß er jeden der Verdächtigen auf einen anderen Außenposten steckte. Nur so konnte er herausfinden, wo die Schweinereien weitergehen. Zwei der Männer, einer in Südamerika und einer in Washington, sind okay. Also blieb nur Angerich in Berlin. Als ihm das klar wurde, bekam er Angst um dich. Er sah ein, daß du in einer sehr gefährlichen Position bist.«

Das erklärte mir Ross Macmillans merkwürdiges Verhalten und seine Warnung, ja zu niemandem in Berlin Vertrauen zu haben.

»Und wieso bitte soll man einen Versicherungsdirektor bestechen? Was hat der Versicherungsnehmer davon?« wollte mein Vater wissen.

»Wir haben es hier mit der Abteilung Kunst zu tun. Wenn jemand einen gefälschten Degas für über eine Million oder etwas mehr erworben hat, dann läßt der Betreffende das Werk ohne Zweifel versichern. Wenn in einem Schadens- oder Verlustfall der Chef der Niederlassung Berlin, in diesem Falle Angerich, ein Gutachten für die Zentrale erstellt, in dem steht, das gestohlene Werk sei echt gewesen, zahlt die Versicherung sofort. Wenn Angerich weiß, daß eben dieses Gemälde gefälscht gewesen ist, dann wird er das vermutlich nicht ganz umsonst getan haben.«

Mich amüsierte das Ganze. »Der gute Herb hat also, wo sich eine Gelegenheit ergab, abkassiert!?«

»Genau so sieht es aus! Ob zwischen ihm und den Geschehnissen um die gefälschten Grafiken ein Zusammenhang besteht, darüber kann ich nichts sagen. Ich vermute mal, wohl eher nicht.«

Traute nahm noch einen kräftigenden Schluck vom Espresso.

»Alles weitere werde ich demnächst vom Kollegen Schwertfeger erfahren, der mich heute abend treffen will.«

Somit durfte Traute auf einen detaillierten Bericht des Kollegen Schwertfeger noch ein paar Stunden warten müssen.

Sie stand auf. »Ich mach mich auf den Weg, es gibt einiges zu tun.«

Mein Vater und ich gingen untergehakt langsam dem Ausgang zu. Vorbei an Patienten, die hastig geschoben wurden, Familienmitgliedern und Freunden, die auf Stühlen saßen und warteten. Verängstigte und angespannte Gesichter, die uns erwartungsvoll oder teilnahmslos musterten, als wir durch die langen Flure des alten Gebäudes gingen. Ich war froh, hier nicht alleine sein zu müssen.

Vor dem Portal verabschiedete ich mich von meinem Vater. Als ich schon ein paar Schritte gegangen war, drehte ich mich nach ihm um und rief: »Danke, daß du gekommen bist!«

Er blieb stehen, wandte sich um, lächelte mich an und winkte mir zum Abschied zu.

Tobias Hardcastle schwer verletzt, Herb Angerich auf der Flucht. Frieder alias Ferdinand Hartmann in den U-Bahn-Schächten verschwunden. Der alte Gebert blieb hinter Gittern und saß zu seiner eigenen Sicherheit in einer Haftanstalt, von der nur wenige Leute bei der Polizei wußten, in welcher Stadt sie sich befand. Töff Töff, der Kronzeuge der Polizei, war bei einem Onkel in oder um Hamburg und erwartete, in einem Prozeß aussagen zu müssen und somit einen großen Auftritt zu haben. Er war der einzige, der zwischen den eingelagerten Grafiken und der Familie Gebert eine nachweisbare Verbindung herstellen konnte.

Schon am nächsten Morgen entschloß sich Gebert senior, selbst auszupacken, und schmälerte damit Töff Töffs Bedeutung als Kronzeuge. Ferdinand Hartmann alias Frieder Hausmann blieb trotz intensiver Benutzung der U-Bahn durch die Polizei in Uniform und Zivil verschwunden. Wachen waren aufgestellt, wo immer vermutet wurde, der Flüchtige finde eine Möglichkeit, an das Tageslicht zurückzukehren. Es war eine halbherzige Maßnahme, denn so viele Polizisten konnte die Berliner Polizei nicht entbehren, wie für eine umfassende Sicherung der möglichen Ausgänge vonnöten gewesen wären.

Es gab für mich nichts mehr zu tun. Meine Arbeit war erledigt, die Frage, wer auf Tobias geschossen hatte, würde sich klären lassen, sobald er in der Intensivstation sein Bewußtsein wiedererlangt hatte.

Gegen Mittag telefonierte ich mit Ross Macmillan in New York. Es dauerte eine ganze Weile, bis die Sekretärin mich mit ihm verband. Er fragte mich nur nach meiner Mobiltelefonnummer, dann legte er auf. Zehn Minuten später rief er wieder an. Er sei jetzt endlich alleine, war seine Erklärung.

Ich berichtete ihm, was ich zu berichten hatte. Als er von Hardcastles schwerer Schußverletzung hörte, war er entsetzt. »Sie bleiben, wo Sie sind, Sie rühren sich nicht! Es gibt zwei flüchtige Verbrecher, niemand weiß, ob die etwas miteinander zu tun haben oder nicht und wo sie sich aufhalten.«

So betrachtet war meine Situation in der Tat nicht sehr komfortabel. Ich hatte die Frage meiner eigenen Sicherheit nie bedacht. Ich schwieg nachdenklich

»Sie sind das einzige Verbindungsglied zwischen Angerich und diesem Hartmann. Sie sind eventuell mehr gefährdet, als Sie wahrhaben wollen.«

Warum war ich nicht selbst darauf gekommen? Wie war meine Situation, wenn ich davon ausging, daß Hartmann und Angerich zusammenarbeiteten – in irgendeiner Weise? Von einer Verbindung der beiden zueinander, war ich bisher nie ausgegangen.

»Sie sollten nichts, aber auch gar nichts tun, was Sie gefährden könnte!« rief er. »Keine Veränderungen, Sie arbeiten als Journalistin wie bisher. Kennen Sie jemanden, der sich um ihre persönliche Sicherheit kümmern könnte?«

Sicher nicht die Berliner Polizei! Jeder verfügbare Beamte stand vor irgendeinem Loch, das in den Untergrund der Stadt führen könnte, und paßte auf, ob ein wegen mehrfachen Mordes Gesuchter dort auftauchte. Für mich würde keiner Zeit haben. »Ich muß dies mit der zuständigen Kommissarin besprechen!« versicherte ich tapfer.

»Lassen Sie mich umgehend wissen, was Sie zu Ihrer eigenen Sicherheit zu unternehmen gedenken. Schreiben Sie sich meine Privattelefonnummer auf. Unter der erreichen Sie mich zu jeder Tages- und Nachtzeit.« Ross, mein oberster Boß, gab mir seine Mobiltelefonnummer. In England wurde man geadelt, in den Vereinigten Staaten durfte man den Konzernchef persönlich aus dem Bett schmeißen, wenn es sein mußte. Welche Auszeichnungen erhielt man eigentlich in Deutschland für besondere Leistungen?

Ich bedankte mich und legte auf. Jetzt kam ich mir alleine gelassen vor. Ich war mit dem Problem konfrontiert, etwas für meine Sicherheit tun zu müssen.

Traute wagte ich mit meinen lächerlichen Ängsten nicht zu belästigen. Also Marlene! Sie erwischte ich im Deutschland Radio Berlin in ihrem Büro. Sie hörte sich alles in Ruhe an. Dann überlegte sie eine Weile und kam zu dem Entschluß, dieses Problem, wie schon so viele vorher, durch ein Mitglied ihrer Familie lösen zu lassen: »Wolfgang wird zu dir ziehen!« entschied sie.

Ich war verblüfft. »Und wo soll er schlafen, wohnen, arbeiten? Er muß zur Uni.«

»Hat gerade Semesterferien. Du kannst zu uns ziehen, du kannst zu Fritz ziehen, oder du bleibst, wo du bist. Wolfgang wird sich arrangieren können!«

»Ich bin einverstanden!« entschied ich nach kurzer Überlegung. Marlene hatte keinerlei Einwände, riet mir noch, die Wohnungstüre nicht zu öffnen, bevor Wolfgang eingetroffen sei, und legte nach einer Unzahl tantenhafter Ratschläge endlich auf.

In Potsdam bei ihrer Familie zu wohnen kam mir zu weit entfernt vor. Mein Vater war mit meinen Problemen schon ausreichend belastet. Auf keinen Fall wollte ich ihn irgendeiner Gefahr aussetzen. Also blieb mir die Flucht ins heimische »Kinderzimmer« verwehrt. Ich mußte in meiner armseligen Klause hocken bleiben und würde mir die zwanzig Quadratmeter mit Wolfgang teilen müssen.

Aus lauter Langeweile studierte ich in der Berliner Zeitung die Wohnungsanzeigen. Grunewald, das wäre die Lage, wenn …

Ich telefonierte und telefonierte. Irgendwann einmal, in naher Zukunft, würde ich eine eigene Wohnung brauchen. Irgendwo, vermutlich kurz vor Hamburg, mußte ein Frachtschiff mit meinem Container voll Möbel aus New York herumschippern. Möbel für eine große Drei- oder kleine Vierzimmerwohnung. Ich verabredete mich telefonisch für eine Wohnungsbesichtigung, gleich jetzt.

Ohne an all die Vorhaltungen, meine Sicherheit betreffend, zu denken, verließ ich meine Bleibe zu Fuß, ging über den Rathenauplatz Richtung Königsallee und stieg in den 119er Bus Richtung Grunewald. Ich hatte ein Date mit einem Immobilienmakler, der eine Dreieinhalbzimmerwohnung zu vermieten hatte. Altbau, renoviert, mit Kachelofen und großem Balkon, im ersten Stock. Unweit der Bushaltestelle. Er würde noch zwanzig Minuten auf mich warten ... Ich sollte pünktlich sein!

Berlin, so glaubte man vor Jahren, hatte zuwenig Wohnungen, um all die Beamten aus Bonn und die Botschaftsangestellten beherbergen zu können. So hatte ich vor Jahren in einer New Yorker Zeitung gelesen. Vermutlich um ein Desaster abzuwenden, hatte man gebaut und gebaut und gebaut. Berlin hatte heute einen äußerst attraktiven Leerstand, und eine ansprechende Wohnung zu mieten, wenn man die Mieten, die gefordert wurden, zahlen konnte, war nicht annähernd so schwierig wie in anderen Weltstädten.

Natürlich rissen sich noch sieben andere Klienten um die Wohnung, natürlich war die endgültige Entscheidung noch offen, selbstverständlich mußte das Plazet der Besitzerin abgewartet werden, ließ mich der Makler wissen. Ich hatte den Eindruck, daß er mir die Wohnung nur zeigte, weil er dazu verpflichtet war, sie mir aber nicht geben wollte.

Ich wollte die Wohnung haben! Basta! Sie hatte große hohe Räume mit Stuckdecken, ein altmodisches Bad, schön groß, und eine richtige Küche, in der man nicht nur kochen, sondern auch essen konnte. Zwei Wohnräume, mit einer Schiebetür verbunden, gingen nach vorne hinaus, während das Schlaf- und das Badezimmer dem ruhigen Garten zugewandt waren. Das Gefühl für Weite beglückte mich, und ich war geradezu euphorisch.

Während der Immobilenmakler noch alle Fenster schloß, Rolläden herunterließ, setzte ich mich auf die Stufen vor der Haustüre und kraulte einer nicht mehr ganz jungen Schäferhündin die Ohren, die aus dem hinteren Teil des Gartens gekommen war und mich beschnuppert hatte. Sie gehörte der Besitzerin, einer älteren Dame, die allein in dem Haus im Untergeschoß wohnte. Mit der Hündin war ich gerade so weit gekommen, daß sie mir Stöckchen apportierte, als der Makler herauskam und mich fragte: »Wollen Sie die Wohnung?«

»Unbedingt!«

»Sie haben sie!« Seine Stimme klang wütend.

Der Hund sprang dem von mir geworfenen Stock nach.

»Wollen Sie den Vertrag gleich unterschreiben?«

»Gerne! Sofort.« Ich stand von der Treppe auf.

»Kommen Sie rein!«

Die Dame mochte etwa zwischen sechzig und siebzig Jahre alt sein, eine sehr gepflegte Frau mit graumeliertem Haar. Wir begrüßten uns, und ich nahm an dem Eßtisch Platz, wo eine Kanne Kaffee auf uns wartete. Die alte Dame hatte einen vorgefertigten Mietvertrag in einer Ledermappe bereit. Er wurde verlesen, und ich setzte meinen Namen ein. Nach einer Viertelstunde waren wir draußen, die Hündin mit Namen Raura turnte spielend um mich herum. Ich verabschiedete mich von Frau Meyerson, und auf ihren Wunsch mußte mich der Makler nach Hause fahren. Fluchend tat er es.

»Warum sind Sie so wütend? Sie haben doch erfolgreich eine Vermietung vorgenommen«, wollte ich wissen.

»Scheißköter!« erhielt ich als Antwort. »Freunde von mir wollten da einziehen, aber die Alte gab ihnen keinen Mietvertrag, weil der Hund geknurrt hat, als der Mann das Haus betrat. Zu Ihnen kam er zum Spielen, das hat sie vom Fenster aus beobachtet. Nur deshalb haben Sie die Wohnung gekriegt.«

Ich mußte lachen. Gleichzeitig tat er mir leid: »Es war ein ungleiches Spiel. Ich hatte einen Schäferhund, einen alten Polizeihund, der bei uns, meinem verstorbenen Mann und mir, sein Gnadenbrot fraß. Mit Schäferhunden kenne ich mich eben aus.«

Als wir am Rathenauplatz angekommen waren, verabschiedete ich mich von dem Makler, versprach, seine Provision umgehend zu überweisen, und sprang an der roten Ampel aus seinem Wagen. Schon von weitem sah ich Wolfgang, der vor der Haustüre stand und sich suchend umsah. Warum war er nicht in mein Appartement gegangen, er hatte doch einen Schlüssel?

Als er mich bei einem fremden Mann aus dem Auto steigen sah, sprintete er auf mich zu, umarmte mich, als er mich erreicht hatte, und flüsterte mir ins Ohr: »Gott sei Dank, du bist gesund und munter. Ich hab mir Sorgen um dich gemacht.«

Ich sah meinen kleinen Cousin etwas verblüfft an. »Warum?« fragte ich ihn.

»Weil deine Wohnung verwaist ist, weil deine Freundin Traute angerufen hat und weil ich nicht weiß, wo du steckst. Jetzt, wo ich für deine Sicherheit verantwortlich bin und ...«

»Halt! Für meine Sicherheit bin ich immer noch selbst zuständig. Eine solche Verantwortung kann dir keiner aufhalsen. Ich freue mich, daß du zu mir kommst, aber es geht zu weit, wenn du glaubst ...«

»Versteh doch mal uns. Endlich bist du wieder in Berlin, endlich ist Onkel Fritz wieder gut gelaunt und sieht viel besser aus, pflegt sich, zieht all die guten Sachen an, die ihm früher deine Mutter gekauft hat. Dann läuft da eine ganz spannende Sache mit Kunstfälschung und Mord, und plötzlich bist du vielleicht sogar in Gefahr, dann ist es doch klar, daß ich mich um meine kleine Cousine kümmern muß«, sagte er auf mich herabblikkend.

Als ich in meine kleine Wohnung kam, blieb ich vor Überraschung an der Haustüre stehen. Ich konnte nicht eintreten. Ein Schlafsack, ausgerollt auf einer Campingmatratze, lag im Weg. »So hast du dir das hier vorgestellt?«

»Ganz einfach! Ich schlafe gleich hinter der Tür, im Flur. Dann kann dir gar nichts mehr passieren.«

»Und ansonsten?«

»Ich begleite dich auf all deinen Wegen, so heißt es doch in einem der Kirchenlieder.«

»Du bist nicht das liebe Jesulein«, gab ich zu bedenken.

»Üben übt«, antwortete mir mein Cousin und grinste frech.

Wolfgang hatte an fast alles gedacht. Er hatte Eßvorräte angeschleppt, mit denen er eine Pfadfindergruppe, die eine Belagerung von mindestens einer Woche überstehen müßte, ernähren konnte. Er hatte eine Schreckschußpistole vom Schwarzmarkt mitgebracht, mit der wir eine Bank ausrauben konnten, so echt sah sie aus. Er hatte Unterwäsche und Socken für eine Woche dabei, von der Zahnbürste und dem Rasierapparat in meiner Mini-Dusche ganz zu schweigen. In ein paar Tagen, so verkündete er mir, würde er unsere dreckige Wäsche seiner Mutter mitgeben oder in einen Waschsalon in der Nähe zum Waschen bringen. Mir hatte noch nie ein Mann die Wäsche gewaschen. Ich sah mich mit einer vollkommen neuen Erfahrung konfrontiert. Zudem hatte er sich ein Mobiltelefon geliehen, mit neuem Hundert-D-Mark-Chip gefüllt, um jederzeit Hilfe herbeitelefonieren zu können.

An eines hatte Wolfgang nicht gedacht: Er hatte keinen Anzug mit. Die Krawatte hätte ich ihm ja noch so gerne gekauft, nur schon weil ich für mein Leben gerne Krawatten in schönen Geschäften aussuchte.

»Anzug?« fragte er verblüfft.

»Ja, wenn du immer in meinem Schatten als Bodyguard fungieren willst, dann mußt du eine Menge unterschiedlicher Kleidungsstücke haben, dazu gehört auch mindestens ein Anzug«, ließ ich ihn wissen.

»Meinen schwarzen Anzug und die guten Schuhe, das laß ich von meiner Mutter bringen, bevor sie morgen zum Radio fährt.« Der Punkt ging an Wolfgang.

Ich hatte gedacht, die Jugend von heute hätte keine Anzüge mehr, nur Turnschuhe. Nun würde ich also mit Wolfgang in der drangvollen Enge meines Einzimmerappartements leben müssen!

Ich sah meine Agenda für die nächsten Tage durch und sortierte die drei Einladungen, die ich für den Abend benötigen würde. Ich wollte versuchen, so wenig wie möglich zu Hause zu sein. Ausgehen, unter Leuten sein, und seien es nur überflüssige

Vernissagen und langweiliges Bla-Bla. Immer noch besser, als hier in trauter Zweisamkeit herumzuhocken. Wolfgang sah sich die Einladungen an und entdeckte einen Hinweis: Abendgarderobe erwünscht.

»O Gott, o Gott, ich brauche meinen Anzug«, jammerte er. Wir beschlossen, daß er seinen Anzug gleich holen sollte. Ich versprach, mit der Taxe zum ersten Treffpunkt am Kulturforum zu fahren, und dort würde Wolfgang auf mich warten. Er machte sich auf den Weg, mit der S-Bahn nach Potsdam zu fahren.

Ich sah zu meinem Fenster hinaus, blickte über die Häuserdächer und Gärten. Alles war grau in grau. Der Schnee begann zu schmelzen, und die weiße Decke, die Berlins Wiesen und Gärten so hell und sauber hatte aussehen lassen, verschwand. Der Dreck des Alltages trat hervor. Hatte ich je Zeit gehabt für mich, all die über mich hereinbrechenden Ereignisse überdenken zu können? Hatte ich die sich überstürzenden Begebenheiten, den Besuch in Bodos Atelier, die Nacht bei ihm, seine Ermordung je verarbeitet? Es schien mir Monate her, seit ich in Berlin-Tegel angekommen war. Hier konnte ich nicht länger warten. Ich mußte raus!

Erst nahm ich den Bus, dann stieg ich in die U-Bahn zum Alex. Als ich dort umgestiegen war und in der Straßenbahn langsam durch die Straßen zuckelte, sah ich vor mir den *Igel*. Unsere erste Begegnung fiel mir ein, und eine ungeahnte Wehmut befiel mich. Trauer über den Verlust eines Menschen, den Verlust einer Möglichkeit, was hätte sein können, wenn … Der Mord an Bodo hatte sehr viel verändert für mich. Ein Mord, den ich immer noch nicht verstand, weil ich kein überzeugendes Motiv sah. Inwieweit hatte die Zeichnung, die Bodo für mich scheinbar aus Spaß auf die Serviette gezeichnet hatte, eine Rolle bei dem Streit zwischen ihm und Frieder gespielt? Meine Angst, an Bodos Tod mitschuldig zu sein, kam wieder hoch.

Ich war ausgestiegen und spazierte in einer Gegend herum, die mir einst so fremd, dann plötzlich so vertraut geworden war. Jetzt, am Abend, war es kühl. Der Wind, der um die Häuserecken fegte, ließ mich den Mantelkragen hochschlagen. Es wurde schon dunkel. Die spärliche Sonne war einem fahlen Licht gewichen, bevor sie unterging. Der Berufsverkehr setzte ein, die Arbeiter, die, die früh um sieben Uhr begonnen hatten, waren schon auf dem Heimweg. Sie blieben vor Läden stehen, gingen einkaufen, hasteten weiter. Einfache Bierkneipen begannen sich zu füllen.

Plötzlich stand ich vor dem *Igel*. Die Rolläden waren hochgezogen, das Lokal war voller Menschen, die teilweise stehen mußten, weil nicht genug Stühle vorhanden waren. Wer führte das Lokal, jetzt, wo sein Besitzer auf der Fahndungsliste der Polizei stand?

Neugierig war ich eingetreten, durch den Schankraum in Richtung Küche gegangen. Der kleine Kellner lächelte mich an. »Ein Pils?«

Ich nickte und kam zum Tresen zurück, wo ich zusehen konnte, wie das Bier ganz langsam und fachmännisch gezapft wurde. Ich wartete geduldig. Reden mußte ich mit niemandem, nur zuhören. Ich bestellte mir etwas zu essen.

In den Gesprächen drehte sich alles um die nächtliche Polizeiaktion. Es wurde reklamiert, daß die Polizei grundsätzlich nur die vom Osten ins Visier nehme, wo es doch besser wäre, man ließe die alten Dinge ruhen.

Neben mir stand ein alter Mann, der sein Pfeifchen smokte. »Die ganzen alten Stasi-Hengste, die sieht man jetzt nicht mehr hier!« Er kicherte vergnügt. »Denen ist die Luft hier letzte Nacht von dem Polizeimief verpestet worden.«

»Is ja trotzdem voll!« rief ein Jüngerer von einem der Tische her, und alle lachten.

»Wir saufen dem Frieder hier einen anständigen Umsatz zusammen, damit er sich einen guten Anwalt leisten kann«, verkündete der pfeiferauchende Alte und hielt sein Glas hoch.

»Prost«, erklang es aus den verschiedenen Ecken.

»Glaubst du, daß das stimmt? Der Frieder soll wen umgebracht haben!«

»Weiß mer's?« antwortete ein Skeptiker vorsichtig.

Ich hatte mein Bier getrunken. Mehr als ein paar Schanktischweisheiten waren hier nicht zu holen. An der Küche und an den Toiletten vorbei ging ich zum Hinterausgang. Er war nicht abgeschlossen. Ich trat in den nur spärlich erleuchteten Hof. Langsam gewöhnten sich meine Augen an die Dunkelheit.

Ich blieb vor dem Kanaldeckel stehen, den die Polizei letzte Nacht wieder mit Kette und Schloß verschlossen hatte und den während der ergebnislosen Suchaktion ein Beamter hatte bewachen müssen.

Das erste, was mir auffiel, war, daß die Kette nicht mehr an dem Kanaldeckel befestigt war. Sie lag lose daneben. Als zweites sah ich, wie sich der Deckel ganz langsam hob und zur Seite geschoben wurde. Erschrocken und gleichzeitig fasziniert, unfähig fortzulaufen, stand ich im Hof und starrte den sich langsam hebenden Kanaldeckel an. Dann, als der Deckel ganz zur Seite geschoben war und der Mann, der ihn von innen geöffnet hatte, sich umdrehte, sah ich Frieder ins Gesicht. Ich starrte ihn wortlos an.

Frieder kletterte ganz langsam, ganz vorsichtig aus seiner Luke auf den Hof. Den Kanaldeckel ließ er offen daneben liegen. Kein Versuch, ihn über das runde Loch zu ziehen, kein Versuch, den Einstieg in die Unterwelt Berlins zu verschließen. Breitbeinig blieb er mir gegenüber stehen und sah mich nachdenklich an.

Ich starrte noch immer. Was sollte ich tun? Schreien? Hier, in einem menschenleeren Hinterhof? Die Kneipe war durch eine dicke, feuerfeste Tür, die zur Küche führte, von uns getrennt. Aber diese Tür war nicht nur für ein Feuer in der Küche ein ernst zu nehmendes Hindernis, sie würde auch keinen Schrei durchlassen. Wohnte hier jemand? Ich sah an den grauen, abgebröckelten Backsteinmauern und den blinden Fenstern dieses Hinterhofes hinauf. Kein Fenster hatte eine Gardine, keines war geöffnet. War dies ein nicht vermietetes Sanierungsobjekt, in dem als einziger Mieter Frieder mit dem *Igel* hauste?

»Hier wohnt keiner mehr!« Frieder war meinem suchenden Blick nach oben gefolgt und beantwortete meine Frage intuitiv richtig.

Sollte wirklich keine Menschenseele hinter diesen dunklen Scheiben hausen? Ich richtete meinen Blick auf Bodos Mörder. Würde mir jetzt dasselbe Schicksal drohen und wenn ja, wie ließen sich meine Chancen zu überleben verbessern? Frieder hatte eine Pistole in der Hand. Sie hatte einen relativ langen, eckigen Lauf. Es mußte sich um eine alte Armeepistole handeln. In zwei Plastikabdeckungen am Griff war ein fünfeckiger Stern eingelassen. Es mußte sich um eine sehr alte russische Makerov handeln.

James' private Pistole war eine alte Walther PPK gewesen, ein Sammlerstück. Wie man solche Dinger lädt, entsichert, reinigt, all das hatte ich Hunderte von Malen gesehen. Die Waffe, die Frieder in der Hand hielt und auf mich richtete, die erschien mir viel gefährlicher als die Waffe, die James zu Hause so häufig auf unserem Küchentisch hatte liegenlassen.

»Los!« Frieder machte mit seiner Pistole eine unbestimmte Bewegung.

»Was?« Ich stellte mich blöde.

»Runter!«

»Wie?«

»Da!« Er zeigte mit dem schmalen, runden Lauf einer Pistole auf das Loch. »Runter!«

Vor Schreck trat ich ein Schritt zurück. Das konnte er nicht von mir verlangen! In das dunkle Loch? Wohin führte das überhaupt? Konnte mich doch hier oben abknallen, wenn wirklich keiner mehr in dem Innenhof wohnte und den Schuß hören würde. Ich sah keinen Grund, lebendigen Leibes in mein eigenes Grab zu steigen. Ich trat noch einen Schritt von dem dunklen Loch zurück.

»Wenn du irgendeine Chance haben willst, morgen das Sonnenlicht zu erblicken, dann mach, daß du in das Loch reinkommst, und zwar ein bißchen plötzlich!« Seine Stimme klang drohend.

»Wieso soll das meine Chance zu überleben erhöhen?« Ich war kein kämpferischer Mensch, nicht im Sinne eines körperlichen Kampfes. Wenn überhaupt, dann war ich argumentativ kämpferisch veranlagt.

Frieder war, das wußte ich von früheren Begegnungen, kein Freund langer Worte. »Runter, sonst knallt's! Ich muß dich mitnehmen, du hetzt mir sonst die Bullen auf den Hals. Ich brauche einen soliden Vorsprung!«

Er trat mit gezückter Pistole hinter mich. Ein einleuchtendes Argument. Aber nicht überzeugend. Überzeugend war die Waffe in meinem Rücken, das Gefühl, daß sich mir etwas Bedrohliches zwischen die Schulterblätter drückte. »Warum soll ich in das dunkle Loch krauchen, ich hab Angst!« Nach einigem Nachdenken fügte ich als Erklärung »Ratten« hinzu.

Ein höhnisches Schnaufen hinter meinem Rücken, ich spürte Frieders Atem an meinem Ohr. »Ratten hausen unter jeder Curry-Wurstbude am Alex. Hat dich das je davon abgehalten, dort eine Wurst zu essen? Geh, du dumme Ziege, sonst knallt's gleich!«

Eine unmißverständliche Drohung! Diese alte Makerov durfte aus Armeebeständen stammen. Aus Beständen, die heute keiner mehr kontrollierte. Weder die Rote Armee noch die Bundeswehr, die die NVA-Bestände übernommen hatten, durften einen Überblick haben, wo sich jede einzelne Waffe befand. Mein Leben war kaum fünf Pfennige mehr wert.

Ich stand am Rand des Einstieges, sah die Sprossen, die in die Wand eingelassen waren und das Licht am Ende des Einstieges, der nur ungefähr zwei Meter tief zu sein schien. Dann ging ein Gang nach links ab. Furchterregend erschien mir der Abstieg nicht. Ich hängte mir meine Tasche um wie früher die Brottasche im Kindergarten und machte mich an den Abstieg. Unten angekommen, blieb ich stehen, denn die wenigen Minuten Vorsprung, die ich hatte, um einen mir unbekannten Gang im Dunklen entlangzusprinten, würden nicht ausreichen, mir ein sicheres Versteck zu finden. Mich in den unterirdischen Gängen zu verlaufen, dort zu verdursten und zu verhungern, das erschien mir noch weniger erstrebenswert, als von Frieder erschossen zu werden.

Mein zukünftiger Mörder hatte in der Zwischenzeit den Kanaldeckel über sich zugezogen und war ebenfalls heruntergestiegen. Er hielt einen Umschlag in der Hand, den er sorgfältig in der Innentasche seiner Jacke verstaute. Frieder blieb ganz ruhig stehen und lauschte. Lärm, quietschende Geräusche, die sich entfernten, das pfeifende Rauschen eines sich schnell auf Schienen bewegenden Fahrzeuges. Die U-Bahn? Ein quietschendes »pft pft pft«, ganz langgezogen, dann ein Geräusch von Metall, das über Metall gezogen wurde. Das Geräusch kannte ich! Eine U-Bahn, die bremst, wenn sie in den Bahnhof einfährt. Wir mußten nicht sehr weit von einem U-Bahnhof sein.

»Vorwärts!« Der Lauf der Pistole zeigte nach rechts.

Ich ging in die angegebene Richtung. Noch dazu war dies die Richtung, aus der das Fahrgeräusch der U-Bahn gekommen war. Wenn mir im Moment nach etwas zumute war, dann war das die Nähe menschlicher Gesellschaft, selbst wenn das hieß, über U-Bahn-Schienen zum nächsten Bahnhof zu stiefeln. Nach wenigen Metern kamen wir zu einer Plattform, die noch etwa drei Meter über dem unterirdischen U-Bahn-Niveau war. Frieder nahm einen Schlüssel aus seiner Jacke und schloß eine Eisentür auf. Ich trat zur Seite, denn ich war nicht daran interessiert, mich hier einschließen zu lassen. Ja, ich machte mich sogar bereit, die Flucht über die eiserne Treppe nach unten zu wagen.

»Bleib stehen, sonst ...« Frieder trat in den Raum, in dem orange BVG-Jacken mit Reflektionsstreifen und gelbe Helme hingen. »Hier!« Er gab mir einen Helm und eine Jacke.

Merkwürdig genug, dieser Mörder, schoß es mir durch den Kopf, wenn man bedenkt, daß er mich loswerden will. Warum schützt er mein auszulöschendes Gehirn?

»Zieh an, sonst fallen wir auf, wenn wir hier unten langlaufen!«

Das also war sein Motiv! Er wollte nicht auffallen. Ein Trupp von zwei Arbeitern, die an den Gleisen entlangliefen, das waren die Fahrer vorbeifahrender Züge gewohnt zu sehen. BVG-Arbeitstrupp auf Kontrollgang. Gute Idee. Bevor er die Tür wieder abschloß, konnte ich noch einen Blick in das Innere des Raumes werfen. Kein Wunder, daß er nachts bei der Durchsuchung der unterirdischen Gänge weder von den Angestellten der BVG noch von den sie begleitenden Polizisten entdeckt worden war. Er hatte vermutlich ganz ruhig in dem kleinen Räumchen gesessen und gewartet, bis der Spuk am Morgen vorbeigewesen war.

»Du gehst mir nach. Immer direkt hinter mir, nicht neben mir.«

Ich lief hinter Frieder her, auf einen Tunnel zu, in dem zwei Gleise der U-Bahn entlangliefen. Mit einem Sprung in die Mitte der Gleise verließ er die schützende Bucht, in der wir uns befunden hatten. Direkt über dem Gleis war eine blaue Neonröhre angebracht.

»Spring! Du darfst nicht auf den Stromabnehmer hier kommen. Hier liegt die Stromlinie bloß, es handelt sich um eine von oben bestrichene Stromlinie. 780 Volt Gleichstrom. Wenn du die triffst, dann biste gegrillt.«

Ich betrachtete die Stromschiene, die parallel zu den Schienen lief. Mein Physikunterricht war erfolgreich vergessen, aber 780 Volt Gleichstrom signalisierten selbst mir Banausen drohende Gefahr. Mit einem Sprung auf die Mitte zwischen den Schienen brachte ich die Gefahrenquelle hinter mich. Als zufälliger Stromunfall schien ich nicht enden zu sollen.

Frieder lief los, ich hielt mich direkt hinter ihm. Er schien davon auszugehen, daß ich ihm folgte, denn er sah sich nicht einmal mehr nach mir um. Welche Fluchtmöglichkeit hatte ich schon? Ich konnte mich umdrehen und in der anderen Richtung davontapsen, von Schwelle zu Schwelle. Und wenn die U-Bahn kam? Wo sollte ich hintreten, wie ausweichen? Wir liefen und liefen. Entferntes Grollen, sich nähernde Geräusche von Zügen, nichts hielt Frieder davon ab, weiterzulaufen. Als wieder eine blaue Neonröhre quer über der Schiene erschien, beschleunigte er seinen Schritt. »Komm, wir müssen uns beeilen!«

Er half mir über die Stromschiene auf eine seitliche Plattform, die in die Erde gehauen war und von der wieder eine steile Eisentreppe nach oben führte. »Wo sind wir hier? Was sind das für seitliche Austritte an der Bahnstrecke?« wollte ich wissen.

»Die blauen Lichter über den Gleisen signalisieren die Notausgänge, die es in dem ganzen U-Bahn-System gibt. Die Treppe da hinauf und man kommt an einen Notausstieg, der sich von innen öffnen läßt. Die Feuerwehr und die BVG, die haben Schlüssel, um die Notausstiege von außen zu öffnen.«

Davon hatte ich gehört. Das war einer der Gründe gewesen, warum man geglaubt hatte, keine Chance zu haben, jemanden, der sich halbwegs auskannte, in diesem Labyrinth zu finden. An einem der unzähligen Notausgängen konnte der Gesuchte wieder an die Oberfläche auftauchen. Doch von dieser Möglichkeit schien Frieder nicht Gebrauch gemacht zu haben. »Waren Sie die ganze Zeit über in der Kammer, in der die Jacken hingen?« wollte ich wissen.

»Ja, und wenn du blöde Kuh nicht eben vor meiner Nase gestanden hättest, wäre ich völlig unbehelligt mit meinen Unterlagen ab ins Ausland.« Er hatte sich an die prallgefüllte Brusttasche seiner schwarzen Lederjacke unter der orangenen Weste geklopft.

Unterlagen? Was für Unterlagen hatte er holen müssen? Frieder ging, nachdem eine U-Bahn an uns vorbeigedonnert war, im Tunnel weiter, ich hinter ihm her. Wir liefen weit, kein U-Bahnhof war in Sicht. Der Zug vorhin schien nicht an einem Bahnhof, sondern an einer Weiche gehalten zu haben. Sonst hätten wir längst mehr Licht sehen und menschliche Laute hören müssen. Gerade als ich mich kurz vor einem Bahnhof wähnte, bogen wir nach rechts ab. »Jetzt gehen wir durch einen Verbindungstunnel. Der wurde nur gebaut, damit die Züge der U-Bahn-Linie eine bestimmte Werkstatt zum Überholen und Reparieren erreichen können. Wir müssen schnell gehen, hier gibt es keine Ausweichmöglichkeit.«

Ich ging, so schnell es mir möglich war. Züge hörte ich, blieb stehen, drehte mich um, lief weiter, wenn Frieders warnendes »Komm endlich!« ertönte, stolperte, weil ich im Zurückblicken weiterlief, und wurde von ihm hart zurückgerissen. »Wir kommen jetzt auf eine Bahnspur, die ein Großprofil hat. Da ist die Stromschiene von unten bestrichen und von oben mit einer Abdeckplatte gesichert. Für so trampelige Kühe wie dich ist das besser. Paß die letzten paar hundert Meter noch auf, daß du nicht gegrillt wirst.«

Ich versprach, dieser freundlichen Aufforderung Folge zu leisten. Wir hasteten weiter. In dem spitzen Dreieck zweier auf eine Weiche zulaufender Gleise machten wir eine Verschnaufpause. »Keine Kondition!« meinte er abschätzig.

»Woher wissen Sie soviel über die verschiedenen Gleise und die Wege hier unten?« Ich wollte mit meiner Frage seine Eitelkeit wecken. Mit meinem betonten »Sie« hoffte ich eine Distanz zwischen uns zu schaffen.

Frieder lachte rauh auf. »Ein guter Kollege, dessen Bruder bei der Reichsbahn gewesen ist, der ist so rübergemacht, nach dem Mauerbau.« Ein rauhes, ein verächtliches Lachen.

»Waren die U-Bahn-Tunnel damals, an den Stellen, wo sie

unterirdisch vom Osten in den Westen gingen, nicht kontrolliert?« wollte ich wissen.

»Schon, schon, der Kerl, der Kollege von mir, der ist mit seinem Bruder und der ganzen Familie hier runter. Der Bruder, ein Reichsbahner, der wußte von den Notausgängen, und er konnte die Signale manipulieren. Der hat einen westlichen U-Bahn-Zug, nachdem er ein Signal auf Halt gestellt hatte, einfach geentert. Türe auf, Signal auf Grün, in den anfahrenden Wagen gesprungen, nachdem die ganze Familie in Ruhe bei Rot eingestiegen ist, und ab in den goldenen Westen.«

Es klang so unglaublich einfach, heute. Damals hat eine Familie ihr Leben riskiert oder jahrelang Gefängnis. »Was hatten Sie damit zu tun?« Wenn Frieder redete, blieb er stehen, und ich konnte ein bißchen verschnaufen.

»Ich mußte den Fluchtweg rekonstruieren, bin mit der Sicherheitsabteilung alles hier unten abgelaufen. Das ist nicht noch mal passiert, dafür habe ich gesorgt.« Darauf war er offensichtlich stolz. »Nebenbei habe ich das Terrain hier unten sondiert, nach Schlupflöchern und nach Möglichkeiten für Verstecke. Ich habe beides gefunden.« Frieder drehte sich um und ging mit schnellem Schritt voran.

Wir hatten eine weitere Abzweigung erreicht. »Hier ist jetzt Großprofil. Die Stromschiene ist hier geschützt, der Strom wird von unten abgenommen.«

Falls das heißen sollte, daß mein Leben jetzt sicherer wäre, so sollte es mich freuen. Aber drohte mir nicht noch immer der Tod durch Erschießen?

»Ich muß hier was abholen.« Frieder hatte seine Pistole in den Hosenbund gesteckt. Von meiner Seite her bestand keine Fluchtgefahr. Dies hier war offensichtlich ein Verbindungstunnel, weit und breit keine Menschenseele. Wir kletterten in einen der seitlichen Räume, die mit Eisentreppen in die darüber befindlichen Stockwerke verbunden waren. Gab es da oben einen Ausgang? Wohl eher nicht, denn ich sah keine blaue Lampe, die das Zeichen für einen Notausstieg gewesen wäre. Frieder kraxelte ein wenig höher, schloß einen Metallkasten, der in die Wand eingelassen war, auf und holte einen Koffer heraus. Einen modernen Metallkoffer, so wie ihn Fotografen häufig bei sich haben.

»Komm mit!«

Ich hatte mich gerade gesetzt. Es war bereits nach elf Uhr abends, die Züge fuhren nicht mehr so häufig wie noch zu der Zeit, als wir in die Welt der U-Bahn eingestiegen waren.

»Müde?«

Ich nickte. Frieder holte aus einem anderen Raum etwas Kaffee, den ein vorsorglicher Streckenarbeiter dort hingestellt hatte. »Hier ist was zu essen.« Er drückte mir eine eingepackte Schnitte in die Hand. Es war ein Sauerteigbrot mit Harzer Käse, ganz hervorragend. Wohl wissend, daß ich einem unbekannten Arbeiter sein Pausenbrot wegfutterte, aß ich mit großem Appetit. Frieder hatte sich ein Brot genommen, auf dem Schinken war. Wir aßen schweigend, und jeder war in seine eigenen Gedanken versunken. Ich überlegte, wie sich meine Chancen zu überleben erhöhen ließen, und Frieder überlegte vermutlich gerade, wie er mich loswerden konnte, ohne daß meine Leiche allzu früh entdeckt würde.

»Wir bleiben hier bis gegen ein Uhr sitzen, dann fahren nur noch die beiden Nachtzüge. Alle Viertelstunde.«

Ich legte meinen Kopf auf die Arme und tat, als schliefe ich. Frieder schien an seinem Koffer zugange zu sein. Ich rührte mich nicht. Ich mußte Kräfte sammeln, für was, das wußte ich noch nicht. Irgendwann hatte ich vor Erschöpfung geschlafen. Ein sich nähernder U-Bahn-Zug weckte mich. Da die Gleise hier eine Kurve machten, quietschten die Räder entsetzlich. Der Zug fuhr langsam an uns vorbei.

»Wir müssen hier weg, der Zugführer hat blöd geguckt. Komm, weiter!« Frieder war nervös und beunruhigt, das verbesserte meine Situation nicht gerade in puncto Sicherheit.

Wir kamen jetzt in die Nähe eines Bahnhofes. »Verdammt, ein Zug auf unserem Gleis!« Frieder hielt mich am Ärmel zurück.

»Aufs andere Gleis?« fragte ich.

»Nein, da, zwischen die gelben Stangen, die da in der Mitte. Da stellen sich Gleisarbeiter hin, wenn ein Zug kommt.«

Ich gehorchte.

»Augen zu und Ohren zuhalten!« befahl er.

Ich hielt mir die Ohren zu. Mit ohrenbetäubendem Lärm

brauste die aus dem Bahnhof ausfahrende U-Bahn haarscharf an uns vorbei. Ich stand mit zugehaltenen Ohren und weit aufgerissenen Augen bewegungslos da. Frieder hätte mir nur einen Schubs geben müssen, dann wäre ich unter den Zug gefallen. Es dauerte lange, bis ich mich aus meiner Erstarrung lösen konnte.

»Nu komm endlich. Das war der letzte Zug.« Frieder ging auf den Bahnhof zu. Ich blieb hinter ihm in dem dunklen Loch stehen, durch das die Züge den hell erleuchteten Bahnhof verließen. Frieder hatte seine Pistole in der Hand und richtete sie auf mich.

Ich hatte verstanden. Wenn ich dem alten Beamten, der gerade seine Dienststelle im Bahnhof Jannowitzbrücke abschloß, ein Zeichen geben wollte, würde Frieder mich und den armen Mann erschießen, um seine Flucht ungehindert fortsetzen zu können. Also sah ich mit wachsender Verzweiflung zu, wie der Beamte die Treppe hinaufging, das schwere Gittertor zumachte und abschloß. Wir hörten ihn noch eine ganze Weile über uns herumwerkeln. Erst als alle Tore geschlossen waren, schien er seinen Heimweg anzutreten. Jetzt war nur noch die Nachtbeleuchtung eingeschaltet, aber es war immer noch hell genug, um etwas zu sehen. Wir gingen weiter. Frieder hatte seine Pistole wieder weggesteckt. Er ging vor mir her, von Schwelle zu Schwelle.

Wir hatten den menschenleeren Bahnhof fast durchquert. Mein Magen zog sich bei dem Gedanken zusammen, jetzt wieder in dem dunklen Tunnel verschwinden zu müssen. Und dann sah ich sie, meine vermutlich letzte Chance. Eine Notrufsäule mit roter Aufschrift: SOS. Mit einer Wendigkeit, die ich mir nie zugetraut hätte, erklomm ich den Bahnsteig, rannte auf die Säule zu und drückte den Knopf. »Ich bin hier eingesperrt, holen Sie mich raus«, rief ich hysterisch in das Mikrofon. Ein Schuß schlug über mir in die Notrufsäule ein. Stille!

Ich fuhr herum, starrte auf Frieder, der unter mir auf den Gleisen stand und seine Pistole auf mich gerichtet hatte. Fußgetrappel. Von zwei Seiten kamen Männer, die noch in der Verkaufsebene gearbeitet haben mußten, die Treppe auf das abgeschlossene Gitter zugerannt.

»Hier hat einer geschossen«, warnte einer der Arbeiter. Er

hielt eine Eisenstange in der Hand, ein anderer einen Schlüsselbund. »Hier ist geschossen worden«, wiederholte er laut, »holt die Polizei!«

Besonders gut bewaffnet war der Mann, der einen Schrubber in der Hand hielt, um den noch ein Lappen gewickelt war. Die schwere Eisentüre wurde geöffnet. Frieder drehte sich bei diesem Geräusch um und verschwand im U-Bahn-Tunnel Richtung Alexanderplatz.

»Polizei, holen Sie die Polizei«, schrie ich den Männern entgegen. Einer, der mit der Eisenstange, sprang auf die Geleise und wollte Frieder hinterherrennen. »Er ist bewaffnet, machen Sie das nicht!« schrie ich ihm nach.

Der ältere Beamte war in der Zwischenzeit die Treppe heruntergehastet und hatte sein Häuschen aufgeschlossen. Er telefonierte mit der Leitstelle, sprach von Schußwechsel und daß der Flüchtende in Richtung Alexanderplatz zu Fuß unterwegs sei. Ich gab ihm Trautes Telefonnummer, und er rief sie für mich an. »Sagen Sie nur, Frieder ist auf der Flucht ...« Der Beamte wiederholte, was ich gesagt hatte, dann erhielt er Anweisungen und nickte nur noch vor sich hin. Ich bekam Schüttelfrost. Der Reinigungsmann half mir die Stufen zum Schalterraum hoch. Offenbar hatte er erkannt, daß es wenig Sinn machte, mit einem Schrubber in der Hand hinter einem bewaffneten Mann herzurennen. Dafür holte er mir aus einem Automaten einen schwarzen Kaffee. Uniformierte Polizisten rannten die Treppen herunter, aber sie warteten, bis eine Spezialeinheit kam, die schußsichere Westen angelegt hatte. Dann erst ging es in den U-Bahn-Tunnel.

»Er kennt sich sehr gut aus! Da unten, in den Tunneln!« rief ich dem Befehle austeilenden Beamten zu.

»Wir auch, junge Frau!« Der Beamte, der aussah wie ein Terrorist mit Sturzhelm, griff sein Walkie-Talkie und sprach mit einem Feuerwehrmann. »Nur die Notausstiege zwischen Jannowitzbrücke, Alexanderplatz und Klosterstraße. Wir gehen an allen drei Eingängen rein.«

Dann gab er an die Leitstelle der U-Bahn durch, welche Strekken für den Verkehr gesperrt werden müßten, und nachdem ihm dies bestätigt worden war, ging er mit seinen Leuten los.

Der Spuk war vorbei! Ich lehnte an dem Putzwagen, trank Kaffee, den mir der Putzmann mit seinem Geld herausgelassen hatte, und faßte meine Lage in drei Worten zusammen: »Ich lebe noch!«

»Dazu gratuliere ich Ihnen.«

»Danke!«

Den zweiten Kaffee trank ich auch noch, dann kamen meine Hände zur Ruhe, die klammen Finger hörten auf zu zittern. »Gehen Sie nach Hause, Sie sind unterkühlt, legen Sie sich ins warme Bett. Ihre Aussage will heute nacht niemand mehr hören. Die jagen den Kerl jetzt durch die Tunnel.«

»Wo ist hier ein Taxistand?«

»Ich beschaff Ihnen eine«, mein Putzmann ging zu einem Taxiruf und bestellte für mich eine Taxe.

Die Taxe brachte mich zum Rathenauplatz. Vollkommen übermüdet wollte ich mich nur in mein Bett fallen lassen, um unendlich lange zu schlafen. Schlaftrunken wankte ich auf den Lift zu, ohne auf meinen überfüllten Briefkasten zu achten. Ich lehnte an der Wand des Liftes, der sich langsam Stockwerk für Stockwerk hocharbeitete. Aus meiner Handtasche fingerte ich die Hausschlüssel, um nicht unnötig lange in dem zugigen Gang vor meiner Wohnungstür herumstehen zu müssen.

Gerade wollte ich den Schlüssel in mein Schlüsselloch stekken, als ich ein Geräusch hinter meiner Haustüre hörte. Ich erstarrte. Ein Adrenalinstoß machte mich putzmunter. In meiner Wohnung war jemand! Jemand, der in meinem Flur etwas hatte fallen lassen. Dann ertönte ein schmerzvolles Stöhnen, gefolgt von einem qualvollen Jammerton.

Es war dieser Schmerzensschrei, der mir das Blut in den Adern gefrieren ließ. Da brauchte jemand dringend Hilfe. Jemand, der offenbar nicht alleine in meiner Wohnung war, wie ich dem Poltern hinter meiner Tür und einer Reihe von Flüchen entnehmen konnte. Polizei und Notarzt mußten her.

So schnell ich konnte, bewegte ich mich – ohne ein Geräusch zu machen – wieder in Richtung Lift. Der stand noch immer in meinem Stockwerk. Hier im Haus kannte ich niemanden, außer dem Hausmeister Rudi. Der ließ sich nicht ohne weiteres früh um zwei Uhr von mir aus dem Bett klingeln. Wohin sollte ich so spät? Suchend sah ich mich vor der Haustür nach einer Telefonzelle um. Die Tankstelle hatte geschlossen. Man benötigte Mobiltelefone immer dann am dringendsten, wenn die Batterie leer war.

Frau Kunz! Ich rannte über die Straße auf das Haus zu, in dessen erstem Stock das telefonische Sexgewerbe beheimatet war. Wer auch immer in meiner Wohnung sein mochte, mußte mich kennen. Kein Einbrecher würde so dumm sein, in meiner spärlich möblierten Wohnung Reichtümer zu vermuten. Somit wäre es von Vorteil, wenn er oder sie mich nicht hier auf der Straße erwischte. Von zwangsweisen Entführungen hatte ich die Nase voll, eine pro Nacht deckte meine Abenteuerlust vollkommen. Hätte ich nicht das Angebot der Polizei annehmen sollen, so lange zu warten, bis mich jemand nach Hause begleiten konnte?

Warum war ich nicht zu meinem Vater gefahren, dort wäre ich wenigstens sicher gewesen. Weil ich so schnell wie möglich in meine eigene Wohnung gewollte hatte. Damit ich nach ein paar Stunden Schlaf meine Berichte schreiben und in den Rest der Welt, heißt: an alle großen Zeitungen in den USA, faxen konnte. Daß ausgerechnet meine Wohnung zum Ziel einer gezielten Attacke werden könnte, damit hatte ich nicht gerechnet. Wer war der Verletzte, der hinter meiner Tür so jammervoll gestöhnt hatte? War es der Einbrecher, der die einbruchssichere Tür überwunden hatte, höchstpersönlich? In meiner Wohnung gab es keine gefährlichen Gerätschaften, wenn man mal von dem Büchsenöffner absah, ein widerliches, altes, verrostetes Biest, das seinem Benutzer immer erst einmal in die Finger abrutschte, wenn er eine Büchse damit malträtierte.

Ich war außer Atem, als ich vor dem Haus ankam, in dem Frau Kunz wohnte. Mit aller Kraft drückte ich meinen Finger auf ihre Klingel. Es erschien mir wie eine Ewigkeit, bis der Türsummer ertönte. Dann war ich endlich im Haus. Mit meinem Gewicht lehnte ich mich gegen die Haustüre und drückte sie hinter mir ins Schloß. Nach einer kurzen Verschnaufpause stieg ich in den ersten Stock hinauf. Frau Kunz' Stimme erkannte ich sofort, als sie »Wer da?« durch die geschlossene Wohnungstüre fragte.

»Ich, Lisa Wolf. In meiner Wohnung ist jemand!«

Die Tür wurde geöffnet. Frau Kunz erschien, verstrubbelt und im rosa Morgenrock mit Rüschen: »Kommen Sie rein!« Mit fester Hand griff sie meinen Arm und zog mich in ihre vier Wände. Ihre Wohnungstür verrammelte sie und legte die Sicherheitskette vor. Für so viel Umsicht war ich dankbar.

»Setzen Sie sich, Sie zittern ja.«

Ich ließ mich auf einen Sessel im Flur fallen und klapperte so sehr mit den Zähnen, daß Frau Kunz rief: »Melanie, hol mal was vom warmen Kaffee und bringe Cognac mit!«

Melanie brachte eine Tasse voll mit schwarzem Kaffee und hielt ihn mir hin. »Was ist dir denn passiert auf dem Weg hierher? Bist du unsere Neue?«

Ich schüttelte den Kopf. Nein, die Neue war ich nicht. Dazu fehlten mir zur Zeit wirklich die Nerven. »Jemand ist in meiner Wohnung«, wiederholte ich. »Und hat Schmerzen, er stöhnt. Er muß gleich hinter meiner Haustür liegen. Ich habe mich nicht getraut, die Tür zu öffnen.«

»Wer hat alles einen Schlüssel?« Frau Kunz setzte sich im Flur neben mich und tätschelte meine Hand.

»Wolfgang, mein Cousin.« Der Gedanke war mir noch gar nicht gekommen. Sollte er der Verletzte sein? Hatte ich ihn in meiner Angst liegengelassen, alleine, statt ihm zu helfen? Aber er hatte gesagt, er wolle nach Hause gehen und sich seinen Anzug anziehen. Wir waren gestern abend am Kulturforum verabredet gewesen. »Vielleicht sollte ich einmal anrufen, falls Wolfgang …«

»Zuerst klären wir, ob sich nicht jemand in Ihrer Wohnung befindet, der eine Berechtigung dazu hat.« Frau Kunz reichte mir den Hörer.

Nach einiger Überlegung wählte ich meine Nummer. Freizeichen. Niemand nahm ab. Und wenn der Betreffende gar nicht mehr ans Telefon gehen konnte? Ich teilte meine Bedenken Frau Kunz mit.

»Dann gehen wir eben einfach jetzt zusammen rüber!« Die resolute Frau Kunz wollte sich schon etwas überziehen, als ich sie zurückrief. In kurzen Worten und mit zittriger Stimme berichtete ich ihr von meinem ersten nächtlichen Erlebnis. Melanie, die jetzt mit einem Cognacschwenker herbeigeeilt war, hörte atemlos zu.

»Bei Ihnen geht die Post ja so richtig ab, während unsereiner hier nur so langweiliges Zeug macht«, meinte sie bewundernd.

Im Hintergrund klingelte das Telefon. Während meine klappernden Zähne an den Rand des Cognacschwenkers schlugen, hörte ich das Geflöte der Frau am Telefon, die ihrem Freier erklärte, daß sie ausgerechnet auf *seinen* Anruf gewartet hätte.

»Sie Ärmste! Jetzt kann ich Ihre Ängste besser verstehen.« Frau Kunz griff zum Telefon im Flur und informierte die Polizei über die höchst merkwürdigen Dinge in meinem Appartement. Dann ging sie sich anziehen, während ich voll Ungewißheit und Angst mit meinem heißen Kaffee und dem Cognac in der Hand wartete.

Die Arbeit in den anderen Zimmern dieser Wohnung ging ihren ganz normalen Gang. Telefone klingelten, wurden beantwortet, lustvolles Gestöhne drang an mein Ohr. Dann herrschte plötzlich Ruhe, und eine junge Frau mit einem Ordner in der Hand kam in den Flur, blickte mich an, meinte nur »Toll!« und verschwand wieder im Wohnzimmer. Offensichtlich eine der Studentinnen, die die Zeit zum Lernen nutzte. Das Telefon in einem der Räume klingelte wieder. Eine stereotyp freundliche Stimme fragte nach den besonderen Wünschen, dann schaltete sich eines der Mädchen höchstpersönlich ein und begann ein Gespräch mit ihrem Kunden.

Zusammen mit Frau Kunz traute ich mich auf die Straße, aber erst, als wir Polizei und Krankenwagen kommen sahen. »Die waren aber schnell da!« Anerkennung schwang in ihrer Stimme mit. »Das hätte ich nicht gedacht.«

Von Frau Kunz' Wohnung aus hatte ich Traute auf ihrem Mobiltelefon angerufen und sie über die Vorkommnisse in meiner Wohnung informiert.

»Kannst du nicht mal ganz einfach in Ruhe nachts vor dich hin schlafen?« antwortete sie mir. Ihre Stimme verriet ihre Beunruhigung. »Ist dein Bedarf an Abenteuern noch immer nicht gedeckt? Wo warst du heute nacht? Als ich an der Jannowitzbrücke ankam, sagte man mir, du seist schon heimgefahren.«

»Ich wollte so schnell wie möglich ins Bett«, meine Stimme war nicht mehr sehr gefestigt und hatte einen beachtlich weinerlichen Unterton.

Als wir aus dem Haus traten, sahen wir vier uniformierte Polizisten, die mit gezückter Pistole auf das Hochhaus zurannten, in dem ich wohnte. »Wir warten am besten hier, bis uns einer der Beamten sagt, daß es nicht mehr gefährlich ist. So machen die das nämlich«, schöpfte ich aus dem reichen Fundus meiner Erfahrungen. Frau Kunz betrachtete mich bewundernd von der Seite. Oder war es Skepsis?

Dann folgte der Krankenwagen, und die Sanitäter gingen mit einer Trage ins Haus.

»Da ist jemand verletzt!« Frau Kunz ergriff meine Hand, und wir folgten im gebührenden Abstand. Da wir keine Lust hatten, zu Fuß die vielen Treppen zu steigen, mußten wir warten, bis der Lift runtergezuckelt kam. Gerade, als wir vor meiner Wohnungstür ankamen, trugen die Männer jemanden, der auf der Liege festgeschnallt war, aus meiner Wohnung. Ich kannte den Herren nicht und wollte ihn auch nicht näher kennenlernen, hielt ich ihn doch für den Einbrecher. Mißmutig starrte ich auf sein Gesicht. Er war zweifellos heftig verprügelt worden.

»Frau Wolf?« Er hatte eine dunkle, sympathische Stimme, die mir irgendwie bekannt vorkam.

»Ja?« antwortete ich mißgelaunt. Woher kannte der Kerl meinen Namen?

»Ich bin der Telefonkunde, dem Sie zu einer psychologischen Beratung geraten haben. Ich wollte mich bei Ihnen bedanken.«

»Indem Sie nachts in meine Wohnung eindringen?« fragte ich vorwurfsvoll.

»Ich hab gestern abend spät bei Ihnen geklingelt. Da hat mir ein vierschrötiger Kerl die Tür geöffnet und mich hineingezerrt. Er wollte was von mir wissen, wovon ich keine Ahnung hatte. Da ich ihm keine Antwort wußte, hat er mich zusammengeschlagen. Der muß geglaubt haben, ich sei ein besonders verstockter Kerl!« Die Sanitäter drängten an uns vorbei und gingen in Richtung Lift.

»Wie sah der Kerl denn aus?« fragte ich, neben ihm herlaufend.

Die gestotterte Beschreibung, die ich erhielt, traf auf Herb Angerich zu. Vor allem seine Angewohnheit zu brüllen, und zwar in einem halb aus amerikanischen, halb aus deutschen Worten bestehenden Slang. Herbs schlechtes Umgangsdeutsch und die Beschreibung, die ich erhalten hatte, ließen keine Zweifel aufkommen.

»Woher wußten Sie meine Adresse?«

»Ihre ISDN-Telefonnummer erschien auf meinem Display und verriet mir Ihre richtige Nummer. Ich habe Nachforschungen angestellt!« Der mir ansonsten unbekannte und schwer lädierte Herr war sichtlich stolz darauf, meine Adresse herausgefunden zu haben.

»Ich habe Ihren Rat befolgt, und weil es mir jetzt schon bessergeht, wollte ich mich bedanken und Ihnen ein paar Blumen vorbeibringen.« Er schnaufte mühsam durch seine blutig geschlagene Nase. »Die Blumen liegen drinnen auf dem Fußboden ...«, er war jetzt erschöpft, und seine Stimme war nur noch ein leises Röcheln. Die Türen des Liftes schlossen sich hinter ihm und den Sanitätern.

»Woher kennen Sie den denn?« Frau Kunz, die neben mir stand und der Unterhaltung gefolgt war, betrachtete mich neugierig von der Seite.

»Einer Ihrer Kunden. Ich hab ihm geraten, sich einen Psychologen zu suchen, anstatt sich telefonisch verprügeln zu lassen«, gestand ich.

Frau Kunz lachte und lachte und lachte. »Die Stimme kam mir gleich so bekannt vor. Hab mich gewundert, wie Sie an den geraten sind. Jetzt weiß ich, wer das ist, unser freundlicher Masochist, richtig?«

Ich bestätigte es ihr und entschuldigte mich für mein geschäftsschädigendes Verhalten. Dann hielt ich einen der Polizisten an und sagte ihm den Namen des vermutlichen Täters, so wie ich ihn nach der erhaltenen Beschreibung erkannt zu haben glaubte. Die Neuigkeit wurde gleich an die Kollegen auf dem Rathenauplatz weitergeben.

»Der arme Kerl hat diesmal nicht nur telefonisch seine Prügel bezogen«, sinnierte Frau Kunz vor sich hin. »Hoffentlich ist er nicht ernsthaft verletzt. Ausreichend schmerzhaft sah es ja aus.

Es täte mir leid für ihn, wenn er nicht ganz schnell wieder gesund wird. Er ist immer so höflich am Telefon gewesen. Sollte mich nicht wundern, wenn er jetzt, nach diesem traumatischen Erlebnis, geheilt ist!«

Meine Wohnung war nicht mehr bewohnbar. Ein Nasenbeinbruch und ein Schwartenriß waren eine verdammt blutige Angelegenheit, wenn man in der Wohnung hin- und hergeschubst und gestoßen wurde. Da hatten meine hellen Wände ziemlich viel abgekriegt. Das Blut klebte an den Wänden, an den Möbeln und vor allem auf dem beigen Teppichboden. Herb Angerich hatte jeden Fetzen Papier in meiner Wohnung umgedreht, gelesen und irgendwo hingeschmissen. Außerdem mußte er die Zeit, die er sich reichlich genommen hatte, mit dem Durchforsten meines Computers verbracht haben. Er mußte gehofft haben, daß ich ihm beim Heimkommen in die Hände fallen würde. Anders ließ es sich nicht erklären, daß er Stunden in meiner Behausung verbracht hatte.

»Pfui Deibel, sieht aus, als hätte man 'ne Sau geschlachtet.« Rudi Sperling war endlich aufgewacht, hatte sich einen Bademantel angezogen und erschien am Ort des Geschehens. Er sah sich um. »Das kostet Sie 'ne ganze Stange Geld.« Mit Kennermiene taxierte er die Renovierungskosten.

Ich war unendlich müde und beschloß aus reinem Selbstschutz, daß dies nicht mehr meine Angelegenheit sein konnte. Schnell packte ich ein paar Kosmetika zusammen und ging. Rudi drückte ich die Schlüssel in die Hand, sagte ihm, er solle sich an die Versicherung wenden, deren Adresse auf meinem Schreibtisch läge. Er starrte mir verblüfft nach. Ich ging zum Lift.

»Un ich kann jetzt den Dreck wechmachen!« rief er erbost hinter mir her.

Mir war es egal. Ich war schon am Ausgang des Hauses, als mich Frau Kunz zurückhielt. »Da können Sie jetzt nicht raus. Der Kerl muß hier irgendwo sein. Sehen Sie nur das Polizeiaufgebot!«

Draußen rannten Polizisten mit gezogener Pistole herum. Plötzlich gab es irgendwo eine Keilerei, jedenfalls sah es so aus. Herb Angerich wurde in Handschellen, leicht nach vorne gebeugt, zu einem der Polizeiwagen geführt und hineingesetzt.

»Kennen Sie den?« wollte Frau Kunz wissen. »Ist das der, den mein Kunde Ihnen beschrieben hat?«

Ich nickte. »Ist mein Chef! Mein ehemaliger.«

»Wo haben Sie denn gearbeitet?«

»In einer Versicherung«, ich dachte nach, weil ich Frau Kunz' zweifelhaften Blick auf mir ruhen sah, »... und als Journalistin«, fügte ich hinzu.

»Toller Beruf!« Wir starrten durch die Glasscheibe der Tür und beobachteten das Treiben auf dem Platz. Frau Kunz war begeistert von dem, was sie geboten bekam: »Ist besser wie im Kino!« versicherte sie mir.

»Mir reicht's für heute!« Ich konnte mich kaum mehr auf den Beinen halten. »War mir zu turbulent, diese Nacht.«

Ein Polizeibeamter kam und öffnete die Haustür. »Sie können herauskommen.«

Traute hatte mich entdeckt und kam zu uns gelaufen. »Vielen Dank für deine Hilfe! Das ist nun diese Nacht der zweite Täter, den du mir präsentierst. Nur so zu meiner Information: gehst du schlafen oder machst du so weiter?«

»Ich muß jetzt schlafen, sonst falle ich um. Wie hast du Angerich so schnell entdeckt?« wollte ich trotzdem noch wissen.

»Der Kerl kam aus der Tiefgarage nicht raus, weil ich in der Eile meinen Wagen quer vor die Einfahrt gestellt hatte.« Sie grinste mich ganz verschmitzt und zufrieden an.

»Zum Glück«, bestätigte der Uniformierte neben ihr.

»Ein Polizeibeamter, der sich über falsch geparkte Autos freut, ist eine erwähnenswerte Seltenheit.« Traute hatte wegen ihrer etwas willkürlichen Art, ihr Auto irgendwo stehenzulassen, keinerlei schlechtes Gewissen, hatte dies ihr doch eine weitere Verhaftung beschert.

»Kommen Sie mit zu mir, und schlafen Sie erst einmal ein paar Stunden.« Frau Kunz hatte meine große Tasche genommen und stiefelte durch den Schnee davon. Ich war zu müde, um ihr zu widersprechen, und schlurfte hinter ihr her. In einem kleinen Zimmer in jener Wohnung im ersten Stock, in der man darauf spezialisiert war, die merkwürdigsten Wünsche schlafgestörter Herren telefonisch zu befriedigen, fand sich eine Liege, auf die ich mich fallen ließ.

»Melanie, hol eine Decke!« befahl Frau Kunz.

Ich schlief sofort fest ein und wußte nicht einmal, ob Melanie oder Frau Kunz mich zugedeckt hatten. Beim Einschlafen störte mich, daß irgend jemand an meinen Stiefeln zerrte. Meine erste Nacht im Puff, ging es mir durch den Kopf.

Als ich gegen neun Uhr erwachte, wurde es endlich hell draußen. Die schweren Schneewolken waren abgezogen, die Sonne schien. Ich bedankte mich bei Frau Kunz und ihren »Mädchen«, deren Alter sich jetzt, wo die Hausfrauen die Schicht übernommen hatten, eher von Mitte Vierzig an aufwärts ansetzen ließ. Mit der S-Bahn machte ich mich auf den Weg zu meinem Vater.

Ich hätte daran denken sollen, daß er mich gesucht hatte und voller Sorgen war. Von Marlene war er über die nächtliche Aktion in der U-Bahn informiert worden und somit auf das höchste beunruhigt. Als ich nicht bei ihm aufgetaucht war und er mich nicht telefonisch hatte erreichen können, mußte er in Panik geraten sein. Die Entschuldigung »Mein Handy hatte keine geladene Batterie« ließ er mit Recht nicht gelten. Wenn Frau Kunz etwas in ausreichendem Maße hatte, dann waren es Telefone zum Telefonieren.

Nach einem ausgedehnten Frühstück – ganz englisch und mit vielen Kalorien – erzählte ich ihm ausführlich, was sich alles in der letzten Nacht ereignet hatte. Unterbrochen wurde ich nur von seinen Ausrufen: »Mein armes Kind …« oder: »Du Ärmste …«

Gegen Mittag machte ich mich auf den Weg zur Ars & Vita Versicherung. Ich ging in eines der Arbeitszimmer und telefonierte mit meinem obersten Chef in New York. Lange und ausführlich. Von ihm erfuhr ich, daß es Tobias Hardcastle besserging und daß er außer Lebensgefahr war. Ab morgen dürfe er besucht werden.«

Meine Fragen betrafen die Hintergründe, die zu so einer unglücklichen Verkettung von Ereignissen geführt hatten.

»Tobias hatte herausgefunden, daß Angerich nicht nur den Versicherungsnehmern zu guten Prämien für angeblich gestohlene gefälschte Bilder verhalf, sondern sich selbst dabei eine angemessene Prämie von zirka einem Drittel verpaßt hatte.« Ross schnaubte wütend durch die Nase.

Ich hörte fasziniert zu. Angemessen? Für einen Betrug?! Professor Severn hatte seine Grafiken als gefälscht bei der Hauptstelle in New York gemeldet. Gleichzeitig stellte Herb Angerich in Berlin Unbedenklichkeitserklärungen bei gestohlenen Picasso-Grafiken aus, die aus der gleichen Galerie in Paris stammten. Die Häufung der angeblichen Diebstähle wertete man als weiteres Indiz. Deshalb war man also in New York ganz oben stutzig geworden. Mehr wußte mein oberster Boß zu diesem Zeitpunkt nicht zu berichten. Er bat mich im Namen der Gesellschaft, weitere Einzelheiten in Erfahrung zu bringen und dann meinen abschließenden Bericht direkt an ihn zu senden.

So ganz nebenbei hatte ich erfahren, daß Frau Käfer – die von mir als Miß Moneypenny bezeichnete Angestellte der Ars & Vita –, die Aufgabe hatte, mein neues Büro im Europa Center für mich einzurichten. Ross Macmillan übertrug mir die Leitung der Berliner Zweigstelle von heute an.

Ein eigenes Büro! Einen richtig leistungsstarken PC, ein Fax, ein Telefon und Frau Käfer im Vorzimmer. Ein Jahresgehalt, an dem die deutsche Steuer ihre Freude haben dürfte. Außerdem sollte ich einen Bonus für meine geleisteten Dienste erhalten. So betrachtet konnte ich meine zukünftige Tätigkeit in einem ganz anderen, einem sehr viel reizvolleren Lichte sehen.

Als ich Frau Käfers Büro betrat, kam sie freudestrahlend auf mich zu.

»Haben Sie schon gehört? Mr. Hardcastle ist nicht mehr auf der Intensivstation. Morgen darf er Besuch haben, zum ersten Mal.«

Ich nickte zustimmend.

»Ihre Büromöbel kommen gleich.« Sie führte mich in Herb Angerichs Büro. Es war vollkommen ausgeräumt, und ein Maler hatte es neu in einem freundlichen Beige gestrichen. Der Geruch nach frischer Farbe war ganz deutlich.

»Diese dunklen Protzmöbel, das ist nichts für so eine junge Dame wie Sie. Das hab ich Mr. Macmillan heute morgen klargemacht. Mit seiner Erlaubnis habe ich etwas Helles, in Beige, für Sie bestellt.«

Da Frau Käfers Büro äußerst ansprechend eingerichtet war, durfte meines ebenfalls sehr gut ausfallen. Ich beschloß zu warten, bis am Nachmittag die Möbel angeliefert würden und sie mir gleich so stellen zu lassen, wie ich wollte. Geruhsam studierte ich die von ihr gezeichneten Pläne und machte mich mit den zu erwartenden Gegenständen vertraut. Noch saß ich im Konferenzzimmer, das Ort einer Schießerei und einer Notoperation gewesen war.

»Hier ist ein Reinigungsinstitut durch, alles ist desinfiziert«, zerstreute Frau Käfer meine Bedenken.

Ich erledigte eine Reihe von Telefonaten, dann verband mich Frau Käfer mit Traute. Wir verabredeten uns, diesmal in meinem Büro, irgendwann, nach achtzehn Uhr.

Den Nachmittag verbrachte ich damit, mein Büro einzurichten. Der PC von Herb war von der Polizei beschlagnahmt worden. So mußte ich noch bis zum nächsten Tag warten, bis die Hardware aus dem LKA zurückkommen würde. Frau Käfer hatte einen Fachmann engagiert, der mir die neuesten Programme installieren sollte. Für so viel Umsicht war ich dankbar, denn mir wäre nichts anderes übriggeblieben, als auf Wolfgangs Fähigkeiten zurückzugreifen.

Mitten in dem ganzen Durcheinander kam Frau Käfer mit einem Radio, das sie in meinem Zimmer anschloß. Sie hatte frischen Kaffee gekocht und brachte Käsekuchen mit. »Gleich kommt eine Reportage von Ihrer Tante. Sie hat vorhin angerufen, Sie waren gerade besetzt, und hat mir die Sendezeit durchgegeben.«

Wir machten es uns bei Kaffee und Kuchen bequem. Deutschland Radio Berlin brachte aus aktuellem Anlaß einen Bericht über die Kunstfälscherszene, recherchiert und moderiert von Marlene Neugebauer.

Marlene referierte zuerst über den Kunstmarkt und die oft explosionsartig steigenden Erlöse bei bestimmten Künstlernamen. Dann kam sie auf den Reiz zu sprechen, der im Fälschen solcher Werke lag. Sie rollte alles auf, was wir im Zusammenhang mit der Papierbeschaffung der Fälscherbande herausgefunden hatten, und verwies auf das in der ehemaligen DDR verbliebene Lager. Sie beschrieb genau, wie sie die in ein spezielles

Wachspapier verpackten Grafiken vorgefunden hatte. »Es handelte sich um eingeristertes und folienverschweißtes Papier auf Palette, an einem dunklen und trockenen Ort gelagert.« Sie berichtete, daß die einzelnen Blätter bereits mit gefälschter Unterschrift versehen waren. Die erst wenige Tage zurückliegenden Verhaftungen in Halle, so erwähnte sie, und eine Reihe von Verhaftungen in und um Berlin herum, hätten Aufschluß über mehrere, scheinbar unerklärliche Gewalttaten gebracht.

»Ist ja wahnsinnig spannend«, Frau Käfer schenkte Kaffee nach. Ich biß vor Aufregung in das zweite Stück Käsekuchen.

»Der Mord an einem ehemaligen Stasi-Mitarbeiter Koschinski war nur der Anfang«, tönte Marlenes Stimme aus dem Radio, »dem die brutale Ermordung des Künstlers Bodo Scheußlich folgte.« Offenbar hatte der ehemalige Stasi-Oberst Ferdinand Hartmann bei seiner Vernehmung durch Traute beide Morde gestanden. Ich war nicht mehr auf dem laufenden.

»Nach einer aufsehenerregenden Jagd durch die U-Bahn-Schächte konnte Hartmann von der Polizei in der Nähe des Alexanderplatzes festgenommen werden.« Dafür, daß Marlene die Geiselnahme nur nebenbei erwähnte und meinen Namen nicht nannte, war ich ihr dankbar.

Also bestätigte sich meine schlimmste Vermutung: Frieder hatte seinen Freund Bodo ermordet! Aber warum? Selbst wenn Bodo etwas von Frieders Geschäften gewußt hatte, er hätte ihn nicht an die Polizei verpfiffen. Aus Überzeugung, wie ich von meinem Vater wußte.

Marlene berichtete nun über den Mitarbeiter einer internationalen Versicherung, einen amerikanischen Staatsbürger, der in der Nähe des Ku'dammes in den frühen Morgenstunden festgenommen worden sei. Ihm lastete die Polizei außer Erpressung und Betrug noch schwere Körperverletzung an.

»Bin ich froh, daß sie den Namen unserer Versicherungsgesellschaft nicht erwähnt hat«, freute sich Frau Käfer – meines Erachtens zu früh. Die Zeitungen würden sowieso über uns herfallen. Ich beschloß, dieses Problem direkt nach der Sendung mit Ross Macmillan zu besprechen. Ich notierte mir, daß ein Statement für die Presse vorzubereiten sei. Angriff war der beste Weg der Verteidigung!

Marlene hatte ihren Bericht beendet und versprach, die interessierte Bevölkerung auch weiter über alle neuen Entwicklungen zu diesem Thema auf dem laufenden zu halten. »Nun bittet die Polizei Sie um Ihre Aufmerksamkeit«, mit diesen Worten wandte sich ein männlicher Sprecher an das Radiopublikum.

Frau Käfer und ich waren ganz Ohr. »Was kommt den nun noch?« wollte sie wissen.

Ich zuckte die Schultern. »Keine Ahnung!«

»Gesucht wird im Zusammenhang mit den soeben geschilderten Ereignissen die Galeriebesitzerin Karin Paschke ...«

»Die Paschke«, entfuhr es mir.

»... Sie soll von der Polizei zu einigen noch offenen Fragen gehört werden.« Es folgte eine Personenbeschreibung, die die rührige Galeriebesitzerin ziemlich gut traf. »Sachdienliche Hinweise nimmt jede Polizeidienststelle entgegen.«

Das war das Ende der Durchsage. Wir schalteten das Radio ab. »Was hat die Paschke mit der Sache zu tun?« fragte ich mich laut.

»Wen Sie alles kennen!« In der Stimme von Frau Käfer schwang Bewunderung mit. Sie räumte das Geschirr weg und ließ mich in meinem inzwischen sehr schön eingerichteten Büro alleine. Einige Minuten später kam sie mit einem wunderschönen Frühlingsstrauß wieder, den sie mir auf eines der neuen Regale stellte. »Zur Begrüßung!« verkündete sie und ging gut gelaunt davon.

Ich griff nach dem Telefon: Mit Ross Macmillan besprach ich die Presseverlautbarung. Es würde mir nichts anderes übrigbleiben, als auf meine Rolle bei der Aufdeckung des Skandals hinzuweisen. Ich, Lisa Wolf, Angestellte der Ars & Vita, war losgeschickt worden, diesen Sumpf aufzudecken. So sollte die Message lauten. Ich war keineswegs begeistert von der Rolle, die mir zugedacht war.

Mein Einwand, Tobias Hardcastle gebühre die Aufmerksamkeit, wischte Ross Macmillan vom Tisch.

»Sie können nicht einen verdeckten Ermittler der Post, der uns in diesem Fall geholfen hat, der Öffentlichkeit preisgeben. Die Suppe müssen Sie auslöffeln. Baden Sie sich in der Gunst der Medien, und lassen Sie ein bißchen Nektar auf unsere Versicherung träufeln. Nach dem Skandal mit einem unserer Mitarbeiter können wir jede positive Berichterstattung, die wir von der Presse bekommen können, gebrauchen.«

Wir einigten uns auf folgende Darstellung: Ein zweiter Ermittler, der neben mir verdeckt gearbeitet habe und der schwer verletzt worden sei, habe wesentlich zur Lösung beigetragen, so wollte ich es formulieren. Damit hatte die Versicherung bei einem fehlbaren Mitarbeiter immerhin zwei Ermittler in eigener Reihe zu präsentieren.

Gegen siebzehn Uhr hielt ich die erste Pressekonferenz meines Lebens ab. Frau Käfer hatte die Boulevardpresse, die Kunstzeitschriften und die Tagespresse telefonisch zusammengetrommelt. Appetithäppchen mit erlesenem Belag, Wein, Wasser und Orangensaft waren aufgefahren und standen dekorativ auf dem Konferenztisch bereit.

»In einer Großstadt lassen sich diese Dinge ganz schnell beschaffen«, erklärte mir Frau Käfer auf meine bewundernde Anfrage hin, »noch dazu, wenn man ein Restaurant im gleichen Hause hat.«

Die Presseleute verköstigten sich, bis ich mit der ausgedruckten Pressemitteilung erschien. Über eine Stunde lang wurden mir Fragen gestellt, die ich ruhig und geduldig beantwortete.

Plötzlich trat Traute ins Konferenzzimmer, ließ sich ein Glas Wasser geben und ergriff das Wort. »Wir verdanken der guten Zusammenarbeit mit Frau Wolf sehr wichtige Hinweise und einige Festnahmen.«

Ich stieg in der Achtung einiger Presseleute. »Wie haben Sie das gemacht, junge Frau?« wollte ein älterer Herr wissen.

»Recherchieren, recherchieren, recherchieren«, antwortete ich.

Mit einem Dossier der Versicherung und dem von mir verfaßten Pressetext zogen die Damen und Herren gegen halb sieben ab.

»Redaktionsschluß«, kommentierte Frau Käfer den schnellen Abgang. Dann gratulierte sie mir zu dem Erfolg und meiner prompten Reaktion auf die Ereignisse. Ich bat sie, einen Bericht an Ross Macmillan zu faxen und die entsprechenden Pressestimmen am nächsten Tag für unsere Dokumentation auszuschneiden. Bei Traute bedankte ich mich für ihre Schützenhilfe.

Als es an meine Bürotür klopfte und ich »Herein« gerufen hatte, erwartete mich die nächste Überraschung. Marlene kam. Sie steuerte auf meinen Schreibtischstuhl zu, setzte sich und ließ sich kreiseln. »Tolles Büro!« war alles, was sie zur Begrüßung sagte. Ich hatte unsere Verabredung für heute abend in dem Drucheinander total vergessen. Da ich nach Ende der Pressekonferenz ein Glas Wein getrunken hatte, aber außer dem Käsekuchen am Nachmittag nichts zu mir genommen hatte, war ich leicht beschwipst und kicherte vor mich hin.

»Können wir nicht irgendwo etwas essen gehen? Oder soll ich von unten was hochbringen lassen?« Das Europa Center war kein Ort, an dem man Hungers sterben mußte, solange man noch Geld im Portemonnaie oder eine nichtgesperrte Kreditkarte hatte.

»Wir sind zum Essen eingeladen worden«, eröffnete mir Traute. »Von einem älteren Herrn.«

»Deinem oder meinem Vater?« Meine Stimme klang hoffnungsvoll.

»Von Herrn Feuerstein, der übrigens ausgezeichnet kochen kann.« Als ich Traute verblüfft anstarrte, erklärte sie mir: »Ich bevorzuge Herren, die ausgezeichnet kochen können.«

»Kann Hoffmeister das auch?« wollte Marlene wissen.

»Wenn Hoffmeister kochen gelernt hat, werde ich ihn mit dem Vornamen anreden!«

In einer Etagenwohnung in der Mitte des Ku'dammes, im obersten Stockwerk, residierte Albert Feuerstein. Es wohnen zu nennen, wäre keine adäquate Bezeichnung für den Lebensstil des alten Herrn gewesen. Unten, irgendwo in der Beletage, soll früher mal Hildegard Knef in zehn Zimmern gelebt haben. In diesem oder in dem benachbarten Haus. Dies gehörte zu dem Vornehmsten, was die Zeit nach der Jahrhundertwende an Bürgerhausarchitektur zu bieten hatte. Nach vorne, zum Ku'damm hinaus, lagen Wohn-, Eß- und Musikzimmer, selbstverständlich mit Stuckdecken; nach hinten hinaus die Schlaf-, Kinder- und Dienstbotenzimmer. Und ganz oben? So etwas Ähnliches wie eine Atelierwohnung, die vermutlich selbst einem Max Liebermann gefallen hätte.

Staunend stand ich vor dem großen Fenster und sah auf das nächtliche Berlin. Kaum einen Kilometer von meiner ehemaligen Bleibe entfernt, die vom Blut eines armen Masochisten verunstaltet worden war, gab es so herrliche Wohnungen! Ich war begeistert.

»Wie geht es meinem armen, zusammengeschlagenen Besucher?« wollte ich von Traute wissen.

»Schmerzhafte, aber keine gefährlichen Verletzungen. Er wurde schon heute nachmittag aus dem Krankenhaus entlassen. Nie wieder will er etwas mit dem ›Milieu‹ zu tun haben, sagte er mir, als ich mit seiner Aussage zum Unterschreiben vorbeikam.«

Ich mußte lachen. »Hoffentlich ist er jetzt wirklich geheilt entlassen!«

Albert Feuerstein bat zu Tisch. Im Eßzimmer war gedeckt, nein, getafelt worden. So etwas hatte ich seit den großen Einladungen bei meinen Schwiegereltern in Virginia nicht mehr erlebt. Herr Feuerstein nahm die Schürze ab, die ihn als Mitglied einer illustren Kochgilde auswies, und wir setzten uns. Es war ein wahres Festessen!

Die Unterhaltung drehte sich verständlicherweise ganz um den aufgeklärten Fall und nicht nur um die exquisite Küche. Nur Marlene stellte immer wieder Fragen zum Menü, wie was zubereitet worden sei und welche Gewürze verwendet worden wären. Mich wunderte das sehr, wußte ich doch von meinem Vater, daß sie so gut wie kaum noch kochte. Diese Tätigkeit hatte sie kampflos an ihre Männer delegiert. Noch mehr irritierte mich, daß sie sich immer wieder Notizen in ihren kleinen Block machte.

Traute beglückwünschte Herrn Feuerstein zu seinem Erfolg auf der Antiquitäten-Auktion. Der überraschende Coup der Polizei und die anschließenden Hausdurchsuchungen hatten zumindest einer eingefuchsten Bande von Kirchendieben für einige Zeit das Handwerk gelegt und diese hinter Gitter gebracht. »Jahrelange Vorarbeit ist nötig gewesen, um überhaupt so weit zu kommen. Zwei meiner Leute und ein Fachmann vom

LKA in München hatten daran gearbeitet. Ohne die kenntnisreiche Hilfe unseres Gastgebers hätten wir es trotzdem nicht geschafft!« Sie brachte einen Toast und ein »Dankeschön« für die Einladung aus.

»Morgen werde ich Tobias Hardcastle im Krankenhaus besuchen«, versuchte ich das Gespräch wieder auf unseren aktuellen Fall zu bringen.

Traute lächelte verschmitzt. »Das wird wohl nicht mehr gehen. Die Zeitungen haben herausgefunden, daß der zweite Mann, den deine Versicherung auf die Kunstfälscher-Geschichte angesetzt hatte, in irgendeinem der Berliner Krankenhäuser liegen müsse. Es dauerte nur eine knappe Stunde, dann hatte eine Zeitung das Opfer einer Schießerei in der Charité geortet. Weil dieser Mann nur undercover arbeitet, haben wir ihn gerade noch rechtzeitig in Sicherheit gebracht. Er wurde heute abend mit Krankentransport auf dem Luftweg in ein Krankenhaus irgendwo in Europa geflogen, um sich in Ruhe auszukurieren.«

Ich bedauerte es sehr, nicht mehr mit Tobias Hardcastle geredet zu haben. Viele Fragen waren unbeantwortet geblieben.

Wir saßen im Salon bei Kaffee und Cognac. Albert Feuerstein wollte weitere Details von Traute über den Fall hören, der sich seiner Erfahrung nach so sehr von anderen Fälschungsgeschichten in der Kunstgeschichte unterschied. Diese Fälscher, sonst eher eine verdeckt und »geräuschlos« arbeitende Gruppe von hochqualifizierten Fachleuten, vermieden Gewalttaten, Prügeleien und Morde fast vollkommen. »Ausgesprochen unüblich, was da geschehen ist, ausgesprochen unüblich«, murmelte er kopfschüttelnd.

»Unüblich, aber doch eine beinahe zwanghafte Spirale der Gewalt. Alles begann, weil der junge Koschinski nicht einsah, die ganze Verantwortung für eine Reihe von miesen Geschäften alleine übernehmen zu müssen. Er war nach der Wende von ehemaligen, ausreisewilligen DDR-Bürgern angezeigt worden und hatte alleine vor Gericht gestanden. Er hatte schon damals Mühe gehabt, einzusehen, daß Gefälligkeiten von Ausreisewilligen – die so ganz nebenbei hier und da ein paar Kunstgegenstände rüberwachsen ließen, damit ein Gesuch wohlwollend geprüft wurde – den Straftatbestand der Erpressung erfüllte.«

»Schweine!« war Marlenes einziger Kommentar.

»Die Idee stammte von dem Oberst Ferdinand Hartmann, uns besser unter dem Namen Frieder vom *Igel* bekannt. Er saß in der Paßabteilung, und er entschied, wer einen Paß für die Teilnahme an einem Kongreß bekam oder nicht. Aber der Oberst trat nie selber auf, es war sein Adlatus Koschinski, bei dem Antiquitäten und Gemälde und kleine Statuen abgeliefert werden sollten, selbst vor Tafelsilber mit Monogramm schreckte man nicht zurück.«

»Schweine!« Marlene wiederholte sich.

»Als Koschinski aus dem Gefängnis kam, hatte er seinen ehemaligen Oberst aufgesucht und ihm gedroht. Er wollte für sein Schweigen etwas haben. Doch Hartmann-Hausmann wußte längst, daß Koschinski ihn vor Gericht hatte verpfeifen wollen. Schließlich war der nur an der Dummheit unserer westlichen Polizisten gescheitert, die sich nicht vorstellen konnten, was ihnen unvorstellbar schien. Ihn zu beseitigen war eine zwingende und somit logische Folge. Pech war, daß der Oberst die Leiche nicht ordentlich verpackt und beschwert hatte, so daß Koschinski zu bald an die Oberfläche des Kanals getrieben wurde. Dadurch, daß der Mord von der Polizei entdeckt worden war und der alte Koschinski nach dem Verbleib seines Sohnes in der Szene am Prenzlauer Berg fahndete, war der Oberst nervös geworden.«

»Aber was hatte Bodo damit zu tun?« wollte ich wissen.

»Bodo und der Oberst kannten sich aus der Zeit, in der Bodo einen Reisepaß bei ihm hatte verlängern lassen müssen. Dafür tat er dem Oberst kleine Gefallen. Dazu gehörte unter anderem, daß er die Aufträge, Picasso-Grafik zu suchen und für einen angesehenen Medizin-Professor zu kaufen, immer in einer bestimmten Galerie in Paris tätigte. Denn längst hatte der Oberst eine weitere illegale Devisenbeschaffungsquelle aufgetan. Er, ein Schwager des alten Gebert, Frau Gebert ist eine geborene Hartmann, wußte, daß der Papierhersteller Gebert in seiner Papiermühle bei Leipzig ganz spezielle, hochwertige Papiere fabrizierte. Anläßlich eines Aufenthaltes bei der UNO in New York, an der der Oberst als Mitglied einer DDR-Delegation teilgenommen hatte, besuchte er den Empfänger dieser hochwertigen Papiersendungen in New Jersey. Leo Schnyder, der damals noch lebte. Ein Stasi-Offizier, der ihn erpressen wollte, war vermutlich eine ganz neue Erfahrung.«

»Ein gefährliches Doppelspiel!« Albert Feuerstein hatte sich vorgebeugt und vor Spannung vergessen, seine Zigarre anzuzünden.

»Gefährlich war es für Oberst Hartmann kaum, denn bereits am nächsten Tag war er mit seiner Delegation wieder auf dem Weg nach Berlin-Ost. Und damit unerreichbar für jeden noch so gutbezahlten, gedungenen Mörder. Also blieb der Familie Schnyder nichts anderes übrig, als auf die Erpressung zu reagieren. Nicht mit Geld, sondern in Naturalien.«

»Und wie muß ich mir den Ablauf dieser Transaktion vorstellen«, wollte Herr Feuerstein wissen.

»Die Schnyders lieferten einen kleinen Teil der von ihnen gedruckten Grafiken wieder in die DDR. Ganz offiziell, mit Wissen und Billigung des Ministeriums für Außenhandel. Auf einer Palette dürften um die sieben- bis achttausend Blatt verpackt und eingeschweißt gewesen sein. Für diese Art der Devisenbeschaffung bekam der Oberst ebenfalls einen der höchsten DDR-Orden. Außerdem nannten die Schnyders auf ausdrücklichen Wunsch den Namen und die Adresse eines Lieferanten in Paris, über die der Oberst bei Bedarf andere Grafiken zum günstigen Preis beziehen konnte. Dies aber nur, falls er einen Kunden für ein bestimmtes Blatt habe. Der Witwe Schnyder, die das Geschäft ihres Mannes weiterführen wollte, blieb nichts anderes übrig, als nach Schnyders Tod noch einmal zwei Paletten mit ›Ware‹ zu liefern. Die Reste davon haben wir jetzt in Halle sichergestellt.« Traute war sehr mit sich zufrieden. Zwei große Banden innerhalb einer Woche dingfest gemacht zu haben, mit so viel Erfolgserlebnissen war sie sonst sicher nicht häufig gesegnet.

»An wen wurden diese Falsifikate verkauft?« Herr Feuerstein qualmte jetzt ganz intensiv und nebelte sich vollkommen ein.

»Die Kundenliste ist nicht ganz frei von Komik: Nicht nur über westdeutsche und ausländische Kunden streute der Oberst sein Zeug, nein, er belieferte auch seine eigenen Bonzen.«

Marlene und Herr Feuerstein amüsierten sich bei dieser Vorstellung der Geleimten, die so über die Machenschaften ihrer eigenen Regierung gestolpert waren.

»Warum hat Frieder Bodo umgebracht?« Diese Frage wollte ich beantwortet haben, weil ich mich nicht frei von Mitschuld fühlte.

»Frieder oder der Oberst, wie seine Freunde ihn heute noch nennen, hatte zwei Gründe. Vor der Wende war die Familienfirma Schnyder in New Jersey der Post- und Bundespolizei ins Netz gegangen. Dann kamen unruhige Zeiten für die DDR und der politische Umschwung. Während der ganzen Zeit lagerten die Grafiken im Schuppen bei Geberts an der Bundesstraße neun. Mit deren Wissen und Billigung. Nachdem in den letzten Jahren keine weiteren großen Skandale den Grafikmarkt erschüttert hatten, kam Hartmann auf die Idee, mit dem Verkauf in und um Berlin wieder zu beginnen. Dazu brauchte er Ruhe. Nicht Leute, die dumme Fragen stellten.«

»Koschinski war ein Unruheherd, als er aus dem Gefängnis kam«, steuerte Marlene bei.

«... und wurde deshalb beseitigt«, folgerte Herr Feuerstein.

»Und Bodo stellte dumme Fragen«, fuhr Traute in ihrer Erzählung fort. »Als er gemerkt hatte, daß die Picasso-Sammlung seines Freundes Severn aus über zwei Dritteln Falsifikate bestand, stellte er Frieder zur Rede, der ihm einen Teil der Blätter persönlich geliefert hatte. In manchen Fällen hatte Bodo bei der Galerie in Paris eingekauft. Von Zeugen wissen wir, daß die beiden seit einiger Zeit häufig Streit miteinander hatten. Meistens im *Igel*, da schrien sie sich an, das haben uns viele Gäste berichtet. Bodo muß dich absichtlich auf die Fährte der Pariser Galerie gesetzt haben, vermutlich hat er gehofft, daß du die Spur weiterverfolgen würdest. Frieder hatte es gesehen und bekam es mit der Angst zu tun.«

»Bodo muß ihm weniger verläßlich erschienen sein«, wandte Marlene ein. Ich saß vollkommen verkrampft auf dem Chintz-Sessel und knetete meine feuchten Finger.

»In der Nacht, als der Oberst Bodo in seinem Atelier ermordete, mußte er bereits den Plan gefaßt haben, alle Sachen, die mit den Fälschungen von Grafik zu tun hatten, auf Bodo abzuwälzen. Hartmann kam mit seiner Diskette, auf der er E-Mails gespeichert hatte, und manipulierte Bodos PC so, daß wir zuerst den Eindruck bekamen, der Ermordete hatte mit der wieder von den USA aus operierenden Gruppe von Fälschern zu tun. Da das FBI ihnen bereits auf der Fährte war und gestern eine Reihe von Verhaftungen vorgenommen hatte, begehe ich hier keinen Geheimnisverrat.«

»Hätte euer Computer-Fachmann sich nicht Bodos PC genauer vorgeknöpft, hätte der Trick sogar funktioniert.« Ich entspannte mich und lehnte mich in meinem Sessel zurück. Bodo hatte mir diese Zeichnung von der Pariser Galerie mit voller Absicht zukommen lassen. Er hatte Frieder gekannt und mußte gewußt haben, wie gefährlich der Mann war. »Also hatte Bodo das Risiko falsch kalkuliert?« Die Frage hatte ich mehr mir selbst gestellt.

»Somit war auch Bodo ein schwer kalkulierbares, ein erhöhtes Risiko für den Oberst geworden. Vor allem, weil er sich privat für eine junge Dame interessiert hatte. Frieder war ihn an dem Abend gefolgt, weil er ihn, wütend über die Zeichnung, die er dir gegeben hatte, zur Rede stellen wollte. Da spätestens mußte er gemerkt haben, daß sein ehemaliger Freund nicht mehr unwidersprochen zu ihm stand. Die Skins, zu denen zwei seiner Neffen, die jungen Geberts, gehören und die ihre Treffen in derselben Abrißbude neben Bodos Atelier abhielten, versprachen Hartmann, ein Auge auf Bodo zu haben. Die haben ihn angerufen und haben ihm gesagt, daß du abends mit Bodo in sein Atelier gegangen bist und ihn erst am nächsten Morgen verlassen hast. Da hat Hartmann es echt mit der Angst um seine Anonymität zu tun bekommen.«

Herr Feuerstein und Marlene taten, als sei es vollkommen selbstverständlich, daß ich die Nächte bei irgendwelchen Künstlern in ihren Ateliers verbrachte. Dafür war ich dankbar, denn für moralische Vorhaltungen war ich nicht gewappnet.

»Und Herb Angerich, wie paßt der in die Geschichte?« überbrückte Herr Feuerstein das peinliche Schweigen nach Trautes Enthüllungen.

»Tobias Hardcastle hatte den Beweis gefunden, mit welchen Mitteln Herb seine Firma schädigte. Es handelte sich nicht um gefälschte Picassos und andere Grafiken, sondern auch um eine Reihe von hochpreisigen Ölgemälden, für deren Echtheitserklärung der Chef dieser Zweigstelle im Namen seiner Versicherung aber zugunsten seines privaten Kontos kassiert hatte. Es handelte sich also nicht in allen Fällen um getürkte Einbrüche, sondern meistens um falsche und von den Kunden sehr gut bezahlte Echtheits-Zertifikate im Namen der Ars & Vita Versicherung.«

»Mein Gott, das dürfte uns noch auf lange Zeit Kopfschmerzen bereiten« entfuhr es mir, als mir die Bedeutung dieses Geständnisses in all seinen Auswirkungen klar wurde.

»Hast du nicht geahnt, um was es sich bei den Betrügereien gehandelt hatte?« wollte Marlene wissen.

»Davon wußte ich nichts!«

»Konntest du auch nicht.« Warf Traute ein. »Hardcastle hatte dich und Angerich in das Konferenzzimmer im Europa Center bestellt und wollte Angerich mit der Entdeckung seiner Schandtaten konfrontieren und ihn feuern. Das hat er mir vorhin bei seiner Vernehmung selbst erzählt.«

»War ich zu spät?« fragte ich ängstlich.

»Es soll noch Todesfälle und Mordversuche in Berlin geben, an denen du nicht schuld bist«, ließ mich Marlene wissen.

»Angerich hat etwas in der Art befürchtet, jedenfalls hat er von der Mitteilung, sich dort einfinden zu müssen, nichts Gutes erwartet. Er war vor euch im Konferenzzimmer. Als Hardcastle angekommen war, stand Angerich mit gezogener Pistole ihm gegenüber. Er muß angenommen haben, daß sein Ankläger tot sei, und so ließ er ihn nach einem gezielten Schuß aufs Herz im Sessel sitzen und verschwand. Er ist mit dem Lift in sein Büro gefahren, hat alles Material herausgekramt, das ihn belasten könnte, und wollte abhauen. Vorher mußte er noch bei dir, Lisa, vorbeischauen. Du könntest – so muß er geglaubt haben – ebenfalls Beweise für seine Tätigkeiten haben. Da er dich nicht antraf, dafür aber deinen Verehrer, den er für deinen Vertrauten hielt, muß er sich zu der Prügelorgie entschlossen haben. Der arme Kerl hat ihm keine Auskünfte über dich und deine Erkenntnisse geben können, und so richtete er ihn entsprechend zu.«

»Er tut mir so leid!«

Traute grinste, und Marlene notierte weiß der Teufel was, und Herr Feuerstein tat, als sei es das Alltäglichste der Welt, sich verprügeln zu lassen. Meine altmodische, amerikanisch-moralische Erziehung würde ich im aufgeklärteren Berlin ablegen müssen, beschloß ich.

Wir waren in das Wohnzimmer gewechselt, wo Espresso, Cognac und Schokolade auf uns wartete. Eigentlich mußte man so einen Raum einen Salon nennen. Herr Feuerstein hatte zweifellos Geschmack. Barockmöbel, schöne Ohrensessel, Gemälde der Klassischen Moderne, vermutlich echt! Ich ging ganz langsam von Bild zu Bild und sah sie mir an, Schwitters, De Chirico, Max Ernst und ein Klee. »Beeindruckend!«

»Es kommt immer darauf an, wann Sie die Arbeiten erworben haben. Mein Vater hat sie schon kurz nach ihrem Entstehen bei den Künstlern selbst erworben. Meine Mutter ist rechtzeitig mit den Gemälden nach London umgezogen. Eine angeblich bevorstehende Scheidung hatte sie 1933 als Begründung dafür angegeben, um mit mir und unseren Möbeln und Bildern Nazideutschland zu verlassen. So konnten wir einen großen Teil unserer irdischen Güter retten. Leider hat mein Vater zu lange damit gewartet, zu uns zu kommen. Er hat geglaubt, er müsse erst eine Reihe beruflicher Angelegenheiten regeln.«

Wir schwiegen.

»Diese paar Bildchen hier«, Albert Feuerstein umfaßte mit einer weit ausgreifenden Handbewegung die Schätze in seiner Wohnung, wozu im Eßzimmer ein Rauschenberg und im Flur ein Mark Rothko gehörten, »die sind mit Sicherheit echt. Am besten kauft man zu Lebzeiten der Künstler bei ihnen direkt im Atelier ein.«

Marlene, die die ganze Zeit in ihrem Block Notizen gemacht hatte, steckte das Geschriebene in ihre Handtasche. »Was notierst du dir eigentlich immer, wenn wir bei Tische sitzen? Hast du beim Essen die besten Geistesblitze?« wollte ich wissen.

»Nein, ich notiere mir immer die Menüfolgen, einige Details zur Zubereitung. Ich plane eine Sendefolge über gutes Essen und will Menüvorschläge machen.«

»Aber du kannst doch gar nicht richtig kochen«, entfuhr es mir.

»Ich kann kochen!« antwortete sie beleidigt. »Aber mit vier Kindern und der Geldknappheit während meines langen Studiums, da lernt man so tolle Rezepte nie kennen. Da mußte ich kochen, was preiswert und nahrhaft war. Raffinierte Sachen, die sind mir neu. Deshalb will ich ja die Sendung machen, damit ich es endlich lerne.«

»Und wenn du es gelernt hast, dann darfst du uns alle einladen!« verkündete Traute.

Karin Paschke hatte sich anstandslos auf dem Flughafen Tegel festnehmen lassen. Sie saß in einer der Wartezonen, einen Kaffee vor sich, und mußte die ganze Zeit den Bildschirm, der unter der Decke montiert war, angestarrt haben. Dort liefen pausenlos die Nachrichten, nur von Börsendaten, Sport und Werbung unterbrochen. Sie mußte Stunden so verbracht haben, denn ein Grenzschutzbeamter hatte seinen Kollegen schon nach dem ersten Rundgang auf diese seltsame Frau aufmerksam gemacht. Er soll gesagt haben: »So viele Flüge gibt es nicht mehr, mit denen die weg kann!«

Der Flughafen hatte sich geleert, die letzten Maschinen waren abgefertigt worden, verspätete Passagiere zu ihren Gates gehastet. Nur Karin Paschke saß noch immer in der Cafeteria vor dem Bildschirm. Sie sah sich gerade die Werbung an. Die Cafeteria war geschlossen worden, der Kellner hatte seine Abrechnung gemacht und das Licht hinter der Theke ausgeschaltet. Die Putzkolonnen hielten den Flughafen besetzt und hatten an verschiedenen Orten mit ihrer Reinigung begonnen.

Der Grenzschutzbeamte zog seinen Kollegen am Ärmel, und ohne ein Wort zu sagen, hatten sie sich neben die einsame Dame gestellt, die so reisefertig neben ihren Koffern saß und doch nirgendwohin zu reisen schien.

Die Nachrichten hatten gerade mit den neuesten Meldungen begonnen. »In Berlin wurde ein Kunstfälscherring aufgedeckt. Die Verhaftungen stehen im Zusammenhang mit den kürzlich in Halle-Saale entdeckten Fälschungen von Grafiken von so bekannten Künstlern wie Picasso und Miró. Festgenommen wurde in diesem Zusammenhang außerdem ein bei einer international tätigen Versicherung angestellter Amerikaner. Diese

Kunstfälscherszene hatte in der letzten Zeit wegen einer sonst in diesen Kreisen eher unüblichen Neigung zu Gewalttaten die Aufmerksamkeit der Polizei auf sich gelenkt.«

Frau Paschke soll die beiden neben ihr stehenden Beamten angesehen und einfach »Ich komme mit!« gesagt haben. Wäre nicht als nächstes das Fahndungsfoto von ihr eingeblendet worden und hätte nicht der Nachrichtensprecher gesagt: »In diesem Zusammenhang sucht die Polizei die Galeriebesitzerin Karin Paschke aus Berlin«, hätten die Beamten nicht gewußt, was sie mit ihr hätten anfangen sollen. Sie halfen ihr beim Koffertragen und lieferten sie dem völlig verblüfften Dienststellenleiter ab. »Kam doch gerade erst in den Nachrichten!« soll der hoch erfreut über die prompte Reaktion seiner Männer gesagt haben und nahm die willenlose Frau in Empfang.

Kurze Zeit später war sie mit einem Dienstfahrzeug des Bundesgrenzschutzes dem LKA überstellt worden. Ganz schnell und ohne übermäßig aufwendigen Papierkrieg. Traute war ganz begeistert davon, weil alles so einfach und unbürokratisch gegangen war und sie Frau Paschke schon gegen dreiundzwanzig Uhr gegenübergesessen hatte. »Hätte ja sonst ausnahmsweise einmal nach dem herrlichen Abendessen ins Bett gehen können und mir so etwas Überflüssiges wie ein paar Stunden Schlaf geleistet«, berichtete sie mir am nächsten Morgen am Telefon. »Aber die Kollegen auf dem Flughafen wollten sie schnell loswerden, die Frau Paschke! Sie erschien ihnen so merkwürdig willenlos. Keiner will einen Selbstmord in der Zelle. Hat immer den Geruch von Polizeibrutalität an sich.«

Und während sich Traute eine neue Kanne Kaffee und für Frau Paschke ein Sandwich bringen ließ, hatte ich bei meinem Vater im Kinderzimmer, wie er sein Gästezimmer nun nannte, endlich fest und traumlos geschlafen. Frau Markowitz hatte meine von Wolfgang eingepackten Kleider aufgebügelt, sie in den Schrank gehängt und den anderen Krempel, wie sie den PC, den Drucker, das Fax und mein Modem nannte, unter mein Bett geschoben. »Muß sich erst mal erholen, Ihre Kleine«, hatte sie zu meinem Vater gesagt, und es hatte aus ihrem Mund wie ein Befehl geklungen.

Ich stand mitten im Sonnenschein auf dem Ku'damm und holte tief Luft. Es war kalt, und mein Atem, den ich fast pfeifend ausstieß, bildete eine weiße Wolke. Ich konnte die gute Botschaft noch immer nicht fassen. Beinahe zwanzig Jahre Ehe ohne Kinder und nun das? Ich war schwanger!

Der Besuch beim Arzt war überfällig gewesen. Mir war es die ganzen letzten Tage merkwürdig gegangen. Natürlich hatte ich die morgendliche Übelkeit auf meine Vollkornbrotdiät geschoben. Hatte angenommen, daß mein Magen gegen das wenige, was er zu essen bekam, revoltiere. Niemals hatte ich auch nur im entferntesten mit der Möglichkeit einer Schwangerschaft gerechnet.

Ich spazierte gemächlich den Ku'damm hinauf, Richtung Halensee, vorbei an meiner alten Behausung, bog in die Königsallee ein und ging weiter zu meiner schönen Wohnung im Grunewaldviertel. Heute morgen, gegen sieben Uhr, hatte mich der Anruf einer Berliner Spedition aus dem Bett geschmissen. Der Container mit meinen Möbeln aus New York war in Berlin eingetroffen. Er sollte heute gleich an meine neue Adresse geliefert und ausgeladen werden.

Als ich in die Straße einbog, in der ich in den kommenden Jahren zu wohnen gedachte, sah ich den Container auf der Fahrbahn stehen, Warnblinkanlagen waren als Sicherung darum herum installiert. Die große Klappe an der Rückseite stand offen, drei Möbelpacker waren gerade dabei, meinen Flügel herauszuhieven. Ich ging schneller. Drei Männer, das waren zu wenige, um den Bechstein in den ersten Stock zu schaffen! In dem Augenblick kam ein vierter Mann mit Tragegurten aus dem Haus. Zusammen hüllten die Männer das Instrument in Decken ein und hoben es fachmännisch mit den Gurten an. Dann wuchteten sie es durch die offenstehende Haustüre.

Ich blieb auf dem Trottoir stehen. Ich konnte mein Glück noch gar nicht fassen: Ich war schwanger! Der Arzt war sicher, sich nicht getäuscht zu haben. Das hatte er mir versichert.

Von wem war das Kind eigentlich? Ich überlegte. Ich rechnete. So ein Blödsinn! War doch egal. Ich würde es eines Tages sowieso erfahren. Entweder würde mein Kind eine starke Brille oder eine teure Zahnregulation brauchen!

Danksagung

Es ist nicht richtig, daß die Deutsche Telekom drei Tage benötigte, um eine Fehlschaltung zu beseitigen. Dies passierte in einem anderen, ebenfalls hochtechnisierten Lande. Die Beseitigung der »Störung« dauerte volle zehn Tage. In diesem Zusammenhang möchte ich Kilian Halbinger und Markus Halbinger danken, die das zweifelhafte Vergnügen hatten, Nacht für Nacht die Anrufe von Herren auf der Suche nach Verständnis in sexuellen Fragen entgegennehmen zu dürfen.

Der internationale Kunsthandel ist nicht frei von Skandalen, wie die Tagespresse immer wieder zu berichten weiß. Da dies nur die Spitze eines Eisberges ist, veranstaltete das Schweizer Institut für Kunstwissenschaft in Zürich im Winter 1998/99 eine Vortragsreihe unter dem Titel: »Original, Kopie, Fälschung«. Die Autorin verdankt dieser Vortragsreihe viele Anregungen.

Der Presseabteilung des Polizeipräsidiums der Stadt Berlin, dort insbesondere der Betreuerin für Autoren und Filmer, danke ich für ihre Mühen, einen Kontakt zum LKA hergestellt zu haben. Es wundert sicher nicht, daß die Kriminalhauptkommissarin, die mir beim LKA Auskunft gab, nicht genannt sein möchte. Ihr ganz herzlichen Dank!

Claudia Schmölders beherbergte mich während meines Berlin-Aufenthaltes und gab mir wertvolle Hinweise zum Alltagsleben der Stadt. Peter Biörnstad fertigte für mich die Übersetzung eines Zeitungsartikels aus dem Norwegischen an. Ingrid Peters und Axel Peters bereicherten mich um viele Einzelbegebenheiten aus dem Leben in der ehemaligen DDR.

Danken möchte ich Adine Haab Blaser, Béatrice Wenger-Haab und Doris de Buys-Roessingh, die mir mehrere Monate ungestörtes Arbeiten an diesem Buch ermöglichten, indem sie meine Aufgaben in der Firma mit übernahmen.

In letzter Minute ließ Erica Reimann alles stehen und liegen, um bei der Korrektur zu helfen. Ihren Hinweisen folgend, wurden Änderungen, die dem Verständnis dienten, und Ideen eingearbeitet. Meiner Tochter Stephanie danke ich für ihre vielseitige Unterstützung.

Selbstverständlich wurden alle Namen und Orte von Ereignissen, die durch die Presse bekannt geworden sind und auf die hier Bezug genommen wird, verändert. Die Geschichte selbst ist frei erfunden und ihre handelnden Personen ebenfalls. Warum auch sollte die schöne Stadt Berlin mehr Gauner beherbergen als andere Großstädte auf dieser Welt?

Literatur

Ahrens, Klaus, Handlögten, Günter, Echtes Geld für falsche Kunst, 1992
Aretino Pietro, Die Gespraeche des goettlichen Pietro Aretino, verdeutscht von Heinrich Conrad, Leipzig 1903, 2 Bände
Conklin, John, Art Crime, 1994
Keine Überaschung zulassen, Berichte und Praktiken der Staatssicherheit in Halle bis Ende Nov. 89, 2. Aufl. 1991
Picker, Günther, Fälscher, Diebe, Betrüger – Die Kehrseite des Kunst- und Antiquitätenmarktes, München 1994
Stasi Intern, Macht und Banalität, Leipzig 3. Aufl. 1998
Vom Roten Ochsen geprägt, Betroffene erinnern sich, Halle o. J.

Artikel aus **Zeitschriften / Zeitungen**:
Lilo Berg, Deutsche auf getrennten Wegen, Berliner Zeitung, 13. Oktober 1999
Helmut Börsch-Supan, Kunstblüte im Herbst des Barock, Berliner Zeitung, 13./14. Feburar 1999, S. 10–11
Roger Cohen, Acauldron of Goethe, Yes, and Buchenwald, International Herald Tribune, August 4, 1999
Konstanze Crüwell, Kunstköpenikade in England, Neue Zürcher Zeitung, 20. Februar 1999
Georg Fülberth, Marxismus Emeritus, Die Zeit Nr. 30, 22. Juli 1999, S. 37
Günter Handlögten, Basar der falschen Bilder, Stern-Report, Heft 47, 18. 11. 1999
Torsten Harmsen, Die Wachen von Wandlitz, Berliner Zeitung, 13. Oktober 1999
Klaus Hartung, Zoff unter Freunden, Berliner Blätter, Die Zeit, 5. August 1999
Christer Hansson, Falsk MirÁ, Mänads Journalen, März 1993
Richard Herzinger, Raubzug im Bürgertum, Die Zeit Nr. 30, 22 Juli 1999, S. 36

Heinz Knobloch, Mein Tagebuch, Artikelserie über Kantinen in Berlin, in: Süddeutsche Zeitung, Mai-Juni 2000
Souren Melikian, Telling Records-Fever Spells End to the Art Market, International Herald Tribune, August 7–8, 1999
Fritz J. Raddatz, Feindkultur, Kunst im geteilten Deutschland, Die Zeit Nr. 42, 14. Okotber 1999
Fritz J. Raddatz, Eiserner Vorhang, kalte Zeit. Dreck werfen immer die anderen, Die Zeit Nr. 43, 21. Oktober 1999
Gina Thomas, Fälscherskandal, Frankfurter Allgemeine Zeitung, 15. Februar 1999
Georges Waser, Wenn Fälscher zu Helden werden, Neue Zürcher Zeitung, 23./24. September 2000

Tugenden

Ethische Systeme, die von Plato und Aristoteles entwickelt wurden, kannten folgende Tugenden: **Temperantia** (Mäßigkeit), **Prudentia** (Klugheit) und **Fortitudo** (Tapferkeit).
Seit Gregor d. Gr. (gest. 604) wurden den bestehenden Tugenden noch vier weitere hinzugefügt, die als Kardinaltugenden benannt wurden: **Fides** (Glaube), **Spes** (Hoffnung), **Caritas** (Liebe) und **Humilitas** (Demut).
Thomas von Aquin fügte noch speziell intellektuelle Tugenden hinzu, wie: **Sapientia** (Weisheit), **Scientia** (Wissen), **Intellectus** (Intelligenz), **Ars** (Kunst) und **Prudentia** (Weisheit).
Angeregt von der Lektüre Ciceros wurde die Zahl der Tugenden – und entsprechend die der Laster – auf zwölf festgelegt. Tertullian (160–220 n. Chr.) verglich den Kampf der Tugenden mit den Lastern mit heidnischen Gladiatorenkämpfen.
Dargestellt wurden die Tugenden nach antikem Vorbild als Frauen. Diese Tradition hat das Christentum übernommen. Der Kampf der Tugenden mit dem Laster ist in zahlreichen Bildprogrammen an und in den Kirchen zu finden. In gotischen Bildprogrammen lebte der Triumph der Tugenden an Portalen und in Glasfenstern fort. Die weiblichen Figuren können als Engel dargestellt sein, vorwiegend sind sie aber mit Inschriften gekennzeichnet. In der Buchmalerei werden sie mit verständlichen und von da an tradierten Attributen versehen, die ihr Wiedererkennen für den Betrachter über die Jahrhunderte sicherte.
Im Barock lebten die Tugenden wieder auf, dienen sie doch auf Herrscherbildern und an Grabmalen dazu, den Betreffenden zu überhöhen. Caesare Ripa faßte die in dieser Zeit gängigsten Tugenden mit ihren Attributen zusammen:
Benignitas (Güte) – schöne Frau im goldenen Gewand, vom Rautenkranz bekrönt, am Arm einen Pelikan mit Jungen tragend.
Caritas (Liebe) – gekrönte, weibliche Figur, zum Teil mit Flügeln. Weitere Attribute: Bettler, Schale mit Brot, Löwin mit Jungen. In der italienischen Kunst häufig mit Füllhorn.

Castitas (Keuschheit) – weibliche Figur mit Palme oder Phönix, Fahne, mit Taube, unter den Füßen ein Schwein, mitunter auf Einhorn reitend.

Fides (Glaube) – gekrönte weibliche Figur, unter den Füßen einen Häretiker oder Heiden bzw. die Synagoge. Attribute sind: Kelch mit dem Blute Christi, Kreuz, Buch, Schriftrolle, Gesetzestafeln.

Fortitudo (Tapferkeit) – weibliche Figur in Waffenrüstung mit Schild, Löwenfell, Säule als Attribut.

Humilitas (Demut) – ungekrönte weibliche Figur im Bußgewand, Schlangen zu ihren Füßen.

Justitia (Gerechtigkeit) – weibliche Figur mit Waage und Schwert, seit 1500 mit Augenbinde, Gesetzbuch, Weltkugel, Adler und Winkelmaß.

Mansuetudo (Sanftmut) – weibliche Figur mit Lamm.

Misericordia (Mitleid) – wird wie Caritas dargestellt.

Oboedentia (Gehorsam) – wird meistens als Kamel dargestellt.

Patientia (Geduld) – weibliche Figur, die einem Rind ein Joch auflegt.

Paupertas (Armut) – eine Figur, die die Verbindung von Humilitas und dem Hl. Franziskus von Assisi symbolisiert.

Perseverantia (Beharrlichkeit) – weibliche Figur mit Krone, Hirsch, Phönix oder Henne.

Prudentia (Klugheit) – bzw. **Sapientia** (Weisheit) – verschleierte weibliche Figur oder Unterricht erteilende Figur. Spiegel als Zeichen für Selbsterkenntnis, drei Bücher als Hinweis auf Vergangenheit, Gegenwart und Zukunft.

Spes (Hoffnung) – weibliche Figur mit erhobenen Armen, über ihr die Gotteshand. Biene, Phönix, Taube, Vogel im Käfig als Attribute.